HEYNE <

Das Buch

Nachdem Lancelot König Artus vor dem Anschlag des finsteren Mordred gerettet hat, bleibt er in der Nähe der Stadt Camelot. Die Vorbereitungen für die Hochzeit König Artus' mit Gwinneth sind in vollem Gange. Der Bischof von York, der die beiden trauen soll, wird auf seinem Weg nach Camelot von einigen Kriegern Mordreds überfallen. Mordred will verhindern, dass Gwinneth und Artus heiraten, denn dann würde ihr Sohn den Thron besteigen, auf den er selbst Anspruch erhebt.

Lancelot kann den Bischof retten und bringt ihn wohlbehalten auf Artus' Burg. Am Hochzeitsmorgen begrüßt das Volk jubelnd seinen König und dessen künftige Gattin. Doch bei der Trauung wird Gwinneth von Morgaine, Mordreds Mutter, entführt. Lancelot, der das unbegrenzte Vertrauen König Artus' besitzt, macht sich auf, um Gwinneth mit Hilfe seines unbesiegbaren Elbenschwerts der schwarzen Magie Morgaines zu entreißen. Währenddessen zieht Mordred einen Belagerungsring um die Stadt und um die Burg zusammen.

Die Autoren

Wolfgang und Heike Hohlbein sind die erfolgreichsten und meistgelesenen Fantasy-Autoren des deutschsprachigen Raums. Sie wurden unter anderem mit dem »Preis der Leseratten« (ZDF) und dem »Phantasie-Preis der Stadt Wetzlar« ausgezeichnet, und ihr gemeinsames Erstlingswerk, der phantastische Roman *Märchenmond*, wurde mit bisher über 500.000 verkauften Exemplaren zum Bestseller. Sie leben mit ihren Kindern in der Nähe von Düsseldorf.

Ein umfangreiches Werkverzeichnis finden sie am Ende des Buches.

WOLFGANG & HEIKE
HOHLBEIN

ELBENSCHWERT

DIE LEGENDE VON CAMELOT II

Roman

WILHELM HEYNE VERLAG
MÜNCHEN

FSC
Mix
Produktgruppe aus vorbildlich bewirtschafteten Wäldern und anderen kontrollierten Herkünften

Zert.-Nr. SGS-COC-001940
www.fsc.org
© 1996 Forest Stewardship Council

Verlagsgruppe Random House FSC-DEU-0100
Das für dieses Buch verwendete
FSC-zertifizierte Papier *Holmen Book Cream*
liefert Holmen Paper, Hallstavik, Schweden.

2. Auflage
Vollständige Taschenbuchausgabe 07/2008

Printed in Germany 2010
Umschlagillustration: © Les Edwards via Agentur Schlück GmbH
Umschlaggestaltung: Nele Schütz Design, München
Druck und Bindung: GGP Media GmbH, Pößneck
ISBN: 978-3-453-53233-5

www.heyne.de

*

Es war der Anblick der Welt und des Lebens, die er beide verloren hatte, was ihn so über die Maßen schmerzte. Seit der Katastrophe, die Camelot getroffen hatte, war wenig mehr als eine Woche vergangen und doch waren kaum noch Spuren der entsetzlichen Zerstörung zu erkennen, die das Erdbeben hinterlassen hatte. Die Stadt schimmerte wie ein riesiges Juwel im Licht der Morgensonne. Hunderte, wenn nicht Tausende bunter Fahnen und Wimpel flatterten über Hausdächern und Mauern, auf Türmen und Erkern und über Toren und Fenstern. In vielerlei Farben gekleidete Gestalten bewegten sich in den Straßen oder strömten durch die weit offen stehenden Tore der Stadt. Und obwohl Lancelot viel zu weit entfernt war, um auch nur den geringsten Laut hören zu können, glaubte er doch das Lachen der Menschen und die ausgelassene Musik zu vernehmen, die in den Straßen Camelots widerhallten. Es war Samstag, noch ein Tag, bis die Hochzeit stattfinden würde, doch die Feierlichkeiten, die Artus anberaumt hatte, waren bereits in vollem Gange.

Lancelot hatte das Einhorn im Wald zurückgelassen und stand gut versteckt im dichten Unterholz am Waldrand an einer Stelle, an der sich kein verirrter Lichtstrahl auf dem silberfarbenen Metall der Rüstung brechen und ihn womöglich verraten konnte. Es war nicht nur Camelot, das er beobachtete. Seine Aufmerksamkeit galt jetzt der kleinen Karawane, die sich über den Weg bewegte, der sich zwischen den bewaldeten Hügeln westlich der Stadt dahinschlängelte. Sie bestand aus drei Wagen, von denen der mittlere mit silbernen

Verzierungen beschlagen war und der von vier weißen Pferden gezogen wurde (auffälliger geht es wohl kaum, dachte der Krieger in ihm ärgerlich), während die beiden anderen schwere Packwagen waren, die das Gepäck und die für den langen Weg von York aus hier benötigte Menge an Vorräten und Wasser beförderten. Zwei gleich große Trupps von jeweils sechs Reitern bildeten Vor- und Nachhut der Karawane und rechts und links des prächtigen Wagens ritten zwei gepanzerte Gestalten, an deren aufgestellten Lanzen die Wimpel Camelots flatterten. Lancelot konnte die beiden Männer über die große Entfernung nicht erkennen, aber es waren eindeutig Tafelritter.
Außerdem waren sie praktisch schon tot.
Die Falle war perfekt geplant und perfekt aufgestellt. Selbst Lancelot hatte von seiner erhöhten Position aus alle Mühe, die in fleckiges Grün und Braun gekleideten Gestalten auszumachen, die sich beiderseits des Weges auf die Lauer gelegt hatten. Trotzdem konnte er auch einen zweiten Trupp piktischer Reiter erkennen. Noch einmal ein halbes Dutzend folgte dem Wagenzug im Abstand von vielleicht einer Meile und weitere Krieger ritten der Karawane voraus, um rechtzeitig Alarm zu schlagen, sollte Artus dem Bischof vielleicht noch mehr Männer entgegenschicken.
Lancelot war ziemlich sicher, dass es nicht geschehen würde. Artus war alles andere als leichtsinnig, aber während der vergangenen Tage hatte er Dutzende von Patrouillen ausgesandt, die die Wälder rings um Camelot durchkämmt und nach Barbarenkriegern Ausschau gehalten hatten, die vielleicht ihren gefangenen Anführer zu befreien versuchten. Aber seit zwei Tagen waren keine Pikten mehr in den Wäldern nahe der Stadt aufgetaucht. Möglicherweise beklagten sie hohe

Verluste, vielleicht lag es auch daran, dass Mordred in Camelots Verlies saß und für den Mann, der sie jetzt führte, seine Krieger mehr waren als bloßes *Fleisch*.

Lancelot überlegte angestrengt, was er tun sollte. Er hatte geplant, erst am nächsten Morgen nach Camelot zu gehen, um das Versprechen einzulösen, das er Artus gegeben hatte, nämlich Gwinneth' Brautführer zu sein. Aber er konnte unmöglich hier stehen bleiben und zusehen, wie die Männer in einen Hinterhalt liefen, den keiner von ihnen überleben würde. Einen Moment lang blickte er nach Westen und versuchte die Zeit abzuschätzen, die die Verfolger noch brauchen würden, um den Wagenzug einzuholen, dann drehte er sich rasch herum und trat wieder in den Wald hinein.

Er musste nicht nach dem Einhorn rufen. Das Tier schien aus dem Nichts aufgetaucht zu sein und Lancelot schwang sich in den Sattel und ritt los.

Während er sich seinen Weg durch das dichte Unterholz bahnte, zerbrach er sich den Kopf über den Sinn dieses Hinterhalts. Der Mann, der in dem prächtigen Wagen saß, war eine sehr wichtige Persönlichkeit – immerhin der Bischof von York, einem der mächtigsten Königreiche im Lande, das zwar nicht mit Camelot verbündet war, aber zumindest befreundet, was im Zweifelsfall vielleicht mehr bedeutete. Aber ihn zu töten oder auch nur zu entführen brachte den Pikten keinerlei Nutzen, ganz im Gegenteil: Es würde die einzelnen Königreiche noch mehr erzürnen und gegen den gemeinsamen Feind aus dem Norden zusammenschweißen. Was also *planten* die Pikten?

Er fand auch jetzt keine Antwort auf diese Frage, und als er den Waldrand erreichte, schob er die Gedanken daran beiseite, ließ das Einhorn anhalten und nahm seinen Schild vom Rücken, um ihn an seinem linken

Arm zu befestigen. Dann setzte er den Helm auf, zog das Elbenschwert aus dem Gürtel und wartete. Der Schwertgriff schien zu vibrieren, es war, als zittere die Klinge in Vorfreude auf das, was kommen würde.

Sie musste nicht lange warten. Die frischen Wagenspuren am Weg bewiesen, dass der Tross erst vor kurzem vorübergezogen war, und nach wenigen Minuten hörte Lancelot gedämpften Hufschlag. Seine Einschätzung war richtig gewesen. Die Pikten bewegten sich nun schneller als der Wagenzug, um diesen im selben Moment einzuholen, in dem die Falle unten am Weg zuschnappen sollte. Lancelot ließ das Einhorn aus dem Wald heraustreten, drehte es nach rechts und hielt wieder an. Vor ihm stieg der Weg in flachem Winkel an, bis er weiter oben einen scharfen Knick nach rechts machte und nach zwanzig oder dreißig Schritten wieder aus seinem Blickfeld verschwand. Dahinter lag dichter, nahezu undurchdringlicher Wald, ganz wie der, den er gerade durchquert hatte. Nur ein Stück vor dem Waldrand, weniger als zwei Schritte, brach der Boden senkrecht ab, sodass sich der Weg am oberen Rand einer beinahe drei Meter hohen Klippe entlangzog. Der Boden davor war nur von kniehohem Gestrüpp und Farngewächsen bestanden. Ein einzelner Felsen und ein halb verkrüppelter, uralter Baum waren das Einzige, was das grüne Halbrund durchbrach. Selbst einem oder zweien von Artus' Rittern würde es nicht schwer fallen, diesen schmalen Weg am Waldesrand auch gegen eine große Übermacht zu halten; ihn in seiner unzerstörbaren Zauberrüstung würde es vermutlich nicht einmal eine wirkliche Anstrengung kosten.

Lancelot lauschte. Wie immer, wenn er sich auf einen Kampf vorbereitete, schienen alle seine Sinne mit einem Male mit zehnfacher Schärfe zu arbeiten. Er spürte das Blut in den Adern pulsieren, roch den unverwechselbaren Geruch des Einhorns, auf dem er saß, den Duft der Wildblumen, das frische Farnkraut und das schwere Aroma nasser Erde und er hörte den lauter werdenden Hufschlag. Er konnte sogar abschätzen, wie lange es noch dauern würde, bis die Reiter hinter der Wegbiegung auftauchten und ihn erblickten. Alles war ganz genau so, wie er es sich als Kind sehnlichst gewünscht hatte: eines Tages ein Ritter zu sein, der in einer schimmernden Rüstung auf einem gepanzerten Pferd sitzen würde, das Schwert in der Hand und auf den Feind wartend, den er in einem heroischen Kampf besiegen würde.

Er hatte sich den großen Traum seines Lebens erfüllt. Er war alles und noch viel mehr geworden, was er jemals hatte werden wollen, aber er hatte auch einen gewaltigen Preis dafür bezahlt. Er hatte eine Heimat gehabt. Sie war nicht sehr schön gewesen. Die Menschen, bei denen er aufgewachsen war, hatten ihn nicht geliebt, sondern ihn nur mit Verachtung behandelt und nach Kräften ausgenutzt, und sein einziger Freund war ein kleiner Hund gewesen, sein Lager der Heuboden in der Scheune seines Ziehvaters. Er erinnerte sich genau an die verbissenen Kämpfe mit dem schmutzigen Geschirr von König Artus' Tafel und wie er bei den Gelagen einen Krug Wein um den anderen hatte holen müssen. Und dennoch war das seine Heimat gewesen. Er vermisste sie. Die vielleicht wichtigste Lektion, die Lancelot du Lac, der vor gar nicht so langer Zeit bloß Dulac geheißen und ein Küchenjunge am Hofe von König Artus gewesen war, in seinem neuen Leben gelernt hatte, war die, dass man den wahren Wert dessen, was man einmal besessen hat, wohl immer erst dann erkennt, wenn man es verloren hat.

Mit einem ärgerlichen Kopfschütteln streifte Lancelot die Gedanken ab. Er hatte während der letzten Tage, die er einsam in den Wäldern verbracht hatte, wahrlich genug Zeit zum Grübeln gehabt. Er machte sich keine Sorgen darüber, den Kampf zu verlieren oder vielleicht verwundet zu werden. Keine von Menschen geschmiedete Waffe vermochte seine Rüstung zu durchdringen und kein von Menschenhand geschaffener Panzer dem tödlichen Biss seines Schwertes zu widerstehen. Doch er war sich darüber im Klaren, dass er nicht völlig unverwundbar war; das hatte er in der Schlacht am Cromlech schmerzhaft erfahren. Das Einzige, was ihm wirklich gefährlich werden konnte, war ein anderes Elbenschwert – und das hing am Gürtel eines Mannes, der sich eher selbst die Hand abhacken würde als es gegen *ihn* zu ziehen. Dennoch gemahnte sich Lancelot innerlich zur Ordnung.

Er schloss das Visier und ließ das Einhorn langsam den sacht ansteigenden Weg hinauftraben. Das Licht war sehr hell, fast golden, obwohl der Tag noch nicht lange begonnen hatte, und es war bereits warm. Schatten und Lichtreflexe jagten einander, als der Wind mit den dichten Baumkronen spielte, und Lancelot sah plötzlich, wie bunt die Blumen waren, die am Waldrand wuchsen, was für ein perfektes Muster Unterholz und Stämme bildeten, wie sanft sich das Zwitschern der Vögel in die natürlichen Geräusche des Waldes einfügte ... wie *schön* dieser Moment war.

Ein seltsames Gefühl von Trauer überkam ihn. Seit er vor einigen Tagen die silberne Rüstung angelegt und diesmal unwiderruflich zu Lancelot geworden war, wurden seine Sinne beständig schärfer und auch seine Körperkräfte hatten zugenommen. Mit alledem hatte er gerechnet, ja es sogar erwartet, seit er endgültig zu

Lancelot du Lac geworden war – aber das waren nur die Instinkte des stets wachen und misstrauischen Jägers. Womit er nicht gerechnet hatte, war, dass sich alle seine Wahrnehmungen schlagartig in eine vollkommen andere Richtung ausweiteten. Nie zuvor hatte er die Schönheit eines Augenblickes so intensiv empfunden wie jetzt. Nie zuvor war die Friedlichkeit eines Ortes ihm so kostbar erschienen. Seit er Camelot verlassen hatte, hatte er die Spuren zahlreicher Kämpfe gesehen und mehr als einen Toten gefunden, das Schwert aber selbst nicht ein einziges Mal gezogen, und tief in sich hatte er sogar gehofft, es nie wieder tun zu müssen. Natürlich war dies eine närrische Hoffnung gewesen. Wie konnte er sich entscheiden, fortan das Leben eines Kriegers zu führen, wenn er sich zugleich wünschte, nie mehr ein Schwert in die Hand nehmen zu müssen? Natürlich hatte er gewusst, dass er es irgendwann wieder tun würde – aber warum musste es ausgerechnet ein Moment wie dieser sein, in dem das Töten erneut seinen Anfang nahm?

Zwei große, in schwarzes Leder gekleidete Reiter erschienen um die Wegbiegung, dann noch zwei und noch zwei und plötzlich lief ein erschrockener Ruck durch die kleine Karawane und sie hielt schlagartig an. In den Gesichtern der beiden Männer an der Spitze spiegelte sich Überraschung und Misstrauen, während Lancelot langsam auf sie zuritt. Die Ohren des Einhorns, die durch zwei Öffnungen in dem silbernen Panzer herausragten, zuckten nervös, doch ohne sichtbare Hast ritt er weiter.

Lancelots Schwert lag quer vor ihm auf dem Sattel, jetzt nahm er es wieder in die Hand, ließ den Arm sinken und umfasste mit der anderen Hand den Schild fester. Einer der beiden Reiter an der Spitze ritt ihm fünf oder sechs Schritte entgegen. Er wird der Erste sein, der stirbt, dachte Lancelot.

»Wer seid Ihr?«, fragte der Krieger misstrauisch. »Was wollt Ihr von uns? Gebt den Weg frei!«

Allein der Umstand, dass er mit einem halben Dutzend schwer bewaffneter Männer im Rücken *ihn* aufforderte, aus dem Weg zu gehen, machte Lancelot klar, dass er ziemlich genau wusste, wem er gegenüberstand. Er hatte Angst.

»Ich fürchte, das kann ich nicht«, antwortete Lancelot. »Und Ihr wisst das.«

Der Pikte machte eine nervöse Bewegung. »Ich ... ich weiß, wer Ihr seid«, sagte er zögernd.

»So?«, fragte Lancelot.

Der Pikte fuhr sich mit einer fahrigen Geste über das Kinn und nickte. »Ihr seid Lancelot du Lac, der Silberne Ritter. Wir haben keinen Streit mit Euch!«

»Und ich keinen mit Euch«, antwortete Lancelot. »Also dreht um, geht Eurer Wege und bleibt am Leben.«

»Das können wir nicht«, sagte der Pikte.

»Dann sterbt!«

»Ja, Herr«, antwortete der Pikte. »Das müssen wir wohl.«

Er zog sein Schwert und es war, wie Lancelot vorausgeahnt hatte: Er starb, noch bevor er die Waffe ganz aus dem Gürtel ziehen konnte. Das Einhorn sprengte los und Excaliburs dunkler Bruder vollführte eine blitzschnelle, sirrende Bewegung, die den Krieger enthauptete. Er machte nicht einmal den Versuch, dem Hieb auszuweichen. In seinen Augen stand ein Ausdruck vollkommener Mutlosigkeit.

Noch bevor der kopflose Körper des Kriegers aus dem Sattel glitt, verwandelte sich der friedliche Waldweg in ein Schlachtfeld.

Aus dem Wald rings um ihn brach ein gutes halbes Dutzend Männer hervor, allesamt mit Speeren und gefährlich aussehenden Schwertern bewaffnet. Sie gingen ohne zu zögern auf ihn los. Das Einhorn bäumte sich mit einem erschrockenen Kreischen auf und schlug mit den tödlichen Vorderhufen nach einem der Angreifer. Der Mann brachte sich im allerletzten Moment durch einen verzweifelten Satz ins Gebüsch in Sicherheit. Zwei weitere Krieger versuchten Lancelot mit ihren langen Speeren zu treffen und aus dem Sattel zu stoßen. Gleichzeitig war es einem anderen gelungen, sich an dem scheuenden Pferd vorbeizudrängen. Sein Schwert pfiff durch die Luft und traf Lancelots ungeschützten rechten Oberarm mit solcher Gewalt, dass er ihn vermutlich verloren hätte, wäre da nicht die silberne Rüstung gewesen.
Mit einem wütenden Hieb in die Runde verschaffte sich Lancelot für einen Moment Luft und sah sich gehetzt um. Er stand nahezu einem Dutzend Gegnern gegenüber und es waren die Männer, die im Wald verborgen gewesen waren und dort ganz offensichtlich auf ihn gewartet hatten. Oder, um es anders auszudrücken, die ihm eine Falle gestellt hatten!
Lancelot kam nicht dazu, den Gedanken weiterzuverfolgen, denn die Angreifer drangen so ungestüm auf ihn ein, dass er sich nur noch mit Mühe im Sattel halten konnte. Die Rüstung nahm all diese Schläge hin, ohne dass sie auch nur einen Kratzer erhielt, aber unglückseligerweise war Lancelots *Körper* darunter immer noch der eines sterblichen Menschen und er begann jeden Treffer schmerzhaft zu spüren. Noch einen Augenblick und die wütenden Speerstöße würden ihn aus dem Sattel schleudern, falls das Einhorn auf dem schmalen Waldweg nicht den Halt verlor und fiel.

Lancelot verfluchte sich in Gedanken selbst. Er war so davon überzeugt gewesen, den Pikten eine böse Überraschung zu bereiten, dass er nicht auf die Idee gekommen war, möglicherweise selbst in einen Hinterhalt zu geraten.

Der Gedanke erfüllte ihn mit einem solchen Zorn, dass er die wütenden Hiebe des Reiters für einen Moment kaum spürte. Ohne das halbe Dutzend Männer, das sich hinter und links von ihm befand, auch nur zu beachten, drehte er sich im Sattel zu dem Reiter herum und führte einen einzigen, furchtbaren Schwertstreich, der den Mann schwer verletzt rücklings vom Pferd stürzen ließ. Das Tier scheute, stieg auf die Hinterläufe und verlor den Boden unter den Füßen. Mit einem entsetzten Kreischen kippte es zur Seite und stürzte die Böschung hinab.

Die vier verbliebenen Reiter stürmten heran und die anderen Pikten hatten wohl endgültig begriffen, dass sie Lancelots Rüstung keinen Schaden zufügen konnten, und verfielen auf eine andere Taktik: Während zwei von ihnen mit ihren Schwertern auf den Panzer des Einhorns eindroschen um zu verhindern, dass es seine Hufe als Waffe einsetzen konnte, koordinierten die vier anderen nun ihren Angriff und schoben ihn mitsamt dem Einhorn mit ihren Speeren auf den Abgrund zu. Das Tier wieherte zornig und stampfte mit den Hufen im Boden, um wieder festen Halt zu gewinnen, aber das weiche Erdreich gab unter ihm nach und der Abgrund kam unbarmherzig näher. Lancelot führte einen verzweifelten Hieb nach den Speeren und es gelang ihm, einen davon zu kappen, aber sofort nahm ein anderer Mann die Stelle ein und der Druck auf ihn und sein Tier nahm noch zu.

Lancelot sah verzweifelt nach rechts. Die vier piktischen

Reiter waren fast heran und schwangen ihre Waffen. Wenn sie ihn erreichten, war es um ihn geschehen. Er fasste einen verzweifelten Entschluss.
Mit aller Wucht hieb er noch einmal um sich und schlug diesmal gleich drei Speere zur Seite, ohne sie jedoch zerbrechen zu können, dann riss er das Einhorn herum und ließ es mit einem gewaltigen Satz ins Leere springen.
Das Tier kreischte vor Angst und Schrecken, als unter ihm plötzlich nichts mehr war als ein mehr als drei Meter tiefer Abgrund, und der Aufprall war so hart, dass Lancelot über den gepanzerten Pferdehals nach vorne geschleudert wurde. Das Einhorn strauchelte, tänzelte mit verzweifelten Schritten zur Seite und brachte es irgendwie fertig, nicht zu stürzen, und ein zweites Wunder verhinderte, dass Lancelot aus dem Sattel geschleudert wurde. Aber er war halb bewusstlos. Sein ganzer Körper schien ein einziger dumpfer Schmerz zu sein, das Blut rauschte in seinen Ohren und er hatte nicht mehr die Kraft, das Tier zu lenken. Es kostete ihn schon alle Mühe, das Schwert nicht fallen zu lassen und sich irgendwie im Sattel zu halten.
Stöhnend richtete er sich auf. Irgendwo über ihm erklang ein Chor wütender Stimmen, aber da war auch etwas anderes, ein drohendes Geräusch, das näher kam, wie das Grollen eines herannahenden Gewitters, das man hörte, noch bevor der erste Blitz den Himmel erhellte.
Er musste weg hier. Noch vor wenigen Augenblicken hätte er jeden ausgelacht, der ihm dergleichen prophezeite, aber Tatsache war, dass er diesen Kampf verloren hatte und fliehen musste, um mit dem Leben davonzukommen.
Immerhin hatte er eine Chance. Wenn die Pikten nicht

so verrückt waren, ihm auf dieselbe Weise zu folgen, so hatte er einen ausreichenden Vorsprung. Lancelot gönnte sich noch ein paar Herzschläge, um zu Atem zu kommen, dann griff er nach den Zügeln, drehte das Einhorn mühsam herum – und erstarrte.
Aus der Richtung, aus der er gekommen war, näherte sich ein weiteres halbes Dutzend schwer bewaffneter Reiter!
Für einen Moment drohte er in Panik zu geraten. Jetzt wurde ihm klar, dass diese Falle ganz allein ihm gegolten hatte: Piktische Ritter waren nicht mit denen zu vergleichen, die er vom Hofe König Artus' kannte. Ihre Kleidung bestand zumeist aus roh gegerbtem Leder, das manchmal mit rostigen Eisenplatten verstärkt worden war, ihre Waffen waren fast immer alt, grobschlächtig, und sie pflegten durch Tollkühnheit und Wut wettzumachen, was ihnen an Fertigkeit im Umgang mit ihren Waffen fehlte. Diese Reiter aber waren anders. Auch ihre Rüstungen waren alt und zerschrammt und verbeult, aber sie waren über die Maßen schwer gepanzert und dasselbe galt für ihre Pferde. Auch waren sie statt der üblichen Keulen und kurzen Schwerter mit Lanzen und langen, schlanken Klingen bewaffnet. Sie hatten sich ganz eindeutig darauf vorbereitet, gegen einen Feind anzutreten, den sie nur besiegen konnten, wenn sie ihn lange genug auf Distanz hielten und Rüstungen trugen, die selbst dem Hieb seines Zauberschwertes möglicherweise standhalten konnten.
Lancelots Gedanken begannen sich zu überschlagen. Mit einem Male erschien das Verhalten des Reiters vorhin in einem ganz anderen Licht. Was er in den Augen des Mannes gelesen hatte, das war Mutlosigkeit gewesen, ein Ergeben in sein Schicksal – aber der Mann hatte *gewusst*, was ihn erwartete. Er hatte sich ganz be-

wusst *geopfert*, um seinen Kameraden Gelegenheit zu geben, in Stellung zu gehen und die Falle endgültig zuschnappen zu lassen. Und das wiederum bedeutete nichts anderes, als dass die Pikten ganz genau wussten, dass er hier war, und auch warum.
Hinter ihm erscholl ein dumpfer Laut. Lancelot sah sich hastig um und erkannte, dass einer der Pikten tatsächlich versucht hatte die Böschung hinabzuklettern, hatte aber auf halbem Wege den Halt verloren und war schwer gestürzt. Die anderen hüteten sich daraufhin, auf demselben Weg zu ihm zu gelangen. Aber sie rannten los, um den Weg auf dieselbe Weise zurückzulegen, den Lancelot vorhin nach oben genommen hatte, und schon auf halber Strecke überholten sie ihre berittenen Kameraden. Gleichzeitig kam der neue Trupp Pikten rasend schnell näher. Lancelot blieben nur noch wenige Augenblicke, um eine Entscheidung zu treffen.
Er hob den Schild, packte das Schwert fester und ließ das Einhorn mit einer blitzschnellen Bewegung vorpreschen. Es kam ihm so vor, als würde das Tier leicht hinken, vielleicht hatte es sich bei dem verwegenen Sprung verletzt, aber es reagierte gehorsam und senkte den Schädel, um den ersten Feind, den es traf, mit seinem schrecklichen Horn aufzuspießen.
Dann brach die Hölle los.
Das Einhorn krachte wie eine stählerne Faust in die Front der Pikten und Lancelots Schwert tat sein furchtbares Werk. Der Weg war so schmal, dass nur drei Reiter nebeneinander Platz hatten, und diesem Umstand hatte er es wohl zu verdanken, dass er nicht schon im ersten Augenblick unterlag.
Eines der Tiere stürzte, als das schreckliche Horn des Einhorns seinen Hals durchbohrte, und begrub seinen Reiter unter sich. Lancelot fegte den Krieger zu seiner

Rechten mit einem wütenden Schwertstreich aus dem Sattel und versetzte dem auf der anderen Seite einen noch härteren Stoß mit dem Schild, sodass dieser seine Waffe fallen ließ und mit verzweifelter Mühe um sein Gleichgewicht rang. Lancelot war durch diesen doppelten, weit nach beiden Seiten geführten Angriff praktisch deckungslos und einer der Reiter aus der zweiten Reihe nutzte seine Chance und stieß mit seinem Speer nach ihm. Die Speerspitze prallte knirschend von Lancelots Brustharnisch ab, ohne auch nur einen Kratzer darauf zu hinterlassen, aber durch die Wucht des Stoßes begann Lancelot im Sattel zu wanken. Mit aller Kraft stemmte er sich in die Steigbügel, bog den Rücken durch und riss sich selbst wieder nach vorne, indem er einen kraftvollen Schwerthieb nach dem Angreifer führte.

Der Mann hatte Glück und konnte sich im letzten Moment nach hinten werfen. Die Klinge durchtrennte den Speer nur wenige Zentimeter vor seinen Fingern, führte ihren Weg fort und zerschmetterte den Brustpanzer des Kriegers.

Von seiner eigenen Bewegung nach vorne gerissen, richtete sich Lancelot wieder im Sattel auf. Hinter ihm wurden das dumpfe Hufgetrappel und die zornigen Schreie der anderen Pikten laut. Er hatte nur noch Augenblicke, bis die Verstärkung heran war. Sein Herz jagte und er zitterte vor Schmerz und Schwäche am ganzen Leib.

Bereits zum zweiten Mal binnen weniger Momente wandte sich Lancelot zur Flucht.

Er sprengte auf die Pikten zu, riss das Einhorn im allerletzten Moment herum und feuerte es noch einmal zu schnellerer Gangart an, als sie auf die Böschung zu rasten. Er wusste, dass das Tier zu unglaublichen Leistungen imstande war. Es mochte aussehen wie ein Pferd, aber diese Ähnlichkeit war nur äußerlich, denn wie die Rüstung, die er trug, und die magische Waffe in seiner rechten Hand stammte es aus einer anderen, verzauberten Welt, in der die Gesetze der Menschen und der Natur nicht unbedingt galten. Er *musste* es einfach schaffen!

Fünf Meter vor der Wand stieß Lancelot dem Tier die Absätze in die Flanken. Das Einhorn ließ ein wütendes Schnauben hören, griff aber noch einmal schneller aus und sprang mit seiner ganzen gewaltigen Kraft ab – in die Höhe! Der Boden schien unter ihnen wegzusacken, als säße er nicht mehr auf einem Einhorn, sondern auf einem magischen Pferd, das fliegen konnte, und der obere Rand der Böschung raste regelrecht auf sie zu.

Und beinahe hätten sie es sogar geschafft.

Die Vorderhufe des Einhorns berührten den Waldweg, der sich über der Böschung dahinzog, und Lancelot konnte spüren, wie sich die mächtigen Muskeln des Tieres spannten, um das letzte Stück zu schaffen. Dann aber gab das lockere Erdreich unter seinen Hufen nach. Pferd und Reiter schrien gleichzeitig auf. Das Einhorn kippte nach rechts und rutschte sich überschlagend und in einer Lawine aus Steinen, Geröll und lockerem Erdreich wieder nach unten und Lancelot schlug einen Salto in der Luft, ehe er mit solcher Wucht am Fuße der Böschung aufschlug, dass ihm für einen Moment die Sinne schwanden.

Als er die Augen wieder öffnete und sich benommen hochzusetzen versuchte, waren die Pikten nahe heran. Drei, vier weitere kamen von links auf ihn zu, noch mehr von rechts und hinter ihm kollerten Steine, als einige Männer versuchten auf dem Hosenboden rutschend die Böschung hinabzukommen.

Unsicher richtete sich Lancelot auf, packte den Schild fester und merkte erst jetzt, dass er sein Schwert fallen gelassen hatte. Es lag zwei oder drei Schritte neben ihm, fast zum Greifen nahe und dennoch zu weit. Auch seinen Gegnern war nicht entgangen, dass er seine Waffe nicht mehr hatte, sie quittierten diese Beobachtung mit einem triumphierenden Johlen und spornten ihre Tiere noch mehr an. Lancelot warf sich mit einem verzweifelten Satz nach dem Schwert, bekam es zu fassen und rollte herum, aber noch bevor er sich erneut hochstemmen konnte, stieß eines der schwer gepanzerten Schlachtrösser mit solcher Wucht gegen ihn, dass er erneut durch die Luft flog und gegen einen Felsen prallte. Es gelang ihm irgendwie, das Schwert nicht fallen zu lassen, aber alles drehte sich um ihn, sein linkes Bein, die Hüfte und auch der linke Arm, wo ihn das Pferd getroffen hatte, waren ein einziger Schmerz und er konnte kaum noch etwas sehen. Als er sich aufsetzen wollte, war ein zweiter Reiter heran und schlug mit dem Schwert auf seinen Helm. Die Klinge vermochte das Metall nicht zu durchdringen, aber der Helm dröhnte wie eine riesige Bronzeglocke, die von einem ebenso riesigen Klöppel angeschlagen worden war, und Lancelot hatte das Gefühl, sein Schädel müsse platzen. Seine Nase begann zu bluten. Er taumelte hoch, fiel sofort wieder auf die Knie und fing mehr durch Glück als irgendetwas anderes einen Keulenhieb mit dem Schwert ab. Allein die Wucht des Schlages reichte, ihn erneut zu Boden zu werfen. Er rollte auf den Rücken, zog die Beine an, um sich wieder hochzustemmen, und spürte mit einer Mischung aus Entsetzen und Resignation, dass er nicht mehr die Kraft dazu hatte.
Dann war es endgültig vorbei. Drei, vier, vielleicht sogar mehr Pferde erschienen in seinem eingeschränkten

Gesichtsfeld. Er hörte, wie die Männer aus dem Sattel sprangen, und irgendetwas schlug mit grässlicher Wucht auf seinen Brustharnisch, dann traf ihn ein zweiter Schlag, ein dritter und vierter und jemand versuchte, die schartige Klinge eines Dolches durch den Sehschlitz seines Helmes zu schieben. Er hatte einen Fehler gemacht, einen Fehler, der ihn jetzt das Leben kosten würde. Er hatte sich zu sehr auf seine magische Rüstung verlassen. Sie war möglicherweise unzerstörbar, aber das galt nicht für ihn. Lancelot drehte den Kopf zur Seite, sodass die tückische Messerklinge ihr Ziel verfehlte und nur über die Außenseite des Helmes schrammte, aber er wusste, dass es vorbei war. Er stand einer wahren Übermacht gegenüber und jeder einzelne dieser Männer war stärker als er, denn ohne die magische Rüstung und das Runenschwert war er wieder ein Junge von zwölf oder dreizehn Jahren, der es niemals an Körperkraft mit einem dieser Barbaren aufnehmen konnte. Wahrscheinlich würden sie ihm einfach die Rüstung vom Leibe reißen, falls sie sich überhaupt die Mühe machten und nicht einfach so lange auf ihn einschlugen, bis er tot war.

Und genau das schienen sie vorzuhaben. Immer mehr Schläge und Tritte prasselten auf ihn herab und es vergingen nur noch Sekunden, bis er einfach wimmernd daliegen und sich wünschen würde, endlich das Bewusstsein zu verlieren.

Aber es dauerte lange, bis ihm dieser Wunsch erfüllt wurde.

Als er erwachte, strich etwas Warmes und Raues über sein Gesicht. Sein linkes Bein tat entsetzlich weh und er hatte Durst wie niemals zuvor in seinem Leben.

Und vor allem: Er war noch am Leben! Verwirrt, aber

auch erleichtert öffnete Lancelot die Augen und blinzelte, als grelles Sonnenlicht ihn blendete. Wieder strich etwas Warmes und fast unangenehm Raues über seine Wange. Lancelot drehte den Kopf zur Seite und blickte diesmal in ein strahlend weißes Pferdegesicht, das sonderbarerweise von einem mehr als handlangen, spitzen und gedrehten Horn gekrönt wurde, das mitten aus seiner Stirn wuchs.
Lancelot blinzelte erneut, stemmte sich mit einer Hand in die Höhe und benutzte die andere, um die Nüstern des Einhorns beiseite zu schieben, das über ihm stand und ihm mit seiner langen Zunge das Gesicht ableckte wie ein Hund, der versuchte seinem verletzten Herrn zu helfen. Wieso lebte es noch?
Er fand keine Antwort auf diese Frage und seine Verwunderung wuchs noch, als er sich umsah.
Er war allein. Nur ein paar Schritte entfernt graste ein reiterloses Pferd, auf dessen Rücken noch eine Decke lag; Sattelzeug und Zügel waren verschwunden. Auf der anderen Seite der Lichtung steckte ein abgebrochener Speer schräg im Boden und unmittelbar neben ihm lag ein zerbrochenes Schwert – er war also nicht einfach vom Pferd gestürzt und hatte sich den Hinterhalt und den schrecklichen Kampf nur eingebildet, wie er im ersten Moment beinahe glaubte. Als er genau hinsah, erkannte er, dass das Pferd eine üble Schnittwunde am Bein hatte und wohl deshalb von seinem Besitzer zurückgelassen worden war, und nicht weit von dem weidenden Tier entfernt war ein frischer Blutfleck im Gras. Die Pikten waren hier gewesen, der Hinterhalt also kein Traum. Aber wieso lebte er dann noch?
Lancelot setzte sich ganz auf, sah an sich herab und machte eine weitere überraschende Feststellung: Er trug weder Helm noch Handschuhe oder seinen Waf-

fengurt. Die lagen ein kleines Stück neben ihm, und wer immer ihm diese Dinge abgenommen hatte, hatte sich sogar die Mühe gemacht, sie säuberlich nebeneinander zu legen, nicht einfach ins Gras zu werfen.
Verwirrt und ein wenig misstrauisch ließ Lancelot den Blick über jeden Zentimeter seiner Umgebung wandern. Er war fast sicher, dass es sich nur um eine weitere Falle handeln konnte; eine neuerliche Grausamkeit der Pikten, die ihn in trügerischer Hoffnung wiegen wollten, um ihn auf diese Weise noch mehr zu quälen. Aber es war niemand da. Sosehr er auch lauschte, so angestrengt er auch die Schatten musterte, nach einer verräterischen Bewegung, einem Laut suchte, der nicht hierher gehörte, da war nichts. Er war allein. Die Pikten hatten ihn niedergeschlagen, ihm Helm, Handschuhe und Schwert abgenommen – und ihn dann einfach liegen gelassen. Aber das ergab überhaupt keinen Sinn!
Lancelot drehte sich zu dem Einhorn herum. Das Tier hatte mittlerweile an dem kniehohen Gras zu zupfen begonnen und fraß sichtlich mit großem Appetit. So als wäre nichts geschehen. Von der tiefen Wunde, die es davongetragen hatte, war nichts mehr zu sehen, aber das erstaunte Lancelot nicht sehr. Nicht bei diesem Geschöpf. »Schade, dass du nicht reden kannst«, murmelte er. »Ich hätte die eine oder andere Frage an dich.«
Das Einhorn hob den Kopf, als hätte es seine Worte verstanden, sah ihn aber nur einen Moment lang aus seinen sonderbaren, dunklen Augen an und rupfte dann genüsslich weiter Gras. Lancelot schüttelte den Kopf, lächelte über seine eigenen Worte und ging zu der Stelle, an der sein Helm, die Handschuhe und das Schwert lagen. Er würde das Rätsel nicht lösen, wenn er hier herumstand und mit einem *Pferd* sprach. Er befes-

tigte Schild und Helm am Sattelgurt, legte sich den Waffengurt an und schob die Handschuhe aus dünnem, silberfarbenem Drahtgeflecht darunter. Als er sich nach dem Schwert bücken wollte, bemerkte er eine Bewegung aus den Augenwinkeln und fuhr erschrocken herum. Sein Blick irrte zum Waldrand über der Böschung. Aber da war niemand. Die Bäume standen so dicht, dass sie das Sonnenlicht beinahe verschluckten und der Wald fast wie eine Mauer wirkte, und selbst der sanfte Wind von heute Morgen war zum Erliegen gekommen, sodass sich kein Zweig, kein Blatt bewegte.

Lancelots Herz begann zu klopfen. Vorsichtig, ohne den Blick auch nur einen Sekundenbruchteil von der Stelle zu wenden, an der er die Bewegung zu sehen geglaubt hatte, bückte er sich nach dem Schwert und hob es auf, jeden Moment darauf gefasst, von einem Pfeil oder einem heimtückisch geschleuderten Speer getroffen zu werden, aber weder das eine noch das andere geschah. Und trotzdem war er sicher, sich die Bewegung nicht nur eingebildet zu haben. Da droben hatte eine Gestalt gestanden, einen schlanke, dunkle Gestalt, beinahe nur ein Schatten, der für einen Moment aus dem grauen Zwielicht des Waldes herausgetreten war und ihn beobachtet hatte ... unheimlich. Aber auch nur ein weiteres Rätsel, das er jetzt ebenso wenig lösen würde wie die Frage, warum die Pikten ihn verschont hatten.

Schaudernd wandte er sich um und ging wieder zu dem grasenden Einhorn zurück. Bevor er in den Sattel stieg, untersuchte er das Tier sorgsam auf irgendwelche Verletzungen, fand aber keine. Das Geschöpf bestand zwar aus Fleisch und Blut wie er selbst, war aber auf seine Art fast ebenso unverwundbar wie die Rüstung, die er trug, auch wenn es blutete. Er schob das Schwert in den Gürtel, setzte den linken Fuß in den Steigbügel und verhielt dann noch einmal mitten in der Bewegung. Statt in den Sattel zu steigen, drehte er sich wieder herum und ging mit schnellen Schritten zu dem verwundeten Pferd, das auf der anderen Seite der Lichtung graste. Das Tier hob den Kopf und sah ihm aus ängstlich geweiteten Augen entgegen, aber es schien nicht mehr die Kraft zu haben, vor ihm davonzulaufen. Lancelot verspürte einen tiefen Stich in der Brust, als er die schlimme Schnittwunde sah, die es am rechten Vorderlauf hatte – der Anblick tat doppelt weh, als ihm klar wurde, dass niemand anders als er dem Tier diese Verletzung zugefügt hatte. Beruhigend auf das Pferd einredend kam er näher, ließ sich neben ihm auf die Knie fallen und untersuchte den Schnitt. Er verstand nicht allzu viel von Verletzungen, aber selbst ihm war klar, dass das Pferd den nächsten Morgen nicht mehr erleben würde. Die Wunde blutete immer noch, obwohl es lange her war, dass er sie ihm geschlagen hatte, das Pferd zitterte am ganzen Leib und war schweißbedeckt. Lancelot fühlte sich schuldig. Dieses Tier hatte nichts anderes getan als seinem Herrn zu dienen und ihm vermutlich treu zu sein und der Dank war ein qualvoller, einsamer Tod.

Erst als er diesen Gedanken gedacht hatte, wurde ihm klar, wie absurd er war. Absurd und grausam. Natürlich verdiente das Pferd sein Mitleid – aber es war noch nicht lange her, da hatte er mehrere *Menschen* getötet, die ihm ebenso wenig getan hatten und die auf ihre Art nichts anderes verbrochen haben mochten als dieses unglückselige Tier, nämlich ihrem Herrn zu dienen und seine Befehle auszuführen. In diesem Moment hörte Lancelot ein gedämpftes Stöhnen. Erschrocken fuhr er hoch und legte die Hand auf das Schwert, aber auch diesmal sah er niemanden und glaubte schon fast sich

auch diesen Laut nur eingebildet zu haben, als dieser sich wiederholte, etwas deutlicher jetzt und so, dass er die Richtung feststellen konnte, aus der er kam. Lancelot zog seine Waffe nicht, bewegte sich aber äußerst vorsichtig den Weg hinunter und auf die Biegung zu, hinter der er vorhin selbst hervorgekommen war.
Unmittelbar hinter der Wegbiegung lag ein verendetes Pferd, sein Reiter war unter ihm eingeklemmt, verwundet und hilflos, aber offensichtlich noch am Leben. Obwohl er schwer verletzt war, versuchte er verbissen sich unter dem toten Tier hervorzuarbeiten. Lancelot wusste im ersten Moment nicht, was er tun sollte. Das war einer der Männer, die ihn vor wenigen Augenblicken am liebsten noch zu Tode geprügelt hätten, aber er empfand keinen Hass, geschweige denn Zufriedenheit, ihn in dieser verzweifelten Lage zu sehen. Der Pikte drehte den Kopf und fuhr zusammen, als er ihn erkannte. Seine Augen füllten sich mit Angst, aber er sagte kein Wort, sondern versuchte noch heftiger unter dem Kadaver des Pferdes hervorzukommen. Lancelot hörte Hufschlag. Das Einhorn war ihm ohne sein Zutun gefolgt, näherte sich nun langsam dem verletzten Pikten und senkte den Schädel. Das schreckliche Horn, das direkt aus der Mitte seiner Stirn wuchs, deutete wie ein Dolch auf den Gestürzten und das Tier begann vor Ungeduld mit den Hufen zu scharren. Lancelot zog langsam das Schwert. Er wollte es nicht, aber seine Hand schien seinem Willen plötzlich nicht mehr zu gehorchen. Ganz langsam hob er die Klinge. Die Waffe schien in seiner Hand zu vibrieren.
Aber er schlug nicht zu. Der Pikte sah wieder zu ihm hoch und Lancelot las in seinen Augen dieselbe grenzenlose Hoffnungslosigkeit, die er bereits im Blick des Kriegers vorhin entdeckt hatte, und plötzlich begriff er,

dass diese Männer von Anfang an gewusst haben mussten, dass sie keine Chance hatten, obwohl er nur einer gegen so viele war. Sie hatten letztendlich gesiegt, aber das war wohl eher seiner eigenen Ungeschicklichkeit und Selbstüberschätzung zuzuschreiben. Sie haben gewusst, wer ich bin, dachte Lancelot schaudernd.
Statt zuzuschlagen ließ er den Arm sinken und schob das Schwert in die Scheide zurück. Die Bewegung fiel ihm ungewohnt schwer; es war, als weigere sich die Elbenklinge in ihre Hülle zurückzukehren, solange ihr Werk nicht vollendet war. Die Klinge schrie immer noch nach Blut und für einen Moment schien sich ihre ganze Wut und Enttäuschung nun gegen Lancelot selbst zu richten. Es kostete ihn all seine Kraft, dem fürchterlichen Drängen nicht nachzugeben und das Schwert schließlich in seine Scheide zurückzustoßen.
Blitzartig erschien ein Bild vor seinem inneren Auge: Er sah wieder den Morgen, an dem er Artus am Flussufer getroffen und dieser ihm zum Zeitvertreib ein wenig das Fechten beibringen wollte, und das maßlose Entsetzen in Merlins Augen, als Artus ihm erzählte, was geschehen war. *Ihr habt ihm ein Schwert gegeben, Ihr Wahnsinniger?* Genau das waren Merlins Worte gewesen. Er hatte damals weder sie noch den Ausdruck von blanker Panik in den Augen des alten Magiers verstanden, aber nun begriff er beides umso besser.
Warum hatte er es ihm nicht gesagt?
»Worauf wartest du?«, murmelte der Pikte. Er sprach schleppend und mit leiser Stimme, die sich mit der ungewohnten Sprache schwer tat. »Töte mich endlich! Oder bereitet es dir Freude, mich zu quälen?«
Lancelot zwang das Einhorn einige Schritte rückwärts zu tun, weil er spürte, welche Angst sein Anblick dem Mann einjagte. Das Tier widersetzte sich. Er musste bei-

nahe Gewalt anwenden, um es zum Gehen zu bewegen. Warum hatte Merlin es ihm nicht verraten?

»Wenn du mir dein Wort gibst, dann helfe ich dir«, sagte er. »Ich bin kein Heilkundiger, aber ich kann versuchen dich unter dem Pferd hervorzuziehen.«

Der Pikte starrte ihn verwirrt an. Er war misstrauisch, witterte vermutlich eine Falle, aber zugleich glomm ein schwacher Funke von Hoffnung in seinen Augen auf. Dann aber schüttelte er den Kopf. »Ich brauche deine Hilfe nicht, englischer Bastard«, wehrte er ab.

»Ich bin kein Brite«, sagte Lancelot.

»Meinetwegen kannst du direkt aus der Hölle kommen«, murmelte der Pikte. Er versuchte sich zu bewegen und verzerrte das Gesicht vor Schmerz. »Rühr mich nicht an.«

»Das ist dein Tod«, sagte Lancelot. »Deine Kameraden haben dich hier zurückgelassen. Das ist dir doch klar? Sie werden nicht kommen, um nach dir zu suchen.«

»Rühr mich nicht an«, wiederholte der Pikte. »Niemand kann mir helfen. Mein Kreuz ist gebrochen. Wenn du mir helfen willst, dann gib mir meinen Dolch.«

Lancelot überlegte einen kurzen Moment. Er wusste nicht, ob der Pikte die Wahrheit sagte oder vielleicht nur versuchte ihm im letzten Moment doch noch eine Falle zu stellen oder ihn aufzuhalten, bis seine Kameraden zurückkamen und zu Ende brachten, was sie vorhin begonnen hatten, aber er konnte rein gar nichts für den Mann tun. Wenn er die Wahrheit sagte, dann war sein Leben so oder so verwirkt, und wenn nicht, dann wäre es reiner Selbstmord, ihn zu befreien und ihm noch dazu eine Waffe zu geben.

»Ich werde nach deinen Kameraden Ausschau halten und sie herschicken«, versprach er.

Der Pikte lachte böse. »Das brauchst du nicht. Sie halten schon nach dir Ausschau, keine Sorge. Und jetzt verschwinde endlich!«
Lancelot sah voll Mitleid und Hilflosigkeit auf den verletzten Mann hinab, dann wandte er sich mit einem traurigen Kopfschütteln ab, ging zum Einhorn und stieg in den Sattel.
Warum hatte Merlin es ihm nicht verraten?
Warum hatte er ihm nicht gesagt, was ihn erwartete und wie das Leben eines Kriegers wirklich war?
Er lenkte das Tier behutsam an dem verwundeten Pikten vorbei, ließ es dann ein wenig schneller traben, beugte sich schließlich im Sattel vor und knallte mit den Zügeln. Das Einhorn stieß ein zorniges Wiehern aus, warf den Kopf in den Nacken und starrte ihn böse aus seinen tückisch funkelnden Augen an.
Schneller und schneller raste Lancelot den gewundenen Pfad entlang. Unter den wirbelnden Hufen des Einhorns flogen Erdbrocken und losgerissenes Moos davon, und wer den silbernen Reiter in diesem Moment gesehen hätte, der hätte wohl nur einen blitzenden Schemen wahrgenommen, der mehr einem Gespenst als einem Menschen glich. Lancelot ritt, wie er noch nie zuvor in seinem Leben geritten war. Er floh von diesem schrecklichen Ort, an dem er seine erste wirkliche Niederlage erlebt hatte, und redete sich selbst ein, dass er es aus Scham tat und aus Enttäuschung und Zorn über sich selbst.
Aber er wusste sehr wohl, dass das nicht der Wahrheit entsprach.
Immerhin war da noch die Wagenkolonne, die weiter vor ihm vermutlich genau in diesem Moment in einen ebenso heimtückischen und perfekt gestellten Hinterhalt lief, wie er es vorhin getan hatte. Bei dem Ge-

danken, das Schwert wieder ziehen und erneut in den Kampf reiten zu müssen, fröstelte ihn, aber ihm blieb keine Wahl. Er konnte versuchen die Männer zu warnen und dabei in einen weiteren, nicht weniger grausam geführten Kampf hineinplatzen oder sich umdrehen und sie im Stich lassen. Das wäre gerade so, als hätte er sie getötet. Also entschied er sich weiterzureiten.

Trotzdem kam er zu spät.

Er hatte gehofft den Tross noch rechtzeitig einholen zu können, um ihn vor dem Hinterhalt zu warnen, aber er hörte den Kampflärm schon, noch bevor er um die letzte Wegbiegung sprengte.

Ihm bot sich ein schrecklicher Anblick. Einer der Packwagen war umgestürzt und versperrte den Weg zur Gänze, von dem anderen war keine Spur mehr zu sehen; vermutlich waren die Tiere durchgegangen. Auch der silberbeschlagene Wagen stand schräg wie ein gestrandetes Schiff da. Zahlreiche reglose Gestalten lagen auf dem Weg und im Unterholz zu beiden Seiten. Viele trugen das klassische Weiß und Blau Camelots, die meisten aber die eisenbeschlagene Lederkleidung der Pikten. Lancelot schätzte, dass mindestens die Hälfte der Verteidiger tot oder kampfunfähig am Boden lag, wahrscheinlich schon von der ersten Pfeilsalve niedergestreckt und noch bevor ihnen überhaupt klar wurde, dass sie in eine Falle geritten waren.

Und der Kampf war in vollem Gange und hatte wie fast jede Schlacht ein Eigenleben entwickelt, das den Männern das Geschehen aufzwang, statt dass sie es bestimmten. Es gab noch fast ein Dutzend Bogenschützen, das ein bisschen mehr Verstand zu haben schien als der Rest und das im Unterholz zwischen den beiden Wagen hockte und mit gezielten Schüssen immer wieder einen der Verteidiger niederstreckte.

Lancelot stieß dem Einhorn die Absätze in die Flanken, beugte sich tief über den Hals des Tieres und ließ es noch schneller ausgreifen, bis es sich abstieß und mit einem gewaltigen Satz über den umgestürzten Wagen hinwegflog. Freund und Feind zogen erschrocken die Köpfe ein und für einen Moment kam der Kampf zum Erliegen, als der silberne Schemen über den Wagen und die miteinander ringenden Männer hinwegsetzte.
Kaum hatte Lancelot die Elbenklinge aus dem Gürtel gezogen, spürte er, wie die Blutgier des Schwertes wieder erwachte. Fast ohne sein Zutun holte sein Arm zu einem gewaltigen Hieb aus, aber er drehte das Schwert im letzten Moment in der Hand, sodass es den Barbaren, auf dessen Schädel es niedersauste, nicht tötete, sondern lediglich bewusstlos zu Boden sinken ließ. Lancelot machte zwei, drei blitzartige Bewegungen nach rechts und links und im selben Moment, in dem die Hufe des Einhorns mit einem dumpfen Laut wieder den Boden berührten, brachen zwei weitere Pikten bewusstlos zusammen.
Hinter Lancelot erklang ein Chor gellender Jubelrufe, er hörte, wie der Kampf mit doppelter Stärke neu entflammte. Er sah jedoch nicht zurück, sondern jagte in gestrecktem Galopp auf die Büsche zu, in denen die Bogenschützen Deckung gesucht hatten. Drei, vier Pfeile sirrten ihm entgegen, eines der Geschosse ging fehl, die anderen wischte Lancelot mit seinem Schild zur Seite.
Das Einhorn brach durch das Unterholz, zermalmte Äste und Zweige und schleuderte zwei der feindlichen Bogenschützen zu Boden, die sich nicht schnell genug in Sicherheit gebracht hatten. Lancelots Schwert sang sein tödliches Lied und ein weiterer Pikte fiel. Aber auch diesmal hatte Lancelot die Klinge in der Hand ge-

dreht, sodass sie den Mann nur betäubte, und plötzlich war das lautlose Schreien, das er in seiner Seele zu hören glaubte, nicht mehr gierig, sondern voller Wut und Zorn und Enttäuschung. Das Schwert begann so heftig in seiner Hand zu zittern, dass er Mühe hatte, es zu halten. Aber er musste die Klinge nicht noch einmal benutzen, der Rest der piktischen Krieger schleuderte die Waffen weg und suchte das Heil in der Flucht.
Lancelot ließ sie entkommen, riss das Einhorn auf der Stelle herum und sprengte auf den Wagen zu. Dort bot sich ihm ein schreckliches Bild. Nur noch vier oder fünf Krieger aus Camelot und die beiden Tafelritter waren auf den Beinen und wehrten sich mit dem Mut der Verzweiflung gegen eine mindestens dreifache Übermacht. Die Pikten waren schlechter bewaffnet und nicht annähernd so gewandt im Umgang mit ihren Schwertern und Speeren, aber ihre rein zahlenmäßige Überlegenheit war einfach zu groß. Und sie taten etwas, was Lancelot im ersten Moment nicht ganz erfasste: Sie töteten die Tafelritter und die Krieger Camelots nicht, sondern trieben sie nur von dem Wagen fort.
Ohne weiter darüber nachzudenken, sprang Lancelot mitten unter die Pikten. Sein Schild stieß einen Krieger zu Boden und die Elbenklinge fällte mit einem einzigen Hieb gleich zwei weitere Barbarenkrieger; diesmal floss Blut und Lancelot war nicht sicher, ob er die Männer nicht doch getötet hatte.
Während er herumfuhr, um nach weiteren Gegnern Ausschau zu halten, glaubte er aus den Augenwinkeln eine Bewegung bei den geschmückten Wagen wahrzunehmen: ein rasches, dunkles Wogen, wie von Schatten, die Gestalt anzunehmen versuchten und wieder auseinander glitten. Aber der unheimliche Effekt erlosch wieder, noch bevor er sicher sein konnte, und Lancelot

blieb keine Zeit, einen weiteren Gedanken daran zu verschwenden.
Die restlichen Barbarenkrieger ließen von ihren Gegnern ab und flohen in kopfloser Panik, und als wäre dies das Signal zum allgemeinen Rückzug gewesen, traten auch die Krieger auf der anderen Seite des Weges die Flucht an. Keiner der Verteidiger machte Anstalten, sie zu verfolgen, und auch die beiden Tafelritter ließen nur erschöpft ihre Waffen sinken.
Lancelot wandte sich schwer atmend wieder zu ihnen um. Er war nicht verletzt – die Gralsrüstung hatte ihn auch diesmal zuverlässig geschützt, aber sein Bein schmerzte noch immer von dem Kampf auf der Lichtung, sodass er nur vorsichtig auftreten konnte, und er hatte erneut eine Anzahl wirklich harter Schläge einstecken müssen. So kurz der Kampf auch gewesen war, hatte er ihn doch das ganze bisschen Kraft gekostet, das er noch hatte. Er benötigte einige Augenblicke, um wieder zu Atem zu kommen, und nutzte sie, um die beiden Ritter genauer in Augenschein zu nehmen.
Beide waren verwundet und genau wie er sichtlich am Ende ihrer Kräfte. Bei dem größeren der beiden handelte es sich um Sir Hardland, einen jungen Ritter, der nur selten auf Camelot weilte und von dem Lancelot wenig mehr wusste als seinen Namen.
Dafür kannte er den anderen umso besser.
Es war Sir Mandrake.
Der grauhaarige Ritter blutete aus einem hässlichen Schnitt an der Seite und stand gekrümmt da, was ihn allerdings nicht daran hinderte, Lancelot mit einem Ausdruck anzustarren, der nicht unbedingt jenem entsprach, den Lancelot erwartet hatte.
Statt irgendetwas zu ihm zu sagen, wandte sich Lancelot an Sir Hardland: »Ist alles in Ordnung?«

»Ich denke, ja«, antwortete Hardland überrascht. Als Lancelot das erste Mal auf Camelot gewesen war, waren sie einander nicht begegnet. »Ich danke Euch, Sir –?«
»Lancelot«, antwortete Lancelot. »Lancelot du Lac. Aber vergesst den Sir. Lancelot ist genug.«
»*Ihr* seid Ritter Lancelot?« Hardland riss erstaunt die Augen auf. »Natürlich! Wieso frage ich? Kein anderer Mann auf Gottes Welt vermag so zu kämpfen wie Ihr!«
»Ihr schmeichelt mir«, antwortete Lancelot. »Aber ies ist keine Zeit, Komplimente auszutauschen. Bitte seht nach Euren Leuten. Wir müssen möglichst schnell von hier weg. Die Barbaren könnten zurückkommen.«
Hardland sah ihn einen Moment erschrocken an, dann eilte er davon, um Lancelots Anordnung nachzukommen, und Lancelot selbst wandte sich direkt an Sir Mandrake.
»Ihr seid verwundet. Glaubt Ihr, Ihr könnt reiten?«
»Es sieht schlimmer aus, als es ist«, behauptete Mandrake. »Ich bin schon schrecklicher verletzt worden. Aber ich danke Euch. Ohne Eure Hilfe hätten wir es wahrscheinlich nicht geschafft.«
»Noch ist die Gefahr nicht vorüber«, antwortete Lancelot. »Sie sind geflohen, aber das heißt nicht, dass sie nicht zurückkommen, sobald sie sich von ihrer Überraschung erholt haben.«
»Jetzt, wo Ihr bei uns seid? Der unbesiegbare Gralsritter?«, fragte Mandrake spöttisch.
»Das bin ich keineswegs«, antwortete Lancelot ernst. »Ich habe ihnen einen gehörigen Schrecken eingejagt, das ist aber auch alles. Auch ich kann nicht allein mit fünfzig oder hundert Kriegern fertig werden. Die Wälder sind voller Pikten, glaubt mir.«
»Ihr müsst es ja wissen«, sagte Mandrake. Er lächelte und seine Stimme klang durchaus freundlich, aber in

seinen Augen war ein Ausdruck, der Lancelot schaudern ließ. Die alte Feindschaft zwischen ihnen war nicht begraben, nicht einmal vorübergehend.
»Ich fürchte, das weiß ich nur zu gut«, meinte er, ganz bewusst ein wenig zweideutig. Dann wechselte er das Thema und deutete auf den Wagen. »Ist dort der Bischof von York?«
Mandrake nickte. »So ist es, Sir Lancelot. Artus' Vermählung ist für morgen angesetzt und er wird die Eheschließung vollziehen.«
»Ich weiß«, sagte Lancelot. »Aus demselben Grund bin auch ich unterwegs nach Camelot.«
»Da können wir ja von Glück sagen«, murrte Mandrake. Lancelot spürte, dass es ihm immer schwerer fiel, die Form zu wahren. Sie waren niemals Freunde gewesen, aber man konnte es drehen und wenden, wie man wollte – Lancelot hatte ihm und vermutlich auch allen anderen hier gerade das Leben gerettet. Er erwartete keine Dankbarkeit. Aber Mandrake benahm sich, als wäre er sein Feind.
Bevor die Situation weiter eskalieren konnte, ging er mit schnellen Schritten auf den Wagen mit den Silberbeschlägen zu. Die beiden Soldaten, die ihn bewachten, traten respektvoll zur Seite und Lancelot sah, wie sich der dunkelblaue Seidenvorhang, mit dem das Fenster verhängt war, leicht bewegte. Der Insasse des Wagens hatte hinausgesehen, legte aber offensichtlich Wert darauf, dass dies niemand merkte.
Lancelot schob den Vorhang zur Seite und blickte in ein schmales, von einem pedantisch ausrasierten, kurz geschnittenen Bart eingefasstes Gesicht unter einer roten Bischofsmütze, die im Moment ein wenig schief auf dem ansonsten kahlen Schädel saß.
»Exzellenz?«, fragte er.

Der Bischof sah für einen Moment erschrocken drein, aber dann setzte er sich gerade und rückte mit einer hastigen Bewegung seine Kopfbedeckung zurecht, als er Lancelots Blick bemerkte. Erst dann nickte er. »Und Ihr seid ...?«

»Mein Name ist Lancelot du Lac«, antwortete Lancelot.

»Lancelot?« Dem Bischof gelang es nicht völlig, seine Überraschung zu verbergen. »*Ihr* seid Lancelot?«

Lancelot lächelte. »So ist es. Ihr seht aus, als könntet Ihr es nicht glauben.«

»Ich habe eine Menge über Euch gehört, Sir Lancelot«, antwortete der Bischof. »Aber um ehrlich zu sein, ich hatte Euch mir anders vorgestellt.«

»Anders?«

»Älter«, sagte der Bischof und in Lancelot stieg Besorgnis auf. Bisher hatte ihn die Zauberrüstung stets geschützt; nicht nur vor feindlichen Schwertern und Pfeilen, sondern vor allem davor, erkannt zu werden. Auch wenn sein eigenes Spiegelbild für ihn immer noch dasselbe war, das er seit dem Tag seiner Geburt kannte, so schien diese Rüstung doch die Augen aller anderen zu täuschen. Nicht einmal Artus oder Gwinneth hatten ihn erkannt, wenn er die Gralsrüstung trug; selbst wenn er das Visier öffnete oder gar den Helm abnahm.

»Das sagt man mir öfter«, antwortete er mit einem geschauspielerten Lächeln, von dem er selbst spürte, wie wenig überzeugend es war. »Ich sehe jünger aus, als ich bin. Manchmal ist es von Vorteil, aber meistens nicht.«

»Es gibt schlimmere Schicksale.« Der Bischof lächelte. »Wie etwa das, das uns ereilt hätte, wäret Ihr nicht im letzten Moment erschienen. Ich danke Euch. Auch im Namen des Königs, dessen Gast ich zurzeit bin.«

»Ich habe nicht mehr getan, als jeder andere an meiner Stelle auch versucht hätte«, antwortete Lancelot ausweichend. Zugleich begann er zu überlegen, wie er möglichst rasch wieder von hier verschwinden könnte. Er war zum Bischof gegangen, um nicht weiter mit Mandrake reden zu müssen, aber er sah jetzt, dass er einen unangenehmen Gesprächspartner gegen einen noch widerwärtigeren eingetauscht hatte. Dabei konnte er gar nicht genau sagen, was ihm an dem Bischof so widerwärtig vorkam. Das Gefühl aber war so intensiv, dass er es nicht ignorieren konnte.

»Ich würde gerne noch ein wenig weiter mit Euch reden, Exzellenz«, sagte er. »Aber ich fürchte, dafür bleibt uns keine Zeit. Die Pikten sind geflohen, aber sie können jederzeit wiederkommen. Und ein zweites Mal werden sie sich nicht überrumpeln lassen.«

Der Bischof nickte nur und Lancelot ließ den Vorhang wieder vor die Öffnung fallen. Als er sich herumdrehte, hatte er plötzlich das Gefühl, wieder freier atmen zu können. Irgendetwas war um den Bischof gewesen, etwas Dunkles, das ihm Angst machte ...

Unsinn! Lancelot verscheuchte den Gedanken. Der Wagen war klein und muffig, die Luft schlecht und vom Angstschweiß des Bischofs verpestet, das war alles.

Er sah sich aufmerksam um.

Unter Hardlands Anleitung hatten die Krieger bereits begonnen, die Verwundeten zu versorgen und die Toten nebeneinander am Wegesrand aufzureihen, wobei sie einen Unterschied zwischen Verteidigern und Angreifern machten. Lancelot benötigte jedoch einige Augenblicke, um diesen Unterschied ganz zu erfassen, dann aber machte es ihn wütend.

Einige Männer waren dabei, den umgestürzten Wagen wieder aufzurichten und das Wenige an Fracht abzuladen, was nicht schon von selbst hinuntergefallen war. Offensichtlich hatte man vor, die verwundeten Männer damit nach Camelot zurückzutransportieren; vielleicht auch die Toten, um sie später beizusetzen. Für die Pikten galt das nicht. Ihre Erschlagenen waren wie Abfall auf einen Haufen am Wegesrand geworfen worden und mit den Verwundeten und den wenigen Männern, die sich ergeben hatten, verfuhren die Krieger aus Camelot kaum weniger grob. Lancelot ging mit raschen Schritten hin und wandte sich in scharfem Ton an Hardland:

»Was bedeutet das?«, fragte er.

Sir Hardland sah ihn verwundert an. Offenbar verstand er Lancelots Aufregung nicht. »Wir müssen die Verwundeten zurück nach –«, begann er, wurde aber unterbrochen.

»Das sehe ich. Was aber habt Ihr mit den Gefangenen vor?«

»Was werden wir wohl mit ihnen vorhaben?« Es war nicht Hardland, der antwortete, sondern Mandrake, der unbemerkt herangekommen war und jetzt herausfordernd die Hand auf den Schwertgriff in seinem Gürtel legte. »Wir können sie nicht mitnehmen. Und wir können sie auch nicht hier lassen.«

»Das heißt, Ihr wollt sie töten?«, fragte Lancelot erschüttert.

»Uns bleibt keine Wahl«, behauptete Mandrake.

»Das sehe ich anders«, erwiderte Lancelot. »Die meisten sind so schwer verletzt, dass sie keine Gefahr mehr darstellen. Und die anderen werden wir fesseln und hier lassen. Bis ihre Kameraden sie gefunden und befreit haben, sind wir längst in der Stadt.«

Mandrake starrte ihn finster an. »Ihr wisst nicht, was Ihr da sagt, Sir«, stieß er hervor.

»Ich werde nicht zulassen, dass wehrlose Gefangene ermordet werden oder gar Verwundete. Das wäre Mord.«

»Die Männer, die Ihr heute verschont, werden Euch vielleicht morgen wieder in der Schlacht gegenüberstehen«, erwiderte Mandrake. »Wollt Ihr das?«
Lancelot schüttelte wütend den Kopf. »Das ist ein Unterschied. Ich verbiete Euch, Hand an diese Männer zu legen!«
»Ach?«, fragte Mandrake lauernd. »Und mit welchem Recht?«
Lancelot antwortete nicht gleich, aber er schloss die Hand nun ebenfalls um den Schwertgriff und fuhr mit lauter Stimme fort: »Ich werde jeden niederschlagen, der es wagt, diese Männer anzurühren. Das ist mein Ernst.«
Für einen Moment sah es so aus, als würde Mandrake tatsächlich sein Schwert ziehen wollen. Es wäre nicht das erste Mal, dass sich ihre Klingen kreuzten – und nicht das erste Mal, dass Mandrake diesen Kampf verlor. Dennoch spürte Lancelot genau, dass es nicht die Angst vor einer Niederlage war, die Mandrake schließlich dazu bewog, die Hand wieder zurückzuziehen und zu nicken.
»Ganz wie Ihr wünscht, Sir Lancelot«, sagte er steif. Dann rief er: »Beeilt Euch! Wir müssen so schnell wie möglich weiter! Es ist noch ein langer Weg bis Camelot!«
Aus der Nähe betrachtet wirkte Camelot noch fröhlicher, und wenn er die Ereignisse der zurückliegenden Tage und Wochen bedachte, erschienen Lancelot die ausgelassene Musik, die lachenden und tanzenden Menschen auf der Straße geradezu unangemessen. Schon von weitem waren ihnen heitere Melodien entgegengeschallt, und als sie sich dem Nordtor der Stadt näherten, gewahrte Lancelot ein munteres Treiben bereits außerhalb der Mauern. Rechts und links des Weges

waren bunt geschmückte Stände aufgebaut, an denen fahrende Händler ihre Waren feilboten, Gaukler ihre Kunststücke aufführten und Feuerspucker und Schwertschlucker ihr Können zum Besten gaben, an denen Wein und Gebratenes angeboten wurde und er entdeckte sogar ein kleines Zelt, in dem eine Zigeunerin gegen ein paar Münzen die Zukunft aus der Hand las – etwas, das Artus normalerweise nicht zugelassen hätte. Er war ein großzügiger Herrscher und achtete stets darauf, dass seine Untertanen nicht nur reichlich mit Arbeit und Steuern eingedeckt wurden, sondern dann und wann auch eine kleine Ablenkung erhielten. Manchmal ordnete er sogar einfach ein Fest an und öffnete die Weinkeller Camelots, um die Bevölkerung der Stadt bei Laune zu halten. Heidnisches Treiben und Hexenwerk aber hätte er früher niemals zugelassen. Es musste wohl die morgige Hochzeit sein, die ihn darüber hinwegsehen ließ.
Wie immer stand auch heute am Tor zur Stadt eine Wache, die den Befehl hatte, jeden, der heraus- und hineinwollte, sorgsam zu kontrollieren, diese Aufgabe aber heute nicht allzu ernst zu nehmen schien. Der Mann winkte Sir Hardland, der an der Spitze der kleinen Gruppe ritt, nur lässig zu, fuhr dann aber erschrocken zusammen und straffte sich, als er ein zweites Mal hinsah und erkannte, in welchem Zustand sich der kleine Tross befand. Sie hatten die gesamten Lebensmittel und fast das ganze Gepäck des Bischofs zurückgelassen, um es später zu holen, und die beiden Wagen mit den Verletzten und Toten beladen. Nur noch ein gutes Drittel der ursprünglichen Anzahl von Männern saß in den Sätteln und auch diese nicht alle aufrecht. Ein weiteres Drittel war verwundet, die übrigen tot. Statt des Triumphzuges, in dem Mandrake und Hard-

land den Bischof in die Stadt hätten führen sollen, sahen sie eher aus wie die letzten Überlebenden einer gewaltigen Katastrophe, was der Wahrheit ja auch ziemlich nahe kam. Auch viele Bürger Camelots, die ihnen fröhlich winkend und zum Teil schon angetrunken entgegenkamen, verloren schlagartig ihre ausgelassene Stimmung und wichen erschrocken beiseite und auf mehr als einem Gesicht erschien plötzlich Angst. Lancelot konnte das sehr gut verstehen. Die übertrieben wirkende ausgelassene Stimmung in der Stadt war kein Zufall. Jedermann hier wusste um die drohende Gefahr aus dem Norden, die über der Stadt schwebte, und die meisten hatten sich wohl ganz bewusst in dieses Fest gestürzt, um sich für einige kurze Stunden in der Illusion der Sicherheit zu wiegen. Der Anblick der zerschlagenen, verdreckten und blutbesudelten Truppe jedoch zerstörte diese Illusion. Lancelot bekam beinahe selbst ein schlechtes Gewissen, während sich die Kolonne langsam über die überfüllte Hauptstraße in Richtung der Burg quälte; als hätte er persönlich diesen Menschen etwas weggenommen, was sie doch so dringend brauchten.

Auf halbem Wege kamen sie an Tanders Gasthaus vorbei. Obwohl Lancelot nicht einmal zwei Wochen weg gewesen war, hatte diese Zeit dem Schankwirt gereicht, die Schäden an seinem Haus fast vollkommen zu reparieren. Das Gebäude wirkte sogar irgendwie größer und prachtvoller, als er es in Erinnerung hatte, und das war nicht nur ein Streich, den ihm sein Gedächtnis spielte. Während sie langsam an dem Gebäude vorüberzogen, sah Lancelot noch einmal hin und achtete diesmal auf alle Einzelheiten. Das Gasthaus hatte ein neues Dach und größere Fenster, dazu eine neue, mit kostbaren Schnitzereien versehene Eingangstür, über der ein prot-

ziges Schild aus gehämmertem Kupfer hing. Nun ja, dachte er düster, schließlich ist Tander vor nicht allzu langer Zeit überraschend zu Reichtum gelangt.
Als sie schon fast an dem Gebäude vorbei waren, ertönte ein helles Kläffen und ein winziges schwarzes Fellbündel schoss aus der Tür und raste auf wirbelnden Beinen direkt auf ihn zu. Wolf! Der kleine Hund kläffte und bellte, was das Zeug hielt, er versuchte an den Beinen des Einhorns nach oben zu springen und wedelte dabei heftig mit dem Schwanz.
»Was hat der Hund?«
Lancelot musste sich mit aller Kraft beherrschen, um nicht die Hand auszustrecken und Wolf zu sich in den Sattel zu heben. Stattdessen beantwortete er Mandrakes Frage nur mit einem Achselzucken und einem gemurmelten »Keine Ahnung«.
»Dann scheucht ihn weg«, sagte Mandrake. »Er ist lästig.«
Lancelot tat tatsächlich so, als versuche er den Hund wegzuscheuchen, aber Wolfs Kläffen und Schwanzwedeln wurden nur noch hysterischer und schließlich wurde es dem Einhorn zu viel und es versetzte ihm einen derben Stoß mit dem Vorderlauf. Für das Einhorn war es nur ein leichter Schubs, aber der Hund kugelte meterweit davon, kam quiekend in einer Staubwolke zum Liegen und rappelte sich benommen auf – um sofort wieder hinter Lancelot herzurasen.
»Verschwinde endlich, blödes Vieh«, sagte Lancelot laut.
Aber Wolf verschwand nicht, dafür schlug das Einhorn drohend mit einem der Hinterläufe nach ihm und die schlechte Erfahrung von vorhin zeigte Wirkung. Der Tritt verfehlte Wolf zwar, aber er hielt an, hörte auf mit dem Schwanz zu wedeln und stieß stattdessen ein kläg-

liches Fiepen aus. Der Blick seiner Hundeaugen wurde vorwurfsvoll und traurig und Lancelot musste sich zusammenreißen, um sich seinc wahren Gefühle nicht ansehen zu lassen. Er hatte ein schlechtes Gewissen. Vielleicht war dieser kleine Hund der einzige Freund, den er auf der ganzen Welt noch hatte. Und er durfte ihn nicht einmal zur Begrüßung streicheln. Mandrake war auch jetzt schon misstrauisch genug.

Mit einem demonstrativen Ruck wandte er den Kopf wieder nach vorne und hoffte, dass Wolf aufgeben und ihm nicht weiter nachlaufen würde. Das Leben eines Tieres galt den meisten Menschen hier nicht viel und Wolf spielte buchstäblich mit seinem Leben, wenn er dem Tross zu nahe kam und einem der Männer lästig wurde. Es fiel Lancelot wirklich schwer, sich nicht noch einmal nach dem Hund umzudrehen, sondern weiter starr geradeaus zu blicken.

Sie brauchten noch eine geraume Weile, bis sie Burg Camelot erreichten. Die Festung war für die bevorstehende Hochzeit des Königs in den prächtigsten Farben herausgeputzt. Bunte Tücher im strahlenden Weiß und Blau Camelots hingen von den Zinnen, die Türme waren mit Wimpeln und wehenden Fahnen geschmückt und selbst der große Hauptturm, der am stärksten unter dem Erdbeben gelitten hatte und zum Teil eingestürzt war, war schon fast wieder völlig hergestellt. Das wuchtige Tor stand weit offen, und wo normalerweise zwei schwer bewaffnete Posten misstrauisch jeden beäugten, der das Allerheiligste Camelots betreten wollte, standen jetzt nur zwei mannshohe Blumengestecke und direkt über dem Tor hing ein kostbar geschnitztes und mit Gold verziertes Kruzifix, dessen Anblick Lancelot im ersten Moment erstaunte. König Artus und all seine Tafelritter waren – zumindest nach außen hin –

strenggläubige Christen, die ihr Leben für die Kirche geopfert hätten und mit dem Namen Gottes auf den Lippen in die Schlacht zogen. Dennoch wusste er, dass Artus eine solch übermäßige Zurschaustellung kirchlicher Insignien nicht schätzte. Vermutlich hatte er dieses Kruzifix nur zu Ehren des Bischofs aufhängen lassen und würde es auch wieder entfernen, kaum dass der Kirchenfürst nicht mehr in der Stadt war.

Ihre Ankunft war natürlich bemerkt worden. Als sie durch das Tor und in den Innenhof ritten, erschien Artus auf der obersten Stufe der breiten Treppe, die zum Palas hinaufführte. Fröhlich winkend eilte er ihnen entgegen – und stockte auf halber Höhe der Treppe, als er sah, in welchem Zustand sich die Männer befanden. Er blieb einen Herzschlag lang wie versteinert stehen, dann rannte er ihnen mit weit ausgreifenden Schritten entgegen.

»Bei Gott, was ist geschehen?«, rief er aufgeregt. »Sir Hardland, Sir Mandrake! Was habt Ihr –«

Er brach ab und blieb zum zweiten Mal wie erstarrt stehen, als er Lancelot erblickte. Seine Augen weiteten sich. Dann aber erschien ein Ausdruck ehrlich empfundener Freude und Erleichterung auf seinen Zügen. Er breitete die Arme aus und stürmte Lancelot entgegen.

»Lancelot! Ihr seid gekommen!«

Lancelot ließ das Einhorn anhalten und schwang sich mit einer schnellen Bewegung aus dem Sattel, aber vielleicht hatte er es dabei ein wenig übertrieben – sein verletztes linkes Bein quittierte die grobe Behandlung mit einem so heftigen Schmerz, dass er zusammenfuhr und einen raschen Schritt zur Seite machen musste, um nicht zu stürzen.

»Um Gottes willen!«, rief Artus. »Was habt Ihr? Seid Ihr verletzt?«

»Nur eine Kleinigkeit«, antwortete Lancelot und zwang sich zu einem Lächeln. »Ich war unaufmerksam. Ihr wisst doch, wie man sagt: Kleine Sünden straft Gott der Herr sofort.«

»Es ist wirklich nichts Schlimmes?«, vergewisserte sich Artus besorgt.

Lancelot schüttelte den Kopf, straffte sich und machte eine Verbeugung. »König Artus.«

»Ich bitte Euch«, sagte Artus lächelnd. »Solche Förmlichkeiten sind doch unter uns nicht mehr nötig, oder? Ihr ahnt nicht, wie froh ich bin, Euch zu sehen.«

Er trat einen halben Schritt zurück und maß zuerst die beiden Tafelritter, dann den Rest der kleinen zerschlagenen Truppe mit ernsten Blicken. Sein Gesicht verdüsterte sich, als er die beiden Wagen sah, die den Schluss des Trosses bildeten. »Aber nun erzählt – was ist passiert?«

»Ein Hinterhalt der Pikten«, antwortete Mandrake. »Sie haben eine Stunde von hier auf uns gewartet.«

»Die Pikten?«, entfuhr es Artus erschrocken. »Sie wagen es, so offen die Hand gegen uns zu erheben?«

»Ohne Sir Lancelot wären wir vermutlich alle tot«, sagte Hardland. »Der Hinterhalt war perfekt geplant. Wäre er nicht aufgetaucht, hätten sie uns wohl alle niedergemacht.«

Artus warf Lancelot einen kurzen Blick zu, der voller Dankbarkeit war, dann drehte er sich herum und wandte sich direkt an Mandrake: »Dem Bischof ist doch nichts passiert?«

Mandrake verneinte. »Ich glaube, sie wollten ihn lebend.«

»Wer weiß schon, was in den Köpfen dieser Barbaren vor sich geht«, murmelte Artus. Mit raschen Schritten ging er an der Kolonne vorbei zu dem silberbeschlagenen Wagen und wechselte einige Worte mit dem Bischof. Lancelot sah ihm nachdenklich nach. Irgendetwas an Artus ... war seltsam. Nichts von alledem, was er gerade gesehen hatte, war falsch oder gespielt, aber Artus benahm sich trotzdem anders, als er es erwartet hatte.

Rings um ihn herum stiegen auch die anderen Männer aus den Sätteln. Diener und Stalljungen eilten herbei, um ihre Pferde zu nehmen, und ein junger Stallbursche streckte auch die Hand nach den Zügeln des Einhorns aus, ließ es sich aber dann nicht zweimal sagen, als Lancelot den Kopf schüttelte und ihm beschied, dass er sich selbst um sein Tier kümmern würde. Nach dem, was die Stallburschen mit dem Einhorn erlebt hatten, konnte Lancelot die Reaktion des Jungen gut verstehen. Artus wandte sich wieder vom Bischof ab und begann mit lauter Stimme Anweisungen zu geben, woraufhin noch mehr Diener herbeieilten und damit begannen, die verwundeten Krieger vom ersten der beiden Wagen zu holen. Der zweite Wagen, der die Leichen der Erschlagenen enthielt, wurde rasch abgeschirrt und in einen Winkel neben dem Tor geschoben, wo man ihn nicht sofort sehen konnte, wenn man den Hof betrat.

Während sich der Burghof allmählich wieder in ein quirliges Durcheinander verwandelte, dem allerdings von der bisherigen Fröhlichkeit nicht mehr viel anzumerken war, kam sich Lancelot immer überflüssiger vor. Jedermann hier schien genau zu wissen, was er zu tun hatte, abgesehen von ihm selbst. Schließlich legte er den Kopf in den Nacken und sah an der gewaltigen Mauer des Turmes hinauf. Auf halber Höhe gab es ein schmales, nach Westen führendes Fenster, hinter dem er für einen Moment eine Bewegung zu gewahren glaubte. Hinter diesem Fenster, das wusste er, lagen Gwinneths

Gemächer, die beiden prachtvoll eingerichteten Gästezimmer, die sie mit ihren Zofen teilte, bis sie morgen mit Artus vermählt war und offiziell in die Kemenate im Palas übersiedeln würde.
Bei der Vorstellung überkam ihn eine tiefe Traurigkeit. Er hätte nicht zurückkommen sollen. Er hatte geglaubt, stark genug für den Moment zu sein, in dem er Gwinneth wieder gegenüberstehen und in ihre wunderschönen, traurigen Augen blicken würde, aber mit einem Male wusste er, dass es nicht stimmte. Der bloße Gedanke daran, sie wieder zu sehen, ihr so nah und doch so unendlich fern zu sein, war beinahe mehr, als er ertragen konnte. Wie würde er sich erst fühlen, wenn er ihr gegenüberstand?
Artus kam zurück.
»Es ist viel geschehen, seit Ihr das letzte Mal hier wart, mein Freund«, sagte er ernst. »Wir haben einiges zu besprechen. Aber jetzt kommt erst mal herein und lasst Euch vom Küchenmeister eine kräftige Mahlzeit und einen guten Becher Wein reichen. Ihr seht aus, als könntet Ihr beides gut vertragen. Ich freue mich so sehr, Euch zu sehen. Ich hatte kaum noch damit gerechnet.«
»Ich habe Euch versprochen zurückzukommen«, sagte Lancelot.
»Und Ihr habt dieses Versprechen gehalten«, bestätigte Artus. Er lächelte. »Bitte verzeiht, dass ich auch nur einen Moment daran gezweifelt habe. Aber nun kommt, mein Freund. Es gibt viel zu berichten.«

Zumindest der Thronsaal Camelots hatte sich nicht verändert. Alles war ganz genau so, wie er es in Erinnerung hatte: Der große, mit schweren Schnitzerein verzierte Thronsessel vor dem Kamin, die großzügigen Fenster, die einen Blick in gleich zwei Richtungen über die ge-

samte Stadt und das Land dahinter gestatteten, und die lange, rechteckige Tafel, die ebenso gut ein einfacher Bauerntisch hätte sein können, wäre ihre enorme Größe nicht gewesen, denn immerhin bot sie Platz für sechzig Gäste. Obwohl die Stadt und auch der Burghof vom Lärm ausgelassen feiernder Menschen und den hektischen Vorbereitungen für das kommende Fest widerhallten, herrschte hier drinnen dieselbe fast vornehme Stille, an die sich Lancelot erinnern konnte, solange er lebte, selbst die Luft schien irgendwie noch dieselbe zu sein; eine Mischung aus dem Geruch nach kalt gewordenem Essen, abgestandenem Wein und zu vielen Männern, die zu lange hier gezecht hatten. Fast als wäre die Zeit in diesem Raum stehen geblieben.
Und noch etwas war gleich geblieben: Als Artus hinter Lancelot hereinkam und zu seinem Platz gehen wollte, da rannte er so wuchtig mit dem Knie gegen die Tischkante, dass das gesamte Möbelstück zitterte und er für einen Moment blass wurde. Er gab keinen Laut von sich, aber den Rest des Weges legte er mit einem deutlichen Humpeln zurück.
Lancelot unterdrückte ein Kopfschütteln und ging in der anderen Richtung um den Tisch herum und ließ sich auf den Platz zu Artus' Rechter sinken, den Platz, den ihm der König angewiesen hatte. Artus' Ungeschick, mal mit dem einen, mal mit dem anderen Knie so wuchtig gegen die Tischkante zu stoßen, dass er dort eigentlich schon hätte Hornhäute haben müssen, hatte schon zu so manchem derben Scherz unter den Tafelrittern Anlass gegeben. Aber heute amüsierte der Anblick Lancelot nicht. Ihm war nicht nach Lachen zumute, so wenig wie irgendeinem sonst hier drinnen.
Sie waren nicht allein. Außer Lancelot und Artus, Sir Mandrake und Hardland waren noch gut zwanzig wei-

tere Tafelritter anwesend und draußen auf dem Flur hörte er die Schritte von mindestens noch zwei, drei anderen; gut die Hälfte der gesamten Tafelritter und wahrscheinlich alle, die im Moment auf Camelot weilten.
Als er sich gesetzt hatte, fiel ihm Mandrakes ärgerlicher Blick auf. An diese Blicke hätte er sich mittlerweile eigentlich gewöhnen müssen, aber dann bemerkte er auch Artus' Reaktion und ihm wurde klar, dass es nicht nur die übliche Feindseligkeit zwischen ihnen war.
»Habe ich etwas falsch gemacht?«, fragte er.
»Nein.« Artus schüttelte rasch den Kopf, warf einen schnellen besänftigenden Blick in Mandrakes Richtung und wandte sich dann mit einer um Verzeihung bittenden Geste wieder an Lancelot. »Ihr müsst entschuldigen, Sir Lancelot, Ihr könnt es nicht wissen, aber dieser Platz ist für meine Gemahlin reserviert.«
Lancelot sah verwirrt von einem zum anderen. Auf den wenigsten Gesichtern zeigte sich Begeisterung, aber irgendwie spürte er auch, dass der Ärger, den er in vielen Augenpaaren las, nicht ihm galt, weil ihm dieser Fehler unterlaufen war. Eine Frau an der Tafel König Artus'? Das war ungewöhnlich.
»Aber noch sind wir nicht vermählt und für heute ist es mein Wunsch, dass Ihr zu meiner Rechten sitzen bleibt«, fuhr Artus fort, als Lancelot Anstalten machte, sich in die Höhe zu stemmen.
Lancelot ließ sich wieder zurücksinken. »Wie geht es der edlen Lady Gwinneth?«, erkundigte er sich höflich.
»Gut«, antwortete Artus. »Sie ist natürlich ein wenig aufgeregt wegen der bevorstehenden Hochzeit. Deshalb werdet Ihr Verständnis dafür haben, dass sie nicht sofort gekommen ist, um Euch zu begrüßen.« Er lächelte flüchtig, aber sehr warm. »Ich bin jedoch sicher, dass sie das bald nachholen wird.«

Gerade davor hatte Lancelot Angst. Er wünschte sich nichts so sehr, als Gwinneth wieder zu sehen, trotzdem dachte er verzweifelt über jede nur halbwegs glaubhafte Ausrede nach, um diesen Moment so lange wie möglich hinauszuzögern. Erneut wurde ihm klar, was für ein Fehler es gewesen war, hierher zu kommen. Dieses Treffen konnte nur in einer Katastrophe enden!
Artus gab sich einen sichtbaren Ruck und wandte sich an Sir Mandrake: »So gern ich über den morgigen Tag und meine Vermählung reden würde, Ihr Herren, haben wir im Moment doch Wichtigeres zu besprechen. Viele von Euch werden es schon gehört haben, doch für die, die es noch nicht wissen: Die Kolonne mit Sir Mandrake und Hardland und dem Bischof von York wurde in einen Hinterhalt gelockt. Die Pikten haben sie überfallen. Wäre Sir Lancelot nicht im letzten Moment aufgetaucht, so hätte keiner von ihnen überlebt.«
Der allgemeinen Reaktion nach zu schließen schienen noch nicht allzu viele Ritter von dem Vorfall erfahren zu haben, denn für einen Moment brach im Thronsaal eine Unruhe aus, die fast an einen Tumult grenzte. Schließlich verschaffte sich Artus wieder Gehör, indem er kräftig mit der flachen Hand auf den Tisch vor sich schlug. »Meine Herren!«, sagte er mit leicht erhobener Stimme. »Ich kann Eure Erregung verstehen, aber Zornesausbrüche bringen uns jetzt nicht weiter. Die Situation ist ernst. Ernster, als wir selbst bis vor wenigen Augenblicken geglaubt haben.«
»Was soll uns jetzt noch passieren?«, fragte Mandrake mit bösem Spott und einem weit böseren Blick in Lancelots Richtung. »Jetzt, wo der unbesiegbare Lancelot du Lac wieder bei uns ist?«
Artus runzelte die Stirn. Er blickte von Lancelot zu Mandrake und wieder zurück.

»Was habt Ihr, Sir Mandrake?«, wollte er wissen. »Ihr solltet Lancelot dankbar sein.«
Mandrake antwortete nur mit einem finsteren Blick und Hardland antwortete an seiner Stelle: »Es gab eine kleine ... Meinungsverschiedenheit zwischen Lancelot und Mandrake.«
»Worüber?«
Einige Augenblicke reagierte niemand. Artus' Gesicht verfinsterte sich und schließlich fuhr Hardland fort: »Es ging um die gefangenen Pikten.«
Artus sah Lancelot fragend an, aber dieser tat beharrlich so, als hätte er seinen Blick gar nicht bemerkt. Schließlich knurrte Mandrake:
»Euer Freund Lancelot hat darauf bestanden, die Gefangenen freizulassen.«
Artus riss ungläubig die Augen auf. »Ist das wahr?«, erkundigte er sich.
»Nicht so«, erwiderte Lancelot. »Es ging vor allem um die Verwundeten. Sir Mandrake wollte sie hinrichten lassen. Zusammen mit denen, die sich ergeben hatten.«
Artus sah ihn eine Sekunde lang auf eine Art an, als verstünde er nicht so genau, was an dieser Idee so schlimm war. Dann drehte er sich zu Mandrake um und fragte: »Stimmt das?«
Der Ton, in dem Mandrake antwortete, bewies Lancelot, dass ein solches Vorgehen für Artus und seine Ritter zumindest nicht so außergewöhnlich war. »Was sollte ich tun? Wir hatten selbst an die zwanzig Verwundete und wir mussten jeden Moment damit rechnen, dass die Pikten zurückkommen würden. Wahrscheinlich mit Verstärkung. Wir konnten uns nicht mit Verletzten abschleppen und noch weniger mit unverletzten Gefangenen, die bei der ersten Gelegenheit einen Fluchtversuch unternehmen würden.«

»Also habt Ihr sie –«
»Gefesselt und dort zurückgelassen, wo sie waren«, fiel ihm Mandrake ins Wort. Mit einem giftigen Blick in Lancelots Richtung fügte er hinzu: »Damit ihre Kameraden sie möglichst schnell finden und befreien können.«
»Es wäre Mord gewesen!«, protestierte Lancelot.
»Möglich«, sagte Mandrake kalt. »Ich hoffe, die Männer, die vielleicht bei der Verteidigung Camelots gegen genau die Pikten sterben werden, die Euretwegen heute überlebt haben, sehen das auch so.«
»Genug!«, sagte Artus. »Lancelot hatte völlig Recht, Sir Mandrake. Dächten wir alle so wie Ihr, dann müssten wir auch gleich ins Land der Pikten reiten und dort alle Kinder und Neugeborenen erschlagen. Schließlich könnten sie eines Tages zu unseren Feinden werden.«
»Ja, beschützt ihn nur, Euren Freund«, knurrte Mandrake abfällig – ein Ton, den sich wohl nur er und selbst er nur hier, an der Tafel der Gleichen, erlauben konnte. Artus' Tafel war dafür bekannt, dass es zwischen denen, die an ihr Platz nahmen, keinen Unterschied von Stand oder Geburt gab. Hier war jeder gleich, egal ob er nun Artus hieß oder ein Ritter aus einem befreundeten kleinen Königreich war. Jeder konnte sagen, wonach ihm war, und niemand musste befürchten, später dafür zur Rechenschaft gezogen zu werden. Trotzdem verhieß Artus' Blick nichts Gutes, als er Mandrake anstarrte.
»Das führt jetzt wirklich ein wenig zu weit, mein Freund«, sagte er.
»Immerhin«, gab Mandrake ärgerlich zurück, »scheint er tatsächlich sein Herz für die Pikten entdeckt zu haben. Oder warum sonst hat er sie auch während des Kampfes verschont?«
Lancelot erschrak und er konnte nur hoffen, dass sein

Zusammenzucken sowohl Artus als auch den anderen entgangen war. Er hätte nicht geglaubt, dass irgendeinem der Männer in dem Kampfgetümmel aufgefallen war, was er getan hatte.
»Wie soll ich das verstehen?«, erkundigte sich Artus. Die Frage galt Lancelot, nicht Mandrake.
»Er hat Recht«, sagte Lancelot. »Ich habe eine Anzahl der Pikten niedergeschlagen. Aber ich habe keinen von ihnen getötet. Ich hielt es nicht für nötig.«
Diesmal wirkte selbst Artus erstaunt. »Ihr ... hieltet es nicht für nötig?«, vergewisserte er sich, als könne er nicht glauben, was er da gerade gehört hatte.
Lancelot zuckte mit den Schultern. »Das war vielleicht falsch ausgdrückt«, gestand er. »Sagen wir: Ich habe immer noch die Hoffnung, das Blutvergießen beenden zu können.«
Artus seufzte. »Ich fürchte, mein Freund, dass ich Euch diese Hoffnung nehmen muss. Eure Absicht mag durchaus ehrenhaft sein, aber in diesem einen Punkt stimme ich mit Sir Mandrake überein.«
»Verwundete und Kinder zu töten, damit sie später nicht gefährlich werden können?«, fragte Lancelot. Die Worte waren ihm einfach herausgerutscht und sie taten ihm schon Leid, noch bevor er sie ganz zu Ende ausgesprochen hatte, aber zu seiner Überraschung schien Artus sie ihm nicht übel zu nehmen. Er schüttelte nur den Kopf.
»Ihr wart eine Weile fort und wisst vermutlich nichts über die neuesten Entwicklungen«, sagte er. »Es steht nicht zum Besten. Es ist uns zwar gelungen, Mordred gefangen zu nehmen –«
»Mordred?«, fragte Lancelot mit gespielter Überraschung.
Artus nickte und fuhr fort: »Aber leider scheint das die

Kampfeswut der Pikten eher noch angestachelt zu haben. Wir haben drei Boten zu ihnen geschickt, um über einen Waffenstillstand zu verhandeln. Sie haben sie alle drei erschlagen und uns ihre Köpfe zurückgeschickt. So gern ich es uns und den Menschen Camelots ersparen würde, ich fürchte doch, dass uns ein Krieg mit den Pikten unmittelbar bevorsteht.«

»Habt Ihr keine gesehen, während Ihr allein durch die Wälder gezogen seid?«, fragte Mandrake.

»Wie Ihr selbst gesagt habt, Sir«, antwortete Lancelot kühl, »war ich allein. Und ich habe Wert darauf gelegt, es zu bleiben.«

»Warum?«, schnappte Mandrake.

Lancelot schüttelte den Kopf. »Ich hatte über vieles nachzudenken«, sagte er.

»Ich hoffe, Ihr seid zu einem Ergebnis gekommen«, erwiderte Mandrake.

»Meine Herren!«, rief Artus tadelnd. »Das ist wirklich nicht der richtige Moment, um persönliche Feindschaften auszutragen. Uns stehen schlimme Zeiten bevor. Ich zweifle nicht daran, dass wir der Gefahr Herr werden, aber wir brauchen all unsere Kräfte dafür.«

Mandrake wäre nicht Mandrake gewesen, hätte er Artus und vor allem Lancelot nicht mit einem feindseligen Blick bedacht, er war aber dennoch klug genug, nicht weiter auf das Thema einzugehen. Auch Artus hütete sich, auch nur eine entsprechende Bemerkung zu machen, und während der nächsten halben Stunde drehte sich das allgemeine Gespräch nur um Fragen der Strategie und Taktik, um die unterschiedlichen Einschätzungen der Größe der Gefahr, die Camelot und seinen Menschen drohte, und die verschiedenen Ideen, wie ihr am besten zu begegnen sei. Lancelot hielt sich aus dem Gespräch zum größten Teil heraus, schon weil

ihm bereits nach den ersten Sätzen klar war, wie erbärmlich wenig er dazu hätte beitragen können. Die magische Rüstung und das Schwert mochten ihn auf dem Schlachtfeld oder dem Turnierplatz zu einem ebenbürtigen Gegner für jeden einzelnen dieser Ritter hier machen, Artus vielleicht eingeschlossen, aber sie machten nicht die dreißig oder vierzig Jahre Lebenserfahrung wett, die ihm die meisten voraushatten. Er verstand nichts von Kriegsführung und noch weniger von Strategie und Taktik und er verstand selbst vieles von dem, was Artus und seine Ritter vorschlugen, nicht wirklich, auch wenn er dann und wann zustimmend nickte oder ein nachdenkliches Gesicht machte, weil er glaubte, es wäre der richtige Moment dazu.
Dennoch war er erleichtert, als Artus schließlich aufstand und erklärte, dass sie das Gespräch später am Tag fortsetzen würden; schließlich habe er wie alle anderen noch eine Menge mit den Vorbereitungen für den morgigen Tag zu tun und es sei auch ein wichtiger Gast auf der Burg, um den er sich kümmern müsse. Der Bischof hatte sich zwar in eines der Gästezimmer zurückgezogen, um sich von den Strapazen der Reise und vor allem von den Schrecken der zurückliegenden Stunden zu erholen, aber ihn so lange warten zu lassen, grenzte fast an eine Beleidigung – und nichts lag Artus ferner, als einen so hohen Kirchenfürsten zu beleidigen. Die Ritter entfernten sich einer nach dem anderen, doch als auch Lancelot gehen wollte, machte Artus ihm ein verstohlenes Zeichen mit der Hand zu bleiben.
»Ich danke Euch«, sagte er, nachdem sie allein waren und er die Tür hinter dem letzten Ritter geschlossen hatte. Lancelot war verwirrt, aber auch ein bisschen alarmiert. Als Dulac, der Küchenjunge, hatte er seit über zehn Jahren Dienst hier auf Camelot getan und er

wusste, dass Artus nie irgendwelche Geheimnisse vor seinen Rittern gehabt hatte, sondern manchmal – vor allem nach einer durchzechten Nacht – mehr ausgeplaudert hatte, als gut war. Nun aber hatte er das sichere Gefühl, dass das, was Artus ihm zu sagen hatte, nur für seine Ohren bestimmt war.
»Ich wollte noch einmal allein mit Euch reden, Sir Lancelot«, sagte Artus und schon der Ton, in dem er begann, bestätigte Lancelots Verdacht.
»Herr?«
Artus schüttelte den Kopf. »Wir sind unter uns, Lancelot. Noch dazu an einem Ort, an dem es so etwas wie Herrn und Untergebene nicht geben sollte.« Er deutete auf die Tafel, machte aber keine Anstalten, sich wieder zu setzen, sondern fuhr nach einem kurzen Zögern fort: »Was ist zwischen Euch und Sir Mandrake?«
»Die Gefangenen –«
Artus unterbrach ihn mit einem Kopfschütteln. »Davon rede ich nicht«, sagte er. »Ihr habt völlig richtig gehandelt. Ich weiß nicht, was in Sir Mandrake gefahren ist, auf solch eine Idee zu kommen. Es muss die Sorge um die Sicherheit des Reiches sein, die seine Sinne verwirrt hat.« Er schüttelte abermals den Kopf. »Ich glaube, Ihr wisst, wovon ich rede. Etwas ist zwischen euch. Etwas, das nicht gut ist.«
»Ich weiß es nicht«, sagte Lancelot – was genau genommen eine halbe Lüge war. Er wusste sehr wohl, dass der grauhaarige Tafelritter ihm nicht traute, ihn auf Schritt und Tritt beobachtete und zumindest ahnte, dass zwischen ihm und Gwinneth mehr als Freundschaft war. Aber er kannte den Grund dieser Abneigung nicht.
»Es kann nicht nur daran liegen, dass Ihr ihn damals verwundet habt«, fuhr Artus fort. »Ich kenne Sir Mandrake. Er ist ein stolzer Mann, der nicht gern eine Nie-

derlage zugibt, aber ihm ist auch klar, dass man nicht jeden Kampf gewinnen kann. Was also ist es dann?«
»Ich weiß es nicht«, sagte Lancelot erneut und diesmal war die Antwort ehrlich.
Artus dachte einige Augenblicke schweigend nach und begann langsam und mit gemessenen Schritten im Zimmer auf und ab zu gehen. »Ich möchte Euch um etwas bitten, Lancelot«, sagte er nach einer Weile, ohne stehen zu bleiben oder ihn auch nur anzusehen.
»Was immer Ihr wünscht.«
»Ich werde auch noch mit Sir Mandrake reden, aber vor allem bitte ich Euch«, sagte er. »Schon weil ich Euch trotz allem für den Vernünftigeren von beiden halte.«
Das war ein erstaunliches Eingeständnis, fand Lancelot. Immerhin war Mandrake alt genug, um sein Vater zu sein. »Morgen ist der Tag meiner Hochzeit«, fuhr Artus fort. »Was immer auch danach geschehen wird – ich bitte Euch, für diesen einen Tag Frieden mit Sir Mandrake zu schließen. Morgen soll ein Tag der Freude sein. Für alle Menschen in Camelot, aber auch für uns und vor allem für Lady Gwinneth.« Er blieb stehen und sah Lancelot fast flehend an. »Wollt Ihr mir das versprechen?«
Lancelot war verwirrt. »Natürlich«, sagte er. Wieso äußerte Artus eine solche Bitte? Die Feindschaft zwischen Mandrake und Lancelot war kein Geheimnis und sie war nicht neu. Trotzdem musste Artus nicht mit einem offenen Kampf zwischen ihm und dem Tafelritter rechnen. Es gab da wohl noch etwas, wovon Lancelot nichts wusste.
»Selbstverständlich«, sagte er noch einmal. »Nichts läge mir ferner, als Euch Eure Hochzeitsfeier zu verderben.«
»Und Gwinneth zur Witwe zu machen, noch bevor sie

richtig mein Weib geworden ist«, fügte Artus hinzu. Er schüttelte rasch den Kopf, als er den Ausdruck auf Lancelots Gesicht sah und dieser etwas erwidern wollte. »Spart Euch die Höflichkeiten, Sir Lancelot. Ich habe Euch kämpfen sehen.« Er zögerte einen Moment. »Da ist noch etwas, worum ich Euch bitten möchte.«
»Was?«
»Ihr wisst, dass es uns gelungen ist, Mordred gefangen zu nehmen.«
Ob Lancelot das wusste? Er musste sich beherrschen, um einfach nur ganz ruhig mit dem Kopf zu nicken. Er wusste es nur zu gut. Immerhin hatte er für die Gefangennahme von Artus' Sohn um ein Haar mit dem Leben bezahlt.
»Ich möchte, dass Ihr mit ihm redet«, fuhr Artus fort. »Er sitzt seit fast zwei Wochen im tiefsten Kerker Camelots, aber er weigert sich beharrlich, mit mir oder mit irgendjemand anderem zu sprechen.« Er hat nach Euch gefragt. Er hat mich wissen lassen, dass er – wenn überhaupt – nur mit Euch zu sprechen bereit ist. Das hat mir große Sorge bereitet.«
»Wieso?«
»Weil ich in Sorge war, dass Euch etwas zugestoßen sein könnte«, sagte Artus. »Es würde zu Mordred passen, sich dazu bereit zu erklären, mit einem Mann zu reden, von dem er ganz genau weiß, dass er nie wiederkommen wird.«
Ja, dachte Lancelot, das war ganz genau der Mordred, den auch er kannte. Dennoch erstaunten ihn Artus' Worte. Mordred mochte ihr Feind sein, der Feind Camelots, selbst der Feind Artus' – aber er war Artus' Sohn, und auch wenn niemand hier auf Camelot dies wusste und Artus davon ausgehen konnte, dass der alte Zauberer Merlin dieses Geheimnis mit ins Grab genom-

men hatte, so waren der Zorn und die Verachtung in seiner Stimme, als er über Mordred sprach, doch eindeutig zu stark um nur gespielt zu sein. Lancelot erschauerte innerlich. Was musste geschehen sein, dass ein Vater seinen eigenen Sohn so sehr hasste?

»Ich werde es versuchen«, versprach er. »Wann?«

»Ich muss mich jetzt um unseren Gast, den Bischof, kümmern«, sagte Artus. »Die Wache wird Euch hinunter in den Kerker bringen. Ich werde Euch folgen, so schnell ich kann.«

Der Kerker lag tief unter den Mauern Camelots, tiefer noch als die Weinkeller, die Schatzkammern und Vorratsräume und die normalen Verliese, in denen sich dann und wann ein unglückseliger Besucher aufhielt. In all den Jahren, die Lancelot nun auf Camelot lebte, war er niemals hier heruntergekommen, ja, er hatte nicht einmal von der Existenz dieser einen, ganz speziellen Kerkerzelle gewusst. Die Treppe führte in einer halsbrecherisch engen Windung noch weit in die Tiefe, selbst als sie den – wie Lancelot bis zu diesem Moment meinte – untersten Keller erreicht hatten und obwohl die beiden Männer, die vor und hinter ihm gingen, brennende Fackeln in Händen trugen, schien es mit jedem Schritt, den sie sich weiter vom Sonnenlicht entfernten, dunkler zu werden. Und vor allem kälter. Obwohl Lancelot ein dick gefüttertes Unterkleid unter der Rüstung trug und ihn das Leben in den Wäldern und unter freiem Himmel abgehärtet hatte, zitterte er bald am ganzen Leib vor Kälte und sein Atem war als grauer Dampf vor seinem Gesicht zu sehen. Es war unheimlich still hier unten. Selbst das Geräusch, das die mit eisernen Nägeln versehenen Sohlen seiner Stiefel auf dem Stein machten, schien gedämpft und erzeugte kein hörbares Echo. Es war, als bewegten sie sich mit jedem Schritt tiefer in eine Welt hinein, in der Menschen nicht sein sollten.

Lancelot hätte diese Gedanken auf seine Nervosität geschoben und darauf, dass diese Treppe auf unheimliche Weise der dem Verlies unterhalb von Burg Malagon ähnelte und vermutlich auch aus derselben Zeit stammte, aber er war mit seinen Gefühlen ganz offensichtlich nicht allein. Die beiden Krieger, die ihn auf Artus' Geheiß hin hierher geleitet hatten, behandelten ihn mit großem Respekt, was nichts anderes hieß, als dass sie es nicht wagten, ihn anzusprechen und immer hastig die Blicke senkten, wenn er in ihre Richtung sah. Aber er merkte auch, dass sie unruhiger wurden. Offensichtlich ängstigte sie diese Umgebung ebenso sehr wie ihn.

Als er schon glaubte, die Treppe würde überhaupt niemals aufhören, traten sie in einen halbrunden kleinen Raum, dessen Decke so niedrig war, dass Lancelot sich als Einziger ganz aufrichten konnte, ohne mit dem Kopf gegen den rauen Fels zu stoßen. Auf der anderen Seite gab es eine wuchtige, aus uralten Eichenbohlen gefertigte Tür mit zwei Schlössern. Während einer der Männer auf der untersten Treppenstufe stehen blieb und es ganz so aussah, als könnten ihn selbst die berühmten zehn Pferde nicht dazu bewegen, auch nur einen einzigen Schritt in diesen Raum zu tun, ging der andere weiter, steckte die Fackel in eine geschmiedete Halterung an der Wand neben der Tür und zog die beiden schweren Riegel auf. Sie öffneten sich mit einem schweren Klacken und der Posten schob die Tür einen Spaltbreit auf; gerade weit genug, um deutlich zu machen, dass sie nun geöffnet war. Dann trat er rasch zurück, wandte sich um und lief ohne ein weiteres Wort an Lancelot vorbei zu seinem Kameraden in den Treppenschacht hinauf.

Im Grunde nur, um es den Männern nicht noch schwerer zu machen, sagte Lancelot: »Wartet draußen auf mich. Ich wünsche allein mit dem Gefangenen zu sprechen.«

Er bekam keine Antwort. Aber als er weiterging, geschah etwas Sonderbares. Es war hier unten vollkommen still und das musste es auch sein, denn zwischen ihm und dem Tageslicht befanden sich mindestens fünfundzwanzig Meter massiver Fels und der uralte Stein, der ihn umgab, schluckte zusätzlich jedes Geräusch und jedes Echo. Und doch war ihm, als würde er ein ... Wispern hören. Nicht wirklich eine Stimme, nicht wirklich Worte, aber doch die Ahnung von beidem, die ganz allmählich deutlicher zu werden schien, mit jedem Schritt, den er sich der Tür näherte. Schatten huschten vor ihm über den Boden wie kleine vielbeinige Wesen, die es irgendwie verstanden, sich seinem Blick immer wieder zu entziehen, und er hatte das Gefühl, dass sich unsichtbare Spinnweben auf sein Gesicht legten. Aber als er mit den Fingern danach tastete, war nichts da. Unheimlich.

Lancelot schüttelte den Gedanken ab, straffte die Schultern und legte die letzten drei Schritte in schnellerem Tempo zurück.

Als er die flache Hand auf die Tür legte, um sie aufzuschieben, erschauerte er. Das Holz war so kalt, als hätte er Eis berührt. Um ein Haar wäre er zurückgezuckt, aber dann wurde ihm klar, dass ihn die beiden Männer von der Treppe aus aufmerksam beobachteten, und so gab er sich einen Ruck und schob die Tür mit einer entschlossenen Bewegung ganz auf.

Die Schatten huschten hinter ihm herein und ein eisiger, feuchter Hauch wehte ihm entgegen. Im ersten Moment hatte er Mühe, überhaupt etwas zu sehen, denn der

Raum war stockdunkel. Aber er spürte, dass jemand da war.
Und es war nicht unbedingt ein Mensch ...
Unsinn!, dachte Lancelot, ein wenig zornig auf sich selbst. Dass er sich hier nicht wohl fühlte, war klar. Es war dunkel, es war kalt und es stank erbärmlich. Nichts davon war irgendwie un- oder gar übernatürlich. Er hörte, wie sich vor ihm jemand bewegte. Metall klirrte, dann ertönte ein halblautes Stöhnen, aber sosehr er seine Augen auch anstrengte, er sah nichts als einen vagen Schatten. Rasch entschlossen ging er noch einmal nach draußen und nahm die Fackel aus der Halterung. Als er die Zelle zum zweiten Mal betrat, schien das flackernde rote Licht die Schatten vor ihm herzutreiben.
Lancelot stöhnte innerlich auf, als er Mordred sah. Der Gefangene hockte mit untergeschlagenen Beinen auf dem Boden, weil ihm die Ketten, mit denen er gebunden war, keine größere Bewegungsfreiheit erlaubten. Und Lancelot hätte nicht einmal seinen schlimmsten Feinden gewünscht, sie in einem solchen Zustand zu sehen.
Mordred trug noch immer dasselbe Gewand, das er während des feigen Mordanschlages auf Artus angehabt hatte. Nur dass daran absolut nichts Prachtvolles mehr war. Es starrte vor Schmutz und eingetrocknetem Blut und bestand nur noch aus Fetzen. Mordreds Gesicht war bleich und schmal geworden und sein Haar filzig. Er schien fast bis zum Skelett abgemagert. Die Ketten hatten seine Hand- und Fußgelenke blutig gescheuert und er blinzelte, weil ihn das ungewohnte Licht so gut wie blind machte.
»Wenn Ihr gekommen seid, um mich erneut zu verhören, Artus, dann habt Ihr den Weg umsonst gemacht. Ich habe Euch gesagt, dass ich –«

»Nur mit Lancelot reden werde«, fiel ihm Lancelot ins Wort. »Nun, ich bin hier. Sprecht!«
Mordred presste die Lider zusammen, saß eine Weile völlig reglos da und öffnete die Augen dann wieder. Lancelot konnte sehen, wie sehr er sich anstrengte, um in dem grellen Gegenlicht überhaupt irgendetwas erkennen zu können. »Lancelot?«, murmelte er.
»Ich bin gekommen«, bestätigte Lancelot. Er senkte die Fackel und versuchte sie so zu halten, dass er ihr Licht mit seinem eigenen Körper abschirmte, um Mordreds überempfindliche Augen nicht mehr so stark zu blenden. »Besser so?«
Mordred wollte die Hände heben, vielleicht nur, um sich die Tränen aus den Augen zu wischen, aber die Kette war zu kurz und beendete die Bewegung abrupt. Lancelots Betroffenheit wich für einen Moment heißem Zorn. Er wusste, dass dieser Mann nicht nur Artus und ihn, sondern jeden Menschen in ganz Camelot getötet hätte, ohne auch nur mit der Wimper zu zucken. Ein Menschenleben war ihm rein gar nichts wert, das hatte Lancelot schließlich am eigenen Leibe erfahren. Und er hätte nicht eine Sekunde gezögert, Mordred mit dem Schwert in der Hand gegenüberzutreten und ihn in einem fairen Kampf zu erschlagen. Aber eine Behandlung wie diese war einfach ... menschenunwürdig.
»Ihr seid es tatsächlich«, murmelte Mordred.
»Ihr sprecht, als hättet Ihr nicht mehr damit gerechnet«, sagte Lancelot.
Mordred schwieg.
»Aber wie Ihr seht, bin ich gekommen. Artus sagte mir, Ihr wolltet mich sehen?« Mordred schwieg weiter. Vielleicht war er einfach zu schwach um zu sprechen. »Seid Ihr ... gesund?«, fragte Lancelot.
Er kam sich bei dieser Frage selbst lächerlich vor und

Mordreds Antwort bestand aus einem Krächzen, das vermutlich ein Lachen hätte werden sollen. »Selbstverständlich«, entgegnete er. »Camelot ist doch für seine Gastfreundschaft berühmt, oder nicht? Schaut Euch nur um! Ihr seht, dass es mir an nichts fehlt.«

»Immerhin seid Ihr am Leben«, antwortete Lancelot. »Das ist beinahe mehr, als ich erwartet habe, nachdem ich von Eurem Mordversuch an Artus hörte.«

Mordred sah ihn auf sonderbare Weise an. »Hat er Euch das erzählt?«

»Das war nicht nötig«, antwortete Lancelot. »Ich wusste es auch so.«

»Ja«, murmelte Mordred. »Das dachte ich mir.«

»Warum kämpft Ihr auf Seiten der Pikten?«, fragte Lancelot. »Hasst Ihr Artus so sehr, dass Ihr bereit seid, ein ganzes Land zu zerstören, nur um einem Mann zu schaden?«

»Es muss wohl stimmen, was man sich über Euch erzählt«, murmelte Mordred mit einem Auflachen, das fast unmittelbar in ein trockenes, qualvolles Husten überging.

»Was erzählt man sich denn über mich?«, fragte Lancelot.

»Dass Ihr ein tapferer Mann seid«, antwortete Mordred, nachdem er wieder halbwegs zu Atem gekommen war. »Ein nahezu unbesiegbarer Ritter und großer Held auf dem Schlachtfeld – aber nicht besonders klug.«

»Ach?«

»Ihr dürft Artus nicht vertrauen«, sagte Mordred. »Ich weiß, dass Ihr auf seine gewinnende Art hereingefallen seid wie alle anderen auch. Auf seine großen Worte von Frieden und Wohlstand, die er den Menschen bringen will, der Freiheit.« Er schüttelte den Kopf. Seine Ketten klirrten. »Ihr wisst nichts, Ihr Narr!«

»Dann erklärt es mir«, verlangte Lancelot. Er hatte ein ungutes Gefühl. Im Grunde hatte er nichts anderes von Mordred erwartet und eigentlich sollte er sich hüten, seine Worte in irgendeiner Weise ernst zu nehmen. Und dennoch spürte er, dass sie mehr waren als das wirre Gerede eines Mannes, der halb wahnsinnig vor Hunger, Kälte und Fieber war. Aber er schüttelte den Kopf und sagte: »Genug, Mordred. Ich bin nicht gekommen, um Eure Beschimpfungen anzuhören. Wenn Ihr mir etwas zu sagen habt, dann tut es.«
»Ihr würdet mir ja doch nicht zuhören«, murmelte Mordred. »Geht zu Eurem geliebten König Artus und dient ihm, solange er Euch gebrauchen kann. Oder besser gesagt: Euer Schwert. Lange wird es nicht sein.«
»Wie meint Ihr das?«
»Beherrscht es Euch schon?«, fragte Mordred mit einem leisen und bösen Lachen. Lancelot lief ein eisiger Schauer über den Rücken. Er sagte nichts, aber sein Schweigen schien Mordred Antwort genug zu sein, denn er nickte ein paar Mal und fuhr fort: »Noch nicht, nehme ich an. Es ist noch zu früh, nicht wahr? Aber Ihr hört seine Stimme schon. Ihr spürt seinen Durst.«
»Ihr redet wirres Zeug«, sagte Lancelot. Selbst in seinen eigenen Ohren klangen die Worte nicht überzeugend und Mordred machte sich auch nicht die Mühe, darauf einzugehen.
»Benutzt es ruhig weiter«, sagte er. »Werdet zum Helden, solange Ihr dazu in der Lage seid. Und wenn es zu spät ist, dann fragt Euch einmal, warum Merlin Excalibur damals in den Stein gestoßen hat.« Er hustete wieder. Es klang gequält. »Und jetzt verschwindet endlich. Ich bin müde und will schlafen.«
Lancelot sah ihn nachdenklich an. Mordreds Worte schienen keinen Sinn zu ergeben und doch war etwas

darin gewesen, was ihn mit Furcht erfüllte, eine Angst, die tief vom Grunde seiner Seele kam. Schließlich sagte er: »Ich werde gehen. Aber ich verspreche Euch, dass Ihr nicht mehr lange an diesem unwürdigen Ort bleiben werdet. Was immer Ihr getan habt, ist kein Grund für *so etwas*.«

Mordred lachte wieder. »Ihr werdet meinem ...« Er verbesserte sich. »Ihr werdet König Artus doch nicht den Spaß verderben wollen?«, fragte er. »Ich nehme an, er ist nur noch nicht ganz sicher, auf welche Weise er mich hinrichten lassen wird.«

»Das weiß ich nicht«, sagte Lancelot. »Wahrscheinlich habt Ihr den Tod verdient für vieles, was Ihr getan habt. Sobald die Hochzeit vorüber ist, werde ich mich dafür einsetzen, dass Ihr vor Gericht gestellt werdet. Ich verspreche Euch ein gerechtes Urteil.«

»Was immer das heißen mag«, flüsterte Mordred.

»Was immer das heißen mag«, bestätigte Lancelot.

Artus hatte ihm dasselbe Gemach zugewiesen, in dem er auch schon bei seinem ersten Besuch auf Camelot gewohnt hatte, und Lancelot nahm diese Entscheidung mit gemischten Gefühlen hin. Die Gästezimmer Camelots waren bequem eingerichtet. So mancher, auch königliche, Gast wäre vermutlich froh gewesen, hätte er zu Hause in solchen Räumlichkeiten gewohnt, wie es Besucher auf Artus' Burg taten. Aber das Zimmer lag nicht nur im selben Turm wie die Gemächer Gwinneths, sondern noch dazu auf derselben Etage, und so begann sein Herz heftig zu klopfen, als er die Treppe hinaufeilte.

Um seinen Raum zu erreichen, musste er an der Tür vorbei, hinter der er Gwinneth wusste. Seine Schritte wurden langsamer und sein Herz schlug noch stärker.

Nichts auf der Welt wünschte er sich mehr, als durch diese Tür zu treten und seine geliebte Gwinneth in die Arme zu schließen. Stattdessen ging er wieder schneller und beschleunigte seine Schritte schließlich so sehr, dass er fast rannte.

Als er die Tür nahezu passiert hatte, wurde sie von innen geöffnet und eine schlanke Gestalt erschien. Im ersten Moment konnte Lancelot sie nur als schwarzen Umriss erkennen und er war felsenfest davon überzeugt, dass es niemand anderes als Gwinneth sein konnte. Er blieb mitten im Schritt stehen und seine Hände begannen zu zittern. Er konnte spüren, wie alles Blut aus seinem Gesicht wich. Sein Herz hämmerte wild.

Da trat die Gestalt ganz auf den Flur heraus und zog die Tür hinter sich zu, und im selben Moment, in dem sie nicht mehr von blendend grellem Sonnenlicht eingefasst war, wurde aus dem Schatten ein Körper mit einem Gesicht, das Lancelot zwar nur zu gut kannte, das aber ganz und gar nicht Gwinneth gehörte, sondern –

»Evan!«, murmelte er überrascht.

Der schlaksige blonde Junge mit dem schmutzigen Haar und dem Gesicht eines Frettchens war mindestens ebenso überrascht, ihn zu sehen, wie es Lancelot umgekehrt war. Erschrocken machte er einen Schritt zurück und riss die Augen auf.

»Sir ... Lancelot?«, fragte er stockend. »Ihr ... Ihr kennt meinen Namen?«

Das war in der Tat ungewöhnlich und Lancelot machte sich klar, dass er schon wieder einen Fehler begangen hatte. Er war ein Ritter, ein Edelmann, der nur zu Gast auf Camelot war und das erst seit kurzer Zeit. Lancelot war selbst lange genug Küchenjunge hier gewesen, um zu wissen, dass sich ein Ritter – noch dazu ein fremder – normalerweise nicht an den Namen irgendeines Bur-

schen erinnerte, der ihm den Wein und das Essen brachte.
Plötzlich wurden Evans Augen schmal und eine Mischung aus Verwirrung und Misstrauen erschien darin.
»Du...Dulac?«, murmelte er.
»Lancelot du Lac, um genau zu sein«, antwortete Lancelot. »Und ja, ich kenne deinen Namen. Du bist doch der Junge, den ich damals am See vor den Pikten gerettet habe, oder nicht?«
Evan nickte zögernd und Lancelot fuhr fort: »Es freut mich, zu sehen, dass du das Abenteuer heil überstanden hast. Ich wusste gar nicht, dass du hier bei Hofe arbeitest.«
»Das tue ich auch noch nicht lange, Herr«, antwortete Evan. Das Misstrauen wich langsam aus seinem Blick. »Vor mir gab es einen anderen Jungen. Deswegen war ich gerade auch so erschrocken. Verzeiht, Herr.«
»Das verstehe ich nicht«, sagte Lancelot. *Und ob* er Evan verstand! Wahrscheinlich täte er besser daran, nicht weiter auf dem Thema herumzureiten, aber andererseits musste er Gewissheit haben.
»Es ist nur ...«, stammelte Evan. Er begann unruhig von einem Fuß auf den anderen zu treten. »Als ich gerade herauskam und ... unter dem schlechten Licht hier, da ... da dachte ich im allerersten Moment, dass ... es wäre Dulac. Ihr seht ihm wirklich ein bisschen ähnlich.«
»Ein Küchenjunge, der sich eine Rüstung anlegt und sich als Ritter ausgibt?« Lancelot runzelte die Stirn. »Das wäre tollkühn. Eine gewaltige Tracht Prügel wäre wohl das Mindeste, was ihn erwartet, wenn nichts Schlimmeres.«
»Es war dumm von mir, Herr«, sagte Evan hastig. »Bitte verzeiht mir. Ich hätte natürlich wissen müssen, dass es gar nicht Dulac sein kann.«

»Weil er nicht so dumm ist?«
»Weil er tot ist, Herr«, antwortete Evan. »Mordred hat ihn umgebracht.«
»Mordred? Einen Küchenjungen?«
Evan hob die Schultern. »Ich war nicht dabei«, sagte er. »Es heißt, er hätte sich dazwischengeworfen, als Mordred den Dolch nach Artus geschleudert hat. Er wurde getroffen und starb wohl noch am selben Abend.«
»Dann war er sehr tapfer«, meinte Lancelot.
Er konnte in Evans Augen lesen, dass er eine solche Tat eher für sehr *dumm* hielt, aber natürlich nickte er nur und sagte: »Sicher, Herr.«
Lancelot ging weiter und er konnte hören, wie Evan hinter ihm erleichtert aufatmete. Kurz bevor er sein Zimmer erreichte und ohne sich nach Evan umzudrehen, sagte er: »Sei so gut und bring mir einen Krug Wein, Junge.« Er schwieg einen Moment und fügte dann hinzu: »Von dem roten aus Franken, den Artus so sehr schätzt. Der König hat einen guten Geschmack.«
Evan hütete sich zu antworten, aber Lancelot konnte ein Grinsen nicht ganz unterdrücken. Er wusste, dass Artus nur noch ein einziges Fass des schweren roten Weines besaß, den ihm ein Fürst aus dem Land jenseits des Meeres geschenkt hatte. Es stand ganz hinten im Weinkeller in einer Ecke, die man nur nach einer mühsamen Kletterei erreichen und mit einem vollen Krug Wein mit einer noch viel mühsameren Kletterei wieder verlassen konnte. Er selbst hatte sich oft genug darüber geärgert, wenn Artus ihn danach geschickt hatte.
Sein Lächeln erlosch, nachdem er das Zimmer betreten und die Tür hinter sich geschlossen hatte. Müde ging Lancelot zum Bett, warf Helm und Schild darauf und wollte sich setzen, überlegte es sich dann aber anders und ging mit langsamen Schritten zum Fenster. Kalter

Wind fegte herein und auch der Stein schien im ersten Moment eisig zu sein, als er sich mit den Unterarmen auf die Brüstung stützte und hinaussah, dabei war es ein strahlend schöner Sommertag. Keine einzige Wolke stand am Himmel und es sollte eigentlich warm sein, wenn nicht heiß. Burghof, Stadt und Land breiteten sich wie eine winzige Spielzeuglandschaft unter ihm aus, die Luft war ungewöhnlich klar, selbst für einen so hellen Sommertag, und der Blick reichte ungehindert bis zum fernen Horizont. Es war ein wunderschöner Anblick, denn die Stadt war bunt geschmückt und die Musik und das Lachen der Feiernden drangen selbst bis hier herauf. Lancelot aber spürte eine dumpfe Beklemmung, die ihm fast den Atem nahm. Etwas wie eine unsichtbare, dräuende Wolke schien über dem Land zu liegen; die Ahnung eines kommenden Unheils, das sich langsam, aber unaufhaltsam näherte.
Es klopfte. Lancelot fuhr leicht zusammen und drehte sich herum, ehe er laut und hörbar »Herein!« rief.
Die Tür wurde geöffnet und Ritter Parzifal betrat den Raum, dicht gefolgt von einem Mann, den Lancelot zwar erst vor kurzer Zeit gesehen hatte, den er aber erst auf den zweiten Blick erkannte. Es war der Bischof von York. Jetzt trug er nicht mehr das prachtvolle Kirchengewand, sondern ein einfaches braunes Kleid, das ein wenig an eine Mönchskutte erinnerte, und keine Kopfbedeckung.
»Parzifal!«
»Lancelot!« Auf Parzifals Gesicht erschien ein offenes, sehr ehrliches Lächeln, als er Lancelot entgegeneilte und ihn kurz, aber heftig in die Arme schloss. Parzifal war der jüngste der Tafelritter und nur ein paar Jahre älter als Lancelot selbst. Schon als Lancelot noch Dulac gewesen war, war er ihm von allen Tafelrittern der sym-

pathischste, denn er war einer der wenigen, die zumindest dann und wann einmal ein Lächeln oder ein gutes Wort für ihn übrig gehabt hatten, statt ihn zu beschimpfen oder einen Weinbecher nach ihm zu schleudern, wenn sie betrunken waren. Etwas von dieser Sympathie hatte sich auch auf Lancelots neue Identität übertragen, dessen war er sich ganz sicher. Abgesehen von Artus selbst war Parzifal vielleicht der Einzige hier, der dem geheimnisvollen Silbernen Ritter nicht mit Misstrauen, sondern mit echter Freundschaft begegnete.
Lancelot erwiderte seine Umarmung und ließ es auch zu, dass Parzifal ihm ein paar Mal so kräftig auf die Schultern schlug, dass ihm die Luft wegblieb, ehe er sich mit sanfter Gewalt von ihm löste und einen Schritt zurücktrat. Er wandte sich zu dem Kirchenfürsten um und deutete eine Verbeugung an. »Euer Exzellenz.«
»Sir Lancelot.« Der Bischof erwiderte sein Nicken und streckte die rechte Hand aus, wobei er den Handrücken nach oben drehte. Seine Hand war noch immer schwer von Ringen, was überhaupt nicht zu seinem veränderten bescheidenen Äußeren passte. Lancelot starrte die Hand einen Moment lang verständnislos an, ehe er überhaupt begriff, was der Bischof von ihm erwartete. Er griff nach seiner Hand und berührte sie flüchtig mit den Lippen und der Bischof zog den Arm mit allen Anzeichen von Zufriedenheit zurück.
»Ich bin gekommen, um mich noch einmal und in aller Form bei Euch zu bedanken, Sir Lancelot«, sagte er. »Ich muss um Vergebung bitten, dass ich es vorhin versäumt habe. Um der Wahrheit die Ehre zu geben, hatte ich mich schon darauf vorbereitet, meinem Schöpfer gegenüberzutreten.«
Lancelot sah dem kahlköpfigen Mann aufmerksam in die Augen. Der Bischof lächelte und seine Worte klan-

gen durchaus ehrlich, und doch ... wie schon am Morgen, als er ihn das erste Mal gesehen hatte, spürte Lancelot etwas, was an dem Mann nicht stimmte. Er konnte das Gefühl jetzt so wenig in Worte fassen wie zuvor, aber es war noch deutlicher geworden.

Plötzlich wurde ihm bewusst, dass er sein Gegenüber anstarrte. Lancelot zwang sich zu einem Lächeln und sagte: »Das verstehe ich gut, Exzellenz. Ich hatte auch Angst.«

»Ihr?« Der Bischof klang leicht überrascht. »Ein Ritter von Eurem Ruf? Das ist schwer vorstellbar.«

»Ein Ritter, der keine Furcht kennt, wird zumeist nicht alt genug, um sich einen Ruf zu erringen«, sagte Parzifal, bevor Lancelot noch antworten konnte. Er warf Lancelot einen raschen warnenden Blick zu und räusperte sich dann. »Ich will nicht drängen, Euer Exzellenz, aber ...«

»Ja, ja, ich weiß.« Der Bischof seufzte leise. »Unsere Zeit ist knapp bemessen. Wie schön das Leben doch wäre, hätte Gott der Herr dem Tag einige Stunden mehr gegeben, nicht wahr?« Er lächelte. »Aber dann würden wir ihn sehr wahrscheinlich nur mit noch mehr Arbeit voll stopfen.«

Lancelot sah verwirrt vom Bischof zu Parzifal und wieder zurück.

»König Artus hat mich unterrichtet, dass Ihr bei der Trauung morgen der Brautführer sein werdet«, sagte der Bischof. »Es wäre mir lieb, wenn wir die Zeremonie vorher absprechen könnten, damit es keine Probleme gibt. Immerhin werden viele Gäste von hohem Stand erwartet.«

Warum nicht?, dachte Lancelot. Er hatte sich ohnehin schon gefragt, was er den ganzen Tag über tun sollte. Ihm stand der Sinn nicht danach, den anderen Rittern

zu begegnen und mit ihnen in der Erinnerung an Abenteuer zu schwelgen, die er gar nicht erlebt hatte.
»Vielleicht gehen wir hinunter in die Kapelle, in der die Trauung stattfinden wird«, schlug Parzifal vor. »Der Bischof wollte sie sowieso sehen.«

Die kleine Kapelle lag nicht nur außerhalb der Burg, sondern außerhalb der Stadt, und Lancelot konnte sich lebhaft vorstellen, was Sir Mandrake und die anderen Ritter gesagt hatten, als sie von Artus' Wahl erfuhren. Lancelot konnte ihn durchaus verstehen. Es gab eine Anzahl Kirchen in Camelot, die viel größer und prachtvoller waren als diese einfache Kapelle, aber sie war es, die Artus aufsuchte, wenn er allein sein wollte oder Kummer hatte. Und zu ihr gehörte der bescheidene Friedhof, auf dem all die Tafelritter ruhten, die im Kampf für Artus und das Land auf dem Schlachtfeld gefallen waren. Darüber hinaus hatte Merlin ihm einmal erzählt, dass sie das älteste Gebäude weit und breit war. Lange bevor die Burg und die Stadt gegründet worden waren, hatte es diese Kapelle gegeben, einen heiligen Ort auf heiligem Boden. Aber die Kapelle und der Friedhof waren nicht nur ein Ort voller Erinnerungen, sie waren auch praktisch nicht zu verteidigen. Wenn die Pikten von der bevorstehenden Hochzeit wussten – und sie wussten es ganz bestimmt – und vielleicht einen Überfall planten, dann bot sich dieser Platz geradezu an. Selbstverständlich würde Artus geeignete Vorkehrungen treffen, aber innerhalb der Stadtmauern wären sie auf jeden Fall sicherer gewesen. Dennoch: Er konnte Artus' Wahl sehr gut verstehen. Er selbst an seiner Stelle hätte wohl nicht anders entschieden.
»Nein, bitte, Sir Lancelot«, sagte der Bischof. In seiner Stimme klang beinahe so etwas wie Verzweiflung mit.

»Nicht so weit nach rechts! Morgen wird dort der Herzog von Canterbury stehen. Ihr tretet ihm gerade auf die Füße.«
Parzifal, der hinter ihm stand, lachte ganz leise und Lancelot warf dem Bischof einen ärgerlichen Blick zu. Sie waren jetzt seit einer guten Stunde hier. Der Bischof hatte ihnen den genauen Verlauf der Hochzeitszeremonie erklärt und anschließend darauf bestanden, sie mindestens einmal zu proben. Der Vorschlag war Lancelot albern vorgekommen, aber er hatte schließlich zugestimmt und schon nach kurzer Zeit zugeben müssen, dass eine solche Probe durchaus nötig war. Es war eine Sache, sich den Verlauf eines Empfanges anzuhören, und eine ganz andere, jeden Schritt in der richtigen Geschwindigkeit und richtigen Reihenfolge zu tun. Und ganz offensichtlich eine, die ihm nicht sonderlich lag. Was immer er auch tat, es schien falsch zu sein.
»Der erste Teil war schon ganz richtig«, sagte der Bischof. »Ihr werdet Lady Gwinneth draußen in Empfang nehmen und durch die Tür hereinführen, aber ich bitte Euch, tut es mit einiger Würde. Ihr seid in einer Kirche, nicht auf dem Schlachtfeld, und Ihr führt eine Braut zum Altar, keinen Ochsen auf die Weide.«
Lancelot warf Parzifal einen fast flehenden Blick zu. »So schlimm?«
Parzifal schüttelte den Kopf. »Schlimmer«, sagte er fröhlich.
»Es ist auch nicht ganz leicht, jemanden am Arm zu führen, der gar nicht da ist«, maulte Lancelot. »Ich bin schließlich kein Gaukler.«
»Dieser Einwand ist nicht der schlechteste«, sagte der Bischof. Er wandte sich mit einem leicht schadenfrohen Lächeln an Parzifal. »Vielleicht ist es tatsächlich einfacher, wenn es jemanden gibt, der die Rolle der edlen

Lady Gwinneth annimmt. Wenn Ihr vielleicht so freundlich wärt?«
»Ich?« Parzifal klang regelrecht entsetzt und jetzt war es an Lancelot, ihm schadenfroh ins Gesicht zu grinsen.
»Ich sehe hier sonst niemanden«, sagte der Bischof geduldig. Er runzelte die Stirn. »Ziert Euch nicht. Niemand sieht uns.«
Parzifal verdrehte die Augen, wandte sich aber gehorsam um und ging zur Tür und Lancelot folgte ihm, nahm links von ihm Aufstellung und hob den angewinkelten rechten Arm an. »Mylady«, sagte er spöttisch.
Parzifal spießte ihn mit Blicken regelrecht auf, legte aber gehorsam die Hand auf seinen Unterarm und stolzierte mit affektierten Schritten neben ihm her, als sie durch den Mittelgang auf den kleinen Altar zugingen.
Der Bischof seufzte leise, sagte aber nichts, sondern schien Lancelots Schritte mitzuzählen. Als sie die Hälfte der Strecke hinter sich gebracht hatten, schüttelte er den Kopf und wedelte unwillig mit der Hand. »Ihr seid viel zu schnell«, sagte er. »Und Ihr, Sir Parzifal, wenn Ihr mir die Bemerkung gestattet – Ihr seid kein Pfau. Versucht wenigstens *einigermaßen* damenhaft auszusehen.«
Hinter ihnen ertönte ein helles Lachen, und eine Stimme, die Lancelot einen eisigen Schauer über den Rücken laufen ließ, sagte:
»Ich fürchte, das ist so ziemlich das Schlimmste, was Ihr von dem guten Sir Parzifal verlangen könnt. Aber warum lasst Ihr mich nicht diesen Part übernehmen? Ich habe ein wenig Übung darin.«
Parzifal nahm hastig die Hand von Lancelots Arm und Lancelot spürte, wie ihm das Blut aus dem Gesicht wich. Sein Herz begann so heftig zu klopfen, dass es schmerzte.

Gwinneth trug ein schlichtes dunkelblaues Gewand, das ihre Gestalt vollkommen verhüllte, und ihr Gesicht war hinter einem dichten weißen Schleier verborgen, aber Lancelot hätte sie auch erkannt, hätte sie sich in einen Sack gehüllt und eine schwarze Maske getragen. Seine Kehle war plötzlich wie zugeschnürt und er wusste nicht, was er sagen sollte, und hätte er es gewusst, hätte er vermutlich keinen Ton herausgebracht.

»Also?«, fragte Gwinneth. »Braucht Ihr noch jemanden, der die Rolle der Braut spielt?«

Parzifal brachte es irgendwie fertig, so zu tun, als wäre er überhaupt nicht da, und auch der Bischof druckste einen Moment herum. »Ich weiß nicht, ob es sich geziemt ...«, begann er.

Gwinneth unterbrach ihn mit einer raschen Handbewegung. »Unsinn«, sagte sie. »Schließlich *bin* ich die Braut, oder? Und ich lege so wenig Wert darauf, mich vor all diesen erlauchten Gästen zu blamieren, wie Sir Lancelot es tut. Ich habe auch noch nicht allzu viel Übung darin, verheiratet zu werden.«

»Trotzdem«, sagte der Bischof unschlüssig. »Immerhin seid Ihr die Braut des Königs.«

»Ach, das.« Gwinneth wiederholte ihre wegwerfende Handbewegung. »Macht Euch keine Sorgen, Bischof. Sir Lancelot und ich sind gute alte Freunde. Und er ist der treueste Gefolgsmann, den sich Artus nur wünschen kann. Wenn der König jemandem seine zukünftige Gemahlin anvertraut, dann ihm.« Sie drehte den Kopf und sah Lancelot auf eine Weise an, die ihm einen eisigen Schauer über den Rücken laufen ließ. »Nicht wahr?«

Lancelot nickte nur knapp. Warum quälte sie ihn so? Wusste sie denn nicht, was er in diesem Moment empfand?

»Na also«, sagte Gwinneth. Sie deutete mit einer Kopfbewegung zur Tür zurück. »Kommt.«
Lancelot folgte ihr widerstrebend. Gehorsam verließ er hinter Gwinneth die Kirche, drehte sich einen Schritt vor der Tür herum und hob wieder den Arm. Gwinneth nahm den Platz ein, den Parzifal vorhin innegehabt hatte, und sie legte ihre schmale Hand auf seinen Unterarm. Die Berührung war wie Feuer. Lancelot musste die Zähne zusammenbeißen, um nicht aufzustöhnen, und er spürte, wie auch Gwinneth für einen kurzen Moment erschauerte. »Warum tut Ihr das?«, flüsterte er, ohne die Lippen zu bewegen und so leise, dass nur Gwinneth die Worte hören konnte.
»Warum seid Ihr zurückgekommen?«, gab Gwinneth ebenso leise zurück. »Ihr hättet es nicht tun dürfen. Wisst Ihr überhaupt, was Ihr mir damit antut?«
Er wusste, was er *sich selbst* damit antat, und wenn sie auch nur einen Bruchteil dessen empfand, was er spürte, dann musste sie innerlich tausend Tode sterben. Aber er hatte Artus sein Wort gegeben. Und er hatte vor allem *sich selbst* sein Wort gegeben, zumindest lange genug am Leben und hier zu bleiben, bis der Krieg gegen die Pikten vorbei und Morgaine Le Faye unschädlich gemacht worden war, damit Artus und die neue Königin auf Camelot ihr Leben in Frieden genießen konnten. Was danach war ... er wusste es nicht. Es spielte auch keine Rolle.
Langsam näherten sie sich dem Altar. Entgegen ihrer Behauptung stellte sich Gwinneth äußerst geschickt an, sodass der Bischof sie nur zwei- oder dreimal zurückscheuchen musste, um ihre Geschwindigkeit oder ihre Richtung ein wenig zu korrigieren, und schließlich hatten sie den Punkt erreicht, an dem er die Braut an ihren Bräutigam übergab und sich rückwärts gehend zurück-

zog; Artus, dessen Rolle in diesem Moment Parzifal übernahm.
»Wunderbar!«, lobte der Bischof. »Wenn es morgen so gut funktioniert wie heute, dann wird Artus sicher stolz auf Euch sein, Sir Lancelot. Und selbstverständlich auf Euch, Lady Gwinneth«, fügte er hastig und mit einem entschuldigenden Kopfnicken in ihre Richtung hinzu. »Vielleicht sollten wir noch ein abschließendes Mal –«
»Nein«, sagte Lancelot.
Der Bischof und auch Parzifal sahen ihn mit leicht verwirrtem Ausdruck an und auch Gwinneth drehte den Kopf. »Es ist schon spät«, fügte er hastig und etwas leiser hinzu. »Ich muss auch noch gewisse Vorbereitungen für den morgigen Tag treffen. Und es gibt noch eine Menge mit Artus zu besprechen. Ihr entschuldigt mich also.«
Ohne eine Antwort abzuwarten, drehte er sich auf dem Absatz herum und verließ die Kapelle. Er stürmte ein Dutzend Schritte davon, blieb aber dann stehen, bevor er durch das Tor in der niedrigen Mauer treten konnte, die die Kapelle und den Friedhof umgab, und sah nach links. Seine Hände zitterten. Sein Herz klopfte immer noch wie wild und er wusste, dass er nicht mehr lange die Beherrschung hätte wahren können. Aber er konnte jetzt auch nicht zurück nach Camelot. Wenn er Artus begegnete – er wusste nicht, was geschehen würde. Aber er kam zu einem Entschluss, während er so dastand und mit geöffneten Augen ins Leere starrte. Er würde sein Wort halten und Artus als Brautführer und Trauzeuge dienen, aber danach, noch bevor die eigentlichen Hochzeitsfeierlichkeiten begännen, würde er Camelot verlassen, entweder unter einem Vorwand oder in aller Stille, und er würde weiter das tun, was er in den vergangenen Wochen getan hatte: in der Nähe bleiben

und aus dem Verborgenen heraus über die Sicherheit der Stadt wachen.
»Es ist dort hinten«, sagte eine Stimme hinter ihm.
Lancelot drehte sich herum und sah, dass Gwinneth ihm gefolgt war. Sir Parzifal und der Bischof waren nicht zu sehen.
»Was ist dort hinten?«
Gwinneth machte eine Handbewegung. »Das, wonach Ihr sucht.« Sie drehte sich herum und ging und Lancelot folgte ihr, zögernd und verwirrt. Er hatte nichts gesucht.
Sie gingen den schmalen, mit feinem Kies bestreuten Weg neben der Kirche entlang, bis sie den eigentlichen Friedhof erreichten, und Lancelots Verwirrung wuchs weiter, als er sah, dass Gwinneth ihn zu einem Grab führte. Ein einfacher Stein ohne Beschriftung, wie alle Gräber hier, und es war ein neues. Die Erde hatte sich noch nicht gesetzt und nur vereinzelte Grashalme hatten bereits wieder Fuß gefasst. Es war keine zwei Wochen alt, schätzte Lancelot.
Sie blieben stehen. Lancelot erwartete nun, dass Gwinneth irgendetwas sagte, eine Erklärung abgab, aber sie blickte nur schweigend auf das Grab und nach einer Weile fragte er: »Wer liegt hier begraben?«
»Ein guter Freund«, antwortete Gwinneth. »Ich glaube, Ihr habt ihn nie kennen gelernt, aber er war nach Euch der Mensch, der mir vielleicht am nächsten gestanden hat – auch wenn er es vermutlich niemals erfahren hat.«
Lancelot war nun vollends verwirrt. Er hatte nicht gewusst, dass Gwinneth hier auf Camelot irgendwelche Freunde gehabt hatte, zumindest keine, die ihr so nahe gestanden waren. »Ich verstehe nicht«, sagte er.
Gwinneth drehte sich zu ihm herum. Dann tat sie etwas Überraschendes: Sie hob die Hände und schlug den

Schleier zurück, der ihr Gesicht bisher verhüllt hatte, und Lancelot erschrak. Sie war sehr blass. Ihr Gesicht war schön wie immer, doch ihre Augen waren von einer Trauer erfüllt, die sehr tief ging.
»Ihr habt ihn nicht gekannt«, sagte sie noch einmal. »Aber er war Euch sehr ähnlich. Vielleicht nicht äußerlich. Er war kein Ritter. Kein Edelmann. Und ich glaube, er war nicht einmal besonders tapfer, aber in seinem Herzen war er wie Ihr.«
Nicht zum ersten Mal an diesem Tag hatte Lancelot plötzlich das Gefühl, keine Luft mehr zu bekommen. »Von wem ... sprecht Ihr?«, fragte er stockend.
»Sein Name war Dulac«, antwortete Gwinneth. Sie drehte sich wieder herum, ohne den Schleier vor ihr Gesicht zu senken, und sah auf das schlichte Grab hinab.
»Dulac?«, krächzte Lancelot.
»Er war ein einfacher Küchenjunge«, sagte Gwinneth. »Wahrscheinlich hat er Euch ein paar Mal das Essen gebracht und den Wein, aber ich glaube nicht, dass Ihr Euch an ihn erinnert. Er ... fehlt mir.«
Selbst wenn Lancelot in diesem Moment hätte antworten wollen, hätte er es gar nicht gekonnt. Seine Kehle war zugeschnürt, seine Stimme verweigerte ihm den Dienst und er war froh, dass Gwinneth nicht in seine Richtung blickte. Es war ein unheimliches Gefühl, an seinem eigenen Grab zu stehen, und es war fast absurd: Er war eifersüchtig auf sich selbst. Was er in Gwinneths Stimme hörte, das war nicht nur die Trauer über den Verlust eines guten Freundes. Da war mehr. Viel mehr.
Aber es kam auch noch etwas anderes hinzu. Dieses Grab hätte gar nicht da sein dürfen. Sicher, Artus hielt ihn für tot, und als er Camelot verlassen hatte, da war er sehr sicher gewesen, den nächsten Morgen nicht mehr

zu erleben. Wie ein verletztes, sterbendes Tier hatte er sich verkrochen, um einsam und allein zu sterben, und es hatte keinen Leichnam gegeben, den man hier beerdigen konnte.

»Wart Ihr ... wart Ihr dabei, als er starb?«, fragte er stockend.

Gwinneth schüttelte den Kopf. »Nein. Er starb in Artus' Armen. Der Dolch, der sein Herz durchbohrte, galt Artus, aber er hat ihn nicht sofort getötet. Ich habe so darum gebetet, dass Gott gnädig sein möge und ihm das Leben schenken würde, aber meine Gebete wurden nicht erhört. Artus hat die ganze Nacht gewacht, aber schließlich starb er.«

»Hat Artus Euch das erzählt?«, fragte er zögernd.

Gwinneth nickte. »Er hat diesen Jungen gemocht«, sagte sie. »Er hat es nie gesagt, aber irgendwie hatte er ihn ins Herz geschlossen.«

Ja, dachte Lancelot bitter, *so sehr, dass er ihn sogar hatte beerdigen lassen, ohne dass es einen Leichnam gegeben hatte.* Er verstand es nicht. Warum? Hatte Artus so sichergehen wollen, dass Gwinneth ihn für tot hielt, dass er nicht einmal abwartete, bis man seinen Leichnam gefunden hatte, sondern ihn beerdigen ließ, obgleich er gar nicht da war? Diese Vorstellung war so absurd, dass er sich weigerte, den Gedanken auch nur in Erwägung zu ziehen.

Obwohl es doch der einzige war, der irgendeinen Sinn ergab.

»Es tut mir Leid«, murmelte er. »Ich hätte ihn gern kennen gelernt, so, wie Ihr ihn beschreibt, Mylady.«

»Mylady?« Gwinneth sah zu ihm hoch. Die Trauer in ihrem Blick wurde tiefer. »Mylady?«, wiederholte sie. »Bin ich nicht mehr für dich, Lancelot?«

»Ihr seid die Braut meines Königs«, antwortete Lancelot, wobei er das Gefühl hatte, an jedem einzelnen Wort, jeder einzelnen Silbe ersticken zu müssen. Trotzdem fuhr er fort: »Ich würde mein Leben für Euch geben, ebenso wie für Artus.«

Gwinneth nickte. »Aber darüber hinaus«, meinte sie, »bin ich einfach nur Eure Königin, habe ich Recht?« Ihre Stimme wurde bitter.

»Haben wir denn eine andere Wahl?«, fragte Lancelot.

Diesmal antwortete Gwinneth nicht mehr. Sie sah ihn noch einen Moment lang auf diese unendlich traurige Art an, dann hob sie langsam die Hände, ließ den Schleier wieder vor ihrem Gesicht heruntergleiten und drehte sich um, um zu gehen. Lancelot folgte ihr nicht. Er sah auch Parzifal an diesem Tag nicht wieder, ebenso wenig wie Mandrake, Hardland, Leodegranz oder irgendeinen anderen der Tafelritter und auch Artus nicht. Er verbrachte den Rest des Tages und die Nacht allein in seinem Zimmer und es war das erste Mal seit langer Zeit wieder, dass er sich in den Schlaf weinte.

Die Posaunen waren so laut, dass er das Gefühl hatte, seine Trommelfelle müssten platzen. Lancelot verzog das Gesicht. Nun also war der große Tag gekommen. Er war früh aufgewacht, mit den verschwommenen Erinnerungen an irgendeinen Albtraum hinter der Stirn, trotz der Morgenkühle, die sich in seinem Zimmer eingenistet hatte, schweißgebadet und mit einem schlechten Geschmack im Mund, der nicht auf das Essen vom vergangenen Abend zurückzuführen war, sondern seinen Gemütszustand widerspiegelte. Heute also – in weniger als einer halben Stunde! – würde er jenen Menschen, den er über alles auf der Welt liebte und für den er ohne zu zögern sein Leben hingegeben hätte, eigenhändig zum Altar führen, damit er den Menschen heiratete, dem all seine Treue und Freundschaft gehörte. Für jeden Einzelnen hier in Camelot war dies ein Feiertag, ein Tag großer Freude und neuer Hoffnung, mit der er in die Zukunft blicken konnte, aber für ihn war er das genaue Gegenteil.

Der schlimmste Tag in seinem Leben.

Lancelot trat mit gemessenen Schritten durch das weit offen stehende Stadttor und wandte sich nach links. Die kleine Kapelle und der Friedhof waren hinter der Menschenmenge, die gekommen war, um Artus und seiner Braut zuzujubeln, nicht mehr zu sehen. Wohin er auch blickte, sah er in fröhliche und lachende Gesichter, schallten ihm Jubelrufe und die Glückwünsche der Bewohner Camelots entgegen, winkten ihm bunte Tücher zu oder wurde ein Weinbecher übermütig in seine Richtung geschwenkt. Es schien, als wären sämtliche Bewohner der Stadt gekommen, um Artus' und Lady Gwinneths Hochzeit mitzuerleben, ganz gleich ob Alt oder Jung, gesund oder krank.

»Was habt Ihr, mein Freund? Ihr seht nicht sehr fröhlich drein.«

Lancelot fuhr aus seinen Gedanken hoch und drehte mit einem Ruck den Kopf. Im ersten Moment verstand er nicht genau, was der Mann neben ihm gesagt hatte; er erkannte ihn nicht einmal, obwohl er kaum einen Schritt neben ihm ging. Dann fand er in die Wirklichkeit zurück und beeilte sich, hastig den Kopf zu schütteln und Braidens Frage mit einem Lächeln die Schärfe zu nehmen: »Ich habe nicht besonders gut geschlafen«, antwortete er. »Das ist alles.«

Der alte Tafelritter lächelte verständnisvoll. »Damit befindet Ihr Euch in guter Gesellschaft«, sagte er mit einem gutmütigen Grinsen. »Ich glaube, keiner von uns hat in dieser Nacht mehr als eine Stunde Schlaf gefunden und die meisten vermutlich nicht einmal die.« Sein Grinsen wurde breiter. »Ihr wisst doch, wie das mit Junggesellen ist. An ihrem letzten Abend als unverheiratete Männer müssen sie all ihren Freunden beweisen, dass sie immer noch trinkfest sind wie eh und je.«

»Hat Artus es Euch bewiesen?«, fragte Lancelot.

Sir Braiden nickte. »Und ob! Manchmal hatte ich das Gefühl, er hätte sich vorgenommen den Weinkeller ganz allein leer zu trinken.« Er schüttelte den Kopf. »Er hat es nicht geschafft, aber er war auf dem besten Wege.«

Lancelot lächelte pflichtschuldig zurück und sah dann wieder nach vorne. Braiden war diplomatisch genug gewesen, ihn nicht zu fragen, wo er eigentlich am vergangenen Abend gesteckt hatte, aber er hatte von einigen der anderen Ritter gehört, dass sein Fehlen durchaus aufgefallen war und Artus es nicht besonders wohlwollend zur Kenntnis genommen hatte. Es war ihm egal. Artus würde heute mehr als genug zu tun haben und kaum die Gelegenheit finden, ihn zur Rede zu stellen, und wenn die Sonne das nächste Mal aufging, dann wäre er nicht mehr hier.

Braiden musste gespürt haben, dass ihm das Thema trotz all seiner Scherzhaftigkeit unangenehm war, denn er sprach nicht weiter und sie gingen langsam an der Spitze einer Kolonne aus gut dreißig prachtvoll gerüsteten und herausgeputzten Rittern weiter den Weg in Richtung Kapelle. Die Posaunenbläser bemühten sich weiter nach Kräften, ihre Ohren zu betäuben, und Lancelot sah jetzt, dass am Ende des Weges eine Gruppe in schimmerndes Silber und blitzendes Gold gekleideter Ritter auf sie wartete. Der Bischof von York im blutfarbenen Rot seines Gewandes wirkte inmitten dieser Pracht verloren und fehl am Platze. Lancelot sah aber auch etwas, das ihm schier das Herz zusammenpresste. Nur ein Stück von dem in schlichtes Weiß gekleideten Artus gewahrte er die schlanke Gestalt Gwinneths. Sie trug ein Kleid in derselben Farbe und ihr Gesicht war verschleiert wie gestern. Ihr einziger Schmuck war ein goldenes Diadem, das die Form mehrerer ineinander geschlungener Schlangen hatte und von blitzenden Diamanten und anderen Edelsteinen gekrönt wurde. Ihre Hände, die in fein gewobenen Handschuhen von weißer Farbe steckten, hielten den traditionellen Brautstrauß, und sosehr sich Lancelot auch bemühte, es zu ignorieren, spürte er doch, dass der Blick ihrer traurigen Augen hinter dem weißen Schleier direkt auf ihn gerichtet war.

Er wandte den Kopf und sah nach rechts. Menschen säumten den Weg, so weit er sehen konnte, aber hinter all den feiernden und ausgelassenen Bürgern Camelots erblickte er auch etwas, das die Festtagsstimmung trübte. Aufgerichtete Lanzen, die über mattsilbernen Helmen blitzten. Vielleicht um dem Anblick etwas von seiner Bedrohlichkeit zu nehmen, hatten die Krieger ihre Speere mit bunten Wimpeln geschmückt, die lustig im Wind flatterten, aber das änderte nichts daran, dass es keine Festtagsgäste waren, sondern ein Trupp von Artus' besten Kriegern, die einen weit geschwungenen Halbkreis um die feierliche Gesellschaft, die Kapelle und das Stadttor bildeten. Artus hatte trotz des Glücks, das sein Herz erfüllen mochte, die Gefahr nicht vergessen, die Camelot drohte. Als Lancelot zur Stadtmauer hinaufsah, erblickte er zahlreiche Männer, deren Rüstungen in der Sonne blitzten und die wohlbewaffnet waren. Wenn die Pikten wirklich für diesen Morgen einen Überfall geplant hatten, so würden sie zumindest auf keinen unvorbereiteten Gegner treffen.

Der Gedanke hätte ihn trösten müssen, aber er tat es nicht. Im Gegenteil schürte er seinen Schmerz noch. Was war das für eine Hochzeit, die unter dem Schwert vollzogen wurde und deren Glück in dem Unglück eines anderen wurzelte?
Er verscheuchte den Gedanken, aber mit jedem Schritt, den er tat, war er weniger sicher, wirklich die Kraft zu haben, um das, was vor ihm lag, durchzustehen.
Als er das kleine Gotteshaus fast erreicht hatte, wandten sich Artus und ein Großteil der Wartenden wortlos um und verschwanden durch die Türe. Es war nun seine Aufgabe, so lange zu warten, bis die wenigen geladenen Gäste, die das Privileg hatten, die Vermählung in der Kirche mitzuerleben, ihre Plätze eingenommen hatten, und Artus dann seine Braut zuzuführen.
Ohne auch nur in Gwinneths Richtung zu sehen, nahm er seinen Platz ein und wartete mit geschlossenen Augen, bis er Schritte neben sich hörte und das federleichte Gewicht ihrer Hand auf seinem Arm spürte. Beinahe hätte er aufgeschrien.
»Mylady«, sagte er.
Gwinneth fuhr ganz leicht zusammen. Die Bewegung war nicht zu sehen, aber er spürte sie an ihren bebenden Fingern. »Sir Lancelot«, antwortete Gwinneth. Ihre Stimme zitterte. So leise, dass nur er ihre Worte hören konnte, fügte sie hinzu: »Ich ... ich kann das nicht. Ich *will* es nicht. Ich flehe dich an, Lancelot«, sagte Gwinneth. Trotzdem sie flüsterte, wusste er, dass ihr unter dem Schleier Tränen übers Gesicht liefen. »Tu es nicht! Lass uns von hier weggehen! Flieh mit mir! Es ist mir egal, wohin. Ich muss keine Königin sein. Ich brauche keine Reichtümer.«
»Wir haben keine Wahl, Gwinneth«, murmelte Lancelot.

Wie gerne hätte er ihr diesen Wunsch erfüllt. Wie sehr sprach sie das aus, was auch er wollte. Und wie unmöglich war es. Er hätte es nicht gekonnt, selbst wenn sie die Möglichkeit dazu gehabt hätten. Er konnte Artus so wenig verraten, wie er Gwinneth im Stich lassen konnte.

Als sie die Kirche betraten, wandten sich die Blicke aller in ihre Richtung. Langsam durchquerten sie den Mittelgang und näherten sich dem Altar. Artus hatte seinen Platz bereits erreicht und stand hoch aufgerichtet da und wandte ihnen den Rücken zu, eine beeindruckende Gestalt in seinem schneeweißen Mantel und mit dem silbern schimmernden Helm, ein König, wie man ihn sich nur vorstellen konnte, und jeder Zoll ein Herrscher. Excalibur, das Schwert und Sinnbild seiner Macht, hing an seinem Gürtel, in eine ebenfalls weiße Lederscheide gehüllt und in diesem Moment keine Waffe, sondern nur ein Symbol für das, was er war, und für die Hoffnung, die die Menschen dieses Landes in ihn setzten, und vielleicht war es dieser Anblick, der Lancelot endgültig klar machte, wie hoffnungslos seine Situation war. Er hätte ohne zu zögern sein Leben geopfert, um Gwinneth nur für einen Moment glücklich zu machen, ja, vielleicht hätte er sogar Artus verraten. Aber es wäre nicht nur Artus gewesen. Trotz der zahllosen kleineren Kämpfe und Kriege, die er und seine Tafelritter in den zurückliegenden zwanzig Jahren geführt hatten, hatte er dem Land doch eine Zeit des Friedens und Wohlstandes gebracht, wie es ihn vorher noch nie erlebt hatte. Das Reich, das Artus geschaffen hatte, war kein Reich des Schreckens mehr, in dem die einfachen Menschen im Grunde nur dazu da waren, ihren Herrschern ein bequemes Leben zu ermöglichen. Es war wahrhaftig eine bessere Welt. Nicht die beste aller denkbaren, so doch die beste, die es bisher vielleicht gegeben hatte. Artus zu verraten hieße, den Traum eines ganzen Volkes zu verraten, und das konnte er nicht.

Sie gingen weiter, erreichten den Platz, den der Bischof ihnen am vergangenen Abend zugewiesen hatte, und blieben stehen. Artus drehte sich langsam zu ihnen um und lächelte erst ihm, dann seiner Braut zu und Lancelot wollte den Arm ausstrecken, um seinem Freund und König die Braut zu übergeben, aber der Bischof gab Lancelot in diesem Moment einen Wink mit den Augen, noch ein winziges Stückchen nach links zu gehen. Lancelot war sicher, sich genau in der Position zu befinden, die er ihnen am Tag zuvor zugewiesen hatte, machte aber gehorsam einen Schritt in die angegebene Richtung.

An der Tür hinter ihnen entstand Tumult. Der Bischof sah ärgerlich auf und auch Artus fuhr mit einer abrupten Bewegung herum. Auf seinem Gesicht erschien ein erschrockener Ausdruck, sodass sich auch Lancelot umdrehte und in dieselbe Richtung sah.

Die Wachen hatten die Tür hinter ihnen geschlossen. Nun aber war sie wieder einen Spaltbreit geöffnet und zwei der Palastwachen hatten alle Mühe, einen Mann in abgerissener Kleidung aufzuhalten, der es irgendwie geschafft hatte, bis zur Kapelle vorzudringen und nun mit aller Macht versuchte hereinzukommen.

»Was ist da los?«, fragte Artus scharf.

Einer der Posten setzte zu einer Antwort an, aber der vermeintliche Eindringling kam ihm zuvor.

»Herr!«, rief er. »Verrat! Traut ihm nicht! Verrat!«

Lancelot ließ Gwinneths Arm los und griff an seine linke Hüfte, wo er normalerweise sein Schwert trug. Aber seine Finger fuhren ins Leere. Artus hatte darauf be-

standen, dass niemand an diesem Tag eine Waffe tragen durfte, abgesehen von ihm selbst.
»Was soll das heißen?«, fragte Artus. Er gab den beiden Wachen an der Tür einen herrischen Wink. »Lasst den Mann herein!« Er wartete gerade, bis die Männer weit genug zur Seite getreten waren, um dem Fremden Einlass zu gewähren, und fuhr dann in noch schärferem Ton fort: »Und jetzt sprich! Wenn dies nur ein Scherz sein soll, mein Freund, dann kostet er dich das Leben, das ist dir doch klar? Oder?«
Eigentlich war diese Warnung nicht nötig, dachte Lancelot. Der Mann war mehr tot als lebendig und ganz bestimmt nicht in der Stimmung, Scherze zu machen. Seine Kleidung war zerfetzt und er blutete aus zahlreichen Wunden. In seiner rechten Schulter steckte der abgebrochene Schaft eines Pfeiles. Mit torkelnden Schritten kam er näher und fiel auf die Knie, bevor er den Mittelgang zur Hälfte hinter sich gebracht hatte. Artus tauschte einen raschen Blick mit Lancelot, dann eilte er zu dem Mann und ließ sich vor ihm auf ein Knie sinken.
»Was ist passiert?«, fragte er. »Wer seid Ihr? Redet!«
Der Mann musste erst einige Male keuchend nach Atem ringen, ehe er überhaupt wieder sprechen konnte. »Ihr seid verraten worden«, sagte er mit leiser, brechender Stimme. »Dieser Mann da –« Er deutete mit einer blutbesudelten, zitternden Hand auf den Bischof von York, der vor dem Altar stand und die Szene mit unbewegtem Gesicht verfolgte. »Er ist nicht der, für den Ihr ihn haltet«, flüsterte er.
»Was soll das heißen?«, fragte Artus und Lancelot beging den vielleicht größten Fehler seines Lebens, denn er ließ Gwinneths Arm los und eilte mit schnellen Schritten an Artus' Seite.

»Ich gehöre ... zur Leibwache des Bischofs«, murmelte der Verwundete. Seine Kraft reichte nicht mehr aus, ihn aufrecht zu halten. Sein Arm knickte unter ihm weg und er fiel schwer auf die harten Bodenfliesen. Mit einer Stimme, die so leise war, dass man sie kaum noch hören konnte, fuhr er fort: »Wir sind überfallen worden, Herr. Schon vor zwei Tagen.«
»Überfallen?«, fragte Artus ungläubig. »Wo? Von wem?«
»Pikten«, antwortete der Sterbende. »Sie haben fast alle erschlagen, auch den Bischof. Mich haben sie für tot gehalten und liegen lassen. Ich bin hergekommen, so schnell ich konnte, aber meine Kraft ... hat nicht ausgereicht.«
»Den Bischof? Erschlagen?« Artus schüttelte heftig den Kopf. »Aber das kann doch nicht –«
Er brach ab. Langsam richtete er sich wieder auf, drehte sich zu Lancelot und dann zu dem Mann im roten Gewand des Bischofs herum und starrte ihn aus misstrauisch zusammengekniffenen Augen an. Es war unheimlich still geworden. Obwohl der Fremde die letzten Sätze fast nur noch gehaucht hatte, hatte jedermann in der Kirche sie vernommen.
»Ist das wahr?«, fragte Artus.
Der Mann, der sich für den Bischof von York ausgegeben hatte, zuckte leicht mit den Schultern und lächelte dünn. »Ich fürchte, ja, Euer Majestät«, sagte er.
Artus erbleichte. »Was soll das heißen?«
Das Lächeln des vermeintlichen Bischofs blieb. »Genau das, was Euch dieser dumme, tapfere Mann dort berichtet hat«, sagte er und breitete die Hände aus. »Er ist ein wenig zu früh gekommen. Aber es ändert nichts.«
»Es ändert nichts daran, dass Ihr Euch wünschen werdet, niemals geboren zu sein«, sagte Artus. »Ihr arbeitet

für die Barbaren? Ihr habt wirklich geglaubt, Ihr könntet hierher kommen, die Stelle des Bischofs einnehmen und uns alle zum Narren machen, ohne mit dem Leben dafür bezahlen zu müssen?« Er schüttelte den Kopf. »So dumm könnt Ihr nicht sein.«

»Verzeiht, Majestät«, antwortete der vermeintliche Bischof spöttisch. »Aber wenn es hier einen Narren gibt, so seid Ihr es. Ihr hättet meine Königin nicht herausfordern sollen.«

Bei den letzten Worten nahm seine Stimme einen sonderbaren Klang an und er breitete die Hände aus wie um zu beten oder vielleicht auch um Vergebung zu bitten, aber plötzlich erschien zwischen seinen Fingern etwas wie rauchige Schwärze. Wo gerade noch Licht gewesen war, ballten sich Dunkelheit und Schatten zusammen und dann war es, als fliehe der Tag selbst vor der Gestalt im blutfarbenen Rot. Eine lautlose, rasend schnelle Woge aus Dunkelheit flutete durch den Raum, ließ die Luft zu Eis erstarren und erfüllte nicht nur Lancelots Herz mit einer Furcht, gegen die er machtlos war. Er taumelte zurück, Artus fiel mit einem keuchenden Schrei auf die Knie und auch die Gäste in den hölzernen Sitzbänken rechts und links des Mittelganges schlugen entsetzt die Hände vors Gesicht oder duckten sich und Gwinneth stieß einen Schrei aus, fuhr auf der Stelle herum und wollte fortlaufen.

Es war zu spät.

Lancelot fand niemals Worte, um wirklich zu beschreiben, was geschah. Vielleicht war das, was rings um Gwinneth und den Altar herum plötzlich in der Luft entstand, am ehesten noch mit einem Spinnennetz zu vergleichen, doch einem Netz, das aus nichts anderem als geronnener Dunkelheit bestand, als hätte die Schwärze selbst Substanz gewonnen, in der sich

Gwinneth hoffnungslos verstrickte, während sie zugleich unbarmherzig auf den Altar zu gezerrt wurde. Dann plötzlich war auch dieser verschwunden, und wo das lebensgroße Kruzifix und die Rückwand der Kapelle sein sollten, da blickten sie mit einem Male in einen düsteren, aus schwarzem Stein gemauerten Saal, dessen Decke von gewaltigen spitzen Bögen getragen wurde und in dem etwas wie ein riesiger schwarzer Thron stand; ein abstoßendes Gebilde aus erstarrter Lava, die die Form bizarrer Ungeheuer und geifernder Dämonenköpfe angenommen hatte. Und auf diesem Thron, in ein Kleid von so dunklem Rot gehüllt, dass es schon fast wieder schwarz zu sein schien, saß niemand anderes als Morgaine Le Faye!

»Morgaine!«, schrie Artus. Seine Hand fuhr zu seinem Schwert und riss die Waffe aus ihrer weißen Lederscheide und auch Lancelot griff dorthin, wo er normalerweise das Schwert trug, aber seine Finger griffen auch diesmal nur ins Leere.

Die Waffe hätte ihm auch nichts genutzt. Die unheimliche Gestalt auf dem schwarzen Lavathron machte eine herrische Handbewegung und plötzlich war es, als fauche ein unsichtbarer, eisiger Sturmwind durch die Kapelle. Lancelot und Artus wurden von den Füßen gerissen und davongewirbelt und selbst die schweren hölzernen Gebetsstühle knirschten hörbar. Mehr als ein Gast verlor den Halt und stürzte und die beiden Wächter rechts und links neben der Tür, die als Einzige außer Artus bewaffnet waren, wurden ebenfalls wie von einer unsichtbaren Hand gepackt und mit solcher Gewalt gegen die Wand gepresst, dass sie nicht mehr imstande waren, auch nur einen Finger zu rühren. Das Unheimlichste daran aber war, dass sich all dies in vollkommener Lautlosigkeit abspielte. Alles, was Lancelot

hörte, war das Pochen seines eigenen rasenden Herzens.
»Es freut mich, dass du mich wenigstens noch wieder erkennst, Artus«, sagte die Gestalt auf dem Lavathron. Sie beugte sich leicht vor und ließ ein leises Lachen hören. »Immerhin ist es lange her, dass wir uns gesehen haben, nicht wahr? Aber ich denke, das wird sich jetzt ändern. Es ist an der Zeit, dass wir die alten Familienbande wieder auffrischen.«
Artus stemmte sich in die Höhe und wollte nach dem Schwert greifen, das er fallen gelassen hatte, aber Morgaine wiederholte ihre Handbewegung und das Schwert wirbelte davon und schlug mit einem lauten Krachen gegen die geschlossene Tür der Kapelle.
»Was willst du?«, fragte Artus. »Hör auf damit! Verschwinde, Hexe!«
Morgaine schüttelte den Kopf. »Es schmerzt mich, dass du so über deine eigene Verwandte sprichst, geliebter Bruder«, sagte sie. »Und was ich will? Ich glaube, das weißt du ganz genau. Du hast etwas, das mir gehört. Mordred, meinen Sohn! Gib ihn frei und du bekommst deine hübsche, junge Braut zurück.«
»Niemals!«, sagte Artus. »Du wirst Gwinneth kein Haar krümmen oder –«
»Oder?«, fragte Morgaine spöttisch. Sie beugte sich noch weiter vor. »Ich erwarte, dass du Mordred bis zum nächsten Sonnenaufgang auf freien Fuß setzt. Wenn nicht, siehst du Gwinneth nie wieder und ich verspreche dir, dass sie den Tag verfluchen wird, an dem sie deinen Namen das erste Mal gehört hat.«
»Nein!«, schrie Artus. »Das wagst du nicht!«
Doch Morgaine Le Faye hörte seine Worte vermutlich schon gar nicht mehr. Ebenso schnell und lautlos, wie es begonnen hatte, war es vorbei. Die unheimliche Dun-

kelheit jenseits des Altars flammte noch einmal auf wie eine Explosion aus schwarzem Licht, zog sich dann rasend schnell und lautlos zurück – und war verschwunden.
Und mit ihr der Thronsaal, Morgaine Le Faye, der Mann, den sie für den Bischof von York gehalten hatten – und Gwinneth.

»Nein! Niemals!« Artus schlug so wuchtig mit der geballten Faust auf den Tisch, dass die Becher und Teller darauf hüpften und Lancelot sich nicht gewundert hätte, wäre die massive Platte aus Eichenholz in zwei Teile zerbrochen. Mit der anderen Hand ergriff Artus den Weinbecher, aus dem er gerade getrunken hatte, und schleuderte ihn gegen die Wand, wo er zerschellte. »Ich werde mich *niemals* auf diese Erpressung einlassen!«
Niemand sagte etwas. Die meisten Ritter, die an der langen Tafel in Artus' Thronsaal Platz genommen hatten, senkten hastig die Blicke, wenn Artus in ihre Richtung sah, so, als hätten sie Angst, dass sich sein Zorn über ihnen entladen würde. Und selbst die, die seinem Blick standhielten, wirkten eher wie verängstigte Kinder. Schließlich war es Sir Mandrake, der das immer bedrückender werdende Schweigen brach, indem er sich räusperte.
»Verzeiht, Artus«, sagte er, »aber wir sollten vielleicht wenigstens über Morgaines Forderung –«
»Nein!«, fiel ihm Artus erneut ins Wort. Seine Augen blitzten. »Der König von Camelot kann sich nicht erpressen lassen!«
»Auch nicht, wenn es um das Leben seiner Königin geht?«, fragte Lancelot leise. Artus fuhr herum und starrte ihn eine Sekunde lang zornig an, dann verdüsterte sich sein Gesicht noch weiter, aber er sagte nichts.

Stattdessen sprach Mandrake: »Seine Königin?« Er schüttelte den Kopf. »Genau genommen ist sie es noch nicht. Das Schicksal hat es trotz allem noch einmal gut mit uns gemeint. Wäre der Bote nur eine Viertelstunde später gekommen ...«
»Zweifellos hatte der angebliche Bischof vor, bis nach der Trauung zu warten«, pflichtete ihm einer der anderen Ritter bei. »Um Gwinneth zu entführen, nachdem sie unsere Königin geworden ist.«
»Eine Trauung, die nicht gültig wäre«, wandte Mandrake kopfschüttelnd ein. »Weder vor Gott noch vor den Menschen. Nein. Dieser Anschlag galt ebenso sehr Euch, Artus. Ich bin sicher, die Hexe hatte vor, Euch beide zu entführen, vielleicht sogar nur Euch. Wir haben mehr als Glück gehabt.«
»Glück?« Lancelot funkelte ihn an.
»Glück«, bestätigte Mandrake. »Hätte Morgaines feiger Plan Erfolg gehabt, dann hätte sie jetzt Lady Gwinneth und Artus in ihrer Gewalt und wir müssten tun, was sie von uns verlangt.«
»Und so ist es ja nur Gwinneth, nicht wahr?«, schnappte Lancelot.
»Was schlimm genug ist«, sagte Mandrake ruhig. »Aber es hätte weit ärger kommen können. Dennoch«, fuhr er mit leicht veränderter Stimme und wieder direkt an Artus gewandt fort, als Lancelot auffahren wollte: »Sollten wir vielleicht wenigstens über ihre Forderung nachdenken. Auch wenn Lady Gwinneth noch nicht unsere Königin ist, so haben wir sie doch alle längst ins Herz geschlossen und wir wissen, was Ihr für sie empfindet, Artus.« Er warf einen raschen Blick in Lancelots Richtung, ehe er weitersprach. »Wie es aussieht, ist Mordred als Gefangener von keinem Nutzen mehr für uns. Ganz im Gegenteil. Wir alle haben gerade erlebt,

welche Gefahr er darstellt, solange er in den Mauern Camelots weilt, selbst in Ketten.«

»Ihr wollt ihn nicht wirklich freilassen?«, fragte Artus. Lancelot starrte ihn ungläubig an. Er weigerte sich zu glauben, was er da hörte. Wie konnte Artus auch nur den Bruchteil eines Gedankens zögern, Mordred freizulassen, um Gwinneths Leben zu retten?

»Natürlich nur zum Schein«, sagte Mandrake. »Wir könnten ihn freilassen und ihm in aller Stille folgen. Sobald er uns zu Morgaines Versteck geführt hat, greifen wir an und befreien Lady Gwinneth.«

Einige der anderen Ritter murmelten beifällig, aber Artus sah ihn nur einen Moment lang durchdringend an, senkte dann den Blick und schüttelte traurig den Kopf. »Wenn es nur so einfach wäre, mein Freund«, meinte er.

»Was spricht gegen diesen Plan?«, erkundigte sich Leodegranz.

»Ihr alle habt erlebt, wozu Morgaine Le Faye fähig ist«, antwortete Artus düster. »Sie hat ihren Beinamen nicht von ungefähr, auch wenn sie eher eine Hexe als eine Fee ist. Sie verfügt über große magische Kraft. Sie würde sofort erkennen, dass wir sie täuschen wollen.« Er schüttelte noch einmal den Kopf, stützte beide Ellbogen auf der Tischplatte auf und verbarg für einen Moment das Gesicht in den Händen. Als er sich wieder aufrichtete, sah er erschöpft und unendlich müde aus. »Nein. Mordreds Freilassung steht nicht zur Debatte. Ich habe dem Scharfrichter schon Bescheid geben lassen. Seine Hinrichtung ist für morgen angesetzt.«

»Artus!«, entfuhr es Lancelot. »Das kann doch nicht Euer Ernst sein! Das wäre Gwinneths sicherer Tod!«

»Ich weiß«, sagte Artus leise. »Aber mir bleibt keine Wahl.«

»Natürlich bleibt sie Euch«, widersprach Lancelot wütend. »Lasst ihn frei! Mandrake hat es gesagt und er hat vollkommen Recht: Er ist von keinem Nutzen für uns. Lasst ihn gehen oder Ihr opfert Gwinneths Leben!«
»Sie würde sie trotzdem nicht gehen lassen«, murmelte Artus. »Und selbst wenn ... ich *kann* mich keiner Erpressung beugen.«
»Nicht einmal für die Frau, die Ihr liebt?«
Lancelot sah aus den Augenwinkeln, wie ihn nicht nur Sir Mandrake, sondern auch etliche der anderen Ritter ungläubig und fast zornig anstarrten. Zwar genoss er hier bei Hofe eine ganz besondere Stellung, aber nicht einmal ihm stand es zu, in einem solchen Ton mit dem König zu sprechen. Auch nicht hier, an der Tafel. Dennoch wurde Artus nicht zornig und er wies ihn auch nicht in seine Schranken, sondern schüttelte nur langsam den Kopf.
»Nicht einmal für sie«, sagte er leise. »Glaubt Ihr denn, ich würde es nicht tun? Ich würde ohne zu zögern mein Leben opfern, wenn es nur um mich ginge. Ich würde das Königreich, den Thron und alles, was sie haben will, hergeben, um Gwinneths Leben zu retten.«
»Worum geht es dann?«, fragte Lancelot. »Ich verstehe das nicht.«
»Um die Menschen dort draußen.« Artus deutete zum Fenster. »Um all die Männer und Frauen, die unter unserem Schutz leben. Die sich darauf verlassen, dass wir sie behüten, für ihre Sicherheit garantieren und die ihrer Kinder und Kindeskinder. Wenn der König von Camelot anfängt sich erpressen zu lassen, dann ist es um das Reich geschehen. Selbst wenn Morgaine Wort hielte, was, wenn der Nächste kommt und eine Forderung stellt, die ich nicht ablehnen kann? Stärke, Lancelot, ist das Einzige, was zwischen Camelot und der Barbarei

steht. Hören wir auf Stärke zu zeigen, dann besiegeln wir unseren eigenen Untergang.«
Lancelot wollte widersprechen, aber dann beließ er es bei einem Stirnrunzeln und schwieg. Nicht nur, weil er ganz genau spürte, wie sinnlos es war, weiter mit Artus diskutieren zu wollen. Der König hatte seine Entscheidung längst getroffen, schon bevor sie alle hier heraufgekommen waren, und nichts auf der Welt würde ihn in diesem Entschluss wanken lassen. Und das Schlimme war: Er hatte Recht. Menschen durften sich erpressen lassen, Könige nicht.
Artus seufzte, fuhr sich noch einmal mit beiden Händen über das Gesicht und setzte dann dazu an, etwas zu sagen, doch in diesem Moment wurde an der Tür geklopft. Artus hatte ausdrücklichen Befehl gegeben, dass niemand sie zu stören hatte, ganz egal, warum. Dennoch machte er eine auffordernde Kopfbewegung, worauf einer der Ritter, Leodegranz, aufstand und mit schnellen Schritten zur Tür ging. Lancelot sah, wie er kurz mit einem Soldaten sprach, der draußen auf dem Flur stand und immer wieder nervöse Blicke in den Raum hineinwarf, dann nickte Leodegranz, schloss die Tür wieder und drehte sich herum.
»Ich fürchte, es gibt noch weitere schlimme Neuigkeiten«, sagte er ernst.
»So?«, fragte Artus müde. »Sprecht! Ich wüsste nicht, was noch Schlimmeres kommen könnte.«
Leodegranz' Gesichtsausdruck wurde düster und er zögerte auch merklich, bevor er antwortete. »Der Bote, der uns vor dem angeblichen Bischof gewarnt hat, ist aus seiner Ohnmacht erwacht«, sagte er. »Er berichtet, dass er auf dem Weg hierher eine große Anzahl Pikten gesehen hat, die sich offensichtlich im Westen sammeln.«

»In den Wäldern westlich von Carringham, vermute ich«, sagte Mandrake und nickte. »Genau dort würde ich meine Truppen auch sammeln, wenn ich einen Angriff auf Camelot plante.«
»Eine große Anzahl?« Artus seufzte erneut. »Was genau versteht Ihr darunter?«
Leodegranz schwieg einen Moment. »Mindestens fünfhundert, wenn nicht mehr«, sagte er dann.
Artus zeigte keine sichtbare Reaktion, aber auf Mandrakes Stirn bildete sich plötzlich eine steile Falte. »Das ist mehr als das Doppelte dessen, was wir an Männern aufbringen können – wenn wir jedem ein Schwert in die Hand drücken, der auch nur weiß, an welchem Ende man es hält.«
»Seit wann hat uns die Anzahl unserer Gegner je abgeschreckt?«, erkundigte sich Sir Galahad.
Darauf antwortete Mandrake nicht, aber er warf Artus einen seltsamen Blick zu – den Artus auf dieselbe sonderbare Weise erwiderte –, dass aus Lancelots Verdacht Gewissheit wurde. Es gab noch etwas. Etwas, das er und vermutlich die meisten hier im Raum noch nicht wussten, aber das mindestens so schlimm war wie das, dessen Zeugen sie vorhin geworden waren. Vielleicht schlimmer.
Dennoch sagte Artus nach einer Weile: »Sir Galahad hat Recht. Die Größe eines Heeres besagt gar nichts.« Er straffte sich. »Schickt Späher aus. Sie sollen das piktische Heer auskundschaften und auch in alle anderen Richtungen die Augen offen halten. Und mobilisiert das Heer. Ich will heute Abend genau wissen, wie viele Männer wir unter Waffen haben und in welchem Zustand sie sich befinden.« Er stand auf. »Wir dürfen nicht vergessen, dass wir eine Menge hoher Gäste beherbergen. Für ihre Sicherheit muss gesorgt werden. Sir

Galahad, Ihr werdet fünfzig Eurer besten Männer aussuchen, die unsere Gäste sicher bis zur Landesgrenze geleiten.«

»Fünfzig?«, entfuhr es Mandrake. Er blickte Artus an, als zweifle er an seinem Verstand. »Aber das ist –«

»Ich weiß, es sind mehr, als wir uns leisten können«, unterbrach ihn Artus. »Aber die Sicherheit unserer Gäste hat im Moment Vorrang vor unserer eigenen. Was, glaubt Ihr, geschieht, wenn die Könige der benachbarten Länder den Tod erleiden oder gefangen genommen werden, während sie zu Gast auf Camelot sind?«

»Dann hätten wir Krieg mit dem Rest von England«, sagte Braiden leise.

Artus nickte. »Ja. Und nun geht. Es ist noch viel zu tun und uns bleibt nicht mehr viel Zeit.«

Die Ritter erhoben sich und verließen einer nach dem anderen den Saal, aber als auch Lancelot gehen wollte, hielt Artus ihn mit einem Wink zurück. Lancelot stand zwar ebenfalls auf, bewegte sich aber sehr langsam und in großem Bogen um den Tisch herum, sodass er die Tür nach allen anderen erreichte. Er schloss sie hinter dem letzten Ritter, der den Raum verließ, und wandte sich wieder um. Artus und er waren allein.

»Ich danke Euch, dass Ihr geblieben seid, Lancelot«, sagte Artus. »Euer Ausbruch vorhin –«

»Tut mir sehr Leid, Artus«, unterbrach ihn Lancelot, aber Artus schüttelte nur den Kopf.

»Ihr wart völlig im Recht«, fuhr er fort. »Ich habe diese Entscheidung nicht gerne gefällt, bitte glaubt mir. Ich habe es ernst gemeint, als ich sagte, dass ich mein eigenes Leben für das Gwinneths gäbe. Ebenso wie Ihr, nicht wahr?«

Lancelot nickte zwar, antwortete aber nicht gleich, sondern sah Artus durchdringend an. Er hatte diese Frage nicht so gestellt, wie er sie irgendeinem der anderen Ritter gestellt hätte, und er würde seine Antwort auch nicht so werten, wie er die Antwort irgendeines anderen Ritters gewertet hätte. Schließlich sagte er: »Ja.«

»Weil Ihr sie auch liebt.«

»Majestät, ich –«

»Ich bitte Euch, Lancelot, belügt mich nicht«, sagte Artus. Lancelot lauschte vergeblich auf einen Unterton von Feindseligkeit oder gar Drohung in seiner Stimme. Artus sah einfach nur müde aus. Lancelot schwieg.

»Also ist es wahr«, flüsterte Artus.

»Ich versichere Euch, dass ich niemals –«

Wieder unterbrach ihn Artus. »Aber das weiß ich doch«, sagte er. »Wir sind allein, Lancelot. Niemand hört uns zu. Niemand wird von diesem Gespräch erfahren. Lasst uns ehrlich miteinander sein, wie es Männer sein sollten. Parzifal hat mir erzählt, dass Gwinneth und Ihr auf dem Friedhof gewesen seid?«

Lancelot nickte.

»Was habt Ihr dort getan?«

Lancelot sagte nichts, aber Artus schien es auch nicht erwartet zu haben, denn er lächelte knapp und senkte den Blick, ehe er leise fortfuhr: »Sie hat Euch das Grab des Jungen gezeigt, nicht wahr? Das Grab des Jungen, der sein Leben für mich geopfert hat.«

»Dulac«, antwortete Lancelot. »Ja.«

»Sie hat sich sogar seinen Namen gemerkt«, sagte Artus bitter. »Der arme Junge. Er wird niemals erfahren, wie viel er ihr bedeutet hat.«

»Wie ist er gestorben?«, fragte Lancelot. Seine Stimme zitterte ganz leicht und er hoffte, dass Artus es nicht merkte.

»Er hat sich geopfert, um mich zu retten«, antwortete Artus. »Der Dolch, der sein Herz durchbohrte, galt mir.

Ginge es nach Mordred, dann läge ich jetzt in diesem einfachen Grab.«

»Ich bin sicher, er hat es gern getan«, sagte Lancelot.

»Unsinn!«, widersprach Artus. »Niemand stirbt gern, nicht einmal für seinen König. Aber er *hat* es getan und das allein zählt. Ich konnte nichts für ihn tun. Ich hätte alles versucht, um sein Leben zu retten, aber er starb in meinen Armen.«

Er sah Lancelot an, als erwarte er nun eine ganz bestimmte Reaktion von ihm, aber Lancelot hielt seinem Blick nur schweigend stand und fragte sich, warum Artus ihm das erzählte. Er hatte nicht danach gefragt.

»Ich würde es nicht ertragen, ein weiteres Leben auf meinem Gewissen zu haben, ohne mich vorher ausgesprochen zu haben. Ich habe eine Bitte an Euch, mein Freund. Ich weiß, was ich verlange, und ich weiß, dass es fast unmöglich ist, aber wenn es getan werden kann, dann seid Ihr der Einzige, der in der Lage dazu ist.«

»Was immer es ist, ich werde es tun«, versprach Lancelot.

»Das weiß ich«, antwortete Artus. »Aber vorher möchte ich, dass Ihr eines wisst: Was immer auch Ihr für Lady Gwinneth empfinden mögt und was immer sie für Euch empfindet, es soll nicht zwischen uns stehen. Nicht zwischen uns als Männern. Aber tut nichts, was Euren König zwingt, etwas zu tun, was der Mann nicht will.«

Lancelot war nicht ganz sicher, ob er wirklich verstand, was Artus ihm damit sagen wollte, aber er sah ihn nur weiter fragend an. »Ich habe den Ort erkannt, an dem sich Morgaine aufhält«, fuhr Artus nach einer Weile fort. »Es ist ein verfluchter Ort. Ein Ort schwarzer Magie und böser Geister und ein Ort, an den selbst der tapferste meiner Ritter nicht gehen könnte.«

»Malagon«, vermutete Lancelot.

Artus nickte. »Ich würde ein Heer schicken, hätte es einen Sinn, aber alle Heere der Welt können die Mächte nicht bezwingen, die Morgaines Rattenloch beschützen. Ein einzelner Mann vermag es vielleicht. Aber nur vielleicht. Wahrscheinlicher ist, dass er diesen Versuch mit seinem Leben bezahlen wird.«
»Ich werde gehen«, sagte Lancelot impulsiv. »Ich bringe Lady Gwinneth zurück.«
»Wenn ich es könnte, ich würde Euch begleiten«, sagte Artus müde. »Aber mein Platz ist hier. Ich kann mein Volk nicht im Stich lassen, um ein einziges Leben zu retten. Nicht einmal das des Menschen, den ich mehr liebe als alles andere auf der Welt.«
»Die Pikten«, vermutete Lancelot.
»Wir werden sie angreifen, noch bevor die Sonne untergeht«, bestätigte Artus. »Das ist unsere einzige Chance. Wir müssen sie schlagen, wenn sie nicht damit rechnen und bevor sie ihre Kräfte konzentriert haben. Und vielleicht schafft dieser Angriff auch genug Ablenkung für Euch, um Malagon und das Tor zur Tir Nan Og zu erreichen.«
Es war das erste Mal, dass Artus so offen über die Insel der Unsterblichen sprach. Lancelot hütete sich, nachzufragen oder eine entsprechende Bemerkung zu machen. Dass Artus ein großes Geheimnis umgab und dass es etwas mit der Insel der Unsterblichen, den Elfen und irgendwie auch mit ihm, Lancelot, zu tun hatte, das war ihm schon vor langer Zeit klar geworden. Aber bisher hatten sie niemals über dieses Thema geredet, als handle es sich um ein Geheimnis, das nur zwischen ihnen bestand und das niemals ausgesprochen werden durfte, wollte man ihm nicht seinen Zauber nehmen. Aber vermutlich war Artus schon alles genommen worden, was man ihm nehmen konnte.

Ohne ein weiteres Wort und ohne Abschied drehte sich Lancelot um und ging.

Er verließ die Stadt Camelot noch vor Ablauf einer weiteren Stunde. Nach dem Gespräch mit Artus war er unverzüglich in sein Zimmer hinaufgeeilt, um Schild, Helm und Waffengurt zu holen, und ohne mit irgendjemandem ein Wort zu wechseln, in den Stall hinuntergegangen, wo das Einhorn bereits ungeduldig auf ihn wartete. Als er es hier zurückgelassen hatte, hatte er ihm die Schabracke und den silbernen Panzer abgenommen und er hatte das Tier noch am Morgen, bevor er zur Kapelle ging, eigenhändig gestriegelt und gefüttert. Nun aber war es bereits wieder vollständig aufgezäumt und trug Sattel und Schuppenpanzer. Lancelot wunderte sich nicht darüber. Dies war vielleicht noch das kleinste Geheimnis, das das Tier umgab, und seit er eine Herde dieser Geschöpfe in ihrer angestammten Umgebung und bei ihrem natürlichen Verhalten beobachtet hatte, war er auch gar nicht mehr sicher, ob er all seine Geheimnisse wirklich kennen wollte. Es verhielt sich mit dem Einhorn so wie mit der Rüstung und dem Zauberschwert, das er jetzt wieder an der linken Hüfte trug: Magie hatte zwei Seiten und vielleicht war es nicht so einfach, wie die meisten dachten, nämlich dass es eine gute und eine böse Seite gab und man sie so ohne weiteres trennen konnte. Er hatte mehr als einen Moment erlebt, in dem er Angst vor dem Tier gehabt hatte, und er war bis jetzt nicht ganz sicher, ob das magische Geschöpf wirklich sein Freund war oder vielleicht sein Feind.
Als er sich an diesem Morgen in den Sattel schwang, dachte er jedoch nicht darüber nach, sondern ritt so schnell aus dem Stall und dann vom Burghof, wie er nur

konnte, und schlug den direkten Weg zum Nordtor ein. Camelot hatte sich verändert. Von der ausgelassenen Stimmung war nichts mehr geblieben. Die Straßen waren fast leer, als hätte das furchtbare Geschehen vom Morgen die Menschen so erschreckt, dass sie sich wie verängstigte Tiere in ihre Höhlen verkrochen hatten, und die bunten Wimpel und Fahnen, die immer noch von den Dächern wehten und aus Fenstern und über Türen hingen, kamen ihm nun vor wie böser Spott. Die wenigen Menschen, denen er begegnete, wichen ihm hastig aus und senkten fast angstvoll die Blicke.

Als er Tanders Gasthaus erreichte, glitt er aus dem Sattel des Einhorns und band das Tier an einem der neuen Pfosten neben der Eingangstüre fest. Er eilte die drei Stufen hinauf und stieß die Tür mit einem Ruck auf, dass sie gegen die Wand krachte. Der Lärm musste im ganzen Haus zu hören sein und es verging auch nur ein Augenblick, bis die Verbindungstür zur Küche aufschlug und eine wütende Stimme schrie: »Was zum Teufel –?«

Tander brach mitten im Wort ab, als er sah, dass ein Ritter hereingekommen war. »Verzeiht, Herr«, sagte er hastig, während er mit kleinen nervösen Schritten näher kam und dabei die Hände rang. »Ich habe Euch nicht erkannt. Ich dachte, es wären wieder die Nachbarsjungen, die –«

»Schon gut«, unterbrach ihn Lancelot. Er machte einen weiteren Schritt in den Raum hinein und schloss die Tür hinter sich, sodass Tander ihn nun genauer sehen konnte. Tander trat unbehaglich von einem Fuß auf den anderen, aber er sah ihn auch sehr aufmerksam an und der Zauber der Rüstung tat auch jetzt wieder seine Wirkung: Obwohl Lancelot keinen Helm trug und sie sich auf kaum drei Schritte Entfernung gegenüberstanden, erkannte er ihn nicht. Sein leicht verwirrtes Stirnrunzeln war vermutlich allein auf die Tatsache seiner sichtbaren Jugend zurückzuführen. Die Kleidung eines Kriegers und die Waffe an seiner Seite ließen ihn vielleicht ein wenig älter erscheinen, aber ein wenig älter bedeutete in seinem Fall immer noch *jung*. Vermutlich überlegte Tander verwirrt, wie ein Ritter, der sichtlich kaum älter als siebzehn oder achtzehn Jahre sein konnte, bereits einen solchen Ruf errungen haben mochte, wie er Lancelot vorauseilte.

»Verzeiht, Herr«, sagte er noch einmal. »Ich habe Euch wirklich nicht erkannt.«

Lancelot schüttelte den Kopf. »Das macht nichts.« Er sah sich nach allen Seiten um, wie um sich davon zu überzeugen, dass sie auch wirklich allein waren, und ließ in einer wie zufällig aussehenden Geste die linke Hand auf den Schwertgriff sinken, als er weiterging. Tander folgte der Bewegung mit eindeutig nervösem Blick und fuhr sich unsicher mit dem Handrücken über das Kinn.

»Womit kann ich Euch dienen, Herr?«, fragte er.

Lancelot ging zu dem großen Tisch, zog einen der Stühle mit dem Fuß zurück und ließ sich darauf fallen, ehe er antwortete. »Bringt mir einen Becher Wein. Und dann stellt mir Wegzehrung zusammen. Für zwei, sagen wir drei Tage. Brot, Schinken ... was Eure Küche eben hergibt.«

»Selbstverständlich«, sagte Tander hastig. Er entfernte sich rückwärts gehend, machte erst auf halbem Weg kehrt und floh regelrecht aus dem Gastraum. Lancelot konnte ihn drinnen in der Küche herumschreien hören. Vermutlich waren es seine beiden unglückseligen Söhne, über die sich der Zorn ihres Vaters nun entlud. Lancelot gönnte es ihnen.

Es war seltsam: Solange er sich erinnern konnte, hatte er unter Tanders Launen gelitten, war von ihm herumgeschubst, ausgebeutet und nur zu oft grundlos verprügelt worden, und er hatte sich genau die Situation, in der er sich nun befand, unzählige Male vorgestellt. Dass er es eines Tages sein würde, der hereinkam und Tander Befehle gab, dass er ihm jede Erniedrigung, jeden Schlag, jedes böse Wort hundertfach zurückzahlen konnte. Nun war es so weit und er empfand ... nichts. Ganz im Gegenteil – ihm war klar, dass er Tander einen gehörigen Schrecken eingejagt hatte, ja vielleicht sogar Todesangst, und er hatte fast ein schlechtes Gewissen bei diesem Gedanken. Rache war eine wunderbare Vorstellung, eine, die einem oft genug als Letztes die Kraft gab, eine schier unerträgliche Situation doch zu ertragen, wenn auch nur als bloße Idee. War dann ihre Zeit gekommen, dann brachte sie keinen Triumph – oder bloß einen billigen Triumph, der mehr Schaden als Nutzen hinterließ.
Ein schrilles Kläffen drang in seine Gedanken, und noch bevor Lancelot richtig wusste, wie ihm geschah, flitzte ein struppiger Schatten auf ihn zu, sprang auf seinen Schoß und begann ihm mit einer rauen Zunge das Gesicht abzulecken. Wolf winselte und quietschte vor Freude, schlug so schnell mit dem Schwanz, dass er kaum noch zu sehen war, und Lancelot ließ seine reichlich nassen Liebesbezeugungen eine ganze Weile über sich ergehen, ehe er den kleinen Hund vorsichtig nahm und ihn lachend mit ausgestreckten Armen von sich weghielt. Wolf ließ sich durch die Magie der Rüstung offensichtlich nicht täuschen.
Die Tür ging auf und Tander kam herein, einen Krug Wein in der rechten und ein hölzernes Tablett mit Brot und Käse in der linken Hand tragend. Als er Wolf er-

blickte, runzelte er die Stirn und sagte hastig: »Werft den Köter hinunter, Herr. Er sollte gar nicht hier sein. Wenn er Euch lästig wird, dann –«
»Schon gut«, sagte Lancelot. »Es ist ja nur ein kleiner Hund. Er stört mich nicht.«
Tander zog eine Grimasse und lud den Weinkrug und das Brotbrett vorsichtig vor ihm ab. »Ich weiß gar nicht, warum dieses Vieh immer noch hier ist. Ich hatte gehofft, dass er sich trollt, jetzt, wo es seinen Besitzer nicht mehr gibt, aber ich werde ihn einfach nicht los.«
»Wem hat er gehört?«, fragte Lancelot. Behutsam setzte er Wolf auf seinen Schoß, begann ihn mit der linken Hand zu kraulen und legte die rechte so auf seinen Rücken, dass Wolf nicht schon wieder an ihm hochspringen und ihm das Gesicht abschlabbern konnte.
»Einem Jungen, der hier gelebt hat«, antwortete Tander.
»Was ist aus ihm geworden?«, erkundigte sich Lancelot.
»Er ist tot«, antwortete Tander. Dann sah er Lancelot leicht verwirrt an. »Habt Ihr nichts darüber gehört? Er war der Junge, der Artus das Leben gerettet hat.«
»Dulac, der Küchenjunge?«
Tander nickte. »Ja. Er hat hier gelebt und nur öfter auf Camelot gearbeitet.«
»Ich habe gehört, er wäre Euer Sohn gewesen?«
Diesmal schüttelte Tander heftig den Kopf. »Aber nein, er war nur ein Junge, den Artus eines Tages im Wald gefunden und hierher gebracht hat, damit ich ihn aufziehe. Aber ich habe ihn behandelt wie meine eigenen Kinder. Er war ein guter Junge, das könnt Ihr mir glauben. Ich war nicht erstaunt, als ich gehört habe, was er getan hat. Es ist schade um ihn, aber wir werden ihn nie vergessen.«
Du kannst sicher sein, dass du das nicht wirst, dachte

Lancelot. Er tat jedoch so, als interessiere ihn das Thema nur am Rande, hörte auf Wolf zu streicheln und nahm ein Stück Käse vom Brett. »Dann hat Artus Euch doch sicher rufen lassen, als das Unglück geschah?«
Erneut schüttelte Tander den Kopf. »Nein. Es ging viel zu schnell. Ich war nicht dabei, aber Artus hat es mir hinterher erzählt. Er hat den Dolch mit seinem eigenen Körper aufgefangen und er starb, noch bevor jemand ihm helfen konnte. Aber er hat ein würdiges Begräbnis bekommen. Das zumindest war Artus ihm schuldig.«
»Ja, sicher«, murmelte Lancelot. Er kaute eine Weile an seinem Käse herum – er war alt und schmeckte wie gegerbtes Leder –, dann nahm er ein zweites, größeres Stück und verfütterte es an Wolf, der es gierig hinunterschlang. »Wenn dieser Hund einem so tapferen Jungen gehört hat, dann solltet Ihr ihn behalten«, sagte er.
»Er ist nur ein unnützer Fresser, der nicht einmal Ratten fängt«, erwiderte Tander, aber Lancelot schüttelte den Kopf und beharrte:
»Ihr werdet ihn behalten und gut für ihn sorgen. Gebt ihm einen warmen Platz hinter dem Ofen und das beste Fressen. Wenn ich zurück bin, nehme ich ihn vielleicht mit.«
»Herr?«, fragte Tander verwirrt.
»Ich finde, er ist ein lustiger kleiner Bursche«, sagte Lancelot. »Vielleicht erinnert er mich an seinen Herrn und daran, dass man nicht von hoher Geburt sein muss oder ein Ritter oder König, um ein Held zu werden.«
Tander hütete sich, noch einmal zu widersprechen, aber er blinzelte und sah Lancelot auf eine Art an, die ihm klar machte, dass er nicht ein Wort verstanden hatte. Lancelot streckte die Hand nach einem weiteren Stück Käse aus, erinnerte sich gerade noch rechtzeitig an den schlechten Geschmack des ersten und zog den Arm

wieder zurück. Vorsichtig setzte er Wolf zu Boden, dann stand er auf und machte eine fordernde Handbewegung. »Habt Ihr den Beutel fertig?«
Statt zu antworten drehte Tander den Kopf und brüllte so laut nach seinem Sohn, dass man es vermutlich noch auf Camelot hörte. Nur einen Augenblick später erschien Sander, einer seiner beiden missratenen Söhne, und brachte ein zu einem Beutel geschnürtes rotes Tuch, das er seinem Vater reichte. Tander riss es ihm aus den Fingern und versetzte Sander einen derben Fußtritt, als dieser sich nicht schnell genug zum Gehen wandte. Lancelot sagte nichts dazu, gab Tander im Stillen aber Recht bei dem, was er vorhin behauptet hatte: Der Gastwirt behandelte seine eigenen Kinder genauso schlecht, wie er ihn behandelt hatte. Wenn das alles hier vorbei ist, dachte er, dann werde ich zurückkommen und noch einmal mit Tander reden. Nicht weil er Rache wollte. Er verspürte kein Bedürfnis mehr, sich zu rächen. Aber es gab da doch noch das eine oder andere, worüber er mit ihm sprechen würde.
Sein schlechtes Gewissen meldete sich. Er stand hier und sprach über das Schicksal eines *Hundes*, wo doch Gwinneths Leben auf dem Spiel stand! Hastig nahm er Tander den Beutel aus der Hand und wollte gehen, aber der Gastwirt machte eine Handbewegung und rang sich ein gequältes Lächeln ab. »Verzeiht, Herr.«
»Ja?«
»Es ist wegen ...« Tander druckste einen Moment herum. »Ihr habt noch nicht bezahlt.«
»Bezahlt?« Lancelot runzelte die Stirn, als wäre ihm die Bedeutung dieses Wortes nicht ganz klar. Dann nickte er und sagte, so freundlich er nur konnte: »O ja, sicher. Ich verstehe. Verrechnet es doch einfach mit dem, was Ihr Camelot noch schuldet.«

»Schuldet?«, fragte Tander verwirrt.
»Ich rede von dem, was Ihr aus Küche und Vorratskellern gestohlen habt«, erwiderte Lancelot liebenswürdig.
Tander japste. »Wer hat Euch das ... ich meine, wie ... wie kommt Ihr auf diese Idee, Herr?«
»Das spielt jetzt keine Rolle«, antwortete Lancelot. »Wir reden darüber, wenn ich zurück bin – genau wie über den Hund. Wenn ich Euch einen guten Rat geben darf, sorgt dafür, dass er noch hier ist, wenn ich wiederkomme.«
Für einen Moment sah Tander ganz so drein, als wolle er ihn anschreien oder auch packen, ungeachtet seines Standes, um das geforderte Geld aus ihm herauszuschütteln, aber dann erinnerte er sich wohl daran, dass auch in Camelot Männer schon für weniger am Galgen geendet hatten, und schluckte hinunter, was ihm auf der Zunge lag. Auch wenn er fast daran erstickte. »Selbstverständlich, Herr«, sagte er. »Ganz, wie Ihr befehlt.«
Lancelot verließ das Gasthaus, befestigte den Beutel am Sattelgurt des Einhorns und schwang sich in den Sattel. Kurz darauf ritt er aus dem Stadttor und wandte sich nach Norden. Malagon war mehr, viel mehr als einen Tagesritt von Camelot entfernt und Artus hatte gesagt, dass sie das piktische Heer angreifen würden, noch bevor die Sonne unterging. Aber irgendwie wusste er, dass er rechtzeitig dort eintreffen würde. Schließlich saß er auf einem Tier, das andere Wege kannte als die, die Menschen normalerweise gingen. Er hielt die Zügel in der Hand, lenkte das Einhorn aber nicht, sondern überließ es ganz dem Fabelwesen, seinen Weg zu finden, und wie er erwartet hatte, folgte es dem Pfad nur für wenige Schritte und steuerte dann direkt auf den dichten Wald zu, der Camelot umgab.

Kurz bevor er in den Wald eindrang und sich das immer währende Zwielicht einer Welt rings um ihn herum schloss, deren Boden vielleicht länger kein Sonnenlicht mehr gesehen hatte, als es Menschen gab, drehte sich Lancelot noch einmal im Sattel um und ließ seinen Blick über die Silhouette der Stadt schweifen. Ein Großteil der bunten Fahnen und Wimpel war bereits eingeholt worden und die Schausteller, Handwerker und fahrenden Händler, die ihre Waren und Leistungen feilgeboten hatten, waren damit beschäftigt, ihre Marktstände abzubauen und Wagen zu beladen. Hinter den Zinnen patrouillierten jetzt mehr Wachen und nicht allzu weit entfernt begannen sich Artus' Krieger zu sammeln. Noch waren es wenige, die meisten einfache Bauern und Städter, denen man eine Waffe und einen Schild in die Hand gedrückt hatte, einige auch zu Pferde. Aber es würden bald mehr werden. Mandrake begann das Heer bereits zusammenzuziehen, um das ihn Artus gebeten hatte. Ein übler Geschmack breitete sich auf Lancelots Zunge aus. Es hatte ein Tag der Freude werden sollen in Camelot, aber nun würde er im Gegenteil enden. Der Krieg hatte seinen Schatten bereits über die Stadt gelegt und er kam näher. Vielleicht noch schneller, als die meisten hier in diesem Moment ahnten.

Schon bald war Lancelots Zeitgefühl erloschen, ebenso seine Orientierung. Der Wald war viel dichter als jeder andere Wald, durch den er jemals gekommen war – abgesehen vielleicht vom Elfenbeinwald in der unheimlichen Welt der Unsterblichen –, und auf einem normalen Tier, aber wohl auch zu Fuß hätte es hier kein Durchkommen gegeben. Die Stämme standen so dicht, dass man manchmal das Gefühl hatte, nicht einmal mehr eine Hand dazwischenschieben zu können, und nur zu viele dieser ohnehin kleinen Zwischenräume wurden noch von dichtem Gestrüpp und dornigem Unterholz eingenommen. Und was er schon einmal erlebt hatte, das wiederholte sich auch jetzt: Immer dann, wenn er glaubte, nun wirklich umkehren oder einfach hoffnungslos stecken bleiben zu müssen, fand das Einhorn eine Lücke, die sich vor ihm auftat, einen Durchgang zwischen scheinbar unüberwindlichen Hindernissen. Er spürte, dass er sich im gleichen Maße, in dem er sich von Camelot und seiner gewohnten Umgebung in der er aufgewachsen war und jeden Fußbreit Boden zu kennen glaubte, entfernte, tiefer in eine andere, unheimliche Welt hineinbewegte, eine Welt, die irgendwie jenseits der Wirklichkeit lag und den meisten anderen Menschen immer verborgen blieb.

Es war ihm unmöglich, zu sagen, wie lange dieser Ritt dauerte. Er war bereits zweimal in Malagon gewesen, der schwarzen Festung des Bösen, die so weit im Norden des Landes und in einem so unwegsamen Gebiet lag, dass die allermeisten Menschen nicht einmal von seiner Existenz wussten; auch wenn sich zahlreiche düstere Legenden und schreckliche Geschichten um diesen Ort rankten, der aus einer uralten, längst vergessenen Welt übrig geblieben war und an dem böse Geister und Hexen ihr Unwesen treiben sollten. Die beiden Male, die er zuvor hier gewesen war, hatte die Reise Tage gedauert, und als er endlich wieder aus dem Wald ritt und der steil ansteigende Felshügel mit den bizarr geformten Türmen und Zinnen Malagons vor ihm lag, da hatte er auch jetzt wieder das Gefühl, viele, viele Stunden, wenn nicht Tage, im Sattel gesessen zu haben. Zugleich aber spürte er auch, dass es nur wenige Stunden gewesen sein konnten, vielleicht nicht einmal so viel. Das

Einhorn, das um die Dringlichkeit seiner Mission wusste, hatte einen Weg durch die Schatten genommen, der sich seinem Begreifen entzog und in dem die Zeitrechnung der Menschen keine große Bedeutung mehr hatte. Die Sonne stand nicht mehr hoch am Himmel, sondern berührte bereits die Baumwipfel im Westen und würde kurze Zeit später mit dem Horizont hinter dem Wald verschmelzen. Artus' Heer war jetzt sicher bereits auf dem Weg. Auch wenn Lancelot noch nicht an vielen Schlachten teilgenommen hatte, so wusste er doch, dass Artus' Truppen den Feind vermutlich zwei oder drei Stunden nach Dunkelwerden angreifen würden, zu der Stunde, in der die Männer ihr Lager aufgeschlagen, ihr Nachtmahl eingenommen hatten und ihre Aufmerksamkeit mehr dem Wein und der bevorstehenden letzten Nacht vor dem Angriff galt als der Sorge vor einem näher kommenden Feind. Und wie um seinen düsteren Gedanken noch mehr Nahrung zu geben, überzog das Licht der untergehenden Sonne die Baumwipfel mit einem unheimlichen rötlichen Schein, als wäre der Wald dort hinten mit Blut übergossen.
Während er das Einhorn langsam weiterlaufen ließ, löste Lancelot Helm und Schild vom Sattelgurt, legte beides an und streckte die Hand nach dem Schwert aus. Der Griff schien ganz leicht unter seinen Fingern zu pulsieren, als spüre die Klinge, dass die Ruhezeit vorbei war und sie nun bald wieder Blut zu trinken bekäme. Aber vielleicht war es auch nur sein eigener Herzschlag, den er fühlte. Er war nervös und hatte Angst, Angst um Gwinneth, und dazu kam die Furcht vor dem, was vor ihm lag. Vom Erfolg seiner Mission hing so unglaublich viel ab. Längst nicht nur sein eigenes Schicksal und das von Gwinneth, sondern vielleicht das ganz Britanniens, bestimmt aber das von Artus und seinen Getreuen.

Er verscheuchte diesen Gedanken und suchte aufmerksam die Silhouette Malagons ab. Die Zinnen und Türme der Festung waren auf so bizarre Weise zusammengestürzt und ausgebrochen, dass sie an Drachenzähne erinnerten und es schier unmöglich war, zu sagen, ob dahinter vielleicht jemand stand, der auf ihn herabsah. Dennoch spürte er, dass dieser Ort nicht so verlassen dalag wie die ersten beiden Male. Jemand – etwas – wartete auf ihn.

Er ritt so nahe an den Berg heran, wie er nur konnte, ehe er das Einhorn anhalten ließ und sich aus dem Sattel schwang. Er verzichtete darauf, das Tier festzubinden. Wenn das Einhorn auf ihn warten wollte, dann würde es das tun, ganz egal, was geschah, und wenn nicht, würden alle Ketten der Welt es nicht daran hindern, fortzulaufen. Langsam ging er den steilen, mit Geröll und Steinschutt übersäten Weg zum offen stehenden Tor der Festung hinauf. Auf halber Strecke hörte er ein Geräusch; vielleicht nur das Kollern eines Steines, den er selbst losgetreten hatte, oder den Flügelschlag eines Vogels im fernen Wald. Dennoch blieb er stehen, legte erneut die Hand auf das Schwert und zog es ein kleines Stück aus der Scheide, führte die Bewegung aber nicht zu Ende, sondern suchte stattdessen aus eng zusammengekniffenen Augen die Burgmauer und das Tor vor sich ab. Er sah und hörte nichts, aber er war jetzt vollkommen sicher, nicht allein zu sein. Dort vor ihm war jemand, der auf ihn wartete. Und er war ihm nicht freundlich gesonnen.

Lancelot zog das Schwert, während er durch den uralten Torbogen ging. Der Bereich des Hofes dahinter, den er einsehen konnte, war leer, aber es war nun wie am vergangenen Morgen im Wald: Seine Sinne schienen plötzlich mit unnatürlicher Schärfe zu arbeiten. Er wusste nicht, woher, aber mit einem Male war ihm klar, dass im toten Winkel rechts und links des Tores Männer auf ihn warteten, mindestens einer auf jeder Seite, wahrscheinlich aber mehr. Lancelot schloss das Helmvisier, ergriff den Schild fester und ging schneller, wobei er ganz bewusst etwas fester auftrat, damit seine Schritte lauter wurden. Im allerletzten Moment begann er zu rennen.

Seine Ahnung hatte ihn nicht getrogen. Rechts und links vom Tor sprangen Männer hervor und auch hinter den gewaltigen Trümmern und Mauerresten, mit denen der Burghof übersät war, erhoben sich weitere Gestalten. Ein Pfeil flog auf ihn zu und zerbrach an dem hochgerissenen Schild und er sah eine Bewegung aus den Augenwinkeln, wich zur Seite und hörte, wie der geschleuderte Speer hinter ihm an der Wand zerbrach. Dann waren die Angreifer heran und der Kampf entbrannte mit aller Härte.

Aber es war kein fairer Kampf. Diesmal war Lancelot vorbereitet gewesen und wusste, was auf dem Spiel stand, und versuchte nicht, dem Schwert in seiner Hand Einhalt zu gebieten, sondern überließ es der magischen Waffe, ihr blutiges Werk zu tun.

Und sie tat es. Nach kaum einer Minute war es vorbei. Lancelot hatte insgesamt sieben Krieger erschlagen und der achte und letzte stand mit gespanntem Bogen vor der Tür auf der anderen Seite des Hofes, hinter der der Abgang zu Morgaines Kellerverlies war. Der Pfeil auf seinem Bogen deutete genau auf Lancelots Gesicht, aber die Hand, die ihn hielt, zitterte und er sah im Gesicht des Mannes keine Hoffnung, sondern nur Angst.

Es war wie bei den anderen: Auf ihren Gesichtern stand geschrieben, dass sie um ihr Schicksal wussten und ihnen klar war, dass sie in den sicheren Tod liefen, ohne die geringste Aussicht, ihren Gegner zu überwinden oder auch nur zu verwunden. Er fragte sich vergeblich, warum sie das taten. Es waren piktische Krieger, zerlumpte, schmutzige, aber auch sehr starke Gestalten, die zweifellos auf Morgaines Befehl hier auf ihn gewartet hatten und die ganz genau wussten, mit wem sie es zu tun hatten. Was konnte so schlimm sein, dass sie den sicheren Tod durch sein Schwert einem anderen Schicksal vorzogen?

Langsam schob Lancelot das Schwert in die Scheide zurück, drehte sich ganz zu dem Pikten herum und sah ihm ins Gesicht. Der Krieger erwiderte seinen Blick aus Augen, in denen pure Hoffnungslosigkeit zu lesen war, aber auch so etwas wie Trotz. Er schoss nicht, aber Lancelot war sicher, dass er auch keinen Zoll weichen würde.

»Verstehst du meine Sprache?«, fragte er, während er losging.

Der Pikte nickte. Der Pfeil auf seinem Bogen folgte Lancelots Bewegungen.

»Und du hast gesehen, was gerade passiert ist?«, fuhr Lancelot fort. Diesmal reagierte der Krieger gar nicht, aber wozu auch? Er hatte drei Pfeile auf Lancelot abgeschossen, die ausnahmslos an seiner Rüstung zerschellt waren, ohne ihr auch nur einen Kratzer zuzufügen. Dabei führte er einen fast mannslangen Jagdbogen, der nicht umsonst auch unter Artus' Kriegern gefürchtet war. Lancelot wusste, dass die Pfeile eines solchen Bogens durchaus in der Lage waren, selbst einen massivem Schild zu durchschlagen.

»Wenn das so ist und wenn du verstehst, was ich sage«, fuhr er fort, »dann gibt es keinen Grund für dich, zu sterben. Geh. Ich schenke dir das Leben.«

Er hatte mit keiner Reaktion gerechnet und es kam auch keine. Als er weiterging, begann sich der Mann nervös auf der Stelle zu bewegen und der Pfeil auf seinem Bogen zitterte stärker. Aber er wich nicht von seinem Posten und Lancelot zog mit einem bedauernden Seufzen das Schwert.

Im Inneren der Festung war es so dunkel und kalt wie immer. Er folgte der Treppe langsam in die Tiefe, das blutige Schwert noch in der Hand und mit einem Gefühl, das alles andere als das war, das ein Sieger haben sollte. Sein Schwert hatte jetzt insgesamt acht Leben gefordert und er wusste, dass ihm diese acht Gesichter – wie die aller anderen, die er getötet hatte, seit er diese verfluchte Silberrüstung zum ersten Mal angelegt hatte – für den Rest seines Lebens in seinen Träumen erscheinen würden und dass es keine Entschuldigung gab. Dass diese Männer Pikten waren und somit die eingeschworenen Feinde Camelots, zählte nicht. Es waren die Reiche, die gegeneinander kämpften, aus Gründen, die die allermeisten ihrer Menschen nicht begriffen und die sie auch nicht wirklich interessierten, und irgendjemand hatte diese acht Krieger geopfert, weil es ihm ein kluger Schachzug in seinem Spiel zu sein schien. Er musste wieder an das denken, was Mordred über die piktischen Soldaten gesagt hatte: *Fleisch*. Mehr waren sie nicht für ihn und vielleicht war auch er, Lancelot, in Wahrheit nicht mehr als eine Figur auf dem Spielbrett größerer, älterer Mächte. Aber waren sie dadurch besser?

Er betrat den unterirdischen Saal, den er schon von seinen beiden letzten Besuchen her kannte, und war nicht sonderlich überrascht, sich einem weiteren halben Dutzend in schwarzes Leder und rostige Rüstungsteile gehüllter Pikten gegenüberzusehen. Sie hatten nicht versucht ihm hinter der Tür aufzulauern, sondern bildeten eine geschlossene Verteidigungslinie vor dem gewaltigen Eisentor auf der anderen Seite des Saales. Ihre Speere waren warnend in Lancelots Richtung gerichtet und zwei von ihnen zielten mit großen Bögen auf ihn. Bei der geringen Entfernung hier unten konnten sie ihn unmöglich verfehlen, aber wie ihr Kamerad oben vor der Tür zögerten sie noch zu schießen. Wie er mussten sie wissen, dass es am Ausgang dieses Kampfes keinen Zweifel gab.

Lancelot griff sie nicht sofort an, sondern hob nur Schild und Schwert und sah die Männer durch den schmalen Sehschlitz seines heruntergeklappten Visiers durchdringend an. Warum gingen sie nicht? Er führte eine Waffe, die Eisen schnitt wie normaler Stahl ein Blatt Papier, und diese Männer waren aus keinem anderen Grund hier, als um zu sterben. Aber warum? Selbst wenn sie für ihren Befehlshaber nicht mehr als *Fleisch* waren, warum warf er es so sinnlos weg?

Statt den Kampf zu eröffnen, senkte er Schwert und Schild und klappte das Helmvisier nach oben.

»Gebt den Weg frei«, sagte er.

Keiner der Männer reagierte. Lancelot hob das Schwert und sagte noch einmal und in bewusst drohendem Tonfall: »Tretet zur Seite! Ich will nichts von Euch. Ihr könnt am Leben bleiben.«

Als Antwort flog ein Pfeil in seine Richtung und Lancelot musste blitzschnell den Kopf zur Seite drehen, denn das Geschoss war so gut gezielt, dass es sein offenes Helmvisier getroffen hätte. Fluchend klappte er das Visier herunter und der Kampf im Hof fand eine schreckliche Fortsetzung.

In dem engen Raum war es den Männern noch schwieriger, ihm auszuweichen oder auch nur nennenswerten

Widerstand entgegenzusetzen. Von den sechs Kriegern fielen fünf in wenigen Sekunden und der letzte warf seine Waffen weg und suchte sein Heil in der Flucht.
Und Lancelot beobachtete sich selbst voller Entsetzen dabei, wie er ihn verfolgte, einholte und niederschlug, noch bevor er die Treppe erreichte.
Keuchend schob er das Schwert wieder in den Gürtel zurück und trat auf das mit uralten, unheimlichen Runen verzierte Eisentor auf der anderen Seite der Halle zu. Er verbot sich selbst, über das nachzudenken, was er gerade getan hatte. Nach allem, was in den letzten Tagen geschehen war, hatte es dennoch eine Steigerung des Entsetzlichen gegeben, auch wenn er es selbst nicht mehr für möglich gehalten hätte. Für einen kurzen Moment hatte das Schwert seine Handlungen bestimmt und nicht er die der magischen Klinge, und er hatte einen flüchtenden Mann verfolgt und ihm in den Rücken gestochen. Doch jetzt ging es um Gwinneths Leben. Mit einem entschlossenen Ruck schob er die Tür auf und trat in den dahinter liegenden Raum. Er rechnete mit einem weiteren Hinterhalt, noch mehr Kriegern, die auf ihn warteten um zu sterben, aber die große Tropfsteinhöhle war leer.
Mit heftig klopfendem Herzen sah er sich um. Obwohl er nicht zum ersten Mal hier war, erfüllte ihn der Raum mit derselben Angst und Kälte wie zuvor. Die Höhle war so groß, dass man ihre genauen Abmessungen nur ahnen konnte, und die Luft war kalt, nass und von etwas unglaublich Fremdem durchdrungen. Das einzige Licht kam von einem kleinen See, ein Dutzend Schritte von der Tür entfernt und nahezu kreisrund, aus dessen Mitte sich ein fragiles Kristallgebilde erhob, das in sanften Rot- und Grün- und Blautönen von innen heraus leuchtete. Wenn man genau hinsah, hatte es Ähnlichkeit

mit einer Märchenburg, mit all seinen Zinnen, Vorsprüngen, Türmchen und Erkern, und wenn man noch genauer hinsah, dann konnte man noch die Stelle erkennen, an der er damals mit dem Schwert darauf eingeschlagen hatte. Ein kalter Schauer lief über Lancelots Rücken. Damals hatte er nicht gewusst, was dieses wunderschöne und zugleich so erschreckende Gebilde wirklich war. Um ein Haar hätte er eine Katastrophe auf Camelot und all seine Bewohner herabbeschworen. Wie viele Dinge mochte es noch geben, die er vielleicht aus Unwissenheit tun würde?

Langsam ging er weiter. Die Tür fiel ohne sein Zutun hinter ihm ins Schloss, sodass Lancelot zusammenfuhr und instinktiv die Hand auf das Schwert legte, um sie gleich wieder zurückzuziehen. Hier und jetzt brauchte er diese Waffe nicht.

Zum ersten Mal, seit er am Ufer des flachen Sees stand und auf den magischen Kristall hinabblickte, wurde ihm klar, *wie wenig* er im Grunde überhaupt wusste. Vieles von dem, was die Menschen für Legenden und Mythen hielten, war wahr. Es *gab* die Tir Nan Og und es gab das Alte Volk, die Elben, Feen und Goblins, die Pixies und Pukas – aber damit hörte sein Wissen auch schon wieder auf. Für jede Frage, die er beantworten konnte, hatte er tausend neue gefunden, auf die er keine Antwort wusste – wie zum Beispiel auf die, wie er den Weg zu Morgaine Le Faye und damit Gwinneth eigentlich finden sollte.

Lancelot sah sich unschlüssig um. Es gab keinen weiteren Ausgang aus dieser Höhle, keine Tür, keinen verborgenen Durchgang in einen weiteren Raum – wohin auch? Wenngleich dieser Raum unheimlich war, gehörte er doch zur Welt der Menschen, dem Universum des Hier und Jetzt, nicht zu den Gefilden der Unsterblichen, deren Zentrum die Tir Nan Og war. Wenn es hier einen Weg hinüber in diese andere, verwunschene Welt gab, dann war es mit Sicherheit keine Tür. Irgendwie hatte alles mit Wasser zu tun. Artus hatte ihn als Säugling am Ufer eines Sees gefunden. Er selbst hatte die Rüstung am Grunde eines Sees gefunden – vermutlich desselben, in dem Artus *ihn* gefunden hatte –, und was Excalibur anging: Hieß es nicht, dass die Herrin des Sees den Menschen dieses Schwert geschenkt hätte, auf dass der rechtmäßige König Britanniens es aus dem Stein ziehe und benutze?

Langsam bewegte sich Lancelot weiter auf den See zu. Als er in das Wasser stieg, erschauerte er. Es war eiskalt. Er stockte im Schritt, überwand sich dann und ging weiter, bis ihm das Wasser an die Hüften reichte. Der Boden unter seinen Füßen wurde jetzt immer abschüssiger und er hatte Mühe, nicht zu stürzen, was in der schweren Rüstung möglicherweise seinen Tod bedeutet hätte; Lancelot war nicht sicher, ob es ihm gelingen würde, sich beladen mit Schild, Harnisch, Bein- und Armschienen, Schwert und Helm wieder aufzurichten, vom Schwimmen ganz zu schweigen. Er blieb stehen, tastete behutsam mit dem Fuß über den Boden vor sich – und verlor prompt das Gleichgewicht. Noch bevor er einen erschrockenen Schrei hätte ausstoßen können, kippte er zur Seite und wurde von der Rüstung wie ein Stein nach unten gezogen, ganz wie er befürchtet hatte.

Nur dass er nicht ertrank. Obwohl er das Visier hochgeklappt und der Helm alles andere als wasserdicht war, konnte er atmen. Es drang kein Wasser in den Helm.

Im ersten Moment war Lancelot so verblüfft, dass er einfach reglos auf dem Grund des kleinen Sees hocken blieb und darauf wartete, dass irgendetwas geschah. Dann aber wurde ihm allmählich klar, wieso er noch lebte und atmen konnte: Dasselbe war ihm schon einmal widerfahren, damals am See, als er diese Rüstung gefunden hatte. Auch da hatte er den Helm aufgesetzt und plötzlich unter Wasser atmen können, nur hatte er geglaubt, es handle sich um etwas so Einfaches wie eine Luftblase, die sich in dem alten Helm gefangen hatte. Jetzt aber wurde ihm klar, dass der Zauber dieser magischen Rüstung weiter reichte, als ihm bisher bewusst gewesen war. Offenbar schützte sie ihren Träger vor jedweder Gefahr.

Behutsam richtete er sich weiter auf, aber sein Kopf blieb unter Wasser; sein Sturz hatte ihn ein gutes Stück tiefer in den kleinen See hineinschlittern lassen, sodass er tatsächlich ertrunken wäre, selbst wenn er es fertig gebracht hätte, schnell genug in der schweren Rüstung aufzustehen. Sonderbar, dachte er. So groß war ihm der See gar nicht vorgekommen – vom Ufer bis zu dem leuchtenden Kristallgebilde in seiner Mitte waren es höchstens vier oder fünf Schritte gewesen. Und dann gewahrte er noch etwas, was ihm vorher nicht aufgefallen war: Vor sich sah er ein Licht. Nicht das vielfarbige Leuchten des Kristalls, sondern etwas wie der Schimmer von Tageslicht, der durch die Wasseroberfläche brach, aber blass, zitternd und weit entfernt.

Langsam gewahrte Lancelot einen zweiten, weit größeren Lichtfleck über sich, diesmal nur zwei oder drei Schritte hinter ihm. Verwirrt hob er die Arme und stieß nicht durch die Wasseroberfläche, sondern gegen harten Fels, der sich über dem Wasser verbarg. Es vergingen noch ein paar Augenblicke, bis ihm endgültig klar wurde, was er da gefunden hatte: nichts anderes als einen Stollen, der vom See zu einem zweiten, entfernt liegenden Ausgang führte und mit Wasser gefüllt war. Die Entfernung war schwer zu schätzen, aber Lancelot ver-

mutete, dass ein guter Schwimmer sie mit angehaltenem Atem bewältigen konnte, bevor er ertrank.
Nun, *dieses* Problem hatte er gottlob nicht. Er marschierte, so schnell es der glatte Felsboden unter seinen Füßen zuließ, auf den kleineren Lichtfleck zu.
Die Zeit, die er brauchte, um dem Ausgang näher zu kommen, war schwer zu schätzen, aber schließlich wurde es über ihm hell und der Boden stieg langsam an.
Noch bevor er durch die Wasseroberfläche stieß, erkannte er, wieso er sich so sehr geirrt hatte. Er hatte ganz automatisch angenommen, dass das jenseitige Ende des Ganges in einen See gleicher Größe führte, aber das war nicht der Fall. Lancelot fand sich zwar auch jetzt in einer Art Tropfsteinhöhle wieder, die aber ungleich größer war als die, aus der er gerade kam, und auch dieser See war kein besserer Tümpel, sondern ein richtiger See mit einem Durchmesser von sicherlich zwanzig, wenn nicht noch mehr Schritten.
Außerdem war die Höhle nicht leer.
Lancelot ließ sich rasch wieder ein Stück ins Wasser sinken, als er Stimmen hörte und gleich darauf den mehrfach gebrochenen Widerhall von harten Stiefelsohlen auf Stein. Und keinen Moment zu früh. Kaum befand er sich weit genug im Wasser, sodass er gerade noch zum Ufer hinaufspähen konnte, da bogen zwei Männer in glänzenden schwarzen Rüstungen um einen der gewaltigen Steinpfeiler, die die Decke der Grotte trugen. Beide waren sehr groß und ungewöhnlich schlank, was trotz der schwarzen Harnische deutlich zu sehen war, und beide trugen das schulterlange schwarze Haar streng zu einem Pferdeschwanz zurückgekämmt, sodass Lancelot ihre spitzen Fuchsohren deutlich erkennen konnte.
Elben! Das waren keine Menschen, das waren Dunkelelben, jene unheimlichen schwarzen Reiter, denen er

schon einmal nur mit Müh und Not entkommen war. Die beiden Männer näherten sich langsam, aber trotzdem mit zielstrebigen Schritten und sie unterhielten sich in einer Sprache, die Lancelot noch nie gehört hatte. Immerhin verstand er den Ton, in dem sie redeten. Sie hatten ihn nicht entdeckt, denn manchmal lachte einer von ihnen und die ganze Unterhaltung schien eine fröhliche zu sein. Dennoch ließ er sich lautlos noch weiter ins Wasser sinken und blieb mit klopfendem Herzen so lange unter der Oberfläche, bis er sicher war, dass die beiden Männer an ihm vorbei waren. Selbst dann zählte er in Gedanken noch einmal langsam bis zehn, und als er sich aufrichtete, hatte er die Hand am Schwertgriff. Nicht dass er glaubte, gegen diese beiden Männer auch nur die geringste Chance zu haben. Er hatte schon einmal gegen einen Mann in einer solchen schwarzen Rüstung gekämpft und wusste, dass dieser mindestens ebenbürtig war, wenn nicht überlegen. Sollten ihn die beiden Männer entdecken, war es um ihn geschehen.

Sie schienen jedoch nichts von seiner Anwesenheit bemerkt zu haben, denn sie waren schon gut zwanzig Schritte entfernt und fast mit den Schatten im hinteren Bereich der Grotte verschmolzen. Ihre Schritte wurden leiser und selbst ihr Lachen war kaum noch zu hören. Trotzdem wartete Lancelot noch eine geraume Weile, ehe er es wagte, wieder aus dem Wasser zu treten. Ihm war entsetzlich kalt. Er zitterte am ganzen Leib, als er einen Schritt vom Seeufer wegtat und sich einmal um seine Achse drehte, um sich zu orientieren. Er war allein. Er sah keine weiteren Dunkelelben und er hörte auch keine Schritte, Stimmen oder andere verräterische Geräusche. Es musste nicht unbedingt bedeuten, dass er in Sicherheit war, und er nahm sich vor, weiter auf der Hut zu bleiben.

Lancelot überlegte einen Moment angestrengt, in welche Richtung er sich wenden sollte. Die Grotte war so groß, dass er ihre genauen Abmessungen nur schätzen konnte, und hier gab es keinen leuchtenden Kristall, sondern nur ein graues, unwirkliches Licht, das aus keiner bestimmten Quelle kam. Alles, was weiter als zwei Dutzend Schritte entfernt war, verschwamm wie im Nebel, und die steinernen Pfeiler, die ihn umgaben, vermittelten ihm eher den Eindruck, sich in einem vor uralten Zeiten zu Fels erstarrten, toten Wald zu befinden als in einer Höhle unter der Erde.

Vielleicht war es ja auch so. Lancelot gestand sich widerwillig ein, dass er weder eine Ahnung hatte, wo er war noch was er jetzt tun sollte. Er war auf dem richtigen Weg, das bewies die Anwesenheit der beiden Elbenkrieger, aber sollte er sich in die Richtung wenden, aus der sie gekommen waren, oder ihnen folgen?

Er fällte eine willkürliche Entscheidung, indem er den beiden Männern nachging. Wie sich zeigte, war sie richtig. Er hatte vielleicht dreißig oder vierzig Schritte zurückgelegt, als sich das Grau vor ihm zu lichten begann, und bald erblickte er einen schmalen, aber sehr hohen Stollen mit einer gewölbten Decke, in dem eine Treppe mit uralten, ausgetretenen Steinstufen nach oben führte. An ihrem Ende schimmerte Tageslicht. Ohne zu zögern begann Lancelot die Treppe hinaufzusteigen, blieb aber noch einmal stehen, kurz bevor er die Tür am oberen Ende der steil ansteigenden Stufen erreichte, und lauschte.

Er hörte weit entfernt Stimmen, die sich in derselben, ihm unverständlichen Sprache unterhielten, den Gesang von Vögeln und das Rauschen von Wind in den Baumwipfeln, aber auch noch andere, fremdartige Laute, die er nicht so recht zu deuten vermochte. Und auch

das Licht, in das er blinzelte, erschien ihm irgendwie anders.
Als er seinen Mut zusammennahm und durch die Tür trat, wusste er auch warum.
Er war nicht mehr in den Wäldern nördlich von Camelot. Er war überhaupt nicht mehr in Britannien. Die Sonne, die ungewohnt hell und klar hoch über ihm am Himmel stand, beschien die Tir Nan Og, die Insel der Unsterblichen. Er war wieder in der Welt der Elben und Zauberwesen. Der Welt, in der er geboren worden war.
Dieser Ort hier schien ihm allerdings eher ein Ort der Dunkelelben und Ungeheuer zu sein. Er war nicht aus einer Höhle herausgetreten, wie er erwartet hatte. Die Tür mündete in einer Wand aus gewaltigen schwarzen Felsquadern von mehr als Mannsgröße, die wiederum zu einer monströsen und halb verfallenen Festung gehörten. Allein der weite Innenhof, der sich vor ihm ausbreitete, war groß genug, um ganz Camelot ohne Probleme aufzunehmen, und jeder einzelne des guten Dutzends Türme, die er erblickte, als er seinen Blick in die Runde schweifen ließ, war so groß, dass selbst der gewaltige Burgfried Camelots dagegen wie das Spielzeug eines Kindes erscheinen musste. Die Festung war verfallen und heruntergekommen, doch selbst ihre halb niedergebrochenen Mauern schienen so hoch, als könne man den Himmel erreichen, wenn man auf ihren Zinnen stand. Und obwohl sie vielleicht das Unheimlichste war, was Lancelot je erblickt hatte, kam sie ihm zugleich auch seltsam vertraut vor ...
Es dauerte nur einen Augenblick, bis ihm klar wurde, warum. Auf dieselbe bizarre Art, auf die die Stadt, die er bei seinem ersten Besuch hier gesehen hatte, Camelot ähnelte, ähnelte diese monströse Burgruine Malagon,

als wäre beides nur das Vorbild für seinen Gegenpart in der Welt der Menschen gewesen, der aber um etliches kleiner ausgefallen war. Einen Unterschied aber gab es doch: *Dieses* Malagon war nicht verlassen und es beherbergte keine Pikten, sondern eine große Anzahl Dunkelelben. Etliche von ihnen bewegten sich auf den Wehrgängen der Mauern, die allermeisten aber hielten sich auf der anderen Seite des Hofes auf, wo sie auch mehrere ihrer Reittiere angebunden hatten: riesige schwarze Einhörner, wie das dunkle Spiegelbild des Tieres, das er selbst ritt. Es gab allerdings auch andere Geschöpfe, von denen Lancelot jedoch nicht ein einziges bekannt vorkam. Die meisten Kreaturen, die er sah, waren so fremdartig, dass ihm einfach die Worte fehlten, um sie zu beschreiben, aber sie erschienen ihm allesamt scheußlich und gefährlich. Eines der Wesen, das mit einer langen schwarzen Eisenkette an einem massiven Ring in der Wand festgebunden war, hätte ein Hund sein können, wäre es nicht so groß gewesen – allerdings der Albtraum von einem Hund. Lancelot wäre nicht weiter erstaunt gewesen, wäre im nächsten Moment ein leibhaftiger Drache über der Burgmauer erschienen.

Plötzlich wurde sich Lancelot der Tatsache bewusst, dass er völlig deckungslos und für jedermann sichtbar unter der Tür stand und in seiner silbern blitzenden Rüstung geradezu danach schrie, gesehen zu werden. Hastig lief er los, wandte sich nach rechts und duckte sich hinter einen der gewaltigen Trümmerbrocken, die den Hof übersäten, so zahlreich und chaotisch, als wäre der Himmel über der Burg zu Stein erstarrt und dann zusammengebrochen. Sein Herz klopfte noch immer vor Anspannung und er hatte wieder die Hand auf das Schwert gelegt, zog sie nun aber zurück und löste nach

einem weiteren Moment auch den Schild von seinem linken Arm, um ihn auf seinem Rücken zu befestigen. Die Zauberrüstung bot ihm keinen Schutz mehr. Nicht hier und nicht vor diesen Männern. Sie stellte plötzlich eher eine Gefahr dar, machte sie doch überdeutlich, dass er ein Eindringling war, der nicht hierher gehörte. Lancelot überlegte nur noch einen Moment, dann setzte er den Helm ab, schlüpfte aus den Handschuhen und begann schnell und so leise er konnte die gesamte Rüstung abzulegen. Mit jedem Stück, von dem er sich befreite, kam er sich nackter und hilfloser vor, aber er arbeitete trotzdem zügig weiter und trug schließlich nur noch das zerschlissene, baumwollene Unterkleid, in dem er vor so langer Zeit Camelot verlassen hatte, um zu sterben. Der eingetrocknete Blutfleck dicht unter seinem Herzen erinnerte ihn auf schmerzliche Weise daran, wie verwundbar er nun war. Aber wenn er Gwinneth aus *dieser* Festung befreien wollte, so konnte er es keinesfalls mit Gewalt tun. Und irgendwie war er auch ein bisschen erleichtert. Er hatte den Kampf im Hof des anderen Malagon nicht vergessen. Er hatte schon zu viel Blut vergossen, nicht nur für einen Tag, sondern vielleicht für ein ganzes Leben.
Er verbarg die Rüstung unter Steinen und Geröll, so gut er konnte, richtete sich behutsam hinter dem Rand seiner Deckung wieder auf und ließ seinen Blick erneut über den gewaltigen Innenhof der Festung gleiten. Wie es aussah, hatte er trotz allem Glück gehabt. Auch das Hauptgebäude dieses Malagon befand sich ungefähr an der gleichen Stelle wie das des anderen und offensichtlich hatte er auch das Gegenstück der Treppe in den Keller hinab genommen; was hieß, dass er nicht allzu weit vom Eingang des monströsen Herrscherhauses entfernt war. Er wusste, dass er keine Chance gehabt hätte,

den Hof ungesehen zu überqueren, ganz egal ob mit oder ohne silberne Rüstung. So aber waren es vielleicht zwanzig oder dreißig Schritte, die er zurücklegen musste, und es gab auf dem Weg zu der gewaltigen Treppe hinlänglich Deckung. Lancelot warf noch einen Blick in die Runde, schickte ein Stoßgebet zum Himmel, dass er sich noch ein einziges Mal auf sein Glück verlassen könnte, und lief geduckt und von einem Trümmerstück zum nächsten huschend los. Als er die Hälfte der Strecke hinter sich gebracht hatte, hielt er an und sah sich vorsichtig und schwer atmend um. Niemand schien Notiz von ihm genommen zu haben, nur der Albtraumhund hatte aufgehört an seiner Kette zu zerren und starrte aus misstrauisch zusammengekniffenen, blutunterlaufenen Augen in seine Richtung. Die Dunkelelben schien das jedoch nicht zu interessieren, denn sie schenkten ihrem Wachhund nicht einmal einen Blick. Lancelot lief weiter, hielt hinter dem letzten Mauerrest vor der Treppe noch einmal an und nahm all seinen Mut zusammen. So ruhig, wie er konnte, richtete er sich auf, drehte sich herum und ging rasch, aber ohne zu rennen, die Treppe hinauf. Er hätte die Strecke in einem Bruchteil der Zeit zurücklegen können, aber ihm war klar, dass er vielleicht als jemand durchgehen konnte, der das Recht hatte, sich hier aufzuhalten, wenn ihn einer der Dunkelelben nur aus den Augenwinkeln oder von hinten sah; sein Gewand war mittlerweile schmutzig genug, um schwarz zu erscheinen. Wenn er zu rennen begann, verriet er sich damit selbst.

Furcht griff nach seinem Herzen, als er sich dem weit offen stehenden Tor näherte. Es war nur der Eingang zu einem Haus und doch war es größer als das Tor Camelots, und Lancelot hätte seinen ersten Besuch auf der Tir Nan Og nicht gebraucht um zu sehen, dass es nicht von Menschenhand geschaffen worden war. Die beiden Pfeiler, die den riesigen Türsturz trugen, hatten die Form aufgerichteter, schlangengleicher Drachen, deren weit aufgerissene Mäuler nach jedem zu schnappen schienen, der es wagte, ihnen zu nahe zu kommen, und der schwarze Quader über dem Tor, der größer und mit Sicherheit schwerer war als die gewaltigen Menhire des Cromlech, war mit denselben unheimlichen Runen und Symbolen übersät, die er schon mehrmals gesehen hatte. Eine gespenstische körperlose Kälte wehte ihm aus dem offen stehenden Tor entgegen und der Raum dahinter war zwar von einer Anzahl heftig blakender Fackeln erhellt, erschien ihm aber trotzdem wie ein Refugium der Nacht, in dem weder Licht noch Leben Bestand haben konnte.

Lancelot trat durch das Tor, sah sich hastig um und stellte erleichtert fest, dass er allein war. Die Halle war größer als der gewaltigste Saal, den es in ganz Camelot gab, aber vollkommen leer. An ihrem anderen Ende führte eine geschwungene Treppe nach oben und es gab zahlreiche Türen, die in andere Teile des Gebäudes führten, aber niemand war da, der den Eingang bewachte.

Lancelot wich in den noch tieferen Schatten neben der Tür zurück und überlegte einen Moment lang angestrengt, wohin er sich nun wenden sollte. Er hatte Malagon nie erforscht und kannte nur seinen Innenhof und das Kellergewölbe, über das er hierher gekommen war, aber er nahm an, dass seine Aufteilung der Camelots ähnelte; wie der der meisten anderen Burgen übrigens auch. Das würde bedeuten, dass sich der Thronsaal oberhalb dieser Treppe befand, mit einem freien Blick über den gesamten Innenhof und das Land hinter der Mauer. Er vermied es bewusst, sich die Frage

zu stellen, was er tun sollte, wenn er Morgaine Le Faye und Gwinneth tatsächlich dort oben vorfand. Die Antwort hätte ihm wahrscheinlich nicht gefallen.
Stattdessen lief er los und rannte durch die Halle und dann immer zwei, drei Stufen auf einmal nehmend die Treppe hinauf. Sie war so hoch, dass er oben angekommen erst einen Moment stehen bleiben und wieder nach Luft ringen musste. Seine Knie zitterten, sodass er sich auf das schwarze Treppengeländer stützte, um neue Kraft zu sammeln, und er stellte bedrückt fest, dass es doch einige Unterschiede zu Camelot gab. Vor ihm lag ein finsterer Säulengang, der sich in beide Richtungen so weit zu erstrecken schien, wie sein Blick reichte, und von dem zahlreiche andere Gänge und Türen abzweigten. Schließlich entschied er sich für die größte Tür, ganz am Ende des Ganges zur Linken; ein gewaltiges Doppeltor aus schwarzem Eisen, das mit den hier anscheinend allgegenwärtigen Runen und magischen Symbolen übersät war. Er hatte noch nicht die Hälfte der Strecke zurückgelegt, als er Schritte hörte. Mit einem erschrockenen Satz brachte er sich hinter einer der mannsdicken Steinsäulen in Sicherheit, die die Spitzbögen der Decke trugen, und spähte vorsichtig hinter seiner Deckung hervor. Eine ganze Abteilung in schwarzes Eisen gehüllter Elbenkrieger näherte sich. Sie gingen schnell und mit militärischer Präzision und keiner von ihnen lachte oder machte einen Scherz. Als sie auf das Tor am Ende des Ganges zutraten, setzten sie ihre Helme auf und der eine oder andere nahm eine noch straffere Haltung ein. Lancelots Vermutung war anscheinend richtig gewesen. Hinter diesem Tor musste sich der Thronsaal befinden.
Was ihn zu der nächsten unangenehmen Frage brachte: Wie um alles in der Welt sollte er dort hineingelangen?

Lancelot blieb hinter seiner Deckung, sah sich aber aufmerksam um. Die Festung befand sich auch im Inneren in keinem deutlich besseren Zustand als außen. Bisher war es ihm nicht aufgefallen, aber viele der gewaltigen Spitzbögen, die die Decke trugen, waren beschädigt, einige sogar ganz zusammengebrochen, und der Boden war auch hier mit Steintrümmern und Geröll übersät. Allerdings waren die Beschädigungen nicht so schlimm, ihm einen Weg in den Saal hinter der schwarzen Eisentür zu ermöglichen. Und es war ganz und gar ausgeschlossen, dass er sie öffnen und hindurchtreten konnte ohne bemerkt zu werden.
Hinter ihm erscholl das Geräusch einer Tür, die in uralten, quietschenden Angeln geöffnet wurde, rötlicher Fackelschein fiel zu ihm heraus und malte seinen Schatten überdeutlich und groß quer über den Gang, dann hörte er eine erstaunte Stimme, die etwas rief, und fuhr erschrocken herum.
Unter der so plötzlich aufgegangenen Tür stand ein Elbenkrieger. Er trug Rüstung und Waffen, hatte den Helm aber lässig unter den linken Arm geklemmt und sah mindestens so überrascht drein, Lancelot zu erblicken, wie dieser umgekehrt ihn. Dann verdüsterte sich sein Gesicht und er wiederholte seine Frage. Lancelot verstand die Worte jetzt so wenig wie beim ersten Mal, aber es gehörte nicht besonders viel Fantasie dazu, sie zu erraten. Der Elb fragte ihn, wer er war und was er hier zu suchen hatte.
Noch während sich Lancelot den Kopf über eine Antwort zerbrach, machte der Mann einen Schritt auf ihn zu, beugte sich blitzschnell vor und ergriff ihn mit der freien Hand am Kragen. Lancelot ächzte vor Schmerz und Schrecken, als der Krieger ihn ohne sichtbare Anstrengung in die Höhe hob, ein paar Mal schüt-

telte und seine Frage zum dritten Mal stellte. Diesmal schrie er. Und selbst wenn Lancelot gekonnt hätte, hätte er ihm gar keine Gelegenheit gelassen, zu antworten, denn er hob ihn plötzlich noch höher und warf ihn dann so wuchtig zu Boden, dass ihm die Luft wegblieb und er für einen Moment nur Sterne sah. Als sich sein Blick wieder klärte, stand der Dunkelelb über ihm, hatte sich vorgebeugt und schüttelte die geballte Faust vor seinem Gesicht. Lancelot versuchte sich hochzustemmen, handelte sich damit aber nur einen Schlag mit der flachen Hand ein, der ihn erneut zurückschleuderte. Seine Hände glitten ziellos über den Boden und seine Rechte ertastete etwas Großes, Hartes, um das sie sich instinktiv schloss.

Als sich der Dunkelelb das nächste Mal zu ihm herabbeugte und ihm seine Frage ins Gesicht schrie, schlug er ihm mit dem Stein auf die Schläfe. Der Mann brach in die Knie, fiel nach vorne und hätte Lancelot unweigerlich unter sich begraben, hätte dieser sich nicht gedankenschnell zur Seite gerollt.

Lancelot blieb einen Moment reglos und mit gesenktem Kopf auf den Knien hocken, bis das Dröhnen hinter seiner Stirn aufhörte, dann stand er auf, beugte sich wieder zu dem Elbenkrieger hin und überzeugte sich davon, dass er bewusstlos war. Rasch trat er durch die Tür, hinter der der Mann hervorgekommen war, sah, dass sich auch dort niemand aufhielt, und brauchte schließlich fast seine gesamte Kraft, um den reglosen Körper an den Füßen zu packen und in die Kammer zurückzuschleifen, ohne dass er über sein Tun nachdenken musste. Er hatte zwar Lancelots Rüstung abgelegt, aber er war nicht wieder zu Dulac, dem Küchenjungen, geworden. Er schloss die Tür, legte den Riegel vor und ging dann schnell doch noch einmal hinaus auf den

Gang, um den Helm zu holen, den der Elb fallen gelassen hatte.
Lancelot zerrte den Mann bis in die Mitte des Raumes und begann ihm dann die Rüstung auszuziehen. Der Krieger stöhnte ein paar Mal leise, wachte aber nicht auf und an seiner Schläfe begann sich eine gewaltige Beule zu bilden. Als der Elb nur noch in seinem Unterkleid dalag, riss Lancelot zwei Streifen aus dessen Saum und benutzte sie, um seine Hände und Füße sicher zu fesseln, dann noch einen dritten, mit dem er den Bewusstlosen knebelte. Dann begann er mit schnellen Bewegungen die schwarze Rüstung anzulegen. Der Krieger war ein gutes Stück größer als er und auch breitschultriger, obwohl er wie alle Elben von schlankem Wuchs war, und nachdem sich Lancelot den schwarzen Helm übergestülpt und den Waffengurt umgebunden hatte, war ihm klar, dass diese Verkleidung nur einem flüchtigen Blick standhalten würde. Aber sie war allemal besser als das schmutzige Baumwollkleid, das er bisher getragen hatte.
Er verließ den Raum, huschte wieder hinter die Säule, hinter der er schon einmal Deckung gefunden hatte, und wartete.
Seine Geduld wurde auf eine wahrlich schwere Probe gestellt. Nach einer Weile ging die Tür wieder auf und die Krieger, die er vorhin schon beobachtet hatte, verließen den Thronsaal wieder, aber es musste eine halbe Stunde vergangen sein, wenn nicht mehr, bis er endlich wieder Schritte auf der Treppe hörte und sich eine zweite Abteilung hoch gewachsener und in schwarzes Eisen gekleideter Dunkelelben näherte. Sie bestand aus mehr als einem Dutzend Männer, die zum allergrößten Teil schon ihre Helme aufgesetzt und sogar die Visiere geschlossen hatten und in scharfem Tempo heranmar-

schiert kamen. Lancelot wartete, bis sie an seinem Versteck vorübergegangen waren, dann setzte er alles auf eine Karte, huschte hinter der Säule hervor und schloss sich dem kleinen Trupp an. Er war davon überzeugt, dass mindestens die Hälfte der Männer im nächsten Moment herumwirbeln und ihn packen würde, aber das Unglaubliche geschah: Niemand schien ihn bemerkt zu haben. Der Trupp bewegte sich weiter, erreichte die Tür und die beiden Hälften des schwarzen Eisentores schwangen lautlos nach innen, um sie einzulassen.

Lancelot trat als Letzter hindurch und erkannte, dass seine Vermutung richtig gewesen war. Sie befanden sich im Thronsaal der schwarzen Festung, der mindestens fünfmal so groß war wie der Camelots und in dem es außer einer Anzahl steinerner Tische und ebenfalls aus Stein gehauener Stühle auch den bizarren Lavathron gab, den sie gesehen hatten, als Morgaine Le Faye Gwinneth entführte.

Sie saß darauf. Sie trug immer noch das Kleid aus tiefdunklem Rot, aber auf ihrem schwarzen Haar funktelte nun ein Diadem aus ebenfalls schwarzen Edelsteinen, das die Form zweier ineinander geschlungener Schlangen hatte und sich zu bewegen schien, je nachdem wie das Licht darauf fiel.

Und neben ihr, mit einer dünnen schwarzen Kette, die sich um ihre Hüfte wand, an einen eisernen Ring in der Wand gefesselt, genau wie der schreckliche Hund unten auf dem Hof, stand Gwinneth.

Um ein Haar hätte er sich verraten, als er sie sah. Gwinneth sah schrecklich aus. Ihr weißes Hochzeitskleid war verschmutzt und zerrissen, wahrscheinlich hatte sie sich heftig gewehrt, als man sie hierher geschleppt hatte, und ihr Gesicht war noch blasser geworden. Dunkle, schwere Ringe lagen unter ihren Augen und er sah ihr an, dass sie geweint hatte. Was hatten diese Ungeheuer ihr angetan? Lancelots Hand wollte sich selbstständig machen und nach dem schwarzen Schwert greifen, das er an der Seite trug, aber er hielt die Bewegung im letzten Moment zurück und zwang sich, ruhig hinter der Abteilung Elbenkrieger herzuschreiten, die sich dem Thron näherte.

Hilflosigkeit und Wut vermischten sich zu einem Gefühl, das ihn am liebsten hätte aufschreien lassen. Er war Gwinneth so nahe und doch gab es absolut nichts, was er für sie tun konnte. Plötzlich wurde ihm klar, was für ein Wahnsinn es gewesen war, überhaupt hierher zu kommen. Wie hatte er vergessen können, dass Morgaine Le Faye bisher stets gespürt hatte, wenn er in ihrer Nähe war? Sie musste ihn einfach erkennen, auch unter dem schwarzen Helm mit dem geschlossenen Visier. Und selbst wenn dies nicht so gewesen wäre, wurde ihm plötzlich klar, was für eine lächerliche Figur er in der gestohlenen Rüstung bot. Sie war ihm um mehrere Nummern zu groß. Die Beinkleider und das Wams schlotterten um seine Glieder und die Metallteile klirrten bei jedem Schritt, den er machte. Seine Hand kroch wieder zum Schwert und diesmal schloss sie sich um den Griff. Auch wenn er es nur um einen halben Atemzug überleben würde, er war entschlossen, die Herrscherin dieser schwarzen Festung, die so viel Unglück über Artus und ganz Britannien gebracht hatte, mit sich in den Tod zu reißen, sollte er entdeckt werden.

Die Abteilung hielt vor dem Lavaturm an und Morgaine Le Faye machte eine auffordernde Geste zu dem vordersten Mann. »Berichte!«

Wieso sprach sie plötzlich Englisch? Bisher hatten sich die Elben stets in ihrer eigenen Zunge unterhalten, der er nicht mächtig war. Konnte es sein, überlegte Lancelot

verwirrt, dass Morgaine die Sprache ihres eigenen Volkes nicht beherrschte? Das war lächerlich.
»Die Kundschafter sind zurück, Herrin«, antwortete der Elb. Auch er sprach plötzlich die Sprache Britanniens, nicht die der Elfenwelt. »Es ist so gekommen, wie Ihr vorhergesagt habt: Die Truppen aus Camelot greifen in diesem Moment das piktische Heer an.«
Ein verächtliches Lächeln erschien auf Morgaines Lippen. »Was für eine Überraschung«, meinte sie spöttisch. »Mein geschätzter Bruder ist doch immer wieder für strategische Geniestreiche gut.« Sie schüttelte den Kopf. »Ich hätte etwas mehr Einfallsreichtum erwartet.«
»Sollen wir –«, begann der Elbenkrieger, wurde aber sofort von Morgaine unterbrochen:
»Wir werden genau das tun, was ich befohlen habe, nämlich gar nichts«, sagte sie. Ihr Blick heftete sich für einen Moment auf den Helm des Mannes vor ihr und begann dann, scheinbar nachdenklich, über die geschlossenen Visiere der anderen zu tasten. Lancelots Herz schlug ein wenig schneller, als er an der Reihe war, doch Morgaine wandte sich wieder an den Krieger, der zu ihr gesprochen hatte.
»Aber Herrin, die Verluste der Pikten sind verheerend!«, sagte der Krieger.
»Das wollen wir doch hoffen, nicht wahr?«, antwortete Morgaine lächelnd. »Immerhin hat mein geschätzter Bruder einen Ruf als großer Feldherr und unerschrockener Kämpfer zu verlieren. Wir wollen doch nicht, dass er Schande über den Namen der Familie bringt.«
Der Mann hütete sich zu widersprechen, er deutete nur ein Kopfnicken an. Morgaine entließ ihn mit einer unwilligen Handbewegung und wandte sich an den Krieger neben ihm und diesmal redete sie in der

Sprache der Elben. Vermutlich, überlegte Lancelot, ist nicht sie, sondern ihr Gesprächspartner dieser Sprache nicht mächtig gewesen. Da Lancelot sein Gesicht nicht sehen konnte, wusste er nicht mit Sicherheit, ob es sich tatsächlich um einen Dunkelelben handelte, und vielleicht wurden in dieser Welt ja ebenso wie in seiner eigenen verschiedene Sprachen gesprochen.
Morgaine Le Faye unterhielt sich eine kurze Weile mit dem zweiten Krieger, entließ dann auch ihn und begann mit dem dritten zu sprechen und in Lancelot machte sich schon wieder ein ungutes Gefühl breit. Was, wenn jeder einzelne dieser Männer Bericht zu erstatten hatte und wenn er als Letzter an der Reihe war?
Er kam nicht in die Verlegenheit, eine Antwort auf diese Frage finden zu müssen, aber dafür geschah etwas, das vielleicht noch schlimmer war. Draußen auf dem Gang erklang plötzlich ein schriller Schrei und nur einen Augenblick später wurde die Tür aufgestoßen und niemand anders als der Elbenkrieger, den er gerade niedergeschlagen hatte, stolperte herein! Seine Bewusstlosigkeit hatte ebenso kurz vorgehalten wie die Fesseln, die Lancelot ihm angelegt hatte.
Unter den Kriegern brach sofort Unruhe aus. Rufe gellten, Waffen wurden gezogen und Lancelot nutzte die Gelegenheit, sich unter die Männer zu mischen und ein paar Schritte zurückzuweichen, sodass der Krieger wenigstens auf den ersten Blick seine eigene Rüstung nicht erkannte. Schließlich sorgte Morgaine mit einem scharfen Befehl für Ruhe, sprang von ihrem Lavathron auf und wandte sich mit lauter Stimme an den Verletzten. Der Mann beantwortete ihre Frage schnell, aber nur halblaut und mit furchtsam gesenktem Blick, und Morgaines Gesicht verdüsterte sich bei jedem Wort, das sie hörte. Sie ließ den Mann nicht einmal zu Ende spre-

chen, sondern fuhr herum und rief den Kriegern ein paar rasche Befehle zu und eilte mit schnellen Schritten zur Tür. Sämtliche Krieger folgten ihr und auch Lancelot zog sein Schwert und schloss sich der Gruppe an. Es gelang ihm, die letzte Position einzunehmen, und als der Mann vor ihm auf den Flur hinausstürmte, da machte er einen raschen Schritt zur Seite, presste sich mit dem Rücken gegen das schwarze Eisen der Tür und blieb mit angehaltenem Atem stehen.

Und das nächste Wunder geschah. Er konnte hören, wie die Krieger den Flur hinunterpolterten und sich dabei Befehle und Fragen zuschrien, aber niemand hatte bemerkt, dass er zurückgeblieben war.

Lancelot blieb noch einen Moment mit angehaltenem Atem stehen, bis er sicher war, dass weder Morgaine noch einer ihrer Krieger zurückkommen würden, dann löste er sich von seinem Platz und lief mit weit ausgreifenden Schritten auf Gwinneth zu. Sie hob den Kopf und sah ihm entgegen und in die Mutlosigkeit und den Schmerz in ihren Augen mischte sich blanke Angst.

»Gwinneth!«, sagte er, als er sie erreicht hatte. »Ich bin es! Hab keine Angst!«

Gwinneth öffnete den Mund um zu schreien, aber die Angst schnürte ihr die Kehle zu, sodass sie keinen Ton herausbekam. Sie wich zurück und presste sich mit dem Rücken gegen die Wand und endlich begriff Lancelot. Sie konnte ja nicht wissen, wer er war. Sie sah nur einen von Morgaines schwarzen Kriegern, der mit erhobenem Schwert auf sie zustürmte, und wahrscheinlich war sie davon überzeugt, dass die Hexe den Befehl erteilt hatte, sie zu töten.

»Bitte schrei nicht«, sagte er hastig. »Ich bin es, Lancelot!« Er griff mit der linken Hand nach dem Helmvisier und klappte es hoch, mit der anderen

schwang er das schwarze Schwert und hieb mit aller Kraft auf die Kette ein, die Gwinneth band. Funken sprühten und das fingerdicke Eisenglied zersprang wie ein trockener Ast. Gwinneth keuchte vor Schrecken und taumelte ein Stück zur Seite und Lancelot schob hastig das Schwert in den Gürtel zurück und nahm beide Hände zu Hilfe, um den Helm herunterzureißen. Gwinneth erstarrte. Ihre Augen wurden groß und ihre Lippen begannen zu zittern. Sie wollte etwas sagen, bekam aber auch jetzt keinen Ton heraus.
»Ich bin es«, sagte Lancelot noch einmal. »Kannst du gehen? Wir müssen weg hier!«
Gwinneth reagierte nicht, sondern starrte ihn weiter unverwandt an und der Ausdruck auf ihrem Gesicht war auch nicht wirklich Erleichterung, sondern Schrecken und Verwirrung. »Aber ... aber das ...«
»Ich bin es, glaube es ruhig«, sagte Lancelot. Er warf einen gehetzten Blick über die Schulter zurück. Die Tür hinter ihnen war noch geschlossen. Aber wie lange würde das noch so bleiben? Irgendwann würden Morgaine oder einige ihrer Krieger zurückkehren und bis dahin mussten sie nicht nur diesen Saal, sondern auch die Festung verlassen haben.
»Jetzt ist keine Zeit für Erklärungen«, sagte Lancelot. »Glaub einfach, was du siehst. Kannst du gehen oder soll ich dich tragen?«
»Ich ... ich kann gehen«, murmelte Gwinneth. »Aber wie kann das sein? Du –?«
»Später«, unterbrach sie Lancelot. Er trat dicht an sie heran und streifte die Kette von ihrer Hüfte. Gwinneth stolperte mit einem so erleichterten Seufzen zurück, als hätte sie Zentner gewogen, sank gegen die Wand und begann am ganzen Leib zu zittern.
»Komm«, sagte Lancelot. »Kein Wort. Bleib hinter mir.«

Sie durchquerten den Thronsaal. Lancelot zog wieder sein Schwert und deutete Gwinneth mit einer Handbewegung zurückzubleiben, als sie die Tür erreichten. Vorsichtig spähte er auf den Gang hinaus. Er war leer. Von weit her hörte er aufgeregte Stimmen, Rufe, Schreie, auch Hufgetrappel und Hundegebell, aber hier oben waren sie allein. Unbehelligt konnten sie den Thronsaal verlassen und liefen auf die Treppe zu. Gwinneth war so schwach, dass sie mit Lancelots Tempo nicht mithalten konnte, sondern ein paar Mal stehen bleiben musste, und als sie den Fuß der Treppe erreicht hatten, taumelte sie vor Schwäche und wäre gestürzt, hätte Lancelot sie nicht aufgefangen. Er stellte sie vorsichtig wieder auf die Beine und fragte: »Geht es wieder?«

Gwinneth nickte. »Ja, aber wie –?«

»Jetzt nicht«, unterbrach sie Lancelot. Er sah sich um. Er konnte es selbst kaum glauben, aber auch hier unten war niemand. Die aufgeregten Stimmen und Geräusche drangen ausnahmslos vom Hof herein.

Vorsichtig gingen sie weiter und Lancelot presste sich mit dem Rücken gegen die Wand und schob sich Zentimeter für Zentimeter an die halb offene Tür heran, um nach draußen blicken zu können.

Was er sah, ließ seinen Mut schwinden. Morgaine Le Faye stand, mit dem Rücken zu ihm, nur ein Dutzend Schritte entfernt und schrie mit vor Wut überschnappender Stimme Befehle und auf dem Hof mussten sich jetzt mindestens zehnmal so viele Männer aufhalten wie vorhin, als er gekommen war. Einige von ihnen waren auf die Rücken ihrer Einhörner gesprungen und galoppierten dem offen stehenden Tor entgegen, die allermeisten aber rannten wie aufgescheuchte Hühner durcheinander und schienen im Moment selbst nicht so genau zu wissen, was ihre Herrin von ihnen verlangte. Aber diese Verwirrung würde nicht mehr lange vorhalten. In ein paar Augenblicken würden sie anfangen, Malagon Fußbreit für Fußbreit zu durchsuchen, und dann war es nur noch eine Frage der Zeit, bis sie sie fanden.

Sie mussten die Festung verlassen. Aber wie?

Verzweiflung stieg in Lancelot hoch. Der einzige Weg hinaus, den er sah, führte durch das gewaltige Tor, aber auch unmittelbar an Morgaine vorbei und mitten durch das Heer der Dunkelelben. Er brauchte ein Wunder, und zwar ganz dringend.

Und es geschah so prompt, als hätte es nur dieses Gedankens bedurft, um es herbeizuführen.

Morgaine riss die Arme in die Höhe, schrie noch etwas und fuhr dann so schnell herum, dass Lancelot nur noch im allerletzten Moment zurückweichen und sich in die Schatten neben der Tür pressen konnte, bevor sie mit gerafften Röcken und weit ausgreifenden Schritten an ihm vorüberlief. Sie sah weder ihn noch Gwinneth, die sich auf der anderen Seite der Tür gegen die Wand presste, sondern lief schnurstracks zur Treppe und die schwarzen Stufen hinauf. Nach einem Augenblick war sie an ihrem oberen Ende verschwunden.

Lancelot huschte rasch zu Gwinneth hinüber, löste den schwarzen Umhang, der zu seiner Rüstung gehörte, und schlang ihn ihr um die Schultern. Dann ergriff er ihre Hand und zerrte Gwinneth mit sich nach draußen.

Diesmal konnten sie ohne Furcht die Treppe hinunterlaufen. Niemand auf dem Hof bewegte sich langsam. Alle Krieger rannten und riefen durcheinander, keiner nahm von ihnen Notiz. Der schwarze Umhang verbarg Gwinneths Kleid zwar nur unzureichend, aber sie erreichten unbehelligt das Ende der Treppe und wandten sich nach links, in die Richtung, in der die Treppe zum Kellergewölbe lag. Lancelot bewegte sich auf dieselbe Weise von Deckung zu Deckung springend zurück, auf die er hergekommen war, und erreichte schließlich den Mauerrest, hinter dem er seine Rüstung versteckt hatte. Hastig schleuderte er die Steine und Trümmer zur Seite, mit denen er das silberne Metall abgedeckt hatte, bedeutete Gwinneth sich zu ducken und nahm ihr den schwarzen Umhang wieder ab. Dann reichte er ihr den verzierten Brustharnisch.

»Was –?«

»Leg das an!«, befahl Lancelot. »Alles. Schnell.«

»Aber wozu?«, wunderte sich Gwinneth.

»Du wirst es brauchen«, antwortete Lancelot ungeduldig. *Und ich vielleicht auch,* fügte er in Gedanken hinzu. Die Rüstung würde Gwinneth davor bewahren, in dem eiskalten Wasser zu ertrinken, aber er hatte keine Ahnung, ob der schwarze Panzer, den er trug, denselben Dienst tat.

Ungeduldig wartete er, bis Gwinneth die Rüstung vollständig angelegt hatte, wobei ihm auffiel, wie geschickt und kundig sie sich anstellte. Es war ganz gewiss nicht das erste Mal, dass sie so etwas tat. Als sie fertig war, befestigte er den Schild an ihrem Rücken und wollte ihr den Waffengurt umbinden, aber Gwinneth schüttelte erschrocken den Kopf. »Nein!«, sagte sie. »Nicht das Schwert!«

Jetzt war keine Zeit, zu diskutieren und Lancelot war sogar erleichtert, dass Gwinneth sich weigerte die magische Waffe zu tragen. Zugleich fragte er sich, ob sie womöglich um ihren Fluch wusste, und wenn ja, woher. Aber auch die Antwort auf diese Frage würde warten müssen.

Er legte den Waffengurt und das schwarze Schwert ab,

band sich stattdessen seine eigene, in einer weißen Lederhülle steckende Klinge um und legte den Umhang wieder um Gwinneths Schultern. Schon das zerschlissene Brautkleid hatte er nur ein wenig bedeckt, das helle Silber der Gralsrüstung blitzte geradezu unter dem schwarzen Mantel hervor. Aber sie mussten ja nur noch ein paar Schritte zurücklegen.
Lancelot wartete einen Moment ab, der ihm günstig erschien, ergriff Gwinneths Hand und lief los. Sie erreichten die Tür, hinter der die Treppe in die Tiefe führte, aber gerade als sie hindurchliefen, ertönte auf der anderen Seite des Hofes ein schrilles, wütendes Kläffen und Geifern, und als Lancelot einen Blick über die Schulter zurückwarf, sah er, dass sich der schwarze Höllenhund von seiner Kette losgerissen hatte und mit gewaltigen Sätzen auf sie zufegte.
»Schneller!«, rief er.
Es hätte seiner Aufforderung gar nicht bedurft. Gwinneth hatte seine Hand losgelassen und schien ihren Schrecken endgültig überwunden zu haben, denn sie stürmte vor ihm die Treppe hinab, dass er alle Mühe hatte, ihr zu folgen. Immer wieder sah er sich im Laufen um und jedes Mal rechnete er fest damit, irgendwelche Verfolger oder den Monsterhund gleich hinter sich auftauchen zu sehen, aber erst als Gwinneth die unterste Stufe erreicht hatte und in die Grotte hineinrannte, erschien der Umriss der gewaltigen Bestie in der Tür. Der Anblick ließ Lancelot noch schneller laufen. Er konnte den See von hier aus nicht sehen, denn der Blick reichte auch in diese Richtung nur zwanzig Schritte weit, ehe er sich zwischen den Stämmen des versteinerten Märchenwaldes verlor. Er konnte nur hoffen, dass sie in die richtige Richtung liefen. Hinter sich hörte er das wütende Gekläff des Hundes und das Geräusch, das seine harten

Pfoten auf dem Stein verursachten. Lancelots Herz machte einen Freudensprung, als der unterirdische See vor ihm auftauchte, aber seine Hoffnung bekam gleich wieder einen Dämpfer, denn er sah zurück und erkannte einen verschwommenen, erschreckend großen Schatten, der hinter ihnen heranraste. Das Kläffen des Hundes klang jetzt weniger laut, dafür aber auf unheimliche Weise verzerrt, weil es sich an den Höhlenwänden und der Decke brach.

»In den See!«, schrie er. »Spring hinein!«

Sie erreichten das Wasser nahezu gleichzeitig. Gwinneth zögerte, in der schweren Rüstung hineinzutreten; sie hatte wohl dieselben Befürchtungen wie er vorhin in der Höhle auf der anderen Seite des Kanals und Lancelot gab ihr kurzerhand einen Schubs, der sie nach vorne fallen und dabei unter Wasser tauchen ließ. Er sprang ihr nach, tauchte ebenfalls zur Gänze unter – und stellte mit unendlicher Erleichterung fest, dass er atmen konnte. Die schwarze Rüstung beschützte ihren Träger ebenso zuverlässig, wie es ihr silbernes Gegenstück tat.

Er richtete sich unsicher auf, sah sich um und erkannte einen verschwommenen Schemen aus Schwarz und mattem Silber neben sich. Sie waren noch nicht in Sicherheit. Lancelot traute dieser Bestie durchaus zu, ihnen auch hier hinabzufolgen. Sie mussten zumindest noch ein Stück weiter in den Gang eindringen, damit das Vieh ertrank, wenn es dumm genug war, ihnen auf den Fersen zu bleiben. Lancelot ging in die Richtung los, in der er die Verbindung zur Kristallgrotte vermutete – sehen konnte er sie nicht, denn trotz des Lichtes, das durch die zitternde Wasseroberfläche über ihnen drang, war es hier unten nahezu pechschwarz –, ergriff Gwinneths Hand und zog sie mit sich.

Tatsächlich fanden sie den Eingang zur Höhle schon beim ersten Versuch. Der Stollen erschien Lancelot niedriger und enger als zuvor und der winzige Fleck aus grauem Licht an seinem anderen Ende war unendlich weit entfernt. Auch war das Wasser deutlich kälter geworden. Die niedrige Temperatur zehrte schon jetzt an seinen Kräften und sein Atem ging immer schwerer, trotz der beschützenden Magie, die ihn mit Luft versorgte. Aber all dies waren nur Gründe, sich noch mehr zu beeilen. Ohne zu zögern trat er in den Tunnel hinein und marschierte los. Hinzu kam noch, dass er Gwinneth, deren Hand er jetzt wieder hielt, fast gewaltsam hinter sich herzerren musste. Lancelot nahm ihr das ängstliche Verhalten nicht übel, ganz im Gegenteil tat sie ihm unendlich Leid, als er versuchte sich vorzustellen, wie *sie* sich wohl fühlte, für die all diese Magie noch viel erschreckender sein musste als für ihn.
Der Weg schien kein Ende zu nehmen. Er kam deutlich langsamer voran als auf dem Weg hierher und sein Körper war von innen heraus fast zu Eis erstarrt, als sie den Stollen endlich hinter sich gebracht hatten und in den zweiten, kleineren See auf der anderen Seite traten. Bevor sie den steilen Aufstieg nach oben begannen, wandte Lancelot noch einmal den Kopf, um nach Gwinneth zu sehen – und schrak zusammen.
Der Hund war ihnen tatsächlich gefolgt. Und er tat ihnen keinesfalls den Gefallen, zu ertrinken oder in dem eiskalten Wasser wenigstens einen Herzschlag zu bekommen, sondern schoss schnell wie ein Pfeil hinter ihnen durch den Tunnel, wobei er sich überhaupt nicht bewegte wie ein schwimmender Hund, sondern sich mit eng an den Körper gelegten Pfoten und weit vorgestrecktem Maul durch das Wasser schlängelte wie ein grotesker Riesenfisch. Lancelot fuhr wieder herum und

versuchte schneller durch das Wasser zu waten, verlor auf dem Untergrund aus glattem Fels aber nur den Halt und wäre fast gestürzt. Während er mühsam um sein Gleichgewicht rang, sah er nach oben und erschrak erneut. Die Wasseroberfläche war noch zwei Handbreit von seinem Gesicht entfernt und er sah tanzende Lichtreflexe und Schatten darauf, aber auch einen verzerrten, immer wieder in kleine sichelförmige Stücke zerbrechenden Umriss, der eindeutig der eines Menschen war. Lancelot griff nach dem Schwert, zog es aus der Scheide und stieß die Klinge schräg nach oben durch die Wasseroberfläche, wo sie auf spürbaren Widerstand traf. Während sein Kopf und seine Schultern durch die Oberfläche des Sees brachen, kippte der Pikte, der ihm am Ufer aufgelauert hatte, tödlich getroffen zur Seite und das Schwert bewegte sich rasend schnell nach oben und parierte den Angriff eines zweiten Barbarenkriegers. Der Mann wurde nicht getroffen, aber sein Schwert federte mit solcher Gewalt zurück, dass ihm die Waffe aus der Hand geprellt wurde und er mit einem Schmerzensschrei nach hinten fiel. Lancelot war mit zwei schnellen Schritten aus dem Wasser und riss Gwinneth mit sich. Sie sanken nebeneinander auf die Knie und Gwinneths schwarzer Mantel fiel auseinander und zeigte die silbern schimmernde Rüstung, die sie darunter trug. Überall um sie herum war Bewegung, Schreie gellten durch die Grotte, Metall blitzte, aber Lancelot achtete nicht darauf, sondern zerrte Gwinneth in die Höhe und führte zugleich einen weit ausholenden ungezielten Schlag mit dem Zauberschwert, der die Pikten hastig zurückweichen ließ. Es mussten mindestens ein halbes Dutzend sein, wenn nicht mehr, die ihn hier abgepasst hatten. Aber sie waren verwirrt und schienen nicht zu wissen, was sie tun sollten. Sie hatten ihn erwartet, den Silbernen Ritter, aber stattdessen war ein Mann in der Kleidung ihrer Verbündeten aus dem See aufgetaucht und hatte einen von ihnen erschlagen und einen zweiten niedergeworfen. Und zu allem Überfluss mussten sie nun auch noch glauben, dass es sich bei der Gestalt in der silbernen Rüstung um den Ritter handelte, dem sie eigentlich hatten auflauern wollen – und der ganz offensichtlich mit ihrem vermeintlichen Verbündeten gemeinsame Sache machte. Lancelot war sicher. Ihre Verwirrung würde nicht lange dauern. Das Blut ihres Kameraden sprach eine eigene, deutliche Sprache. Aber sie hatten einen Vorteil, und war er noch so winzig – vielleicht reichte er aus.

Lancelot verschaffte sich mit einem weiteren Rundumhieb Luft, stieß Gwinneth grob vor sich her und rannte auf das schwere Eisentor am anderen Ende der Grotte zu. Nur ein einziger Pikte versuchte ihm den Weg zu verstellen und besann sich dann im letzten Moment eines Besseren, als das Elbenschwert in seine Richtung stieß, aber der Chor wütender Stimmen hinter ihm wurde lauter und er hörte das hastige Trappeln schwerer Stiefel. Und noch einen anderen, schrecklichen Laut: Ein Geräusch, als wäre der See selbst explodiert, gefolgt von einem so zornigen Brüllen und Kreischen, dass ihm schier das Blut in den Adern gerann. Ohne im Schritt innezuhalten, stürmte er weiter, warf aber einen Blick über die Schulter zurück und sah seine schlimmsten Befürchtungen bestätigt. Der See schäumte und inmitten des hochspritzenden Wassers tauchte das Ungeheuer auf, das er nun zum ersten Mal von nahem sah. Es war viel größer, als er geglaubt hatte, und es ähnelte jetzt mehr denn je der grässlich verzerrten Karikatur eines Hundes. Als die Pikten das Ungeheuer sahen, stoben sie entsetzt auseinander und die geschuppte Bestie

war mit einem einzigen Satz am Ufer und sprang in Lancelots Richtung.
Verzweifelt stieß er Gwinneth durch die Tür, stürzte hinterher und wirbelte herum, um sich mit seinem ganzen Körpergewicht gegen den Torflügel aus Eisen zu stemmen. Für einen kurzen, aber grässlichen Moment schien er sich nicht zu bewegen, dann aber fiel das Tor mit einem dumpfen Krachen ins Schloss und Lancelots Hand rammte den Riegel davor – im buchstäblich allerletzten Augenblick.
Das Tor erbebte wie unter dem Faustschlag eines zornigen Riesen. Die beiden gewaltigen, aus massivem Eisen bestehenden Hälften ächzten, als wollten sie zerbrechen, und der Riegel ließ ein bedrohliches Knirschen hören. Selbst der Boden schien unter Lancelots Füßen zu zittern und aus der Wand über der Tür lösten sich kleine Steinbrocken und Staub, die auf Gwinneth und ihn herunterrieselten.
Lancelot wich mit einem hastigen Schritt von dem Tor zurück. Er war sicher, dass es keinen zweiten so ungestümen Angriff aushalten würde, und wenn die Bestie zu ihnen hereinkam, dann würden Gwinneth und ihn auch die Zauberrüstungen nicht mehr schützen, denn ihre Magie wirkte nur gegen Geschöpfe von dieser Welt, nicht gegen solche, die aus derselben Welt wie sie stammten.
Aber es erfolgte kein zweiter Angriff. Die Tür zitterte nicht wieder, doch dafür hörte er nach einem Augenblick einen Chor gellender Angst- und Schmerzensschreie auf der anderen Seite des Tores, in die sich schreckliche, reißende Laute und Fressgeräusche mischten ...
Lancelot drehte sich schaudernd herum, half Gwinneth auf die Füße und zog sie ein paar Schritte vom Tor fort,

damit sie diese entsetzlichen Laute nicht hören musste. Nach einem Moment aber machte sie sich los, blieb wieder stehen und sah das geschlossene schwarze Eisentor und dann ihn an. »Was war das?«, fragte sie mit zitternder Stimme.
Lancelot zuckte mit den Schultern. »Ich weiß es nicht«, sagte er. »Irgendein Ungeheuer, das Morgaine hinter uns hergeschickt hat, nehme ich an.«
Wieder sah Gwinneth das Tor an und in ihrem Gesicht arbeitete es. »Diese Männer ...«, murmelte sie. »Es ... es wird sie töten.«
Lancelots erster Impuls war, diese Worte mit irgendeiner Bemerkung abzutun und Gwinneth zu zwingen weiterzugehen, aber er spürte, dass sie sich darauf nicht einlassen würde, und so sagte er nur leise: »Vermutlich hat es das schon. Und es wird uns auch umbringen, wenn wir noch lange hier bleiben. Ich glaube nicht, dass das Tor ihm standhält, wenn es wirklich hereinwill.«
Gwinneth schluckte ein paar Mal. Ihr Gesicht glänzte vor Nässe und ihr Atem erschien in der kalten Luft als grauer Dampf und dennoch war Lancelot sicher, dass sie nicht nur vor Kälte zitterte. Aber schließlich rang sie sich zu einem Nicken durch und folgte ihm zur Treppe.
Hier draußen hatten keine weiteren Pikten auf sie gewartet, aber das verleitete Lancelot nicht dazu, unvorsichtig zu werden. Diese ganze Festung war nichts anderes als eine einzige Falle, die ganz allein ihm gegolten hatte, aber er fühlte sich durch die Anzahl der Krieger, die Morgaine aufgeboten hatte, um seiner habhaft zu werden, nicht unbedingt geschmeichelt. Vielmehr fragte er sich, wie viele Attentäter noch dort oben auf Gwinneth und ihn warten würden – oder vielleicht andere, noch bösere Überraschungen.
Es gab nur einen einzigen Weg, es herauszufinden.

Der Himmel über ihnen hatte dieselbe Farbe wie die uralten Mauern der Festung angenommen, und als sie aus der Tür auf den mit Trümmern übersäten Innenhof hinausgetreten waren, war es fast unheimlich still gewesen.
Niemand hatte auf sie gewartet.
Gwinneth war ihm schweigend gefolgt, während sie den Innenhof überquerten und das Tor ansteuerten, und sie hatte nicht einmal etwas gesagt, als sie am Fuß des Hügels angelangt waren und sie das Einhorn erblickte. Als Lancelot jedoch die Hand ausstreckte, um ihr in den Sattel zu helfen, schüttelte sie erschrocken den Kopf und wich vor ihm zurück.
»Was hast du?«, erkundigte sich Lancelot. »Du kennst doch das Einhorn. Du hast es schon gesehen.«
»Rühr mich nicht an!«, sagte Gwinneth mit zitternder Stimme. »Komm mir nicht zu nahe!«
Verwirrt machte Lancelot einen Schritt in ihre Richtung und blieb dann abrupt wieder stehen, als sie einen kurzen Schrei ausstieß, erneut vor ihm zurückprallte und beinahe gestürzt wäre.
»Aber was hast du denn nur?«
»Die Rüstung«, stammelte Gwinneth. »Diese Rüstung. Ich ertrage es nicht.«
Im ersten Moment nahm Lancelot an, dass sie den schwarzen Eisenharnisch meinte, den er trug, und so unpassend ihm der Moment auch erschien, er konnte Gwinneth verstehen. Nach allem, was sie erlitten hatte, war der Anblick des schwarzen Metalls vielleicht mehr, als sie jetzt noch ertragen konnte. Er setzte den Helm ab und griff nach den ledernen Riemen, die seinen Brust- und Rückenharnisch zusammenhielten, und in diesem Moment riss sich Gwinneth den schwarzen Umhang von den Schultern und schleuderte ihn mit ei-

nem fast angeekelten Laut von sich. Auf dieselbe Weise verfuhr sie mit dem Helm und begann dann zitternd und ungeschickt an den Riemen und Schnallen ihres eigenen Harnischs zu zerren. Lancelot beobachtete ihr Tun einen Moment lang verständnislos, dann aber trat er zu ihr und half ihr. Gwinneth stieß ihn diesmal nicht von sich, riss aber weiter wie besessen an den Rüstungsteilen, die sie trug, als bestünden sie nicht aus kühlem silbernen Eisen, sondern aus rot glühendem Stahl, der sich in ihre Haut fraß. Obgleich sie ihn mehr behinderte als half, dauerte es kaum eine Minute, bis Gwinneth zitternd und leise schluchzend in ihrem zerrissenen Hochzeitskleid vor ihm stand.

Lancelot sah sie an und wartete auf eine Erklärung, aber sie wich seinem Blick aus und schließlich hob er achselzuckend die Rüstungsteile auf, die sie in weitem Umkreis verstreut hatte, und entfernte sich ein kleines Stück weit damit; gerade weit genug, um halbwegs mit den Schatten der Nacht zu verschmelzen, sodass Gwinneth sein Gesicht nicht sehen konnte, während er die schwarze Rüstung ablegte. Obwohl er die Nachtkälte jetzt doppelt schmerzhaft spürte, fühlte er sich erleichtert, sie nicht mehr zu tragen. Dieses zerschrammte schwarze Eisen war viel mehr als Eisen, so wie das schimmernde Silber seiner eigenen Rüstung mehr als gehämmertes Metall war. Er warf die verschiedenen Ausrüstungsteile so weit in die Dunkelheit hinein, wie er nur konnte, dann sah er eine ganze Weile unschlüssig auf die Gralsrüstung hinab, die vor ihm lag. Gwinneth stand fast schutzlos in der Nachtkälte und zitterte am ganzen Leib und es wäre ihm irgendwie falsch vorgekommen, sich selbst wieder in seine Rüstung zu hüllen. Aber wenn er es nicht tat, dann würde sie ihn erkennen, und dieses Risiko konnte er nicht eingehen. Also legte er die Rüstung rasch an, befestigte Schild und Helm am Sattelgurt des Einhorns, das geduldig dabeistand und abwechselnd ihn und Gwinneth aus seinen unheimlichen Augen ansah, als amüsiere es sich im Stillen über das, was sie taten, und Lancelot wandte sich schließlich wieder Gwinneth zu.

»Nimm wenigstens den Mantel um«, bat er. »Die Nacht ist sehr kalt. Du wirst krank.«

Gwinneth schüttelte nur den Kopf und Lancelot sparte es sich, seinen Vorschlag zu wiederholen. Einen Moment überlegte er, noch einmal zur Burg hinaufzugehen und den Mantel eines der toten Pikten zu holen, wusste aber zugleich, dass Gwinneth auch ihn niemals anlegen würde.

Er hob die Schultern. »Also gut«, sagte er. »Reiten wir.« Ohne ihre Antwort abzuwarten, schwang er sich in den Sattel und streckte die Hand aus. Selbst jetzt zögerte Gwinneth noch, aber schließlich nahm sie seine Hilfe an und ließ sich von ihm auf den Rücken des Einhorns hinaufziehen. Lancelot rutschte im Sattel nach vorne, so weit er konnte, damit sie beide darin Platz hatten, und das Tier begann, ohne dass es eines Befehles bedurft hätte, gerade so schnell loszulaufen, dass sie nicht Gefahr liefen, den Halt zu verlieren oder gar abgeworfen zu werden. Sehr lange ritten sie, dicht aneinander gepresst, aber in unbehaglichem Schweigen, durch die Nacht. Der Himmel war bewölkt, sodass es Lancelot schwer fiel, die Zeit zu schätzen, aber er spürte, dass Mitternacht lange vorüber sein musste. Sie würden die ganze Nacht und vermutlich noch sehr viel länger brauchen, um Camelot zu erreichen, denn das Einhorn bewegte sich zwar immer noch sehr schnell, aber nun auf normalen Wegen, die auch jedem anderen Wesen offen standen. Dieser Umstand bereitete Lancelot große Sorge. Das Einhorn in seinem schweren Metallpanzer und noch dazu mit zwei Reitern im Sattel hinterließ eine mehr als deutliche Spur. Wenn sich Pikten in der Umgebung aufhielten – und es wäre vermessen, auch nur zu hoffen, dass es nicht so war –, dann würden sie sie spätestens bei Sonnenaufgang sehen und es würde ihnen auch nicht besonders schwer fallen, sie einzuholen. Nun wieder in einer Wirklichkeit, in der seine Rüstung Schutz vor nahezu jeder von Menschen geschaffenen Waffe bot, fürchtete sich Lancelot nicht mehr vor einer Begegnung mit den Barbarenkriegern. Aber er war nicht allein. Gwinneth war schutzlos und verwundbar, und solange sie bei ihm war, konnte er keinen Kampf riskieren.

Die ersten Meilen ritten sie fast ununterbrochen durch dichten Wald, aber Lancelot fiel auf, dass das Einhorn nun längst nicht mehr so rücksichtslos und schnell durch Unterholz und Gestrüpp brach wie auf dem Weg hierher, sondern sich ganz gezielt den jeweils leichtesten Weg auszusuchen schien, und als sie schließlich einen schmalen Trampelpfad erreichten, da musste er nicht die Zügel benutzen, um das Tier dazu zu bewegen, ihm zu folgen. Vielleicht ist es ebenso am Ende seiner Kräfte wie Gwinneth und ich, überlegte er. Es hatte zwar die halbe Nacht vor der Festung gestanden und auf ihn gewartet, aber möglicherweise hatte ihm der Weg durch die unheimliche Zwischenwelt nach Malagon hin ja viel mehr abverlangt, als ihm bisher klar gewesen war. Dass das Einhorn ein Geschöpf mit magischen Kräften war, bedeutete nicht, dass diese Kräfte unerschöpflich sein mussten.

Nach und nach lichtete sich der Wald und im gleichen Maße, in dem der Weg breiter und freier von Hindernissen war, steigerte das Einhorn sein Tempo, bis es schließlich so schnell wie der Wind dahinzuschießen

schien, fast als hätte es seine Gedanken gelesen und wollte ihm auf diese Weise zeigen, wie lächerlich diese Überlegungen waren. Aber mochten die Kräfte des Einhorns auch lange ausreichen, die seiner Reiter taten es nicht. Es fiel Lancelot immer schwerer, sich aufrecht im Sattel zu halten, und wie es Gwinneth ergehen mochte, daran wagte er gar nicht erst zu denken.
Immerhin hörte der Wald endlich auf und vor ihnen lag ein sanft gewelltes Hügelland, das unter dem nahezu sternenlosen Himmel aussah wie ein erstarrter schwarzer Ozean. Aber er war nicht gänzlich schwarz. Es gab zwei oder drei winzige blinzelnde Sterne, die vom Himmel gefallen zu sein schienen; Häuser oder Höfe, noch sehr weit entfernt, aber dennoch nicht unerreichbar. Dort lebten Menschen und die Hilfe von Menschen war im Moment das, was sie beide am allerdringendsten nötig hatten.
Er ließ das Einhorn anhalten und drehte sich umständlich im Sattel herum, um Gwinneth ins Gesicht zu blicken. Sie sah unendlich müde und erschöpft aus und Lancelot spürte einen dünnen, aber tief gehenden Stich in der Brust, als er in ihrem Blick noch immer dieselbe Furcht las wie vorhin. Er ging jedoch nicht darauf ein, sondern deutete mit der rechten Hand auf die Lichter am Horizont und sagte: »Dort drüben sind Menschen. Aber wir werden sicher noch zwei Stunden brauchen, um sie zu erreichen, wenn nicht länger. Wenn du möchtest, rasten wir hier einen Moment.«
Gwinneth nickte ganz schwach und Lancelot wendete das Einhorn, ließ es zum Waldrand zurücktraben und glitt mit einer schwerfälligen Bewegung aus dem Sattel. Als er Gwinneth beim Absteigen half, wären sie beinahe gemeinsam gestürzt, so kraftlos war er. Gwinneth war taktvoll genug, so zu tun, als hätte sie es nicht gemerkt,

streifte seine Hand ab und ging mit unsicheren Schritten zu einem Baum, vor dem sie sich niederließ und Hinterkopf und Schultern gegen die raue Rinde lehnte. Sie schloss die Augen. Ihre Hände bebten vor Erschöpfung und ihr Atem ging so schnell, als wäre sie die ganze Strecke bis hierher gerannt, statt auf dem Rücken des Einhorns zu reiten.

Auch Lancelot fühlte sich nicht viel besser. Lange sah er schweigend auf die mit geschlossenen Augen dasitzende Gwinneth hinab, dann entfernte er sich ein halbes Dutzend Schritte und ließ sich auf dieselbe Weise wie sie an einem Baumstamm niedersinken. Seine Glieder fühlten sich plötzlich an, als wären sie mit flüssigem Blei gefüllt und er musste mit aller Macht gegen den Schlaf ankämpfen, der einen dunklen Vorhang über seine Gedanken auszubreiten versuchte.

»Du brauchst dich nicht vor mir zu verstecken«, drang Gwinneths Stimme in seine Gedanken. »Ich weiß, wer du bist.«

Lancelot riss überrascht die Augen auf und sah in ihre Richtung. Gwinneth schlief nicht. Sie hatte sich wieder ein wenig aufgesetzt und blickte ihn an.

»Wie meinst du das?«, fragte er. Gwinneth schüttelte müde den Kopf. »Warum hast du es mir nicht gesagt?«

»Was?«

»Ich weiß, wer du bist«, sagte Gwinneth noch einmal. Als sie weitersprach, begleitete etwas wie ein bitteres Lachen ihre Worte. »Wie konnte ich es nur nicht merken? Der Runenschild hatte alle getäuscht, selbst Artus und sogar mich. Ausgerechnet *mich*!«

»Ich verstehe wirklich nicht, wovon du redest«, murmelte Lancelot. Er kam sich selbst dabei lächerlich vor. Natürlich verstand er sie. »Artus hat mich also belogen«, murmelte Gwinneth bitter. »Er hat uns alle belogen. Aber ich hätte es merken müssen. Ich *habe* es gemerkt. Ich habe es die ganze Zeit über gewusst, aber ich wollte es einfach nicht wahrhaben. Dulac. Dulac, der Küchenjunge.«

Es hatte keinen Sinn mehr, zu leugnen. Gwinneth hatte ihn oben im Thronsaal Malagons erkannt. Deshalb also auch der maßlose Schrecken in ihren Augen und der Zorn, dachte er bitter.

»Und nun?«, fragte er. »Verachtest du mich jetzt? Und wenn ja, warum? Weil ich dir nicht die Wahrheit gesagt habe oder weil ich nur ein Küchenjunge bin, der sich angemaßt hat eine Königin zu lieben?«

Gwinneth sah ihn traurig an, dann fragte sie ganz leise: »Was habe ich dir getan, dass du mich so verletzt?«

Lancelot schwieg. Er schämte sich seiner Worte, denn er hatte in dem Moment, in dem er sie aussprach, gespürt, dass sie so weit von der Wahrheit entfernt waren, wie es nur ging. Aber er wusste einfach nicht, was er sagen sollte. Noch nie zuvor war er sich so hilflos und allein gelassen vorgekommen wie in diesem Moment.

»Weiß Artus davon?«, fragte Gwinneth, nachdem eine kleine Ewigkeit verstrichen war.

»Dass ich Dulac bin?« Lancelot schüttelte den Kopf. Gleich darauf hob er die rechte Hand und berührte die kaum sichtbare Narbe an seinem Ohr. »Dass ich anders bin? Ja.«

»Und dennoch hat er mich zu deinem Grab geführt«, sagte Gwinneth. »Mich und alle anderen. Warum hat er uns belogen?«

Weil er mich umgebracht hat, dachte Lancelot. Weil er tief in sich gespürt hat, welche Gefahr der kleine Küchenjunge eines Tages für ihn bedeuten könnte. Laut sagte er: »Er hat mich wohl wirklich für tot gehalten. Ich selbst war sicher, dass ich sterben würde, als ich

Camelot verließ. Vielleicht wollte er nur die Erinnerung an mich aufrechterhalten, selbst wenn sie aus einem leeren Grab und einem Stein ohne Inschrift besteht.«

»Du verteidigst ihn immer noch«, sagte Gwinneth. »Warum?«

Weil er mein König ist, dachte Lancelot. Er sprach auch das nicht aus. Gwinneth hätte es nicht verstanden. »Dieses Grab ist vielleicht leer, aber es ist nicht sinnlos«, sagte er. »Du hast mich vorhin bei meinem Namen genannt, aber das war falsch. Dulac ist tot.« *Und vielleicht hatte es ihn nie wirklich gegeben.*

Gwinneth stand auf, kam mit kleinen schleppenden Schritten näher und ließ sich dann neben ihm zu Boden sinken. Eine Weile saß sie etwas entfernt von ihm da und ihr Körper zitterte vor Kälte wie Espenlaub. Lancelot streckte den Arm aus und legte ihn um ihre Schultern. Für einen Moment versteifte sich Gwinneth, als hätte sie Angst vor der Berührung, dann aber rutschte sie ein Stück näher und schmiegte sich an ihn. Sie zitterte so stark, dass er es selbst durch das Metall der Rüstung hindurch spüren konnte.

»Warum hast du es mir nicht gesagt?«, fragte sie.

Lancelot nahm all seinen Mut zusammen. »Was?«, fragte er. »Dass ich dich liebe? Ich? Ein einfacher Küchenjunge, der mehr Schläge als zu essen bekommt und bei Hofe nur geduldet ist?« Er schüttelte heftig den Kopf. »Du hättest mich ausgelacht. Und das wäre wohl noch das Beste gewesen, das mir hätte passieren können.«

»Glaubst du das wirklich?«, fragte Gwinneth. »Oh, du Dummkopf. Hast du denn nicht gespürt, dass ich dasselbe für dich empfinde?«

»Für wen?«, wollte Lancelot wissen. Die nächste Frage würde sie so sehr verletzen wie die vorhin und es fiel ihm unendlich schwer, sie auszusprechen. Aber er musste sie stellen. Wenn er es nicht tat, würde sie unausgesprochen für alle Zeiten zwischen ihnen stehen: »Für Dulac, den Küchenjungen, oder für Lancelot du Lac, den unbesiegbaren Ritter und Helden?«

Und Gwinneth schien das wohl auch zu begreifen, denn er sah den Schmerz in ihren Augen, als sie seine Worte hörte, aber sie beherrschte sich und antwortete mit tränenerstickter Stimme: »Aber hast du es nicht gerade selbst gesagt? Dulac gibt es nicht mehr. Und ich glaube, du weißt, dass es ihn nie wirklich gegeben hat. Hat Merlin dich denn gar nichts gelehrt?«

»Merlin?« Lancelot riss erstaunt die Augen auf. »Du weißt –?«

»Natürlich weiß ich es«, antwortete Gwinneth mit einem Lächeln. »Mein Gemahl hatte keine Geheimnisse vor mir. Er hat mir alles erzählt, was er über mich und meine Herkunft wusste und auch über die Artus' und natürlich vor allem über Dagda, den wohl schlechtesten Koch und Küchenmeister in ganz Britannien. Ich weiß, wer er war. Ich wundere mich, dass er es dir nie gesagt hat, wo doch offensichtlich ist, dass er dich in seine ganz spezielle Obhut genommen hat.«

»Er ist nicht mehr dazu gekommen«, sagte Lancelot traurig. »Ich glaube, er wollte es. In den letzten Tagen, bevor das Unglück geschah, hat er mir eine Menge sonderbarer Dinge gezeigt und noch mehr Sonderbares gesagt. Aber Morgaine hat ihn getötet, bevor ich mehr erfahren konnte.«

»Weil sie wusste, dass du die Macht haben würdest, sie zu besiegen, wäre nur jemand da, um dich zu unterrichten«, sagte Gwinneth. Wie gern hätte er ihr geglaubt. Aber es war noch nicht lange her, da hatte er auf schmerzliche Weise erfahren müssen, wie verwundbar und schwach er war im Vergleich zu Morgaine.

»Warum sagst du es mir nicht?«, fragte er. »Wo ich herkomme. Warum ich hier bin. Was wir sind. *Wer* ich bin.«

»Ich kann es nicht«, antwortete Gwinneth traurig.

»Kannst du oder willst du nicht?«

»Selbst wenn ich wollte, ich dürfte nicht«, sagte Gwinneth in einem Ton, der ihm klar machte, wie sinnlos jede weitere Frage in dieser Richtung war. »Es ist Artus' Aufgabe, dies zu tun. Und er weiß das.«

»Aber –«

»Sei jetzt endlich ruhig«, unterbrach ihn Gwinneth. »Halt mich lieber fest. Mir ist schrecklich kalt.«

Lancelot wurde klar, dass er sie keineswegs wärmte, sondern ihrem Körper eher noch Wärme entzog. Das Metall seiner Rüstung war eisig. Indem er sie an sich presste, musste es sein, als berühre sie blankes Eis. Hastig nahm er den Arm von ihrer Schulter und entledigte sich seiner Rüstung. Dann ließ er sich wieder neben ihr nieder und legte erneut den Arm um ihre Schultern. Seine eigene Körperwärme war alles, was er ihr anbieten konnte.

»Vielleicht sollten wir weiterreiten«, schlug er unsicher vor. »Die Nacht ist sehr kalt. Wir könnten erfrieren, wenn wir einschlafen.«

Gwinneth legte den Kopf in seine Halsbeuge und nickte. »Wahrscheinlich hast du Recht«, meinte sie müde. »Lass uns nur einen Moment ausruhen. Du bist so warm.«

»Ich werde die Satteldecke holen«, sagte Lancelot. »Sie riecht nicht gut und ist zerschlissen, aber ...« Er sprach nicht weiter, als er sah, dass Gwinneth eingeschlafen war.

Lange Zeit saß er völlig reglos da und blickte auf ihr schmales, blasses Gesicht hinab, dann beugte er sich

vor, küsste sie ganz sacht auf die Stirn und fuhr ihr mit der freien Hand über das Haar. Es fühlte sich an wie Seide und der Schauer, den die Berührung in ihm auslöste, war nicht nur auf seine Kälte zurückzuführen.
Dann verlangte die Natur ihr Recht und auch Lancelot schlief ein, noch bevor er den Gedanken ganz zu Ende gedacht hatte.

Es war das Geräusch von Hufschlägen und das Gefühl, beobachtet zu werden, das Lancelot weckte. Er hob die Lider und sah sich um, indem er nur die Augen bewegte, nicht den Kopf, und seine rechte Hand wollte vorsichtig nach dem Schwert greifen, konnte sich aber nicht bewegen, weil etwas sehr Schweres, Großes auf seinem Arm lag. Verwirrt sah er nach rechts und erblickte Gwinneth, die sich im Schlaf eng an ihn gekuschelt hatte. Ihre flache Hand lag auf seiner Brust und ihr Atem strich warm und süß an seinem Hals entlang.
So behutsam wie möglich zog er den Arm unter Gwinneths Rücken hervor und blickte sich zugleich nach seiner Waffe um. Sie lag zusammen mit seiner Rüstung nicht weit links von ihm im Gras, aber wenn da tatsächlich jemand war, der ihm auflauerte, dann würde ihm wohl kaum die Zeit bleiben, sie anzulegen. Da er ohnehin nichts sehen konnte außer dem trüben Grau der Morgendämmerung, die sich über das Land gesenkt hatte, schloss er die Augen wieder und versuchte sich ganz auf das zu konzentrieren, was ihm sein Gehör mitteilte. Der Hufschlag kam näher und es war eindeutig der von sehr vielen Pferden, doch sie mussten noch mindestens eine Meile entfernt sein, wenn nicht weiter. Darüber hinaus hörte er nur seine eigenen und Gwinneths Atemzüge und ein ganz leises Wispern,

so sacht, als wäre es tatsächlich nichts anderes als das Geräusch der Blätter, durch die der leichte Morgenwind fuhr.

Er hatte keine Wahl. Mit einer schnellen Bewegung warf er sich zur Seite, griff mit der linken Hand nach dem Schild und mit der rechten nach dem Schwert und hielt beides kampfbereit in den Händen, als er in die Höhe schnellte. Sein Blick tastete misstrauisch über den Wald und die grauen Nebelschwaden, die sich zwischen den Stämmen eingenistet hatten und ihm Bewegung vorgaukelten, wo keine war, dafür vielleicht aber eine wirkliche Bedrohung verbargen.

»Wer ist da?«, fragte er. »Zeig dich!«

Zuerst bekam er keine Antwort, dann knackte ein Zweig und einer der Schatten vor ihm wurde etwas fester, ohne wirklich zu einem Körper zu werden oder gar ein Gesicht zu bekommen. Ein leises Lachen erklang und dann sagte eine sehr vertraute, aber unwillkommene Stimme: »Ihr reagiert wirklich schnell, Sir Lancelot. Dennoch wäre es mir ein Leichtes gewesen, Euch die Kehle durchzuschneiden, hätte ich das wirklich gewollt.«

Lancelot sog erschrocken die Luft zwischen den Zähnen ein und hielt den Schild etwas höher, sodass er sein Gesicht fast vollkommen verdeckte und er gerade noch über den oberen Rand hinwegsehen konnte, und im nächsten Moment trat Sir Mandrake mit einem entschlossenen Schritt gänzlich zwischen den Bäumen hervor und schüttelte den Kopf. »Ganz abgesehen vom Leben unser zukünftigen Königin, das auch meiner Willkür überlassen wäre«, schloss er.

»Mandrake!«, entfuhr es Lancelot. Ein eisiger Schrecken breitete sich in ihm aus, als ihm klar wurde, dass er nicht die magische Rüstung trug und Mandrake nur noch einen einzigen Schritt näher zu kommen brauchte, um zu erkennen, wer vor ihm stand.

»Hattet Ihr jemand anderen erwartet, Ritter Lancelot?«, fragte Mandrake abfällig.

»Ich hatte –«

»Vielleicht die Pikten, die da gerade herankommen?«, fuhr Mandrake fort, ohne seinen Einwand zur Kenntnis zu nehmen. Zugleich machte er eine Armbewegung in die Richtung, aus der das Hufgetrappel kam.

»Pikten?«

»Eine ganze Menge«, bestätigte Mandrake. »Ich habe mir nicht die Zeit genommen, sie zu zählen, aber ich schätze, es sind mindestens dreißig. Aber das wird einen so unbesiegbaren Ritter wie Euch ja nicht weiter schrecken, oder?«

»Nicht, wenn Ihr mir Zeit lasst, meine Rüstung anzulegen«, murmelte Lancelot.« Damit fuhr er herum, rammte die Spitze des Schildes in den weichen Waldboden, sodass er ein wenig schräg, aber aufrecht stehen blieb, und beugte sich rasch hinunter, um seinen Helm überzustreifen. Als Nächstes kamen Kettenhemd, Brust- und Rückenpanzer und dann die übrigen Rüstungsteile an die Reihe und in wenigen Augenblicken war Lancelot in die silberne Gralsrüstung gehüllt und konnte Schild und Schwert wieder zur Hand nehmen. Erst danach drehte er sich zu dem Tafelritter herum. »Ich hoffe, Ihr seid nicht allein gekommen, Mandrake«, sagte er.

Mandrakes Augen zogen sich zu schmalen Schlitzen zusammen. »Und wenn ich es wäre?«, fragte er. »Ein guter Moment, einiges zwischen uns zu klären. Niemand würde es erfahren – ganz egal, wie es ausgeht.«

Lancelot verstand nur zu gut, was der Tafelritter damit meinte, aber er schüttelte den Kopf. »Dies ist nicht der

Augenblick, um unsere persönlichen Zwistigkeiten auszutragen. Was geschehen ist, tut mir Leid. Ich wollte Euch nicht verwunden. Wenn Ihr es verlangt, leiste ich öffentlich dafür Abbitte, aber ich bin ebenso bereit, Euch Genugtuung zu gewähren. Aber nicht jetzt. Das Leben unserer Königin steht auf dem Spiel.«

Mandrake nickte nachdenklich und sah einen Moment lang auf Gwinneth hinab, aber nicht auf die Art, wie man eine Königin ansehen sollte. Lancelots Herz begann schneller zu schlagen und Zorn stieg in ihm auf. Wie lange hatte Mandrake dort im Nebel gestanden und sie beobachtet? Und was glaubte er nun?

Dann aber wiederholte Mandrake sein Nicken und sagte lauter und in verändertem Tonfall: »Ihr habt Recht. Wir werden alles klären, sobald wir wieder in Camelot sind. Weckt Lady Gwinneth. Dann folgt mir.«

Ohne sich die Mühe zu machen, Lancelot zu erklären, wohin er ihm denn folgen sollte, drehte er sich um und verschwand mit schnellen Schritten im Nebel und Lancelot ließ sich neben Gwinneth auf ein Knie herabsinken und berührte sie vorsichtig an der Schulter. Es dauerte einen Moment, ehe sie wach wurde. Ihre Lider flatterten und im allerersten Augeblick war ihr Blick trüb, aber dann leuchteten ihre Augen auf und zum ersten Mal seit langer Zeit erschien ein Lächeln auf ihren Zügen.

»Lancelot!«

»Jetzt nicht«, sagte Lancelot schnell. »Mandrake ist hier.«

Gwinneth setzte sich mit einem so heftigen Ruck auf, dass ihr im ersten Moment schwindelig wurde und sie die Hand gegen die Stirn presste. »Mandrake?«

»Und leider nicht nur er«, fuhr Lancelot fort. »Es sind Pikten in der Nähe. Wir müssen weg.«

Gwinneth blinzelte zu ihm hoch und Lancelot griff nach ihrem Arm und zog sie einfach in die Höhe. Die Bewegung war so selbstverständlich, dass er sich gar nichts dabei dachte und Gwinneth wohl auch nicht. Aber dann schrak er zurück und machte rasch einen Schritt zur Seite. Was, wenn Mandrake sie beobachtete?
»Kommt«, sagte er.
Gwinneth wollte eine Frage stellen, aber er ließ ihr nicht die Zeit dazu, sondern drehte sie mit sanfter Gewalt herum und legte die Hand auf ihren Rücken, um sie in die Richtung zu schieben, in der Mandrake verschwunden war. Aber er ließ den Arm gleich wieder sinken. Gestern, als es um ihr Leben ging, da hatte er vielleicht das Recht gehabt, seine zukünftige Königin zu berühren. Jetzt nicht mehr.
Sie waren nur ein paar Schritte in die Richtung gegangen, in der Mandrake verschwunden war, als sie Stimmen und gedämpftes Hufgetrappel hörten. Lancelot wurde schneller und trat nach kaum einer Minute auf den schmalen Waldweg hinaus, den auch sie gestern Abend genommen hatten.
Er war jetzt nicht mehr leer. Nicht nur Sir Mandrake, sondern fast ein Dutzend Männer im vertrauten Weiß und Blau Camelots erwartete sie. Einige von ihnen waren mit der undankbaren Aufgabe beschäftigt, das Einhorn zurückzuhalten, das unwillig mit den Hufen scharrte und immer wieder versuchte, die Pferde der Krieger aus Camelot zu attackieren, und als Mandrake seine Schritte hörte, fuhr er ihn an: »Gut, dass Ihr kommt. Haltet dieses Vieh in Zaum oder ich schwöre Euch bei Gott, dass ich ihm die Fesseln durchschneide und es hier verbluten lasse!«
Lancelot verspürte keine geringe Lust, es Mandrake zu überlassen, diese Drohung in die Tat umzusetzen. Er

hatte eine ziemlich konkrete Vorstellung davon, wie ein solches Unterfangen enden musste. Aber er eilte wortlos an Mandrake vorbei, scheuchte die Männer zur Seite, die ohnehin mehr damit beschäftigt waren, den ausschlagenden Hufen des Einhorns auszuweichen, statt es festzuhalten, und legte dem Tier die flache Hand auf den Hals. Sofort beruhigte es sich.

»Wir dürfen keinen Lärm machen«, sagte Mandrake ärgerlich. »Die Pikten reiten nicht direkt auf uns zu, aber sie sind auch nicht sehr weit entfernt. Und sie haben scharfe Ohren.«

Selbst über die Geräusche hinweg, die das Dutzend Männer samt seiner Pferde verursachte, war der näher kommende Hufschlag jetzt zu hören.

Die Krieger und ihre Tiere wichen zu beiden Seiten des Weges ein Stück in den Wald zurück, denn der Morgen dämmerte jetzt immer schneller und der Nebel, der bisher ihre beste Deckung gewesen war, war schon fast ganz verschwunden. Der Hufschlag kam näher und näher, schien plötzlich unmittelbar aus dem Wald rings um sie herum zu ertönen und für einen Moment bildete sich Lancelot wirklich ein, die schwarzen Umrisse zahlreicher zerlumpter Gestalten zwischen den Baumstämmen zu erkennen, aber dann nahm das Geräusch ebenso rasch wieder ab, wie es angeschwollen war, und er atmete erleichtert auf.

»Das war knapp«, sagte Mandrake, nachdem der Hufschlag endlich verklungen war. »Diese verdammten Barbaren werden immer frecher.«

Lancelot tauschte einen raschen warnenden Blick mit Gwinneth, bevor er sich zu dem Tafelritter herumdrehte. »Ich danke Euch, dass Ihr uns gewarnt habt, Sir Mandrake«, sagte er, ganz bewusst so laut, dass jeder der anwesenden Männer ihn hören musste. »Wer weiß, was geschehen wäre, wärt Ihr nicht im richtigen Moment aufgetaucht. Gottes Wege sind wirklich manchmal seltsam.«

Mandrake zog eine Grimasse. »Das hat weniger mit Gottes Wegen zu tun als mit Artus' Befehlen«, sagte er.

»Artus' Befehle?«

Mandrake nickte. »Seit einer Woche ist jeder Mann Camelots unterwegs, um Euch und Lady Gwinneth zu suchen. Es ist keineswegs ein Zufall, dass wir vorbeikommen. Wir durchkämmen jeden Fußbreit des Waldes.«

Lancelot stutzte. »Seit einer Woche?«, vergewisserte er sich.

Mandrake nickte. Diesmal wirkte seine Überraschung echt. »Ihr wart zwei Wochen verschwunden«, sagte er. »Wisst Ihr das denn nicht?«

»Worte allein reichen nicht, um auszudrücken, wie dankbar Euch ganz Camelot ist, Sir Lancelot. Sowohl das Land als auch sein König stehen für immer in Eurer Schuld«, sagte Artus. »Was immer es gibt, das Ihr als Belohnung für die Errettung Lady Gwinneths fordert, es sei Euch gewährt.«

Sie waren jetzt seit geraumer Zeit im Thronsaal und Lancelot war es leid, ununterbrochen beglückwünscht zu werden, auf die Schulter geklopft, freundschaftlich in die Rippen geboxt oder mit einem strahlenden Lächeln nach seinen Abenteuern befragt zu werden. Er hatte sich sehr oft gewünscht ein Held zu sein. In den letzten Tagen hatte er auch die Schattenseiten dieser Rolle kennen gelernt. *Das hier* aber war ihm neu. Und es gefiel ihm ganz und gar nicht.

»Die zukünftige Königin meines Landes gerettet zu haben ist mir Belohnung genug«, antwortete er.

Artus lächelte. »Bescheiden wie immer«, sagte er. »Aber selbst die größte Bescheidenheit sollte Grenzen kennen. Deshalb denkt in Ruhe darüber nach, ob Ihr Euch wirklich mit nichts anderem als meinem Dank zufrieden geben wollt, Sir Lancelot. Ich bin vielleicht nicht immer so großzügig wie heute.«
Lancelot fragte sich, ob in diesen Worten vielleicht eine Drohung versteckt war, aber als er in Artus' Gesicht blickte, sah er darin nichts anderes als bisher: eine unendliche Erleichterung, aber auch die tief eingegrabenen Schatten schwerer Sorge, die den König bedrückte. Und darüber hinaus die Spuren des schweren Weines, dem er in gehörigem Maße zugesprochen hatte, seit sie hier waren. Schon aus seiner Zeit als Küchenjunge in Camelot wusste Lancelot, dass der König geistigen Getränken nicht abgeneigt war, und seit er als Ritter einen Platz an der Tafel gefunden hatte, hatte er so manches Trinkgelage mitgemacht, das bis in die frühen Morgenstunden hinein gedauert hatte. Es war allgemein bekannt, dass König Artus nicht nur deshalb ein großer Weinkenner war, weil so etwas bei Hofe zum guten Ton gehörte und als weltmännisch und gebildet galt. Aber natürlich stand es ihm nicht zu, den König zu kritisieren, damals nicht und jetzt schon gar nicht. Außerdem konnte er Artus verstehen. Wenn sie tatsächlich beinahe zwei Wochen weg gewesen waren, dann musste er halb wahnsinnig vor Angst gewesen sein, und entsprechend groß war nun seine Erleichterung, Lancelot und vor allem Gwinneth unversehrt wieder zu sehen. Wenn es einen Grund zum Feiern gab, dann heute.
Sie waren den ganzen Tag über geritten. Hätten sie ein scharfes Tempo anschlagen können, so hätten sie Camelot vermutlich am frühen Nachmittag erreicht, aber die Gruppe hatte sich nicht nur Gwinneth anpas-

sen müssen, die sich zwar alle Mühe gegeben hatte, ihren wahren Zustand zu verhehlen, sich dennoch vor Schwäche kaum noch im Sattel halten konnte, sondern hatten sich zu allem Überfluss auch noch zweimal vor Patrouillen der piktischen Reiter verbergen müssen. Obwohl Lancelot Sir Mandrake deutlich angesehen hatte, dass er geradezu darauf brannte, sein Schwert mit dem Blut der frechen Eindringlinge zu tränken, hatte es der Tafelritter nicht gewagt, sich auf einen Kampf einzulassen, solange Lady Gwinneth bei ihnen war, und so hatten in Camelot und der Burg schon die ersten Lichter gebrannt, als sie auch nur in Sichtweite kamen. Mandrake hatte einen Boten vorausgeschickt, und eine halbe Stunde bevor sie die Stadt erreichten, waren ihnen gut fünfzig schwer bewaffnete Reiter entgegengekommen, um sie den Rest des Weges zu eskortieren, und bei ihnen war selbstverständlich auch Artus selbst gewesen, der seine Braut überglücklich in die Arme geschlossen hatte. Die Reiter hatten einen Wagen mitgebracht, in dem Gwinneth den Rest des Weges zurücklegen konnte, und Lancelot war erleichtert, dass der qualvolle Ritt nun wenigstens für sie vorüber war.
Das alles schien ihm so endlos lange her, dass er sich fast gewaltsam in Erinnerung rufen musste, dass sie erst seit einer Stunde zurück in der Burg waren. Artus hatte Gwinneth in die Obhut ihrer Zofen entlassen, dann waren sie in den Thronsaal gekommen, in dem bereits ein festliches Mahl zu ihrer Begrüßung bereitgestellt worden war. Bisher waren sie allerdings kaum zum Essen gekommen, denn nachdem ihm Artus überschwänglich gedankt hatte, fragten ihn die anderen Ritter beharrlich nach seinen Abenteuern aus.
Lancelot war bei der Schilderung dessen, was sie erlebt hatten, so nahe bei der Wahrheit geblieben wie über-

haupt nur möglich. Einer der Ratschläge, die ihm Merlin vor langer Zeit einmal gegeben hatte, war gewesen, stets die Wahrheit zu sagen, und wenn er doch einmal gezwungen war zu lügen, so doch nur in den unbedingt notwendigen Punkten. Es war einfach leichter, die Wahrheit nur ein wenig verändert wiederzugeben, als sich eine komplett neue Geschichte auszudenken und sich dabei nicht in Widersprüche zu verstricken. So hatte er fast die Wahrheit gesagt, nur aus den Dunkelelben Pikten und aus dem finsteren Schloss auf der Tir Nan Og das zerfallene Malagon gemacht; eine Version, mit der sich alle Anwesenden zufrieden zu geben schienen – vielleicht mit Ausnahme Sir Mandrakes, aber das überraschte Lancelot kaum. Wenn es um ihn ging, dann gab es so gut wie nichts, womit sich der Tafelritter zufrieden gab.
»Ich werde darüber nachdenken«, sagte Lancelot ausweichend. Mit einem müden Lächeln fügte er hinzu: »Vielleicht gibt es doch das eine oder andere, das ich mir wünsche. Ein kleines Königreich. Die Hälfte Britanniens oder ein Heer, das groß genug ist, um den Rest der Welt damit zu erobern.«
Artus blinzelte und begann dann schallend zu lachen. Nach und nach stimmten auch die anderen Ritter in sein Lachen ein, nur Sir Mandrake verzog keine Miene und starrte Lancelot an, als überlege er, ob diese Forderungen vielleicht nicht doch ernst gemeint gewesen waren. »Dann lasst uns jetzt essen«, sagte Artus, nachdem er sich wieder beruhigt hatte. »Unser neuer Küchenmeister hat sich die größte Mühe gegeben, um ein Mahl zuzubereiten, das eines so großen Helden wie Euch würdig ist.«
»Bitte versteht mich nicht falsch, Majestät«, sagte Lancelot. »Aber ich bin sehr müde. Die letzten Tage

waren äußerst anstrengend und ich würde es vorziehen –«
Artus unterbrach ihn mit einer Handbewegung. »Papperlapapp«, sagte er. »So leicht kommt Ihr mir nicht davon, mein Freund. Wir werden jetzt speisen und danach noch einen Becher Wein zusammen trinken, damit Ihr uns noch einmal in aller Ausführlichkeit von Eurem Abenteuer berichten könnt.«
Lancelot resignierte. Am liebsten hätte er darauf bestanden, sich in sein Gemach zurückziehen zu dürfen, aber er wusste, dass er Artus damit ernsthaft verärgern würde. Außerdem fühlte er sich unsicher. Als Gwinneth ihm gestern Abend ihre wahren Gefühle offenbart hatte, da war dies vielleicht der schönste Moment in seinem Leben gewesen, aber nun dem Mann gegenüberzustehen, dem Gwinneth gehören würde, war furchtbar. Und der Umstand, dass dieser Mann trotz allem sein König und wohl auch noch ein wenig sein Freund war, machte es auch nicht gerade leichter.
Sie gingen zur Tafel. Die Ritter warteten, bis Artus auf seinem Stuhl Platz genommen hatte, und wollten sich dann ebenfalls setzen, aber Artus hob noch einmal die Hand und sagte mit lauter Stimme und einer Geste auf den freien Stuhl zu seiner Rechten: »Hört, was ich beschlossen habe. Unabhängig davon, was sich Sir Lancelot als Belohnung für seinen Mut und seine Tapferkeit noch erbitten mag, ist dies das Geschenk, das ich ihm mache: Von heute an und für alle Zeiten soll der Platz zu meiner Rechten niemand anderem als Sir Lancelot du Lac gehören.«
Lancelot hätte am liebsten laut aufgestöhnt. Er hatte schon einmal eine Auseinandersetzung miterlebt, als es um die Sitzordnung an der Tafel ging, an der es angeblich keine Sitzordnung gab, und ihm war klar, dass

Artus' sicherlich gut gemeinter Entschluss nur für weiteres böses Blut sorgen musste.
Was auch augenblicklich geschah. Lancelot selbst blieb stehen und auch einige der anderen Ritter zögerten sich niederzulassen. Auf dem einen oder anderen Gesicht erschien ein Stirnrunzeln oder ein Ausdruck von leichtem Unmut, aber es gab einen unter ihnen, der laut widersprach.
»Verzeiht, Artus«, sagte Mandrake. »Aber habt Ihr nicht selbst einmal bestimmt, dass es an diesem Tisch keine festen Plätze gibt und keinen Stuhl, der mehr gilt als der andere?«
»Habt Ihr mich nicht verstanden, mein Freund?«, fragte Artus lächelnd. »Es ist mein Wunsch, dass Lancelot in Zukunft den Ehrenplatz zu meiner Rechten innehat.«
Mandrakes Gesicht verfinsterte sich weiter. Er schoss einen wütenden Blick in Lancelots Richtung ab und wandte sich dann wieder an den König. »Es sind Eure eigenen Regeln«, beharrte er.
Artus nickte. Sein Lächeln wurde um mehr als nur eine Spur kühler. »Ich weiß«, sagte er. »Ich habe sie aufgestellt und ich kann sie ändern.«
Plötzlich wurde es sehr still. Für einen unendlich langen Atemzug sagte niemand ein Wort und die Spannung, die plötzlich zwischen Artus und Mandrake in der Luft lag, war fast greifbar. »Das könnt Ihr nicht, Artus«, sagte Mandrake. »Camelots Macht beruht auf dem, was dieser Tisch bedeutet.« Er schlug mit der flachen Hand auf die Eichentafel und er tat es auf eine Art, die wohl nicht nur Lancelot spüren ließ, dass er die Hand lieber in Artus' Gesicht geschlagen hätte. »Bringt das eherne Prinzip der Gleichheit zu Fall und Ihr stürzt die Krone von Camelot!«

»Was fällt Euch ein, so mit mir zu reden?!«, fragte Artus. »Habt Ihr vergessen, wer ich bin?«
»In diesem Raum und an dieser Tafel seid Ihr nicht mehr als jeder von uns«, antwortete Mandrake. »Es gibt hier niemanden, der befiehlt, und niemanden, der gehorcht.«
»Das mag stimmen«, erwiderte Artus. »Aber vergesst nicht, Sir Mandrake, sobald wir diesen Saal verlassen, bin ich wieder Euer König.«
Das war deutlich. Nicht nur Lancelot starrte Artus betroffen an. Viele der anwesenden Ritter wirkten regelrecht entsetzt und selbst Artus schien zu spüren, dass er nun einen Schritt zu weit gegangen war, denn Mandrake hatte mit jedem Wort Recht, das er gesagt hatte. Das Prinzip der Gleichheit an diesem Tisch *war* Camelot; der Garant dafür, dass das Reich seit zwanzig Jahren bestand und seinen Bewohnern und Artus' Untertanen einen bis dahin nie gekannten Frieden und Wohlstand beschert hatte. Wenn er es zerstörte, zerstörte er Camelot.
Ein weiterer Augenblick in unbehaglichem Schweigen verging, dann schüttelte Artus den Kopf und zwang sich zu einem nicht ganz geglückten Lachen. »Aber lasst uns nicht streiten, meine Freunde«, sagte er. »Heute ist wirklich nicht der richtige Tag dazu. Wenn überhaupt, dann ist es ein Tag um zu feiern.«
Im ersten Moment schien es, als würden die Worte ihre Wirkung verfehlen, aber dann stimmte einer der Ritter vorsichtig in Artus' Lachen ein und man konnte deutlich spüren, wie die Spannung von den Männern abfiel. Nur Sir Mandrake starrte Artus weiter fast hasserfüllt an, drehte sich dann mit einem Ruck um und stürmte aus dem Saal.
Artus schüttelte den Kopf, als die Tür mit einem dump-

fen Knall hinter ihm zufiel. Er sah zu Lancelot hoch und wartete, bis dieser sich endlich neben ihn gesetzt hatte. »Nehmt es ihm nicht übel, Sir Lancelot«, sagte er. »Mandrake ist einer der treuesten unter meinen Rittern. Aber manchmal ein wenig aufbrausend.«
Lancelot hielt es für das Klügste, nichts darauf zu sagen, und Artus schien das wohl auch erwartet zu haben, denn er wandte sich einem anderen Ritter zu und stellte irgendeine belanglose Frage, deren Antwort ihn vermutlich nicht einmal interessierte.
Ich hätte doch gehen sollen, dachte Lancelot. Das Risiko, Artus leicht zu verärgern, wäre es allemal wert gewesen, diesen Streit zu vermeiden, der mit Sicherheit noch Folgen haben würde. Weder Artus noch Mandrake waren Männer, die eine Demütigung so schnell vergaßen.
Das Essen erwies sich tatsächlich als so gut, wie Artus behauptet hatte. Auch wenn Lancelot Tander alles nur denkbar Schlechte an den Hals wünschte, so musste er doch zugeben, dass er ein deutlich besserer Koch war, als Merlin es jemals gewesen war – wozu allerdings nicht viel gehörte.
Die Missstimmung, die nach Mandrakes Weggang zurückgeblieben war, hielt noch eine Weile vor, aber je mehr Artus und seine Ritter dem Wein zusprachen, desto schneller verschwand sie und bald hallte der Thronsaal Camelots vom gewohnten Lachen und dem Klirren von Bechern und Weinkrügen wider. Lancelot hatte das Gefühl, dass die Zeit stehen blieb. Er betete innerlich, dass das Fest nicht bis in die frühen Morgenstunden dauern möge, nicht nur weil er mittlerweile tatsächlich so müde war, dass es ihm schon Mühe bereitete, überhaupt die Augen offen zu halten. Er hatte es bisher krampfhaft vermieden, darüber nachzudenken, was er

tun sollte, wenn Gwinneth und er zurück auf Camelot waren, aber nun gab es keinen Weg mehr, die Augen vor dieser Frage zu verschließen.
Und das Schlimme war, es gab im Grunde auch nur eine einzige mögliche Antwort ...
Seine Gebete wurden insofern erhört, als das Fest sich nicht bis Sonnenaufgang hinzog wie so oft, sondern nur bis Mitternacht. Die Ritter zogen sich nach und nach zurück und schließlich waren außer Artus und Lancelot nur noch ein gutes Dutzend Männer anwesend. Es war Artus selbst, der dem Abend schließlich ein Ende bereitete. Er hob seinen Becher, wartete, bis er die Aufmerksamkeit aller hatte, und sagte dann: »Sosehr ich es genieße, meine Freunde, mit Euch zu essen und zu trinken, sollte diese Feier doch nun ein Ende haben. Uns alle erwartet morgen ein sehr anstrengender Tag und wir brauchen einen klaren Kopf. Also stoßt ein letztes Mal mit mir an und geht dann zu Bett!«
Das war ungewöhnlich, vor allem für Artus, der normalerweise erst dann aufhörte zu trinken, wenn er vom Stuhl fiel – was im Großen und Ganzen aber für nahezu alle Ritter hier galt. Dennoch widersprach niemand. Die Männer nahmen noch einen Schluck Wein und verabschiedeten sich einer nach dem anderen, doch als auch Lancelot aufstehen wollte, hielt Artus ihn zurück.
»Auf ein Wort noch, Sir Lancelot.«
Lancelot ließ sich gehorsam wieder zurücksinken und sah Artus fragend an. Er fühlte sich schon wieder unbehaglich.
Der König wartete, bis der letzte Ritter den Saal verlassen und die Tür hinter sich geschlossen hatte, dann füllte er umständlich seinen Becher wieder, erhob sich von seinem Stuhl und ging mit langsamen Schritten zum Fenster. Er schwankte leicht, aber Lancelot hatte das

Gefühl, dass es nicht auf die Wirkung des Weines zurückzuführen war. Obwohl Artus Scherze gemacht hatte und ausgelassen wirkte, sah er doch hinter dieser Maske aufgesetzter Fröhlichkeit um Jahrzehnte gealtert und unendlich müde aus. Lancelot fragte sich, was in den zwei Wochen geschehen war, in denen er sich nicht auf Camelot aufgehalten hatte.

Er wartete darauf, dass Artus etwas sagte, aber es dauerte lange, bis der König sich zu ihm herumdrehte und ihn ansah. Sein Lächeln war erloschen. In seinen Augen war ein Ernst, der Lancelot einen kalten Schauer über den Rücken jagte.

»Ich wollte mit Euch allein sprechen, Lancelot«, begann er schließlich mit leiser Stimme, als hätte er Angst, draußen auf dem Flur gehört zu werden. »Ihr habt nicht nur die zukünftige Königin Britanniens gerettet, sondern auch die Frau, die ich liebe, und das ist mehr, als ich Euch je vergelten kann. Und dennoch muss ich Euch eine Frage stellen.«

»Mylord?«

Artus schloss die Augen, als hätte ihn dieses Wort verletzt. Dann, ohne die Lider zu heben, flüsterte er: »Ihr liebt Gwinneth, nicht wahr?«

Lancelot fuhr so heftig auf seinem Stuhl zusammen, dass Artus es unweigerlich gesehen hätte, hätte er ihn in diesem Moment angeblickt. Spürte man es so deutlich?

»Natürlich tue ich das, Mylord«, antwortete er zögernd. »So wie jeder hier.«

»Lügt mich nicht an, ich bitte Euch«, sagte Artus müde. Er öffnete die Augen, trank einen Schluck Wein und stellte den Becher dann mit einem angewiderten Gesichtsausdruck auf das Fenstersims, als hätte Essig seine Lippen benetzt. »Ihr wisst, was ich meine.«

Lancelot schwieg. Er hätte leugnen können, aber er

wusste, wie wenig Sinn es gehabt hätte – und er wollte es auch nicht mehr.
Artus nickte schwer mit dem Kopf. »Ich danke Euch, dass Ihr wenigstens ehrlich seid«, murmelte er.
»Artus, ich versichere Euch, dass –«, begann Lancelot, aber Artus unterbrach ihn mit einem Kopfschütteln.
»Ihr wart lange fort«, sagte er. »Fast zwei Wochen. Der Weg nach Malagon ist weit, aber nicht so weit.«
Warum sagte er es ihm nicht? Hier und jetzt? Warum stand er nicht auf, trat Artus gegenüber und gestand ihm, was zwischen ihm und Gwinneth war? Vielleicht war dies der einzige Moment, den es je gegeben hatte und der je kommen würde, in dem er es wagen konnte, Artus die Wahrheit zu sagen. Doch stattdessen hörte er sich selbst antworten: »Es waren keine zwei Wochen, Artus. Für mich ist ein Tag vergangen, seit wir das letzte Mal zusammen in diesem Raum gewesen sind und annähernd dasselbe Gespräch geführt haben.«
Ihm war klar, wie lächerlich das in Artus' Ohren klingen musste, und vermutlich hatte er mit dieser so offensichtlichen Lüge jeden möglichen Rest von Artus' gutem Willen verspielt. Doch statt aufzufahren oder ihn auszulachen, drehte sich Artus ihm gänzlich zu und sah ihn mit sonderbarem Ausdruck an. Er schwieg.
Und Lancelot fuhr fort: »Und ich war auch nicht in Malagon. Jedenfalls nicht wirklich. Ich war –«
»Ich weiß, wo Ihr wart«, unterbrach ihn Artus. »Ich habe den Thronsaal meiner geliebten Schwester erkannt, als sie über den Abgrund zwischen den Welten griff, um Gwinneth zu entführen.«
»Eure ... Schwester? Ich habe es gehört, doch ich konnte es nicht glauben.«
Artus verzog kurz und schmerzlich die Lippen. »Ich bitte Euch, Lancelot, macht Euch nicht über mich

lustig. Jedermann in Camelot weiß, dass der Bastard, den Morgaine Le Faye geworfen hat, mein Sohn ist. Nur wagt niemand es auszusprechen.«

Erneut spürte Lancelot ein kurzes, eisiges Frösteln, als er hörte, wie Artus über seinen eigenen Sohn sprach. Woher dieser abgrundtiefe Hass?

»Ich hielt es für ein Gerücht«, meinte Lancelot. »Die Leute reden viel.«

»Nun, es ist die Wahrheit«, sagte Artus. »Was nicht ganz so allgemein bekannt ist, ist der Umstand, dass Morgaine damals in einer anderen Gestalt zu mir kam.«

»In einer anderen Gestalt?«

»Sie hat ihren Beinamen nicht von ungefähr«, bestätigte Artus. »Ihr wart in ihrer verfluchten schwarzen Festung. Ihr habt gesehen und erlebt, über welche Macht sie gebietet. Sie hat von Anfang an versucht, mich zu vernichten und mir zu schaden. Ich hätte sie töten sollen, als ich noch die Gelegenheit dazu hatte.«

»Sie ist Eure Schwester, Mylord«, sagte Lancelot vorsichtig. »Gelten Blutsbande denn dort, wo Ihr herkommt, nichts?«

»Sie ist eine Hexe«, widersprach Artus. »Sie tötete die Frau, die mir alles bedeutet hat, und nahm ihre Gestalt an, und nachdem sie sicher war, ein Kind von mir empfangen zu haben, offenbarte sie sich mir, um mich zu demütigen. Aus keinem anderen Grund wurde Mordred geboren. Er ist alles, was ich verachte, aber auch alles, was ich fürchte. Am Tag seiner Geburt kam Morgaine noch einmal zu mir und prophezeite mir, dass es Mordred sein wird, mein eigener Sohn, der mich eines Tages tötet.«

»Hasst Ihr ihn deshalb so?«, fragte Lancelot geradeheraus.

»Hassen?« Artus schüttelte heftig den Kopf. »Ich verachte ihn. Er mag mein eigen Fleisch und Blut sein, aber er steht für alles, was ich zeit meines Lebens bekämpft habe. Ich fürchte den Tod nicht, wenn es das ist, was Ihr mit Eurer Frage meint, mein Freund. Ich sehne ihn nicht herbei, aber ich habe auch keine Angst vor ihm. Irgendwann werde ich sterben wie jeder und es spielt keine Rolle, wer es ist, der mich tötet. Doch wenn Mordred siegt und damit Morgaine, dann wird sich die Dunkelheit wieder über dieses Land senken. Ich weiß, dass ich nicht vollkommen bin. Ich weiß, dass auch die Menschen meines Reiches ihren König oft genug verfluchen und oft genug mit Recht, denn ich verlange mehr von ihnen, als mir eigentlich zusteht. Aber wenn ich den Menschen auch nicht das Paradies schenken konnte, das ich ihnen einmal versprochen habe, so habe ich ihnen doch wenigstens Hoffnung auf eine bessere Zukunft gegeben. Vielleicht nicht für sie, aber für ihre Kinder oder deren Kinder. Wenn Morgaine gewinnt, wird vielleicht nicht nur Britannien in einer tausendjährigen Nacht versinken. Und deshalb ist es wichtig, dass Gwinneth und ich heiraten.«

»Ich dachte, das einzig Wichtige, wenn zwei Menschen heiraten, ist, dass sie sich lieben?«, hörte sich Lancelot fast zu seinem eigenen Entsetzen fragen.

Und zu seiner noch größeren Verwunderung nahm ihm Artus auch diese Frage nicht übel, sondern sah ihn weiter mit einer Trauer an, die ihn erneut schaudern ließ. »Ich habe nicht gesagt, dass ich sie nicht liebe«, meinte er ernst. »Ich bin kein Dummkopf. Und ich bin auch nicht blind. Ich weiß sehr wohl, dass Gwinneth meine Tochter sein könnte, wenn nicht meine Enkelin, und dass ihr Herz einem anderen zugetan ist. Ich dachte, ich wüsste, wer es ist, aber nun bin ich nicht mehr sicher. Doch das spielt keine Rolle. Ganz egal ob ich von

Mordreds Hand falle oder als Greis auf dem Sterbebett ende, irgendwann werde ich nicht mehr da sein und Camelot braucht einen Erben. Und er muss von unserem Blut sein. Dem Blut meines Volkes.«

Lancelot stand auf. Er fühlte sich plötzlich von einer Unruhe ergriffen, die er sich nicht erklären konnte, die es ihm aber unmöglich machte, weiter still sitzen zu bleiben. Nervös begann er im Zimmer auf und ab zu gehen. Er sah dabei nicht in Artus' Richtung, aber er spürte seine Blicke wie die Berührung einer warmen, unangenehm trockenen Hand im Rücken. Schließlich blieb er stehen und drehte sich mit einem Ruck zu Artus herum. »Dem Blut eines Elben?«

Artus schwieg und Lancelot fuhr leiser und mit zitternder Stimme fort: »Ich frage mich, was die Bewohner Eures Landes sagen würden, wenn sie erführen, dass ihr König nicht einmal ein Mensch ist.«

Artus zog eine Grimasse. »Die meisten halten mich sowieso für eine Art Gott und nicht wenige wahrscheinlich für den Teufel persönlich. Und was Eure Frage angeht, mein Freund – so groß ist der Unterschied nicht, wie Ihr glaubt. Ihr wart in der Festung meiner Schwester, aber glaubt mir, nicht unser ganzes Volk ist so wie sie. Die Menschen der Tir Nan Og sind –«

»Ich weiß, wie sie sind«, unterbrach ihn Lancelot. »Ich war nicht nur in Malagon.«

Nun wirkte Artus ehrlich überrascht. Doch er sagte nichts, sondern griff nun doch wieder nach seinem Weinbecher und nippte daran. Ohne direkt in Lancelots Richtung zu sehen, begann er mit leiser Stimme: »Unser Volk ist uralt, Lancelot. Älter, als Ihr Euch auch nur vorstellen könnt. Es gab uns schon, als auf dieser Insel nicht einmal Bäume wuchsen, und es wird uns wahrscheinlich auch noch geben, wenn der Mensch

längst vergessen ist. Wir sind keine Götter. Wir sind nur ... anders. Wir vermögen vieles zu tun, was Menschen wie Zauberei vorkommen mag, aber glaubt mir, vieles, was für den Menschen selbstverständlich ist, ist uns verwehrt.«
»Warum zeigt Ihr Euch ihnen dann nicht?«, fragte Lancelot.
»Weil es unmöglich ist«, sagte Artus. »Wir haben es versucht und es hätte fast im Untergang unserer beider Völker geendet. Vielleicht wird irgendwann die Zeit kommen, in der Menschen und Elben nebeneinander und in Freundschaft leben können, aber ich fürchte, das wird keiner von uns noch erleben.«
»Und Ihr?«, fragte Lancelot. »Warum seid Ihr dann hier?«
Artus überlegte einen Moment, bevor er antwortete: »Weil ich die Menschen liebe«, sagte er schließlich. »Ich halte sie für ein großartiges Volk. Ein starkes Volk und sehr stolz. Ich bin hierher gekommen, um ihnen zu helfen, aus keinem anderen Grund. Nicht um König zu werden oder zu herrschen. Das hätte ich da, wo ich geboren bin, bequemer haben können. Aber ich glaube, dass es die Menschen verdienen, in eine bessere Zukunft geführt zu werden.«
»Warum erzählt Ihr mir das?«, fragte Lancelot.
»Weil Gwinneth mich darum gebeten hat«, antwortete Artus ehrlich. »Und weil ich es Euch schuldig bin. Ich weiß, was Ihr für sie empfindet, und ich weiß auch, dass Gwinneth diese Gefühle erwidert. Ich hasse Euch deswegen nicht.« Er nahm einen weiteren Schluck Wein. »Ich spreche jetzt nicht als Euer König zu Euch, Lancelot. Und auch nicht als der Mann, der morgen die Frau heiraten wird, der Euer Herz gehört. Ich bitte Euch als Euer Freund, mich zu verstehen.«

»Verstehen?«, fragte Lancelot. Ganz unbeabsichtigt erhielt seine Stimme einen bitteren Klang.
»Britannien muss überleben«, sagte Artus. »Ich brauche einen Sohn von meinem Blut. *England* braucht ihn. Mir ist klar, was ich von Euch verlange und erst recht von Gwinneth. Es ist vielleicht das größte Opfer, das ein Mensch bringen kann, aber ich muss Euch bitten, es zu bringen, Euch, Gwinneth und auch mir selbst. Das Leben eines Einzelnen zählt nichts gegen das Schicksal eines ganzen Landes.«
Wie hätte er diesen Worten widersprechen können, noch dazu wo er spürte, dass Artus sie aus tiefer Überzeugung heraus sprach? Und was alles noch viel schlimmer machte: Er hatte Recht. Plötzlich kam sich Lancelot schäbig vor, schuldig und egoistisch wie nie zuvor. Er war klein und ein Nichts gegen diesen Mann, der vielleicht wie kein anderer vor ihm den Titel eines Königs verdient hatte. Artus hatte Recht, tausendmal Recht. Was zählte das Schicksal eines Einzelnen gegen das so unendlich vieler? Aber welches Gewicht hatte die Zukunft eines ganzen Volkes, wenn sie mit dem Unglück weniger erkauft wurde?
»Habe ich Euer Wort?«, fragte Artus.
»Lady Gwinneth und ich haben eine Nacht zusammen im Wald verbracht«, antwortete Lancelot, ohne Artus dabei in die Augen zu sehen. »Ich versichere Euch, dass ich ihr dabei nicht zu nahe getreten bin. Und näher werde ich ihr niemals kommen.«
Unendlich erleichtert atmete Artus auf. »Ich hätte es nicht ertragen, wäre es anders gewesen«, sagte er leise. Dann gab er sich einen sichtbaren Ruck. »Aber leider ist das nicht alles, weswegen ich Euch sprechen wollte. Ich wünschte, ich hätte bessere Neuigkeiten für Euch, Lancelot, aber das Schicksal hat anders entschieden.«

»Die Pikten«, vermutete Lancelot. Es gehörte nicht allzu viel Scharfsinn dazu, diese Frage zu stellen. Das, was sie auf dem Weg hierher gesehen hatten, beantwortete sie im Grunde schon.

»Der Krieg ist unvermeidlich«, bestätigte Artus. »Dieses erste Heer, das sich am Tag unserer Hochzeit gesammelt hat, war nur die Vorhut, fürchte ich. Wir haben Kundschafter ausgeschickt und sie brachten keine guten Nachrichten. Ich hatte gehofft, dass ihr Kampfesmut ohne ihren Anführer schwindet, aber das ist nicht so.«

»Mordred –?«

»Befindet sich immer noch in unserer Gefangenschaft«, sagte Artus. »Ich habe Eurem Wunsch entsprochen und ihm eine bessere Behandlung zuteil werden lassen. Ihr hattet natürlich völlig Recht. Ich ließ mich von meinen Gefühlen hinreißen und das hätte ich nicht tun sollen. Auch wenn er sich immer noch weigert mit mir zu reden, so ist er doch vielleicht ein wertvolles Faustpfand, sollte es zum Schlimmsten kommen.«

»Zum Schlimmsten?« Lancelot sah Artus fragend an. »Ihr habt die Pikten doch geschlagen?«

»Aber um welchen Preis«, antwortete Artus. Er schüttelte grimmig den Kopf. »Ihr wart lange fort, Sir Lancelot. Ihr habt nicht gesehen, in welchem Zustand das Heer war, das Mandrake zurückbrachte.«

»Aber ich habe gehört, was Morgaines Späher berichtet hat«, widersprach Lancelot. »Die Pikten wurden vernichtend geschlagen.«

»Der Großteil unserer Männer ist tot«, versetzte Artus. »Wir haben fünfhundert von ihnen erschlagen, das ist wahr, aber wir haben dafür mit dem Leben von hundert unserer Männer bezahlt.« Er schüttelte abermals den Kopf und seine Hand schloss sich so fest um den Trinkbecher, als wolle er ihn zermalmen. »Sie sind einfach zu

viele. Selbst wenn wir zwanzig von ihnen erschlügen und dabei nur einen einzigen Mann verlören, würden wir am Ende doch nicht siegen. Ihr wisst das Schlimmste nicht. Niemand weiß es, außer mir.«
»Das ... Schlimmste?«, fragte Lancelot zögernd. Warum hatte er plötzlich Angst vor der Antwort?
Artus ließ ein Lachen hören, das eher an ein Schluchzen erinnerte. Er trank einen weiteren, diesmal sehr großen Schluck Wein. »Warum seid Ihr hierher gekommen, Sir Lancelot?«, fragte er dann.
»Mylord?« Lancelot sah ihn verwirrt an.
»Ich kann es Euch sagen«, behauptete Artus. Wein lief aus seinen Mundwinkeln und tropfte von seinem Kinn. Es sah aus wie Blut. »Ihr seid ein Ritter. Vielleicht der beste Schwertkämpfer, den es je gegeben hat. Und Ihr habt Herausforderungen gesucht. Das große Abenteuer. Ihr habt von König Artus und Camelot gehört, von der Tafelrunde und von unserer Unbesiegbarkeit. Aber damit ist es vorbei.«
»Mylord?«, fragte Lancelot noch einmal.
»Es war Merlins Zauber, der uns unbesiegbar gemacht hat«, sagte Artus. »Seine Magie. Sie allein hat uns die Kraft gegeben, jeden Kampf zu gewinnen, jeden Gegner zu überwinden und sei er noch so überlegen und tapfer. Aber nun, da er nicht mehr da ist, ist auch seine Magie erloschen.«
»Aber das ... das kann doch gar nicht sein«, murmelte Lancelot. »Ich meine ... was ...?«
»Er hat mir niemals gesagt, womit er den Magischen Kelch füllt, der uns diese Kraft und Stärke gab«, sagte Artus. »Und ich habe ihn niemals danach gefragt. Ich bin wohl davon ausgegangen, dass es immer so weitergeht. Ich Narr.«
Lancelot starrte ihn an. Plötzlich verstand er, warum

Artus damals so entsetzt gewesen war, als Merlin Morgaines Anschlag zum Opfer fiel. Es war nicht nur die Trauer um einen guten alten Freund gewesen, nicht nur der Schmerz über den Verlust eines Mannes, den er zeit seines Lebens gekannt und geliebt hatte wie einen Vater. Es war das abgrundtiefe Entsetzen gewesen, als ihm klar wurde, dass mit dem alten Druiden auch Camelots stärkster Schild gegangen war.
»Ein ... ein Zaubertrank?«, fragte er unsicher.
»So scheußlich, wie er geschmeckt hat, kann es sich nur um einen Zaubertrank gehandelt haben«, antwortete Artus und fügte mit einem schmerzlichen Lächeln hinzu: »Oder um eines von Dagdas berüchtigten Rezepten für eine Suppe.«
»Aber er muss Euch doch gesagt haben –«
»Nein!«, unterbrach ihn Artus. »Das hat er niemals. Wozu auch? Ich bin kein Zauberer. Wahrscheinlich wäre ich nicht einmal in der Lage, diesen Trank zu mixen, wenn ich all seine Zutaten hätte.«
»Dann geht zurück auf die Tir Nan Og und ruft einen anderen Druiden«, schlug Lancelot vor, aber Artus reagierte nur mit einem erneuten Kopfschütteln.
»Ich kann nicht dorthin zurück«, sagte er. »Nie wieder. Und es ist auch nicht so, dass –«
Er verstummte mitten im Satz und runzelte die Stirn, als er Lancelots Gesichtsausdruck bemerkte. »Was habt Ihr?«, fragte er.
Lancelot antwortete nicht. Er starrte Artus nur aus aufgerissenen Augen an und hinter seiner Stirn fügten sich die durcheinander gewirbelten Teile eines Bildes, das die ganze Zeit über in ihm gewesen war, plötzlich zu einem Ganzen zusammen.
»Lancelot!«, sagte Artus.
Lancelot blickte ihn noch einige Sekunden an, dann

wandte er sich um und begann mit weit ausgreifenden Schritten auf die Tür zuzurennen. »Wartet hier auf mich, Artus!«, rief er. »Ich glaube, ich weiß, wovon Ihr gesprochen habt!«

Da es bereits tiefste Nacht und niemand in Camelot nach Feiern zumute war, lagen nicht nur die Straßen der Stadt wie ausgestorben da, auch in Tanders Gasthaus waren längst alle Lichter erloschen und die Faustschläge, mit denen Lancelot gegen die Tür hämmerte, mussten noch einen Häuserblock weiter zu hören sein. In einem Gebäude auf der anderen Straßenseite flackerte bereits Kerzenschein hinter vorgelegten Läden auf und aus einem anderen Fenster drang eine unwillige Stimme, die sich schlaftrunken, aber lautstark über die nächtliche Ruhestörung beklagte und dann abrupt abbrach, als ihr Besitzer offenbar sah, wer da zu solch unchristlicher Zeit Lärm machte. Lancelot ließ sich von alledem nicht irritieren, sondern schlug nur noch heftiger gegen die Tür, dass das Holz und der vorgelegte Riegel ächzten. Bisher war die einzige Reaktion auf seine Rufe und den Lärm Wolfs schrilles Kläffen, das aus der Scheune hinter dem Haus drang, aber endlich hörte er von drinnen polternde Schritte und dann Tanders missmutige Stimme, die dem nächtlichen Störenfried eine gehörige Tracht Prügel ankündigte, ganz egal wer und weshalb er gekommen war.
Lancelot trat ungeduldig einen halben Schritt von der Tür zurück und hörte, wie der Riegel scharrend zurückgezogen wurde, dann ging die Tür einen Spaltbreit auf und Tanders verschlafenes Gesicht blinzelte unter einem Schopf wirr in alle Richtungen abstehender Haare zu ihm heraus. »Wer zum Teufel –?«, begann er, stockte dann mitten im Wort und riss verwirrt die Augen auf,

als er sein Gegenüber erkannte. Lancelot gab ihm keine Zeit, seine Frage zu Ende zu bringen, sondern versetzte der Tür einen so derben Stoß, dass sie nach innen aufflog und Tander nicht nur zwei Schritte rücklings gegen einen der Tische stolperte, sondern auch die Kerze fallen ließ, die er in der Hand gehalten hatte. Wie durch ein Wunder ging sie nicht aus. Lancelot trat mit einem raschen Schritt durch die Tür, stieß sie mit dem Fuß hinter sich zu und bückte sich dann nach der Kerze, um sie auf den Tisch zu stellen.
Als er sich wieder Tander zuwandte, hatte der Schankwirt seine Überraschung wenigstens so weit überwunden, dass er seine Sprache wieder fand. »Sir Lancelot?«, stammelte er. »Ihr? Was tut Ihr um diese Zeit ... ich meine: Verzeiht, aber es ist recht spät und –«
»Ich habe mit Euch zu reden«, unterbrach ihn Lancelot.
Tander schluckte. Im flackernden Schein der Kerze wirkte sein Gesicht nicht nur bleich wie das eines Toten, selbst die Schatten darauf schienen vor dem in Silber gehüllten Ritter zu fliehen, der vor ihm stand. »Herr?«, murmelte er, dann schien er eine Eingebung zu haben, denn er sprudelte hastig hervor: »Wenn es wegen des Hundes ist, Herr, ich versichere Euch, es geht ihm gut. Er hat nur das beste Fressen bekommen und ... und Ihr hört ihn ja. Er ist –«
»Bringt ihn her!«, unterbrach ihn Lancelot.
»Selbstverständlich, Herr«, sagte Tander hastig. »Ihr werdet sehen, es geht ihm vorzüglich. Er bekommt besseres Essen als meine eigenen Kinder.«
Damit stürzte er davon. Lancelot glaubte ihm zwar, was seine letzte Bemerkung anging, aber er trat trotzdem ungeduldig von einem Fuß auf den anderen und konnte die wenigen Augenblicke kaum abwarten, bis Tander

zurückkam. Er trug Wolf in den Armen, aber als der kleine Mischlingshund Lancelot erblickte, riss er sich los, sprang mit einem einzigen Satz auf den Boden und raste wie ein tollwütig gewordenes Fellknäuel im Zickzack zwischen den Tischbeinen hindurch, um mit einem geradezu hysterischen Kläffen und Winseln an Lancelot emporzuspringen. Lancelot fing ihn auf, betrachtete ihn einen Moment aufmerksam und begann ihn dann mit der linken Hand zu kraulen, während er irgendwie versuchte das Gesicht zur Seite zu drehen, um es vor Wolfs zudringlicher Zunge in Sicherheit zu bringen.

»Ihr seht, Herr, ich habe mein Wort gehalten«, sagte Tander. Auf der Treppe wurden polternde Schritte laut. Der flackernde Schein einer Kerze fiel die hölzernen Stufen herab und dann tauchten Wander und Sander auf, die beiden Söhne des Gastwirtes. Sie sahen so unausgeschlafen und zerknautscht aus wie ihr Vater und beide trugen ziemlich lächerliche und schmutzige Nachthemden. Als sie sahen, was vorging, blieben sie verdutzt stehen und schienen nicht genau zu wissen, was sie von der Situation zu halten hatten. Lancelot gab ihnen auch keine Zeit, sich irgendwie darüber klar zu werden, sondern fuhr sie an: »Verschwindet!«

Wie er erwartet hatte, ließen die beiden sich das nicht zweimal sagen, sondern trollten sich auf der Stelle und Lancelot wandte sich wieder zu Tander um. Nun wo er sah, dass Wolf unversehrt war, gönnte er sich den kleinen Luxus, sich einige Augenblicke an Tanders gequältem Anblick zu weiden. »Ich wusste, dass ich mich auf Euer Wort verlassen kann«, sagte er spöttisch. »Dann werdet Ihr mir doch sicher auch in einer anderen Angelegenheit behilflich sein, oder?«

Tander nickte hastig. »Selbstverständlich, Herr«, versicherte er. »Was immer es ist –«

»Es geht um den Jungen.«
»Dulac? Den Jungen, dem der Hund gehört hat?«, fragte Tander schon wieder ein bisschen beunruhigt.
»Nein.« Lancelot schüttelte den Kopf. »Euren neuen Gehilfen.«
»Evan«, sagte Tander. »Sein Name ist Evan.«
»Ich weiß.« Lancelot gab sich Mühe, eine ganz leichte Spur von Unmut in seiner Stimme mitklingen zu lassen. »Wo ist er? Lebt er bei Euch im Haus?«
Tander verneinte. »Er wohnt bei seinen Eltern und kommt nur jeden Morgen hierher, um mich ins Schloss zu begleiten. Aber das wisst –«
»Dann holt ihn her«, unterbrach ihn Lancelot. »Sofort!«
Tander sah ihn einen Moment vollkommen verstört an, aber dann begann er nach seinen Söhnen zu schreien. Als die beiden zögernd wieder auf der Treppe erschienen, brüllte er einen von ihnen an, sofort loszulaufen und Evan zu holen, und den anderen, ihrem hohen Gast gefälligst einen Krug Wein und eine Mahlzeit zu bringen.
Lancelot war weder nach Wein noch nach etwas zu essen zumute, aber er sah dennoch voller Schadenfreude zu, wie Sander fast über seine eigenen Füße stolperte, weil er gar nicht schnell genug in die Küche kam, um dem Befehl seines Vaters nachzukommen, und Wander, nur im Nachthemd und barfüßig, aus der Tür stürmte.
Als sie wieder allein waren, wandte sich Tander zögernd zu ihm um. »Dürfte ich fragen, warum Ihr den Jungen so dringend sprechen wollt, Herr?«, fragte er.
Lancelot nickte. »Natürlich dürft Ihr das«, sagte er, drehte sich herum und begann mit langsamen Schritten im Zimmer auf und ab zu gehen, während er Wolf kraulte. Der Hund hatte zwar endlich aufgehört zu bel-

len, malträtierte sein Gesicht aber immer noch mit der Zunge und wedelte so heftig mit dem Schwanz, dass es klang, als schlüge jemand mit einem kleinen Hammer rasend schnell auf Lancelots Rüstung ein. Ungeduldig wartete dieser darauf, dass Tanders Sohn zurückkam und Evan mit sich brachte.

Endlich wurde die Tür wieder geöffnet und Wander kam herein, Evan im Schlepptau, dem man ansah, dass er sich nur hastig und unvollständig angezogen hatte und ebenfalls aus dem tiefsten Schlaf gerissen worden war. Er tat Lancelot fast ein bisschen Leid. Wie er Tander kannte, hatte der Junge von Sonnenauf- bis lange nach Sonnenuntergang gearbeitet.

»Es ist gut«, sagte er zu Wander. »Du kannst gehen.«

Der Junge verschwand hastig in der Küche und Lancelot wartete, bis sie wieder allein waren, ehe er sich mit einer betont langsamen Bewegung Evan zuwandte. Er lächelte sogar, aber Evans Gesichtsausdruck nach zu urteilen, schien dieses Lächeln seine Wirkung ziemlich zu verfehlen. »So schnell sehen wir uns also wieder, Evan«, sagte er. »Das war doch dein Name, nicht wahr?« Evan nickte. »Ich habe eine Frage an dich, Junge«, fuhr Lancelot fort. »Und überlege dir die Antwort gut. Du kennst diesen Hund?«

Evans Blick strich nervös über Wolf. Er nickte und fuhr sich mit der Zungenspitze über die Lippen, schwieg aber ansonsten.

»Man hat mir eine seltsame Geschichte erzählt, Evan«, sagte er. »Du und deine Freunde, ihr besitzt ebenfalls Hunde, habe ich Recht? Viel größere, wildere Hunde. Richtige Bestien, sagte man.«

Evan nickte erneut. Er sagte immer noch nichts, aber sein Blick flackerte. Er starb innerlich fast vor Angst. Ahnte er, worauf Lancelot hinauswollte?

»Und ich habe gehört, dass dieser kleine Hund hier die euren fast in Stücke gerissen hätte. Es fällt mir schwer, das zu glauben.« Er streichelte Wolf, der den Kopf gehoben hatte und ihn anblickte, als sei er beleidigt, dass Lancelot an seinen Fähigkeiten zweifelte, und sah Evan auffordernd an. Dieser schwieg aber unverwandt weiter.
»Also?«, fragte Lancelot schließlich.
»Das ... das ist die Wahrheit, Herr«, stammelte Evan. Er raffte all seinen Mut zusammen, um Lancelot ins Gesicht zu sehen, und für einen Moment blitzte etwas in seinen Augen auf, das Lancelot nicht gefiel. Aber dann fuhr er fort: »Ich hätte es selbst nicht geglaubt, wenn ich es nicht mit eigenen Augen gesehen hätte. Er hätte unsere Hunde getötet, hätte sich Tander nicht dazwischengeworfen. Er muss vom Teufel besessen gewesen sein. Anders kann ich es mir nicht erklären.«
»Interessant«, sagte Lancelot ruhig. Er ließ ganz bewusst eine kurze Weile verstreichen und tat so, als blicke er sinnend zu Boden, behielt Evan aber aus dem Augenwinkel aufmerksam im Blick. Der Junge sah völlig eingeschüchtert und verängstigt aus, aber noch immer ein wenig nachdenklich, und Lancelot machte sich klar, wie gefährlich das Spiel war, das er spielte. Er hatte schon einmal das Gefühl gehabt, dass Evan ihn erkannt hatte oder wenigstens kurz davor stand. Natürlich würde niemand dem Jungen glauben, wenn er behauptete, in dem berühmten Ritter Lancelot du Lac den Küchenjungen Dulac wieder erkannt zu haben, der noch dazu als tot galt, aber Gerüchte machten schnell die Runde und manchmal umso rasanter, je weniger glaubhaft sie waren. Aber er musste Gewissheit haben.
»Erinnerst du dich noch genau daran, wann es war?«, fragte er nach einer Weile.
Evan schüttelte den Kopf. »Es ist länger her«, sagte er.

»Bestimmt vier Wochen, wenn nicht mehr. Aber an den genauen Tag kann ich mich nicht erinnern, Herr, das ist die Wahrheit. Ich ... zähle die Tage nicht.«

»Wenn das so ist«, sagte Lancelot und sah Tander nachdenklich an, »könnt Ihr uns vielleicht weiterhelfen.«

»Herr?«, murmelte Tander. Lancelot sah ihm an, dass er wirklich nicht verstand, was diese Frage sollte.

»Ich meine«, sagte Lancelot, »könnte es zufällig in der Nacht gewesen sein, in der Ihr Dagdas Küchenutensilien gestohlen habt?«

Tander keuchte. »Gestohlen?«, krächzte er mit übertriebener Empörung. »Ich? Aber Herr, wie kommt Ihr auf eine solche Idee?«

Lancelot wollte antworten, doch in diesem Moment hörte er, wie die Tür hinter seinem Rücken aufging und eine wohl vertraute Stimme sagte: »Das würde mich auch interessieren.«

Tander schrie erschrocken auf und Evan wich einen halben Schritt zurück und wurde noch blasser. Lancelot zuckte ebenfalls überrascht zusammen, als er sich herumdrehte und niemand anderen als Artus erkannte. Der König war nicht allein gekommen. Hinter ihm betraten die Ritter Parzifal und Galahad den Raum und draußen auf der Straße konnte er weitere, schattenhafte Bewegungen wahrnehmen.

»Mylord?«, fragte er erstaunt. »Verzeiht, ich habe nicht bemerkt, dass Ihr mir gefolgt seid.«

»Das solltet Ihr auch nicht, mein Freund«, sagte Artus. Ohne eine weitere Erklärung wandte er sich an Tander. »Also, guter Mann – was hat Sir Lancelot damit gemeint? Sicher kann es sich nur um eine Verwechslung handeln oder einen Irrtum.«

Tander nickte so heftig, dass ihm das Haar in die Stirn fiel. »Bestimmt, Hoheit«, keuchte er. »Ich würde nie–«

»– davon ausgehen, dass der König von Camelot gewiss nicht weiß, welches Kochgeschirr sich in seiner Küche befindet, und es stehlen, um es gegen wertlosen Tand auszutauschen, nicht wahr?«, unterbrach ihn Artus mit einem dünnen Lächeln. Tander wurde noch blasser. Er sagte nichts mehr. Artus blickte ihn noch eine Sekunde lang drohend an und wandte sich dann an Lancelot. »Allerdings ist mir noch nicht ganz klar, was das alles mit diesem Hund zu tun hat.«
Lancelot dachte einen Moment vergeblich über eine Antwort nach, die er sowohl in Tanders als auch Evans Gegenwart und der der anderen Tafelritter geben konnte, ohne zu viel von dem preiszugeben, was Artus und er vorhin unter vier Augen besprochen hatten, und Artus schien seine Gedanken wohl zu erraten, denn er machte ein entsprechendes Zeichen mit der Hand und ging dann ans andere Ende des großen Schankraumes. Lancelot folgte ihm und senkte die Stimme so weit, dass keiner der anderen ihn hören konnte.
»Es hat mit diesem Hund zu tun, Herr«, sagte er. »Eine Geschichte, die ich gehört habe. Es heißt, dieses kleine Tier hier hätte drei ausgewachsene Hunde fast in Stücke gerissen.«
Artus betrachtete Wolf genauer und runzelte dann die Stirn. Auf seinen Lippen erschien ein spöttisches Lächeln. »Seid Ihr sicher, dass er es mit einem neugeborenen Kaninchen aufnehmen könnte?«
»Vermutlich nicht«, sagte Lancelot. Er blieb ernst. »Wie gesagt, ich habe es nicht geglaubt. Aber vorhin, als Ihr mir davon erzählt habt, dass Merlins Zauber erloschen ist ... Er hat doch als Küchenmeister bei Euch gearbeitet, nicht wahr?«
Artus nickte. Sein Blick blieb weiter auf Wolf gerichtet, aber er sah jetzt sehr nachdenklich drein. »Ja, zu unser

aller Leidwesen. Er wollte sich nicht aufs Altenteil schieben lassen und so mussten wir das ertragen, was er für seine Kochkünste gehalten hat. Warum fragt Ihr?«
Nun kam der Teil, der Lancelot das größte Kopfzerbrechen bereitete. Er musste sich ein wenig weiter, als gut war, von der Wahrheit entfernen und konnte nur darauf hoffen, dass im Zweifelsfall sein Wort mehr galt als das Evans. Er machte eine Kopfbewegung auf Tanders neuen Gehilfen, der immer unruhiger von einem Fuß auf den anderen trat und aus angsterfüllten Augen zu ihnen herüberblickte, und fuhr noch leiser fort: »Es sollte vielleicht unter uns bleiben, aber ich weiß, dass dieser Junge da gesehen hat, wie der Hund Wasser aus einem alten Becher trank, der von Tanders Wagen gefallen ist.«
»Ein Becher?«
»Ein großer Becher, aber alt und verbeult. Er gehörte zu der Beute, die Tander in seinem Schuppen versteckt hatte.«
Artus schwieg einige Augenblicke. Dann sagte er leise: »Natürlich. Wie konnte ich es vergessen? Der Gral.«
»Gral?«
Artus machte eine rasche wegwerfende Geste. »Wir haben ihn so genannt, um Merlin zu foppen. Er hat so an dem alten Ding gehangen, als wäre es der Heilige Gral, und er hat darauf bestanden, dass wir den Messwein daraus trinken, bevor wir in eine Schlacht zogen.« Er sah Lancelot nun direkt in die Augen. »Und Ihr seid sicher, dass es *dieser* Becher war?«
Sicher? Lancelot war so sicher, wie er nur sein konnte. *Er selbst* hatte das Wasser in den Becher geschüttet, aus dem Wolf getrunken hatte. Und erst jetzt, als er die Szene vor seinem inneren Auge noch einmal Revue passieren ließ, erinnerte er sich, das zerbeulte Trinkgefäß

zuvor schon einmal gesehen zu haben: Vor der Schlacht gegen die Pikten hatten Artus und seine Ritter das Abendmahl empfangen und den Messwein daraus getrunken. »So sicher, wie man sein kann, wenn man nur die Aussage eines Jungen und eines Diebes hat«, antwortete er vorsichtig.

Artus' Gesicht verdüsterte sich. »Ich werde sie beide –«

»Es wäre ein Fehler, den Jungen zu bestrafen«, sagte Lancelot rasch. »Ohne ihn wären wir nie auf die Spur des Grals gekommen. Wir sollten ihm dankbar sein.«

»Vermutlich habt Ihr Recht«, sagte Artus, wenn auch mit spürbarem Widerwillen. »Und was diesen diebischen Schankwirt angeht ...« Er ließ den Satz drohend unvollendet, straffte sich und ging wieder zu Tander zurück. Eine Weile blieb er vor dem Schankwirt stehen und sah ihn an, und obwohl er nichts sagte und sein Gesicht vollkommen unbewegt blieb, schien Tander unter seinem Blick regelrecht zusammenzuschrumpfen. Er wand sich wie eine Schlange, und wäre das überhaupt noch möglich gewesen, wäre er noch blasser geworden.

»Ich habe also einen Dieb in mein Haus eingeladen«, sagte Artus schließlich.

»Aber Herr, ich versichere Euch, dass ich nichts angerührt habe!«, beteuerte Tander. »Ich würde niem–«

»Was hast du mit den Dingen gemacht, die du aus unseren Kellern gestohlen hast?«, unterbrach ihn Artus. »Ich rate dir, sag die Wahrheit. Dein Leben kann von deinen nächsten Worten abhängen.«

Tander begann nun tatsächlich zu wimmern. Er sank vor Artus auf die Knie und hob bittend die Hände. »Herr, ich flehe Euch an, es waren nur ein paar alte Töpfe und Pfannen, die ich aussortiert habe, weil sie mir zu schäbig erschienen, um Euer Essen darin zuzubereiten.«

»Was hast du damit gemacht, habe ich gefragt!«, sagte Artus scharf.
»Ich ... ich habe sie an einen Trödler verkauft«, stammelte Tander. »Das Geld, das ich dafür bekommen habe, habe ich ordnungsgemäß abgerechnet, das schwöre ich! Ihr könnt die Bücher einsehen, es ist jeder Heller verzeichnet.«
»Das bezweifle ich nicht«, sagte Artus. »Ein so talentierter Dieb ist sicher auch ein guter Fälscher. An einen Trödler, sagst du? Wie ist sein Name? Wo lebt er?«
»Das weiß ich nicht, Herr«, behauptete Tander. »Er kam mit seinem Wagen in die Stadt und hat Altmetall aufgekauft und ... da erschien es mir als ein glücklicher Zufall und ich habe ihm die ganze Wagenladung für ein paar Heller überlassen.«
Artus sah ihn an, als glaube er ihm diese Geschichte. Dann trat er seufzend einen Schritt zur Seite und winkte Galahad und Parzifal herbei. »Sir Galahad, haltet ihn fest«, sagte er. »Und Ihr, Parzifal, schneidet ihm den kleinen Finger der rechten Hand ab. Aber holt zuvor Verbandszeug, damit er uns nicht verblutet.«
Tander kreischte und versuchte in die Höhe zu springen, aber Galahad packte ihn ohne Mühe, warf ihn auf den Tisch und blockierte seinen rechten Arm mit dem Knie, dann packte er seine Hand und zwang die Finger auseinander. Sir Parzifal trat mit schnellen Schritten an den Tisch und zog seinen Dolch.
»Nein!«, schrie Tander. »Ich flehe Euch an, Herr, tut es nicht!«
Parzifal beugte sich über den Tisch. Das Messer in seiner Hand blitzte und Artus hob im allerletzten Moment die Hand und hielt ihn zurück.
»Ich will dir noch eine letzte Chance geben, deine Worte zu überdenken«, sagte er. »Aber bevor du ant-

wortest, bedenke: Du hast fünf Finger an jeder Hand und zwei Hände. Und fünf Zehen an jedem Fuß und zwei Füße. Also?«

»Ich kenne ihn«, wimmerte Tander. »Sein Name ist Marcus. Er zieht mit seinem Karren von Stadt zu Stadt und kauft alte Töpfe, Pfannen und zerbrochene Waffen.«

»Marcus?«

»Marcus, der Einäugige«, sagte Galahad. Er schürzte grimmig die Lippen. »Ich würde ihn allerdings eher als Marcus, den Hehler, bezeichnen. Er kauft alles, was man ihm anbietet, wenn der Preis nur gut ist. Von Rechts wegen hätte er schon hundertmal am Galgen hängen müssen, aber irgendwie gelingt es ihm immer wieder, sich herauszuwinden.«

»Und wo finden wir diesen Marcus den Einäugigen?«, wandte sich Artus an Tander.

»Das weiß ich nicht«, wimmerte Tander. »Das ist die Wahrheit, Herr, das müsst Ihr mir glauben. Er wohnt nirgends. Er wollte von hier aus nach Stanton, das ist alles, was ich Euch sagen kann.«

Artus sah zitternde Bündel Elend auf dem Tisch noch einen Moment lang ausdruckslos an, aber dann nickte er und gab Galahad ein Zeichen, ihn loszulassen. Offensichtlich glaubte er ihm und auch Lancelot war sicher, dass Tander die Wahrheit gesagt hatte. Nicht viele Männer hatten die Kraft, zu lügen, wenn sie Todesangst verspürten oder ihnen die Folter angedroht wurde, und Tander gehörte ganz bestimmt nicht dazu.

»Also gut«, sagte Artus. »Dann werden wir diesen Marcus den Einäugigen befragen, ob deine Geschichte wahr oder gelogen ist. Doch bis es so weit ist, darfst du als Gast in meiner Burg leben.« Er gab Galahad ein Zeichen. »Werft den Kerl in den Kerker!«

Noch in derselben Nacht hatte Artus einen Trupp Reiter losgeschickt, um nach dem Trödler und Hehler zu suchen, und er hatte ihnen bei ihrem Leben eingeschärft, ihn unversehrt zurückzubringen – samt seiner Ware. Lancelot hätte zwar nichts anderes getan, war aber nicht besonders zuversichtlich. Es war zu lange her. Wenn das, was Galahad über Marcus den Einäugigen gesagt hatte, stimmte, dann war er ganz gewiss keiner, der lange an einem Ort blieb, und vermutlich vermochte er auch seine Spuren gut zu verwischen. Stanton war ein kleiner Ort einen Tagesritt nördlich von hier. Selbst mit einem mit Diebesgut hoch beladenen Wagen konnte man ihn in zwei Tagen bequem erreichen und in den gut vier Wochen, die seither verstrichen waren, konnte der Hehler sonst wo sein – und vermutlich hatte er seine Ware unterwegs an einem Dutzend verschiedener Orte an zehn Dutzend verschiedene Kunden verkauft. Aber irgendwie mussten sie ja anfangen zu suchen.

Lancelot schlief in dieser Nacht nur ein paar Stunden, und als er am Morgen erwachte, wünschte er sich fast, gar nicht zu Bett gegangen zu sein. Er hatte einen grässlichen Albtraum gehabt, an den er sich nicht mehr in allen Einzelheiten erinnerte, der aber so schlimm gewesen war, dass er schweißgebadet und mit heftig klopfendem Herzen aufwachte und sicher war, im Schlaf geschrien zu haben. In seinem Mund war der Geschmack von Blut. Wahrscheinlich hatte er sich im Schlaf auf die Zunge gebissen. Außerdem hatte er hämmernde Kopfschmerzen.

Wolf saß auf seiner Brust und gab sich alle Mühe, ihm die Haut vom Gesicht zu lecken.

Lancelot richtete sich benommen auf, setzte den kleinen Hund behutsam auf den Boden und stand ganz auf.

Es klirrte, als er sich bewegte, und sein Rücken und seine Glieder taten derartig weh, als hätte er versucht auf einem Nagelbrett zu schlafen. Dieser Vergleich war vielleicht nicht ganz falsch. Er hatte in seiner Rüstung geschlafen, aus Angst, dass jemand hereinkommen und ihn in seiner wirklichen Gestalt erblicken würde. Ein Zustand, den er auf Dauer sicherlich nicht halten konnte. Ganz davon abgesehen, wie unbequem es war, in einem Nachtgewand aus Eisen zu schlafen, hatte er sich ohnehin schon gewundert, dass noch niemand in Camelot angefangen hatte darüber zu munkeln, dass man ihn nie ohne die Rüstung sah.
Lancelot warf einen müden Blick zur Tür, verschob die Antwort auf diese Frage auf später und schlurfte zu dem kleinen Tischchen neben dem Fenster, auf dem ein Eimer mit Wasser stand. Als er die Hände hineintauchen wollte, stellte er fest, dass er leer war. Gut, dann würde er sich eben heute Morgen nicht waschen. Aber das ist typisch für Evan, dachte er. Als Dulac noch hier gearbeitet hatte, hatten die Gäste stets frisches Wasser in ihren Zimmern gefunden.
Der Gedanke weckte die Erinnerung an die vergangene Nacht wieder in ihm. Artus hatte seinem Wunsch entsprochen und ihm zumindest sein Wort gegeben, dass dem Jungen nichts passieren würde, aber die Ritter hatten ihn trotzdem mitgenommen und gleich neben Tander in eine zweite, leere Kerkerzelle gesperrt. Lancelot war Evan rein gar nichts schuldig, ganz im Gegenteil, aber er fand dennoch, dass er ein solches Schicksal nicht verdient hatte. Außerdem musste er verhindern, dass Evan sich möglicherweise ein wenig zu vertraut mit Artus unterhielt. Artus mochte Dulac tatsächlich für tot halten, aber er war kein Dummkopf.
Er ging zur Tür, schob den Riegel zurück und zögerte

einen Moment, ehe er auf den Flur hinaustrat. Er bewohnte noch immer dasselbe Zimmer wie zuvor, das nur ein paar Schritte von dem Gwinneths und ihrer Zofen entfernt war, und er hatte mehr denn je Angst, ihr zu begegnen. Das Gespräch mit Artus in der vergangenen Nacht hatte ihm endgültig klar gemacht, dass es keine gemeinsame Zukunft für sie gab. Hätte er es nur gekonnt, dann hätte er Camelot auf der Stelle verlassen, um niemals wiederzukommen. Vielleicht, überlegte er, würde er das sogar tun. Er würde Artus helfen den Gral wieder zu finden und dann unter einem Vorwand weggehen, um sein Glück in einem anderen, möglichst weit entfernten Teil der Welt zu suchen.
Das leise Schwindelgefühl hinter seiner Stirn verschwand, nachdem er die ersten Schritte getan hatte, aber das dumpfe Hämmern blieb in seinem Kopf, und als er sich der Treppe näherte, wurde ihm klar, dass es gar nicht von dort kam. Vielmehr war es tatsächlich das Geräusch schneller, gleichmäßiger Hammerschläge, das vom Hof hereindrang und dort unten laut genug sein musste, um die gesamte Festung zu wecken. Artus ließ irgendetwas bauen. Vielleicht den Galgen für Tander.
Ohne auf einen anderen Menschen zu treffen, lief Lancelot die gewendelte Treppe hinab und trat auf den Hof hinaus. Es war noch früh. Die Sonne war bereits aufgegangen, hatte aber noch keine Kraft und er fror in dem kalten Eisen, in dem er aufgewacht war. Das harte Licht schmerzte in seinen Augen, als er unter der Tür stehen blieb und sich auf dem Hof umsah. Der Anblick war anders, als er erwartet hatte. Überall waren Männer und vor der Treppe zum Haupthaus stand ein Ochsenkarren, der mit Brettern und anderem Baumaterial beladen war. Mindestens ein Dutzend Handwerker war damit beschäftigt, es in einer langen Kette ins Haus zu

tragen. Lancelot verschwendete nur einen flüchtigen Gedanken an die Frage, was die Männer wohl bauen mochten, dann erblickte er Artus, Galahad und noch drei oder vier weitere Tafelritter, die unweit des Tores standen und heftig miteinander debattierten.
Zumindest in einem Punkt, dachte er missgelaunt, ist das Leben hier in Camelot konstant: Man konnte sich darauf verlassen, dass jeder Morgen mit einer schlechten Nachricht begann.
Neben ihm kläffte es. Lancelot bemerkte erst jetzt, dass Wolf ihm gefolgt war und aufgeregt zwischen seinen Füßen herumwuselte. Er konnte im letzten Moment den Impuls unterdrücken, sich hinunterzubeugen und den Hund zu streicheln. So gut es tat, das Tier wieder bei sich zu wissen, stellte Wolf doch ein Problem dar. Er konnte ihn unmöglich behalten. Ein Tafelritter mit einem Schoßhündchen war ein ziemlich alberner Anblick. Die Leute würden darüber lachen.
Während er zu Artus und den anderen hinüberging, fielen ihm noch mehr Veränderungen auf. Auch bei den Ställen war hektische Betriebsamkeit ausgebrochen. Eine große Anzahl Diener und Knechte war dabei, mindestens ein Dutzend Pferde aufzuzäumen, andere schleppten Schabracken und Schilde herbei.
Artus und Galahad unterbrachen ihr Gespräch, als er herankam, und Artus drehte sich mit einem müden Lächeln zu ihm herum. Er hatte dunkle Ringe unter den Augen und war blass. Lancelot war sicher, dass der König in dieser Nacht noch viel weniger Schlaf gefunden hatte als er.
»Sir Lancelot, Ihr seid auf«, begrüßte ihn Artus. »Das ist gut. Ich hätte Euch noch eine Stunde Schlaf gegönnt, denn Ihr habt ihn sicher ebenso nötig wie jeder von uns, aber ich habe schlechte Nachrichten.«

»Was ist geschehen?«
»Unser Bote ist zurück«, sagte Artus. »Ich habe vor vier Tagen einen Mann zu den Pikten geschickt, um ihnen mein Angebot zu überbringen, Mordred auszuliefern – im Austausch gegen einen Waffenstillstand, währenddessen wir verhandeln können.«
Lancelot hatte das ungute Gefühl, die Antwort auf dieses Angebot bereits zu kennen, und er wurde nicht enttäuscht.
»Sie haben ihn, auf sein Pferd gebunden, zurückgeschickt«, berichtete Artus.
»Und was hat er gesagt?«, fragte Lancelot.
Anstelle des Königs antwortete Galahad: »Nichts. Das konnte er nicht. Sie haben vergessen ihm seinen Kopf mitzugeben.«
»Und es kommt noch schlimmer«, fügte Artus düster hinzu. »Die Späher berichten von einem weiteren piktischen Heer, das auf Camelot zumarschiert.«
»Ein Heer? Wie groß?«
Artus schüttelte den Kopf. »Es sind nicht sehr viele. Vielleicht zwei-, dreihundert. Nichts, womit wir nicht fertig würden.« *Selbst ohne Merlins Zaubertrank und den Gral,* fügte sein Blick hinzu. »Aber es ist eindeutig, dass sie nicht an einem Frieden interessiert sind.«
»Dann sollten wir ihnen klar machen, wie teuer sie ein Krieg mit Camelot zu stehen kommt«, sagte Lancelot.
»Nichts anderes habe ich vor«, erwiderte Artus entschlossen. »Wir brechen noch heute auf. Galahad und Mandrake brennen darauf, dem Heerführer der Pikten zu zeigen, wie viele *seiner* Männer sie, auf die Rücken ihrer Pferde gebunden, zurückschicken können.
»Ich werde sie begleiten«, sagte Lancelot, aber Artus schüttelte den Kopf.
»Ich weiß, wie sehr Ihr auf einen Kampf mit den

Barbaren brennt, mein Freund«, sagte er. »Aber für Euch habe ich eine wichtigere Aufgabe.«
»Und was wäre das?«, fragte Lancelot misstrauisch.
Artus deutete auf Parzifal, dann auf ihn. »Ich möchte, dass ihr losreitet und diesen Hehler sucht. Sir Braiden wird euch begleiten. Er kennt sich gut im Osten aus, wo wir diesen Marcus vermuten.«
Er sollte einen *Dieb* jagen? Auch wenn Lancelot – mit Ausnahme Artus' als Einzigem hier – wusste, dass es um mehr ging als um gestohlenes Küchengerät und einen kleinen Hehler, so empörte ihn dieses Ansinnen im ersten Moment. Dann aber begegnete er Artus' Blick und schluckte die Worte hinunter, die ihm auf den Lippen lagen. Artus schickte ihn nicht auf diese Mission, um ihn zu demütigen, sondern weil er der Einzige hier war, dem er wirklich vertraute. Der Einzige, der sein Geheimnis kannte.
»Wie Ihr befehlt, Mylord«, sagte er. »Ich werde mein Pferd satteln und sofort aufbrechen.«
Als er sich auf der Stelle umwenden und seine Ankündigung in die Tat umsetzen wollte, hob Artus rasch die Hand. »Nicht so schnell, Sir Lancelot«, sagte er mit einem warmen Lächeln. »Es müssen noch ein paar Vorbereitungen getroffen werden. Der Weg nach Stanton ist vielleicht nicht weit, aber es mag sein, dass Ihr länger unterwegs seid. Ich habe bereits Anweisung gegeben, Euch ausreichend Wegzehrung zusammenzustellen. Ist da sonst noch etwas, das Ihr mitzunehmen wünscht?«
»In der Tat«, antwortete Lancelot in einem Ton, der nicht nur Galahad aufmerksam in seine Richtung blicken ließ. Ihm war völlig klar, dass er sich jetzt auf dünnes Eis begab, aber Artus bot ihm die Lösung seines momentan größten Problems ja geradezu auf dem

Silbertablett an. »Ich würde gern den Jungen mitnehmen.«
»Den Jungen?« Artus runzelte die Stirn.
»Evan war sein Name, glaube ich«, sagte Lancelot.
»Das ist richtig«, antwortete Artus. »Aber was wollt Ihr mit ihm? Er würde Euch nur belasten.«
»Und bei der ersten Gelegenheit davonlaufen«, fügte Galahad hinzu.
»Das mag sein«, gab Lancelot zu. »Aber er ist der Einzige, der Marcus den Einäugigen kennt.«
»Einen einäugigen Hehler zu erkennen dürfte ja nicht besonders schwer sein«, sagte Galahad spöttisch, aber Artus gebot ihm mit einer Geste zu schweigen und nickte dann.
»Und vermutlich auch seine Gehilfen«, pflichtete er Lancelot bei. »Galahad hat zwar Recht – ich denke, der Junge wird bei der ersten Gelegenheit weglaufen, schon weil er fast verrückt ist vor Angst. Aber wenn Ihr Euch diese Arbeit aufhalsen wollt ...« Er hob die Schultern. »Mir soll es recht sein.«
»Dann sollten wir ihn gleich holen«, sagte Lancelot – bevor Artus es sich etwa noch anders überlegen konnte. Parzifals Gesicht war keinerlei Regung anzusehen, aber dass Sir Galahad nicht mit dieser Entscheidung einverstanden war, war mehr als deutlich und Lancelot wollte Camelot verlassen, bevor es dem Ritter gelang, Artus vielleicht doch noch umzustimmen.
»Warum nicht?«, meinte Artus mit einem neuerlichen Schulterzucken. »Ich wollte im Laufe des Tages ohnehin noch einmal mit Mordred reden. Wir können es genauso gut jetzt erledigen, wenn wir einmal in den Kerker hinuntergehen.«
Auf dem Weg zurück zum Turm wäre Lancelot um ein Haar über Wolf gestolpert, der ihm zwar nicht auf den

Hof hinausgefolgt, sondern unter der Tür stehen geblieben war und das Treiben aufmerksam und mit aufgestellten Ohren beobachtete, ihm aber mit einem freudigen Kläffen entgegensprang, als er seinen Herrn zurückkommen sah. Parzifal lächelte flüchtig und auf eine gutmütig wirkende Art schadenfroh, als Lancelot einen komischen Hüpfer in dem Bemühen machte, nicht das Gleichgewicht zu verlieren und zugleich nicht auf den kleinen Hund zu treten, was dessen sicheres Ende bedeutet hätte, und Sir Galahad fragte hämisch: »Habt Ihr Euch ein neues Haustier zugelegt, Sir Lancelot?«
Lancelot antwortete nicht gleich, sondern konzentrierte sich erst einmal darauf, seine Balance wieder zu finden, ehe er mit todernstem Gesicht sagte: »Die Welt ist voller Feinde und Gefahren, Galahad. Da braucht man einen guten Hund, auf den man sich verlassen kann.«
Galahad lachte, aber es klang nicht echt, und auch Artus sah nicht wirklich amüsiert drein, machte dann jedoch einen Vorschlag, der Lancelot ehrlich überraschte. »Vielleicht sollten wir Lady Gwinneth fragen, ob sie sich des kleinen Kerls annimmt. Ich habe sie heute Morgen beobachtet, wie sie mit ihm gespielt hat. Sie scheint ihn zu mögen und er sie auch.«
»In gewissem Sinne sind sie ja auch beide vom gleichen Schicksal betroffen, nicht wahr?«, fragte Lancelot. »Ich meine, sie sind beide Waisenkinder.«
Die Worte taten ihm schon Leid, noch bevor er sie ganz ausgesprochen hatte, denn Galahad und auch Parzifal lächelten zwar flüchtig, aber Artus sah ihn für einen Moment fast wütend an, ehe auch er sich zu etwas wie einem Lachen zwang. Es wirkte noch weniger echt als das Galahads zuvor.
Nur um das Thema zu wechseln und nicht noch Öl in die Flammen von Artus' Misstrauen zu gießen, fragte

Lancelot mit einer entsprechenden Geste zum Haus hin: »Ihr lasst etwas bauen, Artus? Darf man erfahren, was?«
Artus schüttelte den Kopf. »Nein. Es wird eine Überraschung. Wenn Ihr zurück seid, ist sie sicher fertig.«
Sie betraten den Turm und wandten sich der Treppe hinunter in die Keller und damit den Verliesen Camelots zu. Der Eingang war mit einer schweren Eichentür gesichert, vor der seit langer Zeit zum ersten Mal wieder ein Posten stand. Die schmale, in steilem Winkel nach unten führende Treppe war vom flackernden roten Schein einer Fackel erhellt, die an ihrem unteren Ende brannte und nicht nur Licht und trockene Wärme verbreitete, sondern auch einen beißenden Rauch, der in dem wie ein Kamin wirkenden Treppenschacht so sehr durcheinander gewirbelt wurde, dass es ihnen unmöglich war, ihm auszuweichen, und sie zu husten begannen. Dort unten, zehn Meter unter der Erde, musste die Luft unerträglich schlecht sein. Vermutlich war allein der Umstand, dort unten eingesperrt zu sein, schon mehr Folter, als die meisten Menschen aushielten.
Als sie die Hälfte der Treppe hinter sich gebracht hatten, blieb Artus plötzlich stehen. Auch die anderen hielten an und Parzifal fragte: »Was –?«
Artus hob rasch die Hand und brachte ihn zum Verstummen. »Still!«, flüsterte er.
Niemand stellte irgendeine Frage oder gab auch nur einen Laut von sich, aber den alarmierten Unterton in Artus' Stimme hatten alle verstanden. Galahad und Parzifal zogen ihre Schwerter und auch Lancelot legte die Hand auf den Griff der Klinge und lauschte angestrengt. Doch sosehr er sich auch bemühte, er hörte nichts außer dem prasselnden Geräusch der Fackel.
»Was habt Ihr?«, flüsterte Parzifal, dem offenbar eben-

so wenig Ungewöhnliches aufgefallen war wie Lancelot – und wohl auch Galahad, seinem Gesichtsausdruck nach zu urteilen.
»Spürt Ihr es nicht?«, murmelte Artus. Wieder kehrte für einige Augenblicke Schweigen ein, in denen sie gespannt lauschten – und Lancelot begriff mit jähem Schrecken, dass Artus nicht von einem Geräusch gesprochen hatte.
Und er hatte Recht. Etwas *war* hier. Lancelot konnte nicht sagen, ob Galahad und Parzifal es ebenso wahrnahmen wie er, dessen Sinne durch die Zauberrüstung und vielleicht auch durch seine Herkunft geschärft waren, aber er fühlte plötzlich etwas auf unangenehme Weise Vertrautes und Angstmachendes. Zugleich mit der trockenen Wärme der Fackel kroch eine körperlose Kälte die Treppe herauf und etwas wie Dunkelheit, die man spüren, aber nicht sehen konnte, und in der sich etwas verbarg. Dort unten war nicht nur ein leerer Gang mit einigen Kerkerzellen und einem gelangweilten Wächter, dessen schwierigste Aufgabe darin bestand, seinen Dienst hinter sich zu bringen, ohne dabei einzuschlafen. Lancelot spürte die Gegenwart von etwas, was er schon mehr als einmal gefühlt hatte. So leise, wie es ihm möglich war, zog er das Schwert.
Artus warf ihm einen raschen Blick zu und schüttelte fast erschrocken den Kopf. Auch er hatte die Hand auf den Griff Excaliburs gelegt, der aus seinem Gürtel ragte, zog sie nun aber wieder zurück, und auch wenn Lancelot beim besten Willen nicht verstand, warum, gehorchte er doch und schob den dunklen Bruder des königlichen Schwertes wieder in seine Hülle. Dann tat Artus etwas noch Sonderbareres: Er trat einen halben Schritt zur Seite, bedeutete Lancelot mit einer verstohlenen Geste dasselbe und den beiden anderen Rittern

mit einer sehr viel deutlicheren Bewegung, vorauszugehen. Und das war ganz und gar untypisch für Artus. Solange Lancelot ihn kannte, war Artus niemals einer Gefahr ausgewichen und er hätte erst recht keinen seiner Ritter vorgeschickt, um unbekanntes Gelände zu erkunden. Er war er geradezu dafür berüchtigt, immer in vorderster Linie loszustürmen und manchmal Risiken einzugehen, die ein König vermeiden sollte.
Wenn den beiden anderen Tafelrittern dies auffiel, so ließen sie es sich jedenfalls nicht anmerken. Nebeneinander und drei Stufen vor den anderen schlichen sie die Treppe weiter hinab. Während sie ihnen folgten, versuchte Lancelot einen Blick mit Artus zu tauschen, aber der König wich ihm aus. Seine Hand lag immer noch auf dem Schwert, aber Lancelot hatte eher das Gefühl, dass er etwas brauchte, um sich daran festzuhalten, nicht eine Waffe, die er zum Kampf ziehen wollte. Was ging hier vor?
Galahad erreichte den Fuß der Treppe und damit die Gangbiegung als Erster, hielt für einen Moment inne und tauschte einen verständigenden Blick mit Parzifal, ehe er mit einem Satz lossprang – und sofort wieder stehen blieb. Parzifal folgte ihm und nur einen Moment später auch Lancelot und Artus. Der Gang vor ihnen war von einer weiteren, heftig flackernden Fackel erhellt, vielleicht zwanzig Schritte lang, bevor er erneut nach rechts abknickte, und er war nicht leer. Etwa in seiner Mitte, mit weit nach vorne gestreckten Armen, als hätte ihn der Tod mitten in der Bewegung ereilt, während er versucht hatte, die Treppe zu erreichen und Alarm zu schlagen, lag ein toter Wächter. Füße und Unterschenkel eines zweiten Mannes waren hinter der nächsten Gangbiegung zu sehen und die fast unheimliche Stille, die hier unten herrschte, machte ihnen klar,

dass auch die anderen Posten nicht mehr am Leben waren.
»Sir Parzifal, geht hinauf und schlagt Alarm«, flüsterte Artus. »Rasch! Aber die Männer sollen leise sein, wenn sie herunterkommen.«
Anders als gewohnt reagierte Parzifal nicht sofort auf den Befehl seines Königs, sondern sah ihn auf eine Art an, als wolle er widersprechen. Ganz offensichtlich behagte es ihm nicht, Artus nur mit Galahad und Lancelot in seiner Begleitung hier unten zurückzulassen. Aber dann machte Artus eine knappe, befehlende Kopfbewegung und Parzifal lief schnell, aber lautlos die Treppe wieder hinauf.
Noch immer von Galahad angeführt, gingen sie weiter. Lancelot wollte zu ihm aufschließen, doch erneut gab Artus ihm ein verstohlenes Zeichen, den Abstand zu dem Tafelritter beizubehalten, und Lancelots Verwirrung steigerte sich noch mehr. Hätte er es nicht besser gewusst, dann hätte er in diesem Moment gewettet, dass Artus Angst vor dem hatte, was sie hinter der nächsten Gangbiegung erwartete.
Und vielleicht hatte er Grund dazu. Lancelot fühlte jetzt immer deutlicher, dass dort vorne etwas war. Ein Gefühl, das er aus Malagon kannte, aber das er auch zuvor schon verspürt hatte, und niemals in anderem als gefährlichem Zusammenhang. Das letzte Mal, dass er es in einer derartigen Intensität verspürt hatte, war während der so brutal unterbrochenen Trauung gewesen.
»Vielleicht sollten wir warten, bis die anderen hier sind«, flüsterte er. Die Worte galten nicht Artus, sondern einzig und allein Galahad und er sah aus den Augenwinkeln, wie Artus ihm einen überraschten, aber auch dankbaren Blick zuwarf, dass er es übernahm, ei-

nen Vorschlag zu machen, den Artus als König niemals machen konnte. Aber auf den Vorschlag des *Königs* hätte Sir Galahad vielleicht gehört; auf den eines anderen Ritters nicht. Er blieb keineswegs stehen, sondern beschleunigte seine Schritte sogar noch, und bevor Lancelot erneut versuchen konnte ihn zurückzuhalten, trat er um die Gangbiegung und stieß einen wütenden Schrei aus.

»Verrat!«, brüllte er, riss sein Schwert in die Höhe und stürmte los und nun konnten sie nicht anders, als ihm zu folgen.

Obwohl sie die Abzweigung kaum einen Atemzug nach ihm erreichten, kamen sie doch beinahe zu spät. Vor ihnen lagen zwei weitere erschlagene Wächter in ihrem Blut und Sir Galahad kreuzte bereits seine Klinge mit einem ihrer Mörder – einem Mann, dessen bloßer Anblick Lancelot einen eisigen Schauer über den Rücken laufen ließ. Er war ein sehr hoch gewachsener, schlanker Krieger, der ganz in eine Rüstung aus schwarzem Leder und gleichfarbigem Eisen gehüllt war und ein gewaltiges, ebenfalls schwarzes Schwert führte. Auch sein Gesicht verbarg sich hinter schwarzem Metall, aber Lancelot wusste, dass es schmal, von fast weißer Farbe war und dass der Krieger spitze Fuchsohren hatte. Es war ein Elbenkrieger; einer der Dunkelelben, die er in Malagon gesehen hatte! Ein zweiter Dunkelelb stürmte in diesem Moment aus dem hinteren Teil des Ganges heran und riss im Laufen sein Schwert aus dem Gürtel, um seinem Kameraden beizustehen, obwohl auf den ersten Blick zu erkennen war, wie wenig dieser Hilfe benötigte. Sir Galahad war nach Mandrake und Artus selbst vielleicht der beste Schwertkämpfer, den es auf Camelot gab, und doch war er dem Elbenkrieger hoffnungslos unterlegen. Sein erster Hieb hatte den Mann zurückgetrieben, aber nur weil er ihn offensichtlich vollkommen überrascht hatte, jetzt wendete sich das Blatt blitzschnell. Galahad versuchte einen zweiten Treffer anzubringen, aber der Elb wehrte seinen Angriff geradezu spielerisch ab, versetzte ihm einen Stoß mit der freien Hand vor die Brust, der ihn zurücktaumeln ließ, und dann war alles, was Sir Galahad noch übrig blieb, das verzweifelte Bemühen, seinerseits nicht getroffen zu werden. Im nächsten Augenblick würde der zweite Elbenkrieger heran sein und dann war es um Galahad geschehen.

Lancelot riss sein Schwert heraus und warf sich dem zweiten Elbenkrieger entgegen, ohne auch nur einen Gedanken daran zu verschwenden, dass ihm die Zauberklinge gegen diesen Gegner möglicherweise ebenso wenig helfen würde wie die magische Rüstung. Hinter ihm schrie Artus ein gellendes *»Nein!«*, aber Lancelot achtete nicht darauf, sondern drang mit hoch erhobener Klinge auf den Mann im schwarzen Eisen ein.

Und etwas schier Unglaubliches geschah: Statt seinen Schlag zu erwidern oder ihn seinerseits anzugreifen, warf sich der Elbenkrieger mit einer entsetzten Bewegung zurück, verlor fast das Gleichgewicht und stürzte ungeschickt gegen die Wand. Lancelot war so überrascht, dass auch sein Hieb fehlging, aber er nutzte den Schwung seiner eigenen Bewegung, um herumzuwirbeln und einen zweiten, diesmal besser gezielten Hieb nach seinem Gegner zu führen.

Der schwarz gepanzerte Riese machte nicht einmal den Versuch, dem Schlag auszuweichen oder ihn abzuwehren. Lancelots Klinge prallte mit furchtbarer Wucht gegen seinen Brustharnisch – und federte zurück!

Die ganze Kraft des Schlages, die die Rüstung seines Gegners hätte durchdringen sollen, wurde auf seine

Handgelenke zurückgeworfen und explodierte dort mit grausamem Schmerz. Lancelot schrie gequält auf, stolperte zwei, drei Schritte rücklings und prallte an die gegenüberliegende Wand. Nur mit äußerster Mühe gelang es ihm, das Schwert festzuhalten, und er begriff den vermutlich tödlichen Fehler, den er begangen hatte. Diese Männer trugen Rüstungen, die aus derselben Schmiede stammen mussten wie seine eigene, und plötzlich galt nicht mehr Zauberkraft gegen die Kräfte eines Menschen, sondern Magie gegen verwundbares Fleisch. Dieser Mann war ebenso gut gepanzert wie er und besaß zweifellos eine Klinge, die der seinen ebenbürtig war, und das bedeutete, dass er nicht die Spur einer Chance gegen ihn hatte.

Und dennoch tötete ihn der Elbenkrieger nicht.

Er war unter seinem Schlag ein Stück zur Seite getaumelt, hatte sein Gleichgewicht aber bereits wieder gefunden und starrte Lancelot durch die schmalen Sehschlitze seiner schwarzen Gesichtsmaske mit einer Mischung aus Fassungslosigkeit und Entsetzen an, wie er sie selten in den Augen eines Menschen gesehen hatte. Er hob das Schwert, machte einen zögernden halben Schritt in seine Richtung, dann senkte er die Waffe wieder und Lancelot setzte alles auf eine Karte. Obwohl seine Handgelenke immer noch so schmerzten, als wären sie mit glühendem Draht umwickelt, stieß er sich von der Wand ab und führte einen beidhändigen, mit ganzer Kraft geführten Hieb.

Der Elbenkrieger fegte seine Klinge mit einer fast spielerisch anmutenden Bewegung zur Seite, packte Lancelot bei den Schultern und warf ihn mit solcher Gewalt gegen die Wand, dass ihm übel wurde. Seine Knie gaben nach. Er rutschte an dem Stein hinab, ließ das Schwert endgültig fallen und versuchte vergeblich sich wieder zu erheben. Er konnte nur noch verschwommen sehen und alles drehte sich um ihn. Und noch immer verzichtete der Elbenkrieger darauf, seinen nunmehr so deutlichen Vorteil auszunutzen und seinen Gegner niederzustrecken. Er stand einfach da und starrte Lancelot an, und als dieser sich endlich wieder weit genug in der Gewalt hatte, um stöhnend nach dem Schwert zu greifen, das er fallen gelassen hatte ...

Da fuhr er auf dem Absatz herum und rannte davon!

Lancelot blickte ihm nach und glaubte einfach nicht, was er sah. Er begriff auch nicht, warum er noch am Leben war. Er hatte die unglaubliche Kraft dieses so schlank wirkenden Mannes gespürt. Der Elbenkrieger hätte kein Schwert gebraucht, um ihn zu töten. Stattdessen lief er davon, als wäre er dem Leibhaftigen selbst begegnet!

Lancelot stemmte sich mühsam auf die Knie hoch, drehte sich mit noch mehr Mühe zu Artus herum und wurde mit einem Anblick belohnt, der beinahe noch unglaublicher war.

Genau wie er hatte auch Galahad den Kampf verloren. Sein Schwert war unter einem wuchtigen Hieb der schwarzen Klinge zerborsten und lag, in zwei Stücke gebrochen, auf dem Boden und Galahad blutete aus einer tiefen Wunde in der Schulter, wo das Schwert seine Rüstung so mühelos durchschnitten hatte, als bestünde sie aus Pergament. Genau in dem Moment, in dem Lancelot sich herumdrehte, holte der Elbenkrieger zum tödlichen Hieb aus.

Excalibur sprang so schnell aus der weißen Lederscheide an Artus' Gürtel, dass es sich in einen blitzenden Lichtstrahl zu verwandeln schien. Mit einem hellen silbernen Geräusch krachte es gegen das schwarze Schwert des Angreifers, schmetterte es zur Seite und

kam in einer ebenso schnellen, mit dem bloßen Auge fast nicht wahrnehmbaren Bewegung wieder hoch. Und erstarrte.
Lancelot konnte nicht glauben, was er sah. Die Waffen der beiden so unterschiedlichen Gegner mochten ebenbürtig sein, die Männer waren es nicht. Auch ohne Excaliburs Zauberkraft war Artus vielleicht der beste Schwertkämpfer, den diese Welt je gesehen hatte, und er hätte den Dunkelelben vermutlich so schnell erschlagen können, dass dieser nicht einmal begriff, was ihn tötete. Aber er tat es nicht. Excaliburs Spitze fand mit tödlicher Präzision den schmalen Spalt zwischen Helm und Brustpanzer des Elben, aber der entscheidende Stoß, auf den Lancelot wartete, kam nicht. Artus starrte das Gesicht hinter der schwarzen Metallmaske nur an und es war Lancelot unmöglich, den Ausdruck zu beschreiben, der dabei in seinen Augen stand. Für die Dauer eines endlosen Herzschlages standen sich die beiden Männer reglos gegenüber – und dann zog Artus das Schwert zurück und senkte es. Der Elbenkrieger verharrte noch einen weiteren Augenblick, dann rannte er ebenso schnell davon wie sein Kamerad gerade.
»Was ... ?«, murmelte Lancelot verstört.
Artus unterbrach ihn mit einem hastigen Kopfschütteln, schob das Schwert in den Gürtel zurück und kniete neben Galahad nieder. »Jetzt nicht«, sagte er. »Kommt her. Helft mir.«
Lancelot arbeitete sich mühsam auf die Beine, hob sein Schwert auf und ließ es in die Scheide zurückgleiten, während er die wenigen Schritte zu Galahad und Artus hinüberwankte. Er fiel mehr auf die Knie, als er sich neben dem verletzten Tafelritter niedersinken ließ.
Galahad lebte noch, aber er war schwer verwundet. Das schwarze Schwert des Dunkelelben hatte seinen Panzer

anscheinend durchschlagen und eine klaffende, bis auf den Knochen reichende Wunde in seiner Schulter hinterlassen. Der Ritter blutete so heftig, dass Lancelot fast sicher war, dass er die nächsten Augenblicke nicht überleben würde.

»Verdammt, steht nicht rum und starrt mich an, helft mir!«, fuhr ihn Artus an. Er begann mit fliegenden Fingern die Verschlüsse von Galahads Rüstung zu lösen, schleuderte den Brustharnisch des Ritters mit einer zornigen Bewegung zur Seite und zerriss schließlich in einer Kraftanstrengung, wie Lancelot sie noch nie zuvor gesehen hatte, mit bloßen Händen das Kettenhemd, das Galahad darunter trug. Während Lancelot noch immer fassungslos und entsetzt auf den todwunden Tafelritter hinunterblickte, riss Artus einen Streifen aus dem Saum seines Gewandes, ballte ihn in der Faust zusammen und drückte den improvisierten Verband mit aller Kraft auf Galahads Schulter. Der Ritter stöhnte leise, öffnete aber nicht die Augen. Artus griff nach Lancelots Hand, presste sie auf den Stofffetzen, mit dem er die Blutung zu stillen versuchte, und drückte so fest zu, dass der Schmerz Lancelot die Tränen in die Augen schießen ließ. »Jetzt stellt Euch nicht an wie ein Weib, sondern drückt!«, fuhr er ihn an. »Wollt Ihr, dass er verblutet?«

Bevor Lancelot antworten konnte, wurden hinter der Gangbiegung Schritte und aufgeregte Rufe laut und er sah mit unendlicher Erleichterung, wie Parzifal in Begleitung eines ganzen Dutzends weiterer Ritter herangestürmt kam. Als Parzifal begriff, was geschehen war, stieß er einen zornigen Schrei aus und wollte mit hoch erhobenem Schwert an Artus und Lancelot vorbeirennen, aber Artus hielt ihn mit einer raschen Bewegung zurück.

»Bleibt!«, sagte er. »Sie sind fort.«

Parzifal machte zwei weitere Schritte, ehe er zögernd stehen blieb, aus misstrauisch zusammengekniffenen Augen in die Dunkelheit am Ende des Ganges starrte und sich dann widerwillig zu Artus herumdrehte. Er wagte es nicht, ihm zu widersprechen, aber in seinen Augen war deutlich zu lesen, dass er nicht unbedingt so überzeugt davon war, dass es hier niemanden mehr gab, wie Artus gesagt hatte. Lancelot konnte ihm diesen Zweifel nicht verdenken. Er war noch nicht oft hier unten gewesen, aber doch oft genug um zu wissen, dass sich der Gang zwar noch ein gutes Stück dahinzog, es aber keinen zweiten Ausgang gab.
Artus stand mit einem Ruck auf und bedeutete Lancelot mit einer entsprechenden Geste, neben ihn zu treten. »Kümmert Euch um Galahad«, sagte er. »Bringt ihn nach oben, rasch. Aber seid vorsichtig, er hat eine Menge Blut verloren.« An Lancelot gewandt fuhr er fort: »Kommt mit!«
Lancelot betrachtete einen Moment lang schaudernd seine rechte Hand, die rot vom Blut des Tafelritters war. Sein ganzer Körper schmerzte immer noch von dem furchtbaren Stoß, mit dem ihn der Dunkelelb gegen die Wand geworfen hatte, und er verstand weniger denn je, was überhaupt geschehen war. Wieso lebte er noch? Wieso hatte Artus den Angreifer nicht getötet?
Artus machte eine herrische Geste, ihm zu folgen, und gebot den anderen Männern zurückzubleiben. Ganz bestimmt nicht, um es zu benutzen, sondern einzig weil seine Ritter es von ihm erwarteten, zog er das Schwert wieder aus dem Gürtel, während er mit langsamen, aber dennoch entschlossenen Schritten weiter in den Gang hineinging. Lancelot bewegte sich neben ihm her, ließ seine Waffe aber im Gürtel. Er wagte sich nicht einmal vorzustellen, was geschehen konnte, wenn er den Griff

des Zauberschwertes mit einer Hand berührte, von der das Blut seines Kameraden tropfte. Nach einem Dutzend Schritten blieben sie wieder stehen. Vor ihnen lag ein weiterer erschlagener Soldat, der nichts Schlimmeres getan hatte, als im falschen Moment hier unten Wache zu haben. In der Wand links von ihnen befanden sich drei Türen aus massivem Eichenholz, die so niedrig waren, dass sich selbst ein kleingewachsener Mann hätte bücken müssen, um hindurchzutreten. Der schwere Riegel war zerschlagen.

Lancelot wollte die Hand nach der Tür ausstrecken, aber Artus schüttelte rasch den Kopf, trat einen halben Schritt zurück und berührte das Holz mit der Spitze Excaliburs. Ein Schauer winziger blauer Funken lief über das silberne Metall und erlosch, bevor es die goldene Parierstange erreichte, und Lancelot konnte sehen, welche Anstrengung es Artus kostete, die Tür mit dem Schwert aufzuschieben.

Einen Moment später verstand er auch, warum. Es lag nicht am Gewicht der Tür, auch wenn sie aus mehr als zollstarken, steinharten Eisenbohlen bestand. Es waren die Angeln.

Sie waren vereist.

Aus der Kerkerzelle wehte ihnen ein Hauch so grausam kalter Luft entgegen, dass Lancelot fast nicht mehr atmen konnte. Drinnen brannte kein Licht, aber der rote Schein, der vom Gang in die Zelle hineinfiel, reichte mehr als aus um ihr Inneres zu enthüllen.

Boden, Wände und die Decke waren mit einer dicken Eisschicht überzogen. Selbst die Luft schien vor Kälte zu knistern, als Artus vorsichtig einen halben Schritt machte und die Spitze des Schwertes in den Raum hineinschob. Er schien auf etwas ganz Bestimmtes zu warten und wirkte erleichtert, als nichts weiter geschah, als dass sich Excaliburs silbernes Metall mit einer dünnen Raureifschicht überzog, wagte es aber dennoch nicht, die Zelle gänzlich zu betreten. Stattdessen schob er die Tür nur weiter auf, bis das hindurchfallende Licht ausreichte, um jeden Winkel des dahinter liegenden Raumes einsehen zu können. Er war leer. Wenn jemand darin gewesen war, dann war er geflohen.

»Mordred«, sagte Artus leise.

Es dauerte einen Moment, bis Lancelot verstand. Er war hier heruntergekommen, um Evan zu holen, und er wusste ja, dass Artus Mordred in eine normale Zelle hatte verlegen lassen, aber irgendwie war es ihm bisher gar nicht in den Sinn gekommen, dass sie hier unten noch diesen Gefangenen antreffen würden. »Mordred?«, vergewisserte er sich. »Das war Mordreds Zelle?«

Artus nickte grimmig. »Ja. Sie haben ihn geholt.«

Wieder dauerte es einige Augenblicke, bevor Lancelot der Sinn dieser Worte klar wurde. Dann sog er erschrocken die Luft ein. »Morgaine?«, keuchte er. »Ihr meint, es war –«

»Nicht so laut«, sagte Artus warnend. Leiser und mit einem Nicken fuhr er fort: »Das ist ihre Magie. Habt Ihr ihren Zauber nicht gespürt, als wir herunterkamen?«

Natürlich hatte er das. Jetzt endlich wurde ihm klar, was es die ganze Zeit über gewesen war, das er gefühlt hatte. Was er immer in der Nähe Morgaine Le Fayes spürte. Er wollte eine Frage stellen, aber Artus ließ das Schwert sinken, drehte sich abrupt um und trat an die daneben liegende Zellentür. Auf dieselbe Weise wie vorhin schob er sie auf und im ersten Moment schienen sich die Anblicke vollkommen zu gleichen. Dann aber sah Lancelot, dass es doch einen Unterschied gab. Diese Zelle war nicht leer.

Auf dem zu weißer Härte erstarrten Stroh vor der Rückwand saß eine zusammengesunkene menschliche Gestalt. Ihr Kopf war nach vorne gefallen, sodass Lancelot das Gesicht nicht erkennen konnte, aber das war auch nicht nötig. Es war Tander. Auch er war mit einer fingerdicken Eisschicht überzogen und Lancelot zweifelte nicht daran, dass er wie Glas zerbrechen würde, würde er ihn jetzt berühren. Einen Moment lang blieb er stehen und starrte das grausige Bild an, dann fuhr er mit einer hastigen Bewegung herum, trat an die dritte Tür, die sich am Ende des Ganges befand, und sprengte sie mit einem Fußtritt auf.
Die zu einer weißen Skulptur verkrümmte Gestalt, die vor der rückwärtigen Wand lag, war kleiner als die Tanders, und Lancelot begriff plötzlich den Unterschied, den es machte, wenn man einem Menschen den Tod wünschte und er ihn dann wirklich ereilte. In seinem früheren Leben als Dulac hatte Evan ihn unzählige Male gequält und er *hatte* ihm den Tod gewünscht, nicht so, wie man manchmal gedankenlos jemandem die Pest an den Hals wünschte, sondern allen Ernstes. Aber nun empfand er nur Entsetzen und einen plötzlich aufwallenden, so heißen Zorn, dass er fast aufgeschrien hätte.
»Warum haben sie das getan?«, murmelte er fassungslos.
»Vielleicht weil sie keine Zeugen wollten«, antwortete Artus leise. Er hob die Schultern. Seine Stimme wurde noch leiser und bitterer. »Vielleicht gab es auch keinen Grund. Morgaine braucht keinen Anlass, um ein Menschenleben auszulöschen.« Er ließ ein tiefes, fast schmerzhaft klingendes Seufzen hören, schloss für einen Moment die Augen und schüttelte dann traurig den Kopf.

»Kommt, Sir Lancelot«, sagte er leise. »Es gibt hier nichts mehr, was wir noch tun könnten.«

Mehr als zwei Stunden lang kämpften der Arzt, den Artus aus der Stadt hatte holen lassen, und Gwinneth verzweifelt um Sir Galahads Leben und es verging in diesen zwei Stunden nicht ein Augenblick, in dem es nicht auf Messers Schneide gestanden hätte. Lancelot, Artus, Parzifal und etliche andere Ritter warteten die ganze Zeit vor der Tür zu Gwinneths Gemach, in das man den schwer verletzten Ritter gebracht hatte; zum einen, weil es dem Verlies nahe lag, zum anderen, weil es, abgesehen von Artus' eigenem Schlafgemach, das sich in einem anderen Teil der Burg befand, das Zimmer mit dem bequemsten Bett war und auch über einige andere Annehmlichkeiten verfügte, mit denen die kargen Räume, in denen die Ritter normalerweise schliefen, nicht aufwarten konnten. Die Zeit, bis sich die Tür endlich wieder auftat und der Arzt herauskam, schien stillzustehen. Hinterher war Lancelot klar, dass es nicht einmal zwei Stunden gewesen sein konnten, aber sie kamen ihm vor wie zwei Jahre. Kaum einer der Männer sprach. Auf allen Gesichtern waren Sorge und mühsam unterdrücktes Entsetzen zu sehen, denn Galahad war nicht nur einer der ihren, sondern bei den allermeisten Rittern ganz besonders beliebt. Vor allem Sir Parzifal, den mit Galahad eine langjährige tiefe Freundschaft verband, marschierte unruhig wie ein gefangener Wolf auf dem schmalen Gang auf und ab und sah immer wieder auf die geschlossene Tür, als könne er sie allein mit der Kraft seiner Blicke durchdringen und seinem Freund, der in dem Raum dahinter mit dem Tode rang, auf diese Weise Kraft spenden. Keiner der Männer hatte wirklich gefragt, was sich in dem Gang vor den Kellerverliesen zugetragen hatte, wer die unheimlichen Eindringlinge gewesen waren und wie sie hatten entkommen können. Diese Fragen hatten Zeit bis später. Alles, was sie im Moment interessierte, war das Leben Galahads.

Und sosehr auch Lancelot um das Leben des Tafelritters bangte, so sehr erstaunte ihn trotzdem die Reaktion der anderen. Er kannte all diese Männer nun schon so lange – viel länger, als irgendeiner von ihnen ahnte – und doch hatte er sie niemals so erlebt. Sie waren Krieger, die es gewohnt waren, in die Schlacht zu reiten und ihr Leben aufs Spiel zu setzen, und ob mit oder Merlins Magie, die sie schützte, sie *riskierten* ihr Leben, denn sie waren weder unverwundbar noch unsterblich und der kleine Friedhof jenseits der Stadtmauer war voll von den Gräbern derer, die ihren Treueeid auf Camelot und die Krone mit dem Leben bezahlt hatten. Und so hatte er als ganz selbstverständlich angenommen, dass der Tod einfach zu ihrem Leben gehörte und sie den Verlust eines ihrer Kameraden zu akzeptieren gelernt hatten, was in gewissem Umfang sicher auch der Wahrheit entsprach. Früher, wenn sie aus der Schlacht gekommen und die leblosen Körper eines der ihren mitgebracht hatten, hatten sie meist mit stiller Trauer oder wüsten Racheschwüren reagiert, aber er hatte noch niemals eine so deutliche *Furcht* um das Leben eines anderen Ritters in einem ihrer Gesichter gelesen. Allerdings hatte er sie auch noch niemals in einer solchen Situation erlebt. Vielleicht, gestand sich Lancelot ein, hatte er zumindest einige der Tafelritter bisher falsch eingeschätzt.

Endlich öffnete sich die Tür und der Arzt trat heraus. Er war ein kleinwüchsiger, schmalgesichtiger Mann mit schütterem Haar und Händen, die so dünn wie die eines Skelettes waren. Sein Gewand war voller Blut, und obwohl die rosige Färbung seiner Hände zeigte, dass er sie sich vor dem Verlassen des Zimmers gründlich gewaschen hatte, waren unter den Nägeln dünne rostrote Ränder zurückgeblieben, wo Galahads Blut angetrocknet war. Er hatte schon müde ausgesehen, als man ihn hierher gebracht hatte, und jetzt wirkte er fast zu Tode erschöpft. Als Artus auf ihn zutrat und in ungeduldigem Ton nach Galahads Befinden fragte, schien er im ersten Moment Mühe zu haben, den König überhaupt zu erkennen. Dann seufzte er, senkte den Blick und sagte leise: »Ich habe für ihn getan, was ich konnte. Alles andere liegt in Gottes Hand.«

»Das ist nicht die Antwort, die ich hören wollte«, fuhr ihn Artus an. Dann schien ihm klar zu werden, dass er dem Mann Unrecht tat, und fragte in etwas milderem Ton, aber immer noch mit hörbarer Ungeduld: »Wie stehen seine Chancen?«

»Er hat sehr viel Blut verloren, Mylord. Aber er ist auch ein starker Mann. Wenn er diesen Tag überlebt, wird er es schaffen.«

Artus schloss für einen Moment die Augen und ließ ein erleichtertes Seufzen hören und der Arzt fügte, ohne Artus anzusehen, hinzu: »Aber ich fürchte, er wird den Arm verlieren. Oder ihn zumindest nie wieder gebrauchen können.«

Artus erstarrte. Einen Herzschlag lang starrte er den Arzt aus aufgerissenen Augen an, dann flüsterte er: »Sir Galahad ein Krüppel?«

»Er wird leben, Majestät«, antwortete der Arzt. »Wir sollten Gott dafür dankbar sein.«

»Ich glaube nicht, dass Galahad Eurer Meinung ist«, antwortete Artus zornig. »So wird er nicht leben wollen.« Er schwieg einen Moment, dann schob er den Arzt einfach mit der Hand beiseite und trat durch die

Tür, und noch ehe einer der anderen reagieren konnte, folgte ihm Lancelot. Parzifal und auch Sir Gawain schlossen sich ihnen an.
Das Zimmer war sehr hell und schien von einer Kälte erfüllt zu sein, die nicht so recht zu der Jahreszeit und den Temperaturen draußen passte. Der Raum war groß, wurde aber fast zur Gänze von einem gewaltigen Himmelbett mit geschnitzten Säulen und halb durchsichtigen seidenen Vorhängen beherrscht, das so aufgestellt war, dass das Licht der beiden großen Fenster direkt auf denjenigen fiel, der darin lag und schlief. Sir Galahads Gesicht war fast so weiß wie das Kissen, auf dem sein Kopf ruhte, und auf seiner Stirn und seinen Wangen schimmerte ein Netz feiner Schweißtröpfchen. Der Anblick erinnerte Lancelot auf schreckliche Weise an die Gesichter der beiden Toten, die sie unten in den Kerkerzellen gefunden hatten. Galahads Atem ging stoßweise und sehr schnell und seine Schulter war unter einem schweren Verband verborgen, der aus mindestens vier oder fünf Lagen Stoff bestehen musste, aber zum Teil schon wieder durchgeblutet war. Gwinneth saß auf einem Hocker neben dem Bett und hielt mit beiden Händen Galahads Rechte. Sie sah unendlich hilflos und verloren aus und man konnte deutlich erkennen, dass sie geweint hatte.
Artus war mit zwei, drei schnellen Schritten an Galahads Krankenlager, blickte einen Moment lang fast ausdruckslos auf ihn herab und drehte sich dann mit einem Ruck herum. »Geht hinaus!«, sagte er. »Alle! Außer Lancelot und Lady Gwinneth.«
Parzifal und Gawain tauschten einen verwirrten Blick und Gwinneths Zofen entfernten sich rasch – wenn auch erst, nachdem ihre Herrin mit einem fast unmerklichen Nicken Artus' Befehl bestätigt hatte. Als sich die

Tür hinter ihnen geschlossen hatte, legte Artus den Riegel vor, bevor er erneut an Galahads Bett trat. Für endlose Augenblicke sah er ihn nur an, ehe er sich mit einem schweren Atemzug an Lancelot wandte. »Ich danke Euch, dass Ihr nichts gesagt habt, Sir Lancelot«, sagte er.

Gwinneth sah fragend auf und auch Lancelot blickte den König nachdenklich an, erwiderte aber nichts. »Nun habt Ihr gesehen, wozu meine Schwester willens und in der Lage ist.«

»Morgaine?«, hauchte Gwinneth. »Das war ihr Werk?«

Artus nickte. »Ihre Krieger haben Mordred befreit«, sagte er.

»Aber wie?«, murmelte Gwinneth. »Ich meine, wie ist es ihr gelungen, hier einzudringen? Die Burg wird Tag und Nacht bewacht!«

»Auf demselben Wege, auf dem sie Euch entführt hat«, antwortete Artus. Er sah Gwinneth mit unergründlichem Ausdruck an, dann drehte er sich ganz zu Lancelot um. »Aus diesem Anlass muss ich Euch auch bitten, weiterhin Stillschweigen über das zu bewahren, was Ihr gerade gesehen habt, Sir Lancelot«, sagte er. »Wüssten meine Ritter, dass sie über die Macht gebietet, überall und an jedem Ort zugleich aufzutauchen, wäre die Wirkung auf ihren Kampfesmut verheerend.«

Lancelot konnte dieses Argument nachvollziehen, aber er fragte sich auch, wie um alles in der Welt Artus *erklären* wollte, was dort unten geschehen war. Und da gab es noch einen Punkt. »Sie haben es doch bereits gesehen«, wandte er ein. »Morgaine hat Lady Gwinneth vor aller Augen entführt.«

»Das war etwas anderes.« Artus schüttelte den Kopf. »Einer ihrer Druiden war anwesend und hatte das Tor für sie geöffnet. Zumindest ist es das, was alle glauben.«

»Aber es ist nicht die Wahrheit«, vermutete Lancelot.
Es dauerte einen Moment, bis Artus mit einem Kopfschütteln antwortete. »Nein«, gestand er.
»Aber haben wir dann überhaupt eine Aussicht, diesen Kampf zu gewinnen?«, murmelte Lancelot. »Ich meine, wie soll man sich gegen einen Gegner verteidigen, der nach Belieben kommen und gehen kann und den keine Mauern und keine Gitterstäbe aufhalten?«
»Damit niemand genau diese Frage stellt, habe ich Euch um Euer Stillschweigen gebeten«, sagte Artus, ohne seine Frage zu beantworten. »Und es ist nicht ganz so schlimm, wie es Euch im Moment erscheinen mag, mein Freund. Morgaine Le Faye ist eine mächtige Zauberin, aber einen Weg durch die Schatten zu öffnen hat mit Sicherheit auch sie all ihre Kraft gekostet. Es wird lange dauern, bis sie sich weit genug erholt hat, um es noch einmal zu tun, und sie wäre niemals stark genug, eine ganze Armee hierher zu schicken.«
Wozu auch?, dachte Lancelot schaudernd. Er musste an den Kampf bei den Verliesen denken und daran, wie mühelos der schwarze Krieger Galahad besiegt hatte, und ein Schauer lief über seinen Rücken. Ein Dutzend dieser Männer allein wäre wahrscheinlich genug, Camelot zu nehmen.
Artus gab sich einen sichtbaren Ruck. »Umso wichtiger ist es jetzt«, sagte er, »den Gral wieder in unseren Besitz zu bringen. Er war der Quell von Merlins Zauberkraft. Mit ihm allein in unserem Besitz hätten wir vermutlich schon die Stärke, Morgaine zu widerstehen. Ich möchte, dass Ihr sofort aufbrecht. Nehmt so viele Männer mit, wie Ihr benötigt. Ganz egal, was es kostet und was Ihr dafür tun müsst, bringt ihn zurück. Und tut es schnell!«
Er wartete sichtlich darauf, dass Lancelot sofort auf dem Absatz kehrtmachte und ging, um seinen Befehl

auszuführen, aber Lancelot trat stattdessen noch näher an das Bett heran und sah besorgt auf das Gesicht des bewusstlosen Tafelritters hinab.
»Ihr müsst etwas für ihn tun«, sagte Gwinneth leise. »Der Arzt meint, er würde den Arm verlieren oder zumindest nie wieder bewegen können. Ich weiß, dass er so nicht leben will.«
Artus nickte ganz langsam. »So wenig wie ich«, sagte er.
Lancelots Herz schien zu stocken, als er näher an das Bett herantrat und die rechte Hand auf den Schwertgriff legte. Was hatte er vor? Er konnte unmöglich –
Als hätte er seine Gedanken gelesen, warf Artus ihm einen erschrockenen Blick zu, nahm die Hand wieder vom Schwert und beugte sich dann vor. »Ich werde ihm helfen«, versprach er. »Wartet draußen.«
»Helfen?« Gegen seinen Willen huschte Lancelots Blick noch einmal über den Schwertgriff an Artus' Seite und Artus entging dies keineswegs. Er reagierte jedoch nicht verärgert oder betroffen, sondern lächelte flüchtig und sagte: »Ich werde für ihn tun, was ich kann, das verspreche ich. Aber nun lasst mich allein.«
Sich seinem Befehl noch einmal zu widersetzen wäre einer Beleidigung gleichgekommen und so drehte sich Lancelot gehorsam um, ging zur Tür und verließ den Raum zusammen mit Gwinneth, die ihm in geringem Abstand folgte, draußen aber nicht stehen blieb, sondern sich rasch entfernte. Die versammelten Tafelritter bildeten respektvoll ein Spalier, um sie durchzulassen, umringten dann aber Lancelot und sahen ihn erwartungsvoll und beunruhigt an.
»Wie geht es ihm?«, fragte Parzifal.
Lancelot konnte nur mit den Schultern zucken. »Er wollte mit Artus sprechen«, log er. »Er hat uns alle hinausgeschickt. Aber er ist sehr schwach.«

»Wird er überleben?«, erkundigte sich Parzifal.
»Wenn es Gottes Wille ist«, erwiderte Lancelot. Das waren nicht zufällig nahezu dieselben Worte, die der Arzt vorhin benutzt hatte, und Parzifal schien auch zu verstehen, warum er genau auf diese Weise antwortete. Er versuchte nicht noch einmal Lancelot zu bedrängen, aber er sah plötzlich sehr bestürzt drein.
»Was ist dort unten geschehen?«, fragte Sir Hardland. »Was ist mit den Gefangenen? Und wo ist Mordred?«
»Ich weiß es nicht«, antwortete Lancelot.
»Ihr *wisst* es nicht?« Hardland war erstaunt.
»Es ging alles viel zu schnell«, improvisierte Lancelot. »Wir trafen auf eine Menge Krieger in schwarzen Rüstungen. Mehr kann ich nicht sagen. Ich weiß nicht, woher sie gekommen und wohin sie verschwunden sind, und ich weiß auch nicht, was mit Mordred ist. Es war so plötzlich vorüber und die Übermacht war gewaltig. Hätte Artus mir nicht beigestanden, dann hätte ich Galahads Schicksal wohl geteilt.«
»Aber dort unten war niemand, als wir kamen«, bemerkte Hardland.
»Sie haben die Flucht ergriffen, als sie Euch gehört haben«, antwortete Lancelot. Das klang selbst in seinen Ohren so dünn, dass er sich am liebsten für diese dreiste Lüge sofort entschuldigt hätte. Aber was sollte er sagen? Er hatte es verabsäumt, sich mit Artus auf eine Geschichte zu einigen, die sie beide erzählen konnten, und so versuchte er nun, sich so nahe an der Wahrheit wie möglich zu halten ohne zu verraten, was wirklich geschehen war. »Ich wurde niedergeschlagen. Als ich wieder zu mir kam, wart ihr da und die Angreifer weg. Mehr weiß ich nicht.«
Bevor irgendeiner der anderen eine weitere Frage stellen konnte, atmete Lancelot hörbar aus und drehte sich

zu Parzifal um. »Lasst uns hinuntergehen und sehen, ob die Pferde gesattelt und beladen sind. Artus hat mir befohlen auf der Stelle aufzubrechen.«

»Jetzt?« Parzifal klang beinahe entsetzt und Lancelot konnte das gut verstehen. Immerhin war der Mann, der dort in dem Raum hinter der Tür mit dem Tode rang, sein Freund.

»Jetzt«, bestätigte er. »Habt Ihr nach Sir Braiden geschickt?«

Parzifal verneinte und Lancelot hatte endlich einen Grund, sich zu entfernen und allen weiteren Fragen auszuweichen. »Dann werde ich das tun«, sagte er. »Kommt hinunter und wartet bei den Ställen auf uns.« Damit wandte er sich um und ging.

Das Hämmern, das aus dem Haupthaus herausdrang, hatte nicht aufgehört und das hektische Treiben auf dem Hof schien noch zugenommen zu haben, was Lancelot im ersten Moment, als er ins Freie trat, mit einer völlig grundlosen Wut erfüllte, derer er sich schon im nächsten Augenblick schämte. Dass dort oben ein Mann mit dem Tode rang, war schrecklich, aber er konnte nicht erwarten, dass das Leben den Atem anhielt. Für die meisten hier war Galahad ein Fremder und noch dazu ein Tafelritter, dem man, wenn überhaupt, dann mit jener Art von Furcht begegnete, von der man sich meistens selbst einredete, es wäre Respekt. Lancelot hatte lange genug unter den normalen Bürgern Camelots gelebt um zu wissen, dass es niemanden hier gab, der Artus und seine Ritter nicht achtete und verehrte, dass sie aber dennoch nicht unbedingt beliebt waren. Das waren die Herrschenden nie, ganz egal was sie für ihr Volk taten und wie gütig sie auch sein mochten.

In Gedanken versunken achtete er nicht auf seine Schritte und rempelte einen Mann an, der schwer beladen unter einem Stapel Bretter seinen Weg kreuzte und ihm nicht mehr rechtzeitig ausweichen konnte. Der unglückselige Bauarbeiter fiel hin und seine Last verteilte sich mit einem gewaltigen Krachen auf dem Boden. Es war ganz eindeutig Lancelots Schuld gewesen und er setzte instinktiv dazu an, den Arm auszustrecken um dem Gestürzten aufzuhelfen, aber dann begegnete er seinem Blick. Der Sturz war nicht schwer gewesen. Der Mann hatte sich nicht verletzt. Vermutlich nicht einmal wirklich wehgetan, aber seine Augen waren groß vor Angst, ja, beinahe Panik. In der ersten Sekunde verwirrte Lancelot dieser Anblick, aber dann begriff er, dass sein Gegenüber fest damit rechnete, bestraft oder zumindest gescholten zu werden. Und das Schlimmste war: Für einen Moment lag es ihm wirklich auf der Zunge, den Mann anzufahren, dass er gefälligst auf seine Schritte achten sollte. Lancelot schluckte die Worte hinunter und ging weiter, aber er spürte ein neuerliches Schaudern. Es war erschreckend, wie schnell man nicht nur die Seiten wechseln, sondern sich auch ein anderes Denken zu Eigen machen konnte; vor allen Dingen das derer, die man zuvor verachtet hatte.

Als er bei den Ställen ankam, fand er nicht nur sein Einhorn und die beiden Pferde der Tafelritter gesattelt vor, sondern dazu noch drei beladene Packtiere, deren Anblick ihm deutliches Unbehagen bereitete. Es waren kräftige, schnelle Pferde, aber Artus hatte keinen Zweifel daran gelassen, wie dringend ihre Mission war, und mit drei Packtieren im Geleit würden sie sicherlich nicht sehr rasch vorwärts kommen. Vielleicht würde es auch gar nicht nötig sein, überlegte er. Die Männer, die Artus losgeschickt hatte um nach dem Hehler zu su-

chen, mussten jetzt bereits in Stanton angelangt sein. Mit ein wenig Glück hatten sie ihn bereits gefunden oder zumindest seine Spur aufgenommen.
Er ging um das Einhorn herum und wollte sich in den Sattel schwingen, als hinter ihm ein vertrautes Bellen erklang. Lancelot verhielt mitten in der Bewegung und drehte sich herum. Wolf kam aus dem offen stehenden Tor des Pferdestalles geflitzt und sprang kläffend an ihm hoch, und als Lancelot sich zu ihm hinabbeugte, trat eine schlanke Frauengestalt aus dem Schatten des Tores heraus und gleich darauf wieder zurück. Lancelot hob den kleinen Hund auf die Arme, und als er sich aufrichtete, sah er sich rasch nach allen Richtungen um. Der Hof war zwar voller Menschen, aber niemand schien ihn zu beachten. So schnell, wie es gerade noch ging ohne aufzufallen, trat er in den Stall ein. Warme Schatten und der Geruch nach Heu und dampfenden Pferdekörpern hüllten ihn ein, aber er gewahrte auch einen hellen Schemen gleich neben der Tür, dort, wo die Schatten am tiefsten waren. Noch einmal drehte er sich im Kreis und überzeugte sich davon, dass außer ihm niemand im Stall war, dann ging er mit zwei schnellen Schritten zu Gwinneth hin.
»Du hättest nicht kommen sollen«, meinte er.
Gwinneth machte eine Kopfbewegung auf den kleinen Hund in Lancelots Armen. »Ich konnte ihn nicht davon abhalten, sich von dir zu verabschieden«, sagte sie.
Lancelot blieb ernst. »Du ihn nicht oder er dich nicht?«
Gwinneths Lächeln erlosch. »Wohin reitest du?«, fragte sie. Gleichzeitig machte sie einen halben Schritt auf ihn zu und blieb mitten in der Bewegung stehen, als Lancelot erschrocken zurückwich. Sie wirkte verletzt.
»Du hast Artus gehört«, antwortete er. »Wir müssen Merlins magisches Gefäß wieder finden.«

»Er schickt dich fort«, meinte Gwinneth.
»Ja. Aber ich glaube, es ist wirklich wichtig.«
»Für Camelot? Oder für Artus?«
Lancelot schüttelte den Kopf. »Du tust ihm unrecht«, sagte er. »Du weißt, mit wem wir es zu tun haben. Und wozu sie fähig ist. Ohne Merlins Magie –«
»Merlins Magie?« Gwinneth lachte böse. »Es ist ein alter Becher, mehr nicht. Das Gefäß spielt keine Rolle. Es war die Kraft des Druiden, auf die Artus' Macht sich stützt. Nichts wird sich ändern, gleich ob er ihn wieder hat oder nicht.«
Die Bitternis und Feindseligkeit in ihrer Stimme verwirrte Lancelot. Er konnte sie sich nicht erklären. Schließlich war es noch nicht lange her, dass Gwinneth selbst ihm unter Tränen gesagt hatte, er hätte nicht wiederkommen dürfen. Aber das war vor jener Nacht im Wald gewesen. Bevor sie wusste, wer er wirklich war.
»Ich werde zurückkommen, so schnell ich nur kann«, versprach er. »Dieser Dieb kann noch nicht allzu weit sein. Er weiß nicht, dass wir ihn suchen. Und du bist hier in Sicherheit, keine Sorge. Artus und all seine Ritter werden ihr Leben opfern um dich zu beschützen.«
»Und wer sagt, dass ich das will?«, fragte Gwinneth. Lancelot konnte sehen, dass sie nur noch mit Mühe die Tränen zurückhielt. Er hatte das Gefühl, dass sie etwas wusste, was ihm noch verborgen war. Und dass sie fast daran erstickte, es ihm nicht sagen zu können.
»Was ist los mit dir?«, fragte er.
Es dauerte eine geraume Weile, bis Gwinneth antwortete. Dann klang ihre Stimme wieder vollkommen beherrscht. »Ich habe nachgedacht«, sagte sie. »Du hattest Recht, weißt du? Ich ... kann Artus nicht heiraten.«
Lancelot fuhr zusammen, als hätte ihm jemand einen Dolch zwischen die Schulterblätter gestoßen. »Was?«

»Ich kann es nicht«, wiederholte Gwinneth. »Ich gehöre zu dir, Dulac.«
Vielleicht war es das, was ihn am meisten erschütterte. Dass sie ihn nicht Lancelot nannte, sondern Dulac. Sie sprach nicht mit dem schon jetzt sagenumwobenen Helden, nicht mit dem strahlenden Ritter, dem unbesiegbaren Schwertkämpfer und ebenbürtigen Gegner Morgaines und ihrer Dämonenkrieger. Sie sprach mit dem einfachen Jungen, den sie damals in Tanders Gasthaus kennen gelernt hatte, und das war es, was ihre Worte so schrecklich machte.
Warum jetzt?, dachte Lancelot. *Warum ausgerechnet jetzt?* Warum hatten sie dieses Gespräch nicht gestern führen können, bevor er mit Artus gesprochen hatte? Bevor Artus ihn überzeugte, dass er Recht hatte, was Camelot und seine Menschen und vielleicht das Schicksal ganz Britanniens anging?
Warum ausgerechnet jetzt?
»Gwinneth, du ... du weißt nicht, was du sagst«, murmelte er. Seine Stimme drohte ihm den Dienst zu versagen. Seine Augen fühlten sich plötzlich heiß an und ohne es zu merken schloss er die Hände so fest, dass Wolf erschrocken aufjaulte und er ihn hastig auf den Boden setzte. Der Hund lief ein paar Schritte davon, blieb stehen und sah ihn vorwurfsvoll und verwirrt zugleich an.
»Gwinneth, du –«
Gwinneth griff nach seiner Hand, führte sie an ihr Gesicht und berührte sie mit der Wange. Obwohl Lancelots Finger in den dicken, gepanzerter Handschuhen steckten, glaubte er zu spüren, wie samtig weich ihre Haut war und wie schnell ihr Herz schlug. »Ich kann es nicht«, flüsterte sie. »Ich ... ich werde mit Artus sprechen. Ich bin sicher, dass er mich versteht. Er wird begreifen, was ich meine. So grausam kann er nicht sein.«

Aber er hat es doch längst begriffen, dachte Lancelot traurig. Artus hatte es von der ersten Sekunde an gewusst, vielleicht bevor er, Dulac, es auch nur selbst gespürt hatte. Es tat ihm unendlich weh, aber er löste seine Hand mit sanfter Gewalt aus der Gwinneths und schüttelte den Kopf. »Bitte tu das nicht«, sagte er. »Es würde Artus das Herz brechen.«
In Gwinneths Augen blitzte es auf. »Und wer fragt mich, ob mein Herz bricht?«, entgegnete er fast feindselig. Ihre Augen füllten sich mit Tränen, aber Lancelot war nicht sicher, ob es Tränen des Schmerzes oder der Wut waren. Oder beides. »Es ist nicht fair«, sagte sie. »Es ist einfach nicht *richtig*, mir zu zeigen, wie es sein könnte, nur um es mir gleich wieder wegzunehmen!«
Lancelot spürte, dass sie sich ihm wieder nähern wollte, und trat vorsichtshalber einen weiteren halben Schritt zurück, sodass er aus dem Schatten heraus war und jeder, der auf dem Hof stand und in seine Richtung blickte, sehen konnte, dass er mit jemandem sprach, aber nicht, mit wem. Das Sonnenlicht war sein Schutz, nicht vor Gwinneth, sondern vielmehr vor sich selbst. »Ich werde mit Artus reden«, versprach er. »Sobald ich zurück bin. Vielleicht finden wir einen Weg. Du hast Recht. Artus ist ein vernünftiger Mann und er ist nicht grausam. Aber sage ihm nichts, solange ich fort bin.«
Gwinneth schwieg. Tränen liefen über ihr Gesicht und Lancelot kam sich schäbig bei diesen Worten vor, von denen sie beide wussten, dass sie nichts als eine Lüge waren. Artus' Entschluss stand fest und er musste feststehen, denn wenn das stimmte, was er Lancelot in der vergangenen Nacht erzählt hatte, dann hatte er niemals eine andere Wahl gehabt, als auf jemanden wie Gwinneth zu warten. Vielleicht nicht einmal auf *jemanden wie sie*, sondern genau auf *sie*. Möglicherweise war alles

noch viel komplizierter, als Lancelot bisher klar gewesen war. Wenn König Uther Artus' Pflegevater gewesen war, dann musste er auch gewusst haben, wer sein Adoptivsohn in Wirklichkeit war, und mit Sicherheit auch, wer Gwinneth war. Vielleicht waren sie einander seit Jahren versprochen gewesen, lange bevor der kleine Küchenjunge Dulac überhaupt wusste, dass es Gwinneth gab.

Er wartete noch einige Augenblicke vergeblich auf eine Antwort, dann drehte er sich mit einem Ruck herum und ging zu dem wartenden Einhorn. Ohne noch einmal zu Gwinneth zurückzublicken, schwang er sich in den Sattel und sprengte los. Erst unter dem Burgtor blieb er wieder stehen und hielt noch einmal nach ihr Ausschau und er hatte die Bewegung kaum vollendet, da wünschte er sich schon, es nicht getan zu haben.

Die beiden anderen Tiere und auch die Packpferde waren erschrocken zur Seite gewichen, als er ohne Vorwarnung losgesprengt war, sodass er das weit geöffnete Stalltor genau sehen konnte. Gwinneth war herausgetreten und blickte reglos in seine Richtung. Nach ein paar Momenten hob sie die Hand und fuhr sich damit über die Augen, als wische sie die Tränen fort.

In Lancelots Kehle saß plötzlich ein harter, bitterer Kloß, an dem er fast zu ersticken drohte. Mit einer spürbaren körperlichen Anstrengung riss er sich vom Anblick Gwinneths los. Dabei glitt sein Blick über den Turm und das Fenster, hinter dem Gwinneths Gemach lag.

Auch dieses Fenster war nicht mehr leer. Fast nur als Schatten, für Lancelots Augen aber deutlich zu erkennen, stand Artus dort oben und blickte auf den Hof herab.

Obwohl sie fast einen halben Tag später als geplant aufgebrochen waren, erreichten sie Stanton mit dem letzten Licht der Dämmerung. Lancelot war geritten wie der Teufel und hatte weder auf seine Begleiter noch auf die Packpferde irgendeine Rücksicht genommen und sowohl Parzifal als auch Sir Braiden hatten das von ihm vorgelegte scharfe Tempo klaglos mitgehalten. Selbst mit den Packtieren erlebte Lancelot eine Überraschung. Sie erwiesen sich nicht nur als zäh und ausdauernd genug, ohne Probleme mit ihnen Schritt zu halten, sondern brauchten auch keinerlei Anleitung. Sie folgten Lancelot und den beiden Tafelrittern wie gelehrige Hunde, die darauf abgerichtet waren, immer nahe bei ihrem Rudelführer zu bleiben.
Die Mühe erwies sich jedoch als vergebens. Alles, was sie in Stanton antrafen, waren verängstigte Bürger und die Mitglieder des Suchtrupps, den Artus schon in der vergangenen Nacht losgeschickt hatte und die in der Wahl ihrer Methoden offenbar nicht besonders zimperlich gewesen waren. Keiner der eingeschüchterten Männer und Frauen in dem kleinen Ort wagte es, sich offiziell bei Lancelot oder den beiden anderen Rittern zu beschweren, aber es gehörte nicht viel Fantasie dazu, sich die Art und Weise auszumalen, in der die Soldaten aus Camelot die Menschen hier befragt hatten.
Marcus den Einäugigen hatten sie nicht gefunden.
Lancelot hatte auch nicht damit gerechnet. Es war viel zu lange her. Männer wie der fahrende Händler, Hehler und Tagedieb und was immer er sonst noch sein mochte, pflegten nicht lange an einem Ort zu bleiben und auch keine allzu deutlichen Spuren zu hinterlassen. Immerhin hatten die Soldaten in Erfahrung gebracht, dass er tatsächlich hier gewesen war und auch einen Teil seiner Ware bereits verkauft hatte. Selbstverständlich

hatten sie alles, was auch nur im Entferntesten im Verdacht stand, vom Wagen des Hehlers zu stammen, konfisziert und bereits auf einen Wagen verladen, um es nach Camelot zurückzubringen, und Lancelot selbst übernahm es, das vermeintliche Diebesgut in Augenschein zu nehmen.

Er brauchte fast eine Stunde für diese Aufgabe. Der Wagen war so hoch beladen, dass vermutlich kein Topf, keine Pfanne und kein Messer in Stanton zurückgeblieben waren, und Lancelot erkannte nur sehr wenig davon wieder. Das meiste war wohl legaler Besitz der guten Menschen hier, sodass sich Lancelot zu fragen begann, wo eigentlich der Unterschied zwischen Marcus dem Einäugigen und den Soldaten aus Camelot lag; ganz gewiss hätte sich niemand die Arbeit gemacht, den Leuten hier ihren rechtmäßigen Besitz zurückzubringen, nachdem das Diebesgut aussortiert worden war. Er konnte sich eine dementsprechende sarkastische Bemerkung nicht verkneifen, die aber bei den Männern, denen sie galt, nicht das Mindeste fruchtete. Niemand widersprach ihm, aber er konnte den Soldaten ansehen, dass sie überhaupt nicht verstanden, wovon er redete.

Der Gral befand sich nicht auf dem Wagen. Auch damit hatte Lancelot gerechnet. Bei allen bösen Überraschungen, die das Schicksal bisher für sie bereit gehalten hatte, würde es kaum so gnädig sein, sie sofort ans Ziel zu führen. Vielleicht würde das gar nicht geschehen. Die Spur des Hehlers verlor sich praktisch schon hier in Stanton. Zwar hatte er gut einem Dutzend seiner Kunden erzählt, wohin er von hier aus ziehen wollte, das Problem war nur, er hatte jedem einen anderen Ort genannt – einem sogar Camelot.

»Das bedeutet im Grunde nichts anderes, als dass wir aufgeben können.« Sir Braiden fasste in Worte, was so-

wohl Parzifal als auch Lancelot empfanden, als sie spät in der Nacht noch im Gasthaus zusammensaßen und die einfache Mahlzeit verspeisten, die ihnen der Wirt aufgetragen hatte.
Ebenso wie Parzifal saß auch Sir Braiden ganz am anderen Ende des Tisches, an dem sie Platz genommen hatten. Er war sehr lang, zugleich aber auch der einzige, über den die Gaststube überhaupt verfügte, und Lancelot war klar, dass die beiden Ritter nicht zufällig einen so großen Abstand zu ihm hielten. Aber was beschwerte er sich? Er hatte den beiden bewusst den ganzen Tag über keine Gelegenheit gegeben, auch nur ein Wort mit ihm zu wechseln. Einer der Gründe, warum er ein so scharfes Tempo angeschlagen hatte, war genau dieser: Er *wollte* nicht mit ihnen reden. Weder mit Parzifal noch mit Braiden, noch mit sonst irgendjemandem – obwohl die beiden unzweifelhaft zu jenen in Camelot gehörten, denen er noch am meisten trauen konnte. »Wir können nicht mit leeren Händen zu Artus zurückkehren«, sagte er schließlich lahm.
Parzifal nickte zustimmend, aber Sir Braiden schüttelte heftig den Kopf und nahm einen Schluck von dem dünnen, mit Wasser gestreckten Wein, den ihnen der Wirt gebracht hatte.
»Dieser Hehler hat ein Dutzend verschiedener Ziele angegeben«, erinnerte er. »Einige davon sind eine Wochenreise entfernt. Selbst wenn wir genug wären um sie alle aufzusuchen, wüssten wir nicht einmal, ob er wirklich zu irgendeinem dieser Orte gefahren ist.« Er trank einen weiteren Schluck, sah Lancelot nachdenklich an und fragte dann: »Was ist so wichtig an ein paar alten Töpfen, dass Artus einen solchen Aufwand betreibt um sie zurückzubekommen?«
Genau vor dieser Frage hatte Lancelot Angst gehabt. Er

hob die Schultern und biss ein Stück vom Brot ab um Zeit zu gewinnen. »Der König von Camelot lässt sich nun einmal nicht gerne bestehlen.«
»Unsinn!«, versetzte Braiden. »Und selbst wenn es so wäre ...« Er lachte bitter und hob den rechten Arm, der nicht in einer Hand, sondern in einem Stumpf endete. Seit der Schlacht am Cromlech, in der er die Hand verloren hatte, war so viel Zeit vergangen, dass sich Lancelot und auch alle anderen Ritter schon an den Anblick gewöhnt hatten und er ihnen gar nicht mehr auffiel, und auch Braiden hatte es sich zu Eigen gemacht, seine Behinderung einfach zu überspielen. Lancelot wusste jedoch, dass er insgeheim sehr darunter litt und sich für einen Krüppel und völlig nutzlos hielt. »Ich würde noch verstehen, dass er jemanden wie mich schickt oder ein paar der jungen Soldaten ... aber die beiden tapfersten Ritter Camelots?« Er schüttelte heftig den Kopf. »Nein!«
Lancelot hielt seinem Blick gelassen stand und zuckte betont gleichmütig mit den Achseln. »Es tut mir Leid, Sir Braiden, aber ich weiß nicht, was hinter Artus' Stirn vorgeht«, behauptete er.
Braiden sah ganz so aus, als wolle er ihn auslachen. »Wenn es jemand weiß, dann doch wohl Ihr.«
»In diesem Falle offensichtlich nicht«, antwortete Lancelot. Er legte bewusst eine Spur von Ungeduld in seine Stimme, um Braiden auf diese Weise klar zu machen, dass er nicht weiter über das Thema reden wollte. Natürlich würde sich der ältere Tafelritter nicht davon abbringen lassen, wenn er es wirklich wollte, aber sowohl er als auch Parzifal waren zu erschöpft um noch lange weiterzureden.
Braiden seufzte nur tief. »Was schlagt Ihr also vor?«
»Wir teilen die Männer auf«, entschied Lancelot. Er

antwortete ganz automatisch und noch bevor ihm selbst klar wurde, wie absurd diese Situation war. Sir Braiden, einer der ältesten und erfahrensten Männer von Artus' Tafel fragte ausgerechnet *ihn*, den ehemaligen Küchenjungen, um Rat? Dennoch fuhr er fort: »Wir haben zehn Männer hier. Jeder von ihnen kann in einen anderen Ort reiten und versuchen dort die Spur dieses Diebes aufzunehmen. Den übrig gebliebenen Ort übernehmen wir – und nach Camelot wollten wir ja ohnehin zurück.«

»Ein guter Plan«, stimmte ihm Parzifal zu. »Und er hätte noch dazu den Vorteil, dass sich ein einzelner Soldat vermutlich nicht so benimmt wie die, die wir hierher geschickt haben.« Er legte eine Pause ein und warf einen Beifall heischenden Blick in Lancelots Richtung. »Ich will nicht, dass die Männer bestraft werden. Wir brauchen vielleicht bald jeden einzelnen Krieger. Aber ich werde trotzdem mit dem Kommandanten der Wache reden. Es tut Artus' Ruf in der Bevölkerung nicht gut, wenn sich seine Soldaten so aufführen wie hier.«

Lancelot war ein wenig überrascht. So wie er Parzifal kennen gelernt hatte, hätte er diese Reaktion von ihm erwarten sollen, aber er hatte es nicht und fragte sich, ob er vielleicht zu streng mit den Rittern ins Gericht ging; nicht nur mit Parzifal. Hastig nickte er um seine Zustimmung kundzutun.

»Ganz wie Ihr meint«, sagte Braiden und gähnte demonstrativ. Er stand auf. »Und welchen Ort habt Ihr für uns ausgesucht, Sir Lancelot?«

Lancelot war irritiert, denn er bildete sich den sanften Spott in Braidens Stimme ganz bestimmt nicht ein. Dennoch überlegte er nur einen Augenblick. »Blackmanor Castle«, sagte er schließlich. »Ein Tagesritt östlich von hier.«

»Und nichts anderes als eine heruntergekommene Ruine, deren Besitzer kaum das Geld hat, sich und die Seinen satt zu bekommen«, fügte Braiden hinzu. »Ich glaube nicht, dass er etwas von einem Mann kauft, der in einem so schlechten Ruf steht wie dieser Marcus.«
»Weil arme Menschen automatisch ehrliche Menschen sind?«, fragte Parzifal spöttisch.
»Weil er es sich nicht leisten kann«, erwiderte Braiden ernst. »Und weil er ein Feigling ist. Ich kenne ihn. Er würde nie etwas tun, wobei auch nur die *Gefahr* bestünde, sich Artus' Zorn zuzuziehen.« Er hob die Schultern. »Aber meinetwegen. Von Blackmanor aus ist es nur noch ein halber Tagesritt zurück nach Camelot.«
Und das war genau der Punkt, aus dem Lancelot *diesen* Ort vorgeschlagen hatte. Anders als Braiden kannte er den Besitzer von Blackmanor Castle nicht, aber auch er war fest davon überzeugt, dass es keinen Zweck hatte, zu dritt einer vier Wochen alten Spur zu folgen, die noch dazu mit einer Wahrscheinlichkeit von eins zu zwölf falsch war. Aber er wollte so schnell wie möglich zurück nach Camelot.
Und zurück zu Gwinneth.
»Wir haben morgen einen langen Ritt vor uns«, fuhr Braiden mit einem leicht mürrischen Blick in Lancelots Richtung fort, einem Blick, der wohl sagte, er solle sich unterstehen, noch einmal ein so kräfteverzehrendes Tempo wie heute vorzulegen. »Ich ziehe mich jetzt zurück und Ihr solltet dasselbe tun. Gute Nacht, die Herren.« Er ging, drehte sich nach ein paar Schritten noch einmal herum und kam zurück, um den einzelnen Panzerhandschuh zu holen, den er auf dem Tisch liegen gelassen hatte. Außerhalb Camelots sah man ihn selten ohne diesen rechten, leeren Handschuh, den er an seinem Armstumpf befestigte und so geschickt zu bewe-

gen gelernt hatte, dass man schon sehr genau hinsehen musste um zu erkennen, dass er nichts enthielt außer fest hineingepresstes Stroh, das die Finger stabilisierte. Lancelot war schon erstaunt gewesen, dass er ihn überhaupt zum Essen abgelegt hatte; aber vielleicht war das nur ein Zeichen dafür, wie erschöpft er war.
Braiden ging die Treppe hinauf, die ins Dachgeschoss und zu dem einzigen Gästezimmer führte, über das das Wirtshaus verfügte, aber Parzifal machte keine Anstalten, sich zu erheben. Er sah Lancelot an und Lancelot spürte genau, dass er auf das Geräusch wartete, mit dem Braiden die Tür oben hinter sich schließen würde. Parzifal wollte etwas von ihm. Etwas Bestimmtes, von dem er nicht wollte, dass Braiden es erfuhr.
Nachdem das dumpfe Geräusch erklungen war, auf das Parzifal gewartet hatte, richtete er sich ein wenig auf und sah Lancelot mit plötzlich völlig verändertem Ausdruck an.
»Was?«, fragte Lancelot.
»Dasselbe wollte ich Euch auch gerade fragen«, antwortete Parzifal mit einem müden Lächeln. »Ihr habt mir den ganzen Tag keine Gelegenheit dazu gegeben.«
Lancelot tat so, als ob er überhaupt nicht verstünde. »Wovon sprecht Ihr?«
»Was ist heute Morgen unten im Verlies passiert?«, fragte Parzifal geradeheraus. Er hob die Hand, als Lancelot antworten wollte. »Ich bitte Euch, sagt mir die Wahrheit. Was ist wirklich geschehen?«
Mit gespielter Verwirrung erwiderte Lancelot Parzifals Blick und gab sich zumindest Mühe, denselben Ausdruck auch in seine Stimme zu legen.
»Aber das wisst Ihr doch. Die Pikten haben Mordred befreit. Wir sind gerade noch zurechtgekommen um sie zu überraschen, aber nicht mehr um es zu verhindern.

Und es waren ziemlich viele. Wenn ihr und die anderen nicht gekommen wärt, dann –«
»Pikten!« Parzifal lachte völlig humorlos. »Ich verstehe. Dann haben sie wohl einen Tunnel gegraben und hinter sich wieder zugeschüttet, wie? Und es müssen schon eine Menge gewesen sein, denn die Männer, die unten vor Mordreds Zelle Wache gehalten haben, waren keine Anfänger. Außerdem könnten nicht einmal fünfzig Pikten drei so hervorragende Schwertkämpfer wie Artus, Galahad und erst recht Euch besiegen.«
Lancelot schwieg eine ganze Weile. Irgendwie gelang es ihm, Parzifals Blick standzuhalten, aber ihm war klar, dass der junge Tafelritter nur aussprach, was jedermann in Camelot denken musste. Dass nämlich die Geschichte, die Artus und er erzählt hatten, unmöglich die Wahrheit sein konnte. Aber was sich tatsächlich zugetragen hatte, das konnte *er* unmöglich sagen. Schließlich rettete er sich in ein Achselzucken. »Ich kann Euch nicht vorschreiben, was Ihr zu glauben habt und was nicht«, sagte er. »Ich kann Euch nur erzählen –«
»– was Artus Euch erlaubt hat«, fiel ihm Parzifal ins Wort. »Ich verstehe.«
»Das glaube ich nicht«, sagte Lancelot.
»Versteht mich nicht falsch«, sagte Parzifal, nun wieder in etwas versöhnlicherem Ton und kopfschüttelnd. »Ich will Euch nicht in Verlegenheit bringen. Ich hätte nur gerne gewusst ...«
»Ja?«, fragte Lancelot, als Parzifal nicht weitersprach, sondern an ihm vorbei auf die schmutzige Wand in seinem Rücken starrte.
»Ich hätte gern gewusst, mit wem wir es wirklich zu tun haben«, murmelte Parzifal. »Ich habe keine Angst vor einem Feind aus Fleisch und Blut. Ich weiß, dass ich eines Tages durch das Schwert umkommen werde, aber

dieser Gedanke schreckt mich nicht. Der Gedanke an schwarze Magie und Zauberei schon.«

Wenn du wüsstest, wie nahe an der Wahrheit du bist, dachte Lancelot. Warum erzählte er es ihm nicht? Sosehr er Artus' Beweggründe und Argumente verstand, hatte er im Grunde seines Herzens doch nicht akzeptiert, dass Artus, ausgerechnet er, selbst jene Männer belog, die ohne zu zögern unzählige Male ihr Leben für ihn aufs Spiel gesetzt hatten, für ihn und seine Ideale. Aber er konnte es nicht.

»Sir Braiden hatte Recht.« Er stand auf. »Lasst uns schlafen gehen. Wir haben morgen einen anstrengenden Ritt vor uns.«

Parzifal sah ihn auf eine Art vorwurfsvoll an, die es Lancelot alle Mühe kostete, seinem Blick noch länger standzuhalten, erhob sich dann aber, drehte sich zur Treppe und schien darauf zu warten, dass Lancelot ihm folgte. Lancelot schüttelte aber nur den Kopf und machte eine entsprechende Geste nach draußen. »Ich schlafe bei den Pferden«, sagte er. »Es gibt nur ein Zimmer hier.«

»Und Sir Braiden schnarcht, dass man meint, er würde ganz England abholzen«, behauptete Parzifal mit einem müden Lächeln. »Wahrscheinlich habt Ihr die bessere Wahl getroffen.«

Was natürlich nicht der Grund war, aus dem es Lancelot vorzog, im Stall bei den Pferden zu schlafen. Er wollte einfach allein sein. Er musste noch über so vieles nachdenken.

Er beantwortete Parzifals müdes Lächeln auf dieselbe Art, wartete, bis der junge Ritter nach oben gegangen war, und verließ dann das Haus. Die Nacht war warm und dunkel und so still, dass er nicht das Gefühl hatte, sich in einer Stadt zu befinden. Lancelot blieb einen

Moment stehen und sah sich um. Das Gasthaus erinnerte auf beinahe verblüffende Weise an das Tanders in Camelot, nur dass es deutlich kleiner war und sich in noch schlechterem Zustand befand als das des fettleibigen Schankwirtes, bevor er zu so überraschendem Reichtum gelangt war. Aber dies hier war eine Schäbigkeit, die aus Armut resultierte, nicht aus Geiz, und diesen Unterschied konnte man tatsächlich sehen. Hätte Lancelot damals, in dem anderen Leben, das er gelebt hatte, die Wahl gehabt, so hätte er dieses Gasthaus hundertmal vorgezogen.
Er ging zur Rückseite des Gebäudes und betrat den aus einfachen Brettern errichteten Stall, in dem ihre Tiere untergebracht waren. Das Einhorn begrüßte ihn mit einem leisen Schnauben, als hätte es genau gewusst, dass er kommen würde, und auf ihn gewartet. Lancelot ging zu dem Tier hin, das sich in einem separaten Verschlag ganz am Ende des Stalles befand, um sich neben ihm zum Schlafen niederzulegen.
Er hatte es kaum getan, da spürte er, dass er nicht mehr allein war.
Sein erster Impuls war, aufzuspringen und sich umzusehen, aber er unterdrückte ihn, bewegte sich stattdessen nur leicht und ganz auf die Art eines Menschen, der schon fast hinübergedämmert war und nur nach einer etwas bequemeren Stellung suchte, und griff dabei nach dem Schwert. Die Klinge vibrierte ganz leicht unter seinen Fingern. Hätte er noch einen Beweis gebraucht um nicht an einen bösen Streich zu glauben, den ihm seine überreizten Nerven spielten, so hätte er ihn jetzt gehabt. Das Elbenschwert spürte die Gefahr so deutlich wie er.
Lancelot lauschte. Er hörte das Hämmern seines eigenen Herzens, die gedämpften Geräusche, die die schlafenden Pferde verursachten, selbst das Rascheln von

Mäusen im Stroh, aber ansonsten nichts. Wenn da jemand war, dann nicht im Stall.
Vorsichtig stand Lancelot auf, zog das Schwert aus der Scheide und fuhr mit der anderen Hand über den Hals des Einhorns, damit es kein verräterisches Geräusch machte. So leise, wie er nur konnte, schlich er zur Tür und spähte durch die breiten Ritzen der Bretterwand hinaus. Auch draußen schien alles ruhig zu sein und er konnte nur bewegungslose Schatten erkennen. Und dennoch spürte er mit jedem Moment mehr, dass er belauert und angestarrt wurde.
Kurzerhand schob Lancelot die Tür gerade weit genug auf, um hindurchschlüpfen zu können, und registrierte verärgert das Quietschen der uralten, vermutlich noch nie geölten Angeln, das ihm vorhin nicht aufgefallen war. Er sah sich noch einmal aufmerksam um, steuerte das nächste Gebäude an und huschte in seinen Schatten, so schnell er nur konnte. Das Gefühl der Bedrohung war jetzt ganz intensiv. Das Schwert in seiner Hand schien nicht mehr zu vibrieren, sondern zu pulsieren wie ein kleines eisernes Herz, das in rasender Vorfreude schlug. Er spürte seine Gier und er wusste mit unerschütterlicher Sicherheit, dass es gleich zum Kampf kommen und der Blutdurst der magischen Klinge gestillt werden würde.
Aber wer sollte ihn hier angreifen? Sie befanden sich eine Tagesreise von Camelot entfernt, aber sicher im Herzen des Reiches. Selbst die Patrouillen, die die Pikten immer frecher über das Land sandten, würden es sich zweimal überlegen, hier anzugreifen und noch dazu ein Ziel, das den Aufwand nicht lohnte. Die Menschen hier waren so arm, dass sie einfach nichts hatten, was man ihnen stehlen konnte.
»Sir Lancelot!«

Lancelot fuhr erschrocken zusammen und sah sich in alle Richtungen um. Niemand war da. Der Ort lag völlig reglos schlafend da, eine Ansammlung von Schatten. Aber er hatte die Stimme ganz deutlich gehört.
Und im nächsten Moment vernahm er sie wieder. »Sir Lancelot! Ich bin hier!«
Lancelot fuhr abermals herum und diesmal war ihm nicht nur die Richtung klar, aus der das gehetzte Flüstern kam, sondern er sah auch etwas. Im ersten Moment nur einen Schemen, dann die schwarze Silhouette eines Menschen. Es war etwas Bekanntes daran, das ihn umso mehr irritierte, weil er es nicht einordnen konnte, es war kein angenehmes Gefühl der Vertrautheit.
Einen Augenblick später wusste er, wieso ihm dieser unheimliche Schatten so vertraut vorkam. Er *hatte* ihn schon einmal gesehen – am Morgen nach dem Kampf gegen die Pikten, den er verloren hatte. Ganz wie jetzt hatte er nur einen Umriss erkannt, einen Menschen, der etwas wie eine Mönchskutte mit einer weit ins Gesicht gezogenen Kapuze trug, und damals wie heute war es dasselbe unheimliche Gefühl, aus gnadenlosen Augen angestarrt zu werden, mit denen ein Raubtier seine Beute musterte.
»Kommt hierher!«, fuhr die flüsternde Stimme fort. Sie hatte jenen gehetzten Unterton, der es unmöglich machte, zu sagen, ob sie einem Mann oder einer Frau gehörte. Und obwohl alles in Lancelot *wusste*, dass es ein Fehler war, richtete er sich langsam auf, trat hinter seiner Deckung hervor und machte zwei Schritte auf den Schemen zu, bevor er wieder stehen blieb.
»Wer seid Ihr?«, fragte er. »Was wollt Ihr von mir und woher kennt Ihr mich?«
»Hier ist jemand, der Euch sehen möchte«, antwortete

der Schemen. Die Gestalt machte eine verschwommene Bewegung und wie aus dem Nichts erschienen zwei weitere, massigere Schatten neben ihr. Lancelot sah das Blitzen von Metall und hörte den charakteristischen Laut, mit dem sich Männer in Rüstungen aus Leder und schwerem Eisen bewegten.

Und noch bevor er wirklich begriff, was diese bizarre Szene sollte, stürmten die beiden Männer auf ihn zu.

Lancelot war so überrascht, dass es diesmal *eindeutig* das Elbenschwert war, das ihn rettete, nicht seine eigene Reaktion. Die Klinge ruckte in seiner Hand nach oben und riss ihn vor, statt von ihm geschwungen zu werden, und in dem Schauer greller Funken, die aufstoben, als sie gegen das Schwert des Angreifers prallte, erkannte Lancelot für den Bruchteil eines Atemzuges ein dunkles, fremdartig geschnittenes Gesicht, schwarzes Haar und schwarze Augen, in denen ein Ausdruck von Hoffnungslosigkeit und Fatalismus geschrieben stand, den er nur zu gut kannte.

Pikten! Der Mann war ein piktischer Krieger!

Lancelot blieb keine Zeit, sich über das Vorhandensein zweier Krieger zu wundern, von denen er sich gerade selbst mit Erfolg eingeredet hatte, dass sie gar nicht hier sein konnten. Und die beiden Angreifer verstanden ihr Handwerk. Noch während der erste unter dem furchtbaren Treffer der Elbenklinge zurücktaumelte und beinahe sein Schwert fallen gelassen hätte, drang der andere von der Seite auf Lancelot ein und traf mit einem gewaltigen Streich seinen Oberarm. Hätte er eine normale Rüstung getragen, wäre der Kampf jetzt schon vorbei gewesen. Lancelot schrie vor Schmerz auf und taumelte zur Seite und wieder war es das Elbenschwert, das seinen Arm führte statt umgekehrt. Die Klinge schnitt zischend durch die Luft und hinterließ einen klaffenden Schnitt im eisernen Brustharnisch des Angreifers, bevor sie zur Seite schwenkte und sein Bein traf. Aus zwei schweren Wunden blutend stürzte der Mann zu Boden und Lancelot wirbelte herum und streckte auch den zweiten Pikten nieder, der gerade mühsam sein Gleichgewicht wiedergefunden hatte. Der Kampf hatte nur ein paar Sekunden gedauert.

Keuchend drehte er sich herum und war nicht überrascht, neben dem Schemen, der immer noch lautlos dastand und ihn anstarrte, zwei weitere Krieger zu sehen. Ebenso schnell wie ihre beiden Kameraden drangen sie auf ihn ein, hatten aber offensichtlich aus den Fehlern ihrer Vorgänger gelernt, denn ihre Bewegungen waren so perfekt koordiniert, dass es Lancelot schien, als kämpfe er gegen einen einzigen Gegner mit vier Armen, zwei Schwertern und zwei Schilden. Es gelang ihm, die Klinge des einen mit solcher Gewalt zu treffen, dass das Schwert des Barbaren zersprang und er selbst rücklings zu Boden geschleudert wurde, dann traf ihn ein Schildstoß des anderen, der ihn ebenfalls von den Füßen fegte, und das schartige Schwert des Barbarenkriegers zielte nach dem schmalen Schlitz in seinem Helmvisier. In blinder Verzweiflung griff er mit der linken Hand zu, packte das Schwert des Pikten und erinnerte sich erst durch den grässlichen Schmerz, der in seiner Handfläche explodierte, daran, dass er die Handschuhe ebenso wie den Schild im Stall zurückgelassen hatte.

Aber so teuer er für diesen verzweifelten Abwehrversuch auch bezahlte, er rettete ihm vielleicht das Leben. Seine Hand fühlte sich an, als wäre sie in zwei Teile gespalten, aber die Schwertspitze des Pikten verfehlte auch seinen Sehschlitz und fuhr mit einem hässlichen scharrenden Geräusch über das silberne Metall des Helmes darunter. Dann hatte Lancelot das eigene Schwert

hochbekommen und führte einen Hieb gegen den Pikten. Der Krieger fing ihn mit seinem Schild ab, aber Lancelot trat gleichzeitig wuchtig nach seinem Knie und dieser Attacke wich er nicht mehr schnell genug aus. Der Pikte stolperte mit einem zornigen Grunzen zurück und kämpfte einen Moment lang um sein Gleichgewicht und mehr Zeit brauchte Lancelot nicht. Er federte in die Höhe, biss die Zähne zusammen und keuchte vor Schmerz, als er das Schwert mit beiden Händen ergriff und mit aller Gewalt herumschwenkte.
Die Zauberklinge zerschmetterte den Schild des Pikten, den Arm, der ihn hielt, und auch noch den metallenen Brustharnisch. Der Krieger ging lautlos zu Boden und Lancelot setzte mit einem Sprung über ihn hinweg und wandte sich seinem Kameraden zu.
Der zweite Pikte hatte einen kurzstieligen Morgenstern aus dem Gürtel gezogen, dessen Kugeln jetzt mit tödlicher Zielsicherheit nach Lancelots Kopf pfiffen. Er wich dem ersten Hieb aus, revanchierte sich mit einem geraden Schwertstich, der sein Ziel zwar verfehlte, den Krieger aber hastig zurückstolpern ließ und ihm auf diese Weise die nötige Zeit für einen überlegten Gegenangriff verschaffte. Doch als Lancelot auf ihn eindrang, tat der Krieger etwas ganz und gar Unglaubliches: Er ließ seinen Schild fallen und schwang den Morgenstern zu einem mit aller Kraft geführten Hieb. Und das war nichts anderes als Selbstmord. Der Morgenstern war eine hinterhältige Waffe, die einen Mann selbst in der stärksten Rüstung mit einem einzigen Schlag schwer verletzen oder gar töten konnte, aber ihre Reichweite war begrenzt und sie war nicht annähernd so schnell wie ein Schwert. Die drei stachelbewehrten Metallkugeln des Morgensterns schrammten über Lancelots Schultern und Helm und brachten ihn aus dem

Gleichgewicht, aber noch bevor der Schlag seine ganze Kraft entfalten konnte, fand auch das Elbenschwert sein Ziel. Die Klinge schien in Lancelots Händen triumphierend aufzuschreien, als sie den Elbenkrieger mit einem glatten Streich enthauptete. Der Krieger stürzte zu Boden.
Auch Lancelot taumelte, fand sein Gleichgewicht aber noch im letzten Moment wieder und löste die linke, immer heftiger blutende Hand vom Schwertgriff. Seine Schulter war taub und sein Schädel dröhnte, als hätte jemand seinen Helm mit einer Glocke verwechselt und diese mit einem Klöppel von der Größe des Bergfrieds in Camelot angeschlagen. Er schmeckte Blut und für einen Moment wurde ihm schwindelig.
Und es war noch nicht vorbei. Lancelot sah, wie zwei weitere piktische Krieger neben der schattenhaften Gestalt erschienen, und er wusste plötzlich, dass es so weiter gehen würde, bis er diesen Kampf schließlich verlieren musste. Wer immer diese Gestalt war, sie schickte ihre Männer in den Tod, wie ein Schachspieler die Figuren auf seinem Brett opferte, um einen strategischen Vorteil zu erlangen.
Der Gedanke machte ihn wütend. Als die beiden Krieger heranstürmten, wartete er nicht ab, sondern rannte ihnen entgegen und streckte einen der Männer mit einem geraden Stich nieder, noch bevor dieser seine Waffe heben konnte. Der zweite hielt seinem Toben nur einen Moment länger stand, bevor auch er sterbend zu Boden sank, und Lancelot drehte sich schwer atmend zu der Schattengestalt herum und starrte sie an.
»Was soll das?«, fragte er. »Wollt Ihr mit mir spielen? Dann kommt!«
War das wirklich er, der diese Worte gesprochen hatte? Lancelot erschauerte vor Entsetzen vor sich selbst. Er

wollte nichts mehr als dieses schreckliche Töten beenden, aber es war, als wäre er nicht mehr Herr seines Willens. Längst nicht mehr nur das Elbenschwert in seiner Hand, etwas in *ihm* schrie nach Blut, als wäre da plötzlich ein uralter Hunger geweckt worden, der vom Moment seiner Geburt an in ihm gelegen hatte, ohne dass er sich dessen wirklich bewusst gewesen war. Er warf sich den nächsten beiden Pikten entgegen und überwand sie in Sekundenschnelle und die Männer waren noch nicht ganz zu Boden gesunken, da erschienen rechts und links des unheimlichen Schemens weitere Angreifer aus der Nacht.

Plötzlich gellte hinter ihm ein zorniger Schrei und er hörte schwere, stampfende Schritte. Die beiden Pikten, die gerade zum Angriff angesetzt hatten, erstarrten mitten in der Bewegung und schienen unschlüssig. Für einen Moment schien es, als würden sie ihren Angriff dennoch fortsetzen, dann aber hob die unheimliche Schattengestalt die Hand und sie zogen sich wieder in die Nacht zurück, so lautlos, wie sie gekommen waren. Und im nächsten Moment war auch der Schemen verschwunden.

»Lancelot! Was geht hier vor?!«

Lancelot drehte sich müde herum und gewahrte Parzifal und Sir Braiden, die nebeneinander herangestürmt kamen und ihre Schwerter gezogen hatten. Parzifal wartete seine Antwort nicht ab, sondern rannte mit weit ausgreifenden Schritten an ihm vorbei und verschwand einen Moment später in derselben Dunkelheit, die auch die Angreifer verschluckt hatte, aber Braiden kam schnaubend neben ihm zum Halten und starrte mit wachsendem Entsetzen die Leichen der Pikten an.

»Was ... was bedeutet das?«, murmelte er fassungslos.

Lancelot konnte nicht antworten. Sein Herz hämmerte

und das Schwert in seiner Hand zitterte immer noch. Und außerdem war etwas in ihm, das im selben Rhythmus pulsierte und dieselbe Gier verspürte, das Blut geschmeckt hatte und längst nicht gesättigt war. Er musste all seine Kraft aufbieten um das Schwert in die Scheide zurückzuschieben, statt es dem einzigen lebenden Wesen in die Brust zu stoßen, das in seiner Nähe war – Sir Braiden.

Der einhändige Tafelritter erfuhr nie, in welcher Gefahr er für einen kurzen Moment geschwebt hatte, denn kaum war es Lancelot gelungen, die Hand vom Schwert zu lösen, da schlugen Erschöpfung und Schmerz wie eine rote Woge über ihm zusammen und er fiel kraftlos auf die Knie und kippte zur Seite.

Vielleicht war es das größte Glück, das er bisher gehabt hatte, dass er schon wieder zu sich kam, als Braiden ihn auf den großen, hastig leer geräumten Tisch im Schankraum legte. Im ersten Moment wusste er nicht, wo er war, was passiert und was der grässliche Schmerz in seiner linken Hand bedeutete, aber dann hatte er plötzlich wieder jenes intensive Gefühl von Gefahr, das ihn schon ein paar Mal gewarnt hatte, und öffnete schlagartig die Augen.

Keinen Moment zu früh.

Braiden hatte ihm bereits den Helm abgenommen und hantierte ungeschickt mit seiner einen Hand an den Verschlüssen seines Brustpanzers herum. Hätte er zehn Finger besessen statt nur fünf, hätte er sie vermutlich längst aufbekommen und möglicherweise erkannt, wer sich unter dem silbernen Harnisch verbarg.

Der Gedanke gab Lancelot endgültig die Kraft, sich aufzusetzen und Braidens Hand mit einer unwilligen Bewegung zur Seite zu schieben. »Lasst das«, sagte er.

Braiden trat einen halben Schritt zurück und runzelte überrascht die Stirn. »Seid Ihr von allen guten Geistern verlassen?«, fragte er. »Ich will Euch doch nur helfen!«
»Dagegen habe ich nichts.« Lancelot hob die linke Hand, die immer noch so heftig blutete, dass sich auf dem Tisch bereits eine dunkelrote Lache gebildet hatte. »Aber wie Ihr seht, ist meine Hand verletzt, nicht mein Bauchnabel.«
Braiden wurde nun regelrecht wütend. »Ich glaube nicht, dass Ihr das beurteilen –«, begann er, aber Lancelot unterbrach ihn sofort.
»Ich glaube schon«, sagte er. »Holt Wasser und Verbandszeug, ich bitte Euch. Es tut ziemlich weh.«
Braiden funkelte ihn eine Sekunde lang so wütend an, als überlege er, den störrischen Ritter seinem Schicksal zu überlassen, dann aber drehte er sich halb herum und fuhr jemanden außerhalb von Lancelots Gesichtskreis an: »Ihr habt es gehört! Schnell!«
Lancelot musste all seinen Mut zusammennehmen um seine zerschnittene Hand anzusehen. Die Verletzung war nicht so schlimm, wie sie sich anfühlte – in seiner Handfläche klaffte eine tiefe Schnittwunde, aber der Knochen war nicht verletzt, und als Lancelot versuchte die Finger zur Faust zu schließen, da gelang es ihm, auch wenn er dafür mit noch schlimmeren Schmerzen bezahlte. Aber die Wunde würde heilen. Er würde die Hand weiter bewegen können. Das war alles, was im Moment zählte.
Sir Braiden betrachtete ihn mit finsterem Gesichtsausdruck, hüllte sich aber in beleidigtes Schweigen, bis der Gastwirt herankam und eine Schüssel Wasser und ein halbwegs sauberes Tuch brachte. Er wollte nach Lancelots Hand greifen, aber Braiden stieß ihn grob zur Seite und übernahm es selbst, die Wunde zu versorgen.

Lancelot zweifelte nicht daran, dass der Tafelritter wusste, was er tat, und auch eine Menge Erfahrung in solchen Dingen hatte. Aber Braiden würde nicht besonders viel Rücksicht nehmen, ob es Lancelot wehtat oder nicht. Trotzdem ließ er die Prozedur klaglos über sich ergehen.
Als Braiden fast damit fertig war, seine Hand in einen unförmigen Klumpen aus blutgetränkten Stoffstreifen zu verwandeln, flog die Tür auf und Parzifal kam hereingestürmt. Er hielt das Schwert immer noch in der Hand, sah aber eher verwirrt als erschrocken drein und tauschte einen raschen fragenden Blick mit Sir Braiden, ehe er an den Tisch trat und Lancelot ansah. »Wie geht es Euch?«, erkundigte er sich.
»Ganz wunderbar«, knurrte Lancelot. »Nur mit der linken Hand werde ich in den nächsten Tagen nicht besonders viel anfangen können. Aber das macht nichts.« Er sah zornig zu Sir Braiden hoch. »Wir können uns zusammentun. Ihr habt eine unversehrte Linke und ich eine unversehrte Rechte.«
Braiden lachte sogar, aber es klang mehr pflichtschuldig als wirklich amüsiert, und Parzifal fragte: »Was ist passiert?«
»Ich wollte, ich wüsste es«, antwortete Lancelot kopfschüttelnd. »Ich habe ein Geräusch gehört und bin hinausgegangen und plötzlich waren sie da.«
»Pikten«, sagte Parzifal nachdenklich. »Es waren ganz eindeutig Pikten.«
»Natürlich waren es Pikten«, knurrte Braiden und zog den Verband um Lancelots Hand so fest, dass dieser vor Schmerz die Zähne zusammenbiss. »Wer sonst wäre so dumm, so etwas zu tun?«
»Aber das ergibt überhaupt keinen Sinn«, meinte Parzifal.

»Wahrscheinlich haben sie uns beobachtet und nur darauf gewartet, dass wir uns schlafen legen, um uns die Kehlen durchzuschneiden«, vermutete Braiden, aber Parzifal schüttelte heftig den Kopf.
»Dann ergibt es noch viel weniger Sinn«, sagte er. »Es ist der reine Selbstmord, einen einzelnen Mann anzugreifen und dabei Gefahr zu laufen, alle anderen zu wecken. Sie hätten versucht, sich hereinzuschleichen und uns im Schlaf zu überraschen.«
»Vielleicht haben sie es ja«, meinte Braiden. »Schließlich konnten sie nicht damit rechnen, ausgerechnet auf Sir Lancelot zu treffen, der es vorzieht, im Stall zu nächtigen.« Er sah Lancelot dabei auf eine Art an, die ihm nicht gefiel. Misstrauen? Lancelot verscheuchte den Gedanken. Er musste endlich aufhören hinter jeder harmlos gemeinten Bemerkung eine Anspielung oder einen Vorwurf zu vermuten.
»Wenn es ein Irrtum war, dann ist er ihnen teuer zu stehen gekommen«, sagte Parzifal. Er schüttelte den Kopf. Seine Stimme wurde leiser und nahm einen zugleich erschütterten wie bewundernden Tonfall an.
»Acht.«
»Acht was?«, fragte Braiden.
»Es sind acht Tote«, berichtete Parzifal. »Er hat gegen acht Krieger gekämpft und gewonnen.«
Braiden blinzelte und Lancelot wurde erst jetzt klar, dass der ältere Ritter nur gesehen hatte, dass er draußen auf dem Hof gegen die feindlichen Krieger gekämpft hatte, nicht, gegen wie viele.
»Das ist unglaublich«, murmelte Parzifal. »Hätte ich es nicht mit eigenen Augen gesehen, hielte ich es nicht für möglich.« Er sah nun direkt auf Lancelot herab. »Ihr habt gegen acht Gegner gekämpft und sie geschlagen. Bei Gott, so etwas würde nicht einmal Artus gelingen.«

»Ich hatte Glück«, antwortete Lancelot ausweichend. »Sie wussten offensichtlich nicht, wen sie vor sich hatten, und waren mindestens so überrascht wie ich. So konnte ich einige von ihnen erledigen, bevor der Kampf wirklich begann.«

»Unsinn!«, widersprach Parzifal. »Ich habe die Toten gesehen, vergesst das nicht. Ihr seid zu bescheiden, Sir Lancelot. Es muss ein grauenhafter Kampf gewesen sein.«

Ja, und ich verstehe nicht, wieso ich ihn überlebt habe, dachte Lancelot. Er hätte diesen Kampf nicht gewinnen dürfen. Zauberschwert hin oder her, er hatte schon einmal am eigenen Leibe erlebt, dass eine unzerstörbare Rüstung oder ein unbesiegbares Schwert allein kein Garant für Unverwundbarkeit oder den Sieg waren. Er wäre den Angreifern unterlegen gewesen, wären sie alle zugleich oder auch nur zu viert gekommen statt immer paarweise. Es war fast, als hätten sie *gewollt*, dass er sie besiegte. Aber das ergab überhaupt keinen Sinn.

»Ich weiß es nicht«, murmelte er. Der pulsierende Schmerz in seiner Hand ließ seine Stimme genug zittern um den Worten Überzeugungskraft zu verleihen. »Vielleicht hatte ich einfach Glück. Vielleicht hatten sie auch keinen Plan. Ich hatte das Gefühl, sie waren ebenso erschrocken wie ich.«

Parzifal legte zögernd die Stirn in Falten, aber Braiden sagte nachdenklich: »Das könnte sein. Ihr habt Recht, Parzifal. Ein Angriff hier und jetzt ergibt überhaupt keinen Sinn und auf diese Weise schon gar nicht. Vielleicht war es einfach eine Patrouille, die vom Weg abgekommen ist und ein Nachtlager gesucht hat.«

»Ja, vielleicht«, murmelte Parzifal ohne die geringste Überzeugung. Dann gab er sich einen Ruck und sprach mit lauter Stimme weiter: »Ich werde Wachen einteilen.

Wir waren zu leichtsinnig. Noch einmal können wir nicht damit rechnen, so billig davonzukommen.«

Blackmanor Castle hatte diesen Namen vermutlich nicht einmal verdient, als es seine Blütezeit erlebt hatte – falls es eine solche überhaupt jemals gegeben hatte. Es war alles andere als eine Burg, nur ein halbhoher Turm mit einem schlampig daran gebauten Steingebäude, das Mühe hatte, auch nur mit den Ställen Camelots mitzuhalten, und man musste schon ein gehöriges Maß an Fantasie aufbringen um sich vorzustellen, wie die verfallene Ruine einmal ausgesehen haben mochte. Nebenbei war sie auch nicht schwarz, sondern von einem so staubigen Grau, dass man beim bloßen Ansehen schon das Gefühl hatte, nicht mehr richtig atmen zu können. Früher einmal hatte Blackmanor Castle vermutlich frei auf der Kuppe des sanften Hügels gestanden, auf dem es errichtet worden war, aber der Wald hatte längst begonnen das verloren Terrain zurückzuerobern und die Rückseite der Ruine erreicht. Niedriges Gebüsch und fast hüfthohes Unkraut hatten das Bauwerk bereits überwuchert und nach Lancelots Meinung konnte es allenfalls noch als Unterschlupf für wilde Tiere und Ungeziefer dienen, kaum mehr als Behausung von Menschen. Er verstand das, was Sir Braiden gestern Nacht über seinen Besitzer gesagt hatte, jetzt um einiges besser. Wer es nötig hatte, in einer solchen Ruine zu wohnen, der konnte wohl kaum über die entsprechenden Mittel verfügen, um irgendetwas bei einem Hehler zu kaufen, ganz egal wie verlockend oder billig das Angebot auch war.
Und er bezweifelte ebenso, dass Blackmanor Castle überhaupt noch einen Bewohner hatte. Über der Ruine kräuselte sich weder der Rauch eines Kaminfeuers noch

sahen sie ein Licht oder irgendein anderes Anzeichen menschlicher Anwesenheit.
Irgendwann im Laufe der letzten beiden Stunden hatte Braiden die Führung des kleinen Trupps übernommen, fast ohne dass Lancelot es bemerkt hatte. Jetzt zügelte er sein Pferd und sie hielten am Fuß der runden Hügelkuppe an, auf der die Burgruine stand. Braiden blickte aus eng zusammengekniffenen Augen nach oben, musterte jeden Zentimeter der verfallenen staubgrauen Burgmauern und drehte sich schließlich ächzend im Sattel, um auch ihre Umgebung einer eingehenden Prüfung zu unterziehen. Eine Stunde nach Mittag waren sie dem letzten menschlichen Wesen begegnet, seither ritten sie durch eine Landschaft, in der sich Wälder, flache Wiesen und karges Felsland abwechselten und die so unberührt erschien, als hätte es hier niemals Menschen gegeben. Lancelot fragte sich vergeblich, was für Menschen es gewesen sein mussten, die ihr Haus ausgerechnet *hier* errichtet hatten. Blackmanor Castle war schließlich nicht als Ruine erbaut worden, sondern irgendwann einmal ein stolzes und auch wehrhaftes Gebäude gewesen. Aber was nutzte ein Besitz, auf den man stolz sein konnte, wenn niemand da war, der ihn sah? Er überlegte müde, Braiden nach den jetzigen Besitzern Blackmanor Castles zu fragen, fand es aber dann der Mühe nicht wert und wartete geduldig darauf, dass der Ritter das Zeichen zum Weiterreiten gab.
Braiden regte sich jedoch nicht, sondern stellte nur leise fest: »Scheint niemand zu Hause zu sein.«
»Seit wie vielen Jahren?«, fügte Parzifal hinzu.
Braiden lächelte müde und schüttelte den Kopf. »Ich kenne den Besitzer von Blackmanor Castle und seine Familie«, sagte er. »Sie sind ziemlich scheu, aber sie

gehören nicht zu denen, die große Reisen zu unternehmen pflegen.«
»Vielleicht haben sie sich vor uns versteckt«, meinte Lancelot, aber Braiden schüttelte erneut den Kopf.
»Ich sagte *scheu*«, antwortete er. »Aber ich kenne sie. Und sie mich. Sie hätten sich längst gezeigt.«
Parzifal seufzte tief. »Und was genau wollt Ihr uns damit sagen, Sir Braiden?«, fragte er.
Statt zu antworten stieg Braiden aus dem Sattel und zog sein Schwert. Parzifal hob alarmiert eine Augenbraue, aber Braiden winkte rasch ab. »Wartet hier auf mich«, sagte er. »Ich gehe voraus. Vielleicht habt Ihr ja Recht und sie haben wirklich nur Angst. Es ist besser, wenn ich allein hinaufgehe.«
Er wartete die Antwort auf seinen Vorschlag nicht ab, sondern marschierte mit schnellen Schritten los und Parzifal tauschte einen fragenden Blick mit Lancelot, auf den dieser aber nur mit einem hilflosen Achselzucken reagieren konnte. Schweigend sahen sie zu, wie Braiden den Hügel hinaufeilte und in dem verfallenen Steingebäude verschwand, wozu er sein Schwert zu Hilfe nehmen musste, um sich einen Weg durch das wild wuchernde Unkraut vor dem Eingang zu hacken.
»Ich wusste nicht, dass Sir Braiden so seltsame Leute kennt«, sagte Parzifal amüsiert. Er schauderte übertrieben. »Ich finde die Gegend hier nachgerade unheimlich – Ihr nicht?«
Lancelot nickte. Wenn er bedachte, wie weit nördlich und östlich von Camelot sie sich befanden – und wie nahe damit von Malagon –, dann war diese Gegend mehr als nur unheimlich. Er spürte weder die fremde Gegenwart noch hatte er den ganzen Tag über irgendwelche Spuren der Barbarenkrieger entdeckt, aber vielleicht war es gerade das, was ihn beunruhigte. Sie *hätten*

auf Spuren der Pikten treffen sollen. Aber möglicherweise zogen die Barbaren auch alle ihre Kräfte zusammen um gegen Camelot zu ziehen.
Braiden tauchte unter dem Eingang der Ruine auf und winkte ihnen zu und sie ritten weiter. Parzifal ergriff im Vorüberreiten den Zügel von Braidens Pferd und die Packtiere folgten ihnen, ohne dazu aufgefordert werden zu müssen. Nur wenige Augenblicke später hielten sie vor der Ruine an und Lancelot ließ sich mit einem erschöpften Seufzen aus dem Sattel gleiten. In Meilen gemessen war der Weg, den sie heute zurückgelegt hatten, nicht einmal besonders weit, aber er war so erschöpft wie selten zuvor in seinem Leben. Lancelot gab dem Blutverlust und der Anstrengung der vergangenen Nacht die Schuld, aber tief in sich spürte er, dass das nicht der alleinige Grund war.
»Es ist tatsächlich niemand hier«, empfing sie Braiden, als sie auf ihn zugingen. »Wie es aussieht, schon seit einer ganzen Weile nicht.«
»Vielleicht sind sie in den Turm umgezogen«, murmelte Parzifal, aber Braiden schüttelte nur den Kopf. »Dazu gibt es keinen Grund«, sagte er. »Diese Ruine ist selbst im Sommer fast unbewohnbar, kalt und zugig. Hier lebt jedenfalls seit Wochen schon niemand mehr.«
Lancelot trat an Braiden vorbei, blinzelte ein paar Mal um seinen Augen Gelegenheit zu geben, sich an das mattgrün eingefärbte, trübe Zwielicht hier drinnen zu gewöhnen, und sah sich dann um. Der verfallene Eindruck, den das Gebäude von weitem erweckte, setzte sich hier drinnen fort, wenn auch nicht in dem Maße, das er erwartet hatte. Unkraut und Gebüsch hatten auch einen Teil des Innenraumes erobert und vom Dach waren nur noch ein paar morsche Balken übrig geblieben, die nicht so aussahen, als würden sie den nächsten

Winter überstehen. Dennoch war es einigermaßen sauber und es gab ein paar bescheidene Möbelstücke, die anscheinend noch aus besseren Zeiten stammten: ein Bett, ein niedriger Tisch und einige Schemel, zwei oder drei wuchtige Truhen und eine Feuerstelle mit längst kalt gewordener und vom letzten Regen verklumpter Asche. Lancelot ging zum Tisch, ließ sich mit einem erschöpften Seufzer auf einen der Stühle sinken und benutzte seine rechte Hand, um die linke vorsichtig aus der Schlinge zu heben und behutsam auf den Tisch zu legen. Es tat dennoch weh, aber nicht so sehr, wie er befürchtet hatte. Seit ein paar Stunden waren die quälenden Schmerzen zu einem dumpfen, aber erträglichen Pochen geworden. Offensichtlich heilte die Wunde bereits.

»Ich versorge die Pferde«, beschloss Parzifal. »Und sehe mich draußen noch ein wenig um. Mir ist es hier zu still.«

Er ging und Braiden sah ihm einen Moment kopfschüttelnd nach, wandte sich dann um und begann die Kisten und den einfachen Schrank zu durchsuchen. Er brauchte nur wenige Minuten, und nachdem er sich zu Lancelot an den Tisch gesetzt hatte, berichtete er: »Im Schrank waren noch ein paar Lebensmittel. Natürlich verdorben.«

»Wir haben genug Vorräte bei uns«, entgegnete Lancelot, aber Braiden schüttelte den Kopf.

»Das meine ich nicht«, sagte er. »Die Leute hier leben von dem, was sie im Wald finden, und der Jagd. Sie würden niemals Lebensmittel schlecht werden lassen.«

Lancelot hatte überhaupt keine Lust, über das Thema zu reden, aber er spürte auch, dass Braiden keine Ruhe geben würde, und so sagte er müde: »Ihr meint, dass sie in ziemlicher Hast aufgebrochen sind. Geflohen?«

»Oder verschleppt wurden, ja«, fügte Braiden hinzu. »Obwohl ich das kaum glaube. Wären Pikten hier gewesen, hätten sie alles mitgenommen, was nicht niet- und nagelfest ist, und den Rest vermutlich in Brand gesteckt oder zerschlagen.« Er schüttelte den Kopf. »Nein. Sie müssen vor etwas geflohen sein. In großer Hast.«
»Vermutlich habt Ihr Recht, Braiden«, murmelte Lancelot matt, »aber verzeiht, ich ...«
»Euch ist nicht danach, darüber zu reden«, sagte Braiden. Lancelot lauschte vergeblich auf eine Spur von Vorwurf oder Spott in seiner Stimme. Er nickte.
»Ihr seid noch nie verwundet worden, habe ich Recht?«, fragte Braiden.
Ich bin sogar schon einmal gestorben, dachte Lancelot bitter. Dennoch schüttelte er den Kopf und erwiderte: »Nein. Nicht so.«
»So?«
»So völlig überflüssig und dumm«, murmelte Lancelot. »Ich könnte mich ohrfeigen – am besten mit der linken Hand, damit es besonders wehtut.«
»Wie ist es passiert?«, erkundigte sich Braiden.
»Ich habe ein Schwert zur Seite geschlagen«, antwortete Lancelot ehrlich. »Und vergessen, dass ich keinen Handschuh anhatte.«
Braiden nickte. »Das ist dumm«, sagte er ernst. »Aber hättet Ihr es nicht getan, wo hätte Euch das Schwert dann getroffen?«
Darauf schwieg Lancelot und Sir Braiden nickte erneut, als kenne er die Antwort ganz genau. »Ihr habt Euch auf Eure Instinkte verlassen und jetzt seid Ihr wütend auf Euch selbst, weil Ihr Schmerzen habt. Aber vermutlich haben diese Instinkte Euch das Leben gerettet.«
»Vielleicht reichen Instinkte manchmal nicht«, sagte Lancelot.

Braiden lächelte. »Glaubt mir, Lancelot – sie sind meistens alles, was zwischen uns und dem Tod steht.« Er schwieg einige Augenblicke, in denen er Lancelot sehr nachdenklich ansah, dann fragte er: »Ihr seid noch nicht lange Ritter, habe ich Recht?«

Lancelot sah irritiert auf. »Woher –?«, entfuhr es ihm, bevor er sich auf die Lippen beißen und den Rest der Worte verschlucken konnte.

»So schwer ist das nicht zu erkennen«, beantwortete Braiden seine nicht ganz ausgesprochene Frage. »Aber macht Euch keine Sorgen. Ich glaube nicht, dass es außer mir jemandem aufgefallen ist.«

»Wieso?«, fragte Lancelot. Er versuchte nicht zu leugnen. Es hätte sowieso keinen Zweck gehabt und er hatte das Gefühl, den älteren Ritter damit nur zu beleidigen.

»Ich habe so viele Ritter kommen und gehen sehen, Lancelot«, antwortete Braiden. »Ich bin alt. Fragt mich nicht, wie alt. Ich habe die Jahre nicht gezählt und es interessiert mich auch nicht, aber ich hatte meine besten Jahre schon hinter mir, als ich nach Camelot kam. Ich habe nie damit gerechnet, so lange zu leben. Um ehrlich zu sein, ich habe mir immer gewünscht auf dem Schlachtfeld zu sterben. Aber damit wird es jetzt wohl nichts mehr«, fügte er mit einem bitteren Lächeln und einem Blick auf den Stumpf seines rechten Armes hinzu.

»Redet nicht einen solchen Unsinn«, antwortete Lancelot. »Ich habe gesehen, wie Ihr das Schwert mit der Linken führt. Die wenigsten Männer beherrschen es so gut mit der rechten Hand.«

»Das mag sein«, sagte Braiden, schüttelte aber trotzdem den Kopf. »Ich bin immer noch gut. Aber gut zu sein reicht an Artus' Tafel nicht. Wir sind die Besten. Die besten der Besten und wir müssen es sein.« Er lächelte erneut und diesmal wirkte es mehr als nur ein wenig bitter. »Wenn ich nicht wegen meines Alters so eine Art Unikum bei Hofe wäre und wenn Artus im Moment nicht jedes Schwert so dringend bräuchte wie niemals zuvor, dann hätte er mir längst irgendwo ein kleines Schloss oder ein Landgut zum Geschenk gemacht und mich aufs Altenteil geschoben.«

Und was wäre so schlimm daran?, dachte Lancelot. Er wusste mit vollkommener Sicherheit, dass Braiden Recht hatte – in dem Kampf, der unzweifelhaft vor ihnen lag, würde es nicht reichen, gut zu sein. Von allen Rittern auf Camelot hatte Braiden vermutlich die geringsten Chancen, den bevorstehenden Krieg mit den Pikten zu überleben.

»Wie alt seid Ihr, Lancelot?«, fragte Braiden.

Lancelot hob die Schultern. »Da geht es mir so ähnlich wie Euch, Sir Braiden«, sagte er. »Ich habe die Jahre nie gezählt.«

Braiden nickte. »Ihr wollt es mir nicht sagen«, vermutete er. »Aber gut. Es spielt auch keine Rolle. Ich kenne Eure Geschichte.«

»Woher?«, fragte Lancelot unsicher. Ein sonderbares Gefühl beschlich ihn.

»Weil ich sie schon so oft erlebt habe«, behauptete Braiden. Seine Stimme klang plötzlich beinahe traurig. »Ihr seid der Sohn irgendeines Edelmannes oder Ritters aus einem weit entfernten Land. Nicht so weit, dass man dort noch nichts von Camelot und König Artus und seinen Tafelrittern gewusst hätte, aber weit genug, dass noch niemand hier etwas von Euch gehört hat. Nicht der älteste Sohn. Nicht der Erbe. Ihr seid der, dem das Schicksal übel mitgespielt hat, denn er hat nichts zu erwarten, als als Zweit- oder Drittgeborener im Schatten seines älteren Bruders aufzuwachsen, der das Vermögen und das Reich erben wird, und Ihr seid ganz besonders zornig auf das Schicksal, weil Ihr Euch für den besseren Ritter haltet und das vermutlich auch seid. Also habt Ihr Euer Erbteil genommen und diese Rüstung und das Schwert gekauft oder Euer Vater hat Euch beides geschenkt, um Euch den Abschied zu versüßen und seinem Reich das Schicksal so vieler anderer zu ersparen: an einem Streit um das Erbe zugrunde zu gehen, und Ihr seid in die Welt hinausgezogen, um Euch zu bewähren und Abenteuer zu erleben. Und natürlich musstet Ihr früher oder später nach Camelot kommen. Jetzt seid Ihr hier und Ihr wollt Euch beweisen und bei Gott, Ihr tut es. Ich bin niemals einem furchtloseren und besseren Schwertkämpfer als Euch begegnet, obwohl Ihr noch so jung seid. Nicht einmal Artus war so tapfer und geschickt wie Ihr in Eurem Alter. Und dennoch werdet Ihr sterben. Ihr werdet nicht viele der anderen Ritter von Camelot überleben. Vielleicht nicht einmal mich.«

Lancelot musste sich beherrschen um nicht zu erleichtert aufzuatmen, denn für einen Moment war er überzeugt gewesen, dass Braiden tatsächlich die Wahrheit wusste. Es erschütterte ihn die Geschichte, die der ältere Ritter erzählte, denn er spürte nur zu genau, wie viel Wahrheit sie enthielt und wie oft er sie vermutlich bereits miterlebt hatte. »Wieso?«, fragte er.

»Weil ihr niemals zufrieden sein werdet«, sagte Braiden. »Gestern Nacht war es nur eine Ungeschicklichkeit, die Euch Blut gekostet und Euch Schmerzen bereitet hat und vielleicht auch eine Nacht voller Fieber. Nicht mehr. Aber dieser Sieg, so gewaltig er sein mag, reicht Euch nicht. Er kann Euch nicht reichen. Selbst wenn wir die Pikten schlagen, selbst wenn Ihr ganz allein Morgaine Le Faye und Mordred besiegt, Ihr werdet immer eine neue Herausforderung suchen. Sind es nicht die Pikten, dann werden es die Normannen sein, die Franken, und wenn Ihr sie alle besiegt habt, dann werdet Ihr Euch einen Drachen suchen ...« Er schüttelte müde den Kopf. »Ihr werdet nicht innehalten, bis Ihr an einen Gegner geratet, dem Ihr nicht gewachsen seid.«

Lancelot lachte unsicher und unecht. »Ihr wollt mir Angst machen, Sir Braiden.«

»Natürlich will ich das«, antwortete Braiden ernst. »Ich mache mir nichts vor. Ihr seid noch nicht alt genug um wirklich zu verstehen, was ich meine. Aber wenn Gott es gut mit Euch meint und Ihr ein bisschen Glück habt, dann werdet Ihr es vielleicht doch werden. Und wenn es wieder einmal knapp ausgeht und Ihr wieder einmal einen Kampf nur noch mit Mühe und Not gewonnen habt, vielleicht erinnert Ihr Euch dann an meine Worte. Und vielleicht ist es dann noch nicht zu spät.«

»Wenn Ihr das wirklich glaubt, warum seid Ihr dann noch auf Camelot?«, erkundigte sich Lancelot.

»Eine gute Frage«, erwiderte Braiden. »Ich habe sie mir selbst oft genug gestellt, schon bevor ich zum Krüppel und nutzlos wurde.« Er riss mit einer zornigen Bewegung den leeren Handschuh von seinem rechten Arm und hob anklagend den vernarbten Stumpf, der darunter zum Vorschein kam. »Ich kann nur noch auf dem Schlachtfeld sterben, Lancelot. Das Schicksal hat mir übel mitgespielt. Es hat mich am Leben gelassen, aber ich bin nutzlos. Selbst wenn ich den Krieg überlebe und mich aufs Altenteil zurückziehe, dann werde ich immer der Krüppel sein, der Ritter, der eine Hand zu wenig hat um noch Platz an Artus' Tisch zu finden. Und ein Leben als alter Mann, der sich wie ein zahnloser Hund einen warmen Platz am Ofen sucht und die Tage zählt, die ihm noch bleiben, das ist nichts für mich. Die Zukunft hat mir nichts mehr zu bieten. Aber Euch schon. Wenn du zwischen all den Kämpfen einmal Zeit findest, mein Junge, dann geh hinaus und sieh dir die Welt an und du wirst sehen, wie schön sie ist. Hör auf nach einem Drachen zu suchen und schau dich lieber nach einem Mädchen um und gründe eine Familie. Der Kampf gegen das Schicksal kann genauso aufregend und gefährlich sein wie der gegen einen Feind. Und ebenso schwer. Aber ihn zu gewinnen bereitet auch ebensolche Befriedigung.«

Es lag Lancelot tatsächlich auf der Zunge, Braiden zu antworten, dass er all dies bereits gefunden – und sofort wieder verloren – hatte. Er hatte Braiden immer gemocht und stets großes Vertrauen zu ihm gehabt. Wenn es auf Camelot überhaupt jemanden gab, dem er sein Geheimnis anvertrauen konnte, dann war es zweifellos Sir Braiden. Aber er wagte es nicht. Es ging nicht um ihn. Sein Schicksal spielte hier die geringste Rolle. Aber er durfte nichts tun, was Gwinneth in Gefahr brachte.

Braiden stand auf, klaubte den Handschuh vom Tisch und stopfte ihn nachlässig unter seinen Gürtel. »Das waren genug bedeutungsvolle Worte für einen Abend, finde ich«, sagte er in plötzlich verändertem Ton und mit einem breiten Grinsen. »Ruht Euch aus. Ich werde versuchen irgendwo ein wenig trockenes Holz zu finden, um das Feuer wieder in Gang zu bringen. Die Nächte hier können sehr kalt werden.«

Nach den Ereignissen der vorangegangenen Nacht waren sie stillschweigend übereingekommen, eine Wache aufzustellen, so abgelegen und sicher ihr Quartier auch schien, und Lancelot hatte nicht widersprochen, als Sir Braiden ihm angeboten hatte gleich die erste Wache zu übernehmen. Es kostete ihn zwar fast mehr Überwindung und Kraft, als er aufzubringen imstande zu sein glaubte, sich zweieinhalb endlose Stunden lang wach zu halten, während Braiden und Parzifal unter ihren Decken lagen und sich den wohlverdienten Schlaf gönnten, aber dafür würde er im Gegensatz zu den anderen den Rest der Nacht durchschlafen können. Jedenfalls glaubte er das.

Es war noch dunkel, als Lärm und eine aufgeregte Stimme ihn weckten. Lancelot setzte sich auf, rieb sich den Schlaf aus den Augen und versuchte in der Dunkelheit etwas zu erkennen. Das Feuer, das sie angezündet hatten, war längst erloschen und selbst die Glut strahlte nur noch einen schwachen rötlichen Schimmer aus, der nicht ausreichte um Einzelheiten zu erkennen.

Jemand näherte sich mit schnellen Schritten dem Eingang und offensichtlich war dieser nicht allein, denn nun hörte Lancelot auch die stolpernden Schritte eines zweiten Menschen.

Braiden war mit einem Satz auf den Beinen und griff nach dem Schwert, das er neben sich gelegt hatte, noch bevor Parzifal gebückt durch den Eingang trat. Er schleifte jemanden mit sich und Lancelot erkannte jetzt immerhin einen wild um sich schlagenden Umriss.

»Was ist los?«, fragte Sir Braiden mit scharfer Stimme.

Parzifal polterte mit seiner heftig zappelnden Last in Richtung des Kamins und stieß mit dem Fuß die trockenen Zweige in die Glut, die sie schon für den nächsten Morgen bereitgelegt hatten. Das Holz flammte auf und gelber Feuerschein vertrieb die Schatten der Nacht.

Lancelot blinzelte in das plötzliche ungewohnte Licht und erkannte mit einiger Überraschung, dass Parzifal den vermutlich schmutzigsten und zerlumptesten Jungen gepackt hielt, der in diesem Teil Britanniens umher-

lief. Und wahrscheinlich auch den am übelsten riechenden, denn Parzifal hielt ihn zwar eisern fest, aber mit ausgestreckten Armen so weit von sich weg, wie er nur konnte.
»Wer zum Teufel ist das?«, murrte Braiden. Er legte das Schwert wieder zu Boden und ging mit langsamen Schritten auf Parzifal und dessen Beute zu.
»Ich habe nicht die geringste Ahnung«, antwortete Parzifal. »Der Bursche ist draußen herumgeschlichen und hat uns ausspioniert.«
»Das habe ich nicht!«, protestierte der Junge.
»Immerhin kann er reden«, sagte Parzifal grinsend. »Kennt Ihr ihn, Sir Braiden? Gehört er vielleicht zu den Leuten, die hier leben?«
Braiden ging noch näher heran, legte den Kopf schräg und musterte das sich noch immer heftig wehrende Bündel einen Moment lang eindringlich. »Wenn ich unter all dem Schmutz ein Gesicht erkennen könnte ...«, meinte er, doch dann schüttelte er den Kopf: »Nein, ich habe ihn noch nie gesehen.«
»Dann sprich endlich!« Parzifal schüttelte den Jungen. »Wieso schleichst du dich an uns ran? Für wen spionierst du?«
»Ich habe nicht spioniert«, protestierte der Junge. »Ich habe nur Euer Feuer gesehen und wollte wissen, wer Ihr seid.«
»Unser Feuer?« Braiden warf einen schrägen Blick auf den brennenden Holzstapel. »Das ist vor nahezu drei Stunden ausgegangen. Du musst dich eine ganze Weile *nicht* angeschlichen haben.«
»Ich wollte nur wissen, wer Ihr seid«, wiederholte der Junge. Er hörte endlich auf zu zappeln und nach Parzifals Beinen zu treten und Parzifal hörte auf, ihn zu schütteln wie einen jungen Hund.

Auch Lancelot hatte sich mittlerweile erhoben und ging mit langsamen Schritten zu den beiden Rittern und dem schmutzigen Jungen hin. Als er in den Feuerschein trat, riss der Junge erstaunt die Augen auf und erstarrte für einen kurzen Moment regelrecht. Dann hauchte er:
»Seid ... seid Ihr ... Sir Lancelot?«
Lancelot runzelte die Stirn. »Ist das auf meine Stirn tätowiert?«, fragte er.
»Ihr seid der Silberne Ritter, nicht wahr?«, murmelte der Junge. In seiner Stimme war eindeutig etwas wie Ehrfurcht. »Ihr müsst es sein.«
Lancelot tauschte einen fragenden Blick mit Braiden und dann Parzifal, bekam von beiden aber nur ein Achselzucken zur Antwort. »Und wenn ich es wäre?«, fragte er.
»Lasst ihn los«, sagte Braiden, an Parzifal gewandt. »Ich glaube nicht, dass dieser Bursche eine Gefahr für uns darstellt.«
Der sanfte Spott in seiner Stimme entging dem Jungen ebenso wie die Grimasse, die Parzifal schnitt, als er ihn losließ und dann demonstrativ einen Schritt zurücktrat und sich die Nase zuhielt. Er starrte weiter unverwandt Lancelot an. »Ihr seid Lancelot«, wiederholte er. Dann blickte er rasch zu Braiden und Parzifal und wieder in Lancelots Gesicht. »Dann seid Ihr auch von Artus' Hof?«
»Das sind wir«, antwortete Braiden.
»Ich hatte Recht«, sagte der Junge. Er klang unendlich erleichtert, aber auch ein bisschen triumphierend. »Ich wusste, dass Ihr kommt. Ich wusste, dass der König uns nicht im Stich lässt.«
»Was meinst du damit?«, fragte Lancelot alarmiert.
»Ich habe allen gesagt, dass er Ritter herschicken wird um uns zu schützen. Artus ist nicht so ein König, dem

die einfachen Bauern egal sind. Keiner hat mir geglaubt, aber ich wusste es.«
Lancelot wollte eine weitere Frage stellen, aber Braiden brachte ihn mit einer raschen Handbewegung zum Schweigen und bemühte sich ein möglichst freundliches Lächeln auf sein Gesicht zu zwingen. Es gelang ihm, aber Lancelot erkannte auch die Sorge, die sich darunter verbarg. »Möchtest du etwas essen, Junge? Du siehst aus, als wärst du sehr hungrig. Wie ist eigentlich dein Name?«
»Landon«, antwortete der Junge. »Und ja, ich bin sehr hungrig.«
»Gut«, sagte Braiden. Er machte eine Kopfbewegung zum Tisch hin. »Dann setz dich dorthin und ich sehe, was ich für dich finden kann. Danach unterhalten wir uns.«
Der Junge zögerte sichtlich der Einladung zu folgen, ließ sich dann aber gehorsam an dem altersschwachen Tisch nieder und mit aufmerksamen Blicken verfolgte er, wie Braiden sich umwandte und zu seinem Nachtlager zurückging, um einen kleinen Leinenbeutel zu holen. Der Blick des Jungen war der eines gehetzten Tieres, der von *Beute*, die zu lange auf der Flucht gewesen war, um selbst denen noch vorbehaltlos vertrauen zu können, nach denen es im Grunde gesucht hatte. Lancelot wusste nicht, wer dieser Junge war, er wusste nichts über dessen Schicksal und Herkunft und doch verspürte er plötzlich ein tiefes Mitleid mit ihm.
Als Braiden zurückkam und ihm ein Stück trockenes Brot und einen Streifen Salzfleisch reichte, riss er ihm beides aus der Hand und verschlang es mit einer Gier, die selbst Braiden zu einem erstaunten Stirnrunzeln veranlasste. Der Junge war nicht nur vollkommen verängstigt, er musste auch nahezu verhungert sein.

Sosehr sie auch alle drei darauf brannten, die Geschichte dieses Jungen zu hören, so fassten sie sich doch in Geduld, bis er Fleisch und Brot bis auf den letzten Krümel verzehrt hatte. Er kaute noch, da streckte er die Hand aus und sagte fordernd: »Mehr!«
Braiden legte die Hand auf den Beutel und schüttelte den Kopf. »Du bekommst so viel, wie du willst«, versprach er. »Aber nicht jetzt. Wenn du zu hastig isst, wird dir nur schlecht. Und jetzt erzähle. Wer bist du? Wo kommst du her und was ist hier passiert? Wo sind die Leute, die hier gelebt haben?«
»Das weiß ich nicht«, antwortete der Junge mit einem gierigen Blick auf den Beutel. »Wir leben in den Wäldern im Norden. Jedenfalls haben wir dort gelebt. Ich weiß nicht, was hier geschehen ist – aber ich glaube, dass sie geflohen sind.«
»Vor wem?«
»Vielleicht vor dem Ungeheuer, Herr«, erwiderte Landon.
»Ungeheuer?« Braiden lächelte, aber seine Augen blieben ernst. »Was für ein Ungeheuer?«
»Das Ungeheuer, das auch unser Dorf überfallen hat«, antwortete Landon. Er fuhr sich unsicher mit der Zungenspitze über die Lippen und Lancelot sah, dass es ihm jetzt immer schwerer fiel, nicht einfach zuzugreifen und Braiden den Beutel mit dem so heiß ersehnten Essen aus den Fingern zu reißen. »Es hat vier von uns umgebracht. Mein Vater und ein paar von den anderen Männern wollten kämpfen, aber es war zu stark.«
»Es gibt keine Ungeheuer, Junge«, sagte Parzifal sanft. »Was war es wirklich? Ein wildes Tier, Räuber?«
Landon schüttelte stur den Kopf. »Aber wenn ich es Euch doch sage, Herr!«, protestierte er. »Es war ein Ungeheuer. Es hat unser Dorf verwüstet und auch das

Nachbardorf und die Köhlerhütte. Und ich weiß nicht, was sonst noch, aber viele sind gestorben und alle anderen sind geflohen.«
»Wo genau war das?«, erkundigte sich Braiden.
Landon hob die Schultern. »Im Norden«, antwortete er. »Ich bin zwei Tage lang gelaufen. Ich habe gewusst, dass Artus Euch schicken wird. Keiner hat mir geglaubt, aber ich habe es immer gesagt, dass –«
»Artus hat uns nicht wegen dieses Ungeheuers geschickt«, unterbrach ihn Braiden sanft. Auf Landons Gesicht breitete sich Enttäuschung aus und Lancelot fügte rasch hinzu: »Aber selbstverständlich werden wir mit dir kommen und nachsehen, was es mit diesem Ungeheuer auf sich hat.«
Braiden wirkte ein bisschen irritiert, hatte sich aber gut genug in der Gewalt, den Jungen seine wirklichen Gefühle nicht merken zu lassen, sondern pflichtete Lancelot bei. »Selbstverständlich. Aber dazu müssen wir wissen, was wirklich passiert ist.«
»Mehr kann ich Euch nicht sagen, Herr«, beteuerte Landon. »Es war ein Ungeheuer! Ein schreckliches Biest, wie ich es nie zuvor gesehen habe. Es muss direkt aus der Hölle gekommen sein.«
Lancelot lief bei diesen Worten ein eisiger Schauer über den Rücken. Er wusste, wie abergläubisch und leicht zu erschrecken gerade die einfachen Menschen auf dem Land waren – aber das, was er in den Augen des Jungen las und in seiner Stimme hörte, war blankes Entsetzen.
»Jetzt beruhige dich erst einmal«, sagte er. »Für heute bist du in Sicherheit. Hier bei uns kann dir nichts geschehen. Und morgen früh reiten wir zu dir nach Hause. Wenn es dort wirklich ein Ungeheuer gibt, dann werden wir es finden und erschlagen.«
Landon strahlte, aber Parzifal sah ihn stirnrunzelnd an

und auch Sir Braiden wirkte überrascht. Lancelot schwieg einen Moment, dann griff er über den Tisch und schob Landon den Beutel mit Essen zu.
»Und jetzt iss, so viel du willst. Aber schling nicht zu gierig, sonst bekommst du noch Bauchschmerzen. Und danach leg dich ans Feuer und schlaf ein wenig. Wir passen auf dich auf.«
Er stand auf und verließ den Raum und ganz, wie er erwartet hatte, folgten ihm Braiden und auch Parzifal fast unmittelbar und Parzifal verschwendete keine Zeit, sondern wartete gerade, bis sie halbwegs außer Hörweite des Jungen waren, ehe er in scharfem Ton fragte: »Haltet Ihr das für besonders klug?«
»Was? Einem armen Jungen zu helfen, der fast verhungert und verrückt vor Angst ist?«
Braiden wollte etwas sagen, aber Parzifal schüttelte ärgerlich den Kopf und fuhr mit noch schärferer Stimme fort: »Ihr wisst genau, wovon ich rede, Lancelot! Vor ein paar Stunden waren wir uns noch einig, so rasch wie möglich nach Camelot zurückzukehren. Es steht mehr auf dem Spiel als –«
»Das Leben von ein paar einfachen Bauern und Köhlern, die unter Camelots Schutz stehen?«, fiel ihm Lancelot ins Wort. Er sah, wie Parzifal unter diesen Worten zusammenfuhr, und fragte sich fast erschrocken selbst, warum er einen so scharfen Ton anschlug.
»Das habe ich nicht gemeint«, sagte Parzifal verärgert. »Und Ihr wisst das ganz genau. Ihr habt es selbst erwähnt – der Junge ist halb verrückt vor Angst. Ich bestreite ja nicht, dass in seinem Dorf irgendetwas Furchtbares passiert ist, aber auch in Camelot geschehen vielleicht gerade jetzt schreckliche Dinge.«
»Interessiert es Euch gar nicht, worum es sich bei diesem Ungeheuer handelt?«, fragte Lancelot.

Parzifal ließ einen ärgerlichen Laut hören. »Was soll es schon sein?«, murrte er. »Ein Wolf oder ein Bär, vielleicht auch nur eine Bande streunender Hunde, die der Hunger aus den Wäldern getrieben hat. Ich sage ja nicht, dass wir die armen Leute im Stich lassen sollen. Reiten wir zurück nach Camelot und schicken ihnen eine Abteilung Soldaten, die mit dem Spuk aufräumt.«
»Die Leute hier wissen, wie Wölfe und Bären aussehen«, widersprach Lancelot. Verzweifelt zerbrach er sich den Kopf, wie er Parzifal überzeugen konnte, ohne zu viel preiszugeben. Er hatte eine schreckliche Ahnung, worum es sich bei dem *Ungeheuer* handeln konnte, das den Jungen so erschreckt hatte.
»In diesem Punkt stimme ich Lancelot zu«, sagte Braiden zu Lancelots Überraschung. »Die Leute hier wissen, wie Bären und Wölfe aussehen. Besser als wir, denke ich. Und sie wissen auch, wie man mit ihnen fertig wird.«
Parzifal blickte stirnrunzelnd von einem zum anderen. »Dann seid Ihr auch dafür, dass wir nicht nach Camelot zurückreiten?«, vergewisserte er sich, als könnte er nicht glauben, was er da hörte.
Braiden hob die Schultern. »Mir liegt viel mehr daran als Euch, an mein warmes Plätzchen hinter Camelots Öfen zurückzukehren«, sagte er mit sanftem Spott. »Aber Ihr habt Recht. Und so weit ist der Umweg nicht. Wenn der Junge zwei Tage unterwegs gewesen ist, schaffen wir es mit unseren Pferden in einem halben.«
Parzifal schien noch etwas sagen zu wollen, resignierte dann aber und drehte sich mit einem Achselzucken um. »Wie Ihr wollt«, murrte er, während er den Raum verließ.
Braiden sah ihm ernst nach. Nachdem Parzifal hinter der Tür verschwunden war, seufzte er tief und maß

Lancelot mit einem sehr seltsamen Blick. »Ihr lasst wirklich keine Gelegenheit aus, wie?«, fragte er.
»Keine Gelegenheit? Wozu?«
»Um Euren Drachen zu finden«, sagte Braiden.

Sie ritten den ganzen Tag über und legten nur eine einzige Pause ein, und ganz wie Braiden vorhergesagt hatte, erreichten sie die Wälder, in denen der Junge wohnte, schon am späten Nachmittag. Auf den ersten Blick unterschieden sie sich nicht von den anderen: Sie waren sehr dicht, sodass oft genug ein Durchkommen kaum möglich schien, und so unübersichtlich, dass sie sich ohne die Führung Landons, den sie kurzerhand auf eines der Packpferde gesetzt hatten, vermutlich schon nach einer Stunde hoffnungslos verirrt hätten. Und doch war hier etwas ... nicht richtig. Lancelot konnte das Gefühl nicht in Worte fassen, aber er spürte, dass es den beiden anderen ebenso erging. Parzifal hatte den ganzen Tag schon kaum ein Wort mit ihm gesprochen, aber nun wurde auch Braiden immer schweigsamer und beide warfen immer öfter nervöse Blicke in das von Schatten erfüllte Grün und Braun rechts und links des Weges. Und endlich begriff er, was es war.
Der Wald war zu still. Sie hörten nur das Geräusch des Windes, der mit den Blättern spielte, die dumpfen Hufschläge ihrer eigenen Pferde und dann und wann das Brechen eines Astes, ein gedämpftes Schnauben. Nicht ein einziger Vogel sang. Da waren keine Schatten, die vor ihnen flohen, nicht die hastigen Schritte kleiner Tiere, die sich vor den Eindringlingen in Sicherheit brachten. Es war, als stelle die kleine Gruppe das einzige Anzeichen von Leben weit und breit dar.
»Hinter der nächsten Wegbiegung ist es«, sagte Landon plötzlich.

»Was?«, fragte Lancelot. »Das Haus deiner Eltern?«
Landon schüttelte heftig den Kopf, sodass ihm sein hellblondes, bis weit über die Schultern reichendes Haar übers Gesicht flog. Nachdem er sich am Abend zuvor satt gegessen hatte, hatten sie ihn mit sanfter Gewalt gezwungen sich zu waschen und unter der fingerdicken Schicht aus Schmutz und eingetrockneten Tränenspuren auf seinem Gesicht war das Antlitz eines recht hübschen Jungen zum Vorschein gekommen, der vielleicht zwölf oder dreizehn Jahre alt und vermutlich ein lebenslustiger Bursche war, denn man sah ihm an, dass er gern lachte. »Die Köhlerhütte«, sagte er. »Ich habe Euch davon erzählt.«
Lancelot nickte und ließ das Einhorn etwas schneller ausgreifen um die Führung zu übernehmen. Gleichzeitig senkte er die Hand auf das Schwert, aber diesmal fühlte er nur kaltes Metall und weiches Leder. Der Blutdurst der Klinge war nicht geweckt. Es waren keine Menschen in ihrer Nähe. Zumindest keine Feinde.
»Bleibt zurück«, sagte er überflüssigerweise – Landon hatte das Packpferd ohnehin bereits gezügelt und starrte die Wegbiegung, auf die er gerade gedeutet hatte, mit unverhohlener Angst an.
Lancelot ritt noch ein wenig schneller, lenkte das Tier um die Biegung und fand sich unvermittelt auf einer halbrunden, unerwartet großen Lichtung. Was Landon als Köhlerhütte bezeichnet hatte, das war eine ganze Ansammlung von Gebäuden, fast schon ein kleines Dorf, auch wenn die einzelnen Häuser diese Bezeichnung kaum verdienten. Der typische Geruch eines Köhlerplatzes nach Verbranntem hing in der Luft und zwei der sechs oder sieben mehr als mannshohen, im Halbkreis aufgeschichteten Holzkohlenhaufen qualmten noch – was nichts bedeuten musste. Es konnte den-

noch eine Woche her sein, dass das letzte Mal jemand hier gewesen war. Im Augenblick jedenfalls waren Lancelot und seine Begleiter eindeutig die einzigen lebenden Wesen hier. Selbst wenn sich die Bewohner dieser Lichtung vor den näher kommenden Fremden versteckt hätten, hätte er ihre Anwesenheit gespürt, und wenn schon nicht er, dann das Einhorn. Aber es war hier ebenso still wie im Wald, nur dass das Schweigen jetzt beinahe noch unheimlicher wirkte. Er wusste, dass das halbe Dutzend ärmlicher Hütten von seinen Bewohnern verlassen war, ohne einen Blick hineinwerfen zu müssen.

Hinter ihm ritten Braiden und Sir Parzifal aus dem Wald und zügelten ihre Pferde. Als Letzter folgte der Junge, in dessen Augen die gleiche Angst wie gestern Abend stand. Er hielt den Zügel des Packpferdes, auf dem er saß, so fest, dass alles Blut aus seinen Händen gewichen war. Und er sah aus, als könne keine Macht der Welt ihn dazu bewegen, vom Pferd zu steigen oder gar eine der Hütten zu betreten.

»Warte hier«, beschied ihm Lancelot. Mit einem Blick gab er Parzifal zu verstehen, dass er auf den Jungen aufpassen solle, schwang sich aus dem Sattel und ging schnell, aber sehr vorsichtig auf die nächstgelegene Hütte zu. Der Wind drehte sich und für einen Moment wurde der Gestank von schmorendem Holz so stark, dass es ihm den Atem nahm, und es war auch dieser Gestank, der ihn keinen anderen wahrnehmen ließ, sodass ihn das, was ihn im Inneren der Hütte erwartete, vollkommen unvorbereitet traf.

Immerhin war das Schicksal gnädig genug, das Licht hier drinnen so schwach sein zu lassen, dass er nicht sehr viel mehr als Schatten und Umrisse erkannte und der Rest seiner Fantasie überlassen blieb.

Lancelot blieb sekundenlang wie vom Donner gerührt unter der Tür stehen und blickte auf das entsetzliche Bild hinab. Er hatte gedacht, nach der Schlacht am Cromlech und dem Überfall vorgestern Nacht gäbe es nicht mehr viel, was ihn noch erschüttern könnte, aber das stimmte nicht. Der Köhler und seine Familie waren tot; damit hatte er gerechnet. Es war jedoch nicht mehr festzustellen, wie viele Menschen hier zu Tode gekommen waren, wie alt und welchen Geschlechts sie gewesen sein mochten. Was immer diese armen Leute umgebracht hatte, hatte sich nicht damit begnügt, sie einfach nur zu töten, sondern sie im wahrsten Sinne des Wortes in Stücke gerissen.

Als Lancelot die Hütte verließ, trat Braiden links von ihm aus einem anderen Haus und Lancelot musste ihn nicht fragen, was er dort vorgefunden hatte. Der Ritter war kreideweiß.

Langsam kam Braiden auf ihn zu und senkte die Stimme, sodass Parzifal – vor allem aber der Junge – seine Worte nicht hören konnte: »Es scheint, als hätte er die Wahrheit gesagt«, murmelte er.

Lancelot nickte. »Was immer diese Leute umgebracht hat, es war kein Mensch.«

»Und auch kein Tier«, fügte Braiden hinzu. Er musste schlucken. »Kein Raubtier, von dem ich je gehört habe, wäre zu so etwas fähig.«

»Vielleicht finden wir meinen Drachen ja«, murmelte Lancelot.

Braiden sah ihn durchdringend an. Seine Augen wurden noch dunkler. »Ihr solltet mit so etwas nicht scherzen, Lancelot«, sagte er. »Manche Dinge gehen in Erfüllung, wenn man nur fest genug daran glaubt oder lange genug darüber redet.«

Im Moment ist es wohl klüger, das Gespräch nicht fortzusetzen, dachte Lancelot. Er zuckte nur mit den Schultern, ging zu seinem Tier zurück und wich Parzifals Blick aus, als der junge Tafelritter ihn fragend und neugierig ansah. Parzifal runzelte die Stirn, schwang sich dann aus dem Sattel und verschwand mit wenigen Schritten in einer der Hütten, die sie noch nicht untersucht hatten. Er kehrte schon nach einem Augenblick zurück und er war so blass und entsetzt, wie Braiden und Lancelot es gewesen waren.

»Habt Ihr ... habt Ihr sie gefunden?«, murmelte Landon. Seine Stimme zitterte.

Im ersten Moment antwortete niemand auf seine Frage, aber nachdem er wieder auf sein Pferd gestiegen war, sagte Parzifal leise und ohne den Jungen anzusehen: »Es war richtig, dass du uns geholt hast. Und es war auch richtig, dass wir mit dir gekommen sind.«

Landons Augen wurden noch größer. Er starrte zu der Hütte hinüber, aus der Parzifal gerade gekommen war, schluckte ein paar Mal und setzte zu einer Frage an, aber Lancelot kam ihm zuvor.

»Wir haben noch ein paar Stunden Tageslicht, die wir nutzen sollten. Zeig uns den Weg zu deinem Dorf.«

»Aber –« Landon machte eine verwirrte Bewegung, sah dann noch einmal zu der Hütte hin und schien endlich zu begreifen. »Oh«, flüsterte er.

»Es ist nicht deine Schuld«, sagte Braiden leise. »Und auch nicht unsere. Wir sind zu spät gekommen.«

»Dann ... dann sind ... die Leute in meinem Dorf auch alle –«

»Das wissen wir nicht«, unterbrach ihn Braiden. Er versuchte zuversichtlich zu klingen, aber es misslang kläglich. »Vielleicht leben deine Leute ja noch. Die Wälder sind groß und es gibt genug Verstecke.«

»Nicht vor diesem Ungeheuer«, sagte Landon.

»Wir haben keine Zeit zu verlieren«, erwiderte Braiden ernst. »Wenn wir deine Familie und deine Freunde retten wollen, dann müssen wir uns beeilen.« Er unterstrich seine Worte mit einer entsprechenden Geste und Landon zwang sich zu einem kurzen Nicken und ließ sein Pferd langsam lostraben. Lancelot fiel auf, dass das Tier leicht scheute, als es in die Nähe der Hütten kam, und auch das Einhorn wirkte nervös und starrte immer wieder in die Schatten rechts und links des Weges.

»Hast du dieses Ungeheuer gesehen?«, fragte Braiden, nachdem sie eine Weile geritten waren und die Lichtung außer Sicht gekommen war.

Landon schüttelte heftig den Kopf: »Niemand hat das, Herr«, sagte er. »Niemand, der noch leben würde.«

»Woher weißt du dann, dass es ein Ungeheuer ist?«, erkundigte sich Parzifal.

Weil Menschen so etwas nicht tun würden, dachte Lancelot.

»Es muss ein Ungeheuer sein, Herr«, beharrte Landon. »Und ich habe es gehört. Es hat schrecklich geheult und gebrüllt wie ein wütender Drache. Und wir haben Spuren gefunden.«

»Spuren?« Parzifal setzte sich ein wenig straffer im Sattel auf. »Was für Spuren?«

»Das weiß ich nicht«, antwortete Landon. »Ich habe so etwas noch nie gesehen. Sie waren wie die eines Wolfes, aber viel größer und tiefer. Und ... und einer der Männer aus dem Nachbardorf hat sich verletzt zu uns geschleppt, bevor er starb. Er sagte, es wäre ein Höllenwolf. Ein Ungeheuer mit Zähnen und Klauen und Schuppen, das Feuer speit und Bäume ausreißt.«

Das ist vermutlich übertrieben, dachte Lancelot. Zumindest, was das Feuerspucken anging. Der Rest ... Er legte die Hand auf das Schwert und wieder blieb die

Klinge stumm, ihr Blutdurst meldete sich nicht, das vertraute Zittern und Pochen blieb aus.
Aber er war nicht sicher, dass das wirklich ein gutes Zeichen war. Ganz und gar nicht.

Sie erreichten das Haus, in dem Landons Familie gewohnt hatte, nicht mehr vor Einbruch der Dunkelheit. Der Weg wurde immer schmaler und schlechter, sodass sie bald nur noch hintereinander und sehr langsam reiten konnten, und hätten sie den Jungen nicht bei sich gehabt, hätten sie sich jetzt vermutlich *wirklich* verirrt. Der Wald war so dicht, dass schon eine Stunde vor Sonnenuntergang grüne Dämmerung an seinem Grund herrschte, die vermutlich niemals viel heller wurde, und die unheimliche Stille, die Lancelot schon früher am Tage aufgefallen war, folgte ihnen. Er war jetzt sicher, dass sie und ihre Pferde die einzigen lebenden Wesen in weitem Umkreis waren – irgendetwas hatte alles Leben in diesem Teil des Waldes ausgelöscht oder vertrieben.
In den wenigen kleinen, aus Baumstämmen erbauten und von einer mannshohen Palisade aus Zweigen und dornigen Ästen umgebenen Häusern brannte kein Licht. Wie die Köhlerhütte lagen sie auf einer kleinen Lichtung mitten im Wald, die an einer Seite von einem schmalen, aber schnell fließenden Bach begrenzt wurde. In der Dunkelheit, die vor einer Stunde hereingebrochen war, wirkten sie wie Felstrümmer, die vom Himmel gestürzt waren, und Lancelot zügelte das Einhorn, bevor er durch die von keinem Tor verschlossene Lücke in der Dornenpalisade ritt. Der Himmel war sternenklar, aber es war Neumond, sodass er selbst das nächstliegende Gebäude nur als Schatten aus noch tieferem Schwarz vor dem dunklen Hintergrund des Waldes wahrnahm, obwohl es bis dorthin nicht einmal

zehn Schritte waren. Er lauschte und hörte auch jetzt nichts, dann sog er prüfend die Luft ein. Hier gab es keinen Brandgeruch und er verspürte ein Gefühl der Erleichterung, als er auch sonst nichts außer dem natürlichen erdigen Aroma des Waldes wahrnahm. Der Gestank des Todes, den er erwartet hatte, war nicht da.
Langsam stieg er aus dem Sattel, zog sein Schwert und winkte Parzifal herbei.
»Folgt mir«, sagte er im Flüsterton. »Sir Braiden, Ihr bleibt bei dem Jungen. Deckt unseren Rücken.«
Keiner der beiden Ritter widersprach, obgleich sie sich mit keinem Wort darauf geeinigt hatten, ob und wer von ihnen das Kommando übernahm. Er wartete, bis Parzifal abgesessen und ebenfalls seine Waffe gezogen hatte, dann schlichen sie nebeneinander durch das Tor im Palisadenzaun und näherten sich auf Zehenspitzen dem Gebäude.
Es war sehr klein. Lancelot glaubte nicht, dass sein Inneres aus mehr als einem einzigen Raum bestand, und es schien auch keinen Luxus wie ein Fenster zu geben. Die Tür, die aus unbearbeiteten Baumstämmen zusammengebunden war und in Angeln aus groben Stricken hing, stand halb offen und die Schwärze dahinter war vollkommen. Lancelots Herz begann zu klopfen, als ihm seine Fantasie alle möglichen Ungeheuer vorgaukelte, die in dieser Dunkelheit auf ihn warten konnten, aber er hatte keine andere Wahl als hineinzugehen. Sie hatten keine Möglichkeit, Feuer und damit Licht zu machen.
Er löste den Schild vom Rücken, befestigte ihn am linken Arm und schloss mit zusammengebissenen Zähnen die verletzte Hand um die Riemen. Der Schmerz war schlimm und er spürte, wie unter dem Verband die Wunde wieder aufbrach und zu bluten begann, aber er

half ihm zugleich in die Wirklichkeit zurückzufinden. Wenn einem der eigene Körper Qualen bereitete, dann blieb vielleicht nicht mehr genug Aufmerksamkeit für die über, die die eigene Fantasie ersinnen mochte.
Aufs Äußerste angespannt trat Lancelot durch die Tür, machte einen Schritt nach rechts und blieb reglos und mit geschlossenen Augen wieder stehen.
Nichts.
Die Hütte war leer. Er hörte nicht den allermindesten Laut und in einem so kleinen Raum hätte er überdies *gespürt*, wenn er nicht allein gewesen wäre.
»Und?«, flüsterte Parzifal vom Eingang her.
Lancelot schüttelte den Kopf. »Hier ist nichts«, sagte er. »Lasst uns die anderen Häuser durchsuchen.«
Sie gingen in die Gebäude, von denen nur ein einziges nennenswert größer war als das erste, aber das Ergebnis war überall dasselbe. Sie fanden zwar keine Toten, aber auch keine Lebenden mehr. Die Bewohner dieses winzigen Dorfes waren geflohen. Das war zwar kein Beweis dafür, dass sie noch am Leben waren, aber zumindest hatten die Ritter ihre Leichen nicht gefunden. Nach dem Anblick des schrecklichen Gemetzels, auf das sie am Nachmittag gestoßen waren, war allein das schon eine gewaltige Erleichterung für Lancelot.
»Sind wir jetzt zu spät gekommen?«, murmelte Parzifal. Auch seine Stimme klang erleichtert.
Lancelot hob die Schultern. »Das weiß ich nicht«, meinte er müde. »Auf jeden Fall sollten wir heute Nacht hier bleiben und erst bei Tageslicht weiterreiten.«
»Einverstanden«, sagte Parzifal. »Dieser Wald ist schon am Tage unheimlich genug, selbst ohne Ungeheuer.«
»Dann geht und holt Braiden und den Jungen«, bat Lancelot. Er deutete auf das Gebäude, das sie zuletzt durchsucht hatten, das größte von allen, das aus immer-

hin drei Zimmern und einem Dachboden bestand. »Wir bleiben heute Nacht hier. Morgen bei Sonnenaufgang setzen wir unsere Suche fort.«
Er spürte ganz deutlich, dass Parzifal widersprechen wollte, aber nach einem Augenblick drehte der Ritter sich um und ging und Lancelot steckte sein Schwert in die Scheide und betrat wieder das Haus, aus dem sie gerade gekommen waren.
Unwillkürlich fragte er sich, welches Schicksal ganze Familien an diesen Ort verschlagen haben mochte. Hier gab es absolut nichts, was es wert war, gerade hier zu leben. Auch wenn er zum ersten Mal hier war, so hatte er doch genug über diesen Teil des Landes gehört um zu wissen, dass es in den Wäldern nicht viel Wild gab und der Boden trotz des dichten Baumbestandes karg und alles andere als fruchtbar war. Das was selbst ein gesunder und geschickter Mann diesem Land abringen konnte, reichte höchstens um zu überleben, auf keinen Fall für mehr. Und doch hatten sich mindestens fünf Familien hier angesiedelt, und wenn er den Worten des Jungen glauben konnte, gab es noch mehr, die versteckt in den Wäldern und fernab von allen anderen Menschen hier ihr Leben fristeten. Lancelot verstand nicht, warum. Vielleicht waren sie ja vor dem Gesetz geflohen. Oder vielleicht gehörten sie einfach auch nur zu jenen, die sich keiner Obrigkeit unterordnen wollten.
Er verscheuchte auch diesen Gedanken, tastete sich durch das Halbdunkel bis zur Feuerstelle vor und zog den rechten Handschuh aus, um vorsichtig mit den Fingern in der Asche zu tasten. Sie war eiskalt. Das Feuer musste seit mehr als einem Tag erloschen sein. Offensichtlich hatten die Bewohner dieses Hauses ihre Heimat unmittelbar nach Landon oder sogar zusammen mit ihm verlassen.

Erneut spürte Lancelot einen eisigen Schauer. Er schätzte, dass hier gut und gerne zwanzig oder dreißig Menschen gelebt hatten. Welches Geschöpf war imstande, so vielen Menschen solche Angst einzujagen? Er beantwortete sich seine eigene Frage selbst: Dasselbe Geschöpf, das das Blutbad auf dem Köhlerplatz angerichtet hatte. Und das Schlimmste war, er glaubte zu wissen, um wen es sich handelte. Wenn sein Verdacht zutraf, dann war es seine Schuld, dass es hier war.
Hinter ihm polterten Schritte durch die Tür. Braiden, Parzifal und Landon.
»Sind ... sind sie alle tot?«, flüsterte Landon.
Lancelot drehte sich in die Richtung, aus der die Stimme des Jungen kam. »Es ist niemand hier«, sagte er. »Die Häuser sind alle verlassen. Mach dir keine Sorgen – ich glaube, sie sind einfach geflohen. Sicher sind sie noch am Leben.«
»Sie würden niemals weglaufen«, behauptete Landon mit zitternder Stimme. »Das hier ist alles, was wir haben! Wir können nirgendwo anders hin.«
»Aber hier sind sie nicht«, sagte Braiden, deutlich grober als Lancelot. Vermutlich war dieser Ton richtig, überlegte Lancelot. Der Junge war nicht in der Verfassung, auf Verständnis oder Sanftmut zu reagieren. Wenn sie durch die Mauer aus Entsetzen und Kummer, hinter der er sich verkrochen hatte, dringen sollten, dann mussten sie wohl unfreundlich sein.
Dennoch tat Landon ihm unendlich Leid. Bevor Braiden weiterpoltern konnte, fragte er: »Kannst du Feuer machen? Es wird allmählich kalt und ehrlich gesagt würde ich mich wohler fühlen, wenn ich etwas sehen könnte.«
Landon antwortete nicht, aber er begann lautstark irgendwo im Dunkeln herumzusuchen. Sie hörten, wie

eine Truhe geöffnet und wieder zugeschlagen wurde, dann eilte der Junge zur Feuerstelle, warf eine Hand voll Holz auf die erkaltete Asche und begann schnell zwei Feuersteine aneinander zu schlagen. Schon nach wenigen Augenblicken glommen die ersten Funken auf, die Landon mit großem Geschick zu einer kleinen Flamme erweckte. Lancelot spürte fast so etwas wie Neid. Selbstverständlich konnte auch er mit Feuersteinen und anderen Hilfsmitteln ein Feuer entfachen, aber längst nicht so schnell und mühelos wie dieser Junge.
Nach wenigen Minuten brannte in der aus groben Steinen errichteten Kochstelle ein kleines Feuer, in das Landon vorsichtig größere Scheite legte, um die Flammen nicht zu ersticken statt sie weiter anzufachen. Die Wärme tat gut und das Licht, so blass es sein mochte, reichte doch aus, um den Raum zur Gänze zu erhellen. Die Einrichtung war ausnahmslos roh aus Brettern und kaum bearbeiteten Balken selbst gezimmert und das mit eindeutig mehr gutem Willen als handwerklichem Können, und es gab nicht den geringsten Schmuck oder Zierrat. Aber er sah auch noch etwas, was ihn zumindest ein wenig beruhigte: Das Haus machte nicht den Eindruck, als wären seine Bewohner kopflos geflohen. Es war verlassen, aber alles war ordentlich und aufgeräumt. Die Menschen hier hatten zumindest Zeit gehabt, wegzugehen, statt in Panik um ihr Leben zu laufen.
Nachdem das Feuer richtig brannte, ging Parzifal noch einmal nach draußen um ihr Gepäck zu holen, und Lancelot legte die schweren Läden vor, die es an den beiden Fenstern gab. Sie waren grobschlächtig zusammengezimmert, würden aber im Zweifelsfall nicht einmal einem entschlossenen Faustschlag standhalten. Trotzdem fühlte er sich wohler, nachdem er sie ge-

schlossen hatte – und noch ein bisschen sicherer, als Parzifal zurückgekommen war und die Tür hinter sich zuschob. Lancelot musste ihn nicht eigens dazu auffordern – er legte den Riegel vor und vergewisserte sich, dass er auch sicher an seinem Platz saß. Parzifal hätte es niemals zugegeben und Lancelot hätte ihn auch niemals danach gefragt, aber es war deutlich zu erkennen, dass der junge Tafelritter Angst hatte. Große Angst. Ebenso wie Braiden und Lancelot. Die beiden Ritter mochten in ihrem Leben schon hundertmal mehr Tote gesehen haben als er und tausendmal mehr Schrecken erlebt haben, aber das, was sie in den Köhlerhütten erblickt hatten, ging weit über die Bilder hinaus, die sie kannten. Der Tod, auch der gewaltsame Tod, gehörte zu ihrem Leben, aber was diesen Menschen angetan worden war, das war mehr: das Wüten eines Dämons, den sinnloser und unstillbarer Hass auf alles Lebendige, Warme und Atmende antrieb.

»Wir sollten –«, begann Parzifal, brach mitten im Satz ab und sah hoch. Auf seinem Gesicht erschien ein angespannterAusdruck.

»Was habt Ihr?«, fragte Landon erschrocken.

Parzifal antwortete nicht, sondern machte nur eine warnende Geste, dann erhob sich Braiden, ging zur Tür und zog dabei sein Schwert, und auch Lancelot nahm seine Waffe aus der Scheide und tat ein paar Schritte in die entgegengesetzte Richtung, um durch die Ritzen der hölzernen Läden nach draußen zu blicken.

»Hier ist nichts«, murmelte Braiden nach einem Augenblick.

Lancelot hätte viel darum gegeben, hätte er dasselbe sagen können.

Das Fenster war an der Rückseite des Gebäudes angebracht und man konnte zum Bach hinübersehen. Jen-

seits des schmalen Wasserlaufes stand eine Gestalt, ein Lancelot auf schreckliche Weise bekannter Umriss – die Konturen eines Menschen, der etwas wie eine Priesterkutte mit einer weit nach vorne gezogenen Kapuze trug. Lancelot wusste, dass er das Gesicht darunter selbst bei hellem Tageslicht nicht hätte sehen können, vielleicht weil es keines gab, aber er spürte den Blick der schwarzen Augen mit fast körperlicher Intensität und es war ein schreckliches Gefühl.
Er wartete darauf, dass das Schwert in seiner Hand zu vibrieren begann, aber das geschah nicht und diesmal hörte er auch keine Stimme, die direkt in seinem Kopf erscholl und ihn verspottete. Die Gestalt stand nur da und starrte ihn an, aus unsichtbaren Augen, die dennoch mühelos bis auf den Grund seiner Seele zu blicken schienen.
»Lancelot! Ist bei Euch alles in –?«
Braiden kam nicht dazu, die Frage zu Ende auszusprechen. Lancelot spürte die Gefahr, die sich irgendwo hinter ihm zusammenballte wie eine schwarze Gewitterwolke, die ohne jegliche Warnung an einem strahlend hellen Sommernachmittagshimmel erschien, und wirbelte herum. Aber er hatte die Bewegung noch nicht halb zu Ende gebracht, als die Tür wie von einem unsichtbaren Hammerschlag getroffen in zahllose Stücke auseinander flog und etwas Riesiges, Glitzerndes, das nur aus Zähnen und Klauen und Panzerplatten und Gestalt gewordener Wildheit zu bestehen schien, Braiden einfach von den Füßen riss und auf ihn zuflog. Lancelot versuchte das Schwert zwischen sich und den heranwirbelnden Dämon zu bringen, aber es gelang ihm nur halb. Die schrecklichen Kiefer des Ungeheuers schlugen mit einem Laut wie dem Geräusch einer zuschnappenden Bärenfalle unmittelbar vor seinem Ge-

sicht aufeinander und die krallenbewehrten Pfoten streiften ihn nur, aber schon diese flüchtige Berührung reichte, um ihn so heftig gegen die Wand taumeln zu lassen, dass er das Schwert fallen ließ und auf die Knie sank. Neben ihm krachte das Monstrum mit solcher Wucht gegen die Wand, dass der hölzerne Fensterladen aus den Angeln gerissen wurde und davonflog und das ganze Haus in seinen Grundfesten erbebte. Dennoch fuhr das Ungeheuer mit schier unfassbarer Schnelligkeit herum und stürzte sich mit weit aufgerissenem Maul so schnell auf Lancelot, dass er nicht die geringste Chance hatte, wieder auf die Füße zu kommen oder gar nach seiner Waffe zu greifen. Und zweifellos wäre es im nächsten Moment um ihn geschehen gewesen, hätte sich nicht Sir Parzifal todesmutig zwischen ihn und die Bestie geworfen.

Dieser selbstmörderische Angriff zeitigte wenig Erfolg – Parzifal wurde zur Seite geschleudert, als wäre er von einem wütenden Stier angefallen worden. Er wirbelte durch die Luft und schlug auf dem Tisch vor dem Kamin auf, der unter seinem Gewicht zusammenbrach. Sein Schwert flog davon und klirrte gegen die Wand.

Aber der Zusammenprall hatte auch das Monstrum abgelenkt. Seine gewaltigen Kiefer verfehlten Lancelots Kehle, nach der sie geschnappt hatten, ein zweites Mal um Haaresbreite und die tödlichen Krallen rissen nur Splitter aus dem Holz neben seiner Schulter. Lancelot warf sich nach vorne, aber der peitschende Schwanz des Ungeheuers traf seine Unterschenkel mit solcher Kraft, dass er abermals fiel und schwer zu Boden krachte.

Diesmal war es Sir Braiden, der ihn rettete. Der Ritter hatte sich wieder aufgerappelt und stürzte sich mit ebensolcher Todesverachtung in den Kampf wie Parzifal vor ihm. Sein Schwert zischte durch die Luft und

traf die Bestie zielsicher im Nacken, und auch wenn er mit der linken Hand zuschlug, so war der Hieb doch mit solcher Gewalt geführt, dass er jede vorstellbare Kreatur auf der Stelle enthauptet hätte.
Nicht so den Höllenhund.
Die Klinge prallte Funken sprühend vom gepanzerten Nacken der Bestie ab und wurde Braiden durch die pure Wucht seines eigenen Schlages aus der Hand geprellt. Der Ritter taumelte mit einem keuchenden Schmerzenslaut zurück, stolperte und fiel mit hilflos rudernden Armen nach hinten und im nächsten Augenblick war das Ungeheuer über ihm und drückte Braiden ohne geringste Mühe mit den Vorderpfoten auf den Boden. Seine schrecklichen Fänge öffneten sich und schnappten nach Braidens Gesicht. Der Ritter drehte mit einer verzweifelten Bewegung den Kopf zur Seite und die fingerlangen gekrümmten Fänge des Ungeheuers rissen tiefe Furchen aus den Bodendielen, genau dort, wo einen halben Atemzug zuvor noch Braidens Gesicht gewesen war.
Mittlerweile hatte sich Parzifal wieder erhoben und drang mit einem Schrei auf das Ungeheuer ein. Der Höllenhund heulte wütend auf, schnappte nach Parzifal und hieb zugleich mit dem stachelbewehrten Schwanz nach ihm. Auch diesmal verfehlten seine Fänge ihr Ziel, aber der peitschende Schweif traf Parzifals rechtes Bein und fegte ihn einfach von den Füßen.
Das Ungeheuer wandte sich nun wieder Braiden zu und es sah aus, als könnten seine Kiefer ihr Ziel gar nicht verfehlen. Im buchstäblich allerletzten Moment riss Braiden die rechte Hand in die Höhe und stieß sie dem Monstrum tief in den Rachen. Die gewaltigen Kiefer der Bestie schlossen sich um den schweren Eisenhandschuh und zermalmten ihn so mühelos, als wäre es ein tro-

ckenes Blatt. Braiden riss den Arm zurück und der zerfetzte leere Panzerhandschuh blieb zwischen den geschlossenen Kiefern der Bestie hängen. Das Ungeheuer knurrte, riss den Schädel in die Höhe und sah für einen Moment vollkommen verwirrt drein und Lancelot war mit einem einzigen, weit ausgreifenden Schritt neben dem Ungeheuer, packte das Schwert mit beiden Händen und rammte dem Ungeheuer die Klinge mit aller Gewalt in den Nacken.

Ein unheimliches Knirschen erscholl. Das Elbenschwert, das Stahl so mühelos schnitt wie ein heißes Messer durch Schnee glitt, schien im ersten Moment kaum in der Lage, die Panzerplatten des Monstrums zu durchdringen, und Lancelot erlebte einen fürchterlichen Augenblick, in dem er vollkommen davon überzeugt war, dass seine Kraft nicht ausreichen würde. Dann aber fand die Schwertspitze eine Lücke zwischen den schimmernden Panzerplatten und grub sich erbarmungslos hinein. Aus dem wütenden Knurren des Ungeheuers wurde ein gequältes Jaulen. Es ließ von seinem Opfer ab, warf sich zur Seite und versuchte den Kopf herumzuwerfen, um nach dem Schwert zu schnappen, das einen so entsetzlichen Schmerz in seinen Nacken gebracht hatte. Seine wild um sich schlagenden Krallen rissen fingertiefe Furchen in den Boden und zerfetzten Braidens Brustharnisch und das Kettenhemd, das er darunter trug, und sein im Todeskampf peitschender Schwanz traf abermals Lancelots Beine und warf ihn zu Boden. Er stürzte, ließ aber das Schwert nicht los. Noch einmal bäumte sich das Ungeheuer auf, ließ ein schrilles Heulen hören – und erschlaffte. Das unheimliche Feuer, das seine Augen bisher erfüllt hatte, erlosch und die Bestie kippte wie vom Blitz getroffen zur Seite und riss Lancelot mit sich.

Er fiel, ließ endlich das Schwert los und rollte hilflos und schwer atmend auf die Seite. Seine linke Hand schmerzte unerträglich und er spürte, wie der kaum verheilte Schnitt wieder aufbrach und heftiger denn je zu bluten begann, und der Schmerz wurde so stark, dass ihm körperlich übel wurde. Um ihn herum drehte sich alles und für einen Moment schwanden ihm die Sinne.
Es konnte nicht lange gewesen sein, denn das Nächste, was er wieder bewusst wahrnahm, war Parzifals Gesicht, das eine Handbreit über dem seinen schwebte und voller Sorge und Schrecken auf ihn herabsah.
»Lancelot! Was ist mit Euch?«
Lancelot schüttelte mühsam den Kopf und versuchte sich aufzurichten. Es gelang ihm erst beim dritten Mal. Er wollte nach seinem Schwert greifen, zog den Arm aber dann erschrocken wieder zurück. Er konnte aus den Augenwinkeln erkennen, dass Parzifal die Augenbrauen zusammenzog und ihn einen Herzschlag lang misstrauisch ansah, ehe er sich vollends herumdrehte und die zwei Schritte zu Braiden ging.
Lancelot konnte tatsächlich nicht lange ohnmächtig gewesen sein, denn auch Braiden lag noch in fast unveränderter Haltung da; auf dem Rücken und schwer atmend vor Anstrengung. Unsicher richtete er sich jetzt auf, hob den rechten Arm und starrte aus trüben Augen auf sein Ende. Der weiße Stoff, mit dem er seinen Armstumpf umwickelt hatte, begann sich an mehreren Stellen rot zu färben; das Ungeheuer hatte ihn verletzt, als es nach dem leeren Panzerhandschuh geschnappt hatte, aber Lancelot war sicher, dass diese kleine Wunde nicht der Grund für Braidens verstörten Gesichtsausdruck war.
»Seid Ihr verletzt?«, fragte Parzifal.
Braiden schüttelte den Kopf und starrte weiter seinen

Armstumpf an. »Gottes Wege sind manchmal wirklich sonderbar«, murmelte er. »Wer hätte geglaubt, dass mir der Krieger das Leben rettet, der mir damals die Hand abgeschlagen hat?«
Langsam, die immer noch heftig schmerzende linke Hand mit der rechten umklammernd und gegen die Brust drückend, ging auch Lancelot zu Braiden hin und betrachtete erst ihn, dann den Kadaver des Höllenhundes, der neben ihm ausgestreckt auf dem Boden lag. Ein eisiger Schauer lief ihm über den Rücken, als er sah, dass das Elbenschwert den Leib der Bestie glatt durchstoßen hatte und dicht unterhalb seines Brustbeins herausgedrungen war. Die Spitze der Klinge ragte gute zwei Fingerbreit zwischen den schuppigen Panzerplatten des Ungeheuers hervor. Wäre das Monstrum nur den Bruchteil eines Atemzuges später gestorben und hätte er auch nur ein einziges weiteres Mal auf den Schwertgriff gedrückt, dann hätte er nicht nur die Bestie, sondern auch Braiden durchbohrt und getötet.
Parzifals Gedanken schienen sich in dieselbe Richtung zu bewegen, denn er starrte erst die Schwertspitze und dann Lancelot sehr nachdenklich an. »Das ist sonderbar«, murmelte er.
»Ich wollte nicht –«, begann Lancelot, aber Parzifal fuhr unbeeindruckt fort:
»Kein Blut.«
»Wie meint Ihr das?« Lancelot trat mit zwei schnellen Schritten um Braiden herum und ließ sich neben dem toten Höllenhund in die Hocke sinken, wobei er aber weiterhin einen großen Sicherheitsabstand zwischen sich und dem Kadaver hielt, als rechne er damit, dass das Monstrum jeden Moment wieder erwachen und sein Vernichtungswerk fortsetzen könnte.
»Ihr seht es doch selbst«, sagte Parzifal.

Lancelot erwiderte nichts mehr – wozu auch? Parzifal sprach die Wahrheit. Trotz der schrecklichen Verheerung, die das Elbenschwert angerichtet hatte, war unter dem toten Ungeheuer nicht ein einziger Tropfen Blut zu sehen.
»Das ist kein Geschöpf Gottes«, murmelte Parzifal schaudernd.
»Das habe ich auch keinen Moment lang angenommen«, fügte Braiden hinzu. Er sprach mit sonderbarer Betonung, und als Lancelot den Kopf drehte und ihm ins Gesicht sah, begriff er auch, dass diese Worte zugleich auch eine Frage gewesen waren, eine Frage, die der Tafelritter an ihn gerichtet hatte. Er tat so, als hätte er es nicht begriffen, blickte noch einmal schaudernd auf das tote Ungeheuer hinab und erhob sich dann um das Schwert aus dem Kadaver zu ziehen. Es gab im Moment kaum etwas auf der Welt, das er weniger gern getan hätte, aber er spürte Braidens und auch Parzifals Blicke auf sich gerichtet und ihm war vollkommen klar, dass jedes Zögern ihr Misstrauen noch weiter schüren musste. Trotzdem stockte er für einen Moment in der Bewegung, als sich seine rechte Hand um den Schwertgriff schloss. Er lauschte in sich hinein. Aber da war nichts. Der übliche Blutdurst, die unstillbare Gier der magischen Klinge waren nicht da. Und es kostete ihn auch unerwartet viel Mühe, den Stahl aus dem Kadaver des Höllenhundes zu ziehen. Lancelot wurde plötzlich klar, dass der Zauber des Elbenschwertes bei *dieser* Kreatur versagt hatte. Er erinnerte sich daran, wie schwer es ihm gefallen war, die schuppigen Panzerplatten der Bestie zu durchdringen. Das Schwert war immer noch eine hervorragende Waffe, aber seine Magie verfing bei diesem Geschöpf nicht. Es hatte das Blut des Ungeheuers nicht getrunken.

Das kann es auch nicht, weil es kein Blut hat, versuchte er sich in Gedanken selbst zu beruhigen, aber er wusste, wie billig diese Ausrede war. Und wie falsch.
Hastig richtete er sich auf, wich zwei weitere Schritte von dem toten Ungeheuer zurück und starrte es noch einen Atemzug lang an, jetzt beinahe davon überzeugt, dass es wieder aufspringen und ihn erneut attackieren würde, nun wo der tödliche Stahl nicht mehr in seinem Herzen steckte. Aber der Höllenhund blieb liegen. Kreatur aus Fleisch und Blut oder Dämon aus den tiefsten Abgründen der Verdammnis – es hatte auf seine Art gelebt und Excaliburs dunkler Bruder hatte dieses Leben beendet. Mit einem lautlosen Aufatmen schob Lancelot die Klinge in die weiße Lederscheide an seinem Gürtel zurück.
»Ich muss mich noch bei Euch bedanken«, sagte Braiden, während er sich bückte um ein Stück auseinander gerissenes Blech aufzuheben, das Lancelot erst beim dritten Hinsehen als die Reste seines Panzerhandschuhs erkannte. Einen Moment lang drehte Braiden ihn fast hilflos in der Hand, dann zuckte er bedauernd mit den Schultern und warf ihn zu Boden. »Dass Ihr mir das Leben gerettet habt«, fuhr er fort. »Eine Winzigkeit später und ...«
»Bedankt Euch lieber bei dem Schmied, der Lancelots Schwert fertigte«, sagte Parzifal.
Lancelots Herz machte einen erschrockenen Sprung. Schnell drehte er sich zu Parzifal um. Der Tafelritter war zur anderen Seite des Raumes gegangen und hatte sein Schwert aufgehoben – genauer gesagt das, was davon übrig geblieben war. Die Klinge war eine Handbreit über dem Griff abgebrochen. »Und erinnert mich daran, dass ich *meinem* Schmied den Hals umdrehe, sobald wir zurück in Camelot sind«, fügte er hinzu.

Lancelot lächelte flüchtig und wollte antworten, aber in diesem Moment hörte er ein leises Wimmern und es fiel ihm ein, dass außer Parzifal und Braiden noch jemand hier war.
Landon hockte in der hintersten Ecke des Zimmers am Boden. Er hatte die Beine an den Leib gezogen und die Knie mit beiden Armen umklammert und kämpfte vergeblich gegen die Tränen an, die ihm über das Gesicht liefen. Als Lancelot auf ihn zutrat und die Hand ausstreckte, fuhr er erschrocken zusammen und wimmerte noch lauter und Lancelot zog die Hand hastig wieder zurück.
»Keine Angst«, sagte er beruhigend. »Es ist alles vorbei. Er ist tot.«
Landon starrte ihn aus großen Augen an. Lancelot war ziemlich sicher, dass er seine Worte gar nicht gehört hatte, und für einen Moment fühlte er sich schrecklich hilflos. Wenn Parzifal, Braiden und ihm dieses Ungeheuer schon solche Angst eingeflößt hatte, wie mochte sich dann dieser Junge fühlen?
»Am besten, Ihr lasst ihn ganz in Ruhe«, meinte Braiden leise. »Er wird sich beruhigen.«
Lancelot war ziemlich sicher, dass das nicht *das Beste* war, aber er fühlte sich hilfloser denn je und er spürte auch, dass alles, was er sagen oder tun konnte, es noch schlimmer machen würde. Mit einem Lächeln, das sehr viel mehr Zuversicht ausstrahlte, als er wirklich empfand, ging er zu den beiden Rittern zurück. Im Vorbeigehen warf er schnell einen Blick aus dem Fenster und zum Waldrand hin. Das Gelände am anderen Flussufer war leer. Der Schatten war verschwunden.
»Was ist das nur für eine Bestie?«, sagte Parzifal kopfschüttelnd, während er sich – ebenso in respektvollem Abstand – neben dem toten Höllenhund in die Hocke

sinken ließ. Er streckte die Hand aus, wie um den Kadaver zu berühren, wagte es aber dann doch nicht und beließ es bei einem erneuten Kopfschütteln.

»Jedenfalls nicht aus dem Teil der Welt, den wir kennen«, fügte Braiden hinzu – und wieder warf er Lancelot einen raschen und *fragenden* Blick zu.

Auch diesmal tat Lancelot so, als hätte er ihn nicht bemerkt. »Vielleicht haben wir jetzt wirklich einen Drachen erschlagen.« Er hatte versucht scherzhaft zu klingen, aber weder Parzifal noch Braiden lachten, sondern sahen ihn nur verwirrt an.

»Ich meine, wenn Ungeheuer wie dieses tief in den Wäldern leben«, fuhr er fort, »dann wissen wir, woher die Legenden von Drachen und anderen Ungeheuern stammen. Die armen Bauern hier haben keine Chance gegen eine solche Bestie.«

»Da habt Ihr Recht«, sagte Parzifal mit säuerlichem Gesichtsausdruck. Er sah auf den abgebrochenen Schwertgriff, den er immer noch in der Hand hielt, und schüttelte erneut den Kopf, als könne er nicht glauben, was er sah. Lancelot konnte ihn verstehen. Abgesehen von Artus und ihm selbst besaß vielleicht niemand auf der ganzen Welt ein Schwert von der Qualität Excaliburs und seines dunklen Bruders, aber auch die Schwerter der Tafelritter waren Meisterwerke der Schmiedekunst. Er hatte mit eigenen Augen gesehen, wie Parzifals Klinge den schweren Eisenpanzer eines piktischen Kriegers fast so mühelos durchschlagen hatte, wie es sonst sein eigenes Schwert tat.

»Hätten wir Euer Schwert nicht gehabt ...«, begann Parzifal, schüttelte wieder den Kopf, ließ die zerbrochene Waffe endlich fallen und sah Lancelot an. »Ich wusste, dass es eine gute Waffe ist, aber *so* gut ... Darf ich sie einmal sehen?«

Unter gar keinen Umständen!, dachte Lancelot. Aber mit welchem Grund sollte er Parzifal diese Bitte verweigern? Zögernd griff er nach dem silberfarbenen Verschluss seines Waffengurtes, löste ihn und reichte Parzifal die Klinge samt Scheide und Gürtel. Parzifal schloss die linke Hand um die Scheide aus feinem weißen Leder, ergriff den Schwertgriff mit der rechten und versuchte die Waffe zu ziehen.

Es gelang ihm nicht.

Im allerersten Moment glaubte Lancelot, dass er irgendetwas gespürt hätte, vielleicht den gleichen verlockenden Blutdurst, den auch er jedes Mal empfand, wenn er den Schwertgriff berührte, aber dann wurde ihm klar, dass Parzifal die Klinge aus einem viel einfacheren Grund nicht zog. Er konnte es nicht.

Parzifal runzelte die Stirn und stieß ein überraschtes Grunzen aus. Lancelot konnte sehen, wie sich die Muskeln an seinem Hals spannten, als er noch einmal und diesmal mit aller Gewalt versuchte das Schwert aus der Scheide zu ziehen, aber die Elbenklinge rührte sich keinen Fingerbreit.

»Das ist seltsam«, murmelte Parzifal.

»Lasst es mich versuchen«, bat Braiden. Zu Lancelots Beunruhigung sah er dabei ihn an und nicht Parzifal, aber noch bevor er etwas sagen konnte, hielt Parzifal ihm das Schwer hin und Braidens linke Hand schloss sich um den lederbezogenen Griff.

Es gelang ihm so wenig wie Parzifal zuvor, die Klinge aus der Scheide zu ziehen.

»Heute ist anscheinend der Tag der Zeichen und Wunder«, sagte Lancelot in dem vergeblichen Versuch, die Situation mit einem Scherz zu entspannen. Rasch riss er Parzifal das Schwert aus der Hand, schloss die Rechte um den Griff und machte eine Folge schneller Bewe-

gungen mit Zeige- und Mittelfinger. Ohne den geringsten Widerstand glitt die Klinge aus der Scheide.
»Es ist ein Trick dabei«, behauptete er. »Der Schmied, der die Waffe angefertigt hat, hat gemeint, außer mir könne sie niemand ziehen. Ich habe ihm bisher nicht geglaubt, aber anscheinend habe ich dem guten Mann unrecht getan.«
Parzifal ließ einen Augenblick verstreichen und lachte dann leise und völlig unecht, während Braiden ihn einfach nur anstarrte.

Erst am frühen Abend des übernächsten Tages kehrten sie nach Camelot zurück. Sie hatten die Nacht in dem verlassenen Dorf zugebracht und noch einen gut Teil des nächsten Vormittages dazu gebraucht, den Kadaver der Bestie zu vergraben und den Jungen bis zu einer Stelle zu begleiten, von wo aus er allein weitergehen konnte. Lancelot war nicht wohl bei dem Gedanken gewesen, Landon einfach seinem Schicksal zu überlassen, und obwohl keiner von ihnen es ausgesprochen hatte, Braiden und Parzifal wohl ebenso wenig. Aber das Ungeheuer war tot und schließlich war der Junge in diesen Wäldern aufgewachsen und kannte sich hier ungleich besser aus als sie. Wenn seine Familie noch lebte, dann würde er sie finden, und wenn nicht, dann war er hier trotzdem vermutlich immer noch besser aufgehoben als an jedem anderen Ort, zu dem sie ihn mitnehmen konnten.
Auf halbem Wege zurück nach Camelot waren sie auf einen der Soldaten gestoßen, die sie in alle Himmelsrichtungen ausgeschickt hatten, um nach Spuren von Marcus dem Einäugigen zu suchen. Der Mann war das schlechte Gewissen in Person gewesen, sodass Lancelot trotz all seiner gegenteiligen Versicherungen recht rasch

klar geworden war, dass er keineswegs nach dem Hehler gesucht, sondern sich nach einer angemessenen Wartefrist sofort auf den Rückweg nach Camelot gemacht hatte. Er konnte es dem Soldaten nicht verdenken. Das Land lag im Krieg, und auch wenn die äußeren Anzeichen sich noch hinter der Maske der scheinbaren Normalität verbargen, so hatte Lancelot doch längst begriffen, dass das Königreich mit jedem Tag, ja, mit jeder Stunde mehr in Chaos und Gewalt versank. Kurz vor Sonnenuntergang, am ersten Tag ihres Rückweges, hatten sie die Lichter eines Hofes oder auch einer kleinen Siedlung im Westen gesehen, aber keiner von ihnen hatte auch nur den Vorschlag gemacht, die Nacht dort zu verbringen. Sie wussten, dass sie nicht mehr gern gesehen waren. Artus war vielleicht der mildtätigste und mit Sicherheit der gerechteste König, den das Land jemals gehabt hatte, aber es herrschte Krieg und die einfachen Menschen forderten nun den Schutz ein, für den sie und ihre Vorfahren mit ihrem Leben und ihrer Arbeitskraft bezahlt hatten und den weder Artus noch all seine unbesiegbaren Tafelritter ihnen bisher gewährt hatten.

So umgingen sie alle menschlichen Ansiedlungen und näherten sich Camelot kurz vor Sonnenuntergang; *fünf Tage* nachdem sie es verlassen hatten.

Lancelot spürte schon von weitem, dass etwas geschehen war. Die Stadt hatte sich verändert. Die Marktkarren waren verschwunden, die bunten Fahnen und Wimpel flatterten nicht mehr über Zinnen und Hausdächern und alle Spuren des katastrophal geendeten Festes waren so gründlich beseitigt worden, als schämten sich die Bewohner der Stadt dafür, und an ihre Stelle hatte sich eine niedergeschlagene, fast ängstliche Stimmung über Camelots Straßen und Häuser gesenkt. Das westliche Tor, durch das sie die Stadt betraten,

stand weit offen und die Posten begrüßten sie mit erfreuten Gesichtern und erleichterten Ausrufen, aber Lancelot fiel auch auf, dass die Anzahl der Wächter verdoppelt worden war und dass auf den Zinnen des äußeren Verteidigungsringes nun sehr viel mehr Männer patrouillierten als sonst. Auch der zweite der insgesamt fünf hintereinander gestaffelten Kreise aus Häusern und Mauerstücken, die die Verteidigung Camelots bildeten, war nun mit Soldaten besetzt. Camelot war die größte Stadt in diesem Teil des Landes, vielleicht in ganz Britannien, und selbst ein überlegener Gegner konnte es unmöglich schaffen, den äußeren Verteidigungsring so schnell zu überwinden, dass Artus keine Zeit blieb, die dahinter liegenden zu schließen und zu bemannen. Neben allem anderen war Artus auch ein Mann, der seine Mittel klug einsetzte, statt Männer und Geld an einer Stelle zu verschwenden, wo sie völlig nutzlos waren.
Weder Braiden noch Parzifal machten eine entsprechende Bemerkung, aber Lancelot war klar, dass auch sie alarmiert sein mussten, und so war es nicht weiter verwunderlich, dass sich ihr Tempo immer weiter steigerte und sie das letzte Stück zur Burg im Zentrum der Stadt hinauf fast im Galopp zurücklegten.
Auch die Tore der Burg standen offen, die Anzahl der Wächter war verdoppelt worden und über den Zinnen brannten zahlreiche Fackeln und kleine Feuer. Im letzten Licht der untergehenden Sonne gewahrte Lancelot die Silhouetten von gleich vier Wächtern, die auf der großen Plattform oben auf dem Bergfried standen und das Land in alle Himmelsrichtungen beobachteten. Als sie auf den Hof sprengten, flogen einige Türen auf und erschrockene Gesichter wandten sich in ihre Richtung. Einer der Männer hinter den Zinnen griff nach seinem

Bogen und hatte ihn schon halb von der Schulter, bevor er die Neuankömmlinge endlich erkannte und die Hand wieder zurückzog. *Was um alles in der Welt war hier geschehen?*

Lancelot schwang sich aus dem Sattel, kaum dass das Einhorn zum Stehen gekommen war, und überließ es einem der Stallburschen, das Tier wegzuführen. Irgendetwas stimmte hier nicht, das spürte er. Plötzlich hatte er Angst. Er wusste nicht, wovor, aber das Gefühl schien mit jedem Herzschlag stärker zu werden. Er wandte sich der Freitreppe zum Palas zu und erwartete, Artus oder wenigstens einen seiner Ritter unter der großen Tür auftauchen zu sehen, aber das Tor aus massivem Eichenholz blieb geschlossen. Lancelot machte zwei Schritte, dann blieb er stehen und drehte sich um. Braiden und Parzifal waren ebenfalls abgesessen und machten Anstalten, in Richtung Treppe zu gehen, verhielten nun aber beide im Schritt und sahen ihn fragend an. Dann ging Parzifal einfach weiter und Braiden lächelte knapp, aber sehr warm. Zumindest ihm musste klar sein, dass Lancelots erste und größte Sorge Gwinneth galt.

Seltsam, dachte Lancelot. Als er von ihr weggegangen war, hatte er es in dem Bewusstsein getan, vielleicht niemals zurückzukommen. Er hatte alles in seiner Macht Stehende getan, damit niemand hier ahnte, welche Gefühle er Gwinneth wirklich entgegenbrachte, und nun, als er Braidens Gedanken erriet, war alles, was er spürte, ein Gefühl tiefer Dankbarkeit.

Er ging los, erreichte fast im Laufschritt die Tür zum Bergfried und stieß sie so wuchtig auf, dass sie innen gegen die Wand prallte und der dumpfe Knall durch den gesamten, riesigen Turm zu hören sein musste. Auch hinter dieser Tür stand ein bewaffneter Posten, der seine Aufgabe aber offensichtlich nicht allzu ernst genommen hatte. Der Mann lehnte in jener Haltung, die nur Soldaten beherrschen, die zu viele Stunden, Tage und Wochen ihres Lebens auf sinnlosen Wachen verbracht hatten, auf seinen Speer gestützt da und hatte offensichtlich im Stehen geschlafen. Nun schrak er so heftig zusammen, dass er fast das Gleichgewicht verloren hätte, und blinzelte Lancelot verständnislos an. Wäre dieser tatsächlich ein Eindringling gewesen, dann wäre es in diesem Moment um den Mann geschehen gewesen. Lancelot verschwendete jedoch keinen Gedanken daran, sondern stürmte auf die Treppe zu und rannte die ausgetretenen Steinstufen hinauf. Erst als er die Etage erreichte, in dem sein (und Gwinneths) Gemach lag, wurde er etwas langsamer und legte die letzten Schritte in normalem Tempo zurück. Vor der Tür blieb er noch einen Augenblick stehen, damit sich sein Atem einigermaßen beruhigen konnte.

Er klopfte.

Er bekam keine Antwort, zählte in Gedanken langsam bis fünf und klopfte noch einmal und lauter.

Auch diesmal antwortete niemand. Lancelot ließ noch einige Augenblicke verstreichen, dann drückte er die Klinke hinunter und schob die Tür langsam auf.

»Lady Gwinneth?«

Die einzige Antwort war das leise Echo seiner eigenen Stimme, und noch bevor er die Tür ganz geöffnet hatte und eingetreten war, spürte er, dass der Raum dahinter leer war.

Aber das war nicht alles. Er war nicht nur *leer*.

Er war verlassen.

Das große Zimmer, in dem er das letzte Mal gewesen war um Sir Galahad an seinem Krankenlager zu besuchen, war dunkel und still. Nichts rührte sich und es

war eine Stille von der Art, die Lancelot spüren ließ, dass sie nicht neu war. Dieser Raum war nicht einfach nur im Moment verlassen. Es war ein Zimmer, in dem niemand mehr lebte, und man fühlte es.
Verwirrt und von einem wachsenden Gefühl von Beunruhigung gequält, trat Lancelot gänzlich durch die Tür und blieb in der Mitte des Zimmers stehen um sich umzublicken. Er war weniger als eine Woche fort gewesen und es war eigentlich unmöglich – aber er sah Staub auf den Möbeln und die Luft roch trotz der großen und weit offen stehenden Fenster kalt und tot; wie die Luft in einem Zimmer eben riecht, in dem keine Menschen mehr leben.
Zögernd ging er weiter und trat an das riesige geschnitzte Bett. Die Laken waren unordentlich und er sah dunkle, bräunlich verschmierte Flecken darauf; Galahads Blut, das vor einer Woche dort eingetrocknet war. Der Tafelritter selbst war nicht hier. Vielleicht war er tot. Aber auch Gwinneth war nicht hier.
Lancelot hätte nicht sagen können, wie lange er dastand und das leere und blutbesudelte Bett anstarrte, als er hinter sich ein Scharren und dann ein übertriebenes Räuspern hörte. Langsam drehte er sich herum und ein Schatten huschte über sein Gesicht, als er Sir Mandrake erkannte, der hoch aufgerichtet unter der geöffneten Tür stand und ihn finster anstarrte.
»Ich wusste, dass ich Euch hier antreffen werde«, sagte der Ritter. Er machte sich nicht einmal die Mühe, sich mit einer Begrüßung oder irgendeiner Höflichkeitsfloskel aufzuhalten. Die Feindseligkeit in seiner Stimme war unüberhörbar.
»So?«, fragte Lancelot, ganz bewusst ebenso unfreundlich und herausfordernd wie Mandrake.
»Ihr seid ein Ritter, wie ihn sich jeder König nur wün-

schen kann«, antwortete Mandrake und verzog das Gesicht. »Eure allererste Sorge gilt der Königin, nicht wahr? Ich bin sicher, Artus ist stolz auf Euch.«

»Meine allererste Sorge galt Sir Galahad«, verbesserte ihn Lancelot. Mandrake verzog nur das Gesicht und machte sich nicht einmal die Mühe, darauf zu antworten.

»Falls Ihr die Königin sucht, *Sir* Lancelot –« Allein die Art, auf die er das Wort *Sir* aussprach, machte es zu einer Beleidigung. »– sie lebt nicht mehr hier, sondern in Artus' Gemächern. Falls Ihr den Weg nicht wisst, kann ich Euch hinführen – nur für den Fall, dass Euch die Sorge um sie das Herz bricht.«

Lancelots Hand senkte sich auf den Schwertgriff. Die Bewegung war nicht bewusst und er spürte, wie die Klinge unter seiner Hand aufschrie, für einen Moment in einer Gier explodierte, der er kaum widerstehen konnte. Nur mit großer Anstrengung gelang es ihm, seine Finger wieder zu spreizen und die Hand zurückzuziehen. Mandrakes Blick folgte seiner Bewegung. Er sagte nichts, aber in seinen Augen erschien ein triumphierender Ausdruck. Lancelot fühlte sich hilflos. Verwirrt. Was immer er tat, es schien falsch zu sein.

»Artus' Gemächer?«, murmelte er.

Mandrake lachte. Es klang hässlich. »Ich dachte mir, dass Euch das überrascht«, fuhr er höhnisch fort. »Artus und Gwinneth haben geheiratet. Wusstet Ihr das nicht?«

Lancelot starrte ihn an. »Geheiratet?«

Mandrake nickte. »Am Tag nach Eurer Abreise«, sagte er. Er gab sich jetzt keine Mühe mehr, den Triumph zu verhehlen, den er bei diesen Worten empfand. »In aller Stille sozusagen. Es war ja auch nicht viel Zeit. Artus musste in den Krieg ziehen und der Bischof war unglückseligerweise nicht abkömmlich. Aber ich kann Euch versichern: Es war eine kleine, aber sehr schöne Feier. Lady Gwinneth hat es sehr bedauert, dass Ihr nicht dabei wart.«

Wieder senkte sich Lancelots Hand auf das Schwert und diesmal war es keine unbewusste Bewegung. Diesmal zog er die Hand auch nicht zurück.

»Das reicht«, murmelte er. Leise, aber in einem Ton, der Mandrake warnte, es nicht noch weiter zu treiben.

»Ja, das finde ich auch«, sagte Mandrake. Seine Stimme wurde kälter. »Was tut Ihr hier?«

»Wie ich bereits sagte: Ich wollte nach Galahad sehen«, antwortete Lancelot. Ihm war selbst klar, wie wenig glaubwürdig seine Behauptung klang, aber das war ihm gleich. Ganz im Gegenteil – er *wollte*, dass Mandrake sie als die Ausflucht erkannte, die sie war.

»Dann müsst Ihr Euch schon an Artus' Tafelrunde begeben«, antwortete Mandrake. »Aber wenn ich Euch einen Rat geben darf: Ihr solltet zuerst zum König gehen. Er verzehrt sich fast vor Sorge um Euch.«

»Wenn Ihr denn so freundlich wäret, mir zu sagen, wo ich ihn finde«, sagte Lancelot kühl. Er hatte Mühe, überhaupt zu sprechen. Seine Gedanken schienen sich plötzlich zweigeteilt zu haben. Ein ganz kleiner Teil davon folgte noch Mandrakes Worten und versuchte vergeblich ihm klar zu machen, dass dahinter mehr steckte als die gehässige Bosheit eines Ritters, der einfach nur eifersüchtig auf ihn war und ihn aus persönlichen Gründen nicht mochte. Der weitaus größere Teil kreiste um das, was Mandrake gerade gesagt hatte: Artus und Gwinneth hatten geheiratet!

Er wusste, dass es wahr war. Mandrake würde nicht lügen.

»Bringt mich zum König«, verlangte er.

Die Sonne war untergegangen und das einzige Licht war der rote Schein der Wachfeuer, die hinter Camelots Zinnen brannten. Die Dunkelheit darunter war von Bewegung erfüllt; obwohl Lancelot sie nicht sehen konnte, spürte er die Anwesenheit der Männer, die das Areal rings um die kleine Kapelle und den Friedhof bewachten. Und er spürte auch ihre Furcht. Die Dunkelheit, die Camelot umgab, hatte sich gewandelt. Es war nicht einfach nur der Wechsel von Tag und Nacht, die Abwesenheit von Licht. Es war, als hätte die Finsternis Gestalt angenommen, als wäre jeder Schatten, jeder Bereich von Dunkelheit und Schwärze zu einem Krieger der Nacht geworden, einer gewaltigen Armee aus Düsternis und Schwärze, die Camelot belagerte. Dort draußen war etwas Finsteres und Uraltes, das allem Leben feindselig gesonnen war und sich zum Angriff rüstete.
Mandrake hatte ihn bis zum Eingang der Kapelle begleitet und war dann stehen geblieben. Artus hatte die Kapelle zu einem Refugium der Stille gemacht, einem kleinen Teil der Welt, der nur ihm gehörte und in dem er keine Eindringlinge duldete. Lancelot trat sehr leise in den schlichten Raum und bemühte sich keinerlei Geräusch zu machen, aber als er die Tür hinter sich schloss und der gedämpfte, dumpfe Knall durch das Innere der Kapelle hallte, sprang Artus in die Höhe und fuhr mit einer so zornigen Bewegung herum, dass Lancelot um ein Haar nach seiner Waffe gegriffen hätte. Auch Artus' Hand senkte sich zum Gürtel – der allerdings leer war. Artus trug nur ein schlichtes Gewand im Blau und Weiß Camelots und hatte weder Excalibur noch irgendeine andere Waffe bei sich, und als er Lancelot erkannte, verschwand der Zorn von seinem Gesicht und wich dem Ausdruck großer Erleichterung.

»Lancelot!«, rief er.
Lancelot machte zwei weitere Schritte in die Kapelle hinein, blieb stehen und senkte demütig das Haupt. »Mylord.«
»Lancelot?«, murmelte Artus noch einmal, als könne er es nicht glauben. Dann lachte er, breitete die Arme aus und stürmte auf Lancelot zu. »Lancelot! Ihr seid zurück! Ihr lebt! Gott sei es gedankt!«
Obwohl Lancelot die Beine spreizte und nach festem Stand suchte, riss Artus ihn im Ungestüm seiner Wiedersehensfreude fast von den Füßen. Er umarmte ihn und schlug ihm so wuchtig auf den Rücken, dass ihm die Luft wegblieb, ehe er endlich von ihm abließ und schwer atmend zwei Schritte zurückwich, um ihn von oben bis unten zu betrachten.
»Worte können nicht ausdrücken, wie froh ich bin, Euch zu sehen!«, rief Artus aus.
»Mir geht es genauso, Mylord«, antwortete Lancelot. Für den Bruchteil eines Gedankens huschte ein leichter Schatten über Artus' Gesicht und Lancelot war klar, dass das letzte Wort eine Distanz zwischen ihnen geschaffen hatte, die Artus wie ein Schlag ins Gesicht traf.
»Ihr seid zurück«, sagte Artus noch einmal. »Hattet Ihr Erfolg? Ich meine ... was ist Euch passiert? Wo seid Ihr so lange gewesen? Was ist mit Braiden und Sir Parzifal und den anderen?«
»Wir haben den Hehler nicht gefunden«, antwortete Lancelot.
»Ach verdammt, das meine ich doch gar nicht!«, erwiderte Artus, stockte dann, sah Lancelot einen Moment lang fast betroffen an und fuhr in etwas distanzierterem Ton fort: »Verzeiht. Die Wiedersehensfreude hat mich überwältigt. In letzter Zeit ist so viel Schlimmes gesche-

hen, dass ich kaum noch mit einer angenehmen Überraschung gerechnet habe.«
»Braiden und Parzifal sind wohlauf«, sagte Lancelot.
Artus blickte ihn lange reglos und mit undeutbarem Ausdruck an, dann zwang er etwas auf sein Gesicht, das wohl ein Lächeln sein sollte. »Ich habe gebetet, dass Ihr und die beiden anderen unversehrt zurückkehrt«, bekannte er. »Aber ich war nicht mehr sicher, ob Gott mein Flehen erhört.«
Lancelot warf einen Blick auf den Altar, vor dem Artus bei seinem Eintreten gekniet hatte. »Gott?«
Er war ziemlich sicher, dass Artus verstand, was er mit dieser Frage meinte, aber Artus nickte nur und fuhr bekräftigend fort: »Ich habe lange mit ihm Zwiesprache gehalten. Ich habe ihn gefragt, warum er uns solche Prüfungen auferlegt, aber er hat nicht geantwortet.«
»Wir sind zurück«, sagte Lancelot kühl, »aber ich fürchte –«
»Ihr hattet keinen Erfolg«, unterbrach ihn Artus. Er nickte traurig. »Ich weiß.«
»Woher?«
»Einige der Boten sind zurück«, erwiderte Artus. »Ihr könnt es nicht wissen, sonst würdet Ihr diese Frage nicht stellen, aber sie haben Marcus den Einäugigen ergriffen.«
»Wo?«, erkundigte sich Lancelot überrascht.
»Er hatte den Gral nicht mehr«, sagte Artus leise. Wieder huschte ein Schatten über sein Gesicht und diesmal war Lancelot sicher, dass der Schmerz, den er in Artus' Augen erblickte, echt war.
»Ihr wisst –?«
»Er hat den Großteil seiner Ware an einen anderen Händler verkauft und der wiederum an andere Diebe und Hehler, die er kannte ...« Artus schüttelte den

Kopf. »Ich habe weitere Männer losgeschickt um nach ihnen zu suchen. Aber es braucht schon mehr als ein Wunder, um Merlins Becher wieder zu finden.« Er starrte an Lancelot vorbei ins Leere, dann gab er sich einen Ruck und fuhr in verändertem Ton und wieder lächelnd fort: »Aber genug der schlechten Nachrichten, Lancelot. Ihr seid zurück und das allein zählt. Und Ihr seid unversehrt, hoffe ich doch?«
Lancelot nickte und im selben Moment sah Artus auf seine linke Hand hinab, die nicht in einem Handschuh, sondern in einem dicken blutdurchtränkten Verband steckte, und seine Stirn umwölkte sich.
»Unverletzt nenne ich etwas anderes«, sagte er.
»Das ist nichts«, wehrte Lancelot ab, aber Artus schüttelte nur ärgerlich den Kopf und trat wieder auf ihn zu.
»Lasst mich das sehen«, verlangte er.
Lancelot hätte in diesem Moment lieber die Hand verloren als zuzulassen, dass Artus sie berührte. Dennoch streckte er gehorsam den Arm aus und Artus begann mit sachkundigen Bewegungen den Verbandsstoff von seiner Hand zu wickeln. Es tat so weh, dass Lancelot die Tränen in die Augen schossen und er die Zähne aufeinander beißen musste, um nicht vor Schmerz aufzustöhnen. Artus entfernte den Verband rasch, ließ die blutgetränkten Stoffstreifen achtlos zu Boden fallen und sah einen Moment stirnrunzelnd auf Lancelots Handfläche hinab.
Lancelot erschrak selbst, als er die Wunde erblickte. Der Schnitt war nur zum Teil verkrustet und die Wunde hatte sich entzündet und war eitrig. Der bloße Anblick reichte, um den unerträglichen Schmerz erneut aufflammen zu lassen.
»Das sieht nicht gut aus«, meinte Artus.
»Es ist nur ein Kratzer«, erwiderte Lancelot. Verdammt,

was sollte das? Er war nicht hierher gekommen, um über seine *Hand* zu sprechen!
Artus schüttelte bestimmt den Kopf. »Das ist es nicht«, sagte er. »An einem solchen *Kratzer* sind schon viele Männer gestorben, Lancelot.«
»Ich werde einen Arzt aufsuchen, sobald –«
»Das wird nicht nötig sein«, behauptete Artus. Er ergriff Lancelots Linke mit beiden Händen, drückte so fest zu, dass es eindeutig *wehtat*, und schloss für einen Moment die Augen.
Und etwas durch und durch Unheimliches geschah: Nicht nur der Schmerz erlosch. Lancelot konnte *spüren*, wie *etwas* von Artus zu ihm herüberfloss, eine große, allumfassende heilende Wärme, die sich in seiner Hand ausbreitete wie goldenes Sonnenlicht auf einer von Raureif bedeckten Morgenwiese, und bald nach dem Schmerz erlosch auch das dumpfe Wühlen des Fiebers in seiner Hand und ein Gefühl von pulsierendem Leben durchströmte seinen ganzen Arm. Um ein Haar hätte er die Hand zurückgezogen, so unheimlich war das, was er spürte.
Einige Augenblicke vergingen, dann nahm Artus die Hände von ihm und sah ihm mit einem zuversichtlichen Lächeln in die Augen. »Schont die Hand noch ein paar Tage«, sagte er. »Danach ist alles in Ordnung.«
Lancelot wusste weder, was er sagen, noch, was er von diesem sonderbaren Erlebnis halten sollte. Aber es war seltsam: Der Schmerz in seiner Hand war erloschen, er wusste einfach, dass die Wunde verheilen und ihm keine Schwierigkeiten mehr bereiten würde, aber er fühlte sich nicht erleichtert; nicht einmal über den einfachen Umstand, keine Schmerzen mehr zu haben. Vielmehr hatte er das völlig absurde Gefühl, besudelt worden zu sein.

Ohne es zu wollen trat er einen Schritt zurück und ein Blick in Artus' Gesicht machte ihm klar, welchen Eindruck er auf den König machen musste.

»Ich danke Euch, Mylord«, sagte er. »Aber nun ...«

Artus nickte. »Ich verstehe«, murmelte er. Er klang traurig und auf eine Art enttäuscht, die Lancelot nicht verstand.

»Verzeiht, Mylord«, fuhr Lancelot fort. Nun benutzte er das Wort *Mylord* ganz bewusst. »Wir wären schneller zurückgekehrt, aber ...«

Er berichtete Artus mit möglichst knappen Worten, was ihnen widerfahren war, und Artus hörte kommentarlos zu, wenngleich sich sein Blick mit jedem Wort weiter zu verdüstern schien. Als Lancelot geendet hatte, starrte er wieder an ihm vorbei ins Leere, dann nickte er und ein niedergeschlagener Ausdruck machte sich auf seinen Zügen breit.

»Gott legt uns wirklich schwere Prüfungen auf«, murmelte er. Dann gab er sich einen Ruck und zwang sich Lancelot anzulächeln. »Aber zugleich hat er mir auch einen treuen Ritter zur Seite gestellt, wie ich mir keinen besseren wünschen kann, Sir Lancelot.«

Lancelot verzichtete darauf, eine entsprechende Frage zu stellen. Er sah den König nur an und nach einer Weile deutete Artus ein Achselzucken an, machte einen Schritt zurück und drehte sich so herum, dass er zugleich ihn und den Altar im Auge hatte. Lancelot war nicht ganz klar, ob seine nächsten Worte ihm oder dem Gekreuzigten galten.

»Warum verlangt Ihr diese Entscheidung von mir?«, murmelte Artus.

»Welche Entscheidung?«, fragte Lancelot. Fast sofort war ihm klar, dass diese Worte ein Fehler gewesen waren. Und noch bevor Artus antworten konnte, wallte

Zorn in ihm auf, als er begriff, wie unfair dieses Duell war. Er war Artus nicht gewachsen – wie konnte er es auch sein? Was immer er tat, Britanniens vermeintlicher König hatte ihm fünfzig oder vielleicht auch fünfhundert Jahre Lebenserfahrung voraus. Es war kein fairer Kampf und das sollte er wohl auch nicht sein.

»Die Entscheidung zwischen Krieg und Frieden«, sagte Artus. »Ihr wart doch draußen im Land, Lancelot. Ihr habt mit den Menschen gesprochen, deren Leben ich nun für mich reklamiere. Wir werden diesen Krieg vielleicht gewinnen, aber um welchen Preis? Ist er es wert?«

»Ich fürchte, ich verstehe nicht ...«, erwiderte Lancelot wahrheitsgemäß.

»Es wird nicht mehr lange dauern und Camelot wird in einem Meer von Blut versinken«, sagte Artus. »Mordreds Pikten rüsten zum Kampf. Überall im Land ziehen sie Truppen zusammen. Viele unserer Späher sind nicht zurückgekehrt, aber die, die zurückgekommen sind, bringen keine guten Neuigkeiten, mein Freund.«

Natürlich wusste er, dass Artus und seine Ritter kurz nach seinem Aufbruch ebenfalls losgezogen waren um dem piktischen Heer entgegenzureiten, das sich auf den Marsch auf Camelot vorbereitete. Aber allein der Umstand, dass Artus unversehrt vor ihm stand und Camelot noch nicht in Trümmern lag, hatte ihn ganz selbstverständlich annehmen lassen, dass er diese Schlacht gewonnen hatte. Doch nun kamen ihm zum ersten Mal Zweifel.

»Euer Zug gegen die Pikten ...?«

»Wir haben verloren, Lancelot«, sagte Artus ruhig. Seine Augen wurden dunkel, als ihn die Erinnerung an das Zurückliegende einholte. »Es war eine Falle.«

Seine Stimme wurde leiser und die Worte schienen gar

nicht mehr wirklich Lancelot zu gelten. »Wir waren so siegessicher. Sie waren mehr als wir, aber welche Rolle spielt das schon? Einer gegen zwei oder einer gegen zehn – wo ist der Unterschied? Wir waren überzeugt, sie schlagen zu können. Aber wir haben verloren.«
»Verloren!?«, ächzte Lancelot.
Artus nickte. Er sah ihm immer noch nicht in die Augen, sondern starrte weiter an ihm vorbei ins Leere, aber diesmal schien er nicht die Wand hinter ihm zu sehen, sondern etwas unendlich Furchteinflößendes. Artus' Blick allein reichte Lancelot, um ihn das Getöse der Schlacht hören zu lassen, die Schreie der Sterbenden, das Klirren von Stahl und das Kreischen verwundeter Pferde, den Geruch von Blut und den Gestank des Todes wahrzunehmen.
»Wir haben sie geschlagen«, fuhr Artus nach einer Ewigkeit fort, »aber um welchen Preis? Die Hälfte meiner Ritter ist tot. Ein Drittel unseres Heeres wurde ausgelöscht und der Rest ist verwundet und krank. Wir haben die erste Schlacht gewonnen, aber für die zweite fehlt uns die Kraft. *Das* war die eigentliche Falle, Lancelot.«
»Das verstehe ich nicht«, sagte Lancelot.
»Auch ich habe es zu spät verstanden«, gestand Artus. »Ich habe Morgaine unterschätzt. Es gibt keine Entschuldigung dafür. Ich kenne sie besser als irgendjemand anders auf der Welt und ich hätte wissen müssen, was sie plant, aber ihre Bosheit ist noch größer, als ich ahnte. Wir waren zwei- und sie sechshundert. Wir haben sie geschlagen. Nicht ein Pikte hat das Schlachtfeld lebend verlassen. Aber ihre Zahl scheint unendlich und die meiner Krieger ist begrenzt. Für jedes tote *Fleisch* –«, er lachte ganz leise und bitter, als er dieses Wort aussprach, »– das auf dem Schlachtfeld zurück-

bleibt, kommen zehn neue Barbarenkrieger aus dem Norden. Doch meine Ritter sind nicht zu ersetzen.«

»Ihr seid –«

»– zum ersten Mal ohne Dagdas Schutz in die Schlacht gezogen«, sagte Artus hart. »Und sie haben gekämpft. Meine Ritter haben unter den Barbaren gewütet wie die Dämonen unter den armen Seelen. Aber es waren nur Stahl und Fleisch, die aufeinander prallten.«

Nicht mehr Magie gegen verwundbare Menschheit, dachte Lancelot bitter. Er begriff nun, was geschehen war. Zum ersten, zum allerersten Mal hatten nur die Ritter Camelots gegen einen Feind gestanden, nicht mehr seine unbesiegbare Magie. Er dachte an die erste und einzige Schlacht zurück, die er selbst miterlebt hatte, und ein eisiger Schauer lief ihm über den Rücken. Stahl gegen Fleisch war unfair genug; Magie gegen Fleisch war kein Kampf, sondern ein Schlachten.

»Und das bedeutet?«, fragte er.

»Es bedeutet, dass wir verloren haben, mein Freund«, sagte Artus traurig. »Ich habe Boten in alle befreundeten Königreiche und Länder geschickt und um Unterstützung gebeten. Aber selbst wenn sie alle auf meinen Ruf hören, haben wir keine Chance. Camelot verfügt noch über tausend Mann unter Waffen und acht von zehn dieser tausend Mann sind Bauern, Handwerker und Tagediebe, die kaum wissen, an welchem Ende man ein Schwert anfassen muss. Unsere Kundschafter berichten, dass weit mehr als zehntausend Pikten im Anmarsch sind. Sie werden in vielleicht einer Woche hier sein. Ohne Merlins Magie sind wir verloren.«

Lancelot starrte ihn an und alles, was er hatte sagen wollen, weigerte sich über seine Lippen zu kommen. Seine Gedanken wirbelten ziellos durcheinander. Er dachte an Gwinneth, den Höllenhund, an Morgaine Le Faye und die Pikten, an das, was Artus ihm angetan hatte, und an Dagdas Tod, alles auf einmal und ohne einen einzigen dieser Gedanken wirklich greifen zu können. Er fühlte sich hilflos, als stünde er in einer zentnerschweren Rüstung auf dünnem Eis und spüre es bereits unter sich knirschen.

Er war nicht hierher gekommen, um mit Artus über den Krieg zu sprechen oder die Pikten oder über die Zukunft des Landes. Er wollte mit ihm über *Gwinneth* reden, über sonst nichts. Aber er spürte auch, dass er es nicht konnte. Wut über sich selbst machte sich in Lancelot breit. Er hatte während der vergangenen beiden Tage an wenig anderes gedacht als an genau dieses Gespräch und nun fühlte er sich hilfloser und verlorener als zuvor. Er war Artus nicht gewachsen. Nicht mit Worten, nicht mit dem, was er plante oder dachte. Eine Sekunde lang fragte er sich zu seinem eigenen Entsetzen, ob er Artus vielleicht mit dem Schwert in der Hand gewachsen wäre. Aber er wagte nicht, diesen Gedanken zu Ende zu führen. Ganz gleich, wie die Antwort ausfallen mochte, er wollte sie nicht wissen. Wenigstens jetzt noch nicht.

»Was bedeutet das, Mylord?«

»Ich mache Euch dasselbe Angebot, das ich allen meinen Rittern gemacht habe, Sir Lancelot«, antwortete Artus und hob zugleich die Hand, um ihn an einem Widerspruch zu hindern. »Und bevor Ihr antwortet, überlegt es Euch sehr gut, mein Freund.«

»Welches Angebot?«, erkundigte sich Lancelot.

»Ich entlasse Euch aus Eurem Wort«, sagte Artus. Diesmal wollte Lancelot widersprechen, aber Artus wiederholte seine abwehrende Geste. »Nein, ich sagte es: Antwortet mir jetzt nicht. Denkt in Ruhe darüber nach, bevor Ihr Euch entscheidet. Ihr habt Camelot und mir die Treue geschworen wie alle anderen und Ihr mögt der Meinung sein, dass dieser Schwur selbst das letzte Opfer von Euch verlangt. Unter allen denkbaren Umständen würde ich Euch zustimmen, aber was uns bevorsteht, ist kein fairer Kampf. Wir stehen einer Übermacht gegenüber, die wir nicht schlagen können, und selbst wenn es nicht so wäre, wäre da immer noch Morgaines Magie, die schlimmer ist als jede Überzahl. Ich verlange von jedem meiner Ritter, dass er sein Leben opfert um das Reich zu retten, aber ich verlange von keinem, Selbstmord zu begehen.«

Lancelot wurde plötzlich so wütend, dass er sich beherrschen musste, um nicht die Faust zu heben und Artus ins Gesicht zu schlagen. Ihm war klar, dass dieses Angebot, gerade weil es so großzügig war, vielleicht den Gipfel der Hinterhältigkeit darstellte. Ohne fragen zu müssen wusste er, dass keiner von Artus' Rittern es angenommen hatte und keiner es annehmen würde. Und wie konnten sie, wollten sie für den Rest ihres Lebens noch ein einziges Mal ihr eigenes Gesicht im Spiegel betrachten können?

»Ich glaube, Ihr kennt meine Antwort, Mylord«, sagte er kühl. »Die anderen –«

»Ich rede mit Euch, Lancelot, nicht mit den anderen«, unterbrach ihn Artus. »Ich ziehe keinen meiner Ritter den anderen vor. Aber Ihr ...«, er zögerte merklich, »... Ihr seid etwas Besonderes.«

»Das bin ich nicht«, widersprach Lancelot, aber Artus ließ diese Widerrede nicht gelten und schnitt sie mit einer Geste ab.

»Nicht jetzt. Ich habe alle meine Ritter heute Abend zum Essen zu mir gebeten.« Er warf einen Blick zum Fenster und fügte mit einem angedeuteten Lächeln hinzu: »In weniger als einer Stunde, um genau zu sein. Ich bitte Euch, gönnt Euch selbst diese Zeit, um eine Entscheidung zu fällen. Und mir, um über gewisse Dinge ... nachzudenken. Und ruht Euch von der anstrengenden Reise aus.« Wieder schwieg er einen Moment, dann erschien die Andeutung eines Lächelns auf seinem müden Gesicht und er fuhr etwas leiser fort: »Außerdem habe ich noch eine Überraschung für Euch.«

Lancelot blickte ihn fragend an, aber Artus lächelte nur weiter und schließlich drehte Lancelot sich herum und ging zur Tür. Bevor er sie jedoch öffnete, wandte er sich noch einmal zu Artus um und fragte: »Was meinen Platz an der Tafel angeht, so seid Ihr mit Sir Mandrake zu einer Einigung gelangt, hoffe ich?«

Artus hatte sich wieder zum Altar umgedreht und antwortete, ohne auch nur den Kopf zu wenden: »Ich kann Euch beruhigen, mein Freund. Es ist alles in bester Ordnung. Aber das ist ein Teil der Überraschung, von der ich sprach. Nun seid kein Spielverderber und gönnt mir die kleine Freude.«

Lancelot war nicht der Meinung, dass dies der Moment für *Überraschungen* und kleine Freuden war, aber er fühlte sich plötzlich viel zu müde um eine weitere Frage zu stellen und so verließ er ohne ein weiteres Wort die Kapelle.

Verheiratet!

Artus und Gwinneth waren verheiratet! Es war Lancelot schier unmöglich, an irgendetwas anderes zu denken. Wie Artus ihm aufgetragen hatte, war er hinauf in den Turm und in sein Zimmer gegangen, aber er hätte später nicht mehr sagen können, was er in der einen Stunde gedacht oder getan hatte. Seine Stimmung hatte zwischen Verzweiflung und Wut geschwankt, zwischen

Schmerz und Enttäuschung, Zorn auf sich, auf Artus, ja selbst auf Gwinneth, auf das Schicksal, das ein so grausames Spiel mit ihm trieb und ihn immer wieder neue Hoffnung schöpfen ließ, nur um ihn anschließend in einen noch tieferen Abgrund der Verzweiflung zu stürzen. Warum war er zurückgekommen? Warum war er nicht einfach weitergeritten, nachdem sie das Ungeheuer getötet hatten? Und warum hatte er nicht zugelassen, dass die Bestie *ihn* tötete?

Vermutlich wäre er auch noch den Rest der Nacht in seinem Zimmer auf und ab gegangen und hätte sich selbst mit Vorwürfen gequält, hätte es nicht irgendwann an der Tür geklopft. Lancelot ging hin, riss den Riegel zurück und die Tür mit solcher Wucht auf, dass der halbwüchsige Knabe, der auf der anderen Seite stand und zu ihm hochblickte, einen erschrockenen Schritt zurücktrat und angstvoll die Hände hob.

»Ja?«, schnappte Lancelot.

Der Junge machte einen weiteren Schritt rückwärts und seine Augen weiteten sich. Lancelot wusste nicht, ob er schon vorher blass gewesen war, aber jetzt war er weiß wie die sprichwörtliche Wand und seine Stimme zitterte vor Angst so sehr, dass er zweimal ansetzen musste, um überhaupt ein verständliches Wort herauszubekommen.

»Verzeiht, Herr«, stammelte er. »Ihr ... Ihr seid doch ... Ritter Lancelot?«

»Der bin ich«, antwortete Lancelot. »Was willst du?«

Wieder brachte der Knabe im ersten Moment keinen Ton heraus, aber dann begann er am ganzen Leib zu zittern und plötzlich wurde Lancelot klar, welchen Anblick er für diesen Jungen bieten musste und wie sehr er ihn erschreckt hatte. Sein schlechtes Gewissen meldete sich und er versuchte den Mund zu einem Lächeln zu verziehen.

»Ich bin Lancelot«, sagte er, diesmal leiser und sehr viel freundlicher. »Und du?«
Der Junge brauchte auch jetzt wieder einige Augenblicke, um auf diese einfache Frage antworten zu können, und Lancelot nutzte die Zeit, um ihn in Augenschein zu nehmen. Der Bursche war vielleicht zwölf oder dreizehn Jahre alt und so dünn, dass sich die Rippen unter seinem zerschlissenen Hemd abzeichneten. Er war barfuß und seine Füße starrten vor Schmutz. Auch sein Haar schien seit mindestens einem Jahr kein Wasser mehr gesehen zu haben. Außerdem war er Lancelot vollkommen fremd. Er war in dieser Stadt aufgewachsen und hatte geglaubt, alle Jungen und Mädchen in diesem Alter zumindest vom Sehen her zu kennen.
»Mein Name ist Michael«, stammelte der Junge schließlich. »Ich bin ...« Er stockte, schluckte und setzte neu an. »Der König schickt mich um Euch daran zu erinnern, dass er Euch und die anderen Ritter im Thronsaal erwartet.« Er begann mit den Füßen zu scharren und sein Blick wurde unstet. Man konnte ihm deutlich ansehen, wie unwohl er sich in seiner Haut fühlte.
Lancelot setzte dazu an, ihn zu fragen, was er noch auf dem Herzen hatte, aber dann erinnerte er sich an die Zeit, in der *er* dieser Junge gewesen war, nickte und sagte so sanft, wie er konnte: »Es ist gut, Michael. Ich danke dir. Du kannst gehen.«
Sichtlich erleichtert ging der Junge so schnell davon, wie es gerade noch möglich war ohne wirklich zu rennen. Aber nachdem er sich ein Dutzend Schritte entfernt hatte, rief Lancelot ihn noch einmal zurück.
»Michael?«
Der Junge blieb stehen, drehte sich wieder zu ihm herum und sah ihn furchtsam an. »Ja, Sir?«

»Ich habe dich noch nie hier gesehen«, sagte Lancelot.
»Ich arbeite ... in der Küche«, antwortete Michael zögernd. »Der König war so gnädig, mir Arbeit zu geben.«
»Aber du bist neu in der Stadt?«, vergewisserte sich Lancelot.
»Wir haben bisher auf dem Land gelebt«, erwiderte Michael, »aber die Pikten haben unseren Hof niedergebrannt und das Vieh gestohlen. Uns ist nichts geblieben.« Er sprach in einem Ton, als müsse er sich für dieses Schicksal entschuldigen.
»Und jetzt arbeitest du hier als Küchenjunge«, sagte Lancelot. Michael nickte und diesmal gelang Lancelot ein wirkliches Lächeln. »Das ist eine gute Arbeit und verantwortungsvoller, als die meisten ahnen.«
»Meint ... meint Ihr, Herr?«, fragte Michael zögernd. Er klang erstaunt und Lancelot konnte das verstehen. Als er noch Küchenjunge gewesen war, hatte es nur wenige Gelegenheiten gegeben, bei denen er ein gutes Wort von irgendeinem der Tafelritter bekommen hatte.
»Ich weiß es«, versicherte er. »Ich kannte einen deiner Vorgänger, weißt du? Und nun geh und sag dem König, dass ich in einem Augenblick bei ihm bin.« Er trat wieder ins Zimmer zurück und schloss die Tür, noch bevor Michael antworten konnte, und das Lächeln auf seinem Gesicht erlosch schlagartig. *Und gib gut auf dich Acht, junger Freund,* dachte er. *Diese Arbeit ist nicht nur schwer, sondern auch gefährlicher, als die meisten ahnen.*
Er blieb einen Moment mit geschlossenen Augen gegen die Tür gelehnt stehen, ehe er sich mit einem Seufzen von dem rauen Holz abstieß und zu dem kleinen Schemel neben dem Fenster ging, auf dem eine hölzerne Schale mit Wasser stand. Er war alles andere als sauber. Eingetrockneter Schweiß und der Staub einer

fünftägigen Reise klebten auf seiner Haut und sogar er selbst konnte spüren, dass er wirklich nicht gut roch. Wäre ihm noch die Zeit dazu geblieben, dann hätte er die Rüstung abgelegt und versucht sich gründlicher zu säubern und auch seine Kleider zu waschen, aber Artus würde vielleicht eine Verspätung von wenigen Minuten tolerieren, kaum eine von einer Stunde. Außerdem besaß er keine Kleider zum Wechseln. Sein gesamter weltlicher Besitz bestand buchstäblich aus dem, was er auf dem Körper trug; ein Problem, um das er sich bald kümmern musste. Im Augenblick ließ er es eben dabei bewenden, sich das Gesicht und die Hände zu waschen und darauf zu hoffen, dass die anderen Tafelritter ebenso rochen wie er – eine Hoffnung, die nicht ganz unbegründet war. Artus' Ritter hatten eine Menge Tugenden, aber übertriebene Reinlichkeit gehörte nicht dazu. Zumindest um seine Rüstung musste er sich keine Sorgen machen. Das silberfarbene Metall wurde ebenso wenig schmutzig, wie es von irgendeiner von Menschenhand geschaffenen Waffe beschädigt werden konnte.

Nachdem er fertig war, fuhr er sich mit den nassen Händen über das Haar, um ihm wenigstens den Anschein einer Frisur zu geben, legte sich den weißen Umhang über die Schultern, der zu seiner Rüstung gehörte, und verließ das Zimmer.

Es war dunkel geworden, aber der Innenhof Camelots war von Dutzenden von Fackeln und brennenden Kohlenbecken taghell erleuchtet und es war alles andere als still. Wie in der Stadt kehrte normalerweise auch in der Burg bald nach Dunkelwerden Stille ein, aber heute schien das genaue Gegenteil der Fall zu sein. Diener und Knechte hasteten kreuz und quer über den Hof, schleppten Kisten, Fässer und Säcke, hämmerten, sägten und bauten. Auch von den Zinnen herab drangen dic Stimmen von Männern, die sich Anweisungen und Befehle zuriefen, und ein hektisches Hämmern, Sägen und Arbeiten. Die Szenerie erinnerte ihn auf bedrückende Weise an das vorletzte Mal, als er nach Camelot zurückgekehrt war. Auch damals hatte sich die Burg in heller Aufregung befunden und es war überall gearbeitet worden – nur dass sich ihre Bewohner an diesem Abend auf einen Freudentag und ein großes Fest vorbereitet hatten, während es nun um das genaue Gegenteil ging: Die Burg bereitete sich auf eine Belagerung vor. Und das machte Lancelot endgültig klar, wie verzweifelt Artus die Situation einschätzte. Camelot war eine Festung, die seit mehr als einem Menschenleben als unantastbar galt. Bei allen Kriegen, Fehden und Feldzügen, die Artus und seine Ritter erlebt hatten, hatte es doch niemals ein Feind gewagt, seine Hand nach Camelot selbst auszustrecken, dem Herzen des Reiches und einer Stadt, die schon beinahe als heilig galt. Aber Artus hatte ihm in der Kapelle berichtet, dass sich ein Heer von mehr als zehntausend Pikten auf die Burg zubewegte.

Lancelot eilte die Treppe hinauf. Er schien der Letzte zu sein, der Artus' Einladung folgte, denn er begegnete weder auf der Treppe noch auf dem langen Gang zum Thronsaal einem anderen Menschen. Er hörte schon von weitem das Murmeln zahlreicher Stimmen, das Klirren von Besteck und tönernen Krügen und dann und wann ein Lachen; Laute, die ihm so vertraut waren, dass er für einen kurzen Moment wieder zu dem wurde, der er so lange gewesen war. Hätte ihm in diesem Moment jemand ein Tablett mit Brot und Fleisch und einem Weinkrug in die Hand gedrückt, hätte er es vermutlich ohne zu zögern in den Thronsaal getragen und die Ritter damit bewirtet.

Doch als er den Saal betrat, blieb er wie vom Donner gerührt stehen.
Er wusste nicht zu sagen, ob er tatsächlich der Letzte war, aber er kam eindeutig zu spät, denn sowohl Artus als auch ein großer Teil seiner Ritter saßen bereits an der Tafel und das Essen war längst aufgetragen. Aber das war es nicht, was Lancelot hatte erstarren lassen. Er starrte aus ungläubig aufgerissenen Augen die Tafel an – genauer gesagt, was sich nun an ihrer Stelle in dem großen Raum befand. Der riesige, rechteckige Tisch mit Platz für mehr als sechzig Gäste war verschwunden. An seiner Stelle erhob sich nun ein beinahe noch größerer, ebenfalls aus schwerem Eichenholz gefertigter Tisch von *kreisrunder* Form. Rings um diese gewaltige Tafel waren Dutzende von Stühlen aufgestellt, jeder einzelne so schwer und reich verziert mit Schnitzereien und kostbarem Stoff, dass er in einem auch nur etwas kleineren Königreich einen guten Thron abgegeben hätte, und, soweit er das auf den ersten Blick erkennen konnte, alle vollkommen identisch; selbst den von Artus eingeschlossen.
Artus stand auf, klatschte in die Hände und alle Gespräche im Raum und das gedämpfte Klirren und die Essgeräusche verstummten. Er ließ noch einmal eine Minute verstreichen, in der nicht nur er, sondern auch alle anderen Lancelot anstarrten, dann lachte er leise und fragte: »Nun, mein Freund, ist mir die Überraschung gelungen?«
»Das ... das ist ...«, murmelte Lancelot hilflos, verstummte wieder und hob schließlich nur die Schultern.
»Ihr habt gefragt, ob ich den Streit um die Plätze an dieser Tafel beigelegt habe, und ich habe Euch geantwortet«, sagte Artus mit einem Lächeln voll Schadenfreude. Er widerstand der Versuchung, dabei in Man-

drakes Richtung zu blicken, aber natürlich war Lancelot klar, wem diese Worte wirklich galten. »Ich habe über das nachgedacht, was geschehen ist«, fuhr Artus fort. »Ich war im Unrecht. Es ist der Geist dieses Tisches, dass es an ihm keinen König und keine Untertanen gibt und jedermann das Recht hat, frei zu sprechen und seine Gedanken und Zweifel zu äußern, ohne Furcht vor Bestrafung haben zu müssen. Es war mein Fehler, dass ich angefangen habe dies zu vergessen. Damit das nie wieder geschieht, habe ich diese Tafel bauen lassen.« Er unterstrich seine Worte mit einer dramatischen Geste. »Sie ist rund. Sie hat weder Anfang noch Ende, keinen Platz für einen Herrscher, noch Plätze für Beherrschte. Sucht Euch einen freien Stuhl und setzt Euch, Sir Lancelot. Aber gewöhnt Euch nicht zu sehr an ihn – es gibt auch keine Stammplätze hier.«

Lancelot nickte, rührte sich aber nicht von der Stelle. Unter anderen Umständen hätten Artus' Worte vermutlich beeindruckend gewirkt und seine Würde als König noch unterstrichen. Aber in diesem Augenblick, eingedenk dessen, was er im Hof gesehen und was er in den letzten Tagen und Wochen erlebt hatte, kamen sie ihm einfach lächerlich vor. Außerdem argwöhnte er, dass Artus diesen Tisch zu einem gut Teil aus dem einfachen Grund hatte anfertigen lassen, weil er es leid war, sich ständig schmerzhaft das Knie an irgendeiner Kante zu stoßen.

Lancelot ging zögernd weiter, ließ sich auf den erstbesten freien Stuhl sinken und bemerkte erst dann, dass er unmittelbar gegenüber von Sir Mandrake Platz genommen hatte, der ihn mit gerunzelter Stirn und feindselig über den großen Tisch hinweg anstarrte.

»Ach ja, noch etwas«, fügte Artus hinzu, dem die Reaktion des Tafelritters keineswegs entgangen war.

»*Eine* Regel gibt es an dieser Tafel doch: Ich gestatte keinen Streit. Wer einen solchen vom Zaun bricht, der wird damit bestraft, in den Weinkeller hinunterzugehen und für alle Anwesenden einen Krug Wein zu holen.«
Diese Bemerkung wurde mit allgemeinem Gelächter quittiert und auch Lancelot zwang seine Lippen zu einem Lächeln. Nur Sir Mandrakes Gesicht blieb völlig ausdruckslos. Auch der feindselige Blick blieb und schließlich war es Lancelot, der das stumme Duell aufgab und sich zu Artus herumdrehte.
»Eine weise Entscheidung«, sagte er, wobei er ganz bewusst offen ließ, was er damit meinte. Er fühlte sich mit jedem Moment unwohler. Bisher hatte er gedacht, es läge an den veränderten Umständen und allenfalls an der Feindseligkeit, die Sir Mandrake ausstrahlte, aber das konnte nicht alles sein. Er fühlte mit jedem Atemzug deutlicher, dass etwas wie ein unausgesprochenes Unheil in der Luft lag. Die gelöste Stimmung, das Lachen, die Scherze und der große Appetit, mit dem die Gäste dem Essen zusprachen, das alles war aufgesetzt und falsch.
»So greift doch zu, mein Freund«, sagte Artus mit einer entsprechenden Geste. »Der Küchenmeister hat sich wirklich große Mühe gegeben, dieses Mahl zuzubereiten. Und ich glaube, nur Euretwegen.«
Lancelot war tatsächlich hungrig. Bisher war er viel zu aufgewühlt gewesen, um darauf zu achten, aber nun verlangte sein Körper mit Macht sein Recht. Die nächste Viertelstunde beschäftigte er sich kaum mit etwas anderem als mit Brot, Fleisch, Gemüse und Obst, bis er das Gefühl hatte, beim nächsten Bissen platzen zu müssen, und sich mit einem hörbaren Seufzer des Genusses zurücksinken ließ.
»Wenn mich nicht alles täuscht, dann ist Camelots

Küche nach dem Thronsaal wohl das Nächste, was Ihr schmerzhaft vermisst habt«, meinte Artus lachend.
»Das kann man sagen«, antwortete Lancelot. »Eine Woche lang von Dörrfleisch und hartem Brot zu leben ist kein reines Vergnügen.«
»Wir sind alle froh, dass Ihr heil zurückgekommen seid«, sagte Artus. »Vor allem die Königin war in großer Sorge um Euch. Ihr könnt Euch nicht vorstellen, wie erleichtert sie war, als ich ihr von Eurer Rückkehr berichtet habe.«
Lancelot nickte zwar, hütete sich aber zu antworten, zumal er Mandrakes Blicke schon wieder unangenehm auf sich gerichtet spürte. Artus wollte auf irgendetwas hinaus, aber es schien, dass es nicht um Gwinneth ging.
»Auch wir sind froh, einigermaßen heil und unbeschadet wieder zurück zu sein«, kam ihm Sir Braiden zu Hilfe. Lancelot warf ihm einen raschen dankbaren Blick zu, aber Braiden sah nicht in seine Richtung, sondern konzentrierte sich ganz auf Artus. »Auch wenn die Dinge anscheinend nicht zum Besten stehen, wie ich gehört habe.«
Im ersten Moment sah es so aus, als nähme Artus es dem Tafelritter übel, dass er mit seiner Frage die gute Stimmung am Tisch verdarb, dann aber nickte er. »Ich fürchte, damit habt Ihr Recht, mein Freund«, sagte er halblaut. Er seufzte, griff nach seinem Weinbecher und setzte ihn wieder ab ohne getrunken zu haben. »Ich fürchte, Ihr habt nur zu Recht«, murmelte er noch einmal und leiser, wie nur zu sich selbst gewandt. »Die Dinge stehen wirklich nicht zum Besten. Nicht um Camelot und nicht um uns. Dennoch sollten wir jetzt nicht in Trübsal und Mutlosigkeit versinken. Wir haben schon so manche schwere Zeit erlebt und ausgestanden und am Ende haben wir immer gesiegt.«

»Irgendwann ist immer das erste Mal«, murmelte Sir Mandrake – wer sonst? »Es stimmt wohl, Artus. Wir haben schon so manches Schlimme erlebt und überstanden. Aber die Zeiten haben sich geändert. Wir sind weniger geworden. Viele unserer Freunde sind nicht mehr bei uns und dafür sind neue Gesichter in unserer Runde. Gesichter, von denen wir nicht genau wissen, wer sich hinter ihnen verbirgt.«

Für einen Moment wurde es sehr still. Artus sah Mandrake stirnrunzelnd und verwirrt an. Offensichtlich begriff er wirklich nicht, worauf der Ritter mit diesen Worten hinauswollte.

Lancelot dafür umso besser. »Was genau meint Ihr damit, Sir?«, fragte er ruhig, aber so kalt, dass fast alle Ritter überrascht den Kopf wandten und nun ihn anstarrten.

Mandrake blieb vollkommen ungerührt. »Ich glaube, das wisst Ihr besser als ich, Sir Lancelot«, sagte er.

»Nehmt an, ich wüsste es nicht«, erwiderte Lancelot. Seine rechte Hand wollte vom Tisch gleiten und nach dem Schwertgriff tasten, aber er ließ die Bewegung nicht zu, sondern presste die Finger stattdessen flach und gespreizt mit aller Kraft auf den Tisch, sodass seine Knöchel weiß wurden.

»Ich bitte Euch, Freunde«, sagte Artus. »Ich –«

»Nein, Artus«, sagte Lancelot, ohne Mandrake dabei aus den Augen zu lassen. »Es muss einmal ausgesprochen werden und je eher, desto besser. Sir Mandrake hat ganz offensichtlich etwas gegen mich. Es ist allein seine Sache. Ich kann niemanden zwingen, mich zu lieben oder mich auch nur nicht zu hassen.«

»Hört, hört«, sagte Mandrake spöttisch.

»Aber ich wüsste doch wenigstens gern, warum«, fuhr Lancelot fort.

»Nun, wenn Ihr Wert darauf legt ...« Mandrake hob die Schultern. Es bereitete ihm keinerlei Mühe, Lancelots Blick standzuhalten. »Wir wissen einfach zu wenig über Euch, Lancelot. Kaum mehr als Euren Namen und selbst von dem wissen wir nicht, ob er stimmt oder nicht. Wir wissen nicht, wer Ihr seid. Wo Ihr herkommt. Wo Ihr hingeht. Was Eure Ziele sind.«
»Ich bitte Euch, Mandrake!« Artus klang fast entsetzt. »Hat Lancelot nicht zur Genüge bewiesen, auf welcher Seite er steht?«
»Hat er das?«, fragte Mandrake. »Er hat in der Schlacht neben uns gekämpft, das ist wahr. Er hat den einen oder anderen von uns vor dem Tod bewahrt, auch das ist richtig. Und er hat Euch das Leben gerettet, Artus. Das alles mag Euch Beweis genug für seine Treue sein. Mir reicht es nicht.«
Artus wollte auffahren, aber Lancelot brachte ihn mit einer raschen Geste zum Schweigen. »Redet ruhig weiter, Mandrake«, sagte er.
»Wie überaus großzügig von Euch, Sir Lancelot«, antwortete Mandrake zynisch. »Aber gut, wenn Ihr es unbedingt hören wollt: Ihr habt in der Schlacht neben uns gestanden, das ist wahr, aber seit Ihr nach Camelot gekommen seid, hat auch das Unglück hier Einzug gehalten. Ich will Euch nicht unterstellen, dass Ihr ein Verräter seid oder ein Lügner. Vielleicht zieht Ihr einfach das Unglück an. Oder vielleicht folgt es Euch wie ein übler Schatten überall hin und Ihr gehört zu denen, die Unheil und Tod verbreiten, wo immer sie auch auftauchen.«
»Was ist das, Mandrake?«, fragte Lancelot. »Habt Ihr mir den Schlag noch nicht verziehen, den ich Euch versetzt habe?«
»Es ist nicht die erste Wunde, die ich davontrage, und

es wird nicht die letzte bleiben«, sagte Mandrake ruhig. »Und es war kein besonders fairer Kampf.«
»Ich bin gerne bereit, Euch Revanche zu gewähren«, schlug Lancelot freundlich vor.
»Das wäre ein noch viel unfairerer Kampf«, meinte Mandrake kopfschüttelnd. »Und das wisst Ihr.«
»Weshalb ich ihn bisher vermieden habe«, stimmte ihm Lancelot zu. »Aber ich warne Euch: Meine Geduld hat Grenzen.«
»Dann legt diese Rüstung und das Schwert ab«, schlug Mandrake vor. »Und kämpft mit mir von Mann zu Mann.«
»Das –«, fuhr Lancelot auf, aber in diesem Moment schlug Artus heftig mit der flachen Hand auf den Tisch und sagte laut:
»*Genug!*«
Mandrakes Blick nach zu schließen war dieser wohl der Meinung, dass sie noch gar nicht richtig angefangen hatten, aber er sagte nichts mehr, sondern starrte Lancelot nur noch mit einem spöttisch-herausfordernden Blick an und griff dann nach dem Weinbecher, der vor ihm auf dem Tisch stand, und auch Lancelots Vernunft gewann endlich wieder die Oberhand und er schluckte alles andere hinunter, was ihm auf der Zunge gelegen hatte.
Mandrake hatte längst nicht alles ausgesprochen, das war ihm klar, und er war sicher, dass er mit dieser Meinung nicht allein dastand. Lancelot hatte vom ersten Moment an nicht daran gezweifelt, dass viele der Ritter ihm mit Misstrauen begegnen würden – schließlich kannte er sie lange genug, auch wenn sie dies nicht ahnten. Aber er hatte ja auch nicht vorgehabt, so lange hier zu bleiben. Wäre es nur ein wenig anders gekommen, dann wäre er jetzt schon ...

Ja, dachte er, *wo eigentlich*? Er musste sich eingestehen, dass er keine Antwort auf diese Frage hatte und dass er ihr bisher sogar angstvoll ausgewichen war. Es war eine Sache, sich vorzunehmen, wegzugehen und niemals wiederzukommen, aber eine ganz andere, diesen Vorsatz in die Tat umzusetzen. Bisher hatte er es einfach nicht geschafft, aber selbst das mochte daran liegen, dass er es im Grunde nicht wirklich gewollt hatte. Vielleicht konnte er es auch gar nicht.

Was, dachte er, wenn es genau andersherum gewesen war, als ich mir bisher immer eingebildet hatte – wenn die Rüstung und das Schwert nicht im See auf ihn gewartet hatten, um ihm zu Diensten zu sein, sondern er gerufen worden war, um den Willen der Magischen Rüstung zu erfüllen? Was, wenn –

Die Tür flog auf und ein Mann der Stadtwache stolperte herein. Er war in Schweiß gebadet und so außer Atem, dass er erst keuchend einige Momente brauchte, ehe er überhaupt sprechen konnte. »Herr!«, stieß er dann hervor. »Die Pikten! Sie kommen!«

Wenn es einen Anblick auf Erden gab, der der Vorstellung des Menschen von der Hölle am nächsten kam, dann musste es dieser sein. Obwohl die Nacht sehr warm war und sich kein Lüftchen regte, hatte sich der Himmel mit dunklen Wolken überzogen, sodass weder der Mond noch ein einziger Stern zu sehen war. Auch die Ebene im Norden der Stadt lag in vollkommener Schwärze da; nirgends brannte ein Licht, die Welt hätte ebenso gut jenseits der Stadtmauer einfach aufhören können. Dennoch herrschte draußen keine vollkommene Dunkelheit. Dort, wo der unsichtbare Horizont den ebenso unsichtbaren Himmel berührte, glommen unzählige winzige rote Funken. Als sie hier heraufgekommen waren, da war es nur eine dünne, vielfach durchbrochene Linie aus roten Nadelspitzen gewesen, die die gewellten Hügelkuppen im Norden Camelots nachzeichneten, aber mittlerweile war eine gewaltige Anzahl lodernder roter Punkte daraus geworden; eine kompakte Linie, die sich mit täuschender Langsamkeit die diesseitigen Hügelkämme herabbewegte und dabei breiter und dichter wurde, als bewege sich eine Armee dämonischer Ungeheuer mit leuchtenden Augen auf die Stadt zu.

Und vielleicht ist dieser Vergleich nicht einmal so falsch, dachte Lancelot schaudernd. Natürlich waren es keine Ungeheuer, sondern Krieger, und die roten Punkte waren keine Augen, in denen das Feuer der Hölle zu sehen war, sondern Fackeln, die die Männer trugen, um ihren Weg zu erhellen. Aber wenn sie Camelot erreichten und die Mauern stürmten, dann würde dieser Unterschied, zumindest für die Verteidiger und die Bewohner der Stadt, nicht mehr sehr groß sein.

Und Lancelot zweifelte nicht daran, dass beides geschehen würde.

»Ich verstehe das nicht«, murmelte Leodegranz, der rechts von Lancelot auf dem Wehrgang stand, sich auf dem rauen Stein der Brüstung abgestützt und weit nach vorne gebeugt hatte, als könne er auf diese Weise besser sehen. »Wozu die Fackeln? Auf diese Weise sehen wir ihr Heer doch schon, noch bevor es die Hügel überschreitet.«

»Genau das wollen sie«, antwortete Artus leise. Ebenso wie Lancelot und Leodegranz und alle anderen Ritter war auch er hierher geeilt, um die näher kommende Barbarenarmee von den Zinnen der äußeren Verteidigungsmauer aus zu beobachten, statt auf den großen Turm der Burg hinaufzusteigen, von wo aus er einen viel besseren Überblick gehabt hätte. Aber vermutlich war ihm ebenso wie Lancelot und allen anderen dieser Gedanke erst gekommen, nachdem sie schon den halben Weg hinter sich gebracht hatten. Er konnte so wenig aus seiner Haut wie alle anderen. Sie waren nun einmal Ritter, Krieger, die es gewohnt waren, ihren Gegnern entgegenzueilen, nicht, sie aus sicherer Deckung heraus zu beobachten. Auch wenn er sich bemühte, mit vollkommen ausdruckslosem Gesicht und hoch aufgerichtet dazustehen und nach Norden zu blicken, so war Lancelot doch sicher, dass der Anblick alle anderen ebenso erschreckte wie ihn. Der Posten, der sie alarmiert hatte, hatte lediglich sagen können, als dass er Lichter am Horizont gesehen und ein paar Minuten später einem Reiter das Stadttor geöffnet hatte, der zu Tode erschöpft gewesen war und gerade noch etwas von einer herannahenden Barbarenarmee stammeln konnte, bevor er das Bewusstsein verlor, und sie hatten sich auf dem Weg hierher sicher alle die schlimmsten Schreckensbilder ausgemalt. Aber ihre Fantasie hatte nicht ausgereicht. Das war kein kleines Heer. Was sich dort lautlos und rot flackernd wie ein langsam voranschreitender Steppenbrand der Stadt näherte, das war eine gewaltige Armee, die Tausende zählen musste.

»Artus?«, fragte Leodegranz mit einiger Verspätung.

Artus machte sich nicht die Mühe, den Kopf zu ihm herumzudrehen, sondern starrte weiter unverwandt das rote Lodern am Horizont an. »Sie wollen, dass wir sie sehen, begreift Ihr denn nicht? Es sollte mich nicht wundern, wenn jeder dieser Krieger zwei Fackeln in den Händen trägt, damit wir glauben, sie wären doppelt so viele. Es ist die Art dieses Volkes. Sie kämpfen nicht nur mit dem Schwert, sondern auch mit dem Schrecken und dem Terror, den sie verbreiten. Und bei Gott, es ist eine fürchterliche Waffe.«

»Wieso sind wir nicht früher gewarnt worden?«, fragte Mandrake. »Ein solches Heer taucht nicht aus dem Nichts auf!«

»Aber das sind wir doch«, sagte Artus leise. Er schüttelte den Kopf. »Seit Wochen berichten unsere Späher von vereinzelten Trupps, die immer wieder in der Nähe gesichtet worden sind.« Seine Stimme wurde leiser und bitter. »Wir waren uns unseres Sieges so sicher, dass wir nicht einmal auf die Idee gekommen sind, sie könnten uns erneut angreifen. Und schon gar nicht hier.«

»Wir müssen Alarm schlagen!«, sagte Mandrake. »Unser Heer muss –«

»Was von unserem Heer übrig ist«, fiel ihm Artus ins Wort, »befindet sich zwei Tagesritte entfernt im Westen. Die Hälfte der Männer ist verwundet und die andere Hälfte krank oder zu Tode erschöpft.« Er runzelte die Stirn. »Falls die Pikten sie nicht bereits angegriffen und erschlagen haben. Ich an ihrer Stelle hätte es genauso gemacht.«

»Aber wir *müssen* Alarm geben! Die Stadt muss auf die Verteidigung vorbereitet werden und –«

Wieder unterbrach ihn Artus. »Das werden wir auch«, sagte er ernst. »Aber wir werden keinen Alarm schlagen.«

»Herr?«, fragte Mandrake verständnislos.

»Sie sind noch weit entfernt«, erklärte Artus mit einem neuerlichen Blick auf die Armee roter Glutfunken, die im Norden über die Hügel kroch. Täuschte sich Lancelot oder waren es deutlich mehr geworden? »Sie können kaum vor dem Morgengrauen hier sein und ich kenne die Pikten. Sie kämpfen nicht nachts, wenn es sich vermeiden lässt. Außerdem haben sie einen

Gewaltmarsch hinter sich und müssen erst wieder Kraft sammeln. Nein – wir haben noch ein wenig Zeit.«

»Dann sollten wir sie nutzen!«, rief Mandrake erregt.

»Lasst die Stadttore schließen und die Anzahl der Wachen auf den Mauern und Türmen verdoppeln und bereitet alles für die Verteidigung vor«, sagte Artus. »Aber tut es in aller Stille, soweit das möglich ist. Ich möchte den Menschen in dieser Stadt noch eine Nacht des Friedens schenken. Es ist vielleicht ihre letzte.«

Mandrake wollte erneut widersprechen, aber Artus drehte sich mit einem Ruck herum und Parzifal warf ihm einen raschen, warnenden Blick zu und so beließ es der Tafelritter bei einem ärgerlichen Stirnrunzeln.

»Ich erwarte euch alle in einer Stunde im Thronsaal«, sagte Artus, während er sich umwandte und mit schnellen Schritten auf die Treppe zuging, die von der acht Meter hohen Mauer hinabführte. Lancelot wollte ihm nacheilen, fing aber einen warnenden Blick aus Parzifals Augen auf und sah ein, dass der junge Ritter wohl Recht hatte. Artus wollte allein sein. Vielleicht war es für viele Tage das letzte Mal, dass er sich diesen Luxus gönnen konnte.

Unschlüssig trat er wieder an die Zinnen heran und sah nach Norden. Er war jetzt sicher, dass die Anzahl der roten Punkte auf den Hügeln gewachsen war. Auch hinter dem Horizont erstrahlte der Himmel mittlerweile düsterrot im Widerschein weiterer Fackeln, die herangetragen wurden. Ein eisiger Schauer lief ihm über den Rücken. Dieses Heer war gewaltig. Er wiederholte in Gedanken die Frage, die Mandrake gerade laut gestellt hatte: Wie um alles in der Welt hatte es den Pikten gelingen können, eine solche Menge an Kriegern und Material herbeizuschaffen, ohne dass sie entdeckt worden waren?

Er hörte Schritte hinter sich, wandte den Kopf und erblickte Sir Mandrake, der langsam auf ihn zukam. Sein Gesicht war wieder zu einer völlig ausdruckslosen Maske geworden, aber der Zorn in seinen Augen war deutlich zu erkennen, und wieder lief Lancelot ein kalter Schauer über den Rücken. Dass dieser Mann nicht sein Freund war, das hatte er vom ersten Moment an gewusst. Aber er verstand nicht, warum Mandrake ihn so ganz offensichtlich *hasste*.
Mandrake war in der Absicht herangekommen, ihn anzusprechen, aber nun, als er seinem Blick begegnete, stockte er für einen Moment im Schritt, drehte sich dann weg und ging schnell auf die Treppe zu, auf der Artus gerade verschwunden war. Lancelot sah ihm nach, bis die Nacht ihn verschlungen hatte, dann schüttelte er den Kopf, trat von den Zinnen zurück und machte sich ebenfalls auf den Weg nach unten.
Erst als er die Treppe hinter sich gebracht hatte, bemerkte er, dass er nicht allein war. Irgendwo hinter ihm, gerade noch aus den Augenwinkeln sichtbar, bewegte sich ein Schatten. Lancelot blieb stehen, tat so, als beobachte er aufmerksam etwas auf der anderen Seite, lauschte aber mit höchster Konzentration und legte die Hand langsam auf den Schwertgriff. Er hörte jetzt ein Rascheln wie von Stoff, und als er sich weiter konzentrierte, sogar ganz leise Atemzüge. Er lauschte auf das typische Geräusch, mit dem ein Schwert aus der Scheide glitt, ein Dolch aus einem Gürtel gezogen oder eine Bogensehne gespannt wurde. Nichts davon geschah, aber er nahm die Hand trotzdem nicht vom Schwert, als er sich langsam herumdrehte und mit seinem Blick den Schlagschatten der Mauer hinter sich zu durchdringen versuchte.
Im nächsten Augenblick kam er sich unendlich albern

vor und offenbar nicht nur er selbst, denn aus dem Schatten erklang ein leises Lachen und eine schemenhaft helle Gestalt trat aus der Dunkelheit heraus. »Seit wann seid Ihr so schreckhaft, Ritter Lancelot? Keine Angst – ich plane weder einen Anschlag auf Euer Leben noch auf Eure Tugend«, sagte Gwinneth.

»Gwinneth!«, antwortete Lancelot erschrocken. Dann blickte er rasch nach rechts und links und zur Treppe, die er gerade heruntergekommen war, ehe er hastiger, aber mit gesenkter Stimme fortfuhr: »Was tust du hier? Du hättest nicht kommen sollen!«

»Ja, ich freue mich auch, dich zu sehen«, sagte Gwinneth spöttisch.

Lancelot eilte auf sie zu, ergriff sie rasch am Arm und zog sie zurück in den Schatten der Mauer. Sein Herz klopfte. Er war nicht einmal sicher, ob er wirklich froh war, Gwinneth zu sehen. Bisher war es ihm gelungen, den Gedanken an sie zumindest so weit an den Rand seines Bewusstseins zu drängen, dass er ihm keine großen Schmerzen bereitete. Ihre Nähe machte ihm das jedoch unmöglich. Ganz im Gegenteil; sie nur zu berühren – selbst mit dem schweren Kettenhandschuh – war fast mehr, als er ertragen konnte. Hastig zog er die Hand zurück und machte gleichzeitig einen Schritt von ihr fort.

»Entschuldige«, murmelte er. »Ich bin ...«

»Durcheinander?«, half ihm Gwinneth aus.

Das traf es nicht wirklich, aber er nickte trotzdem. »Erschrocken«, fügte er hinzu. »Du solltest nicht hier sein. Weißt du denn nicht, was geschehen ist?«

»Du bist noch am Leben, ja«, sagte Gwinneth. In leicht vorwurfsvollem Ton meinte sie noch: »Ich hätte mich gefreut, wenn du es mir selbst gesagt hättest.«

»Das hätte ich auch, aber –«, begann Lancelot, brach

dann mitten im Satz ab und musste plötzlich eine eiserne Kraft aufbieten, um ihrem Blick standzuhalten.
»Ich verstehe«, sagte Gwinneth. Sie klang traurig.
»Nein, das glaube ich nicht«, antwortete Lancelot. Was war nur mit ihm los? Er fühlte sich hilflos. Am liebsten wäre er herumgefahren und davongerannt, einfach nur weg. Stattdessen versuchte er wenigstens seine Gedanken in einigermaßen geordnete Bahnen zu lenken und fuhr mit beherrschter Stimme fort: »Ich hätte mein Leben dafür geopfert, dich noch ein einziges Mal zu sehen, Gwinneth. Aber nicht hier. Weißt du denn nicht, was geschehen ist?«
Gwinneth sah ihn auf eine Art an, die jede Antwort überflüssig machte. Nein, sie wusste es wirklich nicht.
»Die Pikten rücken an«, sagte Lancelot.
Gwinneth nickte. »Ich weiß«, sagte sie. »Artus hat mir erzählt, dass –«
»Ich meine *jetzt*«, unterbrach sie Lancelot mit einer Kopfbewegung zum Wehrgang hinauf. »Auf der anderen Seite der Mauer. Ihr Heer ist schon über die Hügel im Norden. Sie sind spätestens morgen bei Sonnenaufgang hier.«
Gwinneths Gesicht verlor an Farbe. »Das ging schnell«, sagte sie.
»Artus hat nicht damit gerechnet?«
»Artus spricht mit mir nicht über Politik«, antwortete Gwinneth ausweichend. »Aber ehrlich gesagt, möchte ich es mit dir auch nicht. Nicht jetzt. Ich war in solcher Sorge um dich! Warum hast du dich nicht wenigstens bei mir gemeldet?«
Lancelot zögerte einen Moment zu antworten. Als er es schließlich tat, senkte er den Blick und sprach mit noch leiserer Stimme, fast schon flüsternd. »Ich war nicht sicher, ob du mich noch sehen willst.«

Er konnte hören, wie sie scharf die Luft einsog. »Was soll das heißen?«, fragte sie.
»Immerhin bist du jetzt Artus' Gemahlin«, antwortete Lancelot. Noch bevor er die Worte ausgesprochen hatte, hätte er sich selbst dafür ohrfeigen können und er war tatsächlich nahe daran, es zu tun, als er die Dunkelheit sah, die sich in Gwinneths Augen ausbreitete. Warum mussten Menschen immer denen am meisten wehtun, die sie am meisten liebten?
»Und du glaubst jetzt, ich hätte –«
»Nein!«, unterbrach sie Lancelot hastig. »Es tut mir Leid. Ich wollte das nicht sagen. Ich ...« Er rang verzweifelt um die richtigen Worte. »Ich ... ich weiß einfach nicht mehr, was ich sagen soll. Was ich denken soll.«
Gwinneth hob die Hand und machte eine Bewegung, wie um auf ihn zuzutreten, führte sie aber nicht zu Ende, sondern wich ein kleines Stück vor ihm zurück. »Mir ging es nicht anders«, sagte sie traurig. »Aber ich –«
»Bitte nicht«, sagte Lancelot. »Ich wollte dir nicht wehtun. Ich weiß, dass du keine andere Wahl hattest.«
»Doch, die hatte ich«, antwortete Gwinneth. »Nachdem du fortgegangen warst, da wollte ich Camelot ebenfalls verlassen. Ich wusste, dass du nicht wiederkommen würdest.«
Das hatte er auch nicht vorgehabt. Und spätestens in diesem Moment begriff er auch endgültig, dass es ein Fehler gewesen war, zurückzukommen. Alles, was er in den letzten Wochen und Monaten getan hatte, schien sich im Nachhinein als eine Folge sich aufbauender und immer schlimmer werdender Fehler herauszustellen. Er hätte diese verdammte Rüstung niemals anlegen sollen.

Aber hätte er es nicht getan, dann wäre ihm vielleicht vieles erspart geblieben, aber er hätte auch Gwinneth niemals kennen gelernt. Nicht so.
Endlose Augenblicke standen sie sich einfach nur gegenüber und sahen einander an und schließlich war es wieder Gwinneth, die die Initiative ergriff. Sie trat auf ihn zu und umarmte ihn und diese flüchtige Berührung entschädigte ihn für alles, was er seit seiner Rückkehr nach Camelot erlebt und erlitten hatte. Er schloss seinerseits die Arme um sie und genoss das Gefühl ihrer Nähe, ihrer Wärme und die Geborgenheit, mit der sie ihn erfüllte. Hätte irgendein Ritter oder gar Mandrake oder Artus sie in diesem Moment gesehen, wäre dies vermutlich ihrer beider Todesurteil gewesen, aber selbst das war ihm in diesem Moment egal.
»Ich wollte es tun«, flüsterte Gwinneth. »Ich war fest entschlossen, fortzugehen, noch am selben Tag, in der gleichen Stunde. Aber ich konnte es nicht.«
»Er hätte dich niemals gehen lassen«, sagte Lancelot.
»Er kam zu mir und sagte, dass er die Hochzeit vorverlegen würde«, fuhr Gwinneth fort, als hätte sie seine Worte gar nicht gehört. »Er sagte, eine große Schlacht stünde bevor und er wolle mich nicht zur Witwe machen, noch bevor wir verheiratet wären.« Sie lachte, aber es klang eher wie ein Schluchzen. »Er hat mich nicht gefragt, verstehst du? Er hat es einfach befohlen.«
»Du hattest keine andere Wahl«, sagte Lancelot noch einmal, aber auch diesmal war es so, als ob Gwinneth seine Worte nicht wirklich hörte.
»Wir haben noch in derselben Stunde geheiratet. Und er ist noch am selben Tag mit dem Heer losgezogen, um gegen die Pikten zu kämpfen.«
»Du hattest keine andere Wahl«, sagte Lancelot zum dritten Mal, aber diesmal reagierte Gwinneth darauf.

Sie riss sich mit einem Ruck los und trat einen halben Schritt zurück. Ihre Augen blitzten, als sie den Kopf hob und ihm ins Gesicht sah.
»Doch, die hatte ich«, widersprach sie heftig. »Ich hätte gehen können! Er hätte es niemals gewagt, mich gewaltsam zurückzuhalten!«
Aber nicht einmal dessen war Lancelot sich noch sicher. Während er Gwinneth ansah und den unendlichen Schmerz in ihren Augen erblickte, fragte er sich, wieso er sich jemals so lange in Artus hatte täuschen können. Von allen Bewohnern Camelots – Merlin vielleicht ausgenommen – war über Jahre er derjenige gewesen, der Artus am nächsten gekommen war. Er hatte ihn schon als Kind von einer Seite kennen gelernt, die kein Fremder und auch die meisten seiner Ritter nicht an ihm vermutet hätten, denn auch ein König war letzten Endes ein Mensch und nicht immer perfekt und nicht immer gut. Und dennoch war er in den letzten Tagen und Wochen einem Artus begegnet, der ihm völlig fremd war.
»Es ist nun einmal geschehen«, sagte er. »Und wir können nichts daran ändern.«
»Doch, das können wir«, behauptete Gwinneth. »Wir können weggehen, Lancelot. Nur du und ich. Wir können einfach fliehen. Niemand wird uns aufhalten.«
Und vermutlich würde uns im Moment sogar niemand verfolgen, fügte er in Gedanken hinzu. Artus und seine Ritter hatten im Augenblick anderes zu tun. Aber natürlich wusste er auch, dass dieser Gedanke lächerlich war. Er hatte einen Eid geschworen, und was noch viel mehr zählte: In dem Moment, in dem er die Rüstung angelegt und das Schwert das erste Mal in die Hand genommen hatte, war er einen Bund eingegangen, dessen Tragweite ihm noch nicht wirklich bewusst war.

»Nein, Gwinneth, das können wir nicht«, sagte er leise. »Und wir dürfen uns auch nicht wieder sehen. Nicht allein.«
Gwinneth setzte zu einer Antwort an, aber plötzlich füllten sich ihre Augen mit Tränen, sie trat einen Schritt zurück und rang nach Worten. Dann drehte sie sich mit einem Ruck um und verschwand in der Nacht.
Lange stand Lancelot da und starrte ihr nach. Alles in ihm schrie danach, ihr nachzulaufen und sie zurückzuhalten und genau das zu tun, was sie gerade vorgeschlagen hatte, nämlich zusammen mit ihr diese Burg und dieses Land zu verlassen. Aber er rührte sich nicht.

Wie Artus befohlen hatte, trafen sie sich eine Stunde später alle wieder im Thronsaal. Sämtliche Ritter waren gekommen, darunter auch einige, die Lancelot beim Abendessen vermisst hatte, und auch einer, dessen Anblick ihn ganz besonders freute – Sir Galahad. Der hoch gewachsene, blonde Tafelritter mit den freundlichen Augen sah so gesund aus, als wäre er niemals verletzt worden, und er trug eine Rüstung, die so blitzte und schimmerte, als käme sie geradewegs aus der Werkstatt des Schmiedes, was auch tatsächlich der Fall war, wie Lancelot später erfuhr. Trotz des Ernstes der Lage stand er auf, als Lancelot hereinkam, und eilte ihm mit einem strahlenden Lächeln entgegen, um ihn kurz, aber heftig in die Arme zu schließen.
»Lancelot! Wie froh bin ich, Euch wieder zu sehen!« Er trat einen Schritt zurück und sah ihn an. »Ich habe von Euren Abenteuern gehört«, sagte er. »Ihr müsst mir unbedingt davon erzählen.«
»Das werde ich«, versprach Lancelot. »Aber die Freude ist ganz auf meiner Seite. Um ehrlich zu sein – ich hatte kaum noch gehofft, Euch lebend anzutreffen.«

»Da seid Ihr nicht der Einzige«, antwortete Galahad grinsend.

Lancelot schüttelte den Kopf. »Das ist unglaublich«, sagte er. »Würde ich es nicht mit eigenen Augen sehen, so könnte ich es nicht glauben. Noch vor einer Woche wart Ihr so gut wie tot und jetzt ...«

»Ja, es ist ein Wunder, nicht wahr?«, stimmte Galahad zu. »Ich war selbst sicher, dass ich sterben würde. Aber Gott hat anders entschieden.«

Gott?, dachte Lancelot. Nein, das war nicht Gottes Werk, was er da vor sich sah. Trotz der Freude, Galahad lebend und offenbar in bester Gesundheit wieder vor sich zu sehen, machte sich ein Gefühl von Bestürzung in ihm breit. Auch er trat einen Schritt zurück und hob dann die linke Hand. Langsam schloss er sie zur Faust und öffnete die Finger dann wieder. Die Schnittwunde, die noch gestern Abend zu sehen gewesen war, war verschwunden. Nicht einmal eine Narbe war zurückgeblieben, nur eine dünne blasse Linie, die vermutlich am nächsten Morgen ebenfalls verschwunden sein würde.

»Was habt Ihr, Lancelot?«, fragte Galahad.

»Nichts«, sagte Lancelot. Er schloss die Hand wieder zur Faust. Wieso war er so erstaunt? Er hatte doch am eigenen Leib gespürt, wozu Artus in der Lage war. Machte es einen Unterschied, ob man eine Wunde in der linken Hand heilte oder eine, die nahe am Herzen war?

Es machte einen Unterschied. Nämlich den zwischen Leben und Sterben eines Küchenjungen, der mit seinem eigenen Körper einen Dolch aufgefangen hatte, der einem anderen gegolten hatte. Es machte den Unterschied zwischen Ehrlichkeit und Verrat, zwischen Sorge um die Zukunft des Landes und Eifersucht.

»Nichts«, sagte er noch einmal. »Ich dachte nur ... an etwas.«
Er wandte sich wieder Galahad zu und es musste ihm wohl gelungen sein, einen Ausdruck auf sein Gesicht zu zwingen, der Galahads Misstrauen zerstreute, denn der Ritter lächelte jetzt wieder, wenn auch eine Spur trauriger. »Ja«, sagte er. »Im Moment haben wir wohl alle große Sorgen.«
Artus' Eintreten enthob Lancelot der Peinlichkeit, das Gespräch weiterführen und sich irgendeine Ausrede einfallen lassen zu müssen. Der König, der als Letzter gekommen war, sah sehr besorgt drein, zugleich aber auch auf eine Art entschlossen, die nicht nur Lancelot zu beunruhigen schien. Die größtenteils gemurmelten Gespräche im Raum verstummten abrupt und aller Aufmerksamkeit wandte sich Artus zu, der die Tür hinter sich schloss und mit schnellen Schritten den Platz an der runden Tafel ansteuerte, der dem Eingang genau gegenüberlag. Er blieb einen Moment hinter der hohen Lehne des Stuhles stehen und ließ seinen Blick ernst über die Gesichter der hier im Raum Versammelten schweifen, wobei er auf dem Lancelots eine Winzigkeit länger zu verharren schien als auf denen der anderen. Aber vermutlich kam es allen anderen ebenso vor. Schließlich ging Artus um den Stuhl herum und ließ sich mit einem erschöpft klingenden Seufzer darauf niedersinken und erst dann nahmen alle anderen Platz.
»Ich danke Euch, dass Ihr gekommen seid«, begann er. »Auch wenn ich mir einen angenehmeren Anlass gewünscht hätte.«
Niemand antwortete. Wenn Artus eines nicht war, dann jemand, der zu umständlichen Einleitungen und Umschreibungen neigte. »Und ich will es auch kurz machen«, fuhr Artus fort. »Wir haben nur noch wenige

Stunden, bis der vielleicht schwerste Tag unseres Lebens anbricht und für manchen möglicherweise der letzte, und ich möchte Euch diese Stunden des Schlafs nicht unnötig rauben.«
Diesmal löste die Bemerkung ein allgemeines Stirnrunzeln und Raunen aus. Glaubte Artus wirklich, dass auch nur einer hier im Raum in dieser Nacht noch eine Sekunde schlafen würde?
»Ich habe in der vergangenen Stunde die Stadtgarde mobilisiert und ein Dutzend Reiter ausgeschickt, um unsere Verbündeten und unsere verstreuten Truppen zu alarmieren. Ich weiß nicht, ob überhaupt und wie viele von ihnen durchkommen werden, aber sie werden auf jeden Fall zu spät kommen. Die Pikten werden im Morgengrauen angreifen, daran besteht kein Zweifel.«
Er legte eine weitere, diesmal etwas längere Pause ein und jetzt war es *keine* Einbildung, als Lancelot zu dem Schluss kam, dass er *ihn* ganz besonders eindringlich musterte, während er seinen Blick abermals in die Runde schweifen ließ.
»Ich war gerade noch einmal oben auf dem Turm, und was ich gesehen habe, hat mich zutiefst erschreckt«, fuhr Artus fort. »Das Heer der Pikten ist gewaltig.«
»Aber es sind doch nur Barbaren«, wandte einer der Ritter ein.
»*Viele* Barbaren«, antwortete Artus ernst. »Seien wir ehrlich, meine Freunde: Sie sind hundertmal so viele wie wir, wenn nicht mehr, und wir alle haben schon mit eigenen Augen gesehen und am eigenen Leib gespürt, wozu diese *Barbaren* fähig sind.« Er schüttelte müde den Kopf. »Nein, ich glaube nicht, dass wir diesen Kampf gewinnen können.«
Für Augenblicke breitete sich atemlose Stille an der großen Tafel aus. Der eine oder andere sog erschrocken

die Luft ein, aber die meisten starrten Artus nur fassungslos an.
»Aus diesem Grund bin ich zu einem Entschluss gekommen«, fuhr Artus nach einer abermaligen Pause fort. Er sah Lancelot nun direkt an. »Ich werde zu den Pikten gehen und ich bitte Sir Lancelot, mich zu begleiten.«
»Das ist nicht Euer Ernst!«, entfuhr es Gawain und auch einige der anderen Ritter begannen lautstark zu protestieren, aber Artus hob die Hand und machte eine rasche, befehlende Geste.
»Ich habe nie zuvor etwas so ernst gemeint«, sagte er. »Wir können diesen Kampf nicht gewinnen. Wir können viele von ihnen erschlagen, daran besteht kein Zweifel. Wir können die Ebenen vor Camelot mit dem Blut der Pikten tränken, aber am Ende werden sie uns besiegen. Wir alle hier und jeder Mann, jede Frau, jedes Kind in der Stadt werden sterben.«
»Dann sterben wir eben!«, meinte Mandrake mit Nachdruck. »Besser ein ehrenvoller Tod als eine schmachvolle Aufgabe!«
Artus lächelte traurig. »Ich habe nichts anderes als genau diese Worte von Euch erwartet, mein Freund«, sagte er leise. »Und ginge es nur um mich oder um uns hier, so wäre ich genau Eurer Meinung. Aber es geht nicht nur um uns. In dieser Stadt leben an die zehntausend Menschen und die meisten davon sind einfache Bauern, Handwerker, Arbeiter – Menschen, die mit dem Königreich nicht viel im Sinn haben und für den Krieg wenig Verständnis aufbringen werden.«
»Aber das ist doch –«
»Die Wahrheit«, unterbrach ihn Artus, immer noch lächelnd und in sanftem Ton, aber deutlich lauter. »Dieser Krieg ist nicht ihr Krieg, Mandrake. Ihr wisst

das so gut wie ich. Ich werde zu den Pikten reiten und mit ihrem Anführer über die Bedingungen einer Kapitulation verhandeln.« Nach einer Pause mit einem Blick, der Lancelot einen eisigen Schauer über den Rücken laufen ließ, fügte er hinzu: »Falls Ihr mich begleitet.«
Lancelot nickte wortlos.
»Ich bitte Euch, Artus!«, beschwor ihn Mandrake. »Überlegt es Euch noch einmal! Camelot kann nicht vor einer Barbarenarmee kapitulieren!«
»Camelot vielleicht nicht, aber ich«, antwortete Artus. »Mein Entschluss steht fest. Ich werde mit den Pikten verhandeln.« Er stand auf und auch einige der anderen Ritter erhoben sich von ihren Plätzen. Der Rest aber blieb sitzen und schaute Artus einfach nur an, anscheinend zu fassungslos über das Gehörte, um auch nur zu einer Regung fähig zu sein. Mandrake, Galahad und Gawain sprangen hastig in die Höhe um Artus den Weg zu vertreten; für einen Moment sah es beinahe so aus, als wäre zumindest Mandrake bereit, ihn gewaltsam am Verlassen des Zimmers zu hindern.
»Ich bestehe darauf, dass –«, begann Mandrake, wurde aber von Galahad unterbrochen, der sich kurzerhand zwischen ihn und Artus stellte und fragte:
»Und wenn sie nicht darauf eingehen? Wenn sie darauf bestehen, uns anzugreifen?«
»Dann müssen wir kämpfen«, antwortete Artus. »Ich habe schon die ersten Befehle gegeben und ich bin sicher, Ihr werdet die Zeit bis zu meiner Rückkehr nutzen, um die Stadt auf den Angriff vorzubereiten, so gut es geht.«
»Und wenn Ihr nicht zurückkehrt?«, erkundigte sich Gawain leise.
Artus schüttelte den Kopf. »Das wird nicht geschehen«,

sagte er. »Selbst die Pikten werden die weiße Fahne respektieren, unter der wir reiten.«
»Da wäre ich nicht so sicher«, sagte Mandrake feindselig, aber Artus ignorierte ihn, schenkte Gawain noch ein aufmunterndes Lächeln und wandte sich dann mit einem auffordernden Blick an Lancelot. Gemeinsam und ohne ein einziges weiteres Wort verließen sie den Thronsaal und gingen schweigend zu den Ställen. Sowohl Lancelots Einhorn als auch Artus' Pferd waren bereits gesattelt und einer der Stallburschen wartete mit zwei Lanzen auf sie, deren Wimpel durch lange, strahlend weiße Fahnentücher ersetzt worden waren. Seinem Gesichtsausdruck nach zu urteilen war er ebenso fassungslos und erstaunt, wie es die Ritter gerade gewesen waren – die Bedeutung einer weißen Fahne war wohl jedermann klar, aber ebenso klar musste es bisher jedem gewesen sein, dass Artus ein solches Friedenszeichen niemals tragen würde.
Camelot erwachte rings um sie herum, während sie in scharfem Tempo zum Stadttor ritten. Artus hatte zwar befohlen, die Bevölkerung nicht aus dem Schlaf zu reißen, aber er hatte ebenso angeordnet, einen Großteil der Truppen, die noch in der Stadt stationiert waren, zur Mauer zu verlegen. Sie kamen an drei mit trockenem Brennholz und Fässern voller Öl und Pech hoch beladenen Ochsenkarren vorbei, die lautstark in Richtung Stadtmauer rumpelten. Außerdem machte Camelot in einem Punkt keine Ausnahme: Schlechte Nachrichten besaßen hier Flügel, auf denen sie sich schneller als der Wind verbreiteten. Als sie das Stadttor erreichten, brannte in nahezu jedem zweiten Haus bereits Licht und die Stille, die vorhin geherrscht hatte, war einem dumpfen Poltern und halblauten Stimmen gewichen. Camelots Einwohner hatten Artus'

Geschenk einer letzten Nacht voller Frieden nicht angenommen.
Das Stadttor war geschlossen und ein etwas übereifriger Wächter hatte auch das schwere Fallgitter dahinter bereits heruntergelassen. Als sie näher kamen und Artus eine entsprechende Geste machte, beeilten sich die Männer zwar das Gitter hochzuziehen und die schweren Torflügel zu öffnen, aber sie mussten doch einen Moment warten, bis der entstandene Spalt breit genug war, um ihre Pferde hintereinander durchzulassen. Lancelot nutzte die Gelegenheit, die Frage zu stellen, die ihm die ganze Zeit schon auf der Zunge brannte.
»Warum ich, Artus?«
Zuerst schien es, als wolle Artus gar nicht auf diese Frage reagieren, aber dann wandte er doch den Kopf, schob das Helmvisier hoch und sah Lancelot ernst und durchdringend an. »Wisst Ihr das wirklich nicht?«
Lancelot schüttelte den Kopf und der Ausdruck in Artus' Augen wurde noch ernster.
»Wenn es wirklich so ist, mein Freund, dann hat es auch keinen Sinn, wenn ich es Euch erkläre.« Er hob die Schultern. »Nehmt an, dass ich jemanden an meiner Seite wissen möchte, dem ich vorbehaltlos vertrauen kann.«
Damit wusste Lancelot nun gar nichts anzufangen. Artus konnte jedem seiner Ritter vorbehaltlos vertrauen. Jeder einzelne der Männer, mit denen sie gerade oben an der Tafelrunde gesessen hatten, hätte ohne zu zögern sein Leben geopfert um Artus zu retten.
Das Tor hatte sich einen genügend großen Spalt geöffnet und sie bückten sich unter dem quietschend in die Höhe gleitenden Fallgitter hindurch und lenkten ihre Pferde durch die schmale Lücke, die hinter ihnen sofort wieder geschlossen wurde. Noch bevor sie sich weiter

als zehn Schritte vom Tor entfernt hatten, konnten sie das dumpfe Rumpeln hören, mit dem der schwere Riegel wieder an seinen Platz gerückt wurde. Artus ließ sein Pferd ein wenig schneller traben, fiel jedoch nicht in Galopp, sondern hielt ein scharfes, aber nicht über die Maßen kräftezehrendes Tempo bei, das sie rasch auf die nach Norden führende Straße brachte. Während sie sich von der Stadt entfernten, sah Lancelot noch einmal auf Camelot zurück. Die Stadt lag so finster hinter ihnen wie ein gewaltiger, von Menschenhand geschaffener Berg, aber sie hatte jetzt eine beinahe unheimliche Ähnlichkeit mit dem Bild, das auch der Horizont vor ihnen bot. Über den Zinnen lag ein rötlicher Schein und hinter unzähligen Schießscharten und schmalen Fenstern flackerte rotes Fackellicht. Der Anblick war unheimlich und zugleich so einschüchternd, dass er sich einen Moment lang ernsthaft fragte, ob vielleicht Mandrake nicht doch Recht gehabt hatte. Es erschien ihm einfach unvorstellbar, dass irgendeine Armee von Menschen diese Festung stürmen konnte. Schon der äußere Mauerring Camelots war acht Meter hoch; mehr als zehn, wenn man die Brustwehr und die Zinnenkrone mitrechnete, hinter der die Verteidiger vor nahezu jedem Angriff sicher waren. Und selbst wenn es ein Angreifer schaffen sollte, diese uneinnehmbar wirkende Festung zu stürmen, so erwartete ihn dahinter nicht eine wehrlose Stadt, sondern gleich *vier* weitere, jeweils ein gutes Stück höher gebaute Stadtmauern, die ebenso wehrhaft waren wie diese erste.
Aber es stand ihm nicht zu, an Artus' Entschlüssen zu zweifeln. Der König kannte diese Stadt hundertmal besser als er. Er musste wissen, was er tat.
Sie entfernten sich zwei oder drei Meilen von der Stadt und wichen dann von der befestigten Straße ab, um di-

rekt nach Norden zu reiten. Lancelot verspürte keine Angst, aber das ungute Gefühl, das schon vor einer Stunde von ihm Besitz ergriffen hatte, als er zum ersten Mal oben auf der Mauer gestanden und auf das Meer aus blutig rotem Licht gesehen hatte, das sich langsam die Hügel hinabwälzte, nahm eine fast körperliche Intensität an. Er hatte es aufgegeben, die Anzahl der Fackeln schätzen oder gar zählen zu wollen, die vor ihnen die Nacht erhellten. Artus hatte Recht: Es waren Tausende. Selbst wenn jeder der piktischen Krieger zwei brennende Fackeln trug, war seine Schätzung von vorhin vermutlich noch zu niedrig gewesen. Jeder Verteidiger der Stadt stand mehr als zehn Angreifern gegenüber.

»Sie haben uns entdeckt«, sagte Artus nach einer Weile. »Schließt dichter zu mir auf. Bleibt an meiner Seite und sagt und tut nichts, ganz gleich, was geschieht.«

Ohne langsamer zu werden näherten sie sich der Front der piktischen Krieger. Auch als sie nahe genug waren, um die Umrisse der Männer zu erkennen, wirkten diese immer noch wie gespenstische, fast körperlose Schemen und auch ihre Art, sich zu bewegen, hatte etwas Unheimliches. Zwar hatte Lancelot noch niemals ein Heer von solch gewaltiger Größe gesehen, aber er war oft genug Zeuge von Truppenaufmärschen gewesen um zu wissen, dass auch eine kleine Armee niemals lautlos marschierte. Diese hier aber schien es zu tun. Nur das gedämpfte Geräusch, mit dem unzählige Füße das Gras niedertraten und ebenso viele Fackeln prasselnd brannten, war zu hören, sonst nichts.

Artus hob die linke Hand und gab ihm damit das Zeichen, etwas langsamer zu reiten, während er sein Tempo zurücknahm. Als sie die erste Reihe der piktischen Krieger erreichten, bewegten sich die Pferde fast

nur noch im Schritttempo. Doch gerade als Lancelot sich zu fragen begann, was sie eigentlich tun sollten, wenn die Männer nicht beiseite wichen, tat sich vor ihnen eine Gasse auf, die Krieger bildeten mit hoch erhobenen Fackeln ein Spalier aus Schatten und Metall, auf dem sich roter Feuerschein spiegelte, und es schien noch stiller zu werden. So absurd Lancelot selbst der Gedanke vorkam – er konnte die Angst spüren, die sich lautlos unter den Kriegern ausbreitete.
Sie ritten wieder etwas schneller, und kurz bevor sie die Hügelkuppe erreichten, drehte Lancelot sich halb im Sattel herum und erblickte etwas vollkommen Unheimliches: Die Gasse, die die Krieger für sie gebildet hatten, war immer noch da. Er hatte fest damit gerechnet, dass sie sich hinter ihnen wieder schloss, aber das war nicht der Fall und das Heer war auch nicht weiter auf Camelot vorgerückt, sondern zum Stehen gekommen.
Sie erreichten bald die Hügelkuppe und Lancelot erkannte voller Schrecken, dass Artus' Schätzung von der Größe des Heeres eher noch zu vorsichtig gewesen war. Der weitaus größere Teil der Barbarenhorde befand sich noch auf der jenseitigen Ebene. Es waren Tausende.
»Dort!«, sagte Artus.
Lancelots Blick folgte Artus' Geste und blieb an einem schlichten, aber sehr großen Zelt hängen, das auf halber Höhe des Hanges aufgestellt worden war. Die Gasse, die die Krieger für sie bildeten, führte in leichten Schlangenlinien direkt auf dieses Zelt zu.
Sie brauchten noch gut zehn Minuten, um es zu erreichen, was Lancelot einen weiteren Hinweis auf die Größe des Heeres gab. Schließlich waren sie einige Schritte vor dem Zelt angelangt und zwei Krieger in schwarzen Eisenrüstungen vertraten ihnen den Weg. Sie

bedeuteten ihnen mit Gesten, aus dem Sattel zu steigen. Artus rammte das stumpfe Ende der weißen Fahne so wuchtig in den Boden, dass sie stecken blieb, stieg vom Pferd und band den Zügel daran fest, als der Krieger neben ihm danach greifen wollte. Eine symbolische Geste, deren Bedeutung der Mann aber verstand, denn er trat wortlos zurück und sein Begleiter machte erst gar nicht Anstalten, auf Lancelot zuzugehen – was ihm möglicherweise die Finger rettete, denn in den dunklen Augen des Einhorns blitzte es hasserfüllt auf. Auch Lancelot stieg ab, trat an Artus' Seite und dann hinter ihm gebückt durch den niedrigen Eingang des Zeltes.
So schlicht wie sein Äußeres war auch seine Einrichtung: Zwei schmale Betten, ein einfacher hölzerner Tisch und eine Anzahl Stühle. Auf dem Tisch lagen großflächige Karten, die an den Ecken mit Steinen beschwert waren, und die Beleuchtung kam von vier heftig prasselnden Fackeln, deren Flammen bedrohlich nahe an die Zeltbahn heranleckten. Ein sonderbarer Geruch lag in der Luft, der Lancelot an etwas erinnerte – ohne dass er genau sagen konnte, woran.
Artus war stehen geblieben und so konnte Lancelot im ersten Moment nur erkennen, dass sich zwei oder drei Gestalten im Inneren des Zeltes aufhielten, aber nicht, um wen es sich handelte. Jetzt aber trat Artus mit einem schnellen Schritt zur Seite und Lancelot konnte sehen, wer an dem niedrigen Tisch saß.
Es war niemand anders als Morgaine Le Faye und Mordred.
Beide blickten ihnen ruhig entgegen und auf Mordreds Gesicht lag ein Ausdruck von böser Vorfreude, der dem unguten Gefühl in Lancelot neue Nahrung gab. Noch bevor das Gespräch wirklich begonnen hatte, wusste er bereits, dass es kein gutes Ende nehmen würde.

»Artus!« Morgaine stand auf und kam mit schnellen Schritten und ausgebreiteten Armen um den Tisch herum und auf ihrem Gesicht lag ein Ausdruck, als freue sie sich wirklich, einen lieben alten Freund wieder zu sehen, den sie lange vermisst hatte. Allerdings trieb sie es nicht auf die Spitze, sondern blieb drei Schritte vor Artus stehen und maß ihn dann mit einem langen spöttischen Blick.

»Wie schön, dich endlich wieder zu sehen, geliebter Bruder«, sagte sie. »Es ist viel zu lange her.« Dann wandte sie sich an Lancelot und das spöttische Glitzern in ihren Augen wurde deutlicher. »Und auch Ihr seid mir herzlich willkommen, Sir Lancelot – obwohl wir uns ja vor gar nicht so langer Zeit erst gesehen haben.«

Lancelot zog es vor, nicht darauf zu antworten, und auch Artus war offenbar nicht in der Stimmung, irgendwelche Begrüßungsfloskeln auszutauschen, denn er fuhr Morgaine in scharfem Ton an:

»Wenn es nach mir ginge, hätte es ruhig noch länger dauern können«, sagte er. »Und du hättest ein paar Gäste weniger zu unserer Wiedersehensfeier mitgebracht.«

»Aber ich bitte Euch, König Artus«, mischte sich Mordred ein. Auch er stand auf, kam aber nicht um den Tisch herum, sondern beugte sich vor und stützte sich mit den Fäusten auf der groben Holzplatte auf. Die Knöchel seiner Rechten schienen dabei das Symbol, das Camelot darstellte, in das brüchige Pergament der Karte hineinrammen zu wollen. »Wir wissen doch, was wir dem König Britanniens schuldig sind.«

Artus maß ihn mit einem kalten Blick und ersparte sich eine Antwort. »Was willst du?«, fragte er.

Morgaine machte ein enttäuschtes Gesicht, dann deutete sie ein Achselzucken an und seufzte. »Du kommst gleich zur Sache, wie, lieber Bruder?«, meinte sie spöttisch. »Aber gut. Eine einfache Antwort auf eine einfache Frage: Camelot.«

»Das ist absurd«, sagte Artus. »Wie hast du es geschafft, die Führer der piktischen Stämme zu vereinen und ihnen diesen Unsinn einzureden?«

»Das war gar nicht so schwer«, antwortete Morgaine lächelnd. »Du kennst doch die Menschen, Artus – sie sind bereit, alles zu tun, wenn man ihnen eine angemessene Belohnung verspricht.«

»Und wie soll diese Belohnung aussehen? Der Berg rauchender Trümmer, der von Camelot übrig bleibt, wenn ihr es erobert habt?«

»Das liegt ganz allein in Eurem Ermessen, Artus«, sagte Mordred. »Ich würde eine andere Lösung vorziehen, aber meine Mutter hat mich gebeten großzügig zu sein. Deshalb mache ich Euch folgendes Angebot: Übergebt uns die Stadt kampflos und niemandem wird ein Leid geschehen.«

Artus blickte Mordred auf eine Art an, als könne er nicht recht glauben, was er da gehört hatte, dann wandte er sich – ohne sich die Mühe einer Antwort zu machen – wieder an Morgaine. »Und was willst du wirklich?«

»Camelot«, wiederholte Morgaine. Ihr Lächeln war wie weggewischt. Der Spott in ihren Augen war einer Härte gewichen, die Lancelot schaudern ließ. »Du weißt, warum ich hier bin, Artus. Auch mir liegt nichts an unnötigem Blutvergießen, aber du hast mich gezwungen, mit einem Heer zu kommen um einzufordern, was unser gutes Recht ist.«

»Camelot?«, fragte Artus. »Britannien?« Er schüttelte den Kopf. »Du weißt, wie närrisch das ist. Selbst wenn ich dir die Stadt und das Königreich übergeben würde

– Britannien würde niemals unter der Herrschaft der Pikten leben. Du willst kein Blutvergießen? Dann nimm deine Barbarenkrieger und führe sie zurück in ihre Heimat, bevor ganz England aufsteht und dieses Volk endgültig auslöscht.«
»Wer spricht von den Pikten?«, erwiderte Morgaine. »Du hast mich gezwungen, mich ihrer Hilfe zu versichern, hast du das schon vergessen?«
»Verdammt, was willst du?«, fuhr Artus auf.
»Das, was mir zusteht«, antwortete Morgaine. »Was *meinem* Sohn zusteht. Den Thron Camelots.«
Artus sog ungläubig die Luft ein. »Den Thron ...?«
»Spiel nicht den Dummkopf, Bruder«, unterbrach ihn Morgaine zornig. »Wir haben schon darüber gesprochen. Es ist sein Recht. Ein uraltes Recht, so alt wie die Menschheit. Er ist dein erstgeborener Sohn. Dein Erbe. Ich verlange nur, was ihm zusteht.«
»Er ist ein Bastard«, antwortete Artus und diesmal gelang es ihm nicht ganz, den Zorn aus seiner Stimme zu verbannen. Lancelot sah rasch zu Mordred hin. Zu seiner Überraschung sagte Mordred nichts dazu, aber er wurde bleich und seine Hände zuckten, als könnte er sich gerade noch beherrschen, um nicht nach der Waffe zu greifen.
»Auch das ist nichts Außergewöhnliches«, sagte Morgaine. »Die Hälfte aller Thronerben und -erbinnen der Vergangenheit waren Bastarde. Und er ist hundertmal mehr der legitime Erbe deines Thrones als irgendein anderer *Bastard*, den du mit einer Menschenfrau zeugen könntest.«
Artus setzte zu einer wütenden Antwort an, beherrschte sich dann im letzten Moment. Seine Hand lag auf dem Schwertgriff, aber Lancelot wusste, dass er Excalibur nicht ziehen würde.

Dabei wäre es so einfach, dachte er. Eine einzige schnelle Bewegung. Ein rascher Griff zum Schwert und der Krieg wäre vorbei. Auch seine Hand legte sich ohne sein Zutun auf den Schwertgriff, aber diesmal blieb das lederbezogene Metall stumm. Das gierige Zittern der Klinge kam nicht, ihr Blutdurst erwachte nicht. Aber Lancelot überlegte dennoch ganz ernsthaft, ob dies vielleicht nicht die einfachste Lösung wäre: Er könnte Morgaine und Mordred töten, so schnell, dass keiner ihrer Krieger draußen eine Chance hatte, ihnen zu Hilfe zu eilen. Sicher, es wäre kaltblütiger Mord und auch Artus und er würden diesen Anschlag augenblicklich mit dem Leben bezahlen – aber war das nicht ein geringer Preis für die Tausenden und Abertausenden, die morgen ihr Leben lassen mussten, wenn es wirklich zur Schlacht kam?
»Versuch es ruhig, mein junger Freund«, sagte Morgaine lächelnd.
Lancelot sah sie verwirrt an. Es dauerte einen Moment, bis er begriff, dass die Worte ihm galten – und noch länger, bis er voller Schrecken begriff, was sie damit gemeint hatte. »Was?«, murmelte er verstört.
Morgaine machte eine Kopfbewegung auf seine linke Hand, die auf dem Schwertgriff lag. »Du überlegst, das Schwert zu ziehen und den Krieg hier und jetzt zu beenden, nicht wahr? Du hättest sogar Recht. Es hat mich all meine Überredungskunst und etliches andere gekostet, die verschiedenen Stämme der Pikten zu vereinen, und wenn Mordred und ich nicht mehr wären, dann würde dieser Bund auseinander fallen, bevor der nächste Morgen graut. Warum also tust du es nicht?«
Lancelot nahm erschrocken die Hand vom Schwertgriff und Morgaines Lächeln wurde noch ein wenig höhnischer. »Nur zu«, sagte sie auffordernd. »Ich gebe dir

mein Wort, dass ich mich nicht wehren werde. Nimm dein Schwert und töte uns! Opfere dein Leben für Camelot, so wie es dich mein närrischer Bruder gelehrt hat.«

»Hör auf«, sagte Artus.

Morgaine lachte leise. »Warum? Hast du ihm so wenig erzählt?« Sie wandte sich kopfschüttelnd wieder an Lancelot und kam näher. »Also? Warum versuchst du es nicht?«

»Reizt mich nicht«, sagte Lancelot gepresst. »Ich könnte es wirklich tun.«

»Nein«, antwortete Morgaine. »Das könntest du nicht.« Sie lächelte ihn an, trat zwei Schritte auf ihn zu, blieb wieder stehen und kam dann erneut näher. Langsam hob sie die Arme. Lancelot wollte vor ihr zurückweichen, aber er konnte es nicht. Plötzlich war er wie gelähmt. Sein Herz pochte, aber er war nicht imstande, auch nur einen Finger zu rühren. Hilflos und mit wachsendem Entsetzen musste er mit ansehen, wie sie nach seinem Helm griff, ihn abzog und ihn achtlos zuBoden fallen ließ. Dann hob sie abermals die Hände, strich sein Haar zurück und fuhr mit beiden Zeigefingern über die kaum sichtbaren Narben an seinen Ohren.

Als sie ihn berührte, fuhr Lancelot entsetzt zusammen. Ihre Berührung war wie Eis und trotzdem hatte er gleichzeitig das Gefühl, dass weiß glühendes Feuer durch seine Adern pulsierte. Für einen Moment schien er den Boden unter den Füßen zu verlieren. Erst als Morgaine die Hände wieder herunternahm und zurücktrat, klärten sich seine Sinne wieder.

»Du hast es ihm bisher verschwiegen, nicht wahr?«, fragte Morgaine, nun wieder an Artus gewandt. Sie schüttelte den Kopf. »Nun, ich habe auch nichts anderes erwartet.«

»Das steht im Moment wohl kaum zur Debatte«, sagte Artus, aber Morgaine schien anderer Meinung zu sein, denn sie schüttelte heftig den Kopf, sah Lancelot lange und durchdringend an und ging dann mit einem tiefen Seufzer zurück zum Tisch. Sie setzte sich nicht, sondern trat hinter Mordreds Stuhl, legte die Hände auf seine Schultern und drückte ihn mit sanfter Gewalt wieder auf den Stuhl hinab.

»Ganz wie Ihr meint, König Artus«, sagte sie, in verändertem, kühlem Ton. »Ihr seid also hergekommen, um unsere Forderung zu hören. Nun, Ihr habt sie gehört. Ich erwarte Eure Antwort.«

»Du weißt ganz genau, dass ich diese Forderung nicht erfüllen kann«, begann Artus zornig.

»Ach, weiß ich das?«, fragte Morgaine und Mordred fügte boshaft hinzu:

»Bin ich dir nicht gut genug, Vater?«

»Nenn mich nicht so«, schnappte Artus.

»Aber du bist es doch«, erwiderte Mordred. »Oder nicht?«

Artus starrte ihn einen Moment lang hasserfüllt an, dann wandte er sich wieder an Morgaine, die jetzt hoch aufgerichtet hinter Mordred stand. »Du weißt, dass ich diese Forderung nicht erfüllen kann«, sagte er. »Was also verlangst du sonst? Mich?«

»Oh, wie edel«, antwortete Morgaine spöttisch und schüttelte den Kopf. »Wenn es bei dieser Antwort bleibt, Artus, dann hast du den Weg hierher umsonst gemacht, fürchte ich. Gib meinem Sohn, was ihm zusteht, oder versuche ihm dieses Recht mit Gewalt zu verwehren. Die Wahl liegt ganz allein bei dir.«

»Das kannst du nicht ernst meinen«, sagte Artus. Er klang fast verzweifelt. »Du willst dieses gewaltige Blutvergießen, nur um –«

»Meinem Sohn zu seinem Recht zu verhelfen, ja!« Auch Morgaines Stimme war lauter geworden. Ihre Augen blitzten. »Du hast völlig Recht. Hunderte werden sterben, wenn nicht Tausende – aber die Wahl liegt ganz allein bei dir. Es werden deine Hände sein, an denen ihr Blut klebt, Bruder, nicht meine.«

»Aber vielleicht wird es Euer Blut sein«, mischte sich Lancelot ein. »Camelot wurde noch niemals erobert.«

Morgaine maß ihn mit einem fast mitleidigen Blick. »Camelot wurde noch niemals *angegriffen*«, verbesserte sie ihn. »Das ist ein Unterschied.«

»Aus gutem Grund«, widersprach Lancelot. Er zog das Schwert ein kleines Stück aus der Scheide und ließ es mit einem herausfordernden Laut wieder zurückfallen, erzielte damit jedoch nur ein schwaches Lächeln. Dennoch fuhr er fort: »Wir fürchten Euch nicht, Morgaine. Weder Eure Barbarenhorden noch Eure schwarze Magie. Lasst Eure Pikten nur kommen. Ich warte bereits auf sie!«

»Das weiß ich«, antwortete Morgaine – und diese Worte erfüllten Lancelot mit einem eisigen Schauder. Sie schienen mehr zu bedeuten als das, wonach sie im ersten Moment klangen.

»Ihr werdet niemals –«, begann er, aber Artus unterbrach ihn mit einer Geste und einem müden Kopfschütteln.

»Nicht«, sagte er leise. Ebenso leise und mit fast tonloser Stimme wandte er sich wieder an Morgaine. »Also ist die Entscheidung gefallen.«

»Es scheint so«, bestätigte Morgaine.

Artus seufzte erneut. Eine lange Zeit verging, bevor er weitersprach. »Dann soll das Schlachtenglück über die Zukunft Camelots und ganz Britanniens entscheiden. Aber ich habe eine Bitte.«

»Welche?«
»Ich ersuche dich um einen weiteren Tag«, sagte Artus. Lancelot sah ihn überrascht an und auch Mordred schien etwas sagen zu wollen, schloss dann aber den Mund wieder, als Morgaine eine rasche befehlende Geste machte.
»Wozu?«, fragte sie.
»Um Camelots Befestigung zu verstärken?«, fügte Mordred hinzu.
Sowohl Morgaine als auch Artus ignorierten ihn. »Ich will nicht das Blut zahlloser Unschuldiger vergießen«, erklärte Artus. »Ich bitte dich um einen Tag, damit die Bewohner Camelots die Stadt verlassen können.«
»Wie bitte?« Mordred war fassungslos.
»Und natürlich um freies Geleit für sie«, fuhr Artus unbeirrt fort. »Du hast mein Ehrenwort, dass es keine Kriegslist ist.«
»Wirklich, das ist lächerlich«, begehrte Mordred auf, aber seine Mutter sah Artus lange und nachdenklich an – und dann nickte sie.
»Also gut«, sagte sie. »Nimm es als Zeichen meiner Großzügigkeit und meines guten Willens. Einen Tag, nicht länger. Vielleicht nutzt du ja die Zeit, um deinen närrischen Entschluss noch einmal zu überdenken.«
»Das kann nicht dein Ernst sein!«, protestierte Mordred und diesmal gelang es ihm, Morgaines Aufmerksamkeit zu erringen. Wenn auch vermutlich auf andere Weise, als er gehofft hatte.
Seine Mutter fuhr mit einem zornigen Laut herum und funkelte ihn an. »Schweig!«, schnappte sie.
Mordred wurde blass, sagte aber nichts mehr, sondern sah nur sie und Artus hasserfüllt an.
Artus drehte sich mit einem Ruck herum. »Kommt!«, befahl er.

Das Wort galt Lancelot, der Artus ebenso fassungslos und ungläubig anstarrte, wie Mordred es gerade getan hatte – und der ebenso wenig glauben konnte, was er gehört hatte. Erst als Artus mit schnellen Schritten an ihm vorbeiging und fast schon aus dem Zelt war, erwachte er aus seiner Erstarrung, bückte sich rasch nach seinem Helm und hob ihn auf.
Er holte Artus ein, als dieser in den Sattel stieg, und schwang sich so hastig auf den Rücken des Einhornes, dass das Tier unwillig schnaubte. Artus war bereits losgeritten, hielt nun aber an und wartete, bis er seinen Helm aufgesetzt und zu ihm aufgeschlossen hatte. Die beiden weißen Fahnen, die sie mitgebracht hatten, steckten noch hinter ihnen im Boden, aber Artus machte keine Anstalten, sie wieder mitzunehmen.
Die Krieger bildeten noch immer die stumme Gasse, die sie auch auf dem Weg hierher für sie gebildet hatten, aber diesmal ritten sie nicht in gemäßigtem Tempo, sondern sprengten hindurch und erreichten schon nach wenigen Augenblicken den Hügelkamm. Das Heer war nicht weitergezogen, sondern auf der Stelle stehen geblieben, aber Lancelot hatte trotzdem das Gefühl, dass die Hälfte der Ebene, die sich zwischen ihnen und Camelot ausbreitete, in Flammen stand. Für die Verteidiger hinter den Zinnen der Stadt musste es aussehen, als hätte sich hier die Hölle aufgetan.
Artus beschleunigte sein Tempo noch, als sie die Reihen der piktischen Krieger endlich hinter sich hatten, sodass es Lancelot erhebliche Mühe bereitete, zu ihm aufzuschließen. Sie hatten schon die halbe Strecke zwischen dem piktischen Heer und Camelot hinter sich gebracht, ehe es ihm endlich gelang, an Artus' Seite zu kommen, und es verging noch einmal eine geraume Weile, bis Artus seine Gegenwart zur Kenntnis nahm und sein

Tempo wieder drosselte, bis sich das Pferd nur noch in einem scharfen Trab bewegte.

»Das kann doch nicht Euer Ernst sein, Artus!«, protestierte Lancelot. »Das ist eine List, oder?«

»Was ist nicht mein Ernst?«, gab Artus finster zurück. »Dass ich die Leben unschuldiger Männer, Frauen und Kinder retten will?«

»Ihr wollt Camelot aufgeben?«

»Ich werde jeden gehen lassen, der will«, antwortete Artus. »Ganz gleich, ob gemeiner Bürger, Soldat oder einer meiner Ritter. Das gilt auch für Euch, Lancelot. Ich stelle Euch jetzt dieselbe Frage, die ich in einer Stunde an alle meine Ritter richten werde, und ich bitte Euch, überlegt Euch die Antwort gut: Wollt Ihr bleiben oder wollt Ihr gehen?«

»Was für eine Frage!«, protestierte Lancelot, aber Artus schüttelte den Kopf, brachte sein Pferd mit einem Ruck zum Stehen und sagte noch einmal: »Überlegt es Euch genau. Es ist die Entscheidung über Euer Leben oder Euren Tod.«

»Natürlich bleibe ich!«, meinte Lancelot entschlossen.

Ganz offensichtlich war das nicht die Antwort, die Artus hatte hören wollen. Sein Gesicht verdüsterte sich noch. »Camelot wird fallen«, sagte er. »Ihr habt das Heer gesehen. Nicht einmal mit zehnmal so vielen Soldaten, wie uns zur Verfügung stehen, könnten wir die Stadt halten.«

»Vielleicht müssen wir das ja gar nicht«, antwortete Lancelot verstört, »vielleicht reicht es, einige Tage standzuhalten. Wer immer in den benachbarten Ländern erfährt, was hier vorgeht, wird –«

»– uns niemals zu Hilfe kommen«, unterbrach ihn Artus hart. Er lachte bitter. »Glaubt Ihr tatsächlich, dass auch nur einer unserer so genannten Freunde sein

Heer schicken würde, um gegen diese Armee anzutreten?« Er schüttelte den Kopf. »Es wäre Selbstmord. Ich kenne kein Land, das auch nur genug Truppen aufstellen könnte, um eine Chance zu haben. Und keines, das es wollte. Nein! Sie alle haben unseren Schutz immer gern angenommen, wenn sie ihn brauchten, aber niemand wird kommen um uns zu helfen.« Leiser fügte er hinzu: »Ich bin nicht einmal sicher, ob ich es täte.«
Lancelot hätte über diesen letzten Satz schockiert sein müssen, aber er war es nicht. Es gelang ihm nicht, irgendein Gefühl aufzubringen. Artus sah ihn einen Moment lang an, schien sein Schweigen dann als Antwort auszulegen und wollte weiterreiten, aber Lancelot hob noch einmal die Hand und hielt ihn zurück.
»Da ist noch eine Frage«, sagte er. »Etwas, das Ihr mir erklären müsst, bevor wir nach Camelot zurückkehren.«
»Ja?«
Lancelot versuchte vergeblich, den Ausdruck auf Artus' Gesicht zu deuten. »Was hat Morgaine damit gemeint«, fragte er, »als sie gesagt hat, ich könnte sie nicht töten?«
»Könntet Ihr es denn?«
Lancelot schüttelte den Kopf. »Das war nicht meine Frage«, sagte er. »Was hat sie gemeint, als sie Euch vorgeworfen hat, Ihr hättet mir nicht alles gesagt?«
Artus seufzte. »Es gibt so viel, was ich Euch noch lehren wollte, Ritter Lancelot«, sagte er, leise und bitter. »So viel, was ich Euch zeigen und erklären und schenken wollte. Aber ich fürchte, wir werden nun zu nichts von alledem mehr kommen.«
»Das ist keine Antwort«, beharrte Lancelot – was im Grunde schon eine Unverschämtheit war. Der König wollte seine Frage nicht beantworten, das war klar. Und es stand ihm nicht zu, darauf zu beharren. Trotzdem tat er es.

»Ich dachte, Ihr wüsstet es bereits«, sagte Artus schließlich.
»Was?«
»Ihr könnt sie nicht töten«, sagte Artus. »So wenig wie sie Euch oder wie Ihr mich oder ich Euch. Elben töten keine Elben. Niemals.«

Nachdem Artus den Rittern seinen Entschluss mitgeteilt hatte, brach im Thronsaal ein regelrechter Tumult los. Nicht alle Ritter waren dagegen, aber diejenigen, die es waren, taten ihre Meinung lautstark kund und zum Teil mit Worten, die sie sich wohl nur hier in der Tafelrunde erlauben konnten. Artus nahm diese mehr als respektlosen Kommentare eine ganze Weile wortlos hin, bevor er die Arme hob und sich mit lauter Stimme Gehör verschaffte. Selbst dann dauerte es noch eine Weile, bis auch der letzte Protest in ein missmutiges Raunen übergegangen war und die Ritter auf Artus' Geste hin Platz genommen hatten.
Artus selbst blieb als Einziger stehen; hinter seinem Sessel und beide Hände auf die hohe Lehne gestützt, was Lancelot unangenehm daran erinnerte, wie Morgaine vorhin hinter Modreds Stuhl gestanden hatte. »Meine Freunde!«, begann Artus. Nach diesen Worten legte er eine Pause ein und ließ seinen Blick über die Gesichter der Versammelten schweifen. »Ich weiß, dass viele von Euch nicht mit meinem Entschluss einverstanden sind. Und ich nehme Euch das nicht übel.«
»Einverstanden?« Natürlich war es niemand anders als Sir Mandrake, der Artus ins Wort fiel. Er machte eine Bewegung, wie um aufzustehen, ließ sich aber dann wieder zurücksinken. »Bei allem Respekt, Artus – aber das ist Wahnsinn! Ihr könnt doch nicht einfach kampflos aufgeben!«

»Das habe ich nicht vor«, antwortete Artus ruhig. »Aber ich werde auch nicht zusehen, wie Tausende sinnlos abgeschlachtet werden.« Er hob die Hand und schüttelte den Kopf, als nicht nur Mandrake, sondern auch einige andere widersprechen wollten. Als er fortfuhr, war seine Stimme nicht lauter geworden, aber sie hatte einen Ton angenommen, der allen klar machte, wie sinnlos jeder weitere Widerspruch war. »Wir würden mehr als ein Wunder brauchen, um diesen Angriff zu überstehen. Morgen zur Mittagsstunde werde ich die Stadttore öffnen lassen und jeder, der es will, kann Camelot verlassen.«

»Damit schickt Ihr sie in den sicheren Tod!«, sagte Mandrake.

»Ich habe Morgaines Wort«, widersprach Artus.

Mandrake lachte böse. »Ihr Wort?«, wiederholte er spöttisch. »So, so. Und was bringt Euch auf den Gedanken, dass sie es halten wird?«

»Sie wird es halten«, erwiderte Artus überzeugt. »Morgaine ist so wenig an einem Blutbad gelegen wie mir.«

»Weil sie ein so guter Mensch ist?«, fragte Mandrake hämisch.

»Weil sie keinen Vorteil davon hätte«, antwortete Artus. »Sie weiß so gut wie jeder hier, wie gewaltig der Blutzoll wäre, den sie bei einem Angriff auf Camelots Bürger zahlen müsste. Warum sollte sie das Leben ihrer Krieger verschwenden?« Er schüttelte den Kopf um seine Worte zu bekräftigen. »Nein. Sie wird sie ziehen lassen. Und mit ihnen jeden, der gehen will. Das gilt auch für Euch.«

»Niemand von uns hier –«, begann Galahad, wurde aber von Artus unterbrochen.

»Ich weiß, was Ihr sagen wollt, mein Freund«, sagte er. »Ich habe nichts anderes von Euch erwartet – so wenig

wie von irgendeinem hier. Und doch, wo wir schon einmal dabei sind: Ich werde einige von Euch bitten müssen, Camelot und mich zu verlassen.«
»Wieso?«, fragte Parzifal.
»Auch Lady Gwinneth wird von Camelot fortgehen«, sagte Artus. »Ich habe bereits die entsprechenden Befehle gegeben. Sie wird an einen sicheren Ort gebracht, wo ihr nichts geschehen wird, ganz gleich, wie sich unser Schicksal entscheidet. Und ich möchte, dass zwei von euch sie begleiten.«
Es wurde sehr still. Alle starrten Artus an – nein, nicht alle. Lancelot konnte den Blick regelrecht spüren, noch bevor er den Kopf wandte und sah, dass Mandrake *ihn* anstarrte.
»Wünscht Ihr etwas von mir, Sir Mandrake?«, erkundigte er sich kühl.
Mandrake schüttelte den Kopf. »Ich dachte nur, Ihr würdet Euch freiwillig für diese Aufgabe melden«, sagte er.
»Was soll das heißen?«, fragte Artus scharf.
Mandrake ignorierte ihn, ebenso wie Lancelot. Diesmal gelang es ihm, dem Blick des Ritters standzuhalten, aber es gelang ihm nicht mehr, seine Wut zu beherrschen.
»Sprecht nicht in Rätseln, Sir«, sagte er eisig. »Wenn ihr irgendetwas andeuten wollt, dann tut es. Jetzt und vor aller Ohren.«
Mandrake verzog geringschätzig die Lippen, als er sah, wie sich Lancelots Hand auf das Schwert senkte. »Ich bitte Euch, Lancelot«, meinte er in fast mitleidigem Ton und mit einem schnellen Blick in Artus' Richtung. »Wir alle hier wissen doch, wie sehr Ihr um das Wohl von Lady Gwinneth besorgt seid.«
Artus wollte etwas sagen, aber Lancelot gab ihm keine Gelegenheit dazu, sondern sprang so heftig auf, dass

sein Stuhl umfiel. Auch Mandrake erhob sich, aber sehr viel langsamer.

»Es reicht allmählich«, sagte Lancelot wütend. »Ihr beleidigt nicht nur mich, Sir Mandrake, sondern auch die Königin und damit Artus und ganz Camelot.«

»Dann tut etwas dagegen«, schlug Mandrake vor.

Lancelots Hand schloss sich fester um das Schwert und er spürte, wie die Klinge wieder zu pulsieren begann, wie ihr uralter, düsterer Blutdurst wieder erwachte. Er konnte sich nur unter Aufbietung seiner ganzen Kraft zurückhalten, sie nicht zu ziehen. »Es wäre kein fairer Kampf«, sagte er. »Aber baut nicht zu sehr darauf, dass ich diese Klinge nicht eines Tages gegen Euch ziehe.«

»Genug!«, brüllte Artus. Er schlug mit der linken Hand auf den Tisch. Seine Augen blitzten und der Zorn darin galt nicht allein Mandrake, sondern ebenso Lancelot. »Ich erlaube das nicht! Nicht jetzt! Was ist in Euch gefahren, ausgerechnet in einem solchen Moment mit Euren kleinlichen Streitereien anzufangen?«

»Es sind keine kleinlichen –«, begann Lancelot, nur um sofort wieder von Artus unterbrochen zu werden.

»Genug, habe ich gesagt! Seid Ihr von Sinnen? Auf wessen Seite steht Ihr? Auf unserer oder der Morgaines und der Pikten? Sie wurde sich die Hände reiben, wenn sie sähe, wie sich meine besten Ritter gegenseitig an die Kehlen gehen, statt sich auf den Kampf vorzubereiten.

Lancelot nahm langsam die Hand vom Schwert. »Ihr habt Recht, Artus«, sagte er leise. »Verzeiht. Aber ich werde später auf diesen Punkt zurückkommen.«

»Warum nicht jetzt?«, fragte Mandrake stur. »Es ist ein offenes Geheimnis hier, dass Ihr ein Auge auf Lady Gwinneth geworfen habt, Lancelot. Und … vielleicht mehr.«

»Genug, habe ich gesagt«, wiederholte Artus. Seine

Stimme wurde plötzlich leiser, klang aber gefährlicher. »Was immer Ihr zu sagen habt, Sir Mandrake – es hat Zeit bis später. Wenn Ihr wirklich Vorwürfe gegen Lancelot und meine Gemahlin erhebt, so werde ich sie anhören und gewissenhaft überprüfen. Aber ich warne Euch: Überlegt Euch genau, was Ihr sagt.«
»Das habe ich, Mylord«, antwortete Mandrake. »Aber Ihr habt Recht. Jetzt ist nicht der Moment dazu.« Der Blick, den er Lancelot dabei zuwarf, machte deutlich, dass die Betonung auf dem Wort *jetzt* lag, aber er sagte nichts mehr, sondern setzte sich wieder und verschränkte demonstrativ die Hände vor sich auf der Tischplatte.
Lancelot richtete seinen Stuhl auf und ließ sich wieder darauf sinken. Er musste all seine Beherrschung aufwenden, um sich von Mandrake ab- und dem König wieder zuzuwenden.
»Zurück zum morgigen Tag«, fuhr Artus fort. »Ich habe den Hauptmann der Stadtwache bereits zu mir gebeten, um alles Notwendige mit ihm zu besprechen. Und auch wenn ich weiß, dass es viel verlangt ist, so möchte ich doch, dass Ihr alle Euch jetzt in Eure Gemächer zurückzieht und versucht noch einige Stunden zu schlafen. Es wird vielleicht für viele Tage das letzte Mal sein, dass wir Ruhe haben und Ihr werdet jede Minute bitter brauchen.«

Morgaine und Mordred hielten tatsächlich Wort und griffen am nächsten Morgen nicht an und es geschah sogar ein beinahe noch größeres Wunder: Lancelot fand noch einige Stunden Schlaf und wachte erst spät am Vormittag auf. Die Sonne stand schon hoch und durch das offene Fenster seines Zimmers drang ein dumpfes Raunen und Brausen herein, fast wie das Geräusch ferner Meeresbrandung. Er erwachte schlagartig und mit einem schlechten Gewissen und er sprang so schnell vom Bett hoch, dass ihm für einen kurzen Moment schwindelig wurde und er sich wieder zurücksinken lassen musste. Mit geschlossenen Augen zählte er bis zehn, erhob sich dann abermals und ging zum Fenster.

Der Burghof unter ihm hatte sich in einen wimmelnden Ameisenhaufen verwandelt. Zahllose Menschen liefen durcheinander, trugen Lasten, zäumten Pferde auf und waren mit tausend anderen Dingen beschäftigt und auf den Burgmauern herrschte ein solches Gedränge, dass es Lancelot wie ein Wunder vorkam, dass noch niemand von dem schmalen Wehrgang heruntergestürzt war. Er sah etliche Ritter zwischen den Männern unten, konnte über die große Höhe hinweg jedoch keine Gesichter erkennen. Dann glitt sein Blick nach Norden und sein Herz zog sich schmerzhaft zusammen.

Die Stadt bot ein ebenso hektisches Bild wie die Burg. Die Straßen schienen mit Menschen voll gestopft zu sein. Wohin er auch blickte, sah er Karren und Wagen, Männer, Frauen und Kinder, die unter schweren Lasten gebeugt gingen, aber auch viele, die wild durcheinander rannten, und weiter vorne am Tor schien ein regelrechter Tumult losgebrochen zu sein. Ganz offensichtlich hatte Artus den Befehl zur Evakuierung der Stadt bereits gegeben, und wie nicht anders zu erwarten, war daraufhin Panik ausgebrochen.

Lancelot blieb eine geraume Weile am Fenster stehen und sah auf das erschreckende Bild hinab, dann drehte er sich mit einem Ruck herum, nahm Helm, Schild und Waffengurt an sich und begann sie im Gehen anzulegen.

Sobald er die Tür öffnete und auf den Gang hinaustrat, schlug ihm aufgeregtes Stimmengewirr entgegen. Allein auf dem Weg nach unten begegneten ihm mindestens ein Dutzend Männer in heller Aufregung, die ihm allerdings respektvoll Platz machten, als sie seine Rüstung und den weißen Umhang erkannten, und draußen auf dem Hof blieb Lancelot beinahe in der Menschenmenge stecken, ehe es ihm gelang, sich bis zum Stall vorzuarbeiten.

Er brauchte nahezu eine halbe Stunde, bis er das nördliche Tor erreichte. Er hatte nur kurz mit dem Gedanken gespielt, dorthin zu reiten, den Stall aber praktisch sofort wieder verlassen und sich zu Fuß auf den Weg gemacht. Mit dem Einhorn wäre er vermutlich hoffnungslos in der Menschenmenge stecken geblieben, die die Straßen füllte, und selbst so war er mehr als einmal gezwungen, deutlich mehr als nur sanfte Gewalt anzuwenden, um sich seinen Weg zu bahnen. Obwohl der Morgen kühl war, war er in Schweiß gebadet, als er endlich die äußere Verteidigungsmauer erreichte und die schmale Treppe zum Wehrgang hinaufstieg.

Auch hier herrschte ein reges Kommen und Gehen. Artus' Soldaten waren während der Nacht nicht untätig gewesen. Überall auf dem teilweise überdachten Wehrgang standen jetzt Fässer für Öl oder Wasser und es wurden unentwegt Steine und andere Wurfgeschosse herbeigeschleppt, die man auf die Angreifer werfen konnte. Dazwischen war Sägen und Hämmern und Klopfen zu hören, was bedeutete, dass hastig zusätzliche Hürden errichtet oder Schießscharten in massive Bretter zwischen den Zinnen gesägt wurden. Unten an der Mauer war Lancelot an zwei schweren Katapulten vorbeigekommen, die sich noch im Aufbau befanden, sicherlich aber nicht die einzigen in ihrer Art waren, und wohin er auch blickte, stapelten sich buchstäblich Tausende von Pfeilen und Wurfspeeren. Artus rechnete vielleicht nicht damit, diesen Kampf gewinnen zu kön-

nen, aber er würde es den Angreifern ganz gewiss nicht leicht machen.
Dieser Gedanke tröstete Lancelot keineswegs. Er hatte bisher nur an einer einzigen richtigen Schlacht teilgenommen und die Erinnerung daran machte ihm noch heute zu schaffen. Früher, als er ein unbedeutender Küchenjunge gewesen war, da hatte er von Heldentaten geträumt, von heroischen Kämpfen und gewaltigen Siegen, aber die kurze Zeit, die er nun dieses andere Leben lebte, hatte ihm vor Augen geführt, wie leer all diese Worte waren und wie falsch alles, was er sich früher vorgestellt hatte. Hier würden bald Menschen sterben, viele Menschen, und die meisten von ihnen würden nicht einmal wissen, warum.
Er sah nur sehr wenige Ritter zwischen den in Kettenhemden und lederne Wämse gekleideten Männern, die hastig an ihm vorbeieilten oder mit Bauarbeiten beschäftigt waren. Vermutlich taten sie alle etwas deutlich Vernünftigeres als er und nutzten die verbleibende Zeit, um sich auszuruhen und Kraft für den bevorstehenden Kampf zu schöpfen. Aber er hatte einfach kommen müssen. So verrückt es klang: Er musste sich mit eigenen Augen davon überzeugen, dass die Geschehnisse der vergangenen Nacht real und nicht nur ein grässlicher Albtraum gewesen waren.
Er trat dichter an die Mauer heran und blickte nach Norden – es war kein Albtraum.
Die Hügel vor ihm waren schwarz vor Kriegern. Die zahllosen Fackeln und Feuer waren erloschen, sodass es nicht mehr aussah, als wäre das gesamte Land in Brand geraten, aber etwas hatte alle Farbe aus der Welt gewaschen. Zwei oder drei Meilen von Camelot entfernt, gerade einen Pfeilschuss abseits der Straße, begann das Lager der Pikten, das aus nur wenigen Zelten bestand.

Die meisten Krieger hatten sich einfach dort niedergelassen, wo sie gerade gestanden waren, und dort geschlafen. Er sah weder Pferde in nennenswerter Zahl noch schweres Belagerungsgerät – das hatte er bei einem barbarischen Gegner wie diesem auch nicht erwartet –, aber es waren ungeheuer viele. Sie hatten ihre Zahl in der Nacht nur schätzen können, aber vermutlich waren selbst Artus' schlimmste Befürchtungen noch untertrieben. Lancelot war nie gut darin gewesen, mit Zahlen umzugehen oder Mengen zu schätzen, aber es mussten fünf- bis sechstausend Krieger sein, die auf der Ebene lagerten, und das war nur der Teil des Heeres, der sich auf *dieser* Seite der Hügel befand.
Wie viele Verteidiger würden ihnen bleiben? Lancelot wusste nicht, wer von den Männern Artus' Angebot annehmen und mit den Einwohnern die Stadt verlassen würde. Aber selbst im besten Fall blieben nur eine Hand voll, verglichen mit dieser ungeheuren Menge, die dort draußen lagerte. Einige hundert, wenn sie Glück hatten.
Und plötzlich wurde Lancelot klar, wie vollkommen sinnlos ihre Situation war, wie absurd Artus' Entschluss. Es hatte nichts mehr mit Heldentum oder Ehre zu tun, sich diesem Heer zu stellen. Es war glatter Selbstmord! Der Ausgang dieser Schlacht stand schon fest, bevor sie auch nur begonnen hatte. Sie würden verlieren. Sie mussten verlieren. Das einzig Ungewisse war die Zahl der Toten, die auf beiden Seiten zurückbleiben würden.
War er gestern Abend noch im Zweifel gewesen und hatte vielleicht geglaubt, dass Artus gute Gründe für seinen Entschluss haben mochte, so wurde ihm plötzlich klar, dass er dieses vollkommen sinnlose Blutbad verhindern musste. Um jeden Preis. Er trat wieder von der Brüstung zurück und sah sich um. Er konnte Artus nirgendwo entdecken, sah dafür aber Sir Leodegranz

und erfuhr von ihm, dass der König schon seit einer Stunde hier draußen auf der Mauer war und sich im Moment in einem der beiden mächtigen Tortürme aufhielt, um die Vorbereitungen zu überwachen. Mit einiger Mühe arbeitete sich Lancelot bis dorthin vor und entdeckte den König inmitten einer Versammlung von Handwerkern und Arbeitern, die dreinsahen, als hätte er gerade etwas vollkommen Unmögliches von ihnen verlangt.

Lancelots Anblick ließ ihn mitten im Wort abbrechen und mit einem Lächeln auf ihn zueilen.

»Lancelot!«, begrüßte er ihn. »Ihr wisst nicht, wie froh ich bin, Euch zu sehen! Keiner dieser Dummköpfe scheint den Ernst der Lage auch nur annähernd zu begreifen!«

»Habt Ihr von ihnen verlangt, bis heute Abend eine doppelt so hohe Festungsmauer zu bauen?«, fragte Lancelot.

Artus lächelte flüchtig. »Jedenfalls führen sie sich auf, als hätte ich es«, antwortete er, dann wurde er wieder ernst. »Ihr habt Euch also entschieden zu bleiben?«

»Habt Ihr daran gezweifelt?«

»Natürlich nicht«, antwortete Artus. »Dennoch freut es mich, Euch zu sehen. Ich hoffe, Ihr habt wenigstens ein paar Stunden Ruhe gefunden.«

Lancelot antwortete nicht darauf, er hatte den König nicht gesucht, um mit ihm zu plaudern. Statt also zu antworten, sah er sich rasch nach beiden Seiten um und sagte dann mit gesenkter Stimme: »Ich muss mit Euch reden. Allein.«

»Ich auch«, sagte Artus. Ohne ein weiteres Wort ergriff er ihn am Arm, drehte ihn mit sanfter Gewalt herum und führte ihn aus dem Turm zurück zur Treppe. Artus ging voraus und sah sich nach einem Ort um, an dem sie in Ruhe reden konnten. Auf den ersten Blick schien es keinen zu geben. Vor dem weit offen stehenden Stadttor drängten sich die Menschen, die in Panik versuchten die Stadt zu verlassen und sich dabei gegenseitig behinderten, und auch hier herrschte ein heilloses Durcheinander. Schließlich deutete Artus auf eines der beiden großen Katapulte, die in schrägem Winkel hinter dem Turm aufgebaut waren. Eine doppelte Reihe von Soldaten schirmte die schwere Steinschleuder ab. Dahinter gab es zumindest genug Platz, um sich nicht gegenseitig auf die Zehen zu treten.

»Ich habe noch einmal über alles nachgedacht, Artus«, begann Lancelot und Artus nickte und unterbrach ihn:

»Ich auch. Wegen vergangener Nacht, Lancelot – ich bitte Euch, Sir Mandrakes Ausbruch nicht zu persönlich zu nehmen. Er ist nervös wie wir alle und er hat genauso viel Angst wie wir. Aber er ist viel zu stolz, um es zuzugeben.«

»Deshalb wollte ich nicht –«

Erneut unterbrach ihn Artus: »Ich versichere Euch, Lancelot, dass Ihr mein vollstes Vertrauen genießt. Und gerade deshalb möchte ich Euch bitten, für Gwinneths Sicherheit zu sorgen.«

Lancelot starrte ihn an. »Mylord?«

»Ich weiß, was ich von Euch verlange«, sagte Artus ernst. »Gwinneth und eine Hand voll ausgesuchter Männer meiner Leibgarde werden noch in dieser Stunde Camelot verlassen. Und ich möchte, dass Ihr sie begleitet.«

»Ich glaube nicht, dass das eine gute Idee ist«, wehrte Lancelot hilflos ab. Artus hatte es schon wieder geschafft, ihn nicht nur zu überraschen, sondern ihn aus dem Konzept zu bringen. Manchmal war es, als lese Artus seine Gedanken.

»Es ist vermutlich die beste, die ich je hatte«, behauptete Artus. »Ihr wisst, dass die Stadt fallen wird. Nicht heute, nicht morgen, vielleicht nicht einmal in drei oder vier Tagen. Aber sie wird fallen. Und mit einiger Wahrscheinlichkeit ich auch. Jemand muss da sein, um Gwinneth zu beschützen. Ich wüsste keinen, der besser dazu geeignet wäre als Ihr.«

»Ich glaube nicht, dass Camelot auf mein Schwert verzichten kann«, meinte Lancelot, fast verzweifelt um eine Ausrede bemüht.

Artus nickte. »Ich weiß, wie bitter es uns fehlen wird«, sagte er. »Aber noch wichtiger als in Camelot ist es, an Gwinneths Seite zu sein. Macht Euch nichts vor – Mordred wird es nicht dabei bewenden lassen, Camelot zu erobern. Er wird Euch jagen und er wird vor allem Gwinneth jagen.« Er sah, dass Lancelot erneut dazu ansetzte, zu widersprechen, und schüttelte energisch den Kopf. »Das ist mein letzter Befehl an Euch, Sir Lancelot«, sagte er. »Ich will, dass Ihr die Königin aus der Stadt und an einen sicheren Ort bringt. Verbergt Euch, so lange Ihr könnt, und wartet auf Nachricht aus Camelot. Sollte ein Wunder geschehen und wir überleben, dann kommt Ihr zurück. Wenn ich falle, liegt es bei Euch, Gwinneth zu beschützen.«

Lancelot konnte diesen Befehl nicht verweigern. Und im Grunde wollte er es ja auch nicht. Er wollte nichts mehr als fortgehen und Gwinneth mitnehmen und Camelot, die Stadt und die Burg und Artus und all seine Ritter hinter sich lassen und niemals wieder sehen. Wäre es nur ein bisschen anders gewesen, er hätte nicht gezögert zusammen mit ihr zu fliehen und sie wohl auch nicht ihn zu begleiten. Aber der Umstand, dass Artus Gwinneth in seinen Schutz entließ, machte es ihm völlig unmöglich, ihn zu hintergehen. Vielleicht, dachte er, war es an der Zeit, Artus die Wahrheit zu sagen. Vermutlich würde Artus ihn töten, und wenn nicht das, dann würde er ihn zumindest mit Schimpf und Schande aus der Stadt jagen, aber all das erschien ihm plötzlich besser, als weiter mit dieser Lüge und dem Schmerz leben zu müssen, die beide mit jedem Tag größer und unerträglicher wurden.

Gerade als er fast so weit war, seine Gedanken in die Tat umzusetzen, sah Artus auf und runzelte die Stirn, und als Lancelot sich herumdrehte und seinem Blick folgte, sah er niemand anderen als den Anlass dieses letzten Befehles inmitten der Menschenmenge hoch zu Ross näher kommen.

Gwinneth trug ein einfaches, aus schwerem Baumwollstoff gewebtes Kleid, das nicht königlich, aber für den langen Ritt, den sie vorhatten, sehr praktisch war. Sie ritt nicht im Damensattel, sondern wie ein Mann, weit nach vorne gebeugt und mit großem Können. Lancelot erschrak, als er das Tier erkannte, auf dem sie saß. Es war keines von Artus' Schlachtrössern, sondern das Einhorn. Er hatte niemals erlebt, dass dieses Tier einen anderen als ihn im Sattel geduldet hätte. Mehr als ein Stallknecht hatte sich schon eine gebrochene Rippe und reichlich blaue Flecken eingehandelt und mehr als ein Ritter hätte um ein Haar ein paar Finger bei dem Versuch verloren, nach dem Zaumzeug zu greifen. Gwinneth jedoch schien nicht die geringste Mühe zu haben, das Fabelwesen zu reiten.

Aber sie war ja auch von allen hier in Camelot die Einzige, die wusste, worum es sich bei dem Tier wirklich handelte. Für alle hier war es nichts anderes als ein Pferd. So wie die Zauberrüstung Lancelots wahre Identität verschleierte, so verbarg ein anderer, vielleicht noch geheimnisvollerer Zauber das handlange gedrehte

Horn, das aus der Stirn des Tieres wuchs, vor den Blicken aller, außer vor denen Lancelots – und eben Gwinneths.

Und Artus?, flüsterte eine Stimme hinter seiner Stirn. Lancelot musste sich eingestehen, dass er sich diese Frage niemals gestellt hatte. Wenn Gwinneth und er das Tier so sahen, wie es wirklich war – warum eigentlich nicht auch Artus? Immerhin war er auch in diesem Punkt wie sie – nicht wirklich ein Mensch, sondern ein Elb, der nur in die Gestalt eines Menschen geschlüpft war. Mit dem einen Unterschied, dass Gwinneth und er zwar auf der Tir Nan Og geboren waren, aber auf dieser Seite der Wirklichkeit gelebt hatten und von Menschen großgezogen worden waren, während Artus – zumindest vermutete Lancelot dies – tatsächlich in Avalon aufgewachsen und erst später in die Welt der Menschen gekommen war.

Artus' Gesicht verfinsterte sich weiter. »Was hat das zu bedeuten?«, murmelte er und eilte Gwinneth entgegen. Lancelot folgte ihm.

Sie kam schnell näher. Jedes andere Pferd wäre in der Menschenmenge hoffnungslos stecken geblieben, aber das Einhorn fand seinen Weg so mühelos, wie es ihn auch durch den dichtesten Busch und das unwegsamste Gelände fand. Schon nach wenigen Augenblicken war Gwinneth heran und schwang sich mit einer kraftvollen Bewegung aus dem Sattel.

Artus gab ihr gar keine Gelegenheit, irgendetwas zu sagen, sondern herrschte sie in scharfem Ton an: »Was tust du hier? Du solltest längst auf dem Weg zum Osttor sein!«

»Ja, ich habe gehört, dass du diesen Befehl erteilt hast«, antwortete Gwinneth. »Aber ich habe nicht vor, ihn zu befolgen.«

»Was soll das heißen?« Artus schrie fast, aber weder sein Ton noch die Wut auf seinem Gesicht schienen Gwinneth auch nur im Mindesten zu beeindrucken.
»Ich verlasse Camelot nicht«, beharrte sie. »Nicht ohne dich.«
»Unsinn!«, sagte Artus. »Du wirst tun, was ich dir befehle! Ihr werdet die Stadt verlassen!«
»Ich bleibe«, meinte Gwinneth unbeirrt. »Hast du schon vergessen, was wir uns gegenseitig am Altar geschworen haben? Du –«
»Du wirst tun, was ich dir sage«, ordnete Artus an. »Du wirst die Stadt verlassen. Das ist kein Wunsch, das ist ein Befehl.« Er drehte sich mit einem Ruck zu Lancelot um. »Sir Lancelot, Ihr seid persönlich dafür verantwortlich, dass die Königin noch in dieser Stunde die Stadt verlässt und nicht zurückkommt, bevor alles vorbei ist.«
»Nein!«
Artus blinzelte und auf seinem Gesicht erschien ein Ausdruck, als könne er nicht glauben, was er soeben vernommen hatte. Gwinneths Stimme war nicht sehr laut gewesen, aber es lag eine Entschlossenheit darin, wie Lancelot sie noch nie gehört hatte – und Artus wohl auch nicht. Er legte die linke Hand auf den Schwertgriff und starrte Gwinneth an.
»Was hast du gesagt?«
»Nein!«, wiederholte Gwinneth. Diesmal sprach sie lauter; Lancelot war sicher, ganz *bewusst* so laut, dass alle Umstehenden sie hören mussten. Er empfand fast so etwas wie Entsetzen. Gwinneth schien den Verstand verloren zu haben, sich Artus nicht nur zu widersetzen, sondern es in aller Öffentlichkeit zu tun und ihn vor den Augen seiner Männer zu einer Machtprobe herauszufordern. Selbst wenn es noch die Spur einer Hoffnung gegeben hätte, dass Artus seine Meinung änderte,

hatte sie ihm jetzt jede Möglichkeit dazu genommen. War ihr das denn nicht klar?

Anscheinend nicht, denn Gwinneth kam einen Schritt näher, straffte die Schultern und sah Artus so herausfordernd an, dass sie ihm ebenso gut ins Gesicht hätte schlagen können. »Ich werde Camelot nicht verlassen«, sagte sie ganz ruhig. »Weder allein noch in Begleitung Lancelots, noch in der eines anderen Ritters. Ich bleibe hier. Da, wo ich hingehöre. Bei meinem Gemahl und bei meinem Volk.«

»Dir ist anscheinend nicht klar –«, begann Artus, brach dann ab und biss sich auf die Unterlippe. In seinem Gesicht arbeitete es. Lancelot konnte sich nicht erinnern, ihn jemals so verstört und unentschlossen gesehen zu haben wie in diesem Moment. »Dann lässt du mir keine andere Wahl, als dich dazu zu zwingen«, sagte er leise.

Gwinneths Gesicht blieb unbewegt, als sie nickte. »Dann musst du das tun«, sagte sie. »Lass die Bürger Camelots sehen, wie ihre Königin in Ketten aus der Stadt geschafft wird. Denn anders wird es nicht gehen.«

Artus' Gesicht war wie aus Stein. Nicht einmal seinem Blick war jetzt noch irgendeine Regung anzusehen. »Begib dich in deine Gemächer«, befahl er kalt. »Du wirst sie nicht verlassen, bevor ich es dir gestatte, und mit niemandem reden. Sir Lancelot – Ihr begleitet die Königin.«

Lancelot war von dem Auftritt, dessen Zeuge er gerade geworden war, so überrascht, dass er einige Augenblicke benötigte, um überhaupt zu begreifen, dass die Worte ihm galten. Dann aber nickte er hastig und wollte sich mit schnellen Schritten in Bewegung setzen, aber in diesem Moment sagte eine laute und eindeutig höhnische Stimme hinter ihnen:

»Das nennt man, glaube ich, den Bock zum Gärtner machen – zumindest im Volksmund.«
Artus und Lancelot fuhren herum und weder er noch der König waren sonderlich überrascht, Sir Mandrake hinter sich zu sehen. Er hatte sich ihnen lautlos genähert und war offensichtlich Zeuge eines Großteils des Gespräches geworden. Lancelot glaubte an keinen Zufall. Er war mittlerweile fast sicher, dass Sir Mandrake entweder ihn oder Gwinneth auf Schritt und Tritt verfolgte.
»Was erdreistet Ihr Euch?«, fuhr ihn Artus an.
Mandrake zeigte sich durch die Schärfe dieser Worte nicht sonderlich beeindruckt. Ganz im Gegenteil: Das spöttische Lächeln auf seinen Lippen wurde eher noch boshafter.
»Nichts als das, was mein Gewissen mir vorschreibt, Sire«, sagte er – wobei das Wort *Sire* aus seinem Mund eher abfällig als ehrerbietig klang. »Ich bin –«
»Genug!« Jetzt schrie Artus wirklich. Mandrake verstummte mitten im Wort und sah vollkommen überrascht drein. Lancelot begriff, dass er sich seiner Sache so sicher gewesen sein musste, dass er mit einem derartigen Wutausbruch des Königs nicht gerechnet hatte.
»Aber Mylord, ich wollte doch nur –«, begann er, wurde aber erneut von Artus unterbrochen.
»Ich weiß, was Ihr wolltet, Sir Mandrake«, behauptete Artus. »Es steht im Moment nicht zur Debatte. Wir werden zu gegebener Zeit klären, was an Euren Vorwürfen dran ist und was nicht.«
»Warum fragt Ihr nicht Eure Gemahlin, Mylord?«, verteidigte sich Mandrake.
Diesmal schwieg Artus und sein Gesicht verlor deutlich an Farbe. Auch Lancelot konnte spüren, wie er blass wurde, während Gwinneth ein halb ersticktes Keuchen

ausstieß und erschrocken die Hand zum Mund hob. Das war ungeheuerlich. Mandrake bezichtigte Gwinneth unverblümt und in aller Öffentlichkeit der Untreue und das war keine Kleinigkeit. Vielleicht hatte er es selbst nicht einmal beabsichtigt, denn er sah aus wie jemand, dem gerade etwas herausgerutscht war, worüber er selbst nicht sehr glücklich sein konnte, aber er hatte den Zwist zwischen Lancelot und sich damit auf eine andere, viel ernstere Ebene gehoben. Selbst wenn Artus es gewollt hätte, er hätte diese offene Provokation nicht mehr einfach hinnehmen können. Es waren Worte, die – noch dazu in aller Öffentlichkeit ausgesprochen – nur mit Blut gesühnt werden konnten. Ganz egal wie dieser Streit auch endete, einer von ihnen würde ihn nicht überleben: Lancelot oder Mandrake.

Aber Artus überraschte sie erneut. Er wurde weder zornig noch zog er sein Schwert, um Sir Mandrake für diese ungeheuerliche Beleidigung sofort zur Rechenschaft zu ziehen. Er ließ auch nicht Mandrake oder – was das Naheliegendste gewesen wäre, ihn, Lancelot, und Gwinneth, also alle Beteiligten an dieser unseligen Geschichte, auf der Stelle festnehmen und in Ketten legen, er nahm ganz im Gegenteil die Hand vom Schwert, presste die Lippen zu einem dünnen Strich zusammen und fuhr mit erstaunlich gefasster Stimme fort: »Ich hoffe, Ihr seid Euch über die Schwere der Anschuldigung im Klaren, die Ihr hier vorbringt, Sir Mandrake. Aber egal wie schwer sie auch sein möge, im Moment ist nicht die richtige Zeit, darüber zu reden. Camelot steht vor dem Untergang. Sobald der Kampf vorüber ist, werdet Ihr Gelegenheit bekommen, Eure Anschuldigungen vor einem offiziellen Gericht vorzubringen und zu beweisen. Bis dahin verbiete ich Euch, auch nur noch ein einziges weiteres Wort über diese Sache zu verlieren oder irgendetwas zu tun, was nichts mit der Verteidigung der Stadt zu tun hat. Habt Ihr mich verstanden?«

Mandrake nickte knapp. Er sagte nichts.

»Dann verlasse ich mich auf Euer Wort, Euer Schwert so treu und zuverlässig wie immer an meiner Seite zu finden, wenn der Feind zum Sturm auf die Stadt ansetzt«, fuhr Artus fort. »Und auch an der Lancelots, wenn es sein muss – so wie auf sein Wort, auch für Euch einzustehen, sollte es sich als notwendig erweisen.«

Auch Lancelot nickte und Artus, der keine andere Antwort erwartet zu haben schien, machte eine auffordernde Geste in Mandrakes Richtung. »Ihr werdet die Königin zurück in die Burg begleiten«, sagte er. »Ihr seid mir persönlich dafür verantwortlich, dass sie in ihre Gemächer geht und auch dort bleibt. Danach erwarte ich Euch hier.«

Gwinneth stieß ein ungläubiges Keuchen aus und wollte widersprechen, aber Lancelot warf ihr einen fast flehenden Blick zu und sie besann sich im letzten Moment eines Besseren, drehte sich auf dem Absatz herum und war mit zwei schnellen Schritten zurück bei ihrem Reittier. Das Einhorn scheute, als sie sich mit einer zornigen Bewegung auf seinen Rücken schwang und die Zügel knallen ließ, und Sir Mandrake musste sich beeilen, um zu ihr aufzuschließen und Artus' Befehl nachzukommen. Auch Lancelot wollte sich entfernen, aber Artus hielt ihn mit einer herrischen Geste zurück.

»Bleibt!«, sagte er. Lancelot verharrte gehorsam mitten in der Bewegung und Artus ging mit ruhigen Schritten zurück zur Treppe, die hinauf zum Wehrgang führte. Rasch eilte er einige Stufen nach oben, blieb auf halber Höhe stehen und wartete, bis Lancelot nachgekommen war.

»Mylord, ich versichere Euch, dass mir dieser Vorfall unendlich –«, begann Lancelot.
Artus unterbrach ihn mit einem Kopfschütteln. »Ich will nichts von Euch hören, Sir Lancelot«, sagte er – und allein die Wahl seiner Worte ließ Lancelot einen eisigen Schauer über den Rücken laufen. Etliche Sekunden standen sie nur da und starrten aneinander vorbei ins Leere, und als Artus endlich weitersprach, war seine Stimme kaum mehr als ein Flüstern und er sah Lancelot nicht an.
»Nur eine einzige Frage, Lancelot«, sagte er. »Und ich bitte Euch, sie mir wahrheitsgemäß zu beantworten. Ihr habt nichts zu befürchten. Egal wie diese Antwort ausfällt. Darauf habt Ihr mein Wort.«
Lancelots Herz begann zu klopfen. »Welche Frage, Mylord?« Als ob er sie nicht selbst wüsste!
Wieder vergingen einige Augenblicke, bevor Artus die Kraft fand, zu reden. »In jener Nacht im Wald«, sagte er. »An dem Morgen, nachdem Ihr Gwinneth aus Morgaines Gewalt befreit hattet, da hat Mandrake Euch im Wald gefunden. Arm in Arm.«
»Das ist wahr«, gestand Lancelot.
Die Dunkelheit in Artus' Augen nahm zu, auch wenn er Lancelot immer noch nicht direkt ansah. »Sagt mir, dass nichts passiert ist«, murmelte er. »Sagt mir, dass nichts zwischen Euch war. Dass Sir Mandrake nicht Recht hat.«
Das also war es, dachte Lancelot. Wieso war er eigentlich überrascht? Hatte er wirklich geglaubt, dass Mandrake dieses Geheimnis für sich behalten würde? Wenn, dann war er noch naiver, als er ohnehin selbst schon von sich dachte. »Ich gebe Euch mein Wort, dass nichts zwischen uns vorgefallen ist«, beruhigte er. »Weder in dieser Nacht noch davor.«

»Wie gerne würde ich Euch glauben«, sagte Artus. »Aber Sir Mandrake hat mich noch nie belogen.«

»Und das hat er auch jetzt nicht«, bestätigte Lancelot. »Er hat die Situation missgedeutet, das ist alles.«

»Was ist daran misszudeuten, einen jungen Mann und eine junge hübsche Frau halb nackt, eng umschlungen im Wald schlafend vorzufinden?«

»Die Nacht war sehr kalt«, sagte Lancelot. »Lady Gwinneth hat furchtbar gefroren. Sie hatte nur das dünne Kleid und ich nur meine Rüstung, und Eisen ist ein guter Schutz gegen Schwerter und Speere, aber es eignet sich nicht besonders zum Wärmen. Ich habe Lady Gwinneth in den Arm genommen, das ist wahr, aber nur um sie zu wärmen, aus keinem anderen Grund. Sir Mandrake hat uns überrascht, während wir noch schliefen. Hätte er auch nur ein einziges Wort gesprochen, hätte ich dieses Missverständnis aufgeklärt.«

Artus starrte ihn an. Sekundenlang blieb sein Gesicht jene undurchdringliche Maske, die es die ganze Zeit über gewesen war, und auch die Dunkelheit hielt das Leben in seinem Blick noch weiter gefangen. Doch dann atmete er unendlich erleichtert auf. »Ich danke Euch für Eure Offenheit, Sir Lancelot«, sagte er. »Ich glaube Euch. Und ich entschuldige mich bei Euch und auch bei Gwinneth, dass ich Euch auch nur eine Sekunde lang misstrauen konnte.«

»Da gibt es nichts zu entschuldigen«, sagte Lancelot. »Die Umstände sprachen gegen uns. Es war nicht schicklich, dass ich –«

»– versucht habt Eure zukünftige Königin zu wärmen?« Artus lachte. »Seid nicht albern. Jeder Bauernknecht würde das für seine Herrin tun und sie würde es von ihm verlangen. Nein, ich fürchte, ich muss mich bei Euch entschuldigen. Und wenn Sir Mandrake die

Wahrheit erfährt, dann wird auch er Euch Abbitte leisten – und erst recht Gwinneth. Und jetzt lasst uns nicht weiter über diesen hässlichen Zwischenfall reden. Wir haben wahrlich andere Sorgen.«

Die Pikten hielten nicht Wort. Sie warteten zwar ab, bis der Strom der Flüchtlinge, der sich durch die weit offen stehenden Stadttore ergoss, immer weniger wurde und schließlich ganz aufhörte, und wie Lancelot später erfahren sollte, hatte es nicht einen einzigen Angriff auf den Flüchtlingstross oder auf einen Nachzügler gegeben. Aber sie gewährten Artus nicht die versprochene Frist bis zum nächsten Morgen, sondern griffen an, kaum dass sich die Stadttore hinter dem letzten Wagen geschlossen hatten.
Es begann wie das Geräusch eines noch fernen, aber machtvollen Gewitters. Im ersten Moment war dem gewaltigen Heer, das auf den Hügeln gegenüber von Camelot lagerte, nicht einmal wirklich eine Veränderung anzusehen, vielleicht weil seine Masse einfach zu groß war, um dem Auge wirklich Halt zu bieten. Aber Lancelot hörte ein sonderbares Rauschen und Rumoren, einen Laut, der ihm einen eisigen Schauer über den Rücken laufen ließ – so als wären hinter dem fernen Horizont Berge ins Rutschen geraten. Erst dann sah er, dass sich ein Teil der gewaltigen Heeresmasse in Bewegung gesetzt hatte und mit täuschender Langsamkeit den Hang herabkam, wobei er in weitere, kleinere Teile zerfiel, wie eine schwarze Eisscholle, die eine Klippe herabglitt und dabei in Stücke zerbrach.
»Sie kommen!«, sagte Parzifal, der rechts neben ihm stand.
Statt zu antworten klappte Lancelot das Visier seines Helmes hoch und fuhr sich nervös mit dem Hand-

rücken über das Gesicht. Wie alle anderen – einschließlich Artus – war er vor einer guten Stunde hier heraufgekommen und hatte hinter den Zinnen unweit des Nordtores Position bezogen; dort, wo sie den ersten und vermutlich schlimmsten Ansturm erwarteten. Mordred und Morgaine Le Faye hatten genug Truppen zur Verfügung, um Camelot gleichzeitig von allen Richtungen zu bestürmen, aber Artus war zu dem Schluss gekommen, dass sie höchstwahrscheinlich hier angreifen würden und auch nur mit einem Teil ihres Heeres, und Lancelot verstand zu wenig von Strategie und Kriegsführung, um ihm widersprechen zu können. Und wie es aussah, hatte Artus Recht.

»Aber warum sind es so wenige?«, murmelte einer der Männer zu seiner Linken nervös.

»Wenige?« Parzifal lachte ohne die geringste Spur von Humor. »Es sind fünf- oder sechshundert – mindestens. Wartet ab, bis sie hier sind, und wir reden noch einmal über die genaue Bedeutung des Wortes *wenige*.«

Auch Lancelot war bei seiner flüchtigen Schätzung der Anzahl der Krieger, die sich aus dem Heer gelöst hatten und auf Camelot losmarschierten, auf etwa dieselbe Größenordnung gekommen. Fünf- oder sechshundert waren tatsächlich wenige im Vergleich zu der Masse an Kriegern, die Mordred zur Verfügung standen – dennoch aber gut dreimal so viele Männer, wie Artus geblieben waren, um die Stadt zu verteidigen. Unerwartet viele Soldaten und Angehörige der Stadtgarde, ja selbst etliche Mitglieder von Artus' persönlicher Leibwache, hatten sich dem Flüchtlingstross angeschlossen und die Stadt verlassen. Artus hatte es ohne den geringsten Kommentar zur Kenntnis genommen und Lancelot vermutete, dass er es keinem dieser Männer wirklich übel nahm, einen Moment der Feigheit dem sicheren Tod

vorzuziehen – zumal etliche von ihnen wohl hauptsächlich mitgegangen waren, um ihre Familien und Freunde zu schützen, die sich bei dem Tross der Fliehenden befanden.
Die fünf Teile, in die der näher kommende Trupp zerfallen war, zogen sich langsam weiter auseinander und nahmen Kurs auf das Tor, die beiden mächtigen Ecktürme und die zwei Mauerabschnitte dazwischen. Lancelot hatte seinen Schild neben sich gegen die Brüstung gelehnt. Jetzt nahm er ihn wieder auf, befestigte die Riemen sorgsam am linken Arm und klappte das Helmvisier herunter, ehe er nach seinem Schwert griff, um es aus der Scheide zu ziehen. Erst dann wurde ihm klar, wie unsinnig diese Bewegung zum jetzigen Zeitpunkt war, und er zog die Hand fast erschrocken wieder zurück und sah sich rasch nach rechts und links um. Aber niemand schien Notiz davon genommen zu haben. Wie auch? Er war gewiss nicht der Einzige hier, der nervös war, und auch nicht der Einzige, der schlicht und einfach Angst hatte.
Die Zeit schien stehen zu bleiben. Die Pikten näherten sich Camelot jetzt bedeutend langsamer und hielten schließlich ganz an. Dann teilte sich jeder Trupp noch einmal in zwei kleinere Einheiten, von denen die erste plötzlich losstürmte, während die zweite, kleinere aus Bogenschützen bestand, die ihre Sehnen spannten und die erste Salve ihrer tödlichen Geschosse fliegen ließ.
Lancelot duckte sich hinter die Brüstung aus fast meterdickem Stein, aber auch diese Reaktion war verfrüht – nicht ein einziger Pfeil kam der Mauer auch nur nahe. Für einen kurzen Moment schienen Hunderte von schlanken tödlichen Geschossen den Himmel zu verdunkeln, aber sie senkten sich in einem weit gestreckten Bogen lange vor dem Ziel wieder und bohrten sich ins

Gras oder den Morast, in den zahllose Wagenräder und Füße die nach Norden führende Straße verwandelt hatten. Die Bogenschützen verschwendeten keine weitere Pfeilsalve mehr, sondern rückten näher und Lancelot richtete sich wieder etwas auf, um nach den heranstürmenden Fußtruppen Ausschau zu halten.

Er erschrak, als er sah, wie nahe sie in wenigen Augenblicken gekommen waren. Die Vordersten hatten die Straße schon fast erreicht und würden binnen einer Minute am Fuße der Mauer sein und nicht wenige von ihnen schleppten hastig zusammengezimmerte Leitern mit sich, die anderen hatten Wurfanker dabei, auch Speere und Bolzenschleudern, um die Verteidiger in Schach zu halten, während ihre Kameraden die Klettergerüste an die Mauern legten.

»Jetzt!«, erscholl Artus' Stimme von der Höhe des Torturmes herab und nun schossen Camelots Bogenschützen ihre Pfeile ab.

Fast jedermann hier auf den Zinnen hatte einen Bogen oder eine Armbrust dabei, zusätzlich zu den diversen Nahkampfwaffen, mit denen sie ausgerüstet waren, und das Ergebnis ihrer Salve war verheerend. Für einen Moment war das Peitschen der Bogensehnen und das Sirren der Geschosse so laut, dass es jedes andere Geräusch zu verschlucken schien, dann wehte von unten ein Chor gellender Schmerzensschreie zur Mauer herauf. Die meisten Geschosse gingen fehl, doch bei einer so gewaltigen Anzahl von Pfeilen waren auch *wenige* immer noch viele. Und Lancelot erlebte gleich bei diesem allerersten Schlagabtausch der ungleichen Heere den Unterschied zwischen einer Gruppe undisziplinierter, wilder Barbaren und einem hochtrainierten Heer, wie es Artus sein Eigen nannte. Anders als die Pikten schossen Camelots Bogenschützen nicht wild

und bauten einfach darauf, durch die schiere Masse ihrer Pfeile schon irgendein Ziel zu treffen, sondern beschränkten den Beschuss auf den Barbarentrupp, der sich dem Tor näherte.
Die Wirkung war katastrophal. Von den sechzig oder siebzig Kriegern fielen zwanzig und der Rest stob in wilder Panik auseinander und war plötzlich kein angreifendes Heer mehr, sondern nur noch ein flüchtender Mob, dessen Mitglieder sich nur zu oft gegenseitig niedertrampelten und von den Füßen rissen. Es verging nur ein Augenblick, bis eine zweite, noch genauer gezielte Pfeilsalve auf die Überlebenden des unglückseligen Grüppchens herabschoss und sie fast zur Hälfte auslöschte.
Lancelot war so fassungslos von dem, was er sah, dass er für einen Moment fast die Gefahr vergaß, in der er selbst schwebte, ja sogar Hoffnung schöpfte, sie könnten den Angriff weiter auf so leichte Art abwehren – ein Trugschluss, der ihn fast das Leben gekostet hätte.
Auch wenn nur Augenblicke vergangen waren, diese kurze Zeit hatte den piktischen Bogenschützen gereicht, ihrerseits in Schussweite zu gelangen, und nun erklang das Peitschen der Bogensehnen und das Sirren der Geschosse auf beiden Seiten der Mauer. Links und rechts von Lancelot erschollen gellende Schmerzensschreie, als drei oder vier Pfeile mit fast unheimlicher Präzision ihr Ziel trafen und sich knirschend durch Brüstungen und lederne Brustharnische bohrten, und nur eine Handbreit entfernt schrammte die eiserne Spitze eines Pfeiles Funken sprühend am Stein entlang. Ein zweites Geschoss zerbrach klappernd an der Brüstung direkt vor ihm und Lancelot ließ sich hastig wieder zurücksinken. Auch die übrigen Männer gingen in Deckung und auf der anderen Seite der Mauer ertön-

te ein aus hundert Kehlen geschmetterter Jubelruf, als die erwartete dritte Salve der Verteidiger ausblieb und sich die Pikten der Stadt ungehindert weiterhin nähern konnten.
Aber die Überraschung der Männer auf den Zinnen hielt nur einen Moment. Die Bogenschützen richteten sich vorsichtig wieder auf und schossen nun einzeln und gezielter, stets darauf bedacht, in Deckung zu bleiben und den Gegnern ein möglichst kleines Ziel zu bieten, und für gute zehn Minuten nahm der Kampf geradezu gespenstische Züge an, denn es war kein Feind zu sehen. Kein Angreifer versuchte über die Zinnen zu klettern, nur das unablässige Surren und Zischen der Pfeile erfüllte die Luft und dann und wann ein Schmerzensschrei, wenn eines der Geschosse sein Ziel traf und einen weiteren Verteidiger ausschaltete. Dann prallte irgendetwas mit einem dumpfen Krachen gegen das Tor tief unter ihnen und nur ein kleines Stück links von Lancelot erschien eine Leiter über den Zinnen, die in gefährlich steilem Winkel an die Mauer angelehnt worden war. Sofort sprangen zwei oder drei Männer hinzu und versuchten sie umzuwerfen, wurden aber von einem ganzen Pfeilhagel zurückgetrieben, mit dem die piktischen Bogenschützen die Zinnenkrone eindeckten. Eine zweite und dritte Leiter erschien in den Lücken zwischen den Zinnen und der Pfeilhagel nahm noch zu, als die Pikten unten vor der Mauer versuchten ihre Kameraden zu decken, die die Sturmleitern emporkletterten. Mit einem hellen Klappern prallte ein roh geschmiedeter Enterhaken gegen die Mauer vor Lancelot, wurde zurückgezogen und fraß sich knirschend in einer Fuge fest. Das Seil, das daran befestigt war, summte wie die straff gespannte Saite einer Laute. Überall rings um ihn herum peitschten noch immer die Bogensehnen,

aber immer mehr Männer ließen jetzt ihre Bogen sinken und griffen nach Schwertern, Speeren und Keulen, um für den erwarteten Ansturm gewappnet zu sein.
Auch Lancelot zog sein Schwert, hieb wuchtig nach dem Enterhaken und registrierte voll grimmiger Zufriedenheit, wie die Klinge das mehr als fingerdicke Eisen wie einen trockenen Halm durchschnitt. Der Rest verschwand in der Tiefe und von der anderen Seite der Mauer erscholl ein kurzer, plötzlich abbrechender Schrei. Dem ersten Wurfanker folgten unmittelbar darauf ein zweiter und dritter, die Lancelot zwar auf die gleiche Weise kappte, was dem Ansturm aber kein bisschen an Wucht nahm. Immer mehr Leitern wurden gegen die Mauer gelehnt und der Himmel begann sich unter dem Hagel aus Pfeilen zu verdunkeln, der auf die Verteidiger herabprasselte. Nicht wenige Geschosse waren zu kurz gezielt und fielen knapp außerhalb der Mauer herab und Lancelot nahm an, dass etliche davon auch die Männer trafen, zu deren Unterstützung sie eigentlich gedacht waren. Doch dann erschienen die ersten Pikten vor ihnen und das Schwert in Lancelots Hand schien lautlos aufzuschreien und zu einem furchtbaren Eigenleben zu erwachen.
Der erste Angriff dauerte kaum zehn Minuten und endete so, wie er hatte enden müssen, nämlich mit einer vernichtenden Niederlage der Pikten. Doch was Lancelot schon mehrmals erlebt hatte, wiederholte sich auch jetzt und es hatte nichts von seinem Schrecken und dem Entsetzen verloren, mit dem es ihn erfüllte: Die piktischen Krieger mussten ganz genau wissen, dass alles, was sie hier oben erwartete, der sichere Tod war, aber das schien sie nicht zu schrecken. Sie stürmten brüllend vor Kampfeswut und ihre Waffen schwingend heran, obwohl bereits drei oder vier vor jedem, der seinen Weg

auf den Wehrgang fand, von den Leitern gestoßen oder aus allernächster Nähe von Pfeilen getroffen worden waren. Nicht wenige von Artus' Männern hatten lange, an den Enden gegabelte Stangen ergriffen, mit denen sie aus sicherer Deckung die Leitern samt den Männern, die sich darauf befanden, umstießen, und auch wenn ihre Zahl geschrumpft war, verfügte Artus doch noch über annähernd dreißig Ritter, die allein auf dem relativ kleinen Mauerabschnitt ausgereicht hätten, den Angriff zurückzuschlagen.

Auch Lancelot sah sich plötzlich einem riesenhaften, mit einem fast mannslangen schartigen Schwert bewaffneten Pikten gegenüber, der wie aus dem Nichts neben ihm aufzutauchen schien, doch er gab dem Mann nicht einmal Gelegenheit, seine Waffe zu schwingen. Das Schwert in seiner Hand zuckte und wollte sich in die Brust des Kriegers bohren, aber noch bevor er den Arm auch nur heben konnte, stieß Lancelot dem Pikten den Schild mit solcher Gewalt vor die Brust, dass er rückwärts taumelte, gegen die Mauer prallte und mit einem gellenden Schrei auf der anderen Seite in die Tiefe stürzte.

Schon war ein weiterer Pikte heran. Lancelot fing einen wuchtigen Schwerthieb mit dem Schild ab, drehte sich halb um seine Achse und versetzte dem Angreifer einen Fußtritt vor das linke Knie, der ihn mit einem keuchenden Schmerzenslaut nach vorne sinken und genau in das hochgerissene Schwert fallen ließ.

Von diesem Moment an verschwammen seine Erinnerungen. Vielleicht waren es einfach seine Furcht und die aufgepeitschten Nerven, vielleicht war es auch das Schwert, das er führte und das zum ersten Mal wieder Blut getrunken hatte und einfach den Befehl über seinen Willen übernahm – Lancelot erinnerte sich nur an

ein Chaos aus Schreien und Klirren von Stahl, an Schmerz und Furcht, an den Geruch von Blut und die schrecklichen Todesschreie der Männer, die Excaliburs dunklem Bruder zum Opfer fielen.
Und irgendwann war es vorbei.
Lancelots Blut kochte noch immer. Das Schwert in seiner Hand schrie lauter denn je nach Blut, als hätte jedes Leben, das es genommen hatte, seine Gier nur gesteigert, statt seinen Blutdurst zu stillen, und er rannte blindlings hin und her, schreiend und in einer blutbesudelten Rüstung und auf der Suche nach weiteren Gegnern für das Ungeheuer, das die Gewalt über seinen Willen übernommen hatte.
»Lancelot!«
Er hörte, wie jemand seinen Namen rief, und er wollte darauf reagieren, aber er konnte es nicht. Eine Hand berührte seine Schulter. Lancelot fuhr herum und riss das Schwert in die Höhe und tief in seinen Gedanken schrie etwas unendlich Böses und Finsteres voller Gier und Vorfreude auf. Er wollte töten und vernichten, das Leben eines anderen nehmen und sich an dem Gefühl unendlicher Macht berauschen, das diese Tat brachte.
Im allerletzten Moment erkannte er das Gesicht unter dem zerschrammten Helm vor sich und es kostete ihn alle Überwindung, die er aufbringen konnte, um den Schlag abzulenken. Statt Parzifal zu töten, fuhr das Schwert einen knappen Zentimeter neben seiner linken Schulter in die steinerne Brüstung und grub sich fast eine Handbreit hinein, ehe es knirschend zur Ruhe kam. Die Wucht seines eigenen Hiebes explodierte als dumpfer Schmerz in Lancelots rechter Hand und ließ ihn zurücktaumeln und den Schwertgriff loslassen. Die Waffe blieb zitternd im Stein stecken und Lancelot torkelte einen weiteren Schritt rückwärts und musste sich

plötzlich selbst an der Mauerbrüstung festhalten. Von einem Atemzug zum anderen wich jede Kraft aus ihm. Seine Knie begannen zu zittern und der Schild an seinem linken Arm schien mit einem Male Zentner zu wiegen und ihn zu Boden reißen zu wollen.

»Lancelot«, keuchte Parzifal. Seine Augen waren weit vor Schreck.

»Großer Gott, was habe ich getan?«, murmelte Lancelot. »Ich ... um Gottes willen ... um ein Haar hätte ich Euch –«

»Es ist gut«, unterbrach ihn Parzifal. »Es war meine Schuld. Man soll einem Mann nicht auf die Schulter klopfen, der sich mitten in der Schlacht befindet und nicht weiß, wer hinter ihm steht.«

»Ich hätte Euch fast getötet!«, stammelte Lancelot. Er lehnte sich erschöpft gegen die Zinne, starrte auf seine rechte Hand und dann das Schwert, das immer noch zitternd im Stein steckte wie ein gefangenes Raubtier, das an seinen Ketten zerrt und mit aller Macht versucht sich loszureißen.

Parzifals Blick folgte dem seinen und seine Augen wurden noch größer. »Aber das ...!«

Lancelot streckte rasch die Hand aus, zog das Elbenschwert ohne die geringste Mühe aus dem Stein und rammte es in die Scheide. Schon der Moment, in dem er es wieder berührt hatte, reichte aus, um den Blutdurst und die düstere Gier in seinen Gedanken erneut zu wecken. Er ließ den Schwertgriff nicht los, sondern riss die Hand regelrecht zur Seite und streckte sie so weit von sich weg, wie er konnte.

Parzifal beobachtete ihn verständnislos und erschrocken zugleich. Er schüttelte den Kopf und zwang sich zu einem Lächeln. »Es war wirklich meine Schuld«, versicherte er. »Verzeiht.«

»Hört auf«, brummte Lancelot bewusst unhöflich. »Das ist ja schon peinlich.«
Parzifal sah ihn einen Sekundenbruchteil lang irritiert an, sagte aber nichts mehr und Lancelot drehte sich langsam im Kreis. Was er erblickte, war ein Bild des Schreckens. Der Wehrgang war mit Leichen buchstäblich übersät. Nur erstaunlich wenige trugen das Weiß und Blau Camelots; die allermeisten waren Pikten, die in erschreckend großer Zahl den Tod gefunden hatten. Bei allem Entsetzen, das Lancelot bei dem Anblick dieses Gemetzels empfand, fragte er sich doch immer verwirrter, warum Mordred seine Krieger in einen so sinnlosen Tod geschickt haben mochte. Ihm musste vollkommen klar gewesen sein, wie dieser Angriff endete.
»Großer Gott«, flüsterte er.
»Ich fürchte, Gott hat damit nicht viel zu tun«, sagte Parzifal bitter. Er sah sich auf dieselbe Art wie Lancelot zuvor um und erschauerte sichtbar. Seltsam – Lancelot hatte ganz selbstverständlich angenommen, dass er der Einzige hier wäre, dem dieses sinnlose Schlachten und Morden Entsetzen und Übelkeit bereiten würde. Doch Parzifal und er waren nicht allein mit diesen Gefühlen. Die allermeisten Männer, in deren Gesichter er blickte, waren mehr oder weniger schwer verletzt, sodass er vor allem Schmerz auf ihren Zügen sah, aber darunter erkannte er dieselbe Bitterkeit und dasselbe stumpfe Entsetzen, das auch ihn erfüllte. Es war derselbe Ausdruck, den er oft, viel zu oft in den Gesichtern piktischer Krieger gesehen hatte, bevor sie starben. Aber wenn alle Menschen nichts als Angst und Entsetzen und Abscheu vor diesem Morden empfanden, dachte er, warum taten sie es dann?
Warum tat *er* es?
»Wo ist Artus?«, fragte er matt.

Auch Parzifal schob endlich sein Schwert in die Scheide und machte erst danach eine Kopfbewegung zum Turm hinauf. »Dort – vermute ich. Warum?«
»Dann lasst uns zu ihm gehen.« Lancelot setzte sich in Bewegung, ohne eine Antwort abzuwarten und auch ohne sich davon zu überzeugen, ob Parzifal ihm folgte. Sie kamen an einem weiteren Tafelritter vorbei, der aus einer hässlichen Schnittwunde am Oberarm blutete und dessen Helmvisier noch geschlossen war, sodass sie nicht erkennen konnten, um wen es sich handelte. Sie mussten über Berge von Toten und Schwerverletzten hinwegsteigen, um die massive Eichentür zum Turm zu erreichen. Sie war geschlossen und Lancelot musste mehrmals wuchtig mit der Faust dagegen schlagen und seinen Namen rufen, ehe er hörte, wie der schwere Riegel weggezogen wurde, und die Tür aufging. Lancelot war so ungeduldig, dass er mit einem derben Stoß nachhalf, der den Mann auf der anderen Seite zurückstolpern und um ein Haar zu Boden fallen ließ, drängte sich hindurch und lief, immer zwei oder drei Stufen auf einmal nehmend, die schmale Treppe hinauf, die dahinter ihren Anfang nahm. Parzifal rief ihm irgendetwas hinterher, das er allerdings nicht verstand, doch er konnte dessen hastig polternde Schritte hinter sich auf den Stufen hören.
Sie fanden Artus und einige Ritter auf der oberen Plattform des Turmes. Bisher war sie nur von Zinnen umgeben und zum Himmel hin offen gewesen, nun aber erhob sich über ihren Köpfen ein zwar hastig zusammengezimmertes, aber äußerst massives Dach aus Balken und dicken Schindeln aus Blei. Lancelot wusste nun, woran die Handwerker die ganze Nacht und den ganzen Tag über gearbeitet hatten und was der verzweifelte Ausdruck auf den Gesichtern der Männer bedeu-

tet hatte, deren Gespräch mit Artus er am Vormittag unterbrochen hatte. Zwischen den Zinnen waren zusätzliche Platten aus Blei angebracht, in denen sich nur schmale Schießscharten befanden; kaum so dick wie ein Finger. Die Gefahr, dass ein Pfeil oder irgendein anderes Wurfgeschoss über diese Entfernung das winzige Ziel traf, bestand damit praktisch nicht. Artus stand an einem dieser Sehschlitze und drehte ihm den Rücken zu, fuhr aber erschrocken herum, als er das Poltern seiner Schritte hörte. Ein Ausdruck von Erleichterung erschien auf seinem Gesicht, als er Lancelot erkannte.
»Lancelot!«, rief Artus. »Ihr seid unverletzt! Gott sei Dank!«
»Und Ihr?«
Artus schüttelte den Kopf. Er lachte leise und erst jetzt fiel Lancelot auf, dass er nicht nur völlig unversehrt, sondern seine Kleider auch sauber und in tadellosem Zustand waren. Das einzige Zeichen des zurückliegenden Kampfes waren winzige Schweißperlen, die auf seiner Stirn glitzerten – was aber ebenso gut an der drückenden Hitze liegen konnte, die unter dem Bleidach herrschte. Aus einem Grund, den er selbst im ersten Moment nicht genau benennen konnte, stimmte ihn der Anblick zornig.
»Uns ist nichts passiert«, sagte Artus – was Lancelot nun wie der pure Hohn vorkam. Artus trat mit einigen raschen Schritten auf ihn zu, blieb wieder stehen und musterte Parzifal, der mittlerweile ebenfalls heraufgekommen und einen Schritt neben Lancelot stehen geblieben war. »Und Ihr?«
»Nur ein Kratzer«, antwortete Parzifal. Lancelot wusste, dass es nicht stimmte. Parzifal war nicht wirklich schwer oder gar lebensgefährlich verletzt, aber er hatte doch eindeutig mehr als nur *eine Schramme* abbekom-

men und Artus hätte schon blind sein müssen, um das nicht zu sehen. Er beließ es jedoch bei einem flüchtigen Nicken und wandte sich dann wieder an Lancelot.
»Kommt!«
Lancelot folgte ihm gehorsam, als Artus zu den künstlich verschmälerten Zinnen zurückging. Auf seinen Wink hin machte einer der Ritter Platz, sodass Lancelot einen Blick durch den schmalen Sehschlitz nach unten werfen konnte.
Die zum Tor führende Straße und die dahinter liegende Ebene waren mit reglosen Gestalten übersät. Etliche Pikten hatten schwere Wunden und versuchten sich davonzuschleppen oder ihre verletzten Kameraden zu stützen, aber die meisten lagen so bewegungslos da, dass es an ihrem Schicksal keinen Zweifel geben konnte. Die Barbarenkrieger hatten einen fürchterlichen Preis für ihren selbstmörderischen Angriff auf Camelot bezahlt.
»Wir haben sie zurückgeschlagen«, murmelte Artus. »Die erste Welle«, fügte er leise hinzu. Er klang eher besorgt als erleichtert. »Aber das war zu erwarten.«
»Ich verstehe nicht, warum sie das getan haben«, sagte Lancelot erschüttert. Er suchte vergeblich nach einem Gefühl wie Triumph oder Zufriedenheit in sich oder wenigstens Erleichterung, die erschlagenen Feinde dort unten liegen zu sehen. Es war so sinnlos. »Es war reiner Selbstmord.«
»Es hätte mich gewundert, hätten sie irgendetwas anderes getan«, antwortete Artus. »Ich an ihrer Stelle wäre wohl nicht anders verfahren.«
»Warum?«, fragte Lancelot.
»Sie wollten unsere Kräfte prüfen«, behauptete Artus. »Mordred kann nicht wissen, wie viele Verteidiger uns noch geblieben sind. Jetzt hat er einen ersten Eindruck

gewonnen. Der zweite Angriff wird viel schlimmer sein.«

Artus erzählte ihm nichts Neues und trotzdem jagten diese Worte Lancelot einen neuerlichen eisigen Schauer über den Rücken. »Und wann ... wird dieser Angriff erfolgen?«

Artus schwieg einen Moment, sah dann wieder nach draußen und sagte: »Jetzt.«

Lancelot folgte erschrocken seinem Blick und stellte fest, dass Artus Recht hatte. Als hätten sie nur auf dieses eine Wort gewartet, löste sich ein weiterer und diesmal sehr viel größerer Teil aus dem Heer der Pikten und bewegte sich langsam den Hügel herab, wobei er erneut in mehrere, unterschiedlich große Gruppen zerfiel wie schon bei der ersten Angriffswelle.

»Parzifal – kommt!«, sagte Lancelot zu dem Tafelritter gewandt, aber Artus hielt ihn mit einer raschen Bewegung zurück.

»Wartet!«, verlangte er.

»Mylord?«, fragte Lancelot.

»Ich möchte, dass Ihr hier bei mir bleibt«, sagte Artus. »Wenigstens jetzt.«

»Aber –?«

Er sprach nicht weiter, als er sah, wie es in Artus' Augen zornig aufblitzte, sondern nickte nur und nahm die Hand wieder vom Schwert. Auf eine entsprechende Geste Artus' hin verschwand Parzifal gebückt unter der Tür und Lancelot überzeugte sich mit einem raschen Blick in die Runde, dass sich keiner der anderen Ritter in unmittelbarer Hörweite befand. Dann sagte er ganz leise: »Parzifal ist verletzt, Artus.«

»Ich weiß«, behauptete Artus stirnrunzelnd. »So etwas kommt in einer Schlacht vor.«

»Warum habt Ihr ihm nicht geholfen wie mir?«, fragte

Lancelot, während er die linke Hand hob. »Oder Sir Galahad?«
Artus schwieg einige Sekunden und es war Lancelot unmöglich, den Blick, mit dem dieser ihn maß, zu deuten. Aber er war nicht besonders angenehm. Dennoch war Artus' Stimme frei von jedem Tadel, als er antwortete, sie klang nur ein bisschen traurig. »Weil es unmöglich war, mein Freund«, sagte er.
»Unmöglich?« Lancelot wedelte noch heftiger mit der Hand. »Bei mir war es auch nicht unmöglich. Und bei Sir Galahad ebenfalls nicht.«
Er hatte vielleicht lauter gesprochen, als gut war, denn einige der anderen Ritter warfen Artus und ihm verwunderte Blicke zu, und als er antwortete, bedeutete Artus ihm mit einer verstohlenen Geste, die Stimme zu senken, und flüsterte. »Das war etwas anderes«, sagte er. »Ihr seid ... etwas Besonderes – und das wisst Ihr auch. Und Sir Galahad war ich es schuldig. Es war meine Schuld, dass er um ein Haar getötet worden wäre.«
Was für jeden einzelnen Mann auf diesen Mauern hier gilt, dachte Lancelot bitter. Aber er sprach es nicht aus.
»Ihr könntet trotzdem –«, begann er, wurde aber sofort von Artus unterbrochen, nicht lauter, aber in schärferem Ton jetzt.
»Was glaubt Ihr, soll ich tun? Den Verletzten die Hand auflegen und sie heilen?« Er lachte humorlos. »Ein König, der Wunder wirkt? Das ist völlig unmöglich. Sie würden mich für einen Heiligen halten – oder für einen Dämon. Einige tun es ja jetzt schon. Es würde mehr schaden als nutzen, glaubt mir.«
Das Schlimme ist, überlegte Lancelot, dass er Recht hat. Aber auch *er* hatte Recht mit dem, was er zuvor gedacht hatte. Dieser Kampf, diese Belagerung, ja dieser ganze Krieg ging die Menschen hier in der Stadt im Grunde

nichts an. Es war ein Zwist zwischen Artus und seiner Schwester. Nicht mehr und nicht weniger. Als ob es einen großen Unterschied machte, wer auf dem Thron von Camelot saß und welches Blut in seinen Adern floss. Den Männern, die dort unten starben, war es völlig egal warum.

Artus sah ihn noch einen Moment lang an und schien auf weiteren Widerspruch zu warten, dann drehte er sich mit einem Ruck um, ging zurück zur Schießscharte und bedeutete Lancelot ihm zu folgen.

Das piktische Heer hatte die Hälfte der Distanz zwischen den Hügeln und der Stadt überwunden und die Bogenschützen waren schon wieder fast auf Schussweite herangekommen. Es waren jetzt deutlich mehr als vorhin, auch im Verhältnis zur gesamten Größe der Truppe. Ganz offensichtlich hatten Mordreds Späher gesehen, welche verheerenden Schäden ihre Pfeile unter den Verteidigern angerichtet hatten, und ihre Taktik dementsprechend geändert. Aber wenn der Anblick Artus Sorge bereitete, dann ließ er es sich nicht anmerken. Mit ausdruckslosem Gesicht verfolgte er eine Weile die Annäherung des feindlichen Heeres, dann rief er mit erhobener Stimme und ohne den Blick zu wenden:

»Zündet die Feuer unter den Ölfässern an! Und überall hinter den Zinnen sollen Fackeln brennen! Es wird bald dunkel und ich will nicht, dass sie ausmachen, an welchen Stellen die Fässer stehen.«

»Ich würde gerne wieder hinuntergehen, Mylord«, sagte Lancelot. Nicht, dass ihm irgendetwas daran lag, auf die Mauern zurückzukehren und den Kampf fortzusetzen, aber mit einem Male hatte er das Gefühl, es in Artus' Gegenwart nicht mehr aushalten zu können.

Artus schüttelte jedoch den Kopf und machte sich nicht

einmal die Mühe, auf seine Bitte zu antworten. Stattdessen erteilte er weiter mit klarer Stimme Befehle, was die Vorbereitungen der Verteidiger anging, und die Männer in ihrer Umgebung rannten hastig hin und her, um seine Ordern weiterzugeben.

Als die Pikten auf Schussweite heran waren, hielten sie nicht an, wie das der erste Trupp getan hatte, sondern verteilten sich nur ein wenig und versuchten die Distanz zwischen sich und der Stadt weiter zu verringern, wohl um mit größerer Treffsicherheit schießen zu können, und das erwies sich als ein Fehler, auf den Artus' Bogenschützen nur gewartet hatten. Ohne dass es eines Befehles des Königs bedurfte, begannen die Langbogenschützen hinter den Zinnen mit ihrem vernichtenden Beschuss und er fiel diesmal deutlich zielsicherer und verheerender aus als beim ersten Ansturm der Pikten. Lancelot beobachtete voller Entsetzen, dass nahezu jedes zweite Geschoss sein Ziel traf und die Reihen der piktischen Bogenschützen erbarmungslos und unheimlich schnell dezimiert wurden. Als die Männer endlich anhielten, um mit ihren eigenen, kürzeren und nicht annähernd so treffsicheren Bögen zurückzuschießen, hatten Camelots Schützen schon nahezu ein Drittel von ihnen ausgeschaltet.

»Anscheinend haben sie zielen gelernt«, murmelte er.

Artus wandte den Blick zwar nicht vom Schlachtfeld, schüttelte aber den Kopf und sagte grimmig: »Sie führen nur Befehle aus.«

Verwirrt drehte sich Lancelot zum König um. »Wie bitte?«

Artus sah nun doch kurz auf und grinste für einen Moment wie ein Schuljunge, dem soeben ein derber Scherz gelungen war. »Ich habe ihnen befohlen, während des ersten Ansturmes nicht allzu genau zu schießen«, sagte er. »Ich dachte mir, dass es vielleicht nicht so klug wäre, den Pikten von Anfang an zu zeigen, wie treffsicher unsere Bogenschützen sind. Wusstet Ihr nicht, dass Camelots Langbögen in ganz England berühmt sind?«

Lancelot war nicht ganz sicher, ob das Gefühl, das sich langsam in ihm ausbreitete, nun blankes Entsetzen oder Verachtung war. Was Artus ihm gerade gesagt hatte, bedeutete nichts anderes, als dass er absichtlich zugelassen hatte, dass deutlich mehr Pikten als nötig die Mauer erreichten und hinaufgeklettert waren. Natürlich vermochte Lancelot nicht zu sagen, wie viele, aber ein Teil der toten Verteidiger, die dort unten auf den Wehrgängen lagen, könnten jetzt noch am Leben sein, hätte Artus diesen Befehl nicht gegeben.

Vielleicht hatte er sich doch nicht so gut in der Gewalt, wie er glaubte, denn Artus sah ihn plötzlich auf eine sehr sonderbare Art und Weise an. Dann trat er einen halben Schritt von der Mauer zurück, wandte sich ihm ganz zu und sagte mit ernster, gesenkter Stimme: »Ich bitte Euch, Sir Lancelot, urteilt nicht über eine Tat, bevor Ihr nicht in der Situation gewesen seid, sie selbst ausführen zu müssen. Krieg ist immer eine entsetzliche Sache. Ihr seid noch sehr jung. Ihr habt an ein oder zwei Schlachten teilgenommen und ich weiß selbst am besten, wie meisterhaft Ihr das Schwert zu führen wisst. Aber das hier ist etwas anderes. Es ist ein Spiel.«

»Ein Spiel?« Es fiel Lancelot schwer, die Worte überhaupt auszusprechen.

Artus nickte. »So grausam es klingen mag, ja. Es ist ein Spiel mit lebenden Figuren und es geht mit dem höchsten Einsatz überhaupt und dennoch nicht mehr. Die zehn oder vielleicht auch hundert Männer, die jetzt Eurer Meinung nach umsonst gestorben sind, haben

möglicherweise hundert oder auch tausend anderen das Leben gerettet.«
Es war nicht das erste Mal, dass Artus ihm diese Art von Rechnung präsentierte, und auch nicht das erste Mal, dass sie Lancelot nicht nur mit einem abgrundtiefen Entsetzen erfüllte, sondern er sich einfach weigerte sie nachzuvollziehen oder gar verstehen zu wollen.
Auf der anderen Seite der dicken Mauer sirrten wieder die Bogensehnen und das seidige Geräusch der davonjagenden Geschosse erinnerte Lancelot daran, dass das Schlimmste keineswegs hinter ihnen lag, sondern vermutlich noch nicht einmal begonnen hatte. Obwohl er nichts von dem grässlichen Geschehen draußen wirklich sehen wollte, trat er neben Artus und spähte durch den schmalen Schlitz hinaus. Die dritte Salve von Camelots Bogenschützen hatte den piktischen Kommandotrupp vollends ausgelöscht. Mehr als ein Mann war von mehreren Pfeilen zugleich getroffen worden, selbst die, die verzweifelt ihr Heil in der Flucht gesucht hatten, waren zusammengebrochen, tödliche Geschosse im Rücken; ein Anblick, der Lancelot ganz besonders anwiderte. Dennoch musste er nicht erst fragen um zu wissen, dass dieser gezielte Beschuss auf Artus' Befehl hin erfolgt war. Er verstand den König nicht mehr. Dass Artus nicht der uneigennützige Menschenfreund war, als den ihn die meisten sahen, das hatte er längst begriffen. Aber vollkommen sinnlose Grausamkeit hatte er bisher nicht gezeigt.
»Es wird Zeit«, sagte Lancelot. »Sie werden gleich heran sein. Man braucht mich unten auf der Mauer.«
»Nein!« Artus hob die Hand und machte eine befehlende Geste ohne ihn anzusehen.
»Aber ich werde unten –«, begann Lancelot erneut und wieder schnitt Artus ihm das Wort ab.

»Ich möchte, dass Ihr bleibt«, sagte er. »Ihr habt Recht – sie werden gleich hier sein. Aber die Männer werden auch ohne Euch mit ihnen fertig, dessen könnt Ihr gewiss sein.«
»Hier oben nutze ich niemandem«, meinte Lancelot störrisch, aber Artus schüttelte den Kopf.
»Ihr bleibt«, beharrte er, wobei er nun ganz bewusst auf das Wort *bitte* verzichtete. »Wärt Ihr nicht gekommen, dann hätte ich Euch rufen lassen.«
»Aber warum?«
»Ich kenne Mordred vielleicht besser als er sich selbst«, erwiderte Artus. »Die Pikten kämpfen nicht gerne bei Dunkelheit. Sie sind ein abergläubisches Volk und viele von ihnen denken, dass ihre Seelen den Weg zu ihren heidnischen Göttern nicht finden, wenn sie bei Nacht sterben. Dennoch werden sie noch einmal angreifen. Und dieser dritte Angriff wird der schwerste und härteste sein. Ich brauche Euch, um *ihn* abzuwehren.«
»Was soll das?«, fragte Lancelot scharf und mit einer Stimme, die vor Zorn bebte – wohlweislich aber so leise, dass nur Artus ihn verstehen konnte. »Ihr und ich, wir wissen ganz genau, dass mir in dieser Rüstung nichts passieren kann. Die Männer werden vielleicht mit den Angreifern fertig, aber wenn ich bei ihnen bin, dann überleben vielleicht ein paar mehr.«
»Ich habe meine Gründe«, sagte Artus. Lauter und mit harter, befehlender Stimme fügte er hinzu: »Ihr habt mich gehört, Sir Lancelot.« Dann drehte er sich mit einem Ruck herum und sah angespannt aufs Schlachtfeld.
Lancelot starrte ihn mit wachsender Wut an. Was war nur in Artus gefahren? Er maßte sich nicht an, die Pläne des Königs nachzuvollziehen oder gar verbessern zu können, aber *das* ergab überhaupt keinen Sinn. Es war pure Willkür – und ganz und gar nicht Artus' Art.

Sein Zorn war jedoch noch nicht so groß, dass er sich offen dem Befehl des Königs widersetzt hätte, und so verfolgte er den Rest des Angriffs aus der Sicherheit des gepanzerten Turmes heraus.
Es war dieselbe völlig sinnlose Art von Gemetzel, wie er sie schon einmal erlebt hatte. Camelots Bogenschützen schossen nun mit unheimlicher Präzision, und nachdem sie den zweiten heranstürmenden piktischen Trupp bis auf den letzten Mann ausgelöscht hatten, begann Lancelot auch zu verstehen, warum sie ihr Feuer auf Ziele konzentrierten, die es eigentlich nicht mehr wert waren, unter Beschuss genommen zu werden, statt in die Masse der heranstürmenden Krieger hineinzuschießen, was ein wirkliches Zielen so gut wie überflüssig gemacht hätte: Als der dritte Trupp Pikten auf Schussweite herankam und die ersten Pfeile auf ihn herabregneten, da ergriffen die Männer in Panik die Flucht und spritzten in alle Richtungen auseinander, bevor die ersten Geschosse ihre Ziele finden konnten. Nun verstand er, warum Artus diesen scheinbar so sinnlosen Befehl gegeben hatte. Er hatte darauf gebaut, dass die Angreifer sehen mussten, was mit einem ihrer Trupps geschah, den die Verteidiger einmal ins Visier genommen hatten, und in blanker Todesangst fliehen würden, und diese Rechnung schien aufzugehen. Der gesamte Trupp ergriff die Flucht und dasselbe geschah mit einem weiteren, auf den die Bogenschützen danach ihren Pfeilhagel richteten.
Dann war der Rest der Armee heran und im toten Winkel unter der Mauer. Der furchtbare Ansturm über die Leitern und mit hochgeworfenen Kletterhaken begann erneut.
Lancelot trat an eine der anderen Zinnen und sah auf den Wehrgang hinunter. Die Pikten ergossen sich wie

eine Woge aus lebendig gewordener Dunkelheit über die Mauer und schienen die Angreifer mit ihrer Überzahl einfach erdrücken zu wollen, aber ganz wie Artus es vorausgesagt hatte, leisteten seine Ritter und die wenigen Männer aus Camelot, die ihm geblieben waren, erbitterten und erfolgreichen Widerstand. Sie zahlten einen hohen Preis dafür, denn diesmal waren die Pikten gewarnt und unterschätzten ihre Gegner keineswegs, aber am Ende wurden sie langsam und erbarmungslos wieder zurückgedrängt.

Lancelot wollte schon aufatmen, da sah er etwas, das ihn erschrocken zusammenfahren ließ: Am Ende des Wehrganges, fast schon am anderen Ende der Stadtmauer, war einer der Ritter in sichtbare Bedrängnis geraten. Es war schon zu dunkel und die Entfernung zu groß, als dass Lancelot erkennen konnte, um wen es sich handelte, aber das strahlende Weiß und das königliche Blau der Farben Camelots waren trotz der Dunkelheit und des zuckenden rotgelben Lichtes unübersehbar. Lancelot beobachtete, dass der Ritter sich wie ein Besessener wehrte und schon ein gutes halbes Dutzend Angreifer niedergemacht hatte, aber ihre Zahl schien kein Ende zu nehmen und es sah ganz so aus, als wären die Pikten wild entschlossen, zumindest diesen einen Tafelritter mit sich ins Verderben zu reißen. Vermutlich hatte Mordred den Befehl gegeben, zuerst die Ritter der Tafelrunde auszuschalten, denn unabhängig davon, dass sie die gefährlichsten Gegner waren, war es vor allem ihr Vorbild, das den restlichen Verteidigern den Mut gab, dem Ansturm standzuhalten.

Lancelot überlegte nicht mehr länger. Er fuhr herum und lief mit weit ausgreifenden Schritten auf den Ausgang zu. Hinter ihm rief Artus seinen Namen, zuerst überrascht, dann befehlend, aber das war Lancelot jetzt egal. Er stieß den Mann, der ihm halbherzig den Weg zu vertreten versuchte, einfach zur Seite, riss die Tür auf und eilte die steile Treppe hinab, so schnell er nur konnte. Hinter sich hörte er Artus vor Wut schreien, aber er ignorierte es ebenso wie alles andere, stürmte auf den Wehrgang hinaus und rannte los, so schnell es nur ging. Rings um ihn herum tobte die Schlacht weiter und mehr als ein Pikte versuchte sich ihm in den Weg zu stellen, aber Lancelot stieß die Männer einfach zur Seite oder rannte sie über den Haufen, um zum anderen Ende des Wehrganges und dem in Bedrängnis geratenen Ritter zu gelangen.

Und wie es aussah, keinen Augenblick zu früh.

Der Ritter war mittlerweile bis zur gemauerten Wand des Turmes zurückgewichen, um zumindest den Rücken frei zu haben. Lancelot konnte immer noch nicht erkennen, um welchen der Tafelritter es sich handelte, denn sowohl seine Rüstung als auch der Mantel, ja selbst das getriebene Wappen auf seinem großen Schild waren über und über mit dem Blut erschlagener Feinde besudelt. Aber er sah, dass es um den Mann trotz all seiner Tapferkeit schlecht bestellt war, wenn nicht noch ein Wunder geschah. Obwohl er die Angreifer noch immer mit wuchtigen Hieben und Stößen von Schild und Schwert, selbst mit Fußtritten auf Distanz hielt, verloren seine Bewegungen bereits sichtlich an Kraft. Zudem klaffte auf seiner linken Schulter ein handlanger Schnitt in seinem Kettenhemd, aus dem das Blut hellrot herauslief.

Lancelot registrierte all dies mit einem einzigen Blick und ohne im Schritt innezuhalten – und diesmal gab er der brodelnden Gier des Elbenschwertes nach, die in ihm tobte und jeden vernünftigen Gedanken zur Seite zu wischen versuchte.

Mit einem gellenden Kampfschrei warf er sich vor, rammte einem der Angreifer die Klinge bis ans Heft in den Rücken und stieß einem anderen den Schild in die Seite, sodass der Mann mit einem keuchenden Laut rücklings vom Wehrgang fiel. Zuvor riss Lancelot noch sein Schwert heraus, zerschmetterte den Brustharnisch eines weiteren Pikten mit einem einzigen wütenden Hieb und stieß zwei weitere Männer beiseite, um neben den in Bedrängnis geratenen Tafelritter zu gelangen.

Von diesem Augenblick an wendete sich das Blatt. Die Pikten waren sich ihres Sieges schon gewiss gewesen und hatten ihr Leben nicht mehr so leichtfertig riskiert wie noch vor einigen Augenblicken, sondern ihr vermeintlich wehrloses Opfer zu ermüden versucht und auf eine Lücke in seiner Deckung, eine Unaufmerksamkeit zu warten, doch nun sahen sie sich *zwei* Tafelrittern gegenüber, von denen der eine mit der Wildheit eines Dämons kämpfte.

Es wurde dennoch der härteste Kampf, an den sich Lancelot bis zu diesem Moment erinnern konnte. Sie waren jetzt zu zweit, standen aber immer noch mindestens zehn, wenn nicht mehr Angreifern gegenüber, und ein Blick in ihre Gesichter machte Lancelot klar, dass diese Männer nicht weichen würden. Er las in ihren Augen die gleiche Hoffnungslosigkeit und Furcht, die er schon zu oft gesehen hatte, und er begriff, dass auch diese Männer mit dem sicheren Wissen in die Schlacht gegangen waren, sterben zu müssen. Er hatte es längst aufgegeben, sich zu fragen, warum sie das taten.

Der Kampf wurde bis zu seinem bitteren Ende ausgefochten. Sowohl Lancelot als auch der andere Ritter wurden noch zwei- oder dreimal schwer getroffen, doch am Ende sank der letzte Pikte erschlagen zu Boden, und als Lancelot schwer atmend das Schwert sinken ließ und hochsah, begriff er, dass nicht nur dieser Kampf, sondern der gesamte Ansturm vorüber war. Er und der zweite Ritter waren die Letzten gewesen, die noch gekämpft hatten. Überall sonst auf dem Wehrgang war die Schlacht zu Ende und eine ganze Anzahl Ritter und Soldaten blickte erschrocken und ungläubig in ihre Richtung. Auf halber Strecke zwischen ihnen und dem Turm kam Artus mit schnellen Schritten heran und Lancelot brauchte nicht erst in sein Gesicht blicken um zu wissen, wie wütend der König war. Im Moment interessierte es ihn auch nicht. Er schob das Schwert in die Scheide zurück, klappte mit einer unendlich müden Bewegung das Helmvisier nach oben und drehte sich herum, um nach dem anderen Ritter zu sehen.

Dieser war auf ein Knie herabgesunken und stützte sich schwer auf den Schwertgriff um nicht ganz zu fallen. Sein Atem ging so schnell, dass er nicht in der Lage war, zu sprechen, und er blutete nicht nur aus dem Schnitt in der Schulter, sondern aus zwei weiteren, ebenso tiefen Wunden. Und dann erkannte ihn Lancelot.

»Ihr?«, murmelte er.

Sir Mandrake hob müde den Kopf. Er hatte keine Hand frei um sein Visier zu öffnen, aber das war auch nicht nötig. Lancelot konnte seinen Blick durch die dünnen Sehschlitze spüren.

»Hättet Ihr gewusst, dass ich es bin, wärt Ihr wahrscheinlich nicht gekommen«, murmelte Mandrake. Er bekam immer noch nicht richtig Luft und es war ein Unterton von Schwäche in seiner Stimme, der Lancelot schaudern ließ. »Seht das nächste Mal genauer hin, bevor Ihr einem Mann das Leben rettet.«

»Unsinn!«, antwortete Lancelot. »Ich wusste nicht, dass Ihr es seid, da habt Ihr Recht. Aber das hätte nichts geändert.«

Und das war die Wahrheit. Hier und in diesem Moment spielte es überhaupt keine Rolle, wer sie waren und welchen Zwist sie miteinander hatten. Sie waren einfach zwei Ritter, die sich gegenseitig beschützten, die ihr Leben für den anderen einsetzten, als wäre es ihr eigenes, ganz wie sie es geschworen hatten. Und Mandrake schien das auch zu spüren, denn er verzichtete auf eine weitere boshafte Bemerkung, obwohl Lancelot regelrecht fühlte, dass sie ihm auf den Lippen lag. Er schüttelte nur müde den Kopf und versuchte sich selbst an seinem Schwertgriff in die Höhe zu stemmen. Seine Kraft reichte nicht. Lancelot streckte eine Hand aus um ihm zu helfen, aber Mandrake ignorierte ihn und versuchte es noch einmal allein. Taumelnd kam er in die Höhe und wäre sofort wieder gestürzt, hätte er sich nicht gegen die Steinmauer gelehnt.
Bevor Lancelot noch etwas sagen konnte, war Artus heran – und er tobte vor Wut!
»Sir Lancelot, seid Ihr von allen guten Geistern verlassen?!«, brüllte er. »Ich dachte, ich hätte eindeutig gesagt, dass Ihr bei mir zu bleiben habt!«
»Das habt Ihr«, antwortete Lancelot. Er sah Artus nur kurz an und eigentlich hätte er erschrecken müssen, denn das Gesicht des Königs war verzerrt und seine Augen schienen Flammen zu speien. Aber Artus' Zorn prallte an ihm ab. Vielleicht hatte er einfach keine Kraft mehr, sich auch noch auf diese Auseinandersetzung einzulassen.
»Das war ein direkter Befehl«, sagte Artus plötzlich gefährlich leise. »Dass Ihr ihn verweigert habt, ist schlimm genug. Aber dass Ihr es vor den Augen meiner Männer getan habt, ist unverzeihlich.«
»So wird es wohl sein«, murmelte Lancelot. Eine innere Stimme warnte ihn, es nicht auf die Spitze zu treiben.

Artus war in einer Verfassung, etwas zu tun, was er später vielleicht bedauern würde. Aber Lancelot war zu müde, um auf diese Stimme zu hören. Am liebsten hätte er Schild, Schwert und diese verdammte Rüstung von sich geworfen und wäre gegangen.
»Das wird nicht ohne Folgen bleiben«, erklärte Artus. Dann atmete er tief ein und Lancelot konnte regelrecht sehen, wie er den Rest all dessen, was ihm noch auf der Zunge lag, hinunterschluckte. Mit einem gespielt erleichterten Gesichtsausdruck wandte sich Artus an Mandrake:
»Immerhin lebt Ihr noch«, sagte er – in einem Ton, der Lancelot nicht sicher sein ließ, ob ihn diese Feststellung freute oder nicht. »Wie es aussieht, hat Sir Lancelot Euch das Leben gerettet.«
»Wie es aussieht«, antwortete Mandrake. Er ließ seinen Schild fallen, klappte mit einer mühsamen Bewegung das Helmvisier nach oben und sah erst Artus, dann Lancelot an. Er sagte nichts, doch sein Blick sprach dafür Bände. *Das ändert gar nichts.*
Ich weiß, gab Lancelot auf die gleiche Weise zurück. *Und dennoch würde ich es wieder tun.*
»Ihr seid verletzt«, stellte Artus fest.
»Das ist nur –«, begann Mandrake, aber Artus unterbrach ihn mit einer wütenden Bewegung.
»Das ist nicht *nur ein Kratzer*«, sagte er scharf. »Also spart Euch den Atem, mir irgendeinen Unsinn zu erzählen. Geht hinunter und lasst Eure Wunden versorgen. Und dann geht ins Schloss. Vor morgen früh will ich Euch hier nicht mehr sehen.«
»Aber –«
»Sofort!«
Mandrake gab auf. Zu einem guten Teil sicherlich, weil er einfach nicht mehr die Kraft zum Widerspruch hatte,

und vielleicht auch, weil er sich selbst die Blöße ersparen wollte, vor Artus und den Augen aller anderen in Ohnmacht zu fallen, während er lautstark verkündete, dass mit ihm alles in Ordnung sei. Er nickte nur müde, stieß sich von der Wand ab und ging, schwer wie ein alter Mann auf sein Schwert gestützt, an ihnen vorbei zur Treppe.

Artus sah ihm mit ausdruckslosem Gesicht nach, bis er sich davon überzeugt hatte, dass Mandrake die Stufen nach unten aus eigener Kraft schaffen würde, dann drehte er sich wieder zu Lancelot herum und trat einen Schritt auf ihn zu. Bevor er sprach, warf er einen Blick in die Runde, um sich zu überzeugen, dass sie auch wirklich allein waren. Sie waren es. Alle anderen Männer hatten sich ein gutes Stück von ihnen entfernt, um sich um ihre Wunden zu kümmern, Verletzte zu versorgen oder auch sich davon zu überzeugen, dass die reglos am Boden liegenden Pikten wirklich keine Gefahr mehr darstellten. Aber Lancelot wusste, dass sie dies nur vorgaben. Sie hatten Artus' Zorn gespürt und taten ihr Möglichstes, um nicht zu dessen nächster Zielscheibe zu werden.

Das war Lancelot neu. Die Reaktion dieser Männer war verständlich, ließ aber keine besondere Überraschung erkennen. Ganz offensichtlich war es nicht das erste Mal, dass Artus einen solchen Wutanfall erlitt, und vielleicht nicht einmal das erste Mal, dass er etwas tat, das vielleicht nicht zu dem Ruf des edelmütigen und väterlichen Königs passte, der ihm normalerweise vorauseilte.

»Wie geht es Euch?«, fragte Artus.

Lancelot sah ihn verständnislos an. »Sire?«

»Ich meine das ernst«, sagte Artus. »Seid Ihr verletzt?«

»Nein«, antwortete Lancelot. »Ihr wisst doch, dass –«

»Fühlt Euch nicht zu sicher, Sir Lancelot«, unterbrach

ihn Artus, jetzt mehr wütend, aber in ernstem, fast beschwörenden Ton. »Diese Rüstung gibt Euch die Stärke von zehn Männern und mit diesem Schwert allein könnt ihr eine halbe Armee in die Flucht schlagen, aber Ihr seid weder unsterblich noch unverwundbar. Ich dachte, das hättet Ihr mittlerweile begriffen.«

»Das habe ich«, sagte Lancelot. »Aber wenn ich den Kampf oder den Tod fürchten würde, dann wäre ich nicht hier. Und wenn ich zusehen würde, wie ein anderer Ritter erschlagen wird, dann würde ich diese Rüstung nicht mehr verdienen.«

Seltsamerweise ließen diese Worte für einen kurzen Moment den Zorn in Artus' Augen aufblitzen. Aber er beherrschte sich und zwang sich zu einem bloßen Nicken.

»Das mag vielleicht so sein«, sagte er. »Dennoch wäre es mir lieber gewesen, Ihr hättet auf mich gehört.«

»Ich wollte Eure Autorität nicht in Frage stellen, Sire«, antwortete Lancelot. »Schon gar nicht vor all Euren Männern.« Das war eine glatte Lüge. Es war ihm vollkommen egal. So wie ihm mittlerweile – und es war das erste Mal, dass er sich diesen Gedanken eingestand – auch Artus egal war. Er fragte sich, was er hier tat. Dies war so wenig sein Krieg, wie es der irgendeines anderen Mannes auf diesen Mauern war, abgesehen von Artus selbst. Und in diesem Augenblick, während er dastand und ruhig Artus' scharfen Blicken standhielt, fasste er den festen Entschluss, Camelot zu verlassen. Er würde Artus nicht verraten und mitten in der Schlacht davonlaufen, sondern bis zu ihrem bitteren Ende bleiben, ganz egal wie es aussah. Aber wie immer diese Schlacht ausgehen sollte, würde er danach auf sein Pferd steigen und gehen.

Und diesmal für immer.

Als hätte Artus seine Gedanken gelesen, wurde seine Stimme plötzlich sanft. »Vielleicht sollte ich mich bei Euch entschuldigen«, sagte er leise. Noch leiser und mit einem völlig unpassenden Grinsen fügte er hinzu: »Natürlich nur, wenn es niemand außer Euch hört.«
»Natürlich«, antwortete Lancelot.
Artus seufzte tief. »Bitte, mein Freund«, fuhr er fort. »Geht nicht so hart mit mir ins Gericht. Es war nur die Sorge um Euch, die mich für einen Moment die Beherrschung verlieren ließ. Aber ich glaube, sie war übertrieben. Gott im Himmel, ich habe nie einen Mann zuvor so kämpfen sehen und glaubt mir, ich habe schon viele Ritter erlebt!«
Offensichtlich wartete er auf eine Antwort von Lancelot, auf irgendeine Reaktion, aber als diese nicht kam, fuhr er mit einem abermaligen Kopfschütteln und in verändertem Ton fort: »Wie viele Pikten habt Ihr erschlagen?«
»Warum?«, fragte Lancelot verwirrt.
»Nur weil ich den Eindruck hatte, dass Ihr diesen Angriff fast im Alleingang zurückgeschlagen habt«, erwiderte Artus. Die Worte klangen nicht nur lächerlich, Lancelot spürte auch, dass das nicht die Antwort auf seine Frage war und dass Artus ganz im Gegenteil seine eigene Frage längst bedauerte. Die Worte waren ihm herausgerutscht ohne es wirklich zu wollen. Lancelot kam es so vor, als hätte ihm dieser Fehler vielleicht das Wichtigste mitgeteilt, was Artus jemals zu ihm gesagt hatte.
»Jetzt überschätzt Ihr mich, Mylord«, meinte er.
Artus lachte leise und nervös. Er fuhr sich mit dem Handrücken über das Gesicht und wusste für eine Sekunde nicht, wohin mit seinem Blick. »Verzeiht«, sagte er zum wiederholten Mal. »Offensichtlich ...« Er ließ

den Satz unbeendet, zuckte nur mit den Schultern und machte dann eine schnelle Geste nach Norden. »Ich glaube, heute werden sie nicht noch einmal angreifen«, sagte er. »Ich habe zwar mit einer dritten Welle gerechnet, aber es ist spät und sie haben sich mehr als eine blutige Nase geholt. Morgen bei Sonnenaufgang wird der endgültige und schwerste Ansturm folgen.«

»Dann solltet Ihr den Männern eine Ruhepause gönnen«, meinte Lancelot.

»Und vor allem Euch«, gab Artus zurück. »Geht zurück zum Schloss, lasst Euch etwas zu essen und zu trinken geben und dann ruht Euch aus. Das ist ein Befehl – und diesmal dulde ich keine Widerrede.«

Lancelot hatte nicht vorgehabt zu widersprechen. Es war noch nicht lange her, da hatte Artus mit der gleichen Überzeugung behauptet, dass es ganz bestimmt einen dritten und noch schwereren Angriff geben würde, um die Verteidiger zu zermürben, und es erschien ihm sonderbar, dass der König seine Meinung so plötzlich geändert haben sollte. Aber er war zu müde, um darüber nachzudenken, und etwas in ihm schien zerbrochen zu sein. Seine Loyalität Artus gegenüber war nicht mehr dieselbe wie noch vor einer Stunde. Sie reichte noch ebenso weit, aber ihre *Gründe* hatten sich geändert, und dieser Unterschied war wichtig. Er nickte Artus zu, dann löste er sich von der Wand und ging ohne ein weiteres Wort an ihm vorbei und die Treppe hinab.

Wie Artus befohlen hatte, ging er zurück zur Burg und hinunter in die Küche und ließ sich von dem Jungen, der nun seine ehemalige Stellung innehatte und dessen Namen er bereits wieder vergessen hatte, eine Mahlzeit zubereiten, die er ohne Appetit hinunterwürgte – einzig aus dem Wissen heraus, dass sein Körper in den Stunden, die noch vor ihm lagen, jedes bisschen Kraft und Energie bitter nötig haben würde, das er ihm geben konnte. Anschließend trank er rasch hintereinander drei Becher Wein – mehr, als er vertrug, und mehr, als für ihn gut war, denn er hatte sich auch bei den bei Hofe üblichen Trinkgelagen bisher stets zurückgehalten –, doch die erhoffte Wirkung trat nicht ein. Er wurde nicht müde; ganz im Gegenteil fühlte er sich so aufgekratzt und nervös, dass es ihm unmöglich war, Artus' zweitem Rat zu folgen, nämlich in seine Kammer zu gehen und ein paar Stunden zu schlafen.

Er verließ die Küche, ging auch in den Turm, marschierte jedoch mit raschen Schritten vorbei an der Tür zu der Etage, auf der sein Zimmer lag, und ging bis ganz nach oben zur Aussichtsplattform.

Erst jetzt, als er wieder in die klare, fast unheimlich stille Nacht hinaustrat, spürte er, wie klamm sie war und von einer fast unheimlichen Kälte, die so überhaupt nicht der Jahreszeit entsprach.

Er war nicht allein. Zwei Männer in den Uniformen der Stadtgarde standen hinter den Zinnen und hielten aufmerksam Ausschau, und obwohl die Männer sich leise unterhielten und lachten, taten sie ihren Dienst sehr gewissenhaft, denn sie fuhren sofort herum und griffen nach ihren Waffen, kaum dass sie seine Schritte gehört hatten. Ein erleichterter Ausdruck machte sich auf ihren Gesichtern breit, als sie ihn erkannten.

»Sir Lancelot!«, sagte einer der beiden. »Ihr seid es.«

»Wen habt ihr erwartet?«, fragte Lancelot übellaunig. Die Worte taten ihm sofort wieder Leid – der Mann hatte nur freundlich sein wollen und es bestand absolut kein Grund, ihn vor den Kopf zu stoßen, aber Lancelot war auch nicht in der Stimmung, sich zu entschuldigen. Ohne auf den erschrockenen Blick des Mannes zu achten, ging er an ihm vorbei, trat an die Zinnen und blickte nach Norden.

Das Heerlager der Pikten war selbst von hier aus zu erkennen. Der Himmel über den Hügeln leuchtete rot im Widerschein der zahllosen Feuer, die die Angreifer entfacht hatten, und er konnte eine schnurgerade, viel kleinere Linie winziger heller Punkte dicht davor erkennen – die Fackeln und Feuer, die auf den Wehrgängen und im Inneren der Türme brannten. Obwohl Artus angeblich nicht mehr mit einem Angriff in dieser Nacht rechnete, schien die Mauer doch voll besetzt zu sein und die Männer hatten auch die Feuer unter den Ölkesseln nicht gelöscht.

»War es schlimm, Herr?«, fragte der andere Posten.

»Entsetzlich«, antwortete Lancelot, ohne den Mann anzusehen.

»Aber Ihr habt den Angriff zurückgeschlagen?«

Sonst wäre ich kaum hier, dachte Lancelot. Aber er sprach die Worte nicht aus; er wollte diesen Mann nicht auch vor den Kopf stoßen. »Zweimal«, antwortete er mit einem Nicken, allerdings noch immer ohne den Blick von dem blutig roten Himmel im Norden zu nehmen. »Ich glaube nicht, dass sie es heute noch einmal versuchen werden. Sie haben einen hohen Preis für diesen Angriff bezahlt.«

»Und ... wir?«, fragte der Soldat.

»Einen noch höheren«, murmelte Lancelot. Er sprach so leise, dass er nicht sicher war, ob der Mann ihn verstand, aber als er ihm schließlich doch ins Gesicht sah, erkannte er, dass er seine Worte sehr wohl gehört hatte und auch wissen musste, wie sie gemeint waren. Der Wächter sah betroffen und verängstigt drein. Die Angst war zu einem treuen Begleiter jedes Menschen in den Mauern dieser Stadt geworden.

»Aber Ihr werdet sie zurückschlagen, nicht wahr?«
Lancelot spürte genau, welche Antwort der Mann von ihm erwartete. Aber er sagte nichts. Er sah ihn nur an und nach einem schier endlosen Augenblick drehte sich der Soldat niedergeschlagen weg und ging zu seinem Kameraden zurück. Lancelot fragte sich, warum er nicht so barmherzig gewesen war, ihn zu belügen, auch wenn der Mann ihm wahrscheinlich gar nicht geglaubt hätte. Er hatte eine Lüge von ihm hören wollen, nur noch ein einziges Mal eine Nacht voller Hoffnung, auch wenn er insgeheim genau wusste, wie falsch sie war.
Aber vielleicht war die Zeit der Lügen für Lancelot vorbei. Tief in sich begriff er zwar, dass sie niemals ganz vorüber sein würde. Sein ganzes Leben, er *selbst*, zumindest das Selbst, das er nun war, war im Grunde eine Lüge. Aber wenn er schon gezwungen sein würde, das Leben eines anderen zu führen, das nicht das seine war und das er eigentlich niemals hatte führen wollen, dann konnte er wenigstens zu sich selbst ehrlich sein.
Er wandte sich wieder nach Norden. Lange Zeit stand er so da und starrte den Horizont an und endlich trat einer der Krieger wieder leise an ihn heran und fragte schüchtern:
»Ich gehe nach unten und hole Brot für mich und meinen Kameraden. Soll ich Euch etwas mitbringen?«
Lancelot lächelte flüchtig und schüttelte den Kopf. »Nein«, sagte er. »Geht nur. Geht ruhig beide. Die Nacht ist kalt und ihr solltet euch ein wenig aufwärmen. Ich halte so lange hier für euch Wache.«
»Das ist sehr großzügig, Herr, aber wir –«
»Ich weiß, dass ihr euren Posten nicht verlassen dürft«, unterbrach ihn Lancelot. »Keine Sorge. Ich werde euch nicht beim König verraten. Geht ruhig – aber vergesst das Wiederkommen nicht.«

Es war nicht nur reine Großzügigkeit. Die beiden Männer gingen tatsächlich, schon weil sie es gar nicht wagten, ihm zu widersprechen, aber er hatte einfach allein sein wollen. Vielleicht zum letzten Mal in seinem Leben.

Wieder verging eine lange Zeit. Es musste fast Mitternacht sein, als sich am Horizont im Norden etwas bewegte. Im ersten Moment konnte Lancelot nicht genau sagen, was es war – aber dann erkannte er es. Die Lichter waren in Bewegung geraten und schienen den Hügel herunterzukriechen, als wären die Feuer außer Kontrolle geraten und fräßen sich jetzt durch das trockene Gras auf die Stadt zu.

Der dritte Angriff der Pikten stand kurz bevor. Artus hatte sich getäuscht. Die Angst der Barbarenkrieger vor der Dunkelheit war offenbar nicht so groß wie die vor Mordred und seiner Mutter. Die Belagerer setzen zum dritten und schwersten Sturm auf die Stadt an.

Es mussten drei- oder gar viermal so viele Krieger wie bei den vorherigen Angriffen sein, die sich nun den Mauern näherten, und ganz plötzlich war die Luft voller lodernder Lichtpunkte, die Funkenschauer hinter sich herzogen und manchmal in kleinen, rasch aufblitzenden und ebenso rasch wieder erlöschenden Explosionen vergingen.

Aber wie hatte sich Artus so täuschen können?

Lancelot wollte sich umwenden, um zurück zur Stadtmauer zu eilen und seinen Platz bei den Verteidigern einzunehmen, doch etwas hielt ihn zurück. Er trat so dicht an die Zinnen heran, wie er konnte, und starrte das Bild, das sich ihm bot, mit immer größer werdendem Entsetzen an.

Artus hatte sich nicht getäuscht. Ganz plötzlich wurde Lancelot klar, dass Artus genau gewusst hatte, dass die-

ser dritte Ansturm erfolgen würde. Er hatte ihn belogen, damit er zurückging.
Aber warum nur?
Diesen gewaltigen Ansturm zurückzuschlagen würde schon mit seinem unbesiegbaren Schwert schwer genug sein, doch ohne das Elbenschwert und die unzerstörbare Rüstung, die ihn nahezu unverwundbar machte, sanken die Chancen der Verteidiger noch einmal drastisch. Und Artus wusste genau, dass ihm nichts geschehen konnte. Es hatte nichts mit Angeberei zu tun oder damit, dass er sich überschätzte – Lancelot kalkulierte ganz ruhig und realistisch, dass er allein dort oben auf den Mauern mindestens fünfzig Männer aufwog, wenn nicht mehr – und das war ein Drittel der Verteidiger, die Artus zur Verfügung standen.
Warum also hatte Artus ihn zurückgeschickt?
Er fand keine Antwort auf diese Frage, aber er hörte plötzlich Schritte. Er drehte sich langsam herum, weil er dachte, die beiden Wächter wären zurückgekommen, doch statt ihnen trat eine schlanke, in ein weißes Gewand gehüllte Gestalt aus der Tür, sah sich rasch und fast schuldbewusst um und eilte dann mit schnellen Schritten auf ihn zu. Noch bevor sie die halbe Distanz zurückgelegt hatte, erkannte er sie. Er wusste ihren Namen nicht, aber es war eine von Gwinneths Zofen.
»Sir Lancelot?« Obwohl sie allein waren, flüsterte die junge Frau und sah sich dabei erneut hastig nach allen Seiten um. »Ich bin froh, dass ich Euch hier treffe. Ich habe überall nach Euch gesucht. Einer der Wächter sagte, Ihr wärt hier oben.«
»Nun habt Ihr mich ja gefunden«, antwortete Lancelot. Dann erschrak er. »Ist etwas mit Gwinneth?«
Die junge Frau schüttelte den Kopf. »Sie ist nicht verletzt oder in Gefahr, wenn Ihr das meint«, sagte sie

rasch. »Aber sie hat mich geschickt, um Euch eine Nachricht zukommen zu lassen.«

»Welche Nachricht?«

»Sie möchte Euch sehen, Herr«, antwortete die Zofe.

»Jetzt?«

Die junge Frau nickte. »Sie wartet unten bei der Kapelle auf Euch. Ihr sollt gleich kommen.«

Im ersten Moment verstand Lancelot nicht wirklich, was er da hörte. Dann keuchte er: *»Bei der Kapelle?« War Gwinneth vollkommen verrückt geworden?* Die Kapelle lag außerhalb der Stadtmauern!

»Sie sagte, Ihr wüsstet, wo«, bestätigte die Zofe. »An einem Grab. Sie hat nicht gesagt, an welchem, aber sie meinte, Ihr würdet schon wissen, wovon ich rede.«

Und ob Lancelot das wusste!

»Ich gehe zu ihr«, sagte er. »Und Ihr werdet niemandem etwas von diesem Gespräch erzählen. Kann ich mich darauf verlassen?«

»Ja, Herr«, antwortete die Zofe. Sie hatte viel zu viel Angst, um irgendetwas anderes zu sagen, aber Lancelot spürte dennoch, dass sie die Wahrheit sprach. Trotzdem fügte er eindringlich hinzu:

»Auch dem König nicht. Absolut *niemandem*, ist das klar?«

Sie nickte und nach einem letzten prüfenden Blicken in ihr Gesicht fuhr Lancelot auf dem Absatz herum und stürmte von der Plattform und die Treppe hinunter, so schnell er nur konnte.

Obwohl die Stadt abgeriegelt war und nicht nur auf der dem feindlichen Heer zugewandten Seite zahlreiche Wachen hinter den Zinnen patrouillierten, gab es Wege, die hinaus- und auch wieder hereinführten. Aus seiner Zeit als Küchenjunge kannte Lancelot alle Schlupf-

winkel und geheimen Pfade aus der Stadt viel besser als vermutlich sogar Artus. Nachdem er die Burg verlassen hatte, tauchte er in das Gewirr aus dunkel daliegenden Straßen und Gassen ein und wechselte ein paar Mal willkürlich die Richtung, bis er ganz sicher war, dass niemand ihn verfolgte. Eine halbe Stunde später – obwohl er sehr schnell gelaufen war, aber Camelot war gewaltig – bückte er sich unter den dornigen Zweigen eines wild wuchernden Busches hindurch, der den getarnten Ausgang verbarg, sah sich rasch nach allen Seiten um und huschte dann in Richtung der kleinen Kapelle. Es war vollkommen still. Der Schlagschatten der Mauer war so dunkel, dass er nur wenige Schritte weit sehen konnte. Hinter den Fenstern des Gotteshauses brannte kein Licht und er hörte auch nicht den mindesten Laut, als er sich der kaum kniehohen Einfriedungsmauer näherte, die die Kapelle und den kleinen Friedhof umgab. Wenn Gwinneth tatsächlich hier war, verhielt sie sich völlig ruhig.
Lancelot huschte zu dem namenlosen Grab, an dem er damals mit Gwinneth gestanden hatte, und sah sich um. Sie war nicht da. Aber *irgendjemand* befand sich trotzdem hier. Lancelot spürte es. Jemand stand im Schatten verborgen und beobachtete ihn.
»Gwinneth?«, fragte er halblaut.
Aus der Dunkelheit jenseits der Kapelle erklang ein leises Lachen, dann trat eine Gestalt in einer schwarzen, an eine Mönchskutte erinnernde Robe heraus, machte zwei Schritte und blieb wieder stehen.
»Nicht genau«, sagte sie. Die Stimme drang aus der Dunkelheit unter der weit nach vorne gezogenen Kapuze hervor und war Lancelot seltsam vertraut. Sie gehörte nicht Gwinneth, aber es war eindeutig eine Frau.

»Wer seid Ihr?«, fragte er scharf. Seine Hand senkte sich auf das Schwert, und obwohl er sich voller Grauen daran erinnerte, was geschehen war, als er es das letzte Mal gezogen hatte, würde er jetzt keine Sekunde zögern, es erneut zu tun.
»Aber ich bitte dich, mein junger Freund, das ist doch wirklich nicht nötig.« Die Gestalt trat einen weiteren Schritt auf ihn zu, hob langsam die Hände und schlug die Kapuze zurück und Lancelots Augen wurden groß vor Staunen und Schrecken. »Hat Artus dir denn überhaupt nichts erzählt?«, fragte Morgaine Le Faye.
»Ihr?«, keuchte Lancelot.
»Ich sollte enttäuscht sein, vielleicht sogar ein bisschen beleidigt, dass du mich nicht schon längst erkannt hast«, sagte Morgaine lachend. »Ja, ich bin es.«
»Ihr ... ihr wart es die ganze Zeit?«, murmelte Lancelot verstört. Seine Gedanken überschlugen sich. »Und Ihr habt auch die Zofe ...«
»Du darfst dem armen kleinen Ding nicht böse sein«, sagte Morgaine. »Sie ist ihrer Herrin treu ergeben und wollte dich gewiss nicht in eine Falle locken.«
»Ihr habt sie mit Eurer Magie getäuscht«, sagte Lancelot grimmig.
»Ich gestehe es«, antwortete Morgaine lachend. »Nicht, dass es mir große Schwierigkeiten bereitet hätte – aber ich fand es doch besser, dass wir uns hier draußen treffen. Wir haben das eine oder andere zu besprechen.«
»Ich wüsste nicht, was«, antwortete Lancelot wütend.
»Oh, ich glaube, das weißt du sehr gut, mein lieber Junge«, sagte Morgaine Le Faye. »Willst du mir denn gar keine Fragen stellen?«
»Nur eine einzige«, stieß Lancelot zwischen den zusammengepressten Zähnen hervor. Seine Hand umklammerte immer noch das Schwert. Die lodernde Blutgier,

die stets in der Klinge erwachte, wenn er danach griff, kam jetzt nicht, aber er spürte, dass er sehr wohl in der Lage war, sie zu ziehen. Und vielleicht war Morgaine Le Faye der einzige Mensch auf der Welt, den er ohne Not töten konnte. Er hatte nicht vergessen, dass sie es war, die Merlin ermordet und diesen ganzen sinnlosen blutigen Krieg gegen Camelot vom Zaun gebrochen hatte. Und er wusste nicht einmal warum.

»Welche?«

»Warum?«, fragte Lancelot. »Ihr wart es, die mir aufgelauert hat. Ihr habt mir an jenem Morgen im Wald das Leben gerettet, aber Ihr habt auch Eure Krieger gegen mich gehetzt, obwohl Ihr wusstet, dass ich sie besiegen würde.«

»Ich habe es gehofft«, sagte Morgaine. »Ja, das stimmt. Und du hast mich nicht enttäuscht.«

»Warum?«, wiederholte Lancelot verständnislos. »Der Tod dieser Männer war vollkommen sinnlos. Ihr habt gewusst, dass sie keine Chance gegen mich haben – und sie wussten es auch.«

»Ihr Tod war nicht sinnlos«, behauptete Morgaine. Sie lächelte weiter, aber dieses Lächeln war jetzt kalt und falsch und in ihren Augen lag eine Härte, die Lancelot einen Schauer über den Rücken laufen ließ.

»Was macht Sinn am Tod eines Mannes, der gezwungen wird gegen einen Feind zu kämpfen, den er nicht schlagen kann?«, fragte Lancelot.

»Sein Tod«, sagte Morgaine. »Jeder Mann, den du getötet hast, war wichtig für mich. Deshalb hat meine Magie sie sozusagen in dein Schwert getrieben. Du weißt es noch nicht, aber du gehörst bereits mir, mein junger, tapferer, dummer Freund.«

»Wie bitte?«

Morgaine Le Faye deutete mit einer Kopfbewegung auf

Lancelots rechte Hand, die sich so fest um den Schwertgriff geschlossen hatte, dass es ihm wehtat. »Hast du es denn immer noch nicht begriffen?«, fragte sie. »Die Dienste dieses Schwertes sind nicht umsonst. Es verlangt einen Preis für seine Hilfe und du hast diesen Preis bereitwillig bezahlt.«

Lancelot verstand immer noch nicht, wovon sie sprach, aber tief in ihm begann sich etwas wie ein eisiges Entsetzen breit zu machen, als hätte ein Teil von ihm sehr wohl begriffen, was sie ihm sagen wollte, ja, hätte es vielleicht die ganze Zeit über gewusst. »Was ... was meint Ihr damit?«, murmelte er verstört.

»Wie viele Männer hast du heute erschlagen?«, fragte Morgaine. »Fünf? Zehn? Wahrscheinlich mehr.«

»Ich weiß es nicht«, antwortete Lancelot wahrheitsgemäß. »Welche Rolle spielt das?«

»Die einzige«, erwiderte Morgaine. »Du bist fast so weit. Ich spüre es.«

»So weit? Wie –«

»Du hältst mich für böse«, unterbrach ihn Morgaine. »Du glaubst, ich wäre euer Feind. Der Feind aller Menschen. Aber *ich* habe dich nicht belogen. Artus schon.«

Lancelot starrte sie an. Er begann zu ahnen, was ihre geheimnisvollen Worte bedeuteten, und schon diese Ahnung erfüllte ihn mit einem Grauen, für das er keinen Ausdruck fand.

»Dieses Schwert wurde in Drachenblut geschmiedet, genau wie sein Zwillingsbruder Excalibur«, fuhr Morgaine fort. »Vor unendlich langer Zeit und von einem Wesen, das du dir nicht einmal vorzustellen vermagst. Nichts auf dieser Welt kann ihm widerstehen und nichts auf dieser Welt kann dem, der es führt, gefährlich werden. Aber seine schwarze Seele hungert nach Blut.

Und mit jedem Leben, das du damit auslöschst, mit jedem Tropfen Blut, den du damit vergießt, geht ein bisschen mehr von dieser schwarzen Seele auf dich über. Hast du es noch nicht gespürt? Wirklich nicht?«

Natürlich hatte er es gespürt. Es war nicht nur der Blutdurst des Schwertes gewesen, der ihn so entsetzt hatte. Viel schlimmer, so furchtbar, dass er nicht einmal bereit gewesen war, es sich selbst wirklich einzugestehen, war seine eigene Reaktion gewesen. Wenn er dieses Schwert geführt hatte, hatte er töten *wollen*. Es hatte ihn schier mit Raserei erfüllt, Leben auszulöschen. Und er spürte ein schwaches Echo dieses schrecklichen Blutdurstes selbst jetzt, dabei lag die Hand nur auf dem Schwertgriff und es war kein Feind in der Nähe. Wie hatte er sich so entsetzlich irren können? Es war nicht die Stimme des Schwertes gewesen, die er in sich gehört hatte, sondern seine eigene.

»Das hättest du nicht sagen sollen«, murmelte er.

»Aber es ist doch längst zu spät«, sagte Morgaine leise. Sie lachte wieder und es war der böseste Laut, den er jemals in seinem Leben gehört hatte. »Ich weiß, was du jetzt denkst. Du glaubst, du könntest das Schwert nehmen und wegwerfen und alles wäre vorbei. Du denkst, du könntest diese Rüstung abstreifen und zu deiner kleinen Freundin zurückgehen und mit ihr fliehen und der Albtraum hätte ein Ende. Aber das ist nicht wahr und du weißt es. Du gehörst bereits zu uns. Du hättest auf Artus hören und bei ihm im Turm bleiben sollen. Du hast ein Leben zu viel genommen, mein junger Freund.«

Plötzlich schrie Lancelot auf, riss das Schwert aus der Scheide und sprang mit einem gewaltigen Satz auf Morgaine zu. Sie rührte sich nicht. Furchtlos und mit einem spöttischen Lächeln in den Augen sah sie ihm entgegen. Und obwohl Lancelot wild entschlossen war, sie zu töten, ein allerletztes Mal Blut zu vergießen und diesem grausamen Spiel damit ein Ende zu bereiten, selbst wenn es sein eigenes Leben kostete, er konnte es nicht. Einen Schritt vor ihr erstarrte er, am ganzen Leib zitternd und das Schwert mit beiden Händen hoch über den Kopf erhoben, jeden Muskel bis zum Zerreißen angespannt. Er konnte es nicht.

Elben töten keine Elben.

Das hatte Artus nicht einfach so gesagt. Sie konnten es nicht. Er konnte Morgaine ebenso wenig ein Leid antun wie sie ihm.

»Ich mache dir ein Angebot, Lancelot«, sagte Morgaine. Ihr Lächeln erlosch, sogar das Funkeln von Bosheit in ihren Augen war plötzlich nicht mehr da und mit einem Male klangen ihre Worte vollkommen ehrlich, wenn auch hart und ohne die mindeste Spur von Mitgefühl oder Erbarmen. »Komm zu mir. Schwöre Artus ab und komm zu mir. Ich biete dir den Platz an meiner Seite an.«

»Das ist lächerlich«, murmelte Lancelot. Mit einem erschöpften Seufzer ließ er das Schwert sinken, trat wieder zurück und schüttelte den Kopf. »Du kennst meine Antwort.«

»Ich fürchte, ja«, sagte Morgaine, »aber ich bitte dich, überleg es dir. Früher oder später gehörst du ohnehin zu uns. Aber ich brauche keinen weiteren willenlosen Sklaven. Ich habe genug Marionetten um mich herum. Du bist etwas Besonderes, Lancelot. Komm zu mir und ich verspreche dir, nicht nur den Bann zu lösen, den das Schwert über dich geworfen hat. Du wirst an meiner Seite regieren und du wirst Gwinneth bekommen.«

»Was würde Mordred dazu sagen?«, fragte Lancelot müde.

»Er wird nicht begeistert sein«, sagte Morgaine. »Aber das ist mein Problem. Er mag Artus' und mein Sohn sein, aber ich kenne seine Schwächen. Er ist ein Herrscher, aber kein König. Ich brauche jemanden, der nicht nur durch das Schwert regiert.«

»Ihr kennt meine Antwort«, wiederholte Lancelot. »Ich werde Euch niemals gehören.«

»Überleg es dir noch einmal«, meinte Morgaine Le Faye erneut. Sie schüttelte den Kopf, als Lancelot widersprechen wollte, und machte eine befehlende Geste. »Ich werde dieses Nein jetzt nicht akzeptieren. Ich gebe dir Zeit bis morgen früh, in Ruhe über mein Angebot nachzudenken. Wenn dir dein eigenes Leben und das von Gwinneth schon egal ist, dann denk an das Leben all der Menschen hier in der Stadt. Komm zu mir und ich breche den Angriff ab. Und bedenke deine Entscheidung gut. Ein Nein würde nichts ändern. Du kannst weder diese Rüstung noch das Schwert jemals wieder im Leben ablegen. Es ist zu spät, glaube mir. Du kannst dich noch eine Weile wehren, aber irgendwann gehörst du mir. Der Unterschied ist nur, ob Gwinneth, Artus, seine Ritter und all die Menschen hier in der Stadt dann noch am Leben sind oder nicht. Es liegt bei dir.«

Das Schlimmste war: Lancelot spürte, dass dieses Angebot ernst gemeint war. Morgaine log nicht. Damit bürdete sie ihm die alleinige Verantwortung für jedes einzelne Leben hier in der Stadt auf. Sie ließ ihm keine Wahl.

Und dann tat sie etwas, was noch viel, viel schlimmer war. Lancelot hatte geglaubt, dass es nichts mehr gab, was sie ihm noch antun konnte, aber das stimmte nicht. Morgaine trat einen Schritt zurück, machte eine schnelle Handbewegung – und Lancelot konnte spüren, wie der Bann von ihm abfiel. Plötzlich konnte er sich wieder

bewegen. Plötzlich gehorchten ihm seine Glieder wieder und er wusste mit unerschütterlicher Sicherheit, dass er jetzt, in diesem einen Moment, tatsächlich fähig war, das magische Schwert gegen sie einzusetzen.
»Was ... was tust du?«, murmelte er.
»Ich gebe dir eine Chance«, sagte Morgaine. »Töte mich. Du kannst es. Wenn du es wirklich willst, kannst du es. Jetzt. Nur dieses eine Mal.«
»Aber, aber warum?«
»Weil das nichts ändern würde«, antwortete Morgaine. Sie deutete auf das Schwert. »Nimm noch ein einziges Leben damit und die Verwandlung ist vollendet. Töte mich und du nimmst meinen Platz ein. Es macht keinen Unterschied.«
Und auch das war die reine Wahrheit. Lancelot wankte einen halben Schritt zurück und stöhnte wie unter Schmerzen. »Wie kann ein Mensch nur so grausam sein?«, murmelte er.
»Ich bin kein Mensch«, erinnerte Morgaine Le Faye mit einem milden Lächeln. »So wenig wie Artus. Oder Gwinneth. Und du, Lancelot.«
Und damit verschwand sie.
Lancelot stand lange Zeit da und starrte die Stelle an, an der der Schatten gestanden hatte. Dann drehte er sich um und ging mit schleppenden Schritten und hängenden Schultern, wie unter einer unsichtbaren Zentnerlast gebeugt, langsam wieder in die Stadt zurück.

Der Lärm der Schlacht hielt noch immer an, als er zur Burg zurückkehrte. Camelots Schicksal und erst recht das Artus' und jedes seiner Ritter war Lancelot alles andere als gleichgültig, aber Morgaine hatte ihm auch klar gemacht, dass es rein gar nichts mehr gab, was er jetzt noch für sie tun konnte. Es gab überhaupt nur noch eine Sache, die er tun konnte, und auch wenn sie allen – Artus vielleicht ausgenommen, der die Wahrheit ahnen mochte – wie Verrat und Feigheit vorkommen musste, so war es doch alles, was ihm noch zu tun blieb. Wenn er dieses verfluchte Schwert noch ein einziges Mal hob, wenn er noch einen einzigen Tropfen Blut damit vergoss, dann würde er selbst zum schlimmsten Feind werden, den sich Artus und alle seine Ritter nur denken konnten.

Lancelot fragte sich, was geschehen würde. Würde sich seine Rüstung schwarz färben und plötzlich mit Stacheln und tödlichen Klingen besetzt sein wie die, die Mordred in der Schlacht am Cromlech getragen hatte? Würde sein Gesicht düster und grausam, seine Stimme von Bosheit und Kälte erfüllt sein wie die Mordreds? Nein. So einfach würde es nicht sein. Es würde ganz anders sein und viel, viel schlimmer.

Aber Lancelot hatte nicht vor, es so weit kommen zu lassen.

Er überlegte einen Moment ernsthaft, Artus eine Nachricht zukommen zu lassen, um die Gründe für seinen vermeintlichen Verrat zu erklären. Trotz des Schadens, den Artus' Ansehen in seinen Augen während der letzten Tage und Stunden genommen hatte, empfand er immer noch ein Gefühl tiefer Freundschaft und Dankbarkeit, an dem nichts, was immer auch geschehen mochte, irgendetwas würde ändern können. Artus hatte einfach zu viel für ihn getan und es war ihm wichtig, dass er ihn nicht für einen Verräter und Feigling hielt.

Als er das Stockwerk erreicht hatte, in dem sein Zimmer lag, blieb er überrascht stehen. Die Tür, die sich ganz am Ende des Korridors befand, stand weit offen. Flackernder roter Lichtschein fiel heraus und er hörte eine aufgeregte Frauenstimme, der eine andere leise und eingeschüchtert widersprach. Lancelot blieb gerade lange genug stehen, um die wütende Stimme als die Gwinneths zu identifizieren, dann begann er auf die offene Tür zuzulaufen.

Er kam gerade zurecht um zu sehen, wie Gwinneth den Arm hob, um die junge Frau, die zitternd vor ihr auf die Knie gesunken war, zu ohrfeigen, die Bewegung aber dann nicht zu Ende führte, sondern es bei einem wütenden Blick beließ.

»Was geht hier vor?«, erkundigte er sich.

Gwinneth fuhr herum. Ihr Gesicht hatte sich vor Zorn verdüstert, aber als sie ihn erkannte, erschien ein Ausdruck unendlicher Erleichterung auf ihrem blassen Gesicht.

»Lancelot!«

»Gwinneth, was tust du hier?«, fragte Lancelot. Er deutete auf die junge Frau, die immer noch auf den Knien lag und auch ihn furchtsam ansah. Sie hatte den Schleier zurückgeschlagen und Lancelot konnte sehen, dass sie geweint hatte. Es war die Zofe, die ihn oben auf dem Turm aufgesucht hatte.

»Dieses dumme Ding hat mir eine völlig verrückte Geschichte erzählt«, sagte Gwinneth mit einer anklagenden Geste auf die Zofe. »Stell dir vor, sie behauptet –«

»Es ist nicht ihre Schuld«, verteidigte sie Lancelot.

Gwinneth blinzelte. »Aber du weißt doch gar nicht –«

»Ich weiß Bescheid«, unterbrach sie Lancelot. Er warf der Zofe einen raschen beruhigenden Blick zu, und als er sich wieder an Gwinneth wandte, versuchte er zu lächeln, spürte aber selbst, wie kläglich es misslang. »Das Ganze ist ein großes Missverständnis, glaub mir. Das Mädchen hat nichts getan, was du ihm vorwerfen müsstest. Aber jetzt ist nicht der Moment, um darüber zu reden. Ich muss mit dir sprechen. Allein.«

Gwinneth sah ihn überrascht an, aber die Zofe stand hastig auf und eilte, ohne ein Wort und auch ohne die Erlaubnis ihrer Herrin zu erbitten, aus dem Zimmer.

Lancelot sah ihr nach, ging dann zur Tür und schloss sie hinter ihr. Gwinneth sah ihn fragend, aber auch leicht ungeduldig an und wartete offensichtlich auf eine Erklärung, doch Lancelot blieb drei oder vier Schritte von ihr entfernt stehen und blickte sie nur missbilligend an.

»Was tust du hier?«, fragte er. »Du solltest in deiner Kemenate sein. Du hast doch gehört, was Artus gesagt hat. Und du weißt, was geschieht, wenn man dich und mich zusammen sieht. Noch dazu allein und hier, in meinem Zimmer.«

»Ich musste einfach kommen«, widersprach Gwinneth. »Dieses dumme Ding hat eine so verrückte Geschichte erzählt, dass ich mich mit eigenen Augen überzeugen musste, dass es dir gut geht.«

Gut?, dachte Lancelot. Nein, es ging ihm ganz gewiss nicht gut. Er hatte vorgehabt einfach zu gehen, aber nun, da er Gwinneth gegenüberstand und in ihre Augen blickte, wurde ihm klar, dass das vielleicht das Schlimmste gewesen wäre, was er ihr und vielleicht auch sich selbst hätte antun können.

»Ich muss gehen«, sagte er ruhig.

Gwinneth schien das nicht völlig unvorbereitet zu treffen. Für die Dauer von zwei, drei Atemzügen sah sie ihn nur an, dann fragte sie leise:

»Jetzt? Mitten in der Schlacht? Du weißt, wie das in den Augen der anderen aussehen muss?«

»Artus wird mich verstehen«, behauptete Lancelot. »Und was die anderen denken, ist mir gleich.«

»Und ich? Ist es dir auch gleich, was ich denke?«
Es lag ihm auf der Zunge, zu sagen, *komm mit.* Es gab nichts, was er in diesem Moment lieber gesagt hätte. Alles in ihm schrie danach, es zu tun, und dennoch brachte er keinen Laut hervor. Er spürte sogar, dass Gwinneth genau darauf wartete, und er wusste mit unerschütterlicher Sicherheit, dass sie seine Bitte erhören würde, ja, dass sie genau wie er nichts mehr wollte, als Artus und Camelot und diesen ganzen sinnlosen Krieg zu verlassen. Und vielleicht war genau das der Grund, aus dem er auch weiter schwieg. Artus würde verstehen, warum er ging. Er würde zumindest ahnen, dass Lancelot die Wahrheit erfahren und das Einzige getan hatte, was ihm noch zu tun blieb, um ihn und den anderen Verteidigern zu helfen. Aber wenn er ging und Gwinneth mit sich nahm, dann würde er endgültig zum Verräter werden, nicht nur in Artus' Augen und in denen der anderen, sondern auch in seinen eigenen, und wenn es etwas gab, was der einfache Küchenjunge Dulac in der kurzen Zeit seines neuen Lebens als Ritter Lancelot gelernt hatte, dann, dass nichts Gutes daraus werden konnte, wenn man versuchte ein neues Glück auf Verrat und Lüge aufzubauen.
All dies und noch viel mehr hätte er Gwinneth sagen können und er wusste auch, dass sie ihn verstanden hätte, aber es war gar nicht nötig. Trotz allem waren sie sich so ähnlich, dass Lancelot einfach klar war, dass sie seine Beweggründe erriet und begriff.
Der Wind drehte sich. Für einen Moment kehrte eine fast unheimliche Stille ein, dann wechselten die Böen erneut ihre Richtung und durch die offenen Fenster wehte wieder das entfernte Getöse der Schlacht herein. Gwinneth wandte den Kopf und blickte zum Fenster, und als sie sich herumdrehte und auf ihn zukam, sah er

Tränen in ihren Augen glitzern. Als sie noch einen Schritt von ihm entfernt war, da musste er mit aller Macht gegen den Impuls ankämpfen, davonzurennen, als wäre der Teufel persönlich hinter ihm her, zugleich aber auch gegen einen zweiten, ebenso starken Wunsch, sie einfach an sich zu reißen und mit aller Macht festzuhalten und nie wieder loszulassen. Doch er stand einfach nur reglos da und sah ihr entgegen und es war Gwinneth, die ihn in die Arme schloss, um ihn lange und zärtlich zum Abschied zu küssen.

Die Tür wurde mit solcher Wucht aufgestoßen, dass sie gegen die Wand krachte und der hölzerne Riegel zerbrach.

Lancelot fuhr erschrocken herum und Gwinneth stieß einen entsetzten Schrei aus. Sie waren beide viel zu überrascht, um sich aus ihrer gegenseitigen Umarmung zu lösen.

Artus stand unter der Tür. Sein Mantel und seine Rüstung waren unversehrt und sauber, was bewies, dass er auch jetzt nicht an der Schlacht teilgenommen hatte, und hinter ihm standen Parzifal, Sir Galahad und Sir Mandrake. Galahad und Parzifal sahen entsetzt drein, während Mandrake, der die lauthals schluchzende Zofe mit der unversehrten Hand festhielt, alle Mühe zu haben schien, ein grimmiges Lächeln zu unterdrücken. Artus aber wirkte, genau wie Gwinneth vorhin, nicht wirklich überrascht. Nur unendlich traurig.

»Also doch«, sagte er leise.

Lancelot fand endlich die Kraft, sich von Gwinneth zu lösen und sich ganz zum König herumzudrehen. »Sire, das ist nicht so, wie es aussieht«, begann er hastig. »Es ist ...« Er brach ab. Selbst in seinen Ohren klangen die Worte absurd, lächerlich und seiner und Gwinneths nicht würdig.

Artus nickte langsam. »Das weiß ich, mein Freund«, sagte er. »Es ist in Wahrheit viel schlimmer, als es aussieht.«
»Artus«, begann Gwinneth, »du musst –«
Artus warf ihr einen eisigen Blick zu und brachte sie damit zum Verstummen. Wieder schüttelte er den Kopf und seine Stimme klang noch trauriger. »Ich glaube, ihr wisst gar nicht, was ihr getan habt. Was ihr mir und euch selbst und vor allem Camelot angetan habt. Mir bleibt jetzt keine andere Wahl mehr.«
»Aber –«, begann Gwinneth, verstummte jedoch sofort wieder, als Lancelot ihr einen warnenden Blick zuwarf. Es war besser, wenn sie schwieg. Vielleicht hätte es etwas gebracht, wenn sie mit Artus allein gewesen wären, aber so konnte alles, was sie sagte, die Situation nur schlimmer machen.
»Ich stehe Euch zur Verfügung, Sire«, sagte Lancelot leise.
Artus nickte, als hätte er nichts anderes erwartet. Dann wandte er sich an Gwinneth. »Geht in Eure Gemächer, Mylady«, sagte er kalt. »Ich werde später entscheiden, was mit Euch zu geschehen hat.« Er drehte sich halb herum. »Sir Parzifal, bitte begleitet die Königin zur Kemenate.«
Der Angesprochene fühlte sich in dieser Rolle alles andere als wohl, das war ihm anzusehen. Trotzdem nickte er, trat einen respektvollen Schritt zurück, um Gwinneth vorbeizulassen, und schloss sich ihr dann an. Gwinneth machte jedoch nur zwei oder drei Schritte auf den Flur hinaus, blieb dann stehen und maß Sir Mandrake mit einem so vernichtenden Blick, dass dieser ihm nur kurz standhielt, ehe er die immer noch wimmernde Zofe losließ. Gwinneth legte den Arm um die Schulter der schluchzenden jungen Frau und führte

sie davon und Artus, Galahad und Mandrake warteten, bis sie zusammen mit Parzifal das Ende des Flures erreicht hatten und auf der Treppe verschwunden waren. Erst dann wandte sich Artus wieder an Lancelot und fuhr fort:

»Ich müsste Euch in den Kerker werfen lassen, das ist Euch klar, Sir«, sagte er. »Aber im Moment haben wir andere Probleme in Camelot. Mir ist sehr wohl bewusst, wie tief wir alle in Eurer Schuld stehen. Habe ich Euer Wort, dass Ihr diesen Raum nicht verlassen und auch sonst keinen Fluchtversuch unternehmen werdet?«

»Selbstverständlich«, antwortete Lancelot.

»Dann soll es mir auch genügen.« Artus nickte. »Ich werde zurückkommen, sobald draußen an der Mauer wieder Ruhe eingekehrt ist. Bis dahin werdet Ihr hier bleiben und mit niemandem reden.«

Es verging noch eine Stunde, wenn nicht mehr, bis der Lärm der Schlacht in der Ferne allmählich leiser wurde und dann ganz erlosch. Dennoch blieb der Himmel im Norden rot, wie in Blut getaucht, und nachdem sich der Wind abermals gedreht und aufgefrischt hatte, trug er Brandgeruch mit sich. Lancelot stand die ganze Zeit reglos am Fenster und blickte hinaus, aber er sah weder den Feuerschein noch die tanzenden Schatten wirklich und er hörte auch nicht das Tosen der Schlacht und die Schreie der Sterbenden und Verwundeten oder das Prasseln der Flammen. Er hätte hinterher auch nicht sagen können, was in dieser Zeit in ihm vorgegangen war. Wenn es überhaupt so etwas wie ein klar fassbares Gefühl gab, an das er sich erinnerte, dann war es eine absurde Art von Erleichterung. Ganz gleich, was jetzt geschehen mochte, er war froh, dass das Versteckspiel ein Ende hatte.

Auch nachdem die Schlacht vorüber war, blieb er noch lange Zeit allein. Die beiden Ritter, die ihn hierher begleitet hatten, hatten ihm weder seine Waffe noch seine Rüstung abgenommen und auch die Tür nicht verschlossen. Lancelot hatte nicht nachgesehen, aber er war sicher, dass es draußen auf dem Gang keine Wache gab. Er hatte Artus sein Wort gegeben, hier zu bleiben, und nicht nur der König selbst musste wissen, dass ihn dieses Wort viel mehr band, als es jeder bewaffnete Posten draußen auf dem Gang getan hätte.
Mitternacht war längst vorüber. Die Nacht war dem nächsten Morgen näher als dem vergangenen Abend, als er endlich wieder Schritte auf dem Gang hörte. Lancelot blieb vor dem Fenster stehen und blickte zur Tür, die nur einen Augenblick später aufgestoßen wurde. Artus, Gawain und Parzifal, Mandrake und Galahad betraten den Raum.
Galahad schloss die Tür und Artus kam mit steinernem Gesicht einige Schritte näher, blieb aber in halber Entfernung stehen. Er sah sehr müde aus. Sein Mantel und seine Rüstung waren nun so zerschrammt, verdreckt und blutbesudelt wie die der anderen, und Lancelot las eine Müdigkeit in seinem Blick, die weit tiefer ging als eine rein körperliche Erschöpfung.
Es wurde sehr still. Lancelot wartete darauf, dass Artus das Wort ergriff, aber es verging eine Ewigkeit, in der der König ihn nur ansah und sichtlich nach den richtigen Worten suchte ohne sie zu finden. Schließlich löste er sich mit einem Ruck aus seiner Starre, räusperte sich mehrmals und begann mit lauter Stimme:
»Lancelot du Lac, Ihr wisst, warum wir gekommen sind.«
Lancelot nickte nur.
»Wir sind hier, um über Euch Gericht zu halten«, fuhr

Artus fort. Er sah Lancelot dabei fest in die Augen, aber irgendwie gelang es ihm, seinem Blick trotzdem auszuweichen. Er schien etwas zu sehen, das hinter Lancelot war, auf jeden Fall aber weit, weit entfernt. »Die Umstände und der Mangel an Zeit erlauben es uns nicht, eine ordnungsgemäße Verhandlung abzuhalten, auf die Ihr ein Recht hättet, Sir. Aus diesem Grunde habe ich die vier Ritter hier als meine Zeugen mitgebracht, damit mir niemand nachsagen kann, Euch wäre keine faire Chance zuteil geworden, Euch zu rechtfertigen.«

Lancelot hätte gerne widersprochen, dass es nichts gab, wessen er sich rechtfertigen müsste, aber eine innere Stimme sagte ihm, dass es besser war, nichts zu erwidern. Allein der Klang von Artus' Stimme machte ihm klar, wie sinnlos jedes Wort war. Das Urteil stand längst fest. Artus war nicht gekommen, um über ihn Gericht zu halten. Er war hier, um ihm das Urteil zu verkünden.

»Ihr, Sir Lancelot du Lac«, fuhr Artus nach einer Pause fort, »werdet beschuldigt, Euren König hintergangen zu haben. Ihr werdet des Ehebruchs mit der Königin und damit des Hochverrats beschuldigt. Habt Ihr zu diesen Anschuldigungen etwas zu sagen, Sir?«

Am liebsten hätte Lancelot laut aufgelacht, aber zugleich schnürte ihm die Absurdität dieser Worte schier die Kehle zu. Er konnte Artus nur fassungslos anstarren.

»Euer Schweigen könnte als Eingeständnis ausgelegt werden, Sir«, sagte Artus ruhig.

»Es ist besser, Ihr antwortet«, fügte Parzifal hinzu. Er war der Einzige, auf dessen Gesicht irgendeine Regung abzulesen war. Und er fühlte sich sichtlich nicht wohl in seiner Haut.

»Ich habe Euch nicht betrogen, Mylord«, sagte Lancelot, so ruhig er konnte. »Und ich habe auch die Krone und Camelot nicht verraten.«

»Wollt Ihr leugnen, dass Ihr und Lady Gwinneth –«

»Wenn Ihr mich fragt, ob ich sie liebe, dann ist die Antwort ein Ja«, unterbrach ihn Lancelot. Er wusste, wie ungeheuerlich es war, in einer Situation wie dieser dem *König* ins Wort zu fallen, aber er hatte nicht mehr die Kraft, sich zu beherrschen. Erregt fuhr er fort: »Ja, es ist wahr! Ich habe sie vom ersten Moment an geliebt, in dem ich sie gesehen habe. Aber das ist auch alles. Wir haben nichts getan, weswegen wir uns verteidigen müssten.«

»Bitte erspart uns die Erniedrigung, uns auch noch eine Lüge anhören zu müssen«, sagte Artus. »Wir alle haben mit eigenen Augen gesehen, wie –«

»– ich mich von Lady Gwinneth verabschiedet habe, ja«, unterbrach ihn Lancelot heftig. »Sie kam zu mir, weil sie in Sorge um mich war, und ich sagte ihr, dass ich Camelot und sie verlassen werde. Für immer ... sobald diese Schlacht vorüber ist.«

»Und das sollen wir Euch glauben?«, fragte Sir Mandrake. »Für mich sah es anders aus.«

Lancelot verschwendete keinen Atemzug, ihm zu antworten, sondern blickte nach wie vor den König an. »Es ist die Wahrheit«, sagte er. »Wenn ich ein Verbrechen begangen habe, indem ich dieselbe Frau liebe wie Ihr, dann bestraft mich dafür. Aber bezichtigt mich nicht des Verrats und der Feigheit. Dazu habt Ihr kein Recht. Nicht einmal Ihr.«

Mandrake wollte auffahren, aber Artus hob rasch die Hand und brachte ihn mit einer wütenden Geste zum Schweigen. Wieder blickte er Lancelot lange und durchdringend an. Dann seufzte er tief, schüttelte den Kopf und senkte den Blick. »Wie gerne würde ich Euch

glauben, Sir Lancelot«, sagte er. »Allein, die Tatsachen sprechen gegen Euch.«
»Welche Tatsachen?«, fragte Lancelot trotzig. »Das, was Sir Mandrake sagt? Ich wusste nicht, dass seine Worte mehr *Tatsache* sind als die meinen.«
»Genug!«, unterbrach Artus in lautem Ton. »Was Ihr getan habt, ist unverzeihlich, Sir. Ihr habt nicht allein meine Ehre verletzt und die von Lady Gwinneth. Das allein wäre schlimm genug, aber ich könnte es vielleicht ertragen. Aber Ihr habt die Krone beleidigt und seid deshalb schuldig. Ich müsste Euch auf der Stelle hinrichten lassen, aber ich habe auch nicht vergessen, was Ihr für mich und uns alle getan habt.«
Parzifal und Galahad tauschten einen überraschten Blick und zwischen Mandrakes Augenbrauen erschien eine steile Falte, aber Artus fuhr fort: »In Anbetracht Eurer Verdienste um Camelot schenke ich Euch das Leben, Lancelot du Lac. Aber ich erkenne Euch Euren Rang als Ritter der Krone ab und Ihr werdet mit sofortiger Wirkung aus Camelot verbannt. Ihr habt Zeit bis Sonnenaufgang, die Stadt zu verlassen. Solltet Ihr Euch dann noch in Camelots Mauern aufhalten, so betrachtet Euch als vogelfrei.«
Lancelot starrte Artus aus aufgerissenen Augen an. Er wusste selbst nicht, was er erwartet hatte, aber das war ... Er fand keine Worte dafür. Artus' Entscheidung hatte ihn getroffen, als hätte der König ihn geohrfeigt. Es war jetzt das zweite Mal, dass Artus sich seiner entledigte, so skrupellos und kalt, wie man ein zerbrochenes und nutzlos gewordenes Werkzeug wegwarf.
»Aber Mylord, ich bitte Euch«, murmelte Mandrake verstört. »Ihr könnt doch nicht –«
»Ihr habt meine Entscheidung gehört«, unterbrach ihn Artus. Er warf Mandrake einen eisigen Blick zu, drehte

sich dann wieder zu Lancelot herum und fuhrt fort: »So wie Ihr, Lancelot. Ich werde der Wache am Westtor Bescheid geben, dass man Euch unbehelligt passieren lässt. Nehmt an Vorräten mit, was Ihr braucht, und dann geht.«

Lancelot rang immer noch nach Worten. Er weigerte sich zu glauben, was er hörte. Artus musste doch wissen, wie haltlos Mandrakes Anschuldigungen waren.

Schließlich begann er mühsam: »Sire, ich bitte –«

»Ich will nichts mehr hören«, unterbrach ihn Artus. »Ihr seid ein Fremder für mich, Sir. Gebt Acht, dass Ihr nicht zu meinem Feind werdet.« Damit fuhr er auf dem Absatz herum und verließ, gefolgt von den anderen, das Zimmer.

Erst als sich die Tür mit einem Knall hinter ihnen schloss, fielen das Entsetzen und die Lähmung, die Lancelot ergriffen hatten, wieder von ihm ab. Plötzlich überschlugen sich seine Gedanken. Seine Hände begannen zu zittern und mit einem Mal hatte er das Gefühl, schreien, irgendetwas zerschlagen zu müssen. Er trat mit seinem Panzerstiefel so wuchtig gegen einen Schemel, dass dieser quer durch den Raum flog und an der gegenüberliegenden Wand zersplitterte, und schlug dann mit der geballten Faust gegen die Wand.

Der hässliche Schmerz, mit dem seine Knöchel aufplatzten und zu bluten begannen, riss ihn in die Wirklichkeit zurück. Und plötzlich packte ihn Zorn, aber eine völlig andere, stille Art von Zorn, die fast an Hass grenzte. Er war bis jetzt viel zu entsetzt gewesen, um es zu begreifen, aber nun wurde ihm klar, *warum* Artus es so eilig gehabt hatte und warum er in Begleitung ausgerechnet dieser Ritter gekommen war. Er hatte ihm nicht die geringste Chance gelassen, sich zu verteidigen, denn alles, was er zu seiner Verteidigung hätte vorbringen können, waren Dinge, die nur für Artus' Ohren und sonst niemanden bestimmt waren. Natürlich hatte er ihn nicht zum Tode verurteilen wollen und gar nicht können. Elben töten keine Elben, das waren seine eigenen Worte gewesen, und Lancelot war nun überzeugter denn je, dass er es gar nicht gekonnt hätte, so wenig wie er in der Lage gewesen war, Morgaine zu erschlagen. Artus musste erkannt haben, dass er endgültig und unwiderruflich nutzlos für ihn geworden war – kein Werkzeug mehr, sondern eine Gefahr –, und er hatte die einzige elegante Möglichkeit gewählt, sich seiner zu entledigen, die es gab. Seine vermeintliche Großzügigkeit war in Wahrheit ebenso niederträchtig und heimtückisch wie das ehrenvolle Begräbnis, das er dem Küchenjungen gegeben hatte, der an seiner Stelle gestorben war.

Lancelot hob die schmerzende Hand, bewegte die Finger und betrachtete das Blut, das an seinem Handrücken und dem Gelenk hinunterlief. Sein Blut, das er selbst vergossen hatte. Nicht Artus.

Elben töten keine Elben.

Das mag stimmen, dachte Lancelot. Aber es bedeutete nicht, dass sie sich gegenseitig nichts Schlimmeres antaten.

Es hatte keinen Abschied gegeben, kein Lebewohl, nicht einmal einen Blick zurück. Lancelot hatte einfach sein Gemach verlassen und war durch den offenbar menschenleeren Turm nach unten auf den Hof und geradewegs zum Stall gegangen, wo er ohne die mindeste Überraschung festgestellt hatte, dass das Einhorn bereits fertig gesattelt auf ihn wartete. Nicht eine Menschenseele war ihm begegnet, als er den Burghof überquerte, und selbst von den Wachen am Tor zeigte sich nicht einmal ein Schatten. In diesem Punkt unterschied sich Camelot in nichts von irgendeiner beliebigen Stadt auf der Welt: Schlechte Nachrichten machten hier schnell die Runde. Vermutlich, dachte er bitter, war er der Letzte, der erfahren hatte, dass er geächtet und ab morgen früh vogelfrei war.

Eine unheimliche Stille hatte sich nach der Schlacht über die Stadt gelegt. Er hörte nicht den mindesten Laut. Selbst das helle Hufklappern des Einhorns auf dem harten Kopfsteinpflaster der menschenleeren Straße schien von dieser unheimlichen Stille verschlungen zu werden, bevor es sich an den Wänden der Häuser brechen und als Echo zurückkehren konnte. Er sah keine Spur von Leben, keinen Hund, keine Katze, keine Ratte oder irgendeine der anderen Kreaturen, die die Straßen Camelots bevölkerten, wenn ihre angestammten Besitzer sich zur Nachtruhe zurückgezogen hatten. Die drei hintereinander liegenden Tore der verschiedenen Stadtbezirke standen weit offen und er sah auch hier niemanden. Erst als er sich dem äußeren, nach Westen führenden Tor näherte, gewahrte er zum ersten Mal wieder Menschen: ein paar Wächter, die sich als schwarze Schatten hinter den Zinnen oben auf der Burgmauer abhoben und schweigend zu ihm herunterblickten, und zwei oder drei Männer, die sich beeilten einen der schweren Torflügel zu öffnen, als sie sein Näherkommen bemerkten. Lancelot war sicher, dass auch sie ihn nicht ansprechen, sondern ganz im Gegenteil seine Nähe meiden würden wie die eines Pestkranken. Umso überraschter war er, als eine der Gestalten sich aus dem Schatten des Torbogens löste und ihm den Weg vertrat. Das Einhorn schnaubte unwillig und Lancelot ergriff die Zügel fester. Er spürte die Gereiztheit des Tieres und trotz allem war ihm nicht

daran gelegen, Camelot mit einem Akt sinnloser Gewalt zu verlassen.
»Geht aus dem Weg«, sagte er grob. »Ich habe es eilig.«
Die Gestalt – er konnte sie noch immer nur als Schatten erkennen – tat tatsächlich einen Schritt zur Seite, wenn auch mehr aus Respekt vor dem Einhorn als seiner Worte wegen, machte aber dann kehrt und trat mit drei, vier raschen Schritten durch das Tor aus der Stadt hinaus, ehe sie stehen blieb und sich wieder umdrehte. Nun, im blassen Licht der Sterne und der schmalen Mondsichel, konnte Lancelot das Gesicht endlich erkennen.
Überrascht zügelte er sein Tier.
»Ihr?« Lancelots Hand senkte sich zum Schwert, zuckte dann mit einer so hastigen Bewegung wieder zurück, als hätte er um ein Haar glühendes Eisen berührt.
»Wen habt Ihr erwartet, Küchenjunge?«, fragte Sir Mandrake mit einem leisen abfälligen Lachen.
»Küchen...« Lancelot riss ungläubig die Augen auf. »Was soll das bedeuten?«
Wieder lachte Sir Mandrake spöttisch, dann machte er einen Schritt und zugleich eine einladende Bewegung mit der unverletzten Hand. »Lasst uns ein Stück gehen«, sagte er. »Es sei denn, Ihr legt Wert darauf, dass jeder unsere Unterhaltung hört.«
Erneut vergingen Sekunden, bevor Lancelot seine Überraschung überwand und das Einhorn weiterlaufen ließ – und auch dann erst, nachdem er einen raschen Blick nach rechts und links geworfen hatte. Es war so dunkel, dass nichts zu erkennen war, was sich weiter als ein Dutzend Schritte entfernt befand, aber er hätte es gespürt, wäre jemand in ihrer Nähe gewesen.
Mandrake ging gut zwei Dutzend Schritte, bevor er stehen blieb, sich wieder herumdrehte und mit sichtlicher

Ungeduld darauf wartete, dass Lancelot zu ihm aufholte und aus dem Sattel stieg.

»Also«, begann Lancelot, jetzt wieder mit fester Stimme. »Was wollt Ihr von mir? Und was soll dieser Unsinn?«

Mandrake maß ihn mit einem fast mitleidigen Blick. Er sah noch erschöpfter aus als vorhin in der Burg, aber der Triumph in seinen Augen und der böse Spott in seinen Worten waren echt, nicht nur der geschauspielerte Trotz, der sich oft hinter einem solchen Benehmen verbirgt.

»Hast du wirklich geglaubt, du könntest mich mit deiner silbernen Rüstung und dem prachtvollen Schwert täuschen, kleiner Junge?«, fragte er. Seine Stimme klang immer noch höhnisch. Er schüttelte den Kopf. »Dulac ... sag: War es deine Idee, dich Lancelot du Lac zu nennen, oder die Merlins? Diese Art von Humor sieht ihm nämlich ähnlich.«

Lancelot wollte protestieren, aber dann sagte er sich selbst, wie albern das wäre. Und es hatte auch keinen Sinn mehr. »Wie lange wisst Ihr es schon?«, fragte er.

»Lange genug«, erwiderte Mandrake. »Aber mach dir keine Sorgen, Küchenjunge, ich bin der Einzige, der es weiß. Außer vielleicht ... Artus?«

Lancelot antwortete nicht darauf, sondern starrte den Ritter nur an.

»Warum ziehst du nicht dein Zauberschwert und erschlägst mich?«, fragte Mandrake.

Tatsächlich bewegte sich Lancelots Hand wieder in Richtung des Schwertgriffes und wieder zog er den Arm hastig zurück. Trotzdem glaubte er zu spüren, wie die Waffe in ihrer ledernen Hülle vor Gier zu zittern begann. »Seid Ihr deshalb hierher gekommen?«, fragte er leise. »*Wollt* Ihr, dass ich Euch erschlage?«

»Das könntest du nicht«, behauptete Mandrake.
»Ich nicht«, antwortete Lancelot. »Dieses Schwert schon.«
»Und doch wirst du es nicht tun«, war Mandrake überzeugt. »Denn dann hätte Artus endgültig gewonnen, nicht wahr?«
»Wenn Ihr es all die Zeit über gewusst habt, warum habt Ihr nichts gesagt?«, erkundigte sich Lancelot.
»Vielleicht hatte ich die Hoffnung, dass es Artus merkt«, antwortete Mandrake. »Aber vielleicht wollte ich ihm auch nur die Schmach ersparen, an der Seite des gleichen rotznäsigen Bengels in eine Schlacht geritten zu sein, der ihm noch eine Woche zuvor den Wein gebracht und seinen Nachttopf geleert hat.«
»Warum das alles?«, fragte Lancelot. Er war überhaupt nicht zornig, nur unendlich müde. »Warum hasst Ihr mich so, Sir Mandrake?«
»Zumindest darauf solltest du dir selbst eine Antwort geben können, Küchenjunge«, erwiderte Mandrake.
»Ist es das?«, fragte Lancelot. »Weil ich nur ein Küchenjunge bin? Weil ich nicht von edler Geburt und dem nötigen Stand bin? Weil ich mir angemaßt habe, Euch gleich zu sein?«
Einen Moment lang schien Mandrake verwirrt. Er blickte ihn unsicher an, dann schüttelte er den Kopf. »Weil du Camelot zerstören wirst.«
»Was?«
»Ich habe es sofort gespürt«, sagte Mandrake. »Ich wusste gleich, dass du Camelot den Untergang bringen wirst.«
»Aber das ist lächerlich!«, protestierte Lancelot. »Das ist –«
»Ich wusste es im selben Moment, in dem ich dich sah«, fuhr Mandrake fort. »Du bist es, der den Untergang

bringt. Nicht Mordred. Nicht Morgaine Le Faye und ihre Pikten. Du allein.«

»Ihr redet irre«, behauptete Lancelot, doch auch er spürte, dass seiner Stimme die nötige Überzeugungskraft fehlte. Er klang nicht empört, sondern eindeutig wie jemand, der sich verteidigt. »Ich würde für Artus mein Leben geben ohne zu zögern.«

»Ich weiß«, sagte Mandrake. »So wie wir alle. Und dennoch war mir klar, dass mit dir das Unheil nach Camelot gekommen ist. Und nicht nur ich.«

»Was soll das heißen?«

»Du hast es wirklich nicht gemerkt, wie?«, fragte Mandrake. »Viele von uns haben es gespürt, wenn nicht alle. Und jetzt ist es wahr geworden.«

»Aber das ist doch nicht meine –«, begann Lancelot, aber seine Stimme wurde leiser und er brach ab.

»Sobald die Sonne aufgeht, werden Mordreds Truppen zum entscheidenden Sturm auf Camelot ansetzen«, fuhr Mandrake unbeeindruckt fort. »Wir können ihnen nicht widerstehen. Du weißt es so gut wie ich. Auch Artus' Zauberschwert wird da nichts ändern, so wenig wie deines. Es ist vorbei, Küchenjunge.«

»Deshalb seid Ihr gekommen«, murmelte Lancelot mit beinahe brechender Stimme. Er musste nun mit aller Kraft gegen die Tränen ankämpfen, die seine Augen füllen wollten. »Ihr seid hier, um auch ganz sicherzugehen, dass ich davon Kenntnis habe. Ich weiß es. Ihr könnt zurückgehen in der Gewissheit, dass Ihr Euer Ziel erreicht habt. Ich weiß, dass ich versagt habe. Dass alle sterben werden. Alle außer mir. Aber das ist vielleicht die größte Strafe.«

Plötzlich flammte Wut in Mandrakes Augen auf. »Du kleiner dummer Narr!«, brauste er auf. »Wofür hältst du mich? Glaubst du, es bereitet mir Freude?«

Lancelot war verwirrt. Endlose Sekunden lang starrte er Mandrake an und versuchte in dessen Gesicht zu lesen, aber es gelang ihm nicht, und schließlich fragte er: »Warum dann? Wieso seid Ihr gekommen, wenn nicht, um Euch an meiner Niederlage zu erfreuen?«
»Weil ich dir etwas schuldig bin«, antwortete Mandrake hart. »Du hast mir das Leben gerettet oder hast du es schon vergessen? Ich werde den nächsten Sonnenuntergang wahrscheinlich nicht mehr erleben, aber ich möchte nicht vor Gottes Thron treten, ohne meine Schulden beglichen zu haben.«
»Was meint Ihr damit?«
Mandrake kam einen Schritt näher. Seine Stimme wurde leiser. »Ihr habt mit keinem Wort nach Lady Gwinneth gefragt, Sir Lancelot«, sagte er höhnisch.
»Gwinneth? Was soll mit ihr sein? Artus wird sie –«
»Das Urteil steht bereits fest, genau wie das Urteil über dich schon festgestanden hat, bevor wir zu dir kamen«, fiel ihm Mandrake ins Wort.
»Das ... Urteil?«
Mandrake lachte hart. »Was hast du erwartet? Dass der König von Camelot zusieht, wie ihn seine Frau in aller Öffentlichkeit mit einem seiner Ritter betrügt, ohne diese Schmach zu sühnen?« Er schüttelte heftig den Kopf. »Ganz gewiss nicht.«
»Was soll das heißen?«, fragte Lancelot. Sein Herz begann heftig zu pochen.
»Lady Gwinneth ist des Ehebruchs schuldig«, sagte Mandrake. »Sie wird noch in dieser Stunde vor Gericht gestellt und morgen früh, eine halbe Stunde vor Sonnenaufgang, verbrannt.«
Lancelot starrte ihn aus weit aufgerissenen Augen an. Er konnte spüren, wie sein Herz für einen Schlag aussetzte und dann mit unglaublicher Schnelligkeit weiter-

hämmerte und er am ganzen Leib zu zittern begann. Zwei-, dreimal setzte er dazu an, etwas zu sagen, aber seine Stimme verweigerte ihm den Dienst, und als er schließlich sprechen konnte, da war es kaum mehr als ein hilfloses Krächzen, das er zustande brachte: »Aber das ... das kann nicht sein!«, stammelte er. »Das ... das würde ... das würde Artus niemals ...«

»Du hast keine Ahnung, was Artus tun würde und was nicht«, sagte Mandrake hart. »Du nennst dich Ritter?« Er schüttelte den Kopf. »Lass dir eines gesagt sein für dein zukünftiges Leben, Küchenjunge. Eine schimmernde Rüstung und ein scharfes Schwert machen aus einem Knaben noch keinen Mann und ein Schild und ein gepanzertes Ross aus einem Bauern keinen Ritter.«

»Aber das kann nicht sein!« Lancelot schrie jetzt. Es war ihm egal, ob die Männer oben auf den Zinnen ihn hörten oder nicht. »Artus liebt Gwinneth! Er würde hundertmal sterben, ehe er zuließe, dass ihr auch nur ein Haar gekrümmt wird!«

»Und er würde ihr lieber mit eigener Hand die Kehle durchschneiden, ehe er zuließe, dass Mordred sie bekommt«, sagte Mandrake. »Hast du es immer noch nicht verstanden? Es geht hier nicht um Liebe oder Menschlichkeit. Es geht einzig um Macht. Morgaine und ihr Bastard wollen die Macht über Camelot und damit ganz England, und wenn Artus aus dem Weg geräumt und Mordred mit Gwinneth vermählt ist, dann gibt es nichts mehr, was sie noch aufhalten kann. Glaubst du, Artus weiß das nicht? Ja, du hast Recht. In dieser Beziehung seid ihr euch sehr ähnlich. Er ist blind vor Liebe. Er würde sein eigenes Leben und das all seiner Ritter ohne zu zögern opfern, um Lady Gwinneth zu retten. Aber sein Hass auf Morgaine und ihren Bastard sind noch größer. Er weiß, dass er nicht mehr gewinnen kann. Diese Schlacht ist verloren, bevor sie begonnen hat, aber der Sieg ist sinnlos für Morgaine, wenn es den Siegespreis für diesen Krieg nicht mehr gibt.«

Und damit hatte er Recht. Lancelot hatte es schon begriffen, noch bevor Mandrake die Worte ganz ausgesprochen hatte. Es war das Einzige, was Sinn machte. Der einzige Weg, wie Artus am Ende doch noch über Morgaine Le Faye und Mordred triumphieren würde. Und doch war er so entsetzlich. So *unmenschlich,* dass Lancelot laut aufstöhnte. Wem nutzte ein Sieg, wenn man dafür alles zerstörte, worum man überhaupt gekämpft hatte?

»Warum erzählt Ihr mir das?«, flüsterte er.

»Das habe ich dir doch gesagt«, entgegnete Mandrake. »Ich bin dir etwas schuldig.«

»Unsinn!«, widersprach Lancelot. »Ihr wisst ganz genau, was ich jetzt tun muss.«

Mandrake schwieg.

»Warum?!«

Mandrake antwortete auch jetzt nicht, aber er machte einen Schritt zurück, drehte sich herum und blickte für einen Moment in die Richtung, in der das Heer der Pikten in der Dunkelheit lagerte und auf den Sonnenaufgang und damit das Signal zum endgültigen Sturm auf Camelot wartete. Als er sich wieder Lancelot zuwandte, war sein Gesicht so leer wie zuvor und seine Stimme klang so kalt und herablassend, wie Lancelot sie gewohnt war.

»Ich habe meine Schulden jetzt bezahlt, Sir Lancelot«, sagte er. »Aber versteht das nicht falsch. Ihr habt Artus gehört. Wenn wir uns das nächste Mal sehen, werden wir Feinde sein.«

Es war noch immer auf dieselbe unheimliche Weise still wie zuvor. Seit Lancelot die Stadt verlassen hatte, mussten zwei, wenn nicht drei Stunden vergangen sein; obwohl er den Himmel nicht sehen konnte, wusste er, dass sich im Osten jetzt schon das erste Grau in das samtige Blau der Nacht mengte und die Lagerfeuer des piktischen Heeres allmählich an Helligkeit zu verlieren begannen. Die Männer dort würden sich jetzt recken, verschlafen nach dem Wasserbeutel greifen oder ihre Waffen einer letzten sorgsamen Überprüfung unterziehen – falls sie in der vergangenen Nacht überhaupt Schlaf gefunden hatten, was sicherlich auf die wenigsten zutraf. Auch die Wachen oben hinter den Zinnen der Stadtmauer würden jetzt die Feuer unter den Ölkesseln neu zu schüren beginnen, ihre Kettenhemden und Helme auf sicheren Sitz überprüfen und mit klopfendem Herzen nach Norden blicken, wo das Land selbst zu unheimlicher, wogender Bewegung zu erwachen begann.

Sehen konnte Lancelot nichts von alledem. Er befand sich in einem winzigen fensterlosen Raum, der sich hinter dem düsteren Gewölbe befand, das Merlin früher als Bibliothek benutzt hatte. In einem anderen Leben war Lancelot oft hierher gekommen, um sich insgeheim eine halbe Stunde Schlaf zu erschleichen, denn der Raum wurde nur selten benutzt und diente im Grunde als Lager für Dinge, die längst weggeworfen gehörten, von denen sich Merlin aber nicht hatte trennen können, und Merlin, der in jenem anderen Leben Dagda geheißen und die Rolle des liebenswert vertrottelten Mundschenks und Kochs gespielt hatte, hatte seinerseits so getan, als merke er es nicht. Das einzige Licht kam von einem kaum handbreiten Luftschacht unter der Decke, der in schrägem Winkel nach oben führte,

und der Unrat auf dem Boden und der Staub, der sich überall abgelagert hatte, zeigten Lancelot, dass die Kammer jetzt noch viel seltener benutzt wurde als damals.
Das aber war nicht das Wichtige daran. Was diesen vergessenen Raum so bedeutungsvoll für ihn machte, das war das ausgezackte Loch im Boden, das zu einem drei oder vier Meter tiefer gelegenen, längst vergessenen Gang gehörte, der unter den Fundamenten der Stadt hindurch nach draußen führte. Lancelot wusste nicht, wer ihn angelegt hatte und zu welchem Zweck, und er war sicher, dass weder Artus noch irgendein anderer hier in der Burg überhaupt von seiner Existenz etwas ahnte. Wie viele Städte und Burgen war auch Camelot auf den Fundamenten einer viel älteren Siedlung errichtet worden und dieser Gang hatte früher vielleicht als Fluchttunnel gedient, vielleicht auch als Kanal, um frisches Wasser vom Fluss oder umgekehrt schmutziges Wasser aus der Stadt in den Fluss zu leiten. Es spielte keine Rolle. Wichtig war, dass der Küchenjunge Dulac diesen geheimen Ausgang bei irgendeinem seiner zahllosen Streifzüge durch die Burg entdeckt und mehr als einmal benutzt hatte, um sich in aller Heimlichkeit davonzuschleichen und eine Stunde mit Wolf unten am Flussufer zu spielen, während Merlin ihn Rüben schneidend oder Gemüse putzend in der Küche wähnte. Er hatte dieses Geheimnis immer für sich behalten, obwohl er das eine oder andere Mal schon geargwöhnt hatte, dass Dagda es sehr wohl kannte, das kleine Spielchen aber mitmachte, und heute würde dieses Geheimnis vielleicht Gwinneths Leben retten.
Wenn sich alles so verhielt, wie Mandrake gesagt hatte, dann war der Scheiterhaufen für Gwinneth jetzt bereits aufgeschichtet und sie auf dem Weg dorthin.

Und wenn nicht?, flüsterte eine dünne Stimme in seine Gedanken hinein. Wenn es genau anders herum war und Mandrake ihn auf diese Weise nur in eine Falle hatte locken wollen, damit er gegen Artus' Befehl doch wieder in der Burg erschien und er und die anderen Ritter einen legitimen Vorwand hatten, ihn zu töten?
Dann ist es auch egal, dachte er bitter. Sein Leben ohne Gwinneth hatte keinen Sinn mehr.
Er verscheuchte diesen Gedanken, erhob sich und trat vorsichtig und mit klopfendem Herzen durch die niedrige Tür. Alles war still. Alles war dunkel. Er sah kaum die Hand vor den Augen und das lauteste Geräusch, das er hörte, war das dumpfe, rasend schnelle Hämmern seines eigenen Herzens. Lancelot blieb eine Minute mit geschlossenen Augen stehen und lauschte, ehe er weiterging und sich bis zum Ausgang des Raumes vortastete.
Vorsichtig trat er durch die Tür, sah sich um und lauschte angestrengt, aber es blieb dunkel und es blieb still; nur vom Eingang her kam ein wenig graues Licht, das wie Staub in der unbewegten Luft zu hängen schien, und er glaubte ganz leise Geräusche zu hören. Von einem Gefühl der Erleichterung erfüllt, schlich er weiter, blieb auch an der nächsten Tür einige Augenblicke stehen um zu lauschen und betrat schließlich die schmale, in steilem Winkel nach oben führende Treppe. Das graue Licht an ihrem Ende wirkte wie ein Vorhang, und so behutsam er die Füße auch aufsetzte, hatte er doch das Gefühl, dass seine Schritte wie das Klirren eisenbeschlagener Pferdehufe auf dem ganzen Hof zu hören sein mussten.
Ungefähr zu der Zeit, in der im Lager der Pikten die Krieger damit beginnen mochten, ihre Rüstungen anzulegen und ihre Waffen umzubinden, erreichte Lancelot

das Ende der Treppe und schob sich vorsichtig an der Wand entlang vor, um nicht doch durch Zufall im letzten Moment gesehen zu werden. Dann konnte er den Hof überblicken.
Er war voller Menschen, größtenteils Ritter in ihren Rüstungen, aber auch einer Anzahl Wachen und Soldaten und genau in der Mitte des Hofes war ein hölzernes Podest errichtet worden. Ein Holzpfahl von mehr als Mannshöhe ragte aus der Mitte dieses Aufbaues und am Fuße dieses Pfahls waren Reisig und Stroh kniehoch aufgeschichtet.
Ein Scheiterhaufen.
Lancelot stöhnte laut auf. Mandrake hatte die Wahrheit gesagt. Seine ungeheuerliche Behauptung war keine Lüge gewesen.
Für einen Moment begann sich alles um Lancelot zu drehen. Er schmeckte Blut und begriff nicht einmal, dass er sich in seinem hilflosen Zorn auf die Zunge gebissen hatte, und seine Hand schloss sich so fest um den Schwertgriff, dass das Leder, mit dem er bezogen war, hörbar knirschte. Hätte Artus oder irgendeiner seiner Ritter in diesem Moment vor ihm gestanden, er hätte nicht den Bruchteil einer Sekunde gezögert, die Waffe zu ziehen und ihn zu töten.
Aber niemand war bei ihm. Niemand nahm auch nur Notiz von ihm. Aller Aufmerksamkeit war auf den errichteten Scheiterhaufen, auf die Treppe zum Haupthaus und die offen stehende Tür an deren oberen Ende gerichtet.
Es verging eine geraume Weile, aber irgendwann legte sich der Sturm von Gefühlen, der hinter Lancelots Stirn tobte. Noch zitterten seine Hände, aber er begann sich zu fragen, was er nun tun sollte. Sein erster Impuls war, hinauszustürmen und Gwinneth mit Gewalt zu befrei-

en, aber das wäre natürlich der reine Selbstmord. Nicht einmal mit dem Elbenschwert und seiner Zauberrüstung wäre er mehr als dreißig Rittern und der vielleicht fünffachen Anzahl von Kriegern und Soldaten gewachsen, von Artus gar nicht zu reden. Darüber hinaus war er nicht hierher gekommen, um ein Blutbad anzurichten.

Was aber sollte er tun?

Die Entscheidung wurde ihm abgenommen. Unter der offen stehenden Tür das Palas erschienen drei ganz in Weiß, Blau und Silber gekleidete Gestalten. Zwei von ihnen erkannte er sofort: Artus und Mandrake, der links neben dem König ging und immer noch den Arm in der Schlinge trug, bei dem dritten Ritter war er nicht sicher, aber es spielte auch keine Rolle. Die drei Männer schritten langsam die Treppe herunter und die Reihen der Ritter und Soldaten teilten sich vor ihnen, um ihnen respektvoll Platz zu machen. Irgendwo fing eine Trommel zu schlagen an, ein langsamer und bedrohlicher Rhythmus. Lancelots Gedanken begannen sich zu überschlagen. Für einen Moment drohte er in Panik zu geraten, und erst jetzt, als es eindeutig zu spät war, gestand er sich ein, dass er nicht einmal die Idee eines Planes gehabt hatte, als er sich auf den Weg hierher machte. Niemand blickte in seine Richtung. Niemand würde in seine Richtung blicken, solange das grausame Schauspiel andauerte, und er befand sich weniger als dreißig Schritte von dem Scheiterhaufen entfernt. Lancelot wurde sehr schmerzhaft klar, dass er wertvolle Zeit verloren hatte. Er hatte nicht die mindeste Chance, Gwinneth zu befreien, wenn sie erst einmal hier draußen auf dem Hof oder gar auf der Plattform in seiner Mitte stand. Er musste irgendwie ins Haupthaus gelangen und versuchen sie dort zu befreien.

Aber wie? Seine Rüstung und der zerfetzte und blutbesudelte Mantel würden ihn verraten, sobald er sein Versteck verließ.
Lancelots Blick tastete aufmerksam über den Hof. Ihm blieb nur eine einzige Möglichkeit: Wenn es ihm gelang, ungesehen an dem offen stehenden Tor vorbeizukommen, dann konnte er den Pferdestall erreichen und von diesem aus gab es eine ganze Anzahl von Türen und Verbindungsgängen, über die er ungesehen bis in den Palas kommen würde. Aber dieser Weg würde Zeit in Anspruch nehmen; Zeit, die er vermutlich nicht hatte.
Dennoch: Sie *musste* einfach reichen!
Er wartete, bis Artus und seine beiden Begleiter in der Menge der Ritter untergetaucht waren, dann raffte er all seinen Mut zusammen, trat auf den Hof hinaus und ging hoch aufgerichtet und so langsam, wie es gerade noch möglich war ohne aufzufallen, auf das Tor zu und daran vorbei. Nur einer der Wächter, die dort Aufstellung genommen hatten, warf einen kurzen Blick in seine Richtung, ehe er sich wieder auf das Schauspiel auf dem Hof konzentrierte, und Lancelot vermied es, immer wieder nervös in dieselbe Richtung zu blicken, sondern steuerte den Pferdestall an. Ohne angesprochen oder aufgehalten zu werden, erreichte er ihn, trat ein und schloss die Tür hinter sich.
Dunkelheit und der Geruch von frischem Stroh und Dung und zahlreichen verschwitzten Pferdekörpern hüllten ihn ein. Er blieb einen Moment stehen, damit sich seine Augen an das noch schwächere Licht hier drinnen gewöhnen konnten, ging dann weiter und erstarrte wieder mitten im Schritt, als der Trommelschlag draußen auf dem Hof nun lauter wurde.
Hastig trat er an das geschlossene Tor und spähte durch einen der schmalen Spalte zwischen den Brettern.

Es war zu spät. Er hatte zu viel Zeit verloren. Drüben auf der anderen Seite des Hofes, unter derselben Tür, unter der Artus gerade aufgetaucht war, war nun Gwinneth erschienen. Sie trug ein einfaches weißes Kleid, einen Mantel aus weißem Fell und einen dichten Schleier, der ihr Gesicht verhüllte. Zwei weitere Tafelritter gingen hinter ihr her, offensichtlich als Wache gedacht, aber keiner von ihnen hatte es gewagt, die Königin zu berühren oder ihr auch nur näher als zwei Schritte zu kommen. Voll ungläubigem Entsetzen sah Lancelot zu, wie Gwinneth zwei Schritte weit auf die Treppe hinaustrat, dann stehen blieb und mit einer ruhigen, aber entschlossenen Bewegung die Hände hob und den Schleier zurückschlug. Ihr Gesicht war völlig regungslos. Selbst über die große Entfernung konnte Lancelot sehen, dass nicht einmal eine Spur von Furcht darin zu erkennen war, sondern nur Gelassenheit und königliche Würde, die in krassem Gegensatz zu ihrer Jugend stand. Langsam tastete sich ihr Blick über die versammelten Ritter und blieb auf dem Gesicht jedes einzelnen einen Moment hängen und Lancelot sah, wie jeder dieser Männer, die einem Dutzend schwer bewaffneter Gegner ins Gesicht gelacht hätten, beschämt den Kopf senkte oder rasch zur Seite sah.
Seine Verzweiflung wurde übermächtig. Er griff wieder zum Schwert, spürte das gierige Zittern der Zauberklinge und erinnerte sich an die Worte Morgaines. Vielleicht würde er sich selbst, alle diese Männer hier, Camelot und letzten Endes auch Gwinneth zum Untergang verurteilen, wenn er die Waffe jetzt zog und die Zaubermacht der Klinge benutzte, um Gwinneth zu retten, aber das war ihm egal. Er hatte keine andere Wahl und es war ihm auch gleich. Wenn Artus bereit war, den Menschen zu töten, den er am meisten auf der Welt

liebte, um die Welt zu retten, dann hatte er auch das Recht, die Welt zu zerstören, um diesen Menschen zu retten.

Entschlossen zog er das Schwert halb aus der Scheide, streckte die linke Hand nach dem Riegel aus und brach mitten in der Bewegung ab, als er hinter sich Hufschlag und ein gedämpftes Schnauben hörte. Überrascht drehte er sich um.

Hinter ihm stand das Einhorn.

Lancelot starrte das Tier einen Moment lang verständnislos an. Er hatte es draußen in der Nähe der Kapelle zurückgelassen, fertig gesattelt und sorgsam angebunden, damit es nicht weglief, sondern Gwinneth und ihm zur Flucht bereitstand, sobald sie die Stadt verlassen hatten. Es gab absolut keinen Weg, auf dem das Tier ungesehen hätte hereinkommen können. Aber es war da.

Und Lancelot wusste auch warum.

Er warf wieder einen Blick nach draußen. Gwinneth und ihre beiden Bewacher waren die Treppe heruntergekommen und näherten sich dem Scheiterhaufen. Wie zuvor, als Artus das Haus verlassen hatte, traten die Ritter und Soldaten respektvoll zur Seite und auch jetzt wagte es noch immer keiner dieser Männer, Gwinneths Blick zu erwidern. Selbst Artus, der am Fuße der kurzen Treppe stand, die zum Scheiterhaufen hinaufführte, hielt ihrem Blick nur einen Moment stand. Gwinneth bewegte sich langsam, aber mit festen Schritten vorwärts. Scheinbar ohne Furcht und ohne zu zögern schritt sie die Leiter hinauf, trat an den hölzernen Pfahl und lehnte sich dagegen. Lancelot beobachtete, wie ein Mann in schwarzer Robe und mit einer schwarzen Kapuze hinter Gwinneth die Treppe hinaufstieg, zögernd hinter sie trat und ihre Handgelenke zusammen-

band. Als er an ihr vorüberging, sagte Gwinneth einige Worte zu ihm. Der Mann hielt an, blickte nervös in ihre Richtung und wollte weitergehen, doch Gwinneth wiederholte ihre Worte, woraufhin der Scharfrichter langsam die Hände hob und die schwarze Kapuze vom Kopf zog. Das Gesicht, das darunter zum Vorschein kam, war sehr blass und trotz der großen Entfernung konnte Lancelot den gequälten Ausdruck erkennen, der auf den Zügen des Mannes lag.
Das Einhorn hinter ihm scharrte unruhig mit den Hufen und Lancelot begriff, dass es Zeit wurde. Rasch trat er neben das Tier und schwang sich mit einer entschlossenen Bewegung in den Sattel. Wie durch Zauberei verspürte er plötzlich das vertraute Gewicht des Schildes am linken Arm und des Schwertes in der rechten Hand. Er würde versuchen die Waffe nicht zu benutzen, aber wenn man ihn dazu zwang, dann würde er es tun. Es lag längst nicht mehr in seiner Entscheidung, was als Nächstes geschehen würde. Vielleicht hatte es das nie getan. Vielleicht war der einzige Grund, aus dem ihm die Rüstung, der Schild, das Schwert und selbst dieses Fabeltier geschenkt worden waren, dieser Moment und das, was nun zu tun blieb.
Er schloss die Augen, zählte in Gedanken ganz langsam bis fünf und das Einhorn sprengte los, noch bevor er ihm den Befehl dazu erteilen konnte.
Das gepanzerte Fabelwesen krachte mit der Wucht einer Felslawine gegen das Tor und schlug es einfach in Stücke. Während die Ritter erschrocken herumfuhren oder sich wegen der scharfkantigen Holzsplitter duckten, die wie gefährlicher Regen auf sie herabprasselten, fuhren Lancelot und das Einhorn wie ein Wirbelsturm unter die Männer. Seine wütenden Schwertstreiche und die nicht minder wütenden Stöße mit dem Schild

schleuderten die Ritter beiseite, ohne einen von ihnen wirklich zu treffen, zu verletzen oder gar zu töten, und wer sich nicht schnell genug in Sicherheit brachte, der wurde von der gepanzerten Brust des Einhorns getroffen. Mit wenigen gewaltigen Sätzen erreichte Lancelot den hölzernen Aufbau und das Tier setzte mit einem einzigen Sprung hinauf. Hinter sich hörte er einen wütenden Schrei, der sich laut in die durcheinander rufenden Stimmen der Ritter und Soldaten mischte, und er wusste, dass Artus losrannte und dabei seine Waffe zog, ohne sich zu ihm herumdrehen zu müssen. Er beugte sich im Sattel vor und führte das Elbenschwert zu einem einzigen wuchtigen Hieb, der die Stricke durchtrennte, mit welchen Gwinneths Handgelenke aneinander gebunden waren. Noch während sie keuchend nach vorne stolperte, registrierte Lancelot voller Entsetzen, dass der Scharfrichter sein Werk bereits getan hatte: An zwei Stellen züngelten Flammen aus dem Reisig und Gwinneths weißes Kleid und ihr Mantel waren am Saum schon angesengt. Tatsächlich leckten winzige Flämmchen nach ihren Füßen und Lancelot beugte sich weiter vor und schlug ein zweites Mal mit dem Elbenschwert zu. Die Waffe, die mühelos Stahl und Stein zu zerschneiden vermochte, trennte ebenso mühelos und präzise den schwelenden Saum von Gwinneths Kleid ab, ohne die Haut darunter auch nur zu ritzen, und Lancelot warf sich im Sattel zur Seite, griff nach Gwinneths Arm und zog sie mit einer einzigen kraftvollen Bewegung zu sich auf den Rücken des Einhorns. Praktisch im selben Augenblick stieg das Fabelwesen auf die Hinterläufe und drehte sich auf der Stelle herum, wobei seine wirbelnden Vorderhufe den Pfahl trafen und wie einen morschen Ast zerbersten ließen. Hinter ihm schrie Gwinneth auf und Lancelot sah aus den Augenwinkeln, wie Artus mit wehendem Mantel heranstürmte, das Gesicht zu einer Maske des Hasses verzerrt und Excalibur in der rechten Hand. Das Elbenschwert in Lancelots Fingern schien lautlos aufzuschreien, als es die Nähe seines Bruders spürte und sich mit ihm messen wollte, und das Einhorn beendete seine Drehung und sprang mit einem gewaltigen Satz von dem hölzernen Podest herab und mitten unter die noch immer in Panik durcheinander laufenden Ritter und Wachtposten. Zwei, wenn nicht drei oder mehr Männer wurden von dem Tier getroffen und zur Seite geschleudert, aber ein oder zwei Männer hatten ihre Überraschung bereits weit genug überwunden, um ihre Waffen zu ziehen und sich ihm entgegenzustellen. Zu seinem maßlosen Entsetzen erkannte Lancelot auch Galahad unter ihnen.

Während sich das Einhorn mit brutaler Kraft seinen Weg durch die Reihen der Männer bahnte, schwang Lancelot die Elbenklinge in weit geführten Hieben. Wie so oft war es das Schwert, das seinen Arm lenkte, und nicht umgekehrt, aber er mobilisierte all seine Kräfte und jedes bisschen Willen, die er noch aufbringen konnte, und es gelang ihm, stets nur die Schwerter der Angreifer zu treffen, die unter den wuchtigen Hieben seiner Waffe zersprangen wie Glas. Einen oder zwei Männer stieß er mit dem Schild zu Boden und dann war er endlich durch und sprengte auf das Tor zu –

Und vor ihm stand Artus.

Das Einhorn wurde nicht langsamer. Obwohl Artus breitbeinig und reglos mit hoch erhobenem Schwert dastand und ihm finster entgegenblickte, schien er gleichzeitig auf ihn zuzurasen und die Zeit lief atemberaubend schnell wie endlos langsam: Er sah, wie Artus das Schwert in die Höhe riss und zu einem beidhändig geführten Hieb schwang, sah die tödliche Entschlossenheit in seinen Augen, aber auch das Entsetzen, und dann zuckte die Elbenklinge wie von selbst vor, warf sich dem herabsausenden Excalibur in den Weg –

Und die Welt schien aus den Fugen zu geraten.

Die beiden magischen Klingen prallten mit einem Geräusch aufeinander, wie kein Mensch es je zuvor gehört hatte. Es war nicht das Klirren von Stahl, es war das Kreischen zweier entfesselter, vollkommen gegensätzlicher Naturgewalten, die so alt waren wie die Welt und so lange verfeindet, wie es sie gab. Lancelot spürte keinen Schmerz, er spürte nicht die Wucht des Hiebes, nicht die Kraft, mit der die Elbenklinge zurückgeschleudert wurde, während sie ihrerseits Excalibur aus dem Weg fegte, sondern etwas ungleich Schlimmeres, das zu beschreiben ihm die Worte fehlten, weil es nicht Teil der Welt war, in die er hineingeboren und in der er aufgewachsen war, weil er und alle anderen hier Zeuge von etwas wurden, das niemals hätte geschehen dürfen. Ein unbeschreiblich *grelles* Licht überflutete den Burghof und für einen Moment schienen sämtliche Gebäude durchsichtig wie Glas zu werden, als hätte der Zusammenprall der beiden magischen Klingen etwas entfesselt, dessen Anwesenheit die Welt und alle Dinge, die sie enthielt, einfach auflöste.

Dann war es vorbei. Lancelot sank mit einem Schmerzensschrei nach vorne und brach über dem Hals des Einhorns zusammen, während Artus haltlos zurücktaumelte und mit solcher Wucht gegen einen der Torbogen prallte, dass er das Gleichgewicht verlor und fiel. Excalibur entglitt seinen Fingern und klirrte zu Boden und das Einhorn setzte mit einem gewaltigen Sprung über den gestürzten König hinweg und jagte durch das

Tor. Unter seinen Hufen stoben Funken auf, während die Fliehenden schneller und schneller werdend durch die verlassenen Straßen Camelots preschten.
Niemand versuchte sie aufzuhalten und niemand verfolgte sie. Nur wenige Minuten später erreichten sie das nach Norden führende Tor und galoppierten hindurch, denn als die Wächter dort das heranrasende Fabeltier und den Furcht einflößenden Ritter auf seinem Rücken gewahrten, wagten sie es nicht, sie aufzuhalten, sondern rissen im Gegenteil hastig das Tor auf und beeilten sich das Fallgatter nach oben zu ziehen, so schnell sie nur konnten. Gwinneth presste sich zitternd vor Furcht an ihn, als Lancelot sich weit nach vorne über den Hals des Tieres beugte, um unter dem quälend langsam nach oben gleitenden Gatter durchzukommen. Er konnte spüren, wie die eisernen Spitzen seinen Helm und seinen Rücken streiften, aber es geschah ein weiteres Wunder und sie passierten auch dieses letzte Hindernis auf dem Weg in die Freiheit.
Dann waren sie draußen, die Stadt lag hinter ihnen und vor ihnen auf dem Hügel begann die Nacht zu brodelndem Leben zu erwachen, als das Heer der Pikten zum letzten Sturm auf Camelot ansetzte.
Lancelot riss das Einhorn mit verzweifelter Kraft nach links und rammte ihm die Fersen in die Seiten und das Tier schrie vor Schmerz und Wut auf und griff noch weiter aus. Schlamm und Gras spritzten unter seinen Hufen in die Höhe wie Wasser unter dem Kiel eines Bootes, das einen reißenden Strom befährt, und sie wurden immer schneller und schneller. Hinter ihnen begannen sich die Zinnen Camelots wieder mit Männern zu füllen, die Feuer flackerten höher auf, Tor und Fallgatter wurden wieder geschlossen und auf der anderen Seite stürmte die schier endlose Masse des Barbaren-

heeres heran, aber Lancelot wusste, dass sie es schaffen würden. Das Einhorn steigerte immer noch sein Tempo und trug sie wie ein weißer Wirbelwind davon, weg von Camelot, weg von Artus, weg von der Tafelrunde und hinein in eine neue, ungewisse Zukunft.

Werkverzeichnis der im Heyne Verlag von Wolfgang und Heike Hohlbein erschienenen Titel

› Werkverzeichnis

© Tom Platzer

HEYNE ‹

› Werkverzeichnis

Die Autoren

Wolfgang Hohlbein wurde 1953 in Weimar geboren. Schon als Jugendlicher begann er, fantastische Geschichten zu schreiben. Nach der Schulzeit in Nordrhein-Westfalen machte er eine Ausbildung zum Industriekaufmann und arbeitete daraufhin in diesem Beruf.
Bei einem Wettbewerb des Ueberreuter Verlags im Jahre 1982 belegte er zusammen mit seiner Frau Heike den ersten Platz: mit dem Jugendbuch ***Märchenmond***, das ursprünglich der Fantasie seiner Frau entsprang und mit über 700.000 verkauften Exemplaren zum Bestseller wurde. Im gleichen Jahr erschien Hohlbeins Roman ***Der wandernde Wald***, der ebenfalls großen Erfolg hatte. Wolfgang Hohlbein verlegte sich daraufhin ganz auf das Schreiben und hat inzwischen ein Millionenpublikum gewonnen.
Er ist einer der beliebtesten deutschen Autoren auf dem Gebiet der fantastischen Literatur und zählt mit seinen Romanen aus den verschiedensten Genres – Thriller, Horror, Science-Fiction und historischer Roman – zu den erfolgreichsten und produktivsten deutschen Autoren überhaupt. Zusammen mit seiner Frau Heike, der gemeinsamen Tochter Rebecca und etlichen anderen Co-Autoren hat er bislang mehr als 220 Bücher und Geschichten verfasst.
Heute leben Wolfgang und Heike Hohlbein mit ihren sechs Kindern in der Nähe von Düsseldorf.

1. Fantasy von Wolfgang Hohlbein

Saint Nick

Eigentlich ist Nikolaus der Schutzheilige der Kinder, doch jetzt ist er als Weihnachtsmann der Manager des großen Festes – und hat den Sinn von Weihnachten völlig vergessen! Da setzen die Elfen ein Ultimatum: Ein neuer Elf muss her, sonst wird Weihnachten ausfallen. Gelingt es Saint Nick, mit Hilfe der Waisen Virginia und Stan das Weihnachtsfest zu retten?

2. Fantasy von Wolfgang & Heike Hohlbein

Märchenmond

Nach einer Blinddarmoperation liegt Kims kleine Schwester im Koma. Da erfährt Kim von dem Land Märchenmond, in dem der böse Boraas seine Schwester gefangenhält. Kim gelangt in das magische Land und macht sich mit seinen neuen Freunden auf die abenteuerliche Suche nach seiner Schwester.

Märchenmonds Erben

Bei seiner Rückkehr nach Märchenmond stellt Kim erschrocken fest, dass sich vieles verändert hat: Niemand glaubt mehr an Träume und Magie, alte Bräuche und Riten werden missachtet. Kim versucht mit Hilfe des Zauberers Themistokles, Märchenmond zu retten. Denn ohne seine magischen Kräfte ist die Welt verloren.

Schattenjagd

»Schattenjagd« ist für David das beste Computerspiel aller Zeiten. Bald greift die virtuelle Welt jedoch nach der Wirklichkeit, und ihre Geschöpfe entwickeln ein unheimliches Eigenleben. David muss ein letztes Mal in das Spiel einsteigen, um die bedrohlichen Geschöpfe aufzuhalten.

Krieg der Engel

Der 15-jährige Eric hat stets denselben Traum. Ein weißer Engel steht mit brennendem Gefieder auf dem Dach einer gigantischen schwarzen Kathedrale, die sich über einer trostlosen Landschaft erhebt. Als Erics Eltern plötzlich in die Gewalt der schwarzen Engel geraten, entbrennt ein gnadenloser Kampf.

Dreizehn

Das Mädchen Thirteen entdeckt im alten Haus ihres Großvaters ein Labyrinth, in dem sechs Kinder gefangen gehalten werden – die letzten Kinder, die der Rattenfänger damals aus Hameln entführte. Beim Versuch, sie zu retten, geraten Thirteen und ihr Freund Frank in Lebensgefahr. Am Freitag den 13. wird sich ihr Schicksal entscheiden.

Das Buch

Leonie stammt aus einer altehrwürdigen Buchhändlerfamilie. Wie schon ihre Großmutter ist auch sie eine »Hüterin der Wirklichkeit«. Als zwei Unbefugte ein Buch aus dem Archiv entwenden, muss sich Leonie einem gefährlichen Kampf um die einzig gültige Wahrheit stellen, denn die beiden schreiben die Wirklichkeit um - mit katastrophalen Folgen!

Die Legende von Camelot (Trilogie)

Gralszauber (Band 1)

Der Küchenjunge Dulac träumt davon, ein heldenhafter Ritter zu werden. Als er eine alte Rüstung und ein Schwert findet, verwandelt er sich in den tapferen Helden seiner Träume. Als Silberner Ritter Lancelot zieht er an der Seite von König Artus in den Kampf gegen den finsteren Mordred. Das Schicksal Britanniens steht auf dem Spiel.

Elbenschwert (Band 2)

Die Hochzeit von König Artus und Gwinneth soll gefeiert werden. Doch Morgaine, die Mutter des finsteren Mordred, entführt die junge Braut. Lancelot macht sich auf, um Gwinneth zu retten. Währenddessen sammelt Mordred seine Krieger zum Angriff auf Camelot.

Runenschild (Band 3)

Nach Lancelots Flucht von Camelot geraten er und Gwinneth in die sagenhafte Welt von Avalon. Ohne sein Schwert glaubt Lancelot, chancenlos gegen die Dunkelelben zu sein. Doch sein Schild erweist sich als rettende, magische Waffe. Und noch etwas erfährt Lancelot: Das Schicksal aller liegt in den Händen der Dunkelelben.

Die Prophezeiung

Vor mehr als dreitausend Jahren sprach der sterbende Pharao Echnaton einen Fluch aus, dessen Magie bis in die heutige Zeit reicht. Der junge Aton ist nun ausersehen, die Prophezeiung zu erfüllen. Doch dunkle Mächte haben sich verschworen, um dies zu verhindern.

Die Anders-Saga

Anders 1 – Die tote Stadt

Der Traumurlaub gerät zur Katastrophe: Nach einem Flugzeugabsturz findet sich der 16-jährige Anders in einer gewaltigen Ruinenstadt aus Stein und Metall wieder, die ein schreckliches Geheimnis birgt. Es ist eine bizarre Welt mit grausamen Regeln, bevölkert von seltsamen Kreaturen. Zusammen mit dem rätselhaften Katzenmädchen Katt versucht Anders herauszufinden, was der toten Stadt widerfahren ist. Ein Albtraum beginnt.

Anders 2 – Im dunklen Land

Gemeinsam mit Katt versucht Anders aus dem vergessenen Tal zu entkommen. Ihre Flucht endet vor einer geheimnisvollen Mauer mitten in der Eiswüste. Hier fallen sie dem Elder Culain in die Hände, der sie über die Ebene des Todes ins sagenumwobene Tiernan, die Stadt der Elder, bringt. Verzweifelt schmiedet Anders Fluchtpläne, doch die Mauern Tiernans scheinen unüberwindlich zu sein.

3. Mystery-Thriller

Die Azrael-Bücher

Azrael (Band 1)
Mehrere Menschen bringen sich in Berlin auf außergewöhnliche Weise um, nachdem sie mit ihrem eigenen Blut den Namen des Todesengels Azrael an die Wand geschrieben haben. Hinweise auf Fremdverschulden scheint es nicht zu geben, bis man im Blut eines der Toten eine unbekannte Droge entdeckt.

Azrael - Die Wiederkehr (Band 2)
Eine rätselhafte Mordserie sucht Berlin heim, an jedem Tatort findet sich der Schriftzug »Azrael«. Kriminalinspektor Bremer wird an die Geschehnisse vor einigen Jahren erinnert, die er lange verdrängt hat. Dann entdeckt er einen Mann, der im Koma liegt und stets reagiert, wenn der geheimnisvolle Mörder zuschlägt. Hat das Ungeheuer überlebt?

Katzenwinter
Nach dem Tod von Justins Großmutter liegt etwas Bedrohliches über der kleinen Stadt. Justin entdeckt die Quelle der Gefahr: in den Ruinen eines alten Klosters, wo im Mittelalter finstere Magie herrschte. Justin muss die Kräfte zurückzudrängen, andernfalls droht der Untergang. Doch die Tore zu dieser dunklen Welt sind bereits geöffnet.

4. Historische Romane von Wolfgang Hohlbein

Die Nibelungensaga

Der Ring der Nibelungen (Band 1)

Als der junge Drachentöter Siegfried an den Hof der Burgunder kommt, verliebt er sich in die schöne Kriemhild. Er bietet sich an, ihrem Bruder König Gunther bei dessen Brautwerbung zu Seite stehen. Die beiden schließen einen verräterischen Pakt, der beiden das Eheglück sichern soll, jedoch nur Tod und Verderben bringt.

Die Rache der Nibelungen (Band 2)

Siebzehn dunkle Winter sind seit dem verräterischen Mord an Siegfried vergangen. Weitab vom Schatz der Nibelungen wächst sein Sohn Sigurd in Island auf. Als dort die Dunklen Horden von König Wulfgar von Xanten einfallen, greift er nach dem Schwert seines Vaters und eine Odyssee durch den ganzen Kontinent beginnt.

Das Erbe der Nibelungen (Band 3)

Ein Jahrhundert ist vergangen, seit der Sohn des Drachentöters Siegfried sich den alten Göttern verweigerte und in der Unterwelt Utgard seine Freiheit erkämpfte. Doch die Nibelungen haben nicht vergessen, was Siegfried und sein Blutclan ihnen angetan haben. Ihre schwarzen Herzen schreien nach Rache. Auf einem Kontinent, der von der Pest dahin gerafft wird, machen sie Jagd auf Sigfinn und Calder, die letzten Nachfahren Siegfrieds.

Odysseus

Auf der Fahrt zu seiner Heimat Ithaka gerät Odysseus in einen schrecklichen Sturm. Während der darauf folgenden Irrfahrt muss er unglaubliche Hindernisse überwinden. Als Odysseus nach langen Jahren endlich nach Hause gelangt, stellt er fest, dass sein Königreich in großer Gefahr ist.

Das Siegel

Am frühen Morgen landet ein Schiff im Hafen von Alexandria. Unter den Gefangenen ist Ulrich von Wolfenstein, der als Kreuzfahrer ins Heilige Land ziehen wollte und es nun als Sklave betritt. Er wird zum Mittelpunkt einer Intrige der Tempelritter und Sarazenen und das Schicksal Jerusalems liegt in seiner Hand.

Hagen von Tronje

Hagen von Tronje gilt als der einsame, finstere Verräter und Königsmörder, während Siegfried, der Drachentöter und Herrscher der Nibelungen, der strahlendste aller Helden ist. Im Spannungsfeld dieser beiden großen, schillernden Gestalten entwickelt sich das dramatische Geschehen des Nibelungenepos.

Die Templer-Saga

Die Templerin (Band 1)

Friesland im 12. Jahrhundert: Robin ist noch ein junges Mädchen, als Fremde ihr Dorf überfallen und ihre Mutter töten. Man verdächtigt die Tempelritter, doch Robin kennt die Wahrheit. Sie sucht Zuflucht vor den wirklichen Mördern bei den Templern und beginnt ihr eigenes, geheimnisvolles Schicksal zu begreifen.

Der Ring des Sarazenen (Band 2)

Die junge Friesin Robin ist in der Rüstung eines Tempelritters unterwegs ins Gelobte Land. Sie gerät in die Fänge eines Sklavenhändlers und soll als Haremsdame verkauft werden. Als einziger Schutz bleibt ihr der geheimnisvolle Ring, den sie von ihrem treuen Freund und Begleiter Salim bekam.

Die Rückkehr der Templerin (Band 3)
Um ihr eigenes Leben zu retten, sieht sich Robin noch einmal gezwungen, im Heiligen Land für die Sache der Templer zu kämpfen. Während das Heer der Kreuzfahrer in Auflösung begriffen ist, rettet sie dem König von Jerusalem das Leben und wird Zeugin eines weiteren heimtückischen Mordanschlags. Bald steht sie im Mittelpunkt einer groß angelegten Intrige.

Die Templerin - Das Wasser des Lebens (Band 4)
Das Heilige Land im Jahr 1179: Balduin, der junge König von Jerusalem, leidet an Lepra. Seine inneren und äußeren Feinde wittern in dieser Schwäche ihre Chance. In geheimer Mission bricht die königstreue Templerin Robin nach Ägypten auf, um das rettende „Wasser des Lebens" zu finden. Aber die Feinde sind allgegenwärtig ... Wolfgang und Rebecca Hohlbein haben die Fortsetzung der großen Saga um die legendäre Templerin Robin geschrieben.